Verschlungene Welten
(Die verschlungenen Welten – Roman Nr. 2)

AF191250

Buch

Susanna hat in Timm den Mann ihres Lebens gefunden. Den Mann, von dem sie glaubt ihm bereits in einem früheren Leben geliebt zu haben und sie wagt mit ihm den Sprung in eine gemeinsame Zukunft.

Aus der anfänglich zarten Liebe entwickelt sich schnell eine tiefe Verbundenheit. Das Gefühl, wirklich füreinander bestimmt zu sein.

Aber so einfach wie die Beiden sich das denken wird es nicht.

Es gibt nicht nur Menschen, die gegen ihre Beziehung sind, sowie die Gefahr an normalen Alltagsdingen zu scheitern, sondern es scheint eine übergeordnete Macht zu geben, welche ihre Liebe erst wirklich in Gefahr bringt.

Es tauchen nicht erklärbare Wahrnehmungen auf, die überwiegend Susanna spüren kann und während sie sich auf Grund dessen die Frage stellt, ob mehrere Welten miteinander verschlungen sein könnten, registriert sie nicht, dass es Timm ist, der eigentlich in Gefahr ist.

Bis Susanna den Ernst der Lage wirklich begreift, ist es kaum noch möglich ihre Beziehung zu retten und es scheint aussichtslos zu sein, Timm von der mysteriösen Macht zu befreien

Dieser Roman ist die Fortsetzung von Ulrike Balkes Debütroman „Die falsche Zeit"

In „Die falsche Zeit" konnte sich Susanna durch einen Unfall an ein Leben und ihre große Liebe im 17.Jahrhundert erinnern. Fest verbunden mit diesem Mann beginnt Susanna ihre Suche nach dessen Reinkarnation und findet ihn schließlich in Timm.

Ulrike Balke

Verschlungene Welten

Roman

Bibliografische Information der Deutschen
Nationalbibliothek: Die Deutsche Nationalbibliothek
verzeichnet diese Publikation in der Deutschen
Nationalbibliografie; detaillierte bibliografische Daten sind
im Internet über dnb.dnb.de abrufbar

© 2024 Ulrike Balke
Umschlaggestaltung Ulrike Balke

Verlag: BoD · Books on Demand GmbH, In de Tarpen 42,
22848 Norderstedt, bod@bod.de
Druck: Libri Plureos GmbH, Friedensallee 273, 22763 Hamburg

ISBN: 978-3-7693-1888-3

Ich konnte überhaupt nichts damit anfangen.
Und so war es auch gar nicht verwunderlich, dass ich es im
Religionsunterricht vergaß.
Ein Buch mit Versen und Gedichten über das Leben.

Erst als meine Oma mich fragte, ob ich schon in ihrem
Geschenk gelesen hätte, bemerkte ich, dass ich es vergessen
hatte, und ich war froh, dass beim Hausmeister der Schule
zwei solche Bücher abgegeben wurden.
Wahllos griff ich nach einem.

Jahre später, meine Oma war längst gestorben, fiel es mir
wieder in die Hände.
Erst da begriff ich die Verse und die Gedichte.
Wenn ich darin las, war es als spreche meine Oma zu mir.
Unendlich wertvoll wurde dieses Buch für mich...

... und quälend die Erinnerung, dass ich nicht mehr wusste,
ob es wirklich dieses Buch war, das meine Oma in ihren
Händen gehalten hatte.

Ulrike Balke

Nun war sie weg. Noch vor kurzen hatte er sie direkt neben sich spüren können. Er wusste sie war aus einem anderen Leben zu ihm gekommen und dieses Wissen gab ihm die Sicherheit, an eine Zukunft mit ihr zu glauben.

Er wusste, dass seine im Kampf erlittenen Wunden tödlich sein würden, aber nun wo er sie neben sich gespürt hatte, fühlte er keine Angst mehr deswegen. Im Gegenteil, seine Hoffnung sofort zu ihr und somit in ihre Zeit zu können beflügelten ihn regelrecht.

Er hatte sogar probiert die Luft anzuhalten, damit er sofort in ihre Zeit konnte, aber es hatte nicht geklappt. Sie war ohne ihn gegangen.

Aber lange würde es nicht mehr dauern und er fühlte sich bereit und lächelte glücklich vor sich hin, bis ihm dieses blaue Licht in seiner Umgebung auffiel und hatte er sich das Licht des Todes nicht immer in einem strahlendem Weiß vorgestellt?

Vorsichtig versucht er die Lichtquelle ausfindig zu machen und erkannte das überdimensionale Augenpaar oben in der Ecke des Raumes.

Diese riesigen blauen Augen leuchteten ihn an und um sie herum nahm er eine Silhouette wahr, die Hörner hatte. Der ganze Umfang dieses Wesens schien einzig und alleine aus einem überdimensionalen Kopf zu bestehen.

Er sah auch ein leicht geöffnetes Maul, wodurch spitze Zähne in die Freiheit blitzten. Die Nase erinnerte in ihrer Optik an die Nüstern eines Stieres.

Er wusste, dieses Wesen, frei und von den Menschen gänzlich unbeeindruckt, spielte nach seinen eigenen Regeln.

Mit seinen blauen Augen schaute es nicht nur auf sein Krankenlager hinab, sondern mit seinen blauen Augen beleuchtete es die gesamte, bescheidene Bleibe, in welcher er sterbend lag.

Plötzlich öffnete sich das Maul weiter und als er hineinblickte sah er die unterschiedlichsten Bilder auf sich zukommen.

Eine schlafende Frau in einem Bett.

Dieselbe Frau in einer Hütte vor einem Mann stehend,

welcher ein Handtuch um den Hals trug und dessen Oberkörper nackt war und vom Schweiß glänzte.

Erneut diese Frau und dieser Mann, mit plötzlich blauer Hautfarbe, in einem Tanz vertieft.

Der Mann auf einem Podest, vor einer Menschenmenge und über ihm schwebte der Kopf, der nun gerade auch über seinem Krankenlager schwebte.

Entsetzt trennte er seinen Blick vom Maul des Wesens und blickte wieder in dessen blaue Augen.

„Wer bist du?", fragte er schwach.

„Ich bestimme wer mit wem zusammen leben darf", begann das Wesen zu antworten, „das Leben, das du eben gesehen hast, ist nicht das Leben indem du mit ihr Leben darfst. In dem Leben bist du nur ein Springer."

Schwer musste er schlucken. War es nicht noch vor einer gefühlten Sekunde gewesen, wo er sich auf ein neues Leben, mit der Frau die er liebte, gefreut hatte? Hatte er soeben Ausschnitte aus diesem erhofften Leben sehen können? Und wenn es so war, erklärte ihm dieses fürchterliche Wesen über seinem Kopf gerade, dass auch jenes Leben nicht ein Leben mit ihr sein würde?

„Ich mache dir ein Angebot", hörte er wieder die Stimme über sich. „Du hast deine Aufgabe, ein Kind zu retten, in diesem Leben erfüllt. Du wirst in deinem neuen Leben deine Aufgabe, ein Kind zu retten, erfüllen. Ich gebe dir die Chance, die Frau in dem soeben gesehenen Leben, zu lieben. Dafür wirst du in dem Leben nicht nur eins, sondern zwei weitere Kinder retten müssen. Eines wird nicht deines sein und eines wird deines sein. Du wirst dich in dem Leben nicht mehr an mich erinnern. Aber ich gebe dir die Gabe mich spüren zu können. Immer", ein leichtes, fast bedrohliches Hauchen entwich ihm, „immer und überall, wirst du mich spüren können", wiederholte er seine Worte wie eine Drohung „und es wird dir Angst machen. Du wirst in deinem Leben von Ängsten geplagt sein. Du wirst an der Grenze des Erträglichen leben müssen. Dadurch wirst du anders sein, als alle anderen Menschen um dich herum, und du wirst einsam sein, weil niemand dich versteht.

Das alles erleidest du, nur weil du mich ständig spüren kannst und wirst. Und irgendwann, wenn du bereit bist, wirst du mich rufen. Dann zeige ich mich dir wie heute und ich zeige dir, welchen Weg du gehen musst, um ein Leben mit ihr zu führen."

Mit müden und sterbenden Augen sah er das Wesen an und versuchte mühselig den Sinn seiner Worte zu erfassen.

„Wie rufe ich dich?", fragte er schwach.

„Du gibst mir einen Namen. Irgendeinen Namen, der dir im Laufe deines Lebens, in irgendeinem Glauben auffallen wird." Ein leichtes ironisches Lachen entwich dem Wesen. „Ich werde schon wissen, wenn du mich meinst", hauchte es weiter. „Wieso gibst du mir diese Chance? Wenn es denn eine Chance für mich ist." „Ich gebe dir die Chance, weil du den Mann, den du eigentlich in diesem Leben töten wolltest, nicht getötet hast. Man tötet nicht! Man tötet nie! Egal wie viel Hass ein Lebewesen auslösen kann. Jedes Lebewesen hat ein Recht solange zu leben, bis es selber sein Karma ins Gute verwandelt hat."

Tatsächlich schlossen sich, wie bei einem irdischen Wesen, kurz die großen blauen Augen, bevor sie wieder auf ihm ruhten. „Dafür dass du ihn aus freien Stücken Leben gelassen hast, würde ich, wenn du es willst, dir ein zusätzliches Leben schenken."

Einen Augenblick wartete das Wesen und dann fragte es ganz direkt.

„Nimmst du mein Angebot an? Ich biete es dir kein zweites Mal. Du musst dich jetzt entscheiden. Für das Leben. Für die Kinder, oder gegen alles."

„Ich nehme es an!", sprach er ohne zu zögern und schaute erwartungsvoll weiter in das Gesicht.

Aber er hörte nur noch einen leises „Gut" und die Silhouette, der blaue Schimmer seiner Augen, sowie auch die Kälte, die dieses Wesen ausstrahlte, verschwanden auf eine gewisse diffuse Art.

Diese Kälte hatte er gar nicht wahrgenommen, solange sie ihn umhüllt hatte. Erst jetzt nach seinem Verschwinden wusste er, dass er sie gespürt hatte.

Sein Blick glitt nach links und er sah wie die Zelttür

geöffnet wurde und seine liebe Freundin hereinkam. Sie setzte sich neben ihn und fürsorglich blickte sie ihn an.

„Soll ich für dich beten?", fragte sie sanft und er lächelte sie an.

„Nein danke, das brauchst du nicht mehr."

Als sie die Augen aufschlug, hörte sie die Dusche aus dem Badezimmer. Auch hörte sie, wie das Duschgel genommen und wieder abgestellt wurde, so hellhörig wie es in diesem Hotel war. Sie drehte sie den Kopf und schaute auf seine leere Betthälfte, um sich dann aufzusetzen. Mit schmerzverzehrtem Gesicht fasste sie sich zwischen ihre Schenkel und blickte sich dann um, ob irgendein Kleidungsstück in der Nähe lag und das, was ihr am nächsten erschien, war sein Hemd. Sie griff danach, zog es sich über und als sie nach den Knöpfen tasten wollte, schüttelte sie über sich den Kopf. Richtig, die Knöpfe gab es ja nicht mehr.

Sie blickte in den gegenüberliegenden Spiegel und sah ihre langen, blonden und lockigen Haare wild um ihr Gesicht hängen und versuchte dann mit den Fingern die Haare etwas zu sortieren, während ihr zum ersten Mal auffiel, dass ihre Haut während der ganzen Zeit hier in Indien, ein wunderschönen Braunton angenommen hatte. Passend zu ihren goldbraunen Augen. Zufrieden darüber lächelte sie sich an und langsam stand sie auf, um zum Fenster zu gehen und diesen gelben Lappen, der wohl als Vorhang gedacht war, zur Seite zu schieben.

Sie hörte die Straßengeräusche des Morgens. Nur welcher Morgen war? Jegliches Zeitgefühl, jegliches Gefühl für die Uhr, waren ihr abhandengekommen. Hatte sie mehrere Nächte mit ihm verbracht? Oder war es tatsächlich nur eine einzige? Für eine einzige Nacht fühlte sie sich ganz schön wund da unten an. Trotzdem war eine Nacht mit ihm mehr als sie sich jemals vorgestellt hatte. Sie konnte sich nicht an Sex mit einem Mann aus dieser Zeit erinnern. Sie konnte sich an Sex mit Danny Baker im 17. Jahrhundert erinnern, was 1997 ja irgendwie total verrückt war, wie sie nun vor dem dreckigen Fenster feststellte. Der Sex mit Timm in der letzten Nacht, hatte ihr das Gefühl geben wirklich zu diesem Mann zu gehören und so intensiv hatte sie das bislang, auch in einer anderen Zeit, nie empfunden. Ihre Körper schienen wie zwei Stücke zu sein, die anscheinend nur ein Stück sein sollten. Nichts konnte erklären, warum dieses Stück irgendwann einmal geteilt worden war.

Die Leidenschaft, die er in ihr weckte, ließ sie völlig willenlos werden, so dass man annehmen könnte, es wäre ein leichtes für ihn, diese Tatsache irgendwie ausnutzen zu können. Sie beruhigte sich mit dem Gedanken, dass sie das Gefühl hatte, er würde ebenso empfinden. Hinsichtlich dieser Tatsache, würde er es hoffentlich nicht wagen, ihre Leichtfertigkeit auszunutzen.

Mit den Erinnerungen, die das heutige Leben ihr freigegeben hatte, konnte sie trotz romantischer Veranlagung kaum verstehen, wieso manche Menschen eine regelrechte Abhängigkeit zu einem anderen Menschen entwickelten. Aber plötzlich verstand sie nun, warum es Menschen gab, die von einer bestimmten Person nicht mehr loskamen. Diese letzte Nacht mit ihm war so absolut unglaublich gewesen, dass sie jede Frau bedauerte, die nicht von so einer Nacht mit ihm zehren konnte.

Dabei meinte sie nicht wirklich eine Nacht mit ihm, sondern sie meinte eine Nacht, mit dem Mann, den man bedingungslos liebt.

Die Dusche von nebenan war nun ruhig, doch er schien sich sehr viel Zeit zu lassen. Sie hörte manchmal irgendetwas klappern, dann wieder kurz die Wasserleitung, um letzten Endes, eine gefühlte Ewigkeit, absolut nichts zu hören. War er so langsam, weil er ebenfalls über die letzte Nacht nachdachte?

Draußen hörte sie das Hupen der Autos. Ein sicheres Zeichen, dass die Welt sich fortlaufend weiterdrehte.

Hinter den Mauern der Pension. Sie konnte ihn riechen, den Duft Indiens und sie wusste, sie musste bald zurück.

Erneut war es ruhig im Badezimmer. Was dachte er nun? Sie knabberte gedankenverloren an ihrer Unterlippe, während ihre Gedanken zurückschweiften und sich plötzlich die lauten, knatternden Fahrgeräusche des Jeeps in ihren Kopf breit machten.

Timm und sie saßen in dem Jeep, zu dem sie schweigend vom Feigenbaum zurückgegangen waren und mit dem sie dann, ebenfalls schweigend, im Dunkeln zur Pension zurück fuhren.

Keiner von ihnen hatte gesprochen, nachdem sie ihr
Plätzchen unter dem Blätterdach des Feigenbaums
aufgegeben hatten, unter welchem sie sich, allen indischen
Regeln zum Trotz, hemmungslos geliebt hatten.
Nichts war zu hören, als nur das Knattern des Motors und
das Klappern der Karosserie. Sie machte sich während der
ganzen Fahrt Gedanken, wie es nun weitergehen sollte.
Würde er sie einfach absetzten, um dann weiter zu seinem
Hotel zu fahren? Heimlich hatte sie ihn die ganze Fahrt
über beobachtet. Er sah gut aus. Er hatte blonde Haare, die
ihm vorne teilweise geradezu verwegen in die Augen fielen
und wenn er sie mit seiner Hand zu Seite schob, konnte sie
seinen kräftigen und sehnigen Arm sehen. Sie fand es
unwahrscheinlich erotisch so etwas zu sehen und ließ ihren
Blick auf seinem weißen Hemd liegen, unter dem, wie sie
nun wusste, sich die muskulöse, schön gebräunte Brust
befand. Susanna konnte nicht sagen, was genau sie an
diesem Mann am anziehendsten fand. Die lockere Frisur?
Seine wahnsinnig grünen Augen, die so romantisch von den
dunklen, langen Wimpern umrahmt wurden? Oder schlicht
seinen Körper?
Alles von ihm fesselte sie. Sogar seine etwas raue, erotische
Stimme.
Sie hatten in dem Restaurant so viel gesprochen, es wurde
so viel gesagt und trotzdem waren die Hemmungen
zwischen ihm und ihr größer denn je. Sie wollte nicht, dass
er sie einfach nur absetzte, aber den Motor ließ er laufen,
als er vor ihrer Pension hielt. Sein Blick war geradeaus auf
die Straße gerichtet. Gesagt hatte er nichts. Auch ansehen
konnte er sie anscheinend nicht. Der Jeep war so
unerträglich laut, dass irgendwelche Worte ihrerseits völlig
sinnlos gewesen wären. Somit beugte sie sich, ohne noch zu
überlegen, einfach zu ihm rüber und drehte den Schlüssel
um.
Dann war es ruhig.
Kurz seinen Blick auf dem Zündschloss verweilend, sah er
sie dann an.
„Kommst du mit zu mir", fragte sie, „oder ... möchtest du
lieber fahren? Ich meine, ... es ist ok, wenn du fahren

13

willst." Er schloss die Augen, lehnte seinen Kopf an die Kopfstütze und atmete schwer durch, bis es ihm gelang den Kopf zu drehen, um sie erneut anzusehen. „Ich kann dir das nicht sagen, Susanna. Ich weiß nicht was richtig ist." Er schluckte schwer bevor er weitersprach. „Bitte sag du es mir, bitte."

Sie hob die Hand und berührte zart seine Wange. „Ich soll dir sagen, was du tun sollst?" Er lächelte schwach. „Nein, du sollst mir sagen, was du willst." Jetzt lächelte sie kurz, wurde dann aber schnell sehr ernst. „Ich kann dich nicht gehen lassen, Timm. Ich möchte mich jetzt nicht eine Sekunde von dir trennen." Er ergriff ihre Hand und küsste sie, bevor er sie wieder ansah. „Mir geht's genauso." Seine Stimme war nur noch ein Wispern.

Susanna atmete schwer durch, als sie nun daran zurückdachte. Ab da ging alles sehr schnell. Sie stiegen aus dem Auto und noch bevor sie die Hoteltür erreichten, küssten sie sich wild. In der Hotelhalle beherrschten sie sich und Susanna holte schnell ihren Schlüssel ab. Im Treppenhaus schafften sie nur eine der beiden Treppen und küssten sich erneut. Susanna spürte eine Erregung in sich, die sie bislang gar nicht kannte. Ihr Körper reagierte auf ihn mit einer rasenden Leidenschaft. Der nächste Stopp war ihre Zimmertür, auf der die Nummer 19 stand und als diese geöffnet war und beide drinnen angekommen waren, trat Timm die Tür mit seinem Fuß zu und ohne von ihr abzulassen, schob er sie zum Bett. Sie hörte den Stoff ihres Kleides reißen und mit einem betroffenen Gesichtsausdruck murmelte er etwas, wie eine Entschuldigung. Sie reagierte darauf indem sie sein Hemd einfach aufriss und die Knöpfe springen hörte. „Verzeihung", murmelte sie atemlos, während er seine Küsse für ein Lächeln unterbrach und sie aufs Bett drückte. „Verziehen", murmelte er, raffte ihr Kleid und schob sich zwischen ihre Schenkel. Susanna stöhnte auf, während er sie zwischen ihren Schenkeln küsste, um sich dann aufzurichten, seine Hose abwärts zu schieben und hart in sie einzudringen.

Ihr Herz raste immer schneller, das Rauschen in ihren

Ohren wurde immer lauter und sie hörte seinen Atem, ebenfalls immer lauter und immer unkontrollierter. Er ergriff ihr Haar an ihrem Nacken, zog ihren Kopf zurück und schob seine Zunge erbarmungslos in ihren Mund. Sein Atem wurde zu einem lauten Stöhnen. Stoß auf Stoß nahm er sie in Beschlag. Dies alles hatte gar nichts mit der Romantik zu tun, von der Susanna bislang dachte, dass sie gerade so etwas benötigte. Im Gegenteil, ihrem Körper schien etwas völlig anderes zu gefallen. Die Härte und die Manneskraft von Timm erregten sie dermaßen, dass sie ihn immer fester umschlang, um ihn immer weiter und härter in sich zu spüren.

Sie liebten sich einmal, zweimal, dreimal. Die ganze Nacht ging es so weiter, bis es ihnen endlich gelang inne zu halten und sich anzusehen. Ihre Körper waren glänzend nass und sein Schweiß perlte sich beinah von seiner Stirn ab.

„Oh Gott Engelchen, wie lange kann man es tun, bevor man daran stirbt?"

Sie musste lachen bei seinem besorgten Gesichtsausdruck. „Ich bin fünfundzwanzig, du wirst ein ähnliches Alter haben, nehme ich an." „Sechsundzwanzig", flüsterte er leise und ihren Blick selber kaum noch kontrollierend, sah sie ihn leidenschaftlich an. Anscheinend so leidenschaftlich, dass er erneut die Kontrolle über seinen Atem verlor. „Ich denke", fuhr sie fort, „wir müssen uns darüber noch keine Gedanken machen." Lächelnd legte er sich neben sie und zog ihren Schenkel über seine Hüfte. „Dann ist es ja gut", sprach er, während er nun, nur aus anderer Position erneut in sie eindrang.

An das Ende dieser endlosen Liebeskette konnte sie sich nicht mehr erinnern. Waren sie tatsächlich irgendwann eingeschlafen? Und war es tatsächlich nur eine Nacht? Als sie erwachte, war er im Bad.

Plötzlich zuckte sie aus ihren Gedanken hoch, als die Badezimmertür geöffnet wurde. Durch die Fensterscheibe, konnte sie sehen wie er um die Ecke kam und sich umsah, wahrscheinlich auf der Suche nach seinem Hemd. Ihre Blicke trafen sich durch die Scheibe, während er zu lächeln begann. „Ich hoffe wir tauschen noch", sprach er während er sich ein Handtuch um die Hüfte band. „Ich glaube nicht, dass ich in dein Kleid passe." Sie grinste ihn an. „Deine Chancen auf einen Tausch stehen gut."

Eine Weile betrachte er Susanna schweigend, immer noch durch die Scheibe, während er einfach hinter ihr stehen blieb. Unsicher erwiderte sie seinen Blick.

Wie war es jetzt zwischen ihnen? Jetzt, am Morgen danach? Oft kamen die Zweifel über das Getane mit dem Morgengrauen. Wie ging es ihm jetzt? Sie schluckte schwer. Ihr ging es tatsächlich nicht anders, als in der letzten Nacht. Sie sah seine muskulöse Brust, seine von sichtbaren Sehnen durchzogenen Arme und sie konnte es kaum glauben, dass sie, die sich selber eher für unscheinbar hielt die ganze Nacht, so intensiv, mit so einem attraktiven Mann verbracht hatte. Aber, so nahm sie ihre Gedanken wieder auf, was dachte er nun wohl?

Er trat noch etwas näher und legte seine Hände auf ihren Schultern ab, während sein Blick ernst auf ihrem verweilte.

„Heirate mich, Engelchen."

„Waaaaaaaaaaaaaas?????"

Abrupt drehte sie sich um und starrte ihn an. „Weißt du was du da sagst?", fragte sie ihn entgeistert. Er antwortete nicht. Sie sah seine grünen Augen, die ein leichtes schelmisches Grinsen verrieten. Ein kleines Aufflackern, das sich ganz gemächlich auf seinem Gesicht ausbreitete. Sie ertappte sich bei dem Gedanken, dass er das unmöglich ernst meinen konnte, während sich sein Gesicht zu so einem verführerischen Lächeln verwandelte, dass sogar kleine Grübchen auf seinen Wangen erschienen. Nie waren diese ihr zuvor an ihm aufgefallen. Sie lachte auf. „Beinah hätte ich geglaubt, du meinst das ernst." „Hm", entfuhr es ihm, dann drehte er sich von ihr fort und setzte sich auf den Stuhl, der an der Wand stand. Ein Bein locker über das andere gelegt. „Ich sah dich zum ersten Mal, als ich mit einer ganzen Ärzteschar an einer Visite teilnehmen durfte", begann er, „sie sprachen an deinem Bett darüber, dass du an einem chronisch, subduralen Hämatom im oberen Bereich des rechten Stirnlappen leidest". Susanna zog fragend die Augenbrauen hoch, aber er redete weiter. „Sie wiesen an, die Operation vorzubereiten und verließen dann geschlossen den Raum", er unternahm eine kleine Pause. „Das war das erste Mal, dass ich dich sehen konnte und ich vergaß einfach der Truppe zu folgen." Sein Blick löste sich von ihr, er stütze sich mit den Ellenbogen auf seine Knie und seine Augen glitten verträumt durch den Raum. „Ich weiß nicht, was in dem Moment passiert ist, aber ab dem Zeitpunkt, konnte ich an nichts anderes mehr denken als an dich. Ich war so gut wie immer bei dir." Er stand auf und ging auf sie zu. „Ich bin kein Heiliger, Susanna. Ich habe schon etliche Frauen gehabt." „Oh, wie nett", entfuhr es ihr, aber er ignorierte ihre Bemerkung. „Nie wollte ich etwas Festes haben, ich habe Sex gehabt und mehr interessierte mich nicht. Falls ich mal gespürt habe, dass es von meiner Seite aus mehr werden könnte, habe ich es beendet." „Warum?", fragte sie irritiert. „Es lohnt sich nicht", flüsterte er leise. „Wieso? Was lohnt sich nicht, Timm?" „Eine Beziehung lohnt sich nicht. Man investiert so viele Gefühle …, dafür, dass am Ende alles vorbei ist." Stirnrunzelnd sah sie ihn an. „Das muss doch gar nicht so sein. Ich meine, wenn es passt …, es gibt etliche Paare die ein ganzes Leben zusammen sind." „Bis einer stirbt und dann?" Entsetzt sah sie ihn an. „Ach du meinst, auf ein gesamtes Leben lohnt es sich nicht?" „Richtig." „Aber wenn man so denkt, dann lohnt sich doch gar nichts." „Auch richtig." Sie zog zum Schutze das Hemd enger um sich und stand vor ihm als würde sie plötzlich frösteln. „Wieso …", fragte sie zaghaft, „kommt man auf solche Gedanken?" Erstaunt sah er sie an. „Das fragst du mich? Ausgerechnet du? Gerade du musst es doch wissen, Susanna. Du warst dem Tod doch schon so nah und du hast bereits die Hälfte deines Lebens verloren." „Ich habe die Hälfte meines Lebens verloren?", fragte sie nach.

„Deine Erinnerungen", half er ihr auf die Sprünge. „Was ist ein Leben ohne Erinnerungen?" „Ich habe Erinnerungen", begann sie ihr Leben zu verteidigen und trat, immer noch in fröstelnder Haltung, ein paar Schritte rückwärts, während er das Wort wieder übernahm und lässig ein paar Schritte nach vorne ging, so dass er wieder direkt vor ihr stand. „Drei? Oder vier? Schwammige Momente vor dem Unfall? Vielleicht auch mal Ausschnitte aus der Schulzeit? Du hast als Kind gelernt. Wozu? Wenn du nun so vieles nicht mehr weißt davon. Du hast Menschen mit deiner Anwesenheit glücklich gemacht. Zum Beispiel deine Eltern. Du hast deinem Freund Liebe geschenkt. All das ist weg! Es ist für dich weg und es ist für die weg, die dich lieben." „Ich biete etwas anderes!", fuhr sie auf und er zog fragend die Augenbrauen hoch, während sie weitersprach. „Ich bin nicht tot und selbst wenn ich es wäre hätte mein Leben in dieser Welt durchaus etwas bewirkt. Vielleicht merke ich das nicht. Vielleicht löse ich mit meiner Anwesenheit nur woanders etwas aus. Wenn es so ist, und ich glaube, dass es so ist, dann ist für mich der Sinn des Lebens, einfach zu Leben. Warum das der Sinn ist? Wieso das der Sinn ist?", fragte sie sich doppelt und antwortete sich auch gleich direkt selber, „… das kümmert mich nicht! Leben ist für mich ständige Veränderung und ich glaube niemand auf diesem Planeten weiß warum das so ist." Sie ließ das Hemd los und hob die Hände fragend an. „Wieso soll sich nichts für mich lohnen? Ich bin doch da und solange ich da bin, lohnt sich alles, was ich für gut halte." Ein Lächeln huschte über sein Gesicht und zart berührte er ihre Wange. „Und du glaubst meine Frage, ob ich dich heiraten will, wäre nicht ernst gemeint?" Völlig verblüfft sah sie ihn an. Seinen Antrag hatte sie bei diesem Dialog direkt wieder vergessen gehabt. Er tat so als bemerkte er das nicht und nahm zart ihr Gesicht zwischen seine Hände. „Du bist wie die Sonne, die vor mir aufgegangen ist, Susanna. Deine Strahlen erleuchten alles um mich und deine Wärme und Zuversicht berühren direkt mein Herz. Vom ersten Augenblick habe ich gespürt, dass du zu mir gehörst. Vielleicht habe ich mich dagegen gewehrt in Hajmar, weil ich solche Gefühle nicht kenne, aber ..., wir gehören zusammen und du weißt das, Susanna! Du wärst mir nicht gefolgt, wenn du es nicht wüsstest." Er ließ ihr Gesicht los und ergriff stattdessen ihre Hände, während er vor ihr niederkniete.

„Heirate mich. Wir gehören zusammen, bitte heirate mich." „Aber ...", begann sie zaghaft, „wieso glaubst du nun, dass es sich lohnt?" „Ich fühle mich mit dir verbunden und ich glaube ein Leben ohne dich, wäre gar kein Leben."

Ihre Gedanken überschlugen sich, ja sie glaubte auch, dass sie zu diesem Mann gehörte, aber ging das nun alles nicht etwas schnell? Und wenn sie „Nein" sagte, würde er das Ganze dann ganz beenden? Bei seiner soeben gehörten Einstellung war es möglich, dass er entweder nur ganz- oder gar nicht wollte und plötzlich hörte sie sich selber „ja" sagen.

Sie war gar nicht fertig mit denken und sagte: „ja?"

„Ja?", fragte nun auch er so erstaunt, als wenn er nie mit einem „ja" gerechnet hätte.

Sie blickte zu ihm nach unten, wo er immer noch kniete und sah seine wunderschönen Augen, die voller Liebe und voller Erwartung zu ihr aufblickten und eine Woge voller liebender Gefühle durchflutete auf einmal ihren Körper.

„Ja", sprach sie und lächelnd kniete sie sich nun auch vor ihn.

„Ja, ich heirate dich."

Ihre Hand zitterte, als sie die Kaffeetasse abstellte. Das Frühstück war einfach, aber es machte satt. Nur …, sie fühlte sich nicht gut! Eher fühlte sie sich wie unter Drogen gesetzt. Da sie diese, sowie auch sonst nichts dergleichen zu sich genommen hatte, dachte sie ernsthaft darüber nach, ob es möglich war, dass der Rotwein auch noch nach zwei Tagen wirkte. Sie beobachte die Menschen in dem kleinen Frühstücksraum. Alles Touristen. Wahrscheinlich alles Menschen, die nun, kurz nach ihrem Frühstück, zum Flughafen aufbrachen. Nur sie nicht. Das heißt, was sie jetzt eigentlich machen würde, wusste sie gar nicht.

Erneut griff sie nach der Kaffeetasse, in der Hoffnung einen klaren Kopf zu bekommen. Was hatte sie nur gemacht? Am Anfang war es wie ein schönes, großes Abenteuer, als sie mit ihrer Freundin Bianca aufgebrochen war, um einen Mann zu suchen, den sie gar nicht kannte. Es verschaffte ihr sogar Erleichterung nach ihm zu suchen. Während sie sich auf die Suche konzentrierte, vergaß sie, dass sie eigentlich alles vergessen hatte. „Möchten sie noch Kaffee?", die Bedienung lächelte sie freundlich an. „Ja, gerne", antwortete sie leise und sah zu, wie die dunkle Flüssigkeit in ihre Kaffeetasse erneut nachgefüllt wurde, mit der Erkenntnis, dass auch dieser Kaffee ihr nicht weiterhelfen konnte.

Susanna saß alleine an dem Tisch, da Timm bereits mit seinem Frühstück fertig, nun doch von seinem schlechten Gewissen geplagt, zum gegenüberliegenden Postgebäude gegangen war, um mit Jim in Hajmar zu telefonieren. Nervös schaute sie dem morgendlichen Menschentreiben auf der Straße zu. Alles hatte sie vergessen, als sie aus dem Koma vor zwei Jahren erwacht war. Wer sie war. Wo sie lebte. Mit wem sie lebte. Ihre Freunde.

Nur bruchstückchenweise kamen die Erinnerungen zurück. Der Autounfall, der Betrug ihres damaligen Freundes mit einer Anderen. Die Erinnerungen an ihre Familie und an ihre Freundin Bianca. Letztere hatte maßgeblich dazu beigetragen, dass die Erinnerungen überhaupt bruchstückweise zurückkamen. Erneut griff sie nach dem Kaffee, fragte sich aber auch, ob das Zittern ihrer Hand

eventuell sogar von dem Kaffee kam. Sie nahm einen Schluck und stellte ihn wieder ab. „Würden sie mir bitte noch ein Wasser bringen?" Die Bedienung lächelte ihr im Vorbeigehen zu. „Bringe ich ihnen sofort." „Danke." Nervös fuhr Susanna sich mit ihrer Hand an die Stirn und schaute wieder hinaus. Es war für sie nicht das Schlimmste gewesen, dass sie sich an ihr Leben nicht mehr erinnern konnte. Schlimm war es gewesen, dass sie bei ihrem Erwachen der felsenfesten Überzeugung war, die Irin Rebecca Jonnson zu sein. Neunzehn Jahre alt und unsterblich verliebt in den Engländer Danny Baker. Sie war der Überzeugung, dass sie im 17. Jahrhundert als Emigrantin mit ihrer Familie nach Amerika ausgewandert war. Sie wusste alles aus diesem Leben. Sie konnte Tabak genauso gut anbauen wie Mais, nur dass das 1995 von ihr gar nicht verlangt wurde. Nun gut, damit kam sie klar. „Bitte ihr Wasser", die Bedienung lächelte sie erneut freundlich an, als sie ihr das Wasser auf den Tisch stellte. „Brauchen sie sonst noch etwas?", fragte sie fürsorglich, „Sie sehen nicht gut aus." „Ein Beruhigungsmittel wäre nicht schlecht", murmelte Susanna. „Was?", fragte die junge Inderin, welche mit ihrer Jeanshose und ihrem weißen T-Shirt außerordentlich europäisch gekleidet wirkte. „Ach nichts", winkte Susanna ab, „danke, das ist erst einmal alles." Die Runzeln noch auf der Stirn, verschwand die Bedienung wieder.
Nein, das war nicht das Schlimmste, nahm Susanna ihre Gedanken wieder auf. Das Schlimmste war, dass sie Danny nicht vergessen konnte. Sie versuchte mit diesem Verlust zu leben. Aber sie war nicht erfolgreich damit. Irgendwann hatte sie dann Nachforschungen betrieben. Nachforschungen über Rebecca Jonnson und Danny Baker. Nachforschungen über die im 17. Jahrhundert lebenden Indianer und über die Emigranten aus der alten Welt. Alles und jeden hatte es gegeben und seit dieser Erkenntnis nervte sie Bianca, dass sie bereits gelebt hatte. Logische Schlussfolgerung daraus: „Wenn sie wieder auf dieser Welt war, dann doch sicherlich auch Danny."

Susanna sah die Behältnisse vor sich auf dem Tisch nachdenklich an. Sollte sie jetzt zum Wasser oder zum Kaffee greifen? Nun ja, der Kaffee wurde ja nur unnötig kalt. Zittern hin oder her. Allerdings hatte sie diesmal wirklich Mühe, den restlichen Kaffee wieder abzustellen. Sie stütze ihr Gesicht mit den Händen ab, um weiter zu überlegen wie sie eigentlich in diese Situation kommen konnte, ohne, dass ihre Hände so stark zitterten.

Damals hatte sie Bianca mit in die USA geschleppt, um ihre Nachforschungen zu komplettieren und schließlich hatte sie Bianca mit in dieses Land geschleppt. Nach Indien.

Susanna seufzte schwer. Die arme Bianca. Nun ja, immerhin war sie nun wieder in Deutschland, was Susanna von sich nicht gerade behaupten konnte. Aber sie vermisste die Freundin, sowie die Gespräche mit ihr. Obwohl …, sie hatte ja Timm gefunden.

Die Überzeugung, dass dieser Krankenpfleger, welcher sie in Berlin Nacht für Nacht gepflegt hatte, nun besagter Danny war, entnahm sie aus ihren Visionen.

Als Rebecca hatte sie die Vision, das Danny während sie krank war zu ihr gesprochen hatte. Mehr noch, er hatte ihr seine Liebe gestanden. Susanna seufzte schwer bei dieser Erinnerung, nahm einen Schluck Kaffee und starrte dann zur Abwechslung mal wieder aus dem Fenster.

Nachdem sie ziellos, auf der Suche nach ihren Erinnerungen, durch die Welt gereist war, hatte sie dann die Vision, dass auch während ihres Komas jemand ihr eine Liebeserklärung gemacht hatte. Das musste natürlich Timm gewesen sein. Susanna schüttelte den Kopf. Der arme Krankenpfleger, welcher in der Zwischenzeit seine nächtliche Krankenpflege abgebrochen hatte, um als Entwicklungshelfer nach Indien zu gehen. Susanna war ihm nach dieser Erkenntnis natürlich umgehend gefolgt. Selbstverständlich mit Bianca.

Kein Wort hatte er verstanden, warum sie eigentlich hier war. Susanna war über diese Tatsache auch nur kurz verwundert, weil ihr letztendlich dann doch die Erkenntnis kam, dass Timm gar nicht wusste, dass er eigentlich Danny war. Oder besser gesagt, gewesen war.

Ein verzweifeltes Stöhnen entrann Susannas Kehle und die Bedienung blieb natürlich prompt neben ihr stehen „Haben sie etwas bestellt?" „Nein", Susanna grinste sie breit an. „Dachte, ich hätte etwas gehört", murmelt die Bedienung und ging dann Gott sei Dank weiter. Gut, Susanna trank den letzten Kaffee und stürzte sich dann das Wasser hinunter.

Sie war so erfreut gewesen, dass Timm sie dann plötzlich von ihrem Rückflug zurückhielt. Bianca flog allein zurück nach Deutschland. Das war nicht einmal alles, Timm gab sogar zu, dass er ihr tatsächlich eine Liebeserklärung gemacht hatte. Der Rest ging dann ganz von allein.

Und jetzt saß sie hier!

Allein mit Timm in Indien. Heiraten wollte sie ihn, wobei sie sich schon Gedanken machte, wie das so schnell hier in Indien funktionieren sollte. Keine Ahnung, was nach der Heirat passieren sollte. Kam er mit ihr nach Deutschland? Blieb sie hier? Konnte sie überhaupt hier bleiben? Nun ja, ihr Visum betrug ein halbes Jahr, aber zu den Mitarbeitern der Entwicklungshilfe von International Development Berlin gehörte sie nicht. Konnte sie trotzdem bei Timm bleiben oder musste sie gar ohne ihn zurück? So ängstlich sie jetzt auch auf ihre Zukunft sah, so wusste sie doch, dass sie sich auf keinen Fall von Timm trennen wollte.

Mit dieser Erkenntnis und nun glücklicherweise etwas weniger zitternden Händen, verließ sie den Frühstücksraum und die Pension, um ihn zu suchen.

Er kam ihr mit seinem knopflosen Hemd und seinem inzwischen mehr als Dreitagebart vom Postgebäude entgegen. „Hast du Jim erreicht?" „Ja, und wir machen noch einen Umweg bevor es nach Hajmar zurückgeht." Zart umfasste er ihr Gesicht und gab ihr einen Kuss. „Was denn für einen Umweg?" „Ich muss nach Delhi." „Nach Delhi?" Er nickte, ergriff ihre Hand und zog sie zum Postgebäude zurück. „Wir holen ein paar Pakete Verbandsmaterial ab. Das geht schneller und ist sicherer, als der Postweg. Außerdem", er zögerte kurz, „außerdem möchte ich von Delhi aus noch einen Umweg über Matura machen." „OK" Susanna sah ihn unsicher an. „Gibt es da auch noch etwas zu holen?" Er lächelte sie an. „Nein", und charmant legte er seinen Kopf zur Seite, während seine Augen geheimnisvoll aufleuchteten. „Da möchte ich tanzen." „Tanzen?", entfuhr es ihr erstaunt und etwas lauter als geplant. „Ja", lachte er auf, „oder wie immer man mein Vorhaben dann auch nennen mag, die einen sagen tanzen ..., die anderen, nun ja ..., du wirst es sehen".

Bei seinen letzten Worten veränderte sich sein Blick, auf eine für Susanna seltsame Art. Tiefgründiger? Geheimnisvoller? Oder bedrohlich?

Sie konnte seinen Blick und ihr Gefühl dazu nicht deuten und sah ihn verunsichert an. Im Nu tauchte wieder sein charmantes Lächeln auf. Dennoch ihre Verunsicherung blieb, die Angst blieb, etwas Falsches zu tun, indem sie mit einem fremden Mann, in einem fremden Land mitzog.

„Ein halbes Jahr gilt dein Visum, nehme ich an?", sprach er weiter, ohne auf ihre Unsicherheit einzugehen. „Ja ..., aber soll ich ein halbes Jahr mit dir hier bleiben?" „Ich wollte sowieso im Dezember zurück. Dann läuft dein Visum ab", er zögerte kurz bevor er weitersprach, „wir bleiben hier und fliegen gemeinsam zurück. Es sei denn ..., du willst nicht solange hier bleiben." Sein Blick war fragend auf sie gerichtet. „Ich habe ein bisschen Angst", gestand sie ihm wahrheitsgemäß. „Angst vor meiner eigenen Courage, welche mich die letzten Wochen so angetrieben hat. Ich habe Angst vor diesem Land und ...", sie zögerte etwas, „ich habe Angst vor dir."

Sie wusste nicht, wie er auf diese Ehrlichkeit reagieren würde. Sie wusste gar nichts über ihn, wie sie erneut schmerzhaft feststellen musste. Sein Blick war warm auf sie gerichtet. „Ich habe auch Angst, Susanna." Bei dieser Bemerkung konnte sie die Erstauntheit in ihrem Gesicht nicht unterdrücken. „Natürlich habe ich keine Angst vor Indien, aber ich habe Angst vor dem, was wir hier gerade tun. Ich habe verdammt viel Angst, Susanna. Ich habe Angst, vor dem was wir tun. Ich habe Angst dich hierzubehalten. Ich kann und will dich nicht gehen lassen, aber meine Angst ist groß. Weil wir uns gar nicht kennen. Weil ich dich trotzdem so liebe und ..., weil ich noch nie zuvor eine Frau so nah an mich heran gelassen habe."
Es waren Ewigkeiten, in denen sie sich einfach nur ansahen. Versunken in den Augen des Anderen. „Es ist verrückt ...", flüsterte sie leise, „aber ich glaube nach wie vor, dass es richtig ist". Ihre noch vor kurzem sorgenvollen Gedanken verpufften bei seinem Charme und seiner Ehrlichkeit im nichts. Er schloss kurz die Augen und als er sie wieder ansah, konnte sie sehen, dass sein Blick feucht war. „Ich glaube es auch." Nur ablesen konnte sie den Satz von seinen Lippen. „Lass uns gehen", fuhr er nun etwas lauter fort, „deine Eltern werden auf deinen Anruf warten."

Nach dem zu Bett gehen am Abend lag sie noch länger wach und blickte an die Zimmerdecke. Timm schlief und hatte den Arm um sie gelegt. Sie spürte seine Nähe und seinen Atem und ihre eigene Nervosität.

Susanna erkannte sich kaum wieder, sobald sie Zeit zum Nachdenken hatte, stiegen Angst und Unsicherheit in ihr auf. Nur vor wem oder was eigentlich? Das wusste sie nicht. Sie hörte die Stimme von ihrem Vater in ihrem Kopf, der am Telefon nicht unbedingt zu ihrem Wohlbefinden beigetragen hatte.

Susanna hatte richtig vermutet, dass ihre Eltern sich große Sorgen gemacht hatten in der Zeit des Monsuns und wo sie nicht wussten, wo genau sich Susanna und Bianca in dem Land befanden und wie es ihnen ging. Susanna und Bianca wurden in dem Entwicklungsdorf, wo sie Timm fanden von dem Monsunregen überrascht und kamen von dort nicht mehr weg, obwohl sie es versucht hatten und Susanna lag nun auf dem Bett neben Timm und schüttelte bestimmt zum einhundertsten Mal den Kopf über ihr Verhalten damals. Trotz Warnungen von Timms Freund Jim, war sie einfach mit Bianca im Auto losgefahren. Auch Bianca wollte lieber in Hajmar bleiben, aber sie selber war so stur und enttäuscht anscheinend nicht das in Indien zu finden, wonach sie suchte, dass sie einfach weiterfuhr. Sie gerieten mit ihrem Fahrzeug ins Flussbett. Bianca schaffte es noch sich aus dem Wagen zu retten, aber wären Timm und Jim den Beiden nicht gefolgt, wäre Susanna ertrunken. Timm hatte sie aus dem Wagen gezogen und kam dann selber dort nicht mehr weg und wäre ebenfalls fast ertrunken.

Susanna drehte den Kopf und blickte ihn an. Zart berührte sie seine Wange, während sie an diesen schrecklichen Tag zurückdachte und ihr erneut bewusst wurde, dass Timm, ohne die Wiederbelebungsmaßnahmen von Jim, heute nicht neben ihr liegen würde. Sie seufzte und blickte wieder an die Zimmerdecke.

Sie kamen alle vier wieder in Hajmar an und dort mussten auch Susanna und Bianca über Wochen bleiben. Der Ort war abgeschnitten nach dem Regen. Nur durch Hubschrauber aus der Luft, wurden notwenige Hilfspakete abgeworfen. Das Spital war voll von kranken Menschen. Nie hatte Susanna bislang schrecklichere Bilder in ihrem Leben gesehen und ihre Eltern hatte in der Zeit überhaupt nicht gewusst, wo Bianca und Susanna waren. Sie mussten eine unendliche Angst ausgestanden haben, weil sie die Mädchen eigentlich in Delhi vermutet hatten und erst auf die Nachfrage von Susannas Vater bei der Entwicklungshilfe hörten sie, dass Timm Mühlbach wahrscheinlich gar nicht in Delhi sondern in Hajmar war und der Ort zur Zeit nicht erreichbar war.

Susanna seufzte erneut. Sie konnte ihrem Vater nicht übelnehmen, dass sie seine Ängste und Zweifel heute immer noch am Telefon gehört hatte. Sie hatte zwar noch gehofft, dass sie die Erleichterung, weil alles gut war, in der Stimme ihres Vaters hätte hören können, aber dies war nicht der Fall gewesen. Ihr Vater war nach wie vor besorgt. Er wirkte enttäuscht, weil nur Bianca zurück nach Deutschland gekommen war und deutlich hatte er auch gesagt, dass er erwartet hätte, sie käme ebenfalls zurück nach Hause. Sie hatte ja nun mit Timm gesprochen und er verstand nicht, warum die Beiden sich nicht später in Berlin hätten kennenlernen können. Ihm gefiel es nicht, dass sie mit einem für ihn relativ fremden Mann, in einem für ihn total fremden Land blieb.

Susanna schluckte schwer, während sie bei ihren Gedanken die Zimmerdecke anstarrte. Ihr Vater war ihr Halt gewesen in den letzten Monaten, er stand immer hinter ihr, was ihr eine unwahrscheinliche Sicherheit vermittelt hatte. Seine plötzlichen Bedenken und Ängste machten sie traurig und während sie über ihre Enttäuschung nachdachte, wusste sie auf einmal warum sie innerlich so nervös war. Ohne die Unterstützung ihres Vaters, fehlte ihr die Gewissheit das Richtige zu tun! Und somit begann sie anzuzweifeln, dass es gut war in Indien bei Timm zu sein und sie gewichtete die Sorgen ihres Vaters überdimensional groß. Diese Sorgen schürten den Gedanken, dass alles in Indien schlecht und gefährlich wäre. Die Menschen, die Natur, die Krankheiten die es hier gab. Alles war gefährlich und auch der Mann an ihrer Seite war, durch seine Unbekanntheit, für ihren Vater ein gefährlicher Mann. Ein Mann, der sie vielleicht vom rechten Weg abbrachte und durch Susanna auf die schiefe Bahn gelangen könnte. Ein Mann, der sie missbrauchte oder eventuell schlagen würde. Ihr Vater hatte sich gewünscht, sie würde ihn weiter in Deutschland kennenlernen, aber jetzt in diesem Moment war ihr klar, dass ihr Vater selber ihn erst einmal gerne kennengelernt hätte.

Vorsichtig schielte Susanna zu Timm rüber und betrachtete ihn.

Die ganzen letzten Wochen hatte sie mehr oder weniger mit ihm verbracht. Klar war er anfangs auch abweisend zu ihr gewesen und hatte somit seine Grenzen ihr gegenüber abgesteckt. Aber nachdem Susanna seine Grenzen akzeptiert hatte, war er immer nett und höflich zu ihr gewesen. Er stand ihr auch sofort bei, wenn sie Probleme mit den Indern und deren Kultur bekam und sie dachte dabei an die wütende Mutter, die auf Susanna zustürmte, weil diese eine Fliege aus dem Gesicht deren Kindes verscheuchte. Timm war sofort da gewesen und hatte sich schützend vor Susanna gestellt und Timm hatte ihr das Leben gerettet, als sie drohte im Fluss zu ertrinken, nur weil sie im Monsun nach Hause fahren wollte.

Sie betrachtete ihn weiter. Für sie war er nicht schlecht. Ja, sie kannte ihn wenig bis gar nicht und sie wusste auch nicht ob man wirklich für ewig zueinander passen würde, aber schlecht? Gefährlich? Sie konnte es sich nicht vorstellen. Erneut schaute sie wieder zur Decke. Sie war erwachsen. Es wäre schöner mit der Unterstützung ihrer Eltern gewesen, aber Fakt war, sie war erwachsen und sie würde diesen Weg weiter gehen und gab es überhaupt falsche Wege? Oder gab es nur unterschiedliche Wege?

Plötzlich spürte sie, wie Timms Hand zart ihren Arm streichelte.

Sie sah ihn an. „Ich weiß was du fühlst", sprach er leise und sein Blick war ernst auf sie gerichtet, „mein Vater versteht auch nicht, was ich hier mache. Mein Vater ist enttäuscht von mir, weil ich seiner Meinung nach hätte studieren können und es nicht nötig gewesen wäre Deutschland zu verlassen." Er hob seine Hand an und streichelte zart ihre Wange. „Es hilft, dass du erkannt hast, was dich so deprimiert. Klar wird deswegen eine leichte Traurigkeit darüber bleiben, Susanna. Aber es ist sinnlos zu lange darüber nachzudenken und ich glaube das ist etwas, was jeder Mensch irgendwann lernen muss, damit er seinen eigenen Weg gehen kann." Total überrascht sah sie ihn an. „Woher weißt du, was ich gerade gedacht habe?", fragte sie leise. Ein Lächeln breitete sich auf seinem Gesicht aus. „Ich wusste es nicht. Ich hab nur gespürt, dass es etwas für dich Wichtiges ist." Schweigend sah sie ihn an. „Schlaf jetzt", flüsterte er und zog sie enger an sich. Sie schmiegte sich an ihn, während sie nun begann über Timm nachzudenken, aber auf einmal war das nicht mehr wichtig. Sie fühlte sich geborgen. Sie fühlte sich sicher und sie schlief einfach ein.

Jaipurs Zentrum hatte sie sich total anders vorgestellt, aber als sie im Nachhinein darüber nachdachte, war ihr nicht einmal klar, wie sie es sich vorgestellt hatte. Aber nicht so. Es war bereits spät am Nachmittag, als sie Jaipurs Altstadt erreichten. Die Häuserfassaden mit ihren winzigen Fenstern, bogenförmigen Eingängen, geschwungenen Balkonen und Kuppeldächern im Licht der tiefstehenden Sonne erschienen ihr in einem satten Rosa. Das Schlendern durch die pulsierende Stadt gehörte anscheinend zu den Touristenzielen Nummer eins. Es waren hier fast so viele Europäer wie Inder zu erkennen. Es gab auch nur noch wenige vorbeiziehende Kamelkarren mit ihren stolzen, Turban geschmückten Antreibern, auf die Susanna irgendwie gehofft hatte. Stattdessen bestimmten neben den Fahrradrikschas immer mehr PKW und Busse das Stadtbild.

Sie begannen mit ihrem kleinen Ausflug am Singh Pol, einem jener sieben Eingangstore der Altstadt. Das ca. sieben Meter hohe und drei Meter dicke Tor erhob sich majestätisch vor Susanna. Geradezu fasziniert blickte sie auf seine Türmchen, seine Balkone und Schießscharten. Sie schlenderten an zahllosen Marmorständen vorbei und irgendwann fragte sie: „Gibt es in dieser Stadt nichts anderes als Mamor?" Timm lachte und grinste sie an. „Jaipur ist noch aus früher Zeit in Mohallas eingeteilt", antworte er. „Ach, tatsächlich? Und was soll das sein? Ich meine Mohallas?" „Das bedeutet, dass bestimmten Vierteln der Stadt, bestimmte Handwerks- und Händlerschichten zugeteilt sind. Wir befinden uns jetzt gerade in der Berufssparte des Marmor." „Was du nicht sagst." Langsam gingen sie weiter, hin bis zum Choti Chaupar. An der Kreuzung trafen sich die über 30 Meter breiten Hauptstraßen der Altstadt. Die Straßenstände der Händler für Früchte und Blumen, boten hier ein so farbenprächtiges Bild, dass Susanna augenblicklich stehen blieb. Timm wartete geduldig, bis sie das Bild in sich aufgenommen hatte. Als sie ihn ansah, lächelte er auf sie herab. „Können wir weitergehen?" Sie nickte und wanderte an seinem Arm weiter durch diese für sie so außergewöhnliche Stadt.

Kurz vor dem Johari Bazar beugte Timm sich zu ihrem Ohr. „Das nächste Handwerk dürfte dir besser gefallen." Und tatsächlich kamen sie dort erheblich langsamer voran, als kurz zuvor. Die Auslagen der Händler waren hier voll von Schmuck. Susanna glaubte niemals zuvor so viel und vor allem so unterschiedlichen Schmuck gesehen zu haben. Sie sah verzierte hinduistische Götter, soweit sie diese mit ihrem Wissen erkennen konnte. Perlen in allen Farben, Goldschmuck und vor allem Silber, was, wie sie bereits deutlich erkennen konnte, bei den Inderinnen äußerst beliebt war. Er war ebenfalls aus Silber. Die Haare aufgetürmt zu einer asketischen Haarflechtenkrone, in welcher sich eine Mondsichel befand. Zu den zwei Augen, gesellte sich in der Mitte ein senkrechtes Drittes. Susanna betrachtete es interessiert. „Das ist das Auge der Erkenntnis", flüsterte ihr Timm über die Schulter zu. Seine vier Arme hielten einen Dreizack, eine Trommel, eine Schlinge und eine Keule. Seine Kleidung bestand aus Raubtierfellen. Durch den Silberschmuck schwer zu erkennen, erkannte man es letztendlich an den Raubtierköpfen, die sorgsam verarbeitet an seinen Gewändern hingen. Um den Nacken hatte er eine Kobra geschlungen. Die ganze zierliche Figur befand sich in einem Ring, welcher an der Kette hing. „Wer soll das sein?", fragte Susanna, während sie sich leicht zu Timm zurückdrehte. „Shiva", antwortete Timm, „er ist aus dem Seuchengott Rudra und aus dem Feuergott Agni entstanden. Der Kreis um ihn soll im Übrigen den Feuerkreis symbolisieren. Da drüben ist er nochmal und besser zu erkennen." Susanna ließ ihren Blick über die Auslagen zu der 30 cm hohen Figur in der Ecke gleiten, auf welche Timms Finger deutete. „Die Darstellung symbolisiert die Erschaffung und die Zerstörung des Universums", begann er zu erklären. „Und er befindet sich in einem Feuerkranz?", fragte Susanna, als sie auch dort einen runden Kreis um die Figur erkannte. „Hm, er tanzt in diesem Feuerkreis. Bei seinem Tanz bricht Shiva dem darunter lebenden Dämon der Unwissenheit Apasmâra das Rückgrat. So einen Tanz solltest du mal nachgestellt sehen.

31

Die vielen Glöckchen um seine Fußgelenke klingen wunderschön, wenn der Tänzer mit ihnen zum Takte tanzt." Susanna betrachtete die Figur. Sie war beeindruckt, dass die Hindus anscheinend eine sehr genaue Vorstellung über das Aussehen ihrer Götter hatten. Sie selber glaubte ja auch an Gott, aber abgesehen von Jesus, der in jeder Kirche traurig am Kreuz hing, hatte sie eigentlich keine Vorstellung wie der Gott, an den sie glaubte, eigentlich aussah. Außerdem musste sie darüber nachdenken, wie viel Timm über diese Götter wusste. Chiela, die junge Inderin, welche sie in Hajmar kennengelernt hatte, hatte ihr erzählt, dass Timm ein gläubiger Mensch war. Für Susanna eigentlich nichts Neues, weil so hatte sie ihn sich vorgestellt. Sie konnte sich in ihrer Überzeugung an ein Orakel im 17. Jahrhundert erinnern und dieses Orakel hatte ihr vorausgesagt, dass der Mann den sie liebt, ein gläubiger Mann ist. Sie löste sich von Shiva und drehte sich zu Timm um, aber dieser war nirgends zu sehen. Sie trat auf die Straße und sah nach rechts und nach links, um seinen blonden Kopf irgendwo zu erkennen. Sie sah ihn nicht und plötzlich nahm sie, so ohne ihn, ein gewisses Unwohlsein wahr.

In Timms Gegenwart waren ihr die Blicke der männlichen Inder gar nicht mehr aufgefallen, aber jetzt, wo sie alleine hier stand, spürte sie die teilweise verabscheuenden Blicke der Männer auf sich ruhen. Die Unsicherheit in ihr wuchs. Hatte sie denn recht, wenn sie zu ihrem Vater sagte, dass sie hier in diesem Land auch alleine zurechtkommen würde? Alleine als Frau? Denn genau das hatte sie ihm in ihrem Telefonat auch trotzig erzählt. Einer der Inder ging so dicht an ihr vorbei, dass er ihre Brüste streifte und als sie ihm hinterher sah, drehte er sich um, grinste und nickte ihr auffordernd zu. Eine Geste, mit der sie nun gar nichts anfangen konnte. Sie zog die Augenbrauen hoch, als besagter Inder sich beim Gehen wieder nach vorne drehte, um an Timms Brustkorb abzuprallen. Hart sah dieser ihn an und seine Stimme auf Hindi klang alles andere als freundlich. In geduckter Haltung schob der Mann davon. „Sie sind immer wieder erstaunt, wenn man sie mit ihrer Sprache anspricht", kam er auf Susanna zu. „Wo warst du?"

„Da drüben, hatte dort etwas zu erledigen." Mit seinem Kopf nickte er zu dem Nachbargeschäft hinüber. „Ich bin froh, dass du wieder da bist, die Inder mögen mich nicht." „Sie mögen nicht dich nicht, sondern sie mögen deine Kleidung nicht", Susanna blickte an ihrem enganliegenden Top und der blauen Jeanshose hinab. „Warum denn nicht?" „Zu offenherzig!" „Zu ... was?" „Du zeigst zu viel von deiner Figur. Dein Busen ist zu erkennen. Die Schultern sind nicht komplett verdeckt. Das lässt dich in ihren Augen zu einem leichten Mädchen werden." „Na toll!" „Ich bin jetzt ja da, wenn dich noch einer so ansieht oder anrempelt, dann haue ich ihn um!" „Timm...!" „Na gut", besänftigte er seinen Tonfall, „vielleicht nicht sofort."

Sie gingen weiter, erneut über den Choti Chaupar und Timm führte Susanna über eine der beiden Treppenaufgänge, an welchen er der davor stehenden Inderin 10 Rupien gab. Sie gelangten zu einer Plattform und blieben an dessen Geländer stehen. Eine faszinierende Aussicht über gleich mehrere Straßen hinweg, erstreckte sich vor ihnen. Den Blick auf rosa Häuser und die bunten Auslagen gerichtet, welche von hier oben selber wie ein einziges Schmuckstück wirkten, hatte Susanna das Gefühl sich mitten in einer Märchenwelt zu befinden.

Timm lehnte sich auf das Geländer und schaute hinab. „Susanna, ich muss dir etwas gestehen", begann er zaghaft. Auch das noch. Susanna hielt augenblicklich die Luft an. „Was denn?", fragte sie unsicher. „Es ist wegen der Heirat." „So?" „Hm", er drehte sich zu ihr um und sah sie unsicher an. „Ich denke nicht, dass wir hier in Indien so einfach heiraten können." „Ach das meinst du, das habe ich mir eigentlich schon fast gedacht." Nahezu erleichtert kamen die Worte aus ihr heraus. Er hatte seinen Blick erneut über die Straßen gerichtet. „Nicht das meine ich, das war eigentlich von vorne herein klar und ich hatte auch nicht die Vorstellung, dass du etwas anderes annehmen würdest. Ich meine vielmehr, ich habe mit Jim telefoniert deswegen." Jetzt wurde Susannas Blick wieder misstrauisch. „Weswegen?" Er drehte sich ganz zu ihr um und umfasste ihre Schultern. „Ich kann das nicht ..., ich

kann nicht solange warten, bis wir in Deutschland sind."
„Was hast du den vor?", fragte sie unsicher. „Wenn du
nicht willst, dann rufe ich Jim und Chiela wieder an und
sage ab." „Was denn?", fragte Susanna nun allmählich
etwas ungeduldig. „Sie bereiten eine Hochzeit für uns vor."
„Sie machen was?" „Eine, die der hinduistischen Hochzeit
ähnelt." Susannas Augen wurden immer größer, aber Timm
sah sie unverwandt an und seine Stimme bekam einen
tiefen, sanften Ausdruck. „Sie gilt nicht vor dem Gesetz.
Aber sie gilt für mich! Sie gilt, so hoffe ich, auch für dich.
Würdest du so etwas mit mir tun? Einfach nur, weil wir uns
lieben?" Susanna hatte das Gefühl, dass der Boden unter ihr
schwankte `Einfach nur, weil wir uns lieben` hatte er
gesagt. Eine Hochzeit, die nur für sie beide von Bedeutung
war, weil sie sich liebten. Und er schlug ihr das vor. Ihr
Herz schien bei so viel Romantik regelrecht zu springen.
„Würdest du?", fragte er erneut. „Ja!", antwortete sie
strahlend. Ein erleichtertes Lächeln erleuchtete sein
Gesicht. „Dann sind wir ja jetzt verlobt", sprach er so leise,
dass es beinah schüchtern wirkte. Sie nickte nur leicht mit
dem Kopf, während er den Ring aus seiner Tasche zog.
Einen reich verzierten, silbernen Ring, den er ihr sorgsam
über den linken Ringfinger gleiten ließ. Er passte wie
angegossen und während sie den Ring, mit inzwischen
feuchten Augen betrachtete, reichte er ihr einen weiteren,
etwas größeren Ring. Sie lachte kurz auf. „Du bist
verdammt gut vorbereitet", sprach sie, während sie den
zweiten Ring nahm, um ihn ihm auf den Finger zu stecken.
„Während du dich von Indern hast begutachten lassen, habe
ich die beiden hier gerade erstanden", erklärte er nicht ohne
einen gewissen Stolz hinter seiner grinsenden Mimik.
Schnell beugte er sich zu ihr herab und nur flüchtig
berührten seine Lippen ihre. Auch darüber musste Susanna
lächeln. Sie wusste dass dieser beinah flüchtige Kuss nur
deswegen so flüchtig war, weil Timm sehr genau auf die
Kultur in fremden Ländern achtete. Auch diese Eigenschaft
faszinierte sie an diesem Mann. Er nahm ihre Hand.
„Komm", zog er sie mit sich fort, „ich zeig dir das höchste
Gebäude der Altstadt, den Iswari Minar Swarga Sal, erbaut

von Maharaja Iswari Singh, dem Sohn von dem Gründer Jaipurs. Er war ein schwächlicher Herrscher und setzte seinem Leben durch Selbstmord ein Ende. Kannst du dir vorstellen, bei seiner Einäscherung ließen sich 21 Frauen mit ihm verbrennen." Susanna antwortete nicht, als er sie hinter sich herzog. Sie musste immer noch lächeln, bei seinem Versuch, die Leidenschaft zwischen ihm und ihr zu unterdrücken.

So schön es aber auch alles war und so gerne Susanna einfach weiter mit Timm das Land erkundet hätte, so schnell war es dann doch wieder vorbei, denn Timm war kein Urlauber hier und er musste arbeiten. Eine Tatsache die Susanna akzeptieren musste und mehr oder wenig gelangweilt saß sie auf einem Stuhl in der Ecke der Blechhütte, in der Timm Bilanz zog. Er stand vor dem Regal der verfügbaren Arzneien und hakte diese auf seiner Liste ab. Fragend zog er die Augenbrauen hoch, als er die vielen sich so ähnelnden Flaschen etwas abseits stehen sah. Er nahm eine davon in die Hand und betrachtete das Etikett. „Schlangenserum? Was wollt ihr denn damit?" „Die Schlangenbisse häufen sich", antwortete Martin, während er das mitgebrachte Gut von Tim und Susanna auspackte. Sie waren in Delhi angekommen und nachdem sie an einer großen Lagerhalle Verbandsmaterial, Spritzen und Medikamente in den Wagen geladen hatten, fuhren sie weiter in die Slums am Rande von Delhi, um einen Teil der Ware dort zu entladen.

„In Thar vielleicht, aber wir befinden uns hier in Delhi", bemerkte Timm. „Am Rande Delhis", kam die nüchterne Antwort von seinem Freund und Kollegen. „Ja und?" Timm trat zu ihm an den Tisch und setzte sich ihm mit der Flasche gegenüber. Martin sah auf. „Leider treten auch hier neuerdings solche Fälle auf." „Hm, das ist aber ungewöhnlich. Wie kommen die Schlangen denn hierher?" „Also wir nehmen an, dass sie durch die Bettler und Gaukler hierher kommen. Bei ihnen hatten wir die ersten Bisse zu verzeichnen", erklärte Martin, während er sich auf seinen Stuhl zurücklehnte. „Wahrscheinlich haben sie sie in der Wüste gefangen und wollten hier mit ihnen ein paar Rupien verdienen. Oft wird es so gemacht, nachdem man ihnen die Giftzähne entfernt hat, aber anscheinend sind doch ein paar von diesen netten Tierchen entkommen. Ich meine, mit ihren Giftzähnen." Timm stellte die Flasche auf den Tisch. „Die haben uns hier noch gefehlt", Martin winkte ab. „In erster Linie hat Emma sie wegen der eventuellen Möglichkeit eines Bisses bestellt. Eine große Gefahr stellen sie hier nicht dar." „Ich denke Emma ist zurück in Deutschland?" Martins Blick schielte bei Timms Frage kurz rüber zu Susanna, die in der Ecke des Raumes saß und geduldig wartete bis Timm mit allem hier fertig war.

„Sie ist seit drei Wochen zurück", antwortet Martin. „Aha", kam es von Timm.

Susanna sog scharf die Luft ein, das hatte ihr noch gefehlt. Gab es hier irgendetwas, das sie vielleicht wissen sollte? Sie fühlte sich eh schon unwohl hier, weil dieser Raum im Gegensatz zu dem Haus in Hajmar nicht größer als eine der Slumhütten war, welche direkt an das Gebäude angrenzten. Die Hitze staute sich auf dem gesamten Gelände und es stank nach Müll und Kot, ihrer Meinung nach. Bei der Bemerkung, dass es hier zusätzlich Probleme mit Schlangen geben könnte, fühlte sich Susanna noch unwohler, dass aber nun noch der Name einer Frau fiel, auf den Timm irgendwie seltsam reagierte, brachte ihre Laune auf den absoluten Nullpunkt.

Am besten, dachte sich Susann, wäre es wohl wenn sie draußen warten würde und stand genau in dem Moment auf, wo die Tür schwungvoll aufgerissen wurde und eine junge blonde Frau hereinstürmte. Sie rannte direkt auf Timm zu, während sie freudig ausrief: „Timm, oh ist das schön, dass du da bist, ich hab mir solche Sorgen während des Monsuns gemacht." Sie wollte direkt um Timms Hals fallen, der inzwischen schon von seinem Stuhl aufgesprungen war und reflexartig einen Schritt zurück tat. Sie zögerte und Timm nutzte die Gelegenheit sofort. „Wenn ich dir erst mal Susanna vorstellen darf". Er deutete in Susannas Richtung und sie folgte mit ihrem Blick seiner Geste. „Wir wollen heiraten", ergänzte er und ihr Blick ging umgehend von Susanna zu ihm zurück. „Ihr wollt was?", fragte sie entgeistert und Timm wandte sich an Susanna, „Susanna, das ist Emma." Jetzt trafen sich die Blicke der beiden Frauen und Susanna konnte das blanke Entsetzen in Emmas Augen sehen. Sie sah zu Timm, welcher sich inzwischen entschlossen hatte lieber keine der beiden Frauen anzusehen, sondern die nichts aussagende Holzwand gegenüber zu betrachten. Susanna war die Erste die sich fing. Sie setzte ihren angefangenen Weg, in Richtung der nun schon offenstehenden Tür, fort und drehte sich dort nochmal kurz um. „Ich glaube, ihr zwei habt noch etwas zu bereden", sprach sie, während Timm sie mit einem verlegenden Gesichtsausdruck nun doch wieder ansah. „Ja, also, ich gehe dann auch mal", fügte Martin hinzu und drängelte sich noch vor Susanna aus der Tür heraus. Langsam drehte Susanna sich und folgte ihm. Schulterzuckend sah Martin sie an. „Du brauchst nichts sagen", erklärte Susanna, „wir kennen uns nicht und ich erwarte keinen Trost von dir." Fast erleichtert nickte Martin. „Ich warte im Auto auf Timm", fügte Susann hinzu und ging dann langsam auf den Jeep zu und setzte sich auf den Beifahrersitz.

Sie wusste überhaupt nicht was sie denken sollte. Sie wusste nicht mal was sie fühlte. Hätte man ihr einen Schlag mit dem Hammer gegeben, wäre es wohl ein ähnliches Gefühl gewesen. Gefühlte Stunden schaute sie auf den sandigen Weg vor dem Auto, der, wie unschwer an den rechts- und links stehenden Wellblechhütten zu erkennen, direkt in die Slums führte. Aber als sie es schaffte ihren Blick von dem Weg zu lösen, sah sie auf der Uhr im Armaturenbrett, dass gerade erst 30 min vergangen waren. In dem Moment sah sie Timm aus der Hütte kommen, direkt auf das Auto zu. Er stieg ein und an der Hütte sah sie nun wie Emma diese verließt und zügig nach rechts abbog, um hinter der Hütte zu verschwinden. Schweigend blickte sie zu Timm, der inzwischen saß und auf das Lenkrad starrte. „Es tut mir leid", flüsterte er, „ich hab nicht damit gerechnet, dass sie hier ist. Ich hab nicht damit gerechnet, dass sie eventuell ein Thema wird. Ich hätte es dir sagen sollen." „Timm", Susanna fand ihre Sprache wieder. „Es geht mich nichts an, was vor uns war und mit welcher Frau du eventuell mal etwas hattest, zusammen warst oder sonstiges, nur …", sie schwieg einen Moment und beugte sich dann vor, um ihn besser, als nur im Profil zu sehen. „Ich werde das Gefühl nicht los, dass nicht Emma das Problem ist, sondern ich", abrupt sah er sie an. „Wie meinst du das denn jetzt?" „Nun ja, ich fühle mich wie eine Frau,

38

die lediglich deine Geliebte ist und die nicht wusste, dass du längst vergeben bist." Timm lachte ironisch auf. „Nein, ist klar, Susanna. Natürlich stelle ich meine Geliebte meiner eigentlichen Freundin sofort als meine zukünftige Frau vor." Susanna zuckte mit den Schultern. „Vielleicht deine Art Schluss zu machen, woher soll ich das wissen? Ich kenne dich ja kaum." Timm sah sie erst noch an und ließ seinen Blick dann ebenfalls in Richtung der staubigen Straße gleiten. „Auf diesem Niveau brauchen wir nicht weiterreden", sprach er. „Es ist nicht meine Art so Schluss zu machen. Wobei ich nicht weiß, wie ich Schluss machen würde, wenn ich mal Schluss mache. Aber ich hoffe ich sage dann einfach, dass es aus ist." Schweigend sah Susanna ihn an. Ohne Susanna anzusehen erklärte er weiter: „Ich habe mit ihr geschlafen. Mehr als einmal und jedes Mal wenn wir länger zusammen gearbeitet haben, was genau drei Mal der Fall war. Ich habe ihr gesagt, dass nie mehr sein wird als Sex und wenn sie damit nicht klar kommt, soll sie gehen. Angeblich hatte sie das verstanden." „Frauen verstehen so etwas nie", bemerkte Susanna. „Ich weiß", antworte er unverzüglich. „Was?", Susanna entglitten bei der Bemerkung die Gesichtszüge. „Warum tust du das dann? Wieso tust du das, wenn du doch siehst, das sie dich liebt? Wieso lässt du so jemanden nicht einfach in Ruhe?". „Vielleicht hat sie auch mich nicht in Ruhe gelassen? Hast du da schon mal drüber nachgedacht? Es ist nicht jeder wie du Susanna und zieht sich sofort zurück. Es gibt tatsächlich unter deinem Geschlecht auch Frauen, die extrem mit ihren Reizen spielen und einem ständig wieder anflirten, wenn man nur in ihre Nähe kommt". Susanna musste lachen. „Du konntest also nicht anders? Weil sie dich immer wieder geradezu angefallen hat?" Er ließ seinen Kopf an die Kopfstütze fallen. „Ich gebe auf! Spinn dir deine Geschichten weiter zurecht", sprach er und sah sie dann wieder an. „Ich hab nie behauptet, dass ich ein Lamm bin, ich habe auch gar keine Gelegenheit gehabt überhaupt irgendetwas von mir zu erklären. Wenn sie dir so leid tut, Susanna, dann geh zu ihr und tröste sie. Ich kann nur sagen, ich war nie mit ihr fest zusammen und ich habe ihr nie

irgendwelche Versprechungen gemacht und jetzt gehe ich
da wieder rein", er deutete auf die Hütte, „und überprüfe
weiter was noch so benötigt wird." Er stieg aus und ging
auf die Hütte zu. Susanna sah ihm eine Weile hinterher,
blickte dann wieder auf die staubige Straße und überlegte
sich, warum eigentlich nicht? Warum nicht einfach mal der
Emma folgen und deren Version abfragen. Entschlossen
stieg sie aus dem Auto aus.

Sie brauchte nicht weit gehen, um an einer der Hütten den
Namen „Emma" zu sehen. Einmal tief durchatmend,
klopfte sie dann zügig an. Emma öffnete die Tür und sah
sie mit noch feuchtem Blick an. Da Susanna sich nicht
genau überlegt hatte wie sie dieses Gespräch eigentlich
beginnen sollte, fing sie einfach an. „Ich habe Timms
Version über euch gerade gehört und würde nun gerne noch
deine hören. Ich hab nämlich das Gefühl, das ich hier
störe". Unsicher und fast fragend sah Emma sie an. „Ich
denke es wird stimmen, was Timm dir erzählt hat. Du wirst
meine Version nicht brauchen". Sie wollte die Tür
schließen, aber Susanna streckte ihre Hand aus und stoppte
sie damit. „Er sagt, ihr wart nicht zusammen. Er sagt, es
war nur Sex, ohne tiefere Gefühle. Du machst mir aber
nicht den Eindruck, dass es so war und deswegen möchte
ich deine Version trotzdem hören." Emma lachte kurz auf,
während sie ihr Gesicht kurz nach rechts drehte, um
Susanna dann doch wieder anzusehen. „Doch es war so! Es
war nichts als Sex." „Warum reagierst du dann so?" „Das
wirst du nicht verstehen, denk ich." Wieso sollte ich das
nicht verstehen? Ich bin eine Frau und ich denke du hast
dich einfach doch in ihn verliebt?" Emma lehnte sich an
den Türpfosten, während sie Susanna ansah und ihre
Tränen langsam versiegten. „Sicher, vielleicht habe ich
mich in ihn verliebt, vielleicht liegt es aber auch nur daran,
dass ich einfach ein Mensch bin, der jemanden helfen
möchte". „Das verstehe ich nicht, was meinst du damit?",
fragte Susanne irritiert. „Timm braucht Hilfe und ich hätte
ihm helfen können, weil ich diejenige von uns beiden bin,
die überhaupt bemerkt, dass er Hilfe braucht! Wie willst du

ihm helfen, wenn du so etwas nicht mal bemerkst?" „Das habe ich tatsächlich noch nicht bemerkt." Antwortete Susanna trocken. „Was soll denn das für eine Art von Hilfe sein?" „Es macht keinen Sinn, einer völlig von Emotionen befreiten Frau auch nur zu versuchen sowas zu erklären, ich verspreche dir nur eins, du wirst nicht glücklich mit ihm werden und du wirst ihn niemals halten können. Timm ist viel zu sehr mit sich beschäftigt, als das er gefühlmäßig besonders lange an dir hängen wird!" Dann schlug sie die Tür zu.

„Gut", murmelte Susanna zu sich selbst, „wir können also auch anders, muss ich feststellen." Dann drehte sie sich um und blickte die Straße hinunter. „Wieso mache ich mir Gedanken um die Verletzbarkeit dieser Frau?", fragte sie sich und wollte losgehen, in dem Moment hörte sie ein sehr kurzes Zischen neben sich und ehe Susanna überhaupt begriff, was neben ihr war, spürte sie ein Zwicken, nicht mehr und nicht weniger. Sie blickte hinab und sah eine Schlange, die immer noch wütend, den Kopf angehoben, das Maul weit geöffnet, vor ihr tänzelte. Anscheinend nur darauf wartend, den nächsten Biss zu vollführen. Sie hatte ein Kettenmuster auf ihrem Rücken und ihre Länge war bestimmt nicht länger als 25 cm, aber Susanna hatte sofort die schlimmsten Befürchtungen. Sie vergaß, dass ihr Fuß schmerzte und trat so vorsichtig wie es nur möglich war einen Schritt von der Schlange weg, dann einen zweiten, während sie sich zaghaft in Richtung von Emmas Tür wandte. „Emma? Emma … hilf mir, bitte." Und dann einen weiteren Schritt zurücktretend, etwas lauter. „Emma … Hilfeeeeeee." Die Tür ging wieder auf und Susanna hörte nur ein: „Oh mein Gott", von der Tür. Sie selber wandte ihren Blick nicht von der Schlange, die nun, als würde sie schweben von rechts nach links und von links nach rechts vor ihr hertrieb und unaufhörlich näher kam und plötzlich trennte das Beil aus Richtung von Emma den Kopf ab. Emma kam auf sie zu. „Komm leg dich hin, es ist nicht so schlimm, leg dich einfach direkt hier hin." Susanna blickte sie angsterfüllt an. Aber Emma lächelte ihr beruhigend zu. „Du brauchst keine Angst haben, wenn du dich jetzt ganz still verhältst, schreitet das Gift kaum voran und die Jungs bringen mir gleich das Schlangenserum." Während Susanna sich langsam wie von Emma angewiesen auf den Boden legte, rief Emma die Straße hinunter: „Timm? Martiiiiinnnnn? Timmmmm????" Timm guckte am Ende der Straße fragend um die Ecke und als er sofort loslaufen wollte, sprach Emma: „Es ist nichts Schlimmes, es ist nur ein kleiner Schlangenbiss, kannst du das Serum mitbringen, gegen die Sandrasselotter?" Timm blieb stehen, nickte dann zaghaft und ging erst rückwärts, dann schnell drehend vorwärts wieder um die Ecke. Er hatte alles dabei, als er bei Emma und Susanna wieder ankam. „Martin ruft die Rettung an", sprach er und lächelte Susanna an, während Emma alles übernahm, um Susanna einen Tropf anzulegen. Zärtlich streichelte Timm über Susannas Haar. „Du machst ja Sachen, aber du brauchst dir keine Gedanken über so einen kleinen Otterbiss zu machen". Er beugte sich vor und küsste sie zart. Susanna spürte wie der Schreck so langsam in ihr nachließ, dennoch fühlte sie sich nicht wohl. Sie wusste nicht, ob es die Angst war, die ihr das Gefühl gab, nicht mehr richtig atmen zu können. War es die Angst oder war es das Gift? War es die Angst oder war es das Gift, das ihrem Herzen das Gefühl vermittelte sich krampfhaft zusammen zu ziehen? Ihr wurde schwindelig und ihre Hand festigte nun doch ängstlich den Griff, um Timms Hand. „Es ist alles gut, Susanna", sprach er weiter. Alles was du fühlst, ist normal und harmlos."

Als Emma ihr Werk vollbracht hatte hielt sie einfach nur die Tropfflasche in der Luft, während Timm sich neben Susanna auf den Boden legte, sie umarmte und immer wieder beruhigende Worte zu ihr sprach, bis der Rettungswagen plötzlich hinter ihnen auftauchte. Sie hoben Susanna auf die Trage und dann in den Wagen und nachdem Susanna einen weiteren Einstich, diesmal im Arm spürte, wurde es dunkel.

Ihr Kopf schmerzte, als sie ihre Umgebung wieder wahrnahm. Stöhnend öffnete sie die Augen. Sie sah eine Betondecke über sich, ehemals blau gestrichen, platzte die Farbe inzwischen an vielen Stellen ab. Es war unerträglich laut hier. Sie lag im Bett und als sie ihren Kopf nach rechts drehte, wusste sie auch was für ein grauenvoller Lärm das war. Neben ihr war ein weiteres Bett, in dem eine Frau lag und sie hatte 4 Besucher um das Bett stehen, die laut schnatternd und lachend irgendetwas sprachen, was Susanna nicht verstand. Aber hätte sie die Sprache beherrscht, hätte sie auch nichts verstanden, weil die gesamte Anzahl an sprechenden Menschen einfach viel zu viel war. Mühselig stützte sie sich auf ihre Ellenbogen und versuchte über das Bett der anderen zu blicken. „Oh mein Gott", murmelte sie fassungslos. Das Zimmer war ein bestimmt über dreißig Meter langer Schlauch und die Betten alle an einer Wand, höchstens mit eineinhalb Metern Abstand, aufgereiht. Nicht nur die Dame neben ihr hatte Besuch. Jedes der Betten war belegt und jeder Patient hatte zwischen 3 und 9 Besuchern. Susanna blickte nach links und sah Timm neben sich sitzen, auf einem Stuhl zusammengesackt und schlafend. „Timm? Wie um alles in der Welt kannst du hier schlafen?" Er wurde wach, sah sich kurz verwirrt um, um dann plötzlich abrupt total klar zu sein und sich zu Susanna vorzubeugen. „Du bist ja wach, oh Gott sei Dank", er nahm ihre Hand und küsste sie bevor er sie wieder ansah und fortfuhr, „ich hatte so eine scheiß Angst um dich, Susanna." „Wieso?", fragte Susanna irritiert. „Wieso, fragst du?", ungläubig sah er sie an. „Weißt du nicht mehr was passiert ist?" „Doch, ich wurde von einer Schlange gebissen, einer Otter oder so, aber ihr sagtet doch das wäre nicht schlimm." Schelmisch verdrehte Timm die Augen. „Jaaaa gut, du solltest halt ruhig bleiben und dich nicht aufregen, deswegen haben wir ein bisschen untertrieben. Eigentlich handelte es sich um eine ′big four′." „Große Vier?", übersetzte Susanne fragend. Timm nickte. „Genau, eine der 4 giftigsten Schlangen Indiens und es war keine niedliche kleine Otter, obwohl sie war klein, vielleicht war das noch dein Glück. Aber es war eine gemeine Sandrasselotter, deren Biss nicht gerade selten zum schnellen Tod führt." Entsetzt sah Susanne ihn an. „Ach du meine Güte, das hab ihr ja gut vor mir verborgen." „Ja", nickte Timm, „allerdings musst du demnächst bitte vorsichtiger sein. Dieser Trick funktioniert allgemein nur einmal." „Ja", nickte Susanna, „das glaube ich gerne." Sie sah sich wieder in dem Raum um, bevor sie sich erneut an Timm wandte. „Wann kann ich hier weg?" „Ein paar Tage noch zur Beobachtung." „Kannst du mich nicht mitnehmen und beobachten?" Er legte den Kopf leicht schief und seine Augen alleine waren schon Aussage genug. „Ist ja schon gut", gab Susanna klein bei, „war ja auch nur so eine Frage." Erneut ließ sie ihren Blick über diesen abscheulichen Raum gleiten, aber das anfängliche Entsetzen ließ einfach nicht nach. Wie um alles in der Welt, sollte man an so einem Ort gesund werden? Jeder Glaube an einen Tod mit hellem Licht um sich, in das man wie eine leichte Feder einfach hineinschwebte, wäre doch verlockender als hier zu liegen. Ihr Blick blieb an der Wand hängen, an welcher zum Überfluss auch noch irgendwelche Werbeposter geklebt waren. Dass so etwas nun in einem Krankenhaus noch erlaubt war, war für sie absolut unbegreiflich, bis ihr Blick an einem Plakat, auf welchem tanzende Menschen abgebildet waren, hängen blieb. Oben drüber stand in großen Buchstaben Matura.

Sie drehte sich zu Timm um. „Was für ein Datum haben wir?" „Den 3. Juli, warum?" „Was machst du dann hier?", fragte sie entsetzt. „Hä?", entfuhr es ihm nun völlig unverständlich. „Du wolltest nach Matura", sie deutete auf das Plakat, „es geht Morgen los!" „Ja und?", entsetzt sah er sie an. „Susanna, bist du völlig von Sinnen? Du stirbst mir hier fast unter den Händen weg und wunderst dich dann, warum ich nicht zum Tanzen in Matura bin?" „Oh du hast recht", zerknirscht knabberte sie an ihrer Unterlippe, „unter diesen Umständen wäre ich vielleicht auch nicht gefahren." Dann warf sie ihre Arme einmal kurz hoch, atmete befreiend durch und lächelte ihn an. „Jetzt bin ich aber fast wieder gesund und es geht erst morgen los. Also fahr!" Es waren erneut nur Timms Augen, die die

Kommunikation mit Susanna übernahmen, da ihm anscheinend komplett die Sprache abhandengekommen war. Nur was genau sie sagten, war nicht zu bestimmen. Es war eine Mischung aus Fassungslosigkeit, Bewunderung und Unverständnis. „Guck du nur", murmelte sie vor sich hin, „das beeindruckt mich gar nicht."

Natürlich hatte sie sich durchgesetzt.

Nur langsam trat er über die Anhöhe und blickte auf das Treiben am Flussufer. Er blieb stehen und lediglich seine grünen Augen bewegten sich langsam von links nach rechts, um das gesamte Bild, das sich ihm bot zu erfassen. Im Normalfall hätte er sie niemals verlassen, aber sie hatte es so gewollt. Wahrscheinlich weil sie alleine sein wollte. Weil sie nachdenken wollte. Wahrscheinlich nachdenken über das, was Emma ihr erzählt hatte. Nur was hatte Emma ihr denn erzählt?

Er fühlte seinen Pulsschlag bis zum Hals und langsam hob er seine Hand, um sie zu betrachten. Sie war schwitzig, sowie ihm auch über seinen restlichen Körper der Schweiß lief. Man hätte annehmen können, dies geschah auf Grund der starken Hitze, die hier in der Mittagszeit herrschte. Tatsächlich war es aber seine Nervosität, die ihm die Schweißperlen auf die Stirn trieb. Völlig ausdruckslos ließ er seinen Blick über seinen Arm gleiten. Über und über hatte er seinen Körper mit blaugrauer Farbe bemalt und langsam drehte er seinen Arm, um ihn zu betrachten. Kurz bevor er seinen Blick in den strahlend blauen Himmel über sich richtete und erneut hörte er es. Den rasselnden Atem direkt neben sich. Es war eine Mischung aus Atmen und leichtem Stöhnen, manchmal sprach dieser Atem auch zu ihm, stöhnte ihm leise irgendwelche Worte ins Ohr, dessen Sinn er in seinem gesamten Leben bisher nie verstanden hatte. Seit seiner Kindheit, genau genommen, seit dem Tod seiner Mutter war dieser Atem sein ständiger Begleiter. Am Anfang wollte er sich Hilfe bei seinem Vater suchen, der ihn aber nicht verstand und den er mit seinen Erklärungen über diesen Atem nur ebenfalls in Angst versetzte. Am Ende brachte ihn sein Vater zu allen möglichen Ärzten. In Sorge darüber, dass sein Sohn verrückt war. Man hatte ihm Tabletten gegeben, in jeglichen Formen, mal machten sie einfach müde, mal hatte er den Eindruck komplett neben sich zu stehen, aber nie hatte er den Eindruck, sie würden ihm in irgendeiner Weise helfen. Irgendwann hatte er die Tabletten einfach nicht mehr genommen, sie heimlich versteckt und am Ende weggeworfen.

Der rasselnde Atem neben ihm blieb. Timm vertraute sich nie wieder jemanden an, sondern zog sich so nach und nach weiter in sein Schneckenhaus zurück. Er war ein Beobachter der Welt geworden, ohne wirklich noch an ihr teilzunehmen. Er fühlte sich nie dazugehörig. Nähe, auch zu Frauen mied er, da Frauen immer alles ganz genau wissen wollten und diese Fragerei nervte ihn. Ebenso nervte ihn an Frauen, dass sie häufig über jeden seiner Schritte informiert sein wollten, sobald man Nähe zuließ. Er aber konnte nicht jeden Schritt von sich erklären. Wenn er nachts aufstand, weil der rasselnde Atem ihn weckte, was sollte er dann sagen? Wenn er in einer geselligen Gruppe plötzlich total abwesend wahr, weil die rasselnde Stimme die anderen Stimmen übertönte. Wie sollte er es erklären? In Susanna hatte er sich verliebt. Ihre Schönheit war betörend und die Frage, wo während ihres Komas ihr Geist gewesen war, faszinierte ihn. Nun, wo er sie so nach und nach näher kennenlernte, hatte sie nichts von dieser Faszination verloren. Sie wirkte suchend, wie er selber auch. Sie wirkte, als wenn ihr klar war, dass das Leben weitaus mehr war, als man gelehrt bekam. Sie beobachtete nicht jeden Schritt von ihm, weil sie selber sich ihrer eigenen Schritte in ihrer neuen Welt nicht bewusst war. Sie war die erste Frau in seinem Leben, wo er fühlen konnte, dass sie mit ihm eine Einheit werden konnte. Die erste Frau, wo er sich vorstellen konnte, sie in seine Abgründe mit einzuweihen. Er liebte sie und er war bereit. Nur die rasselnde Stimme schien das nicht zu sein, als wollte sie ihn nicht teilen, als wollte sie ihn besitzen und als wäre sie sogar eifersüchtig auf Susanna, kam sie immer häufiger auf ihn zu. Er wusste, er wollte diese Stimme nicht hören und er wusste, er musste sie hören und manchmal, wenn er sich in Trance einfach der Stimme hingab, hatte er das Gefühl sie zu verstehen.

Timms gegen den Himmel gerichteter Blick bekam einen feuchten Schimmer. Immer noch stand er bewegungslos auf dem Hügel vor dem Flussufer. Etwas taumelte er, als er seinen Blick wieder zum Flussufer gleiten ließ. Er hörte die Musik, hörte die rasselnden Ketten an den Gewändern und

Körpern der Tänzer, die sich rhythmisch mit den Klängen der Musik vermischten. Einmal noch zog er tief die Luft ein und dann ging er den Abhang hinab. Noch während er ging, spürte er den Rhythmus der Musik in sich eindringen. Noch während er ging, spürte er das Blut in seinem Körper rauschen. Stoßartig, ebenfalls im Takt der Musik und unten angekommen, war es für ihn ein leichtes sich in diesen Takt mit einzufügen. Sein eigener Körper erschien ihm, als wäre es nicht mehr sein Körper. Er sah durch seine Augen die Landschaft und ihre Menschen an sich vorüberziehen und doch wirkte es als wenn er mit fremden Augen sah.

Nachdem Susanna endlich aufstehen durfte, war sie, wie jeden Morgen zu dem Zimmer des Arztes gelaufen, um ihn davon zu überzeugen, dass sie nun durchaus entlassen werden konnte und heute endlich auch einmal mit Erfolg. Nachdem Timm nun doch nach Matura gefahren war, war sie regelrecht erleichtert. Sie wollte nach dem Gespräch mit Emma alleine sein. Sie wollte und musste Nachdenken. Nur ganz so alleine, wie sie sich das gewünscht hatte, hatte Timm sie nicht zurückgelassen. Er hatte so kurzfristig wie es nur möglich war, Chiela zu ihr nach Delhi bestellt. Zwei Tage nach Timms Abreise kam sie bei Susanna an und nun wollten die beiden Frauen ihre Weiterreise nach Matura antreten. In der Zeit wo Susanna auf die Erlaubnis der Entlassung wartete, hatte sie Chiela schon so gut es ging ausgefragt. Über Matura, über die Tänze und über Timm. Nur so wirklich viel hatte Susanna bei Chielas Erklärungen nicht verstanden. Die Hindus gedenken an den Geburtstags Krishnas. Einem Gott. Es finden rituelle Tänze statt. Tänze, die die Seele des Tänzers beruhigen. Ein Satz den Susanna merkwürdig fand. Was waren das denn für Tänzer, dessen Seelen beruhigt werden mussten? Und Timm war einer von ihnen? Auch seine Seele musste also beruhigt werden? Kurz nach ihrer Entlassung saßen sie auch schon im Bus. Es war warm in dem Bus. Susanna saß am Fenster und sah die Slumviertel an sich vorüber ziehen. „Mein Gott", murmelte sie bei dem elendigen Anblick, „warum ist es denn nur so schlimm hier? Kannst du mir nicht sagen, warum es solche Elendsviertel in Indien überhaupt gibt?", wandte sie sich an Chiela, welche neben ihr saß und ebenfalls besorgt nach draußen schaute. Die beiden hatten sich für den Reisebus nach Matura entschieden und gerade noch zwei Plätze ergattern können. „Früher war es anders", antwortete sie leise. „Ja? Wann denn?" „Früher halt! Als Indien noch ein reines Agrarland war. Erst die Industrialisierung, die mit dem Kontakt der Europäer entstand, brachte das Elend über Indien." „So? Ich dachte immer es wäre gut für das Land, wenn es sich weiterentwickelt." Chiela zuckte mit den Schultern. „Vielleicht ist es das ja auch, auf irgendeine Weise, aber die gewaltsame Umstellung der damaligen Kolonialherren führte zur Zerstörung der natürlichen Wirtschafts- und Infrastruktur. Du musst wissen, ... vor der Kolonialzeit gab es in Indien keine Großstädte." „Du meinst, der ganze Schmutz, das ganze Elend in den Slums sind Probleme durch die Industrialisierung?" „Ja", nickte Chiela, „das Land verödet, weil immer mehr Menschen in die Städte ziehen, um dort zu arbeiten, aber so viel Arbeit gibt es dort gar nicht. Die Menschen leben somit jhuggî clusters, das heißt in wildgewachsenen Elendshütten und sie fabrizieren dort so viel Müll, dass die örtliche Müllabfuhr die Berge von Dreck nicht mehr bewältigen kann. Die Pestepidemie vor drei Jahren brach in den Müllbergen von Sûtrat aus, einem der größten indischen Industriestandorte." Susanna schwieg eine Weile betroffen und senkte dann den Kopf. „Dann sind ja eigentlich wir Europäer an allem schuld." Chiela lachte auf. „Nein Susanna, zugegeben, die indische Umweltzerstörung ist durch Kulturkontakt entstanden, aber dies wäre ohne eine weitgehende kritiklose Orientierung am westlichen Wirtschaftswunder, von indischer Seite, nicht möglich gewesen."

„Hm", Susanna drehte sich weg und schaute aus dem Fenster, während Chiela den Kopf anlehnte und die Augen schloss. Erst als sie längst an den Slums vorbei waren und die Fahrt schon Stunden andauerte ergriff Susanna wieder das Wort.

„Chiela?" „Hm?" „Was ist Krishna eigentlich für ein Gott und warum hat er Geburtstag?" Chiela lächelte sie an. „Willst du das wirklich wissen?", fragte sie zögernd. „Natürlich, wie soll ich denn sonst Timms Gründe für diese Reise verstehen?" Chiela sah sie auf einmal warm an. Sie sah schön aus, trug einen blauen Sari und hatte ihr dunkles Haar unter dem dazu passenden Tuch versteckt. Durch und durch war sie Inderin. Eine der schönsten, die Susanna je gesehen hatte. Ihr Gesicht glich dem einer Porzellanpuppe. „Ich denke nicht, dass es Timm wirklich um den Geburtstag Krishnas geht", begann sie zaghaft. Verständnislos sah Susanna sie an und Chiela überlegte wie und was sie Susanna nun erklären sollte.

Kurz sah sie aus dem Fenster, um ihre dunklen Augen dann doch wieder an Susanna zu heften. „Es wird das göttliche an sich sein, dass ihn dort hinzieht. Die Magie, die gerade bei rituellen Tänzen entsteht. Es geht nicht immer um den einen Gott, sondern ein Gott bereitet die Gelegenheit sich dem Göttlichen zu nähern." Du meinst Timm will sich dem Göttlichen nähern? Ist es denn anders als einfach so beten oder in die Kirche gehen?" „Sicherlich bittet man in einer Kirche auch einmal um Hilfe oder Rat, das spiegelt aber nicht das Magische wieder, als würde man für die Götter tanzen. Die Tanzenden haben eventuell Visionen. Eventuell sprechen die Götter auch direkt mit ihnen und helfen somit bei Sorgen und Nöten oder nehmen auch einfach nur die Ängste." „Du meinst also das es irgendetwas gibt, was Timm belastet und dass er sich so eine Art Aufklärung beim Tanz verspricht?", fragte Susanna während ihr zeitgleich einfiel, dass auch Emma von Problemen gesprochen hatte, die Timm hätte. Chiela senkte ihren Blick. „Ich kenne Timm zu wenig. Ich kenne euer europäisches Denken noch viel weniger. Ich weiß lediglich warum man so etwas tut. Man möchte mit den Göttern in Kontakt treten."

Susanna überlegte. „Weißt du ob Timm die Religionen gewechselt hat? Ist er dem Hinduismus beigetreten?" „Ich kann mir vorstellen, wenn er könnte, würde er ihm beitreten." „Kann er das denn nicht?" „Nein! In den Hinduismus wird man ausnahmslos hineingeboren, man kann mit ihm sympathisieren, kann an Wiedergeburt und Tatvergeltung glauben, was einem kein Hindu übelnehmen wird, im Gegenteil. Man kann aber kein Mitglied der hinduistischen Gesellschaft werden." „Und du? Bist du Hinduistin?" „Ja." „In welche Kaste bist du geboren?", fragte Susanna neugierig. „Ich stamme aus einer der höchsten Kasten Indiens. Ich komme aus einer Arztfamilie." Sie senkte den Kopf. „Aber ich bin beschmutzt." „Warum?", fragte Susanna entsetzt. Chiela sah sie traurig an „Weil ich Jim liebe." „Weil du Jim liebst? Aber es ist doch schön, wenn man jemanden liebt." Jetzt lächelt Chiela wieder. „Man sagt hier, dass in Europa die

Liebe mit der Hochzeit aufhört. Hier in Indien fängt sie mit der Hochzeit erst an." „So?" „Indische Frauen werden verheiratet. Oft kennen sie ihre Männer gar nicht und sehen sie zum ersten Mal am Tag der Hochzeit. Alle Eltern einer Frau sind bemüht, diese in eine höhere Kaste zu verheiraten, die einzige Möglichkeit höher zu kommen. Sie müssen viel dafür bezahlen und verschulden sich alleine bei einer einzigen Hochzeit oft ihr Leben lang. Deswegen sind Mädchen in diesem Land auch nicht erwünscht. Sie sind zu teuer und obwohl es verboten ist, werden sie oft abgetrieben." „Das ist aber nicht schön", bemerkte Susanna unangenehm berührt. Sie wusste, dass eine Frau hier nichts zählte, aber dass es so schlimm war hatte sie nicht befürchtet. Chiela sprach weiter: „Ich habe mich nicht verheiraten lassen, sondern bin mit dem schlimmsten Mann überhaupt fortgezogen. Meine Familie hat mich verstoßen, kennt mich nicht mehr. Sie haben nie eine Tochter gehabt. Jim ist für sie nichts. Nicht Europäer, nicht Afrikaner und schon gar kein Inder. Er ist das Allerunterste. So wie ich jetzt. Wir haben übrigens so geheiratet, wie ihr es vorhabt. Es ist vom Gesetz nicht anerkannt." „Oh, Chiela, das tut mir leid." „Braucht es nicht, denn ich liebe ihn. Wir könnten in Deutschland heiraten, wenn ich mit ihm dort leben wollte, aber ich will hier nicht mehr weg und Jim auch nicht. Wir belassen es wie es ist!" Eine Weile schwiegen die Beiden wieder, bis Susanna sich an ihre eigentliche Frage erinnerte. „Und sagst du mir trotzdem was Krishna für ein Gott ist?" Chiela lächelte sie verschmitzt an. „Krishna lebt im Dvâpara. Er ist die achte Avantâras." „Oh mein Gott", Susanna erkannte schon bei dem ersten Satz, dass es wohl nicht so einfach werden würde, die Götterwelt Indiens zu verstehen. Chiela lächelte noch mehr, als sie es bemerkte. „Dvâpara ist das dritte Weltzeitalter. Wir haben vier, die immer wiederkehren. Die Welt ist ohne Anfang und ohne Ende und jedes Zeitalter währt über Tausende von Jahren. Von Zeitalter zu Zeitalter werden sie immer schlechter. Kennst du Vishnu?" „Nein", antwortete Susanna wahrheitsgemäß. „Der Gott Vishnu erschafft sich immer wieder selbst, um die Guten zu schützen und die Übeltäter zu vernichten. Von Weltzeitalter zu Weltzeitalter. Zehnmal! Wir nennen es Avatâras und im dritten Weltzeitalter ist Vishnu während seiner achten Avatâras als Krishna herabgestiegen." „Oh! Dann ist er eigentlich Vishnu? Jeder Europäer würde denken, es handelt sich um unterschiedliche Götter."

„Wahrscheinlich", bestätigte Chiela. „Nun, ich will es kurz machen, die Geschichte sagt, dass der König Kansa gehört hatte, dass er von einem Sohn des Vasudeva gestürzt wird. Er ließ daraufhin alle Söhne Vasudevas töten. Nur den siebten und achten Sohn, brachte man in Sicherheit. Krishna war der achte Sohn." „Ach so, als Vishnu kommt man in Menschengestalt auf die Welt?" Chiela nickte. „So ungefähr, aber Menschen mit göttlichen Stärken! Er wurde zu Zieheltern gebracht und schon als Kind zeigte sich seine göttliche Stärke. Er beleidigte Indra, den berühmten Wettergott, der es zur Strafe regnen ließ. Krishna stemmte daraufhin den Berg Govardhana, um ihn als Schirm über die unschuldigen Hirten zu halten. Dadurch wurde er von Indra und den Hirten als Gott erkannt. Später tötete er Kansa im Kampf." Susanna zögerte. „Gut, ich denke soweit kann ich dir folgen." „Fein", schmunzelte Chiela, „Wir nennen die liebevolle Hingabe an Gott -Bhakti-", sprach sie betont langsam und wartete bis Susanna ihr zunickte. „Die Trennung von Gott, wird in der Bhakti mit der Trennung von Liebenden verglichen. Der Gläubige sieht sich als Geliebte Krishnas oder als Krishna. Ein wesentlicher Teil des Krishna-Kultes besteht nun darin, sich möglichst intensiv in den Trennungsschmerz des Verlassenen hineinzusteigern. Dadurch gelangt der Gläubige näher zu Gott. Die Heimat des Kultes ist Vrindâvana bei Mathurâ, wo wir jetzt hinfahren."

Susanna überlegte: „Wenn Timm sich beim Tanz als Krishna in das Trennungsleid von seiner Geliebten steigert, dann ist das doch nicht sein reales Problem. Was hat er denn davon?" „Stimmt", gab Chiela zu. „Ich denke aber die wenigsten Tänzer denken wirklich an diese Geschichte, es geht ihnen einfach darum, sich der Götterwelt anzunähern, damit sie Fragen auf ihre Antworten erhalten.

Je größer die Probleme eines Tänzers sind, desto leichter wird es ihm fallen sich beim Tanz den Göttern zu nähern. Nur die, die eigentlich mit sich im Reinen sind und die Nähe der Götter suchen, nehmen diese Geschichte beim Tanz auf." Susanna war erleichtert, dass sie doch wenigstens so einiges verstanden hatte und doch blieb noch eine Frage offen. „Chiela?" „Ja?" „Wie steigert er sich hinein?" Chiela grinste sie an. „Mit Liedern. Lieder voller Rhythmus und Wohlklang. Sie tanzen Krishnas Geschichte. Die Geschichte, als der verliebte Krishna mit den Hirtinnen flirtet und dabei von seiner zukünftigen Frau Râdha beobachtet wird. Der Tanz beinhaltet nun sämtliche Stufen der Trennung zwischen Liebenden. Der Tanz beginnt mit den Frühlingsreigen und der Liebe zu Râdha, geht über in den Tanz mit den Gopîs, das sind die Hirtinnen und so weiter, bis die Liebenden wieder vereint sind." „Aha." Bemerkte Susanna und kam zu dem Entschluss, dass sie doch nicht alles verstanden hatte. „Gut, ich denke das reicht soweit. Ich werde mir das Geschehen vor Ort einfach ansehen."

Es war voll in Matura. Susanna reckte den Hals. Es waren so viele Anbeter Krishnas hier, dass sie kaum jemanden darunter ausfindig machen konnte. In ihren Trachten waren sie so bunt und schön, dass Susanna eigentlich erwartet hätte, einen Exot wie Timm schon meilenweit im Voraus erkennen zu müssen. Doch sie sah ihn nicht. Chiela führte sie bergab zum Flussufer und auf der Anhöhe blieben sie stehen. Am Ufer wurde getanzt. Lieder mit einem Rhythmus, den Susanna nicht erwartet hätte. Das Wort ´Wohltat´ wie Chiela es verwendet hatte, war gerade nur ansatzweise treffend. Es waren mehrere, äußerst schöne Frauen am Fluss und sie tanzten alle um nur einen Mann. Susannas Augen weiteten sich erstaunt, als sie ihn erkannte. Er trug eine indische Tracht, mit hunderten von Perlen bestickt. Sein Haar wirkte braun, sein Körper blaugrau. Um und um war er bemalt und er tanzte in einer Art, die Susanna an ihm nie vermutet hätte, in seinen Händen hielt er eine Flöte. Susanna wusste nicht, dass er auch Flöte spielen konnte, aber deutlich hörte sie das Instrument den Hügel hinaufklingen.

Es war seine Begabung. Lieder zu komponieren, eigentlich mit seiner Gitarre. Lieder zu singen, mit einer Stimme, die ihr eine Gänsehaut bereitete, aber das alleine, so erkannte sie nun, machte sein Talent nicht aus. Er hatte einen Rhythmus im Blut, der ihr Blut vor Ehrfurcht erstarren ließ. Ja, es war seine Begabung. So wie sie die Gabe hatte Gesichter zu zeichnen. Die Gesichter, die sie zeichnete waren denen von Fotografien ähnlich. Die Menschen wirkten, als wenn sie von der Leinwand tatsächlich auf sie herabsahen. Jedes Gefühl konnte man in ihren Augen erkennen. Jedes Gefühl sah man in seinem Tanz. Nach und nach, kam jede der Tänzerinnen auf ihn zu. Die Ektase zwischen ihnen war zu spüren. Jede Tänzerin flirtete ihn in einer atemberaubenden Schönheit an und er ging darauf ein. Ohne, dass sie Chiela darauf ansprechen musste, wusste sie, dass dies Krishnas Tanz mit den Gopîs war, mit den Hirtinnen und sie wusste, sie war Râdha, Krishnas Braut, welche alles sah und dessen Herz bei dem Anblick in tausend Stücke zerrissen wurde.

Ruckartig bewegte er sich. Rhythmisch zum Klang der Trommeln und die Flöte in seiner Hand erklang wie eine weinende, verzweifelte Stimme. Mal leise und manchmal so laut, als wenn es ein einziges Flehen zum Himmel war. Meist hatte er die Augen geschlossen, manchmal verführerisch auf die vor ihm tanzende Frau gerichtet und manchmal warf er einen so leidenschaftlichen Blick in den Himmel, dass Susanna glaubte seine Tränen in den Augen, auf diese Entfernung, sehen zu können.

Die Musik steigerte sich, wurde noch rhythmischer und gelangte dann zu einem Höhepunkt, an dem sie abrupt verstummte.

Er stand jetzt ganz still. Den Kopf im Nacken, die Augen geschlossen. Sein Atem ging so stoßweise, dass es auch von Susannas Standpunkt aus zu sehen war. Sie spürte, wie Chiela ihren Arm leicht streifte und davonging. Susanna blieb wo sie war und sie sah, wie Timm langsam die Augen öffnete. Sah einen Blick, der von der Trance noch ganz benommen war. Langsam drehte er sich um und als er sie sah, war sein Blick von einer Sekunde auf die andere völlig klar.

Ein Lächeln breitete sich über seinem Gesicht aus und Susanna lächelte schüchtern zurück. Er kam auf sie zu und nahm sie dann einfach nur ganz fest in den Arm.

„Geht es dir gut?", fragte er leise an ihrem Haar. „Ja, Timm, es geht mir gut." Er führte sein Gesicht direkt vor ihres, so dass sie seine feuchten Augen sehen konnte. Sie brauchte nicht fragen, was in ihm vorging. Es war offensichtlich, dass die Angst um sie, ihn fast an den Wahnsinn getrieben hatte und langsam beugte er sich vor, um sie zart zu küssen. Sie blickte an ihm vorbei auf die Gopîs, als er wieder von ihr Abstand nahm.

„Du hast dich bereits erkundigt, richtig?", fragte er und grinste sie an. Sie lächelte zurück. „Ich habe wenig bis gar nichts verstanden." „Hm", er ließ seinen Blick ebenfalls in die Richtung schweifen, „das ist vielleicht auch ein bisschen viel verlangt." „Timm?" Ernst richtete sie ihren Blick wieder auf ihn. „Hast du Probleme?", fragte sie nun sehr direkt. Abrupt sah er sie an und es war deutlich zu erkennen, dass er nicht wusste, was er antworten sollte. „Nein", sagte er schließlich. „Es ist nicht einfach ein Tanz", fuhr Susanna fort. „Viele der Tänzer wollen eine Antwort auf ihre Fragen bekommen und außerdem …" „Außerdem was?", fragte er dazwischen. „Emma hat auch so Andeutungen gemacht, dass du Probleme hast."

Er schluckte schwer und nickte dann, ein Nicken, das Susanna aber nicht als Bestätigung für seine möglichen Probleme erkannte, sondern eher als Bestätigung dafür, dass er von Emma nichts anderes erwartet hatte. Kurz sah er über sie hinweg in die Ferne bevor er sie wieder ansah. „Finde es heraus", sprach er dann zu ihr. „Wie jetzt?", verdutzt sah sie ihn an. „Finde es heraus", wiederholte er, „jetzt!" Ihre Augen wurden groß. „Du meinst …", sie lachte kurz auf, „ich soll auch tanzen? Mit dir? Damit ich spüre ob du Probleme hast oder nicht?" „In jedem Fall interessanter, als wenn ich dir hier irgendetwas vorfasele von dem ich selber keine Ahnung habe." „Aha, also kennst du deine eigenen Probleme gar nicht?", fragte sie hellhörig geworden und sofort musste er, in seiner für sie so charmanten Art, lachen. „Du wirst gut werden, Engelchen. Sehr, sehr gut!" „Wo drin?", fragte sie irritiert. „Als Psychologin", zwinkerte er ihr zu. Susanna war klar, dass das Thema auf dem direkten Wege hiermit beendet war. Sie blickte wieder zu den Tänzern. „Dann probiere ich deine Variante aus. Ich glaube aber nicht, dass ich da sehr talentiert bin." Sein Lächeln wurde breiter. „Das wird sich zeigen, Engelchen."

Er nahm ihre Hand und führte sie runter zum Flussufer. Am Ufer blieb er stehen, die indischen Frauen versammelten sich um sie und er sprach zu ihnen auf Hindi. Eine Sprache, die Susanna nur bröckchenweise verstand. Die Inderinnen nahmen sie daraufhin in ihre Mitte und wollten sie mitnehmen. Hilfesuchend drehte sie sich zu Timm um und lächelnd rief er ihr nach. „Nur wenn alles stimmt, klappt es."

Die Inderinnen zogen sie weiter mit sich, während im Hintergrund erneut die rhythmischen Klänge ertönten. Sie drehte sich nochmal um und sah, dass Timm seinen Tanz wieder aufgenommen hatte, aber die Frauen zogen sie weiter mit sich fort.

Es war eine bescheidene Hütte, wo sie Susannas Haut blauschwarz bemalten und ihr einen gelben Sari anlegten. Sie hatte nicht angenommen, dass sie sich wie Timm auch optisch an diese Tänze so anpassen musste. Sie beobachtete die fleißigen und flinken Hände um sich und ihr Blick glitt zwischen diesen Händen und dem Spiegel vor ihr immer hin und her.

Es war erstaunlich wie sich ihr Spiegelbild veränderte, das gelb stand ihr gut, ja selbst der Sari stand ihr gut. Sie konnte gar nicht aufmerksam genug sein, um zu sehen, wo welches Detail in Windeseile an ihr angelegt wurde. Ein Kettchen um die Stirn, ein Kettchen um den Fuß und plötzlich die Armreifen an ihren Handgelenken und als sie sich fertig wähnte und sich endlich begutachten wollte, wurde der Spiegel zur Seite gedreht, ihr Hände geschnappt und sie von den Inderinnen zurück zum Flussufer geführt. Dort ließen sie sie alleine und Susanna schaute zu Timm, der sie sofort bemerkte und dann auf sie zukam. „Wow", flüsterte er rau, „du siehst umwerfend aus." „Ich konnte mich überhaupt nicht betrachten", maulte Susanna, „und ich komme mir auch wirklich komisch vor, Timm. Müssen wir jetzt unbedingt tanzen?" Er lachte. „Nein, müssen wir nicht. Willst du noch eine Antwort auf deine Frage?" „Muss das denn so sein? Kannst du mir nicht einfach sagen, ob du Probleme hast?" „Manche Dinge, Susanna, muss man spüren." Er tat einen Schritt zurück und reichte ihr die Hand. Susanna spürte eine Mischung aus Verzweiflung und Genervtheit in sich. Ihre Freundin Bianca hatte sie mal als Stur bezeichnet, aber heute fand sie, dass ihre Sturheit nichts gegen die von Timm war. Entnervt und mit bockigem Gesichtsausdruck, reichte sie ihm ihre Hand. Er griff sie und zog sie weiter mit sich in die Mitte der Tanzenden.

Langsam führte Timm sie in die rhythmischen Klänge ein und Susanna versuchte möglichst elegante Bewegungen auszuführen, dennoch es wirkte verkrampft und es wirkte holperig, so glaubte sie. Timm umfasste ihre Hüften. „Schmeiß deine Gedanken, wie es aussehen könnte, über Bord." Das war leichter gesagt als getan und Timm spürte es. Er umfasste sie fester. Sieh mich an, niemand achtet auf uns, sie sind alle in ihrer ganz eigenen Welt gefangen." Sie sah ihm direkt in die Augen, als er das sagte und konnte zum ersten Mal eine leichte Veränderung erkennen. Eine Veränderung, die auf sie tatsächlich übersprang. Automatisch, ohne dass sie es merkte nahm sie Haltung an und ihr Stolz spiegelte sich in ihren Augen. Als er es sah, verengten sich seine Augen, es kam sein Stolz zum Vorschein, als baute sich ein magnetisches Band zwischen ihnen auf. Sie hörte die Musik, aber sie konzentrierte sich nicht mehr darauf. Ihre Bewegungen wurden sicherer, ohne dass sie sich bewusst war, was für Bewegungen sie ausführte. Alles was sie wirklich wahrnahm, waren seine Augen und sie erkannte zum ersten Mal in ihrem Leben, was Augen wirklich für einen starken Ausdruck haben konnten. Sie wollte wissen, ob er Probleme hatte und sie konzentrierte sich nur noch auf diese eine Frage und was genau sie wahrnahm, konnte sie nicht sagen, aber sie fühlte es. Sie fühlte, was er fühlen konnte. Angst war dabei, das fühlte sie ganz deutlich, eine wahnsinnige Angst. Unruhe war dabei. Eine wahnsinnige Unruhe und Traurigkeit … größer, als sie sich eine Traurigkeit jemals hätte vorstellen können, als könnte man von dieser Traurigkeit verschluckt werden. Diese drei Gefühle zusammen waren für sie kaum zu ertragen, sie hatte das Gefühl ihr Herz würde zerspringen.

Ohne, dass sie es bemerkt hatte, war Timm mit ihr aus der Gruppe hinausgetanzt. Das andere Flussufer gegenüber hinauf, wo unendlich viele Zelte als Übernachtungsmöglichkeit für die Tänzer bereit standen. Abrupt blieb er stehen und Susanna hatte das Gefühl aus einer komplett anderen Welt zu erwachen. Unsicher sah sie sich um. Sah das kleine Zelt neben sich, und die Musik wirkte hier oben nur noch gedämpft. Ihr Blick traf seinen und lächelnd hielt er das Zelt auf. Sie krochen hinein und mussten sich hinknien, weil es zum Stehen zu niedrig war. Erneut trafen sich ihre Blicke. „Und", fragte er, „hast du gesehen, was du sehen wolltest?" Sie antwortet nur zögerlich. „Ich hab viel gesehen, aber ich weiß nicht, ob ich das sehen wollte." Erneut lächelte er. „Nicht? Was war dann dein Ziel?" „Doch, das war mein Ziel, aber so hatte ich es nicht erwartet". Langsam hob sie ihre Hand und streichelte zart über seine Wange. „Wieso fühlst du so? Und …", ihr Entsetzen war nicht zu übersehen, „wie erträgst du es? Ich meine …, man merkt es dir sonst überhaupt nicht an. Timm, du bist totunglücklich." Sein Blick war ernst. „Ich kenne es nicht anders, deswegen ertrage ich es. Wieso ich so fühle, weiß ich nicht, es war von Geburt an da." „Hilft dir das hier? Der Tanz? Hilft er dir? Hast du überhaupt schon mal probiert dir irgendwo Hilfe zu suchen?" Er ließ sich neben sie auf die Matte gleiten und legte seine Arme über seine Knie ab, ohne sie noch anzusehen. „Es hilft nicht wirklich, wenn ich hier tanze. Ich stelle Fragen an eine Macht und hoffe, dass diese Macht mir antwortet. Aber es ist dennoch nicht umsonst, Susanna", er sah sie wieder an, „jedenfalls diesmal nicht. Diesmal hat es mir sehr, sehr viel gebracht. Denn diesmal warst du dabei und hast mich gesehen, wie ich wirklich bin. Ich habe noch nie jemand in meinem Leben so sehr vertraut, dass ich so etwas zugelassen hätte. Dir habe ich nun vertraut und ...", seine Augen wurden feucht, dennoch lächelte er, „ich bin unendlich glücklich darüber, weil ich das erste Mal nicht mehr alleine bin, in meiner Welt." Umgehend nahm sie ihn in den Arm. Sie schloss die Augen, spürte nur noch seine Wärme und wollte ihn einfach nur noch halten. Leise flüsterte sie an sein Ohr. „Du hast dir also nie Hilfe gesucht?" „Als kleiner Junge, versuchte mein Vater Hilfe für mich zu suchen. Es war schrecklich und um das zu beenden, log ich ihn an und sagte, dass all meine Ängste und all meine Traurigkeit verschwunden wären. Ich spielte ihm etwas vor. Ich spielte jeden etwas vor und es wurde auch tatsächlich besser.

Indem ich mit schauspielern beschäftigt war, vergaß ich immer öfter meine Probleme. Es lenkte mich ab." Er führte seine Lippen zu ihren und küsste sie zart. „Nur manchmal, holte es mich ein." Sie konnte nichts sagen, sie spürte nur noch seine Nähe und sie spürte wie es sie erregte. Langsam streifte er ihren Sari ab und auch sie begann ihn zu entkleiden und stellte fest, dass nicht nur seine Arme und sein Gesicht bemalt waren, sondern dass sein gesamter Körper in einem wunderschönem blaugrau schimmerte. Ihr Atem wurde heftiger und erneut sah sie direkt in seine Augen, um diesmal ganz eindeutig seine Leidenschaft zu sehen. „Susanna", murmelte er atemlos und schob sich über sie. „Oh Gott, ich liebe dich", dann drang er in sie ein. Sie stöhnte auf. Tief und fest spürte sie seine Stöße, sie krallte sich in sein Haar. Ihre Bewegungen wurden immer heftiger, immer leidenschaftlicher. Immer sehnsüchtiger fielen sie regelrecht übereinander her. Sie fühlte sich ihm so nah wie niemals zuvor. Er hatte ihr seine Seele gezeigt, sein tiefstes Innerstes und dieses schaffte zwischen ihnen eine Nähe und Leidenschaft, die Susanna so noch nie gespürt hatte. Sie stöhnte auf, nicht mehr wissend wie oft und wie es klang. Sie hörte sein Stöhnen und sie hörte wie er immer wieder ihren Namen rief, bis sie sich entlud, als hätte sie einen Vulkan in ihrem Unterleib. Sie schrie auf und spürte nur noch diese gigantische Explosion in sich, die Explosion die kurz darauf von ihrem rasenden Herzschlag abgelöst wurde.

In der Nacht wachte sie auf. Dicht lag sie an ihm und hörte seinen regelmäßigen Atem. Einige der Inder schienen keine Ruhe zu finden. Man hörte ihre leisen Stimmen und man nahm das Flackern ihrer Feuer im Zelt war.

Susanna drehte sich auf den Rücken und blinzelte nach oben. Sie sah die Zeltdecke über sich, sah die getrockneten Kräutersträuße, die daran gebunden waren, sowie auch ein paar Behältnisse, die dort hingen. Noch verschlafen betrachtete sie die Gegenstände und je klarer sie wurde, desto mehr wuchs das Erstaunen in ihr. Was hing denn dort? War es eine Illusion? Entstanden durch den Feuerschein? Sie nahm das flackernde Licht von draußen wahr, aber die Kräuter und Gegenstände veränderten sich nicht. Neugierig setzte sie sich auf. Nun wollte sie es genau wissen. Und als würde sie beim Aufrichten durch eine Wolkendecke stoßen, sah sie nun an der Zeltdecke nichts mehr. Susanna runzelte die Stirn. Keine Ahnung was genau sie eben gesehen hatte, vielleicht war sie doch noch zu verschlafen gewesen? Nun hellwach, ließ sie sich wieder auf die Kissen sinken, blickte nach oben und sah erneut die Kräuter und anderen Gegenstände. „Das gibt's doch nicht", murmelte sie leise und diesmal ganz langsam, die Gegenstände nicht aus den Augen lassend, richtete sie sich wieder auf. Erneut hatte sie das Gefühl aus einem Wolkenmeer aufzusteigen und je höher ihr Kopf kam, desto mehr verschwanden von unten nach oben die Gegenstände. Als sie saß, waren sie verschwunden. Das Flackern der Feuer immer noch sichtbar. Das konnte nichts mit einer Illusion der Feuer zu tun haben. Nun hochkonzentriert, ging Susanna wieder nach unten und achtete nun genauer auf alles, was um sie herum so wahrzunehmen war. Den Blick aber weiterhin nach oben gerichtet, sah sie nicht nur, wie die Gegenstände wieder nach und nach auftauchten, sondern die Stimmen außerhalb wirkten irgendwie anders. Es wurde mehr geflüstert und es war kaum noch ein Lachen zu hören. Die Luft roch anders und es war nicht mehr so warm wie kurz zuvor. Susanna wurde immer aufmerksamer und realisierte dann, dass selbst das Flackern der Feuer aus einem anderen Winkel kam. Fast so, als befände sie sich, wenn sie lag, an einem anderen Ort. Sie spürte ihren Herzschlag, der plötzlich an Geschwindigkeit zunahm und blickt zu Timm hinüber, sie hörte seinen Atem, aber er lag soweit im Dunkeln, dass sie sein Gesicht nicht erkennen konnte. „Timm?", flüsterte sie leise. „Timm? Bist du wach?" Zart berührte sie seinen Arm und er drehte sich etwas und gab ein leises Knurren von sich, kurz bevor sein Atem wieder gleichmäßig zu ihr klang. Sie hatte genug. Sie war hellwach und in diesem Zelt war es ihr eindeutig zu eng. Erneut richtete sie sich auf, ohne auf diese sich ständig verändernde Welt zu achten, hektisch streifte sie sich ihre Kleider über. Sie wollte das Zelt verlassen, bevor sie noch einmal zu Timm sah, welcher friedlich schlief. Nun konnte sie sein Gesicht im schwachen Licht erkennen. Stutzig hielt sie in ihren Bewegungen inne, um kurz darauf, wie in Zeitlupe, wieder langsam runter zu kommen. Sein Gesicht ständig im Blick und als sie diese unsichtbare Schwelle überschritt, verschwand sein Gesicht in der Dunkelheit. Susanna schluckte schwer und krabbelte dann schnell zum Zeltausgang, vor welchem sie noch nach dem Bund mit den Autoschlüsseln griff.

Dann war sie draußen. Sah in dem fahlen Licht des Mondes den Tanzplatz vor dem Flussufer, an welchem nun die Feuer brannten und die Männer saßen. Sie musste an ihnen vorbei, um zum Auto zu kommen und da Frauen in diesem Land und um diese Uhrzeit hier draußen nichts verloren hatten, entschied sie sich in einem großen Bogen zur anderen Seite zu gelangen. Die Männer im Blick und in geduckter Haltung lief sie zum Flussufer hinab und erschrak als ihre Füße plötzlich nass wurden und es fürchterlich laut platschte, nachdem sie knöcheltief im Wasser stand. Erschrocken sah sie den Fluss rauf und runter. Er hatte ja Wasser? Beim Tanz war ihr gar nicht aufgefallen, dass sie durch Wasser getanzt war. Aber natürlich musste sie das getan haben, denn sie konnte sich deutlich erinnern, dass sie von der anderen Seite das Wasser durchaus gesehen hatte. „Ich drehe bald durch", flüsterte sie leise und watete vorsichtig weiter durch das knöcheltiefe Wasser, um sich wie vorgehabt dann in einem riesen Bogen zum Parkplatz zu bewegen. An einem Strauch blieb sie stehen und blickte zu den Zelten zurück. Sah die leichten Hügel dahinter im Mondlicht und langsam ging sie in die Knie, ohne die Zeltlandschaft aus den Augen zu lassen. Nichts veränderte sich. Im Zelt hatte sie das Gefühl verspürt plötzlich an einem anderen Ort zu sein. Aber hier geschah nichts. Sie wiederholte ihre Bewegung ein paarmal und ging dann vorsichtig weiter zum Parkplatz. Sich noch einmal umsehend schloss sie den Jeep von Timm auf, setzte sich auf den Beifahrersitz und verriegelte die Türen. Noch immer schlug ihr ihr Herz bis zum Hals. Angsterfüllt zog sie ihre Füße mit auf den Sitz und umarmte ihre Beine. Sie wusste nicht ansatzweise was sie denken sollte, aber das musste sie auch gar nicht, denn ein Gedanke schlich sich von ganz alleine in ihren Kopf. Genauer gesagt, eine Frage. Hatte sie in ihrem Leben als Rebecca nicht auch eine andere Welt wahrnehmen können? Susanna war so unsicher über die Realität um sich herum, dass sie den Rückspiegel zu sich drehte, nur um zu sehen, wer ihr da entgegen blickte. Gott sei Dank sah sie ihr eigenes Gesicht. Dennoch, der Gedanke blieb. Sie hatte die Tropfflaschen aus dem Jahre 1995 im 17. Jahrhundert funkeln sehen, sie hatte die Neonlampen der Krankenhausbeleuchtung gesehen. Sie hatte in ihren Träumen Deutsch gesprochen, obwohl sie diese Sprache als Rebecca nie gelernt hatte und nun? Nun war sie endlich in der Zeit angekommen, in der sie sich zu Hause wähnte und nun tauchte hier eine andere Welt um sie herum auf? Sie hatte sich nie wirklich Gedanken darüber gemacht, wie es überhaupt sein konnte wissentlich zwischen den Zeiten und einzelnen Leben zu wechseln, sie hatte vor ihrem Unfall auch nie darüber nachgedacht, ob eine Seele öfter als einmal lebte. Seit ihrem Unfall hatte sie zwar fest daran geglaubt, aber sie hatte nie hinterfragt, warum sie so eine seltsame Erfahrung gemacht hatte. Ihr Vater hatte von einer größeren Macht gesprochen. Vielleicht eine Macht, die die Menschheit Gott nennt. Er sagte, derjenige wollte vielleicht, dass sie als Rebecca etwas lernt, was sie als Susanna sonst so nie gelernt hätte.

Gut. Und nun?

Etwas ruhiger blickte Susanna nun nach draußen, sah die anderen Autos im Mondschein stehen und da hinter ein paar Büsche.

Wieso hatte sie gerade eine andere Welt wahrgenommen? War es überhaupt eine andere Welt gewesen?

Sie ließ ihren Kopf an die Kopfstütze fallen und spürte ihre Müdigkeit wieder aufsteigen. Das unruhige Gefühl noch in sich, schlief sie ein.

Das Klopfen an der Tür brachte sie zum Aufwachen und ruckartig hob sie den Kopf an, sah, dass die Morgendämmerung bereits eingesetzt hatte und, dass Timm vor der Tür stand. Schnell entriegelte sie das Fahrzeug und er öffnete die Tür. „Ist alles in Ordnung?", fragte er besorgt. „Wieso bist du hier im Auto? Ich hab fast einen Herzstillstand erlitten, als du weg warst." „Es ist alles ok", sprach sie noch etwas verschlafen. „Ich …, ähm … ich hab schlecht geträumt." Er kniff die die Augen zusammen, als er sie musterte und reichte ihr dann seine Hand. „Steig aus." Sie griff nach seiner Hand und stieg aus und als sie vor ihm stand und dachte, sie müsste nun vielleicht noch irgendetwas erklären, nahm er sie in den Arm. Ganz fest und irgendwie auch anders, als er es sonst tat. Sie spürte die Wohltat seiner Berührung nach dieser grausamen Nacht und sie hatte das Gefühl er würde ihr mit seiner Umarmung neue Energie geben. Sie schmiegte sich enger an ihn, ihre Arme um seinen Hals, ihr Gesicht an seiner Schulter, hörte sie ihn leise. „Es ist alles gut, mein Engel", flüsterte er und zärtlich nahm er Abstand und sah sie an. „Es ist möglich, dass es der für dich fremdländische und mystische Tanz war. Man fühlt sich danach manchmal nicht mehr wie von dieser Welt. Wir sollten unsere Sachen aus dem Zelt holen und dann warten wir hier auf Chiela. Wir fahren zurück nach Hajmar." Sie nickte und er ließ sie los und ging in Richtung des Flusses. „Timm …", rief sie ihm hinterher und als er sich zu ihr umdrehte und stehen blieb, schloss sie zu ihm auf und blieb vor ihm stehen. „Woher weißt du, was mich bewegt?" Er zuckte mit den Schultern. „Gespür? Ich weiß es nicht. Ist das wichtig?" „Nun ja", sie lächelte irritiert, „ich kenne das so nicht, ich hätte erwartet, dass du mit mir schimpfst, wenn ich hier nachts durch die Gegend laufe, oder zumindest genauer fragst, nach meinen Träumen oder so." „Hm", einen Augenblick wartete er, „kannst Du mir deine Träume denn erklären? Und bist du dir sicher, dass es Träume waren?" „Tzä", fuhr sie auf, „nein, beides nicht, aber kannst Du mir bitte jetzt erklären, woher du das weißt? Ich habe das Gefühl du kannst dich so mir nichts, dir nichts komplett in meine Lage versetzen."

Er kam näher, berührte mit seiner Hand ihre Wange und sah sie an. Er sah in ihre Augen. Obwohl? Sie hatte nicht das Gefühl, dass er wirklich in ihre Augen sah, eher musterte er diese. „Ich kann es in deinen Augen sehen", flüsterte er leise. „Ich sehe nicht, was genau passiert ist, ich fühle es nur", nun sah er sie wieder richtig an. „Du hast beim Tanzen doch auch nur gefühlt, ohne wirklich zu wissen, was mich berührt." „Ja, das stimmt." „Dies alles hier …", er deutete um sich herum und ließ seinen Blick kurz umherschweifen, „macht einen emphatischer, Susanna. Dies ist ein mystischer Ort, dies ist ein noch mystischeres Land. Die Menschen glauben hier noch an etwas Größeres, als das, was sich alles so wissenschaftlich erklären lässt. Das alles zieht einen in seinen Bann und man nimmt ganz andere Dinge wahr. Ist viel sensibler auch mit anderen Menschen." Er ließ sie los und drehte sich zum Weitergehen. „Schade, dass das auch hier vergehen wird." „Wie meinst du das?", fragte sie, während sie ihm hinterhereilte. „Nun ja, mit dem ganzen technischen Fortschritt, den ganzen wissenschaftlichen Erkenntnissen, kombiniert mit der Hetzjagd nach Geld, Besitz und Anerkennung, werden die Menschen entweder vor Glückseligkeit bezüglich ihres Hab und Gutes ihre Fähigkeit des großen Sehens verlieren, oder sie verlieren sie, weil sie auf der Verliererseite des Lebens landen werden und neidvoll auf ihre reichen Artgenossen schielen." Er blieb stehen und grinste sie an. „Letztere dürften erheblich mehr werden, als erstere." Sie nickte. „Ich glaub ich weiß was du meinst. Bist du deswegen hier in diesem Land? Weil hier noch ein bisschen davon herrscht, was du dir wünscht? Was du vielleicht sogar brauchst?" Er sah sich wieder um und überlegte kurz. „Ich denke ja, viele meine Fragen werden in Deutschland nicht mehr beantwortet." Er sah sie an. „Sie werden nicht mal mehr gehört, Susanna. Und wenn ich auch nur ansatzweise probieren würde jemanden zu finden, der mit mir darüber redet, kann ich mir sicher sein, dass der- oder diejenige mir rät einen Arzt aufzusuchen, mir Tabletten empfiehlt oder meine Gedanken zumindest als Humbug abtut."

Er holte tief Luft und lachte bitter auf. „Mit welchem Recht?", fragte er und sah sie an. „Menschen urteilen über einen und bekommen selber die Hälfte überhaupt nicht mit im Leben. Wie in einem Hamsterrad spulen sie ihre Tage vom Leben ab und sie verstehen nicht, wenn jemand anders ist und andere Prioritäten setzt. Weil sie das nicht verstehen, schließen sie sich mit anderen Hohlköpfen zusammen und tauschen sich aus über die Erfahrung einen sonderbaren Menschen kennengelernt zu haben. Dann fangen sie an zu zweit den Kopf zu schütteln, plötzlich zu dritt, zu viert und je mehr sie werden, desto mehr glauben sie daran mit allem recht zu haben. Sie bestärken sich darin, sie fühlen sich großartig und genauso süchtig wie sie nach ihrem langweiligen Leben und nach dem Geld und dem Besitz sind, genauso süchtig sind sie nach Bestätigung, die sie ohne Zweifel in so einem Bündnis finden." Er unternahm eine kleine Pause. „Leute die anders sind. Leute die nicht mehr mithalten können. Diese Leute werden an den Rand der Gesellschaft gedrückt. Alte zum Beispiel. Sie werden entsorgt, beiseitegeschoben. Ich kann niemanden dafür verurteilen, ich kann es sogar verstehen. Man hat ja gar keine Zeit mehr sich mit älteren und langsameren Menschen auseinanderzusetzen, geschweige denn, sich die Zeit zu nehmen, um sich zu fragen, was ein alter Mensch vielleicht so fühlt. Die Ängste werden nicht ernst genommen. Die Sorgen oberflächlich schön geredet. Noch ist es hier anders", kam er auf ihre eigentliche Frage zurück, „und ja, ich bin hier, um das Ursprüngliche noch ein bisschen erfahren zu können." Er wartete einen Augenblick. Susanna nickte langsam. „Ich verstehe was du meinst", flüsterte sie leise. Er nickte ebenfalls. „Komm, nun holen wir aber unsere Sachen." Dann ging er los und sie sah ihm noch hinterher, bevor sie ihm folgte. Das, was er gerade gesagt hatte, war ein Teil jener Traurigkeit, die sie in seinen Augen beim Tanz gesehen hatte. Er war enttäuscht. Schwer enttäuscht von der Gesellschaft, fühlte er sich anscheinend komplett ausgegrenzt. Sie war sich sicher, dass er etliche Enttäuschungen bereits hatte hinnehmen müssen und mit Sicherheit war er auch das

Opfer von Mobbing geworden, ansonsten hätte er das Mobbing und seinen Verlauf nicht in einer so perfekten Art erklären können. Sie ging ihm nach und am Zelt angekommen nahm sie seine Hand, bevor er es öffnen konnte. „Ich liebe dich, Timm", sprach sie leise und beinah dankbar lächelte er zurück.

Susanna ließ ihren Blick aus dem Fenster über die öden Flächen Rajasthans gleiten. Sie sah das kahle Flussbett. Es waren wohl eineinhalb Monate vergangen, seitdem sie mit Bianca auf dem Milchwagen saß, um eigentlich nach Deutschland zurückzukehren. Eineinhalb Monate, die ihr wie Jahre erschienen. Timm berührte zart ihr Bein und lächelte zu ihr hinüber. „Jim dürfte alles für unsere Hochzeit vorbereitet haben." Susanna lächelte zurück bei seinen Worten.

Sie freute sich auf dieses Ritual, obwohl es ja gesetzlich gar nicht anerkannt war. Sie freute sich darauf, in welcher Art auch immer, ein Bündnis mit Timm einzugehen. Nach Matura fühlte sie anders. Ihre Liebe zu ihm war nicht mehr nur auf Grund seiner erotischen Ausstrahlung, nicht mehr auf Grund seiner geradezu magischen Blicke, seines Duftes oder seiner Art zu lachen. Auch nicht mehr wegen der Möglichkeit, dass es sich um ihre große Liebe aus dem 17. Jahrhundert handelte.

Tiefer war es nach Matura. Wesentlich tiefer.

Sie fühlte eine so starke Verbundenheit mit ihm, dass es sie schon fast schmerzte. Sie war eins geworden mit Timm. Seelenverwand. Und sie freute sich darauf, diese Seelenverwandtschaft durch eine indische Hochzeit noch zu untermalen.

In Hajmar angekommen, war die Enttäuschung allerdings groß, als Susanna schließlich alleine in Chielas Zimmer saß. Sie hatte sich darauf gefreut die Nacht mit Timm zu verbringen. Aber vor der Hochzeit sollte so eine Nacht nicht mehr stattfinden. Wie damals hatte Chiela ihr Zimmer geräumt und Susanna saß einsam auf dem Bett und betrachtete die leere Stelle im Zimmer, wo damals noch Biancas Bett gestanden hatte. Eigentlich sollte sie schlafen, denn bereits um sechs Uhr morgens wollte Chiela kommen, um sie auf ihren großen Tag vorzubereiten. Aber sie war nicht müde und an Schlafen war nicht ansatzweise zu denken. In der Ecke des Zimmers sah sie den Altar stehen, mit Göttin Durga. Die Beschützerin vor dem Bösen. Lange sah Susanna sie an, es war das erste Mal in ihrem Leben gewesen, dass sie so ehrfürchtig gebetet hatte.

Das erste Mal vor genau diesem Altar. Dann hatte sie Chiela beim Beten beobachtet. Noch heute hörte sie die beruhigenden hindischen Worte Chielas in dem Zimmer widerhallen. Der Gedanke an das monotone Gemurmel schläferte sie nun doch ein und langsam ließ sie sich in die Kissen zurückfallen, um einfach nur noch dahinzudämmern.

Am Morgen wurde sie von dem Geklapper der Tür geweckt und Chiela strahlte sie an. „Und, bist du bereit für den Mann den du liebst?" Augenblicklich saß Susanna aufrecht. „Mir ist übel." Chielas Lächeln wurde breiter. „Das kann ich verstehen. Mir war auch fürchterlich übel. Vor allem, weil wir es hier wirklich so machen, wie es nach hinduistischem Brauch geschehen würde. Mit einem Astrologen." Susanna schwang ihre Beine aus dem Bett und sah Chiela groß an. „Mit wem?" „Mit einem Astrologen. Er stammt aus dem Nachbardorf und er ist bereits hier. Ich habe ihn heute Morgen anreisen gesehen." „Wozu brauchen wir denn einen Astrologen?" Chiela sah sie erstaunt an. „Das weißt du nicht? Hat Timm denn nichts erzählt, von dem was heute passiert?" „Nein", ängstlich schüttelte Susanna den Kopf und auch Chiela schüttelte den Kopf. „Das ist aber nicht sehr nett von ihm, dich so unvorbereitet zu lassen." „Ich fühle mich auch irgendwie gerade, wie ins kalte Wasser geworfen." „Ins was?" „Eine Redewendung. Bei uns in Deutschland spricht man manchmal so. - Ins kalte Wasser werfen - bedeutet, die Leute unvorbereitet in eine bestimmte Situation zu bringen. Sie müssen sich freischwimmen, also sinngemäß." „Freischwimmen?" „Ja, entweder sie schwimmen oder sie ertrinken." „Klingt ja richtig mystisch. Ich hatte gar nicht angenommen, dass ihr Europäer überhaupt in Metaphern sprecht." „Doch, manchmal schon, obwohl Metapher? Es ist einfach eine Redewendung bei uns." Chiela nickte. „Wie dem auch sei, heute wird nur geheiratet, wenn der Astrologe einer Hochzeit zustimmt." „Wie meinst du denn das?" Susannas Augen wurden unnatürlich groß. „Ganz einfach. Es wird im Hinduismus nur geheiratet, wenn ein Paar astrologisch zusammenpasst. Du wirst ihm vorgeführt und Timm wird ihm vorgeführt. Wenn er es dann ausgewertet hat, dann werdet ihr entweder heiraten oder nicht." „Davon hat mir Timm gar nichts erzählt, ich meine davon, dass es möglich ist, eventuell nicht heiraten zu können." Chiela sah sie bedauernd an. „Ich sagte ja schon, nett war das nicht." Dann befüllte sie aus der mitgebrachten Karaffe die Schale auf dem Tisch mit Wasser und reichte Susanna ein Tuch. „Wasch dich, ich hole derweil deine Kleider."

Susanna begann sich mit einem deutlichem Unwohlsein zu waschen. Was war, wenn sie nach den Sternen gar nicht zusammen passten? Warum hatte Timm nicht mit ihr darüber geredet? Sie hätten doch darüber sprechen müssen, was nach so einem Ergebnis passieren würde. Könnte sie in diesem Land dann überhaupt bei ihm bleiben? Gut, es war ja sowieso nicht anerkannt, aber wie würden die Bewohner Hajmars das sehen? Die vielen Inder, die in ihren Ansichten meilenweit von den Ansichten Susannas entfernt lagen. Chiela war noch nicht zurück, als Susanna mit ihrer Wäsche fertig war. Sie wickelte sich das Handtuch um und ging zum Fenster. Draußen herrschte reges Treiben und sie konnte von hier auch zu Timms Haus sehen. Aber nichts war zu erkennen. Ob er wohl da war? Ob er alleine war? Oder waren Männer bei ihm, um auch ihn für die Hochzeit vorzubereiten? Für eine Hochzeit, die eventuell gar nicht stattfand. Sie ließ ihren Blick in den blauen Himmel steigen. „Oh Gott, bitte mach, dass er auch zu mir passt", flehte sie leise vor sich hin. Nie hatte sie sich Gedanken gemacht, ob er astrologisch zu ihr passte und erschrocken nahm sie nun zur Kenntnis, dass sie nicht einmal wusste, wann er eigentlich Geburtstag hatte. Sie selbst war Schütze. Sie wusste schon, welche Sternzeichen zu ihr passten. Aber was war er eigentlich? Hoffentlich hatte er nicht schon Geburtstag gehabt, während sie bei ihm war. Nicht auszudenken, dass sie den verpasst hätte, weil sie ihn nicht wusste. Sie hörte die Tür und drehte sich um. Chiela hatte das Kleid in der Hand. „Geh vom Fenster weg, du sollst noch nicht gesehen werden." Augenblicklich trat Susanna zurück. „Was passiert denn, wenn wir nicht zusammen

passen?" „Ihr heiratet nicht." „Ja aber ...", Susanna
schluckte schwer, „können wir dann hier noch zusammen
sein?" Chiela sah sie ernst an „Nein, hier auf keinen Fall."
Susanna spürte den Stich in ihrem Herzen, als sie Chielas
Worte hörte. Sagen konnte sie nichts und Chiela legte die
Kleider zur Seite und kam langsam, mit einem Lächeln, auf
sie zu. „Ich glaube nicht, dass ihr nicht zusammen passt."
Susanna wurde immer nervöser. „Es kann doch sein, dass
mein Traum in ein paar Stunden wie eine Seifenblase
zerplatzt. Wie soll ich da denn noch ruhig bleiben?" Bei der
Bemerkung zog Chiela die Augenbrauen fragend hoch.
„Wieder eine Metapher? Eine Redewendung?" Susanna
nickte und sah wieder zum Fenster. Chiela folgte ihrem
Blick. „Ich habe euch gesehen beim Tanz in Mathura.
Wenn du mich fragst, dann gehört ihr zusammen." Kurz
lachte Susanna auf. „Das Land der Mystiker und
Philosophen", schüttelte sie den Kopf, „ihr glaubt alles in
euren Göttern und Tempeltänzen erkennen zu können, aber
ich, ... ich teile diese Sicherheit nicht." Chiela trat direkt
hinter sie und legte ihr fürsorglich die Hand auf die
Schulter. „Komm, ich will dir den Sari anlegen."

Es war ähnlich wie das Ankleiden in Mathura. Erneut hatte
Susanna keine Ahnung wie das Endprodukt wohl aussehen
würde, aber im Gegensatz zu Mathura durfte sie nun, als
alles fertig war, in den Spiegel gucken.
Der Sari war rot, übersät mit goldenen Blumen und
Verzierungen. Ihr Haar war nur am Ansatz zu sehen, das
Tuch über dem Kopf, vom Grundton ebenfalls rot, war mit
buntem Lametta verziert. Leicht drehte Susanna den Kopf,
um sich auch im Profil sehen zu können. Der Kopfschmuck
glitzerte auf der Stirn. Ein edles Amulett mit kurzen
Kettchen, hielt die drei Ketten um ihren Kopf zusammen.
Ihre goldbraunen Augen schienen aufgrund von Chielas
Schminkkünsten mehr zu leuchten als für gewöhnlich.
Ebenfalls wie kleine Schmuckstücke. Überhaupt, war sie
übersät mit Schmuck. Bislang war sie immer der Meinung
gewesen, dass weniger mehr ist, aber als sie nun ihre
Gestalt im Spiegel sah, war sie vom Gegenteil überzeugt.

Die Halskette mit den verschiedensten Edelsteinen bestückt, passte zu den überdimensional großen Ohrringen. „Du bist wunderschön", flüsterte Chiela hinter ihr, „gefällst du dir?" „Ja", aber es war kaum zu hören und Susanna räusperte sich, „ja, ich gefalle mir, obwohl ... ich kann kaum glauben, dass ich das bin." „Es wird ihm den Atem rauben, wenn er dich so sieht", lächelte Chiela. „Ja, wenn er mich sieht." „Er wird dich sehen, ich kann mir nicht vorstellen, dass der Astrologe etwas anderes sagt." Als hätten sie ihn herbeigerufen, klopfte es nun an der Tür. „Das wird er sein, der Astrologe." Susanna nahm augenblicklich Haltung an.

Er war ein alter Mann, trug wie die meisten Männer in Rajasthan einen Turban und ein weißes Gewand. Nur kurz blieb er bei ihr, sah sie an, fragte nach ihrem Geburtstag und der Geburtsstunde und verschwand dann wieder. Chiela blieb bei ihr, aber reden konnten sie nun nicht mehr. Sie setzten sich nebeneinander aufs Bett und warteten.

Irgendwann klopfte es erneut an die Tür, ohne dass jemand eintrat. „Es ist Zeit zu gehen", sprach Chiela und führte Susanna hinaus.

Sie gingen auf das Spital zu, um kurz vorher nach rechts abzubiegen und in ein Haus einzutreten, das von außen wie alle anderen hier recht bescheiden wirkte. Susanna wurde von Chiela und von vielen anderen Inderinnen begleitet. Der Frauenpulk betrat das Haus, welches von Kerzenglanz im Inneren hell erleuchtet war. Ein Seidenvorhang trennte Susanna von dem Hauptteil und ein ebenfalls mit Seide bestickter Stuhl stand für sie bereit. „Er ist da", flüsterte Chiela ihr zu. „Timm ist auf der anderen Seite des Raumes und der Astrologe befindet sich nun im Hauptteil. Er wird nun berichten, was er gesehen hat und da du es nicht verstehst, werde ich es dir leise übersetzen." Susanna lächelte sie unsicher an.

„Er nennt eure Daten. Du bist geboren am 8. Dezember 1972 um 5.32 Uhr in Berlin, Timm am 4. Dezember 1971 um 22.35, ebenfalls in Berlin." Susannas Augen wurden groß. Er hatte vor ihr im Dezember Geburtstag?

Er war Schütze, so wie sie? Susanna dachte kurz nach und kam dann zu dem Ergebnis, dass Schützen zueinander passten. Sie hatte nie einen Freund mit dem Sternzeichen Schütze gehabt, aber sie meinte darüber gelesen zu haben. Chiela übersetzte weiter und sie lächelte dabei. „Die starke Anziehung, die euch zueinander führt, kann auf einer Intuition beruhen, die schon lange, bevor der Verstand seine Zustimmung gibt, erkennt, dass ihr glücklich miteinander werden könnt. Ihr habt beide ein großes Herz, beide einen scharfsinnigen Verstand und beide eine Leidenschaft für Gerechtigkeit. Der Astrologe deutet in Timms Richtung und sagt, dieser Mann wird diese Frau, jetzt deutet er hierher, begehren und seinem Glückstern für eine Frau danken, die seinen Körper genauso liebt wie seinen Charakter." Lächelnd zwinkerte Chiela ihr zu. „Eure Liebe ist geprägt von körperlicher Anziehung und seelischer Verbundenheit. Diese kann bis zum Tod erhalten bleiben. Dies ist die Grundlage für weiteres Leben und das ist gut." In der Ernsthaftigkeit der Angelegenheit herrschte im Raum weitestgehend Schweigen, aber nun als der Astrologe weitersprach, breitete sich doch vereinzelt ein Lachen im Raum aus. Auch Chielas Grinsen wurde noch breiter. „Er sagt, dass wir einen großen Fehler begehen, wenn wir euch nicht sofort verheiraten." Susannas Herz schlug bis zum Hals. So etwas hatte sie nicht erwartet und darüber hatte sie auch in keinem Astrologiebuch gelesen, sonst hätte sie wahrscheinlich nur noch nach dem männlichen Schützen gesucht. Es wurde wieder ernst. Sie hörte, dass man Timm in den Raum führte und auch Chiela stand langsam auf und zog dann den Vorhang zur Seite. Noch langsamer, als kurz zuvor Chiela, stand nun Susanna auf und ihr Atem schien seinen Dienst zu verweigern, als sie ihn sah.

Er trug einen weißen Anzug aus glänzender Seide. Eine rote Schärpe, sowie ein rotes Halstuch, welches vor seiner Brust mit einem goldenen Ring zusammengehalten wurde. Er trug etliche Perlenketten und ... er trug einen Turban. Mit wunderschönen Goldverzierungen und einer zierlichen Feder, die ebenfalls von einer goldenen Brosche gehalten wurde. Seine Augen waren mit einem Glanz und einer Leidenschaft auf sie gerichtet, dass ihr unmittelbar ganz heiß wurde. Es war wie im Märchen und er sah aus wie der orientalische Prinz.

Sie setzten sich auf den Altar des Feuergottes. Viele Stunden mussten sie dort ausharren und zahllose Zeremonien über sich ergehen lassen. Alles Dinge, von denen Susanna nichts verstand. Aber es war egal. Sie saß da, seine Hände mit den ihren verschlungen und sah ihn über Stunden hinweg einfach an. Sie musste lächeln, als sie mit Reis beworfen wurden, die einzige Geste, die ihr vertraut vorkam. Timm lächelte zurück. „Ein Symbol für das Leben der Frau", sprach er leise, „als Saat und als junge Pflanze wird der Reis gepflegt und umsorgt, um dann, wenn er größer ist, an einen anderen Ort verpflanzt zu werden und dort Früchte zu tragen." Zu mir! Sprachen seine Augen weiter und Susanna konnte ihr Lächeln nicht unterdrücken.

Am Anfang, und der Anfang den sie meinte, war der nach dem Monsunregen, hätte sie nie gedacht, dass sie diesen Ort eines Tages lieben würde. -Hajmar- allein der Name dieses Ortes klang in ihren Ohren wie Musik. Außerdem hätte sie es nie für möglich gehalten, dass sie in der Lage war Hindi zu lernen. Aber auch hier konnte sie schon ein paar Worte und Sätze vorweisen „apka shubh nam?" Und jeder Inder teilte ihr bereitwillig seinen Namen mit. -Namaste- sprach man nicht einfach nur so. Wenn man mit -Namaste- grüßte, kreuzte man die Hände vor der Brust und führte galant eine Verbeugung durch. Überhaupt war es wichtig, auch die Körpersprache der Inder zu begreifen. So war es durchaus nicht so, dass ein Inder etwas verneinte, wenn er heftig den Kopf schüttelte, sondern es bedeutete -Ja-. Nur das langsame Kopfschütteln bedeutete tatsächlich -Nein-. Ein paar Worte auf Hindi und die Gesten dieser Menschen deuten zu können, reichten aus, damit sie hier wesentlich besser zurechtkam. Deswegen und wegen Timm.
Nichts war mehr so, wie bei ihrem ersten Aufenthalt. Schon damals war er, obwohl distanziert, freundlich gewesen. Hatte ihr immer alles genau erklärt. Aber nicht so schön wie heute. Machte sie heute irgendetwas falsch, dann stand er hinter ihr und umschlang sie mit seinen Armen. „Engelchen, du machst das nicht ganz richtig." „Wie mache ich es richtig?", fragte sie und bevor sie eine Antwort bekam, musste sie diese mit einem Kuss auslösen. Einen Preis, den sie nur allzu gern bezahlte. Wenn sie in der einen Ecke des Spitals arbeitete und er in der anderen, lächelte er sie über die gesamte Menschenmenge hinweg an.
Es stellte sich ein gewisser Trott ein. Ein kleiner Eindruck, wie ein Leben im Alltagstrott mit ihm aussehen konnte. Timm ging seiner geregelten Arbeit im Spital wieder nach. Susanna half manchmal und kümmerte sich ansonsten ein bisschen um den Haushalt und das Essen.
Manchmal begleitete sie auch Chiela in die Nachbardörfer. Hörte ihr dabei zu, wie sie die Leute überzeugte sich impfen zu lassen und hygienischer zu leben. Dabei lernte sie am besten die Sprache und Chiela fragte sie auf ihren Wegen ständig nach den hindischen Wörtern ab. Susanna

fühlte sich so wohl, wie nie zuvor in ihrem Leben. An diesem Ort, mit diesen Menschen und vor allem mit diesem Mann.

In den Nächten liebte er sie. Er liebte sie mit einer Leidenschaft, die sie auch am Tage noch erregte. Er brauchte gar nicht in der Nähe zu sein, allein der Gedanke an ihn und seine Berührungen waren Grund die kribbelnde Wärme in ihrem Unterleib zu spüren. Diese unendliche Tiefe ihrer Liebe, welche sich nach dem Tanz in Mathura zwischen ihnen aufgebaut hatte, war geblieben. Als wäre sie auf eine seltsame Art mit ihm verbunden und Susanna mochte dieses Gefühl der Verbundenheit, wenn es Liebende gab, die füreinander bestimm waren, dann musste diese Tiefe das Zeichen dafür sein.

Aber so schön es auch war, die letzten Wochen in Hajmar vergingen wie im Flug und je näher die Abreise rückte, desto unruhiger wurde Susanna. Oft fragte sie sich, warum sie so fühlte. Sie würden zusammenbleiben. Sie würden zusammen zurück nach Berlin gehen. Diese Tatsache war doch eigentlich das Wichtigste. Trotzdem konnte sie die Anspannung spüren, wenn sie an Deutschland dachte. Am 27. Dezember flogen sie zurück. Sie flogen von Delhi und die Ankunftszeit in Berlin war früh am Morgen deutscher Zeit geplant. Bereits am 25. Dezember würden sie von Jaipur nach Delhi fliegen. Täglich gingen die Flüge von Jaipur nach Delhi und sie hätten beinah nahtlos vom einem zum anderen Flugzeug umsteigen können, wenn sie erst am sechsundzwanzigsten aus Jaipur abfliegen würden. Aber Timm bestand darauf einen Tag früher zu fliegen. Warum, wusste Susanna nicht.

Sie räkelte sich in ihrem Bett als sie erwachte und noch bevor sie die Augen öffnete überlegte sie, welcher Tag heute war und wie viele Tage ihr noch blieben. So wie sie es jeden Morgen tat. Noch 8 Tage. Erleichtert atmete sie durch. Das war noch viel. Sie blinzelte neben sich und stellte fest, dass er bereits aufgestanden war. Sie waren gestern in der Bar gewesen, es war spät geworden und während bei Timm die Pflichten trotzdem riefen, genoss

Susanna den Luxus lange schlafen zu können. Sie drehte sich wohlig auf die Seite und blinzelte in den Raum hinein. Sie sah den Holzfußboden und musste lächeln, als sie in ihrer Erinnerung wieder das Kerzenmeer auf dem Boden stehen sah. Wie heute war sie damals erwacht und hatte festgestellt, dass er nicht mehr neben ihr lag.

„Guten Morgen, Engelchen", hatte sie seine Stimme vom Zimmer aus gehört und in seine Richtung geblickt. Er hatte mitten im Zimmer gesessen, völlig nackt. Vor ihm ein kleines zierliches Päckchen und um ihn herum dutzende von Kerzen, deren Licht dafür sorgten, dass seine Haut einen Bronzeton annahm und sein Haar wie Gold wirkte. „Herzlichen Glückwunsch zum Geburtstag", hatte er leise gesprochen. „Oh Timm, das ist ja ...", sie spürte auch heute noch die Freude in sich, „... wunderschön." Er hatte sie aufgefordert sich zu ihm in die Mitte des Raumes zu setzen. Mit einer Stimme, die in ihr die Gänsehaut hervorrief. Sie spürte seinen warmen Blick auf sich gerichtet, fühlte wie er ihr Haar zurück strich und sich zu ihr beugte, um ihr einen zarten Kuss zu geben, bevor er ihr das Päckchen reichte. Mit zittriger Hand hatte sie das Päckchen geöffnet. Er trug eine Krone. Hatte vier Hände. Sie hielten eine Keule, ein Schneckengehäuse, ein Rad und einen Lotos. Um seinen Körper trug er die heilige Schnur. Seine Ohren waren geschmückt mit Ohrringen in Gestalt von Seeungeheuern und auf seiner Brust blitzte ihr ein kleiner Edelstein entgegen. Jedes Detail war sorgsam geschmiedet und zusammen war es nicht größer als eine Deutsche Mark an einer silbernen Kette „Es ist Vishnu, der Gott, der sich immer wieder erschafft, um die Guten zu schützen und die Übeltäter zu vernichten. Er ist der Gott, der in der dritten Dvâpara als achte Avantâras in Gestalt von Krishna herabsteigt", hörte sie Timms Erklärung. Dann hatte er zum Anhänger gegriffen und ihn gedreht. Susanna ließ ihren Daumen über die Inschrift auf der Rückseite gleiten.

Für meine Râdhâ in ewiger Liebe, Dein Timm

Es stand dort in zierlichen Buchstaben eingraviert. Dies war sein allererstes Geschenk für sie und sie hätte sich kein schöneres Geschenk vorstellen können. Er hatte die Kette, wie auch die Ringe in Jaipur besorgt, in dieser kurzen Zeit, wo sie sich alleine umgesehen hatte. Die Gravur selber hatte er erst in Hajmar machen lassen. Erst nachdem sie in Mathura getanzt hatten, wie er ihr erklärte. Ein sicheres Zeichen für Susanna, dass auch er nach diesem Tanz anders fühlte. Noch immer sah sie in Gedanken das Kerzenmeer auf dem Fußboden stehen. Noch immer hörte sie ihre eigene und Timms Stimme. „Du hast sie damals in Jaipur gekauft? Obwohl du gar nicht wusstest, wann ich Geburtstag habe?" Erstaunt hatte er sie angesehen. „Wieso sollte ich nicht wissen, wann du Geburtstag hast?" „Ich habe es dir doch nie gesagt." Und sanft hatte er sie auf den Boden gedrückt. Zwischen das Kerzenmeer. Sich über sie gebeugt und ihre Handgelenke festgehalten. „Bereits am allerersten Tag wusste ich wann du Geburtstag hast." Zart spürte sie noch heute seien Lippen an ihrem Hals und auf ihren Brüsten. „Am allerersten Tag?", hatte sie nachgefragt und sie musste lächeln bei seiner Antwort. „Seit dem 20. Januar 1995, dem Tag, als ich dich das erste Mal sah. Es war das Erste, was ich in deinen Unterlagen nachgesehen habe und ich habe diesen Tag nie vergessen. Susanna, es tut mir leid, dass ich dich nicht richtig auf die hinduistische Hochzeit vorbereitet habe. Ich habe einfach nicht daran gedacht, dir das mit dem Astrologen zu erzählen. Ich habe nicht daran gedacht, weil ich es bereits wusste. Ich wusste, dass wir zusammen passen. Ich wusste, dass ich meinem Glücksstern täglich danken werde, für eine Frau wie du es bist."

Ihr Blick war feucht, den Anhänger hielt sie immer noch zwischen ihren Fingern, während das gedankliche Kerzenmeer langsam wieder dem dunklen Holzboden wich und ihr Blick weiter zur Staffelei vor der Wand glitt.

Es war schwer gewesen in so kurzer Zeit und an diesem Ort eine Geschenkidee für ihn zu haben. Sie hatte hier in Hajmar ja gar keine Möglichkeit etwas für ihn zu kaufen. Letzen Endes dachte sie darüber nach, dass sie nur irgendetwas vorbereiten konnte. Ein Essen? Einen Kuchen? Und dann war da noch ihre Begabung. Somit wurde das nun ihr Geschenk und wenn er tagsüber arbeitete und sie nicht aushalf, zeichnete sie heimlich in Chielas Zimmer an ihrem Werk.

Jim hatte ihr eine Staffelei gebaut, Chiela die Materialien besorgt und an seinem Geburtstag hatte sie ihr Werk mit einem Tuch verdeckt und mitten ins Zimmer gestellt, bevor sie ihn vom Singen aus der Hütte am Berg abholte.

Schon von weitem hatte sie die Gitarre gehört. Das Stück melodisch aber unbekannt, wie alles von ihm. Seine gesamten Lieder dachte er sich selber aus. Seine ganzen Texte dazu, textete er selber. Als Susanna den Raum betrat, sah sie ihn auf der Bühne sitzen. Er bemerkte sie nicht. Er war total versunken in das Spiel mit der Gitarre.

Irgendwann spielte er rhythmischer und das Lied nahm erheblich an Geschwindigkeit zu. Sie waren fast alleine in der Hütte, da es noch Nachmittag war. Nur hinter dem Tresen waren ein paar Leute und eine Frau reinigte mit ihrem Wischmopp den Boden.

Susanna setzte sich und beobachtete ihn weiter. Seine Musik berührte sie, sie wusste anfangs nicht genau was sie so fühlte, aber je öfter sie ihn hörte, desto besser konnte sie ihre Gefühle einordnen. Sie spürte das von ihm, was sie auch bei ihrem Tanz mit ihm gespürt hatte.

Seine Ängste, seine Nervosität, seine tiefe Traurigkeit. Sie wusste immer noch nicht warum er so empfand, aber die Musik schien der Zugang zu dieser Welt zu sein. Ob durch Singen oder durch Tanzen, dass schien völlig bedeutungslos.

Abrupt hielt er inne. Seinen Blick immer noch auf das Instrument gerichtet, begann er von vorn. Die gleiche Melodie, nun ganz langsam. Irritiert von seinem plötzlichen Stopp, war Susanna ihrer Gedankenwelt entrissen worden. Beinah befreit atmete sie kurz durch.

So aufregend es war, ihm in seine Gefühlswelt zu folgen, so erdrückend war es auch zugleich. Er begann zusätzlich zu seinem Gitarrenspiel zu singen. Auf Hindi. Seine Stimme übernahm nun den Hauptpart, den er zuvor mit der Gitarre spielte, welche nun nur noch zur Begleitung da war. Erst leise, dann immer lauter. Erst langsam, dann immer schneller. Und so ganz allmählich kristallisierte sich auch ein Refrain heraus. Seine Stimme klang voll durch den Raum. Die Männer hinter der Bar hatten ihre Räumarbeiten eingestellt und lauschten. Die Frau mit dem Wischmopp, stützte sich nun auf diesen und lauschte ebenfalls. Ein paar Gäste waren aufgetaucht und standen ruhig an den Wänden, während Susanna immer noch auf ihrem Stuhl saß und nun erneut, nach dem noch kurz zuvor befreienden Atemzug, von seiner emotionalen Musik mitgerissen wurde. Er war wie der Ozean, dachte sich Susanna, immer wenn man das Gefühl hatte rettenden Boden unter den Füssen zu spüren, den Blick schon auf den Strand gerichtet, kamen die Wogen so geballt zurück, dass man abhob. Den Boden unter den Füssen verloren, den Strand nicht mehr sehend. Rhythmisch sang er und irgendwann öffnete er auch die Augen, sah seine ersten Zuschauer an diesem Abend und begann die Anwesenden wie ein Profi in seine Welt mit einzubeziehen. Hier mal ein Lächeln, dort mal ein Zwinkern oder ein längerer Blickkontakt. „Wie ein absoluter Profi", murmelte Susanna leise vor sich hin und fragte sich, was eigentlich passieren würde, wenn man dieses Wunder dort einmal entdecken würde. Sie wusste es nicht, sie wusste nur, er hatte das Zeug für die großen Bühnen dieser Welt in sich. Dann war er fertig und es bahnte sich der Applaus von seinen paar Lauschern durch den Raum. Er stand auf, stellte seine Gitarre zur Seite. Verbeugte sich galant mit einem „Danke" und sprang dann von der Bühne, direkt auf sie zu.

Sie gingen danach direkt zu seiner Hütte. Dort angekommen blieb er stehen und sah den verhüllten Gegenstand in der Mitte des Raumes stehen. Dann lächelte er sie an. „Du hast es geschafft, dir hier in der Einöde für mich ein Geburtstagsgeschenk auszudenken?" „Woher willst du wissen, ob es ein Geburtstagsgeschenk ist? Ich könnte dich einfach mit einem neuen Möbelstück überraschen." Er nickte. „Was in dieser Einöde nicht weniger erstaunlich wäre." Sie lachte. „Okay, es ist für Dich", und etwas leiser fügte sie hinzu, „alles Gute zum Geburtstag, Timm". Langsam ging er auf die Staffelei zu und zog das Tuch fort.

„Oh mein Gott!", entfuhr es ihm ehrfürchtig und dann sagte er nichts mehr. Seinen Blick nur noch auf das Bild geheftet. Es war die Landschaft von Mathura. Der Fluss, an dessen Rand die Gopîs standen, sowie auch Chiela und obwohl er nicht da gewesen war, stand auch Jim neben Chiela. Im Vordergrund waren er und Susanna mit blauer Haut, im rhythmischen Tanz vertieft. So lebendig, als wenn sie in wenigen Minuten aus dem Bilderrahmen heraustanzen würden. Timms Hand zitterte, als er das Bild berührte. Seine Augen begannen verdächtig zu schimmern. „Wer ... wer hat das gemalt?", fragte er ohne seinen Blick von dem Gemälde zu wenden. Susanna antwortete nicht und er ließ seine Augen weiter über das Bild gleiten bis hin zur untersten Ecke.

– gez. in ewiger Liebe für Timm, Susanna –

Abrupt sah er sie an. „Du?" Verlegen lächelte sie ihn an. „Es ist für mich ganz einfach", sprach sie bescheiden, „ich muss nicht einmal genau hinsehen, wenn ich zeichne. Nur vorstellen und fühlen muss ich es." Erneut sah er ungläubig auf das Bild und dann wieder auf sie. „Nur vorstellen und fühlen?", wiederholte er ihre Worte. „Soll ich das mal machen? Ich glaube du wirst entsetzt sein, über das was du dann siehst." Sie musste lächeln. „Gefällt es dir?", frage sie leise und er sah bereits wieder fassungslos auf ihr Werk. „Es ist ein Traum", flüsterte er nur noch und seine Augen wurden noch feuchter. „Es ist das schönste Geschenk, das ich je bekommen habe." Langsam streckte er ihr seine Hand entgegen. „Komm her", und zog sie um die Staffelei herum in seine Arme.

„Ich danke dir Susanna. Ich danke dir", murmelte er in ihr Haar.

8 Tage noch, dachte Susanna, als sie die Realität wieder um sich wahrnahm. Das Kerzenmeer war verschwunden, die Halskette hatte sie um. Das Bild stand dekorativ an der Wand. Dieser Ort war für sie etwas so besonderes geworden, dass sie eigentlich nicht mehr wegwollte. Seufzend setzte sie sich auf die Bettkannte. „Ok", murmelte zu sich, „dann leben wir den achtletzten Tag mal ab, ist ja nicht so schlimm. Morgen sind ja noch 7 Tage da."
Dann stand sie auf und ging ins Bad.

Aber auch diese restlichen Tage vergingen wie im Flug. Es war nun der 26.12.97 und schon Morgen wollten Timm und Susanna nach Deutschland fliegen. In Delhi waren sie schon und dort wurde Susanna erneut bewusst, dass Indien für sie ein großes, geistiges Abenteuer geworden war. Das Land der Länder. Das schönste Land von allen. Sie war ihm verfallen, diesem Land der Mystiker und Philosophen, der Magier und Meister der Weisheit, seiner Götter und dem Rhythmus der Tempeltänze. Auch Indiens atemberaubende Architektur erweckte in ihr einfach nur Faszination und Liebe. Und sie wusste, dass Timm genauso empfand.

In Delhi angekommen hatte er endlich erklärt, warum er einen Tag vor dem Flug nach Deutschland in Delhi stoppte. Seine Begründung:

Indien würde sich von ihnen verabschieden.

Irritiert hatte Susanna ihn angesehen und lächelnd hatte er weiter erklärt, dass am 26.12. Tag der Republik war und alle Völker und Stämme des Landes hatten sich in Delhi versammelt, um in bunten Trachten über den Rajpath zu ziehen.

Susanna und Timm standen unter den Zuschauern und genossen den gesamten Zug in vollen Zügen und manchmal schielte Susanna unauffällig zu Timm rüber und bei dem Anblick seiner leuchtenden Augen, konnte sie all ihre Liebe für ihn spüren und sie konnte auch all seine Liebe für dieses Land spüren.

Seit sie mit ihm zusammmen war, ließ die Sehnsucht in eine alte, vergangene Zeit in ihr nach, aber dafür wuchs die neue Sehnsucht in ihr heran. Die Sehnsucht mit ihm, in diesem Land zu leben. Schon Morgen würden sie ins kalte Deutschland zurückfliegen. Sie würden auch dort bleiben. Zumindest eine Weile. Solange, bis sie ihr Studium abgeschlossen hatte.

Timm bemerkte nun doch ihren Blick und lächelnd legte er seinen Arm um sie. „Kommst du irgendwann mit mir zurück?", fragte er leise. „Ja", antwortete sie ohne zu zögern und spürte wie sich sein Griff um sie festigte, bevor beide weiter die bunten Farben des Umzuges in sich aufnahmen.

Der Weg vom Flugzeug zum Flughafengebäude reichte aus, um Susanna das zu bestätigen, was sie bereits wusste. Hier wollte sie nicht mehr leben, denn hier war es eindeutig zu kalt. Sie schlängelten sich durch die Passkontrollen und bewegten sich dann zum Ausgang. Eine dünne Sommerjacke hatte Susanna, denn als sie damals nach Indien aufgebrochen war, war es Sommer in Deutschland. Es war gar nicht so kalt. Vielleicht um die fünf Grad, aber es regnete und war windig. Die Kälte brauchte höchstens ein paar Sekunden und war bis zu ihren Knochen vorgedrungen.

Ihr Ziel war sein Vater. Timm wollte ihm seine zukünftige Schwiegertochter vorstellen. Mit einem, nach Susannas Meinung unpersönlichen Brief, hatte er seinen Vater über die geplante Hochzeit, welche am 09.01.1998 stattfinden sollte, informiert. Den Termin hatten Susanna und Timm zuvor, von Delhi aus, beim Standesamt reserviert. Es kam ein, nach Susannas Meinung unpersönlicher Brief zurück.

- Glückwunsch. Ich reserviere einen Tisch im Restaurant. -

Ihre Eltern hatten auch schon zugesagt, sie wussten durch die regelmäßigen Telefonate über die Hochzeit Bescheid, auch wenn Susannas Mutter nicht für diese Hochzeit war. Aber sie wäre wohl auch nicht Susannas Mutter gewesen, hätte sie dem Glück ihrer Tochter einfach zugestimmt. Noch immer konnte sich Annemarie Niemann nicht mit dem Gedanken abfinden, dass ihre Tochter keinerlei Erinnerung mehr an ihr Leben vor dem Unfall hatte, noch konnte sie sich damit abfinden, dass sie dieses Leben gar nicht mehr leben wollte und am allerschlimmsten empfand sie die Trennung Susannas von ihrem damaligen Freund Fred. Sie würde niemals einen anderen Mann an Susannas Seite akzeptieren. Somit war für Susanna auch klar, dass Timm bei dieser Frau niemals den Hauch einer Chance haben würde. Er nahm es als Gegeben hin und äußerte sich nicht weiter dazu, zumal ja auch noch gar nicht klar war, wie wohl Richard Mühlbach auf Susanna reagieren würde. Richard Mühlbach schien ein ähnlich schwieriger Mensch, wie Susannas Mutter zu sein. Dennoch, Susanna war neugierig auf Timms Vater. Dem Geschäftsmann, von dem sie nicht einmal wusste, was für Geschäfte er eigentlich betrieb. Das Einzige was sie wusste war, dass zwischen ihm und Timm eine eisige Atmosphäre herrschte. Und trotzdem brach Timm den Kontakt zu ihm nie ganz ab. Susanna musste bei dieser Tatsache oft an Dirk denken, den Adoptivsohn ihres Onkels. Adoptiert, weil das Paar eigentlich keine eigenen Kinder bekommen konnte und welches nach der Adoption dann doch noch zwei bekam. Dirk war somit nicht mehr das Wunschkind, sondern er war halt einfach da. Deutlich hörte sie seine damaligen Worte: „Ich Narr, versuche immer noch den Wünschen meines Vaters gerecht zu werden." Das hatte er gesagt und sie wusste, dass er sich eigentlich nichts sehnlichster wünschte, als ein bisschen Liebe.

Fröstelnd zog sie sich den Kragen ihrer Jacke hoch, nachdem sie aus dem Flughafengebäude getreten waren. „Timm", hörten sie den Ruf durch die Menschenmenge. Sie blieben stehen und drehten sich um. Der Mann war vielleicht Mitte fünfzig. Grauhaarig mit warmen braunen Augen. Sein Gesicht war von einem strahlenden Lächeln überzogen, als er auf die Beiden zukam. „Kalle", rief Timm erfreut und ging ihm entgegen. „Was machst du denn hier?", fragte er ihn, während er ihn umarmte. „Kennst ihn doch. Wenn das verlorene Kind heimkommt, dann muss es schon standesgemäß nach Hause gebracht werden." Timm grinste ihn an. „Mein Gott, siehst du gut aus", fuhr dieser fort. „Danke, mir geht es auch gut. Jedenfalls im Moment noch", fügte Timm hinzu. „Darf ich dir vorstellen, das ist Susanna", zärtlich griff er nach ihr und zog sie vor sich, „mein Engel", beendete er seine Vorstellung und Susanna musste augenblicklich verlegen lächeln. Leise pfiff Kalle durch die Zähne und streckte ihr die Hand entgegen. „Karl-Heinz Oppermann, ich bin der Chauffeur der Mühlbachs. Sie können mich ruhig Kalle nennen." Susanna nahm seine Hand. „Ich bin Susanna", antwortete sie verlegen und ein bisschen erblasst, bei der Erkenntnis, dass die Familie einen eigenen Chauffeur hatte.

„Papperlapapp Chauffeur", fuhr Timm dazwischen, „er ist mein Freund!" Timm legte bei seinen Worten freundschaftlich den Arm um Kalles Schulter. Kalle hatte seinen Blick immer noch auf Susanna gerichtet. „Kalt ist es hier nicht wahr?", fragte er, seinen warmen Blick auf sie gerichtet. „Finde ich noch milde ausgedrückt!", antwortete Susanna, deren Zähne inzwischen vor Kälte unkontrolliert aufeinander schlugen. „Dann kommt, der Wagen steht da drüben." Es war natürlich ein Mercedes. Silbern und glänzend protzte er mitten im Halteverbot. „Schon wieder neu?", fragte Timm mit Blick auf den Wagen, „oder habt ihr ihn umlackiert?" „Natürlich neu!", antwortete Kalle.

Sie war froh endlich im Warmen zu sitzen und setzte sich auf ihre Hände, nachdem sie die Sitzheizung spürte. Sie saß mit Timm zusammen auf der Rückbank und beugte sie sich zu ihm hinüber. „Was sind das für Geschäfte, die dein Vater macht?" „Er lässt Weihnachtskugeln produzieren." „Weihnachtskugeln?" Ungläubig sah sie ihn an, während er seinen Blick ironisch, fragend auf sie richtete. „Hast du denn noch nie etwas von den berühmten Mühlbach-Kugeln gehört?" Sie wirkte betroffen. „Nein! Ist das schlimm?" Sanft zog er sie an sich. „Nicht wirklich, Susanna." Dann sprachen sie nicht mehr. Sie blickten durch die Fenster und sahen die Stadt an sich vorbeirauschen. Susanna spannte sich ein bisschen an, als sie bemerkte, dass sie genau den Schildern in Richtung Potsdam folgten. Als Timm es spürte, zog er sie umgehend weiter an sich und küsste ihr leicht aufs Haar. Also auch das wusste er, dachte sie. Er wusste, dass sie damals genau zwischen Potsdam und Berlin mit ihrem Fahrzeug verunglückt war. Damals, als sie ihrem heutigen Exfreund gefolgt war und ihn mit einer anderen Frau erwischt hatte. Wie im Wahn, war sie wieder in ihr Auto gestiegen. Wie im Wahn die Landstraße hinuntergerast und wie ihm Wahn, ohne dass sie noch die Gelegenheit hatte zu bremsen, war sie frontal gegen einen Baum geprallt. Nie war sie zu dem Unfallort gefahren. Nie hatte sie sich das Unfallauto angesehen. Als sie nach sieben

Monaten aus dem Koma erwachte, hatte sie so viele
Probleme sich in dieser Welt zurechtzufinden, dass sie auch
nie auf den Gedanken gekommen war. Jetzt versuchte sie
etwas wieder zu erkennen. Sie wusste, es war diese Straße,
aber sie wusste nicht wo. „Kalle, halt bitte an der S-
Kurve!", rief Timm nach vorne. Fragend sah sie ihn an.
„Ich weiß nicht viel über dich", sprach er, als er ihren Blick
erwiderte. „Aber einiges weiß ich doch."
Der Wagen hielt und Susanna sah sich um. Es war eine
ganz leichte S-Kurve, wirklich nichts Besonderes. „Hier?",
fragte sie ungläubig. „Hier!", antwortete er und öffnete die
Tür. „Komm!" Sie gingen über die Straße hinweg und
Timm blieb mit ihr auf der anderen Seite stehen. „Du kamst
von da." Er deutete in die Richtung in der sie jetzt fuhren.
Die Autos kamen ihren Blicken entgegen und schwenkten
dann nach links an ihnen vorbei. „Hinter der Kurve war
eine Baustelle", erklärte Timm weiter und du wirst nicht
gesehen haben, dass die Ampel rot gewesen war. „Du bist
niemandem aufgefahren, sondern einfach hier gerade aus
weiter", er drehte sich, „gegen den Baum!" Susanna folgte
seinem Blick und sah ihn. Sie sah auch die abgeplatzte
Rinde des Baumes. Eine Eiche. Eine riesengroße Eiche,
deren Stammdurchmesser bald einen halben Meter maß.
Langsam ging sie auf den Baum zu und berührte seine
Wunde und schmerzlich wurde ihr bewusst, dass auch der
Baum seine Narben von dem Ereignis zurückbehalten hatte.
„Es tut mir leid", flüsterte sie leise. Timm folgte ihr und
umschlang sie von hinten mit seinen Armen. „Hier hat alles
angefangen." „Was?", erstaunt drehte sie ihren Kopf zu ihm
und sah sie ihn an. „Dein zweites Leben. Ein Leben, das
dich direkt in meine Arme geführt hat." Sie lächelte. „So
habe ich das noch gar nicht gesehen." „Aber ich!", sanft
drückte er sie noch näher an sich. „Ich weiß, du bist durch
die Hölle gegangen, aber ich danke Gott dafür, dass es
passiert ist. Ich danke ihm dafür, weil ich dir sonst nie
begegnet wäre. Was für ein armseliges Leben ohne dich."
Susanna hätte vermutet, dass er es scherzhaft sagen wollte,
um sie vielleicht ein bisschen zu necken, aber er klang
ungewöhnlich ernst. Nichts konnte sie erwidern und nur

langsam drehte sie sich zu ihm um und sah ihn an. Jetzt lächelte er. Aber nur ganz schwach. „Seit ich mit dir zusammen bin, bin ich ein anderer Mensch. Glücklicher. Hoffnungsvoller." Er zog sie nun ganz dicht an sich. Sie spürte sein Zittern und seine Stimme hörte sie nur durch ihr Haar. „Mein geliebter Engel", flüsterte er und seine Stimme klang mehr als rau.

Seine Augen waren blau! Und seine Augen waren kalt! Sein Haar wirkte von weitem wie blond und nur aus der Nähe konnte man sehen, dass es schneeweiß war. Der Flur des Hauses glich eher einer kleinen Empfangshalle und er kam wie ein großer Hollywoodstar die geschwungene Treppe hinunter. Auf halber Höhe blieb er stehen. „Da ist er ja. Der verlorene Sohn." „Hallo", mehr sagte Timm nicht und auch kein Lächeln war in seinem Gesicht zu erkennen. Susanna spannte sich augenblicklich an. „Gut siehst du aus! Hast du in Indien auch gearbeitet?", fragte sein Vater, während er die letzten Stufen zu ihnen hinab stieg. „Mühlbach", stellte er sich vor und führte eine leichte Verbeugung vor Susanna aus. „Aber in Anbetracht der Umstände, kannst du mich Richard nennen." Sie streckte ihm die Hand entgegen. „Susanna", stellte sie sich ebenfalls vor. „Susanna Niemann." „Schön", ein kurzes, höfliches Lächeln war in seinem Gesicht zu erkennen, dann wandte er sich umgehend an Timm, welcher ungefähr einen Kopf größer war als sein Vater. Keine Umarmung. Richards klare, blaue Augen blieben an Timms Augen hängen. Geradezu prüfend blickte er ihn an. „Und?", fragte er. „Hast du in Indien das gefunden, was du gesucht hast?" Timm kniff die Augen zusammen. „Wer weiß das schon." Ansatzweise erschien ein ironisches Lächeln in Richard Mühlbachs Gesicht, dann hob er die Hand und klopfte Timm kurz auf die Schulter. „Kommt mit ins Wohnzimmer."
Dort angekommen, steuerte er auf die Bar zu. „Wollt ihr etwas trinken?" „Ich nicht", antwortete Timm und blickte fragend auf Susanna. Sie sah unsicher von ihm zu seinem Vater. Dieser hatte sich bereits zu ihr umgedreht. „Einen Cherry?" „Ja, einen Cherry würde ich trinken. Also, wenn er trocken ist." „Er ist trocken", antwortete er und goss den Cherry ein. „Setzt euch doch", forderte er die Beiden auf, während er auf sie zukam und Susanna ihr Glas reichte. Sie setzten sich und er setzte sich ihnen gegenüber und musterte sie beide. „Ich habe für die Hochzeit einen Tisch gebucht." „Danke", lächelte Timm ihn an. Eine Weile schwiegen alle und immer noch war der musternde

Blick Richard Mühlbachs auf Timm und Susanna gerichtet, um letzten Endes an Susanna hängen zu bleiben. „Was machst du beruflich?" Susanna konnte im Augenwinkel sehen, wie Timm sich anspannte. „Ich studiere Psychologie", antworte sie wahrheitsgemäß. „In Indien?" Ironisch zog er die Augenbrauen hoch. Sie lächelte ihn charmant an. „Natürlich nicht in Indien, sondern hier in Berlin! In Indien war ich lediglich, um mir deinen Sohn zu angeln!" Ein leichtes, vergnügtes Schnauben war von Timm zu hören und selbst sein Vater schien für den Bruchteil einer Sekunde zu lächeln. „Ich denke, du wirst sehr erfolgreich in dem Gebiet der Seelenkunde sein. Die Grundkenntnisse, wie man mit verschiedenen Charakteren umgehen muss, scheinen vorhanden zu sein." Timm lehnte sich weiter in seinen Sessel zurück, während Susanna dem Blick Richards eisern standhielt. „Ja, das denke ich auch", antwortete sie lächelnd. Richard sah sie lange schweigsam an und wandte sich dann Timm zu. „Meinst du allen Ernstes du bist ihr gewachsen?" „Learning by doing", antworte Timm knapp. „Nun gut, alt genug bist du ja. Ich hatte zwischenzeitlich ja schon die Befürchtung, dass du schwul bist." „Würdest du dich nicht ausschließlich in Weihnachtskugeln verlieben und deine Zeit mit ihnen verbringen, dann hättest du gewusst, dass ich es nicht bin." Susanna konnte bei der Bemerkung ein weiteres Lächeln nicht unterdrücken. „Wo wir auch schon beim Thema wären", ergriff Richard erneut das Wort. „Wie willst du sie ernähren? Oder soll sie dich ernähren, wenn sie mit ihrem Studium fertig ist?" Timm blickte sich in dem pompösen Wohnzimmer um. „Ich denke nicht, dass wir Hunger erleiden müssen. Allerdings wage ich tatsächlich zu bezweifeln, dass ich ihr jemals ein solches Haus bieten kann. Ich wage aber auch zu bezweifeln, dass sie ihre Ansprüche diesbezüglich so hoch gesetzt hat. Oder?", wandte er sich an Susanna. Auch Susanna sah sich in dem, mindestens hundert Quadratmeter großem Wohnzimmer um. Sie sah die weiße Ledergarnitur, den gläsernen Tisch, den Flügel und die Glasvitrinen. Und sie sah Richard Mühlbach. „Höher habe ich sie angesetzt." „Höher?", fragte

Richard. „Höher", bestätigte Susanna. „Ich verlange kein gläsernes Haus. Keine sterilen Räumlichkeiten, die ich nicht wirklich benötige und ich brauche kein Personal", Sie machte eine kleine Pause, „ich brauche mehr. Ich brauche Liebe und Leidenschaft. Wenn ich es nicht anders bekommen kann, dann nehme ich es auch in so einem Haus wie diesem. Aber im Grunde genommen ist der Ort für Liebe und Leidenschaft unbedeutend. Ein Kellerloch kann ausreichen, um zum Himmel auf Erden zu werden." Es schien, als wenn sämtliche Härte aus Richard Mühlbachs Gesicht verschwand. Plötzlich sah er sie mit einem völlig anderen Ausdruck an und er schien auf ihre Worte nicht mal etwas erwidern zu können. Es dauerte lange, bis er endlich sein Glas erhob und daran nippte. „Ich denke, diesen Ansprüchen kann er gerecht werden", bemerkte er dann in einer Tonlage, die selbst Timm an ihm noch nicht gehört hatte. „Er kann!", erwiderte Susanna und diesmal war es ihre Stimme, die entschieden und kalt klang. Richard atmete schwer durch und nickte ihr zu. Dann wandte er sich erneut an seinen Sohn. „Was gedenkst du hier zu tun?" „Das was ich immer getan habe. Ich arbeite als Krankenpfleger." Ein verächtliches Schnauben folgte. „Damit kannst du doch nichts werden! Wann gedenkst du dich mal damit auseinander zu setzten, eventuell mein Unternehmen zu übernehmen?" „Du weißt, dass ich das bereits getan habe!" „Das ist dein letztes Wort?" „Ja!" Richard stand auf und ging ziellos im Raum auf und ab. „Ihr seid alle gleich! Die ganze Sippe!" Timm zog die Augenbrauen hoch. „Ich denke, jetzt haben wir ein kleines Verständigungsproblem." Richard blieb stehen und sah ihn kalt an. „Alles hätte ich für dich getan. Alles hätte ich dir gegeben. Nicht nur das hier und mein Unternehmen, sondern auch all meine Liebe. Wenn du nur ein bisschen anders wärest." „Von allem interessiert mich nur die Liebe, aber ich habe nicht bemerkt, dass du davon etwas zu vergeben hättest", antworte Timm kalt. „Wie man in den Wald hinein ruft, so schallt es auch heraus." „Da stimme ich ausnahmsweise einmal mit dir überein." „Die ganzen Jahre, meine ganzen Mühen waren umsonst. Nichts habe ich durch dich bekommen." Susanna zog bei Richards Worten scharf die Luft ein. „Was wolltest du denn haben?", fragte Timm weiter. „Einen Sohn!" „Tut mir leid." Timms Tonfall klang nicht wirklich bedauernd. Richard ging erneut auf und ab. Es war zu spüren, dass er von Hass erfüllt war, nur begriff Susanna nicht, warum er diesen Hass in sich spürte. Warum und auf wen? Bis er weiter sprach. „Ich habe geglaubt, dass man einen Menschen auch durch seine Umgebung prägen kann, aber ich habe mich geirrt. Es zählen anscheinend nur die Gene im Körper eines Menschen." „Ich nehme an, ich beinhalte auch deine Gene", antworte Timm knapp. Richard blieb an der doppelflügeligen Tür, die zum Garten führte, stehen und schaute hinaus. Nur wenig schüttelte er mit dem Kopf, aber nicht so wenig, als dass Timm es nicht gesehen hätte. Susanna spürte, wie sich ihr Herz zusammenkrampfte und sie sah, wie sich jeder einzelne Muskel an Timms Körper anspannte. Timm stand auf und ging ein paar Schritte, um hinter seinem Vater stehen zu bleiben. „Was willst du damit sagen?", fragte er leise und drohend. Richard drehte sich nicht zu ihm um, als er sprach. „Du hast nichts von mir. Du bist wie sie!" Timm schluckte, wartete aber geduldig bis er weitersprach. „Du bist wie sie und wahrscheinlich wie dieser Nichtsnutz, den sie geliebt hat!" Kurz lachte er auf. „Nichts anderes hat sie je gewollt. Nur Liebe und Leidenschaft!" Susanna glaubte erkennen zu können, wie Timm schwankte. „Sag mir sofort, wovon du redest!", hörte sie seine Stimme scharf durch den Raum schwingen. Richard drehte sich um und sah ihn kalt an. „Zugegeben, du hast nichts von mir, aber du bist nicht dumm! Du weißt verdammt gut wovon ich gerade rede!" „Wer?", fragte Timm. „Ein Artist aus dem Zirkus! Gut war er! Schön war er!" Jetzt schwankte Timm tatsächlich und hielt sich mit einer Hand am Flügel fest. „Nur einmal nicht", sprach sein Vater weiter, „einmal, als er bei seiner Vorstellung unter dem Zirkushimmel nicht auf die Stange vor sich schaute, sondern in die Augen meiner Frau!" Er zuckte gleichgültig mit den Schultern. „Sein letzter Blick! Sein letzter Atemzug!" „Sie war bereits deine Frau?", fragte Timm nun wieder gefasst. „Ja!" „Und trotzdem behauptest du, dass er mein Vater ist?" Richard sah ihn immer noch kalt an, verschränkte dann die Hände hinter den Rücken, um wie ein Lehrmeister an Timm vorbei in die Mitte des Wohnzimmers zu gehen. „Ich kann keine Kinder zeugen. Ich habe mindestens zehn, wenn nicht noch mehr Tests diesbezüglich vornehmen lassen und ich habe dich zusammen mit mir getestet. Wir haben nichts gemeinsam!" „Das glaube ich dir nicht", sprach Timm und seine Stimme klang diesmal seltsam schwach. „Warum denn nicht?", fragte Richard mit ironischem Unterton. „Hast du schon irgendwelche Gemeinsamkeiten an uns feststellen können?" „Wenn deine Geschichte stimmt, dann hätte sie dich verlassen. Sie hätte mich alleine groß gezogen, aber das hat sie nicht getan." Richard lachte gequält auf. „Nein, das stimmt, das hat sie nicht getan." Dann ging er erneut auf und ab. Timm folgte ihm mit seinen Blicken. „Sie konnte nicht", erklärte sein Vater weiter. „Sie war so jämmerlich schwach. Sie wusste, dass ich die Scheidung einreichen wollte. Das wusste sie, und sie wusste, dass sie bald sterben würde. Sie hatte einen schwachen, kranken Körper und wenn sie mit dir gegangen wäre, hätte sie dich nicht großziehen können und wenn sie von mir geschieden gewesen wäre, wusste sie, dass ich dich nicht groß ziehen würde." Timm wich nun sämtliche Farbe aus dem Gesicht, aber Richard sprach einfach weiter. „Also hat sie es selber getan. Vor der Scheidung!" Langsam ging er auf Timm zu. „Sie war schwach, Timm. Sagt dir das etwas? Oder willst du es immer noch nicht wahr haben? Ignorierst du es heute auch noch?" Timm richtete seinen Blick nun an ihm vorbei. Susanna konnte den Schimmer in seinen Augen sehen. Seine Mühen, die Beherrschung nicht zu verlieren. Am liebsten hätte sie den Raum umgehend verlassen. Sie fühlte sich so störend, wie eine Fliege auf dem Esstisch. Sie begriff die Worte Richard Mühlbachs nicht, doch sie sah, dass Timm jedes Wort verstand. Ihre Augen glitten ziellos zwischen den beiden Männern hin und her. Was wollte er nicht wahr haben? Was ignorierte er? Sie hoffte, dass die beiden weitersprachen, damit sie endlich etwas verstand, aber als es Timm endlich wieder gelang, seinen Vater anzusehen, sagte er nichts. Susanna erschien sein Blick wie eine halbe Ewigkeit. „Ich rufe uns ein Taxi", sprach er schließlich und ging an seinem Vater vorbei hinaus. Richard Mühlbach ging wieder zum Fenster und schaute erneut in den Garten. Nur langsam stand Susanna von ihrem Platz auf, das Glas noch in der Hand. Sie stellte es ab und trat, wie kurz zuvor Timm, hinter ihn. „Warum?", fragte sie leise. „Warum ausgerechnet heute?" „Irgendwann musste er es doch erfahren." Die Antwort kam leise. „Und warum so? Ich meine, du siehst mich heute das erste Mal. Du hast Timm seit Jahren nicht gesehen. Und heute, heute wo du ihn endlich wieder siehst, musst du ihm das sagen. Warum nicht eher? Warum nicht später? Nach unserer Hochzeit zum Beispiel." Richard schaute weiter aus dem Fenster und schwieg. „Bedeutet er dir wirklich nichts?", fragte sie. Jetzt drehte er sich zu ihr um und sah sie an. Er schien zu überlegen und sein Gesicht war hart, aber als sein Blick den ihren traf, sah sie seine Gesichtszüge erweichen. „Susanna", sprach er leise, „du bist eine bemerkenswerte Frau. Nur zu gern würde ich dir sagen, dass er mir nichts bedeutet." Er lachte gequält auf und schüttelte den Kopf. „Du würdest mir nicht glauben. Ich kann sehen, dass du Wahrheit und Lüge erkennst." Erneut drehte er sich zum Fenster und sie wusste genau warum. „Ich liebe ihn", seine Worte waren kaum zu hören, „aber so deutlich wie ich spüre, dass ich ihn liebe, genauso deutlich führt er mir vor Augen, dass er so ist wie sie und vor allem wie er!" Sie konnte sein Kopfschütteln sehen. „Nichts hat er je von mir gewollt. Nichts hat er von mir angenommen. Ich bin kein Gefühlsmensch, aber er. Ich wollte ihn glücklich machen mit materiellen Dingen. Dinge, die ihn nicht glücklich machen. Er ist kein Geschäftsmann. Er ist Künstler. Liebt seine Musik. Ich kann nicht eine Note lesen und ich fühle nicht seine Musik. Schlimmer noch, nie wusste ich wirklich, was eigentlich in ihm vorgeht und er hat es auch nie zugelassen, dass ich es erfahre." Susanna drehte kurz ihren Kopf zur Seite und dann zu Richard zurück. „Gut, ich kann eure Differenzen noch nicht beurteilen, aber warum

hast du, um ihm das zu sagen, diesen Zeitpunkt gewählt?"
„Ich wollte es ihm eher sagen, aber irgendwie habe ich es
nie geschafft. Entweder war er hier und ich auf
Geschäftsreise, oder aber ich war hier und er reiste durch
die Welt. Es war die letzte Möglichkeit ihm zusagen, dass
er nicht mein Sohn ist. Die letzte Möglichkeit, bevor er
heiratet und eine eigene Familie gründet." Er drehte sich
wieder zu ihr um. „Ich kann ihn doch nicht heiraten lassen,
ohne, dass er weiß, wer er wirklich ist." Susanna lachte auf.
„Sehr gut, Richard. Jetzt weiß er natürlich genau wer er ist.
Er hat einen Vater, den er nicht kennt und er hat eine
Mutter, an die er sich nur schemenhaft erinnern kann. Mehr
noch, wahrscheinlich steht er jetzt da draußen und gibt sich
selber die Schuld an ihrem Tod. Hast du darüber schon
einmal nachgedacht?" Richard räusperte sich verlegen.
„Das ist doch dummes Zeug. Warum sollte er letzteres
denken?" „Das ist kein dummes Zeug, sondern ein ganz
normaler Vorgang, Richard." Sie hatte Mühe sich noch zu
beherrschen, so wenig kannte sie ihn und so wenig hatte sie
ein Recht sich hier einzumischen und doch konnte sie nicht
schweigen. „Sicher, vielleicht hast du recht damit, es ihm
vor seiner Hochzeit zu erzählen, aber das Richard, hättest
du auch galanter angehen können. Du hast nicht gerade
Feingefühl an den Tag gelegt." Jetzt flackerte auch in
Richards Augen Wut auf. „Galanter?", wiederholte er ihr
Wort ironisch. „Wie galant war Timm denn?" „Er war so zu
dir, wie du zu ihm. Du hast dort draußen", sie deutete mit
ihrem Kopf zur Empfangshalle, „zuerst das Wort ergriffen.
Ein Wort, das kalt und lieblos war und als erstes hast du
ihm unterstellt, dass er in Indien nicht gearbeitet hat. Weißt
du eigentlich, was er dort tut?" Sie ging langsam auf ihn zu.
„Vielleicht ist er nicht der, den du dir gewünscht hast. Aber
deine Geschäfte interessieren ihn nun einmal nicht.
Deswegen ist er trotzdem erwachsen geworden und in der
Lage sich selber zu ernähren. Er liegt dir nicht auf der
Tasche und du hast selber schon gesagt, dass er nichts von
dir annimmt. Warum akzeptierst du das nicht einfach und
begrüßt ihn so, wie er es verdient hat?" „Weil ich es nicht
mit ansehen kann, Susanna. Ich kann nicht mit ansehen,

was er aus seinem Leben macht. Er könnte viel sicherer leben und er könnte Millionen verdienen, wenn er einen vernünftigen Beruf ausüben würde." „Die will er aber nicht!" Jetzt schrie sie ihn an und verdutzt blickte er zurück. Sie räusperte sich. „Entschuldigung, ich habe mich im Ton vergriffen." Einen Augenblick schwiegen beide. „Richard", begann sie erneut und diesmal sehr ruhig, „du hast einen wunderbaren Sohn. Ich habe nie einen fürsorglicheren Mann kennengelernt. Er hilft kranken Menschen. Er hilft armen Menschen. Er ist fürsorglich zu Kindern. Was willst du noch mehr?" Sie wartete eine Weile, aber Richard hatte seinen Blick zur Seite gerichtet und es schien nicht so, als wenn er etwas sagen wollte. „Timm kann es", fuhr sie fort. „Timm hat Verständnis für andere Menschen. Verständnis für andere Kulturen. Und du ..., du hast das auch. Ich habe es bemerkt, als du nach meinem Beruf gefragt hast. Dass Timm keine Weihnachtskugeln produzieren will, ist nicht der Grund dafür, dass du so hart zu ihm bist. Der Grund ist dein verletzter Stolz. Verletzt durch deine Frau. Sieh mich an, verdammt noch mal!", fauchte sie ihn an und er tat augenblicklich, was sie sagte. „Timm kann nichts dafür. Er ist die Folge aus dem damaligen Geschehen, aber deswegen ist er nicht derjenige an dem du dich abreagieren solltest." Richard nickte schwach. „Mein Gott, du bist wirklich gut. Du wirst eine hervorragende Psychologin werden." „So etwas brauchst du auch. Du hast schon viel zu lange gewartet. Such einen Fachmann auf und lerne mit den wirklich Schuldigen zu leben. Das geht auch, wenn sie bereits tot sind. Und glaube mir, du hättest dir viel Ärger mit Timm ersparen können, wenn du diesen Schritt jemals gemacht hättest." Er sah sie an und nickte. „Gut, ich denke ich habe genug gehört." Dann ging er zu dem kleinen Sekretär in der Ecke und wühlte er einer der Schubladen, bevor er zu ihr zurück kam, um ihr, den schon vergilbten Zeitungsauschnitt, zu überreichen.

-Fliegende Meister in Berlin-
stand in großen Buchstaben über dem Bild und darunter -
Robert Dansing ist der Star in der Manege-

Er war blond. Seine Augen grün. Die Gesichtszüge waren denen von Timm so ähnlich, dass Susannas Hand bei dem Anblick zitterte. „Nimm es mit", sprach Richard zu ihr. „Vielleicht will er es mal sehen." Sie ließ es sich nicht zweimal sagen und faltete den Zeitungsausschnitt sorgsam zusammen, um ihn dann in ihrer Handtasche zu versenken. „Ich werde jetzt gehen." Er nickte. „Der Tisch ist in dem Restaurant gegenüber vom Standesamt reserviert. Ich wünsche euch alles Gute." „Du kommst nicht?" „Ich habe euch den heutigen Tag verdorben, ich muss das nicht auch noch bei eurer Hochzeit tun." „Du hast den heutigen Tag, den morgigen und auch noch etliche mehr verdorben. Darauf kommt es jetzt nicht mehr an!", sprach sie kalt. Dann ging sie noch ein paar Schritte auf ihn zu. Blieb direkt vor ihm stehen. Sie war fast genauso groß wie er und ihre Augen standen sich beinah direkt gegenüber. „Wenn du ihn liebst", sprach sie leise, fast drohend, „dann kommst du! Vergiss deinen verdammten Stolz und komm! Bring ihm keine protzigen Geschenke mit, denn die braucht er nicht. Sieh ihn an! Sieh ihn an, wie du mich jetzt ansiehst und dann nimm ihn einfach in den Arm." Sie holte tief Luft. „Ich gehe jetzt zu ihm, und versuche die Schäden zu mildern, die du gerade angerichtet hast." Dann drehte sie sich um und ging.

Er stand draußen an das Treppengeländer gelehnt. Das Taxi
bereits wartend auf dem Hof. Er sah nicht zu ihr, obwohl er
sie kommen hören musste. „Wir sollten uns überlegen, wo
wir heute Nacht schlafen. Entweder bei dir oder bei mir.
Wir können auch in ein Hotel." Der Wind kam von vorne
und pustete Susanna kalt ins Gesicht, während er ihr seine
Worte entgegentrug. Sie blieb nicht stehen, als sie ihn
erreicht hatte. „Komm", forderte sie ihn lediglich auf und
ging an ihm vorbei zum Taxi. „Nach Falkensee", rief sie
zum Fahrer nach vorne, nachdem beide die Rückbank im
Taxi eingenommen hatten. „Wohin?", fragte Timm und sah
sie zum ersten Mal an. „Nach Falkensee und nun fahren sie
endlich." Timm sagte nun nichts mehr und auch Susanna
sagte nichts mehr. Schweigend saßen sie in dem Wagen.
Der eine sah nach rechts aus dem Fenster und der andere
nach links. Als sie auf das Gehöft fuhren war ungefähr
14.00 Uhr, aber man hatte den Eindruck als würde die
Nacht bald anbrechen. Susanna stieg aus, sowie auch Timm
und der Taxifahrer. „Soll ich hier warten?" „Nein",
antwortete Susanna während sie ihren und Timms
Rucksack aus dem Kofferraum zerrte. „Was kriegen sie?",
fragte Timm und Susanna ging bereits in Richtung Stall
davon. Wie damals, war es dämmrig in dem Stall. Oft war
sie noch hier gewesen, nach ihrem Unfall. Oft hatte sie ihre
angekratzten Nerven auf dem Rücken ihres Pferdes Gipsys
beruhigt. Liebevoll nahm sie den dicken Pferdekopf ihrer
braunen Stute in den Arm und murmelte ihr zärtliche Worte
zu. „Du reitest?", fragte Timm, welcher nun hinter ihr stand
und an der Tür des Pferdestalls lehnte. Sie griff nach der
Satteldecke und warf sie Gipsy über. „Kannst du reiten?"
„Nein!" Sie lächelte ihn an. „Du kannst!" Erstaunt sah er
sie an. „Tatsächlich? Und wie kommst du darauf?" „Du
hast Rhythmus im Blut. Nichts anderes brauchst du dafür."
Timm wurde nun doch unsicher. „Du verlangst jetzt nicht
von mir, dass ich mich auf das Pferd da setzte, oder?" „Das
Pferd heißt Gipsy." „Dann verlangst du nicht von mir, dass
ich jetzt auf Gipsy klettere?" „Doch." Er lachte kurz auf
und drehte sich weg. „Vergiss es", sprach er und setzte sich
auf einen der

Strohballen, während sie Gipsy die Zügel anlegte und sie aus dem Stall führte. „Komm", kurz lächelte sie ihn an und führte das Pferd weiter hinaus auf den Hof. Timm blieb wo er war und er hörte sie von draußen rufen. „Nun komm schon." „Ich denke gar nicht daran, ich habe keinen Bock dazu." Sie kam wieder rein und sah ihn an. „Ich bitte dich darum, Timm." Bei ihrer warmen, beinah zärtlich klingenden Stimme sah er auf. Lange sah er sie an. „Das ist gemein, Susanna." Sie erwiderte nichts und endlich stand er stöhnend auf und folgte ihr. Sie stieg auf und sah ihn an. „Kommst du hoch?" „Ich vermisse den Steigbügel." „Den braucht man nicht wirklich. Indianer haben ihn auch nie gebraucht." „Ich bin kein Indianer." „Du bist ein Mensch und auch Indianer sind Menschen. Wo ist der Unterschied?" Verblüfft sah er sie an. „Großer Gott", murmelte er, „ich frage mich gerade, was noch alles auf mich zukommen wird, mit dir an meiner Seite." „Du hast es so gewollt." Langsam nickte er und beäugte dann wieder das Pferd. „Ich glaube, ich bin mir noch nie so hilflos vorgekommen. Das Pferd ist so groß." Sie lachte und rutschte nach vorne. „Komm näher." Er kam näher. „Und nun stell dir vor es ist ein Sportbock. Ich beuge mich nach vorne, damit ich nicht störe und du springst einfach drauf. Sie ist ganz brav. Wird sich kaum bewegen." „Sicher?" Sie lachte erneut. „Nicht ganz." „Na, wenigstens ehrlich bist du." Dann fasste er all seinen Mut zusammen und sprang auf. Gipsy führte augenblicklich unruhig ein paar tänzelnde Schritte zur Seite aus, während Timm ein klägliches Jammern von sich gab. Doch Susanna hatte das Pferd gut im Griff. Sie saß auf und rutschte wieder dichter zu Timm. Halt dich an mir fest und klemm dich mit den Beinen an das Pferd. Dann schritten sie los. Gut, in dieser Geschwindigkeit würde er sich gut oben halten können. Sie verließen das Gelände und Susanna trieb das Pferd leicht an. Wie ein Mehlsack hüpfte Timm hinter ihr. Sie hielt an. „Timm, du musst die Beine fester um das Pferd legen. Du hebst ja bald ab." „Ich dachte, wir wollen heiraten, stattdessen verlangst du von mir, dass ich mir das Genick breche." „Blödsinn! Ich erkläre dir doch gerade, was du machen musst, damit das nicht passiert. Beine ans Pferd und Hacken nach unten. Umschling mich." Folgsam machte er alles was sie sagte. Und während er sich vorbeugte, um sie zu umschlingen flüsterte er ihr ins Ohr: „Hat dir schon jemand gesagt, dass du stur bist?" „Schon mehrmals!" „Wie weise!" Sie trabten los und hielten erneut. „Wo ist dein Rhythmus?" „Habe ich im Stall vergessen." „Gut dann helfe ich dir. Du musst den Rhythmus des Pferdes spüren, sich seinem Rhythmus anpassen. Wenn du ihn spürst, wirst du eins mit dem Pferd." Sie hielt die Zügel nur noch mit einer Hand und ergriff mit der anderen seine. Langsam trieb sie das Pferd wieder an und zum Rhythmus des Pferdeschrittes klopfte sie auf seinen Handrücken. Sie wurden schneller und sie lehnte den Kopf zurück an seine Schulter. „Es ist wie Musik. Tatam... Tatam... Tatam... kannst du sie hören?" „Ja", flüsterte er leise und schloss die Augen. „Kannst du sie spüren?", fragte sie. „Ja." „Halt dich fester. Die Musik wird schneller." Sie trieb das Pferd weiter an, klopfte weiter mit ihrer Hand auf seine, und er schmiegte sich an sie. An sie und an das Pferd, bis sie zusammen über die Wiese galoppierten. „Er gab sich ihr völlig hin. Die Augen immer noch geschlossen, genoss er den kühlen Wind um sich herum. „Susanna", seine Stimme war nicht mehr als ein Hauchen. „Es ist Wahnsinn. Ich fliege ... wir fliegen." Sie galoppierten. Sie trabten. Über Wiesen und Felder und am Waldrand entlang. Sie sprachen nicht, und nur manchmal öffnete Timm die Augen und sah sich die Umgebung an, bis er sein Gesicht weiter in ihr Haar schmiegte, seinen Kopf wie ein kleines Kind auf ihre Schulter legte und die Augen erneut schloss, einfach nur noch genoss. Den Rhythmus, die frische Luft hier draußen, die Ruhe und vor allem den Duft Susannas.

Sie hatten das Pferd versorgt und waren dann einfach auf
den Strohboden, der sich über den Pferden befand
geklettert. Er war nur durch eine Holzleiter zu erreichen.
Susanna schloss von oben die Klappe, welche sich mitten
auf dem Dachboden befand. Dann gingen sie rüber zu
einem kleinen Podest, welches sich an der Giebelwand
befand, in deren Mitte ein Fenster nach draußen war.
Bestimmt dreißig Minuten lagen sie zwischen all den
Heuballen und blickten durch das Fenster, wo früher einmal
die Strohballen über ein Fließband in den Stall gebracht
wurden. Sie konnten bis zum Horizont über die Felder
sehen und obwohl es den ganzen Tag bewölkt gewesen
war, blinzelte nun doch vereinzelt die Sonne hervor, um
sich von ihnen zu verabschieden. „Im Sommer war ich ganz
oft hier und hing einfach meinen Gedanken nach. Auch
Deutschland kann schön sein, in seiner herben rauen Art",
flüsterte Susanna. Sie spürte wie Timm nickte. „Wenn es
nur nicht so verdammt kalt hier wäre." Ein wehmütiges
Lächeln überflog ihr Gesicht. Timm lachte auf. „So kalt
finde ich es hier gar nicht und du wolltest hier
übernachten." „Müssen wir ja", verteidigte sich Susanna
und dachte erneut darüber nach, dass beide kein Handy
hatten, als sie das Taxi weggeschickt hatte. Beide hatten
kein Handy und es fuhr um diese Zeit kein Bus mehr.
Telefonhäuschen waren Fehlanzeige und an dem Apparat,
welcher an der Stallwand hing, hatte irgendein Witzbold die
Leitung durchgeschnitten. Es gab halt genug Menschen, die
es anscheinend äußerst witzig fanden, so wichtige Dinge zu
zerstören. Timm drehte sich auf den Rücken und starrte
nach oben. Sie drehte sich auf die Seite, stützte ihren Kopf
auf ihrer Hand ab, während sie mit der anderen zart seine
Wange berührte. „War es schon immer so frostig zwischen
euch? Bist du deswegen immer unterwegs?", traute sie sich
endlich zu fragen. „Schon lange, aber nicht immer." Er
überlegte. „Vielleicht bin ich deswegen immer unterwegs.
Ich weiß es nicht. Ich weiß nicht, ob er mich hätte halten
können, wenn es harmonischer zwischen uns wäre."
„Warum bist du denn immer unterwegs?" Er schüttelte den
Kopf und Susanna konnte im letzten fahlen Licht seine

feuchten Augen sehen. Sie sprang auf und ging zu einem Regal, welches sich mitten im Raum befand, um dort eine kleine Lampe mit Batteriebetrieb zu greifen. „Ich bin mal gespannt, ob sie geht", murmelte sie, während sie damit wieder auf Timm zuging und sich neben ihm auf die Knie warf.

Sie schaltete sie an und ein gemütliches Licht erhellte die kleine Ecke wo sie sich befanden, während der Rest allmählich in der Dunkelheit versank.

Sie drehte sich wieder zu ihm. „Wie war es früher? Und ab wann wurde es so frostig zwischen euch?" „Früher", begann er, „also direkt nach dem Tod meiner Mutter, hat er alles gemacht, damit ich mich wohl fühle. Er hat mein Zimmer neu gestaltet. Ich hatte ein riesiges Kinderzimmer und er baute mir ein Hochbett mit Rutsche. Ich hatte alles, vom Krökeltisch, über Dartscheiben bis hin zu einem Flipperautomaten. Draußen im Garten hatte ich ein riesiges Spielgerüst mit Schaukel, Rutsche, Sandkasten mit Wigwam daneben und einem Kletterberg. Wir hatten auch den Pool schon. Unser Verhältnis war innig, ich hatte viel Vertrauen zu ihm." Dann schwieg er. „Ab wann wurde es anders?", fragte Susanna zaghaft. Timm setzte sich auf und rutschte nach vorne an das Podest, so dass er seine Füße auf dem Boden abstellen konnte. Er stützte sich auf seine Knie ab und blickte in die Dunkelheit des Dachbodens. „Ich war ein ängstliches Kind", fuhr er leise fort. „Ich hatte Angst vor dem Tod, nun wo ich wusste, dass es ihn gab. Ich konnte nicht gut schlafen und hatte auch in der Schule Probleme. Obwohl ich eigentlich immer gut in der Schule war, aber wenn ich nicht gefordert wurde, dann versank ich in meiner Welt und hatte immer Angst. Nachts wachte ich auf und hatte Angst und irgendwann vertraute ich mich ihm an. Ich erzählte von meinen Ängsten und wie sie sich äußerten und ich glaube", er unternahm eine kurze Pause, „ich habe ihm damit dann Angst gemacht. Er machte sich Sorgen und ging mit mir zu Ärzten, damit die mir helfen konnten. Es wurde eine ganze Arztodyssee. Ich bekam Tabletten. Sie machten mich müde und tranig. Aber sie halfen nicht. Die Sorge stand meinem Vater ins Gesicht geschrieben und irgendwann tat ich so als würde es mir besser gehen, damit er sich nicht aufregte. Aufregung, so hatte ich gehört, ist ungesund und ich hatte Angst, dass ihm auch etwas passiert und ich dann ganz alleine bin. Die Tabletten nahm ich nicht mehr und der einzige Unterschied, den ich merkte war, dass ich nicht mehr so tranig und müde war. Manchmal glaubte er mir nicht so ganz und fragte nach, ob ich meine Tabletten nehmen würde und ich log ihn jedes Mal an und baute nach jeder dieser Fragen mein Schauspiel weiter aus. Aber ich distanzierte mich auch von ihm." „Warum?", bohrte Susanna nach. Er zuckte mit den Schultern. „Je weniger Kontaktpunkte wir hatten, desto weniger fragte er nach und das war einfacher für mich. Aber durch meine Distanz, distanzierte er sich auch irgendwann. Ich denke ich hab es nicht gemerkt, aber ich glaube ich habe ihn einfach nicht mehr an mich herangelassen. Ich habe eine Mauer um mich herum erbaut." „Sind deine Ängste irgendwann gegangen?" Timm antwortet nicht, aber seine bislang nur feuchten Augen schwammen nun voll Tränen. „Nein", kam es dann regelrecht erstickt von ihm. „Du hast dein ganzes Leben lang Angst?", fragte sie nahe zu entsetzt. Er nickte während seine Tränen nun begannen sich wie aus einem endlich geöffneten Tor zu entladen und er versuchte die Tränen irgendwie aufzuhalten. Susanna robbte direkt neben ihn. „Wovor Timm? Wovor hast du Angst? Was genau macht dir Angst?" Sein Blick glitt ziellos hin- und her und dann brach der Damm endgültig. Sie hörte noch wie er sagte: „Vor dem Leben, weil ich nicht weiß was ein Leben ist und vor dem Tod." Und dann begann er herzzerreißend zu weinen. Sein gesamter Körper schüttelte sich unter der Last. Schnell umarmte Susanna ihn. „Es ist gut, ich bin bei dir", flüsterte sie in sein Ohr und hielt ihn einfach nur fest. Nachdem er etwas ruhiger wurde und mit leerem Blick vor sich hinstarrte, setzte sie das Gespräch fort. „Timm, du brauchtest wahrscheinlich nie Tabletten. Aber du brauchtest und brauchst wahrscheinlich eine Angsttherapie. Du hast den frühen Tod deiner Mutter, wo du selber noch so klein warst, nie verarbeitet." Er reagierte nicht. Zärtlich streichelte sie weiter sein Haar. „Und wenn du keine Angsttherapie machen möchtest, ist es wichtig, dass man über seine Ängste spricht. Du hast dein ganzes Leben nicht darüber gesprochen. Es ist logisch, dass es dir heute so schlecht geht." Er sah sie müde an. „Und jetzt?", fragte er völlig ratlos. „Wärest du bereit für so eine Therapie?" Seine Augen wurden erneut feucht. „Davor habe ich auch Angst, Susanna. Ich habe Angst vor den Fragen eines Therapeuten, ich habe Angst das er mir nicht hilft sondern eher schadet, dass ich dauerhaft in eine Klinik müsste oder das ich wieder Tabletten bekommen würde." Susana nickte, sie konnte seine Angst gut verstehen. Sie selber wollte nie zu einem Psychologen, obwohl sie sogar versucht hatte sich umzubringen. Sie kam damals nicht damit zurecht, wer sie eigentlich war. Nach ihrem Gedächtnisverslust glaubte sie, sie hätte bis dahin im 17. Jahrhundert gelebt und das wollte sie niemandem anvertrauen, aus Angst man würde ihr Tabletten geben oder sie einsperren. „Ich verstehe das", flüsterte sie leise. Erstaunt sah er sie an. „Ich habe das selber durch, Timm. Ich hatte Angst vor Psychologen und ich wurde auch eingesperrt, aber …", sie überlegte, „mir hat es geholfen, als ich mich meinem Vater anvertraut habe und als ich akzeptiert habe, dass ich vielleicht anders bin, dass ich Probleme habe in dieser Welt nach meinem Koma." „Ging es dir dann besser? Warum ging es dir besser? Es hatte sich doch nichts geändert." „Man ist nicht mehr so alleine, Timm. Es gibt jemanden der einen hält, ohne ständig zu sagen, probiere dies oder probiere das, sondern man sagt, gut, dann ist das jetzt so und wenn du Liebe und Zuwendung brauchst, dann gebe ich sie dir und das Timm, genau das hilft manchmal mehr als alles andere." Er nickte und sah sie einfach nur an. „Ich bin für dich da, wenn du über deine Ängste sprechen magst, wenn du soweit bist, ich höre dir zu", versprach sie ihm. „ich werde nichts von dir fordern, wozu du nicht bereit bist, aber glaub mir Timm, du musst aufhören alles in dich hineinzufressen. Das macht dich krank und du verletzt dich selber damit." Er nickte und nahm ihr Hand. Zärtlich strich er darüber. „Danke", flüsterte er schließlich und zog sie an sich. „Ich wusste von Anfang an, dass du ein ganz besonderer Mensch für mich bist", murmelte er in ihr Haar. Ich weiß nicht warum. Ich habe so etwas noch nie erlebt, aber ich fühle mich mit dir auf ein ganz besondere Art verbunden." „Mir geht es genauso, ich weiß auch nicht was es ist. Ich denke das gehört zu den vielen Fragen des Lebens dazu." Er nahm etwas Abstand und sah sie an. „Wir sollten schlafen, mein Engel. Ich würde sagen, wir graben uns wie die Igel ins Stroh." Sie lächelte ihn an. „Das klingt wunderbar."

In der Nacht wachte sie auf. Die kleine Lampe tat noch ihren Dienst, aber man konnte sehen, dass ihre Energie nachließ. Das Licht schaffte es nun nicht einmal mehr das Podest komplett zu erleuchten. Susanna wusste nicht was sie geweckt hatte. Aber sie fröstelte und grub sich weiter ins Stroh, bis sie den sanften Windhauch an ihren Haaren bemerkte und sie sich erinnern konnte, dass sie, in dem Moment wo sie erwachte, ebenfalls Wind an ihrem Körper gespürt hatte.
Sie streckte ihren Kopf empor zum Fenster, aber dieses schien gut verschlossen und auch ihr darauf folgendes Lauschen gab ihr nicht das Gefühl, dass es draußen stürmischer geworden war. Dennoch, erneut spürte sie einen Windzug direkt an ihrer Haut, unsicher blickte sie in Richtung des dunklen Dachbodens, um festzustellen, dass dieser gar nicht mehr so dunkel war. Wie durch leichte Nebelschwaden sah sie das dunkle Schwingen in der Höhe, wo sie eigentlich die Holzbalken der Stalldecke erwartet hätte. Sie setzte sich auf und beobachtet diese Schwingungen und je genauer sie hinsah, desto deutlicher konnte sie sehen, dass es sich um die Laubzweige von riesigen Bäumen handelte. Sie konnte jedes einzelne Blatt und jeden Zweig erkennen, die dunkel im fahlen Licht des Mondes schimmerten. Nur welcher Mond? Hier auf dem eigentlich dunklen Dachboden. Endlich wurde Susanna so klar, dass sie allmählich begriff was hier passierte. Sie hatte es gerade erst vor kurzem in Indien erlebt. Ihr Herzschlag beschleunigte sich, ihre Hände, inzwischen vor Aufregung

ganz schwitzig, rieb sie an ihren Unterschenkeln ab und unsicher blickte sie zu Timm hinunter, dessen Atemzüge sie deutlich hören konnte. Wie sie erwartet hatte, konnte sie sein Gesicht, trotz der kleinen Lampe neben ihm, nicht erkennen. Die Angst in ihr nahm zu. Sie drehte sich auf ihre Knie und hob sich etwas an. Die schwingenden Bäume blieben.

Ganz langsam setzte sie den linken Fuß auf und begann sich zu erheben und als würde sie durch ein unsichtbares Tuch auftauchen, verschwanden die schwingenden Bäume, sowie auch der Wind, welchen sie die ganze Zeit gespürt hatte und die Umrisse der Holzbalkendecke des Dachbodens tauchten düster vor ihr auf. „Oh mein Gott", rief sie in Panik aus und trat einen Schritt zur Seite, ohne noch daran zu denken, dass dort das Podest zu Ende sein musste. Sie trat ins Leere und fiel mit lautem Aufschrei auf dem Boden. „Aua", entfuhr es ihr und nun, wieder in der Tiefe angelangt sah sie wieder die Baumblätter.

„Susanna?", hörte sie es von Timm, während sie zeitlich nur noch den dunklen Dachboden wahrnahm, als hätte gerade jemand den Fernseher ausgeschaltet. Schnell war er bei ihr. „Mein Gott, was ist passiert? Was machst du hier? Wo wolltest du denn hin? Musstest du mal zur Toilette?", bombardierte er sie mit Fragen. Sie antwortete nicht, sondern ließ ihre Blicke ziellos zwischen ihm und den Holzbalken hin- und her schweifen. „Hey", beruhigend nahm er sie in den Arm, „es ist alles gut, wahrscheinlich hast du schlecht geträumt." „Ja, vielleicht", stammelte sie. Er nahm wieder Abstand und sah sie fürsorglich an. „Magst du erzählen, was du geträumt hast?" „Ich", stammelte sie, „ich glaube ich …", sie unternahm eine kleine Pause und sah ihn dann gerade zu panisch an. „Ich glaube ich kann mehrere Dimensionen sehen." Sie sah von ihm weg zu den Holzbalken. „Falls es mehre Dimensionen gibt", ergänzte sie unsicher. „Was meinst du damit? Was hast du denn gesehen?" Besorgt sah er sie an. „Ich bin der Meinung ich habe eine andere Welt gesehen. Ich war draußen. Ich habe den Wind gespürt und Bäume gesehen. Es war nachts, ich sah nur ihre Umrisse im fahlen Licht." Beinah schrie sie ihre Schilderung und blickte Timm dann mit feuchten Augen an. „Oh mein Gott, Timm. Ich werde verrückt!" Entsetzt sah er sie an. „Um Himmelswillen, Susanna, sag doch nicht so etwas. Eventuell war es einfach nur ein sehr realer Traum. Beruhig dich erst mal", fürsorglich strich er ihr Haar zu Seite, während ihr Herzschlag sich tatsächlich allmählich beruhigte. „Komm, lass uns noch ein bisschen schlafen", forderte er sie auf und wollte sie mit sich auf Podest ziehen. Sie stand auf, zögerte aber. „Timm", stoppte sie ihn. „Es war wie in Matura." Er blieb stehen und sah sie an. „Du hast gesagt, dieser mystische Ort kann dafür sorgen, dass man emphatischer wird und ggf. andere Dinge wahrnimmt als sonst. Aber ich bin doch nicht mehr in Matura." Er atmete schwer aus. „Susanna", begann er. „Es gibt nicht nur Orte, die Empfindungen auslösen können, es können auch Erlebnisse sein." Fragend sah sie ihn an. Er kam wieder näher und umfasste ihre Schultern. „Du hattest einen schweren Unfall. Du hast Monate im Koma gelegen und du hast dein Gedächtnis verloren. Deine Welt war nach dem Unfall eine völlig andere und vor allem, eine dir fremde Welt. Du kannst dich heute noch nicht alles erinnern, richtig?" Sie nickte. „Dann mach dir keine Sorgen, wenn du die Welt heute teilweise anders wahrnimmst, als es vielleicht normal ist. Mach dir keine Sorgen, weil du eventuell anders träumst, als es vielleicht normal ist. Du bist nicht verrückt, Susanna und andere Dimensionen", er lachte auf. „Ich glaube auch an andere Dimensionen, Susanna. Dann bin ich genauso verrückt wie du und wen soll es stören, wenn zwei verrückte sich gefunden haben?" Sie lächelte ihn dankbar an. „Niemand" Ihr Lächeln wurde breiter. Ihre Panik und ihre Angst begannen sich zurückzuziehen. Timm wirkte auf sie im Moment wie ihr Vater, alleine seine Fürsorge und Ruhe, seine beruhigenden Worte, machten es ihr leichter im Hier und Jetzt zu leben. Hand in Hand gingen sie auf das Podest zurück und wühlten sich erneut wie die Igel ins Stroh ein. Er hatte sie fest im Arm und obwohl Susanna vermutet hätte, dass es nicht klappen würde, schlief sie nun doch wieder ein.

Am nächsten Morgen fuhren sie mit dem Bus in die Stadt zu Susannas Wohnung. Es war keine große Frage, wo sie hinsollten in Anbetracht der Tatsache, dass Timm in einer WG wohnte und sie lieber ungestört für sich waren.
„Gemütlich", Timm sah sich im Wohnzimmer um. „Und so fortschrittlich", grinste er sie an. „Was bitte ist hier fortschrittlich?" Susanna stellte ihre Tasche neben dem Sofa ab. „Der offene Wohnbereich. Küche offen im Wohnzimmer integriert, also wir befinden uns hier doch in einer Berliner Altbauwohnung oder?" Sie nickte und blickte nach oben zu dem Sturz über dem Tresen. „Darüber hab ich noch nie nachgedacht", gab sie zu. Er folgte ihrem Blick. „Naja jemand wird die Wand entfernt haben und ich finde er hat das gut gemacht", er drehte sich einmal, ging ein paar Schritte und drehte sich erneut. „Es wirkt groß. Es wirkt freundlich. Also mir gefällt es super hier." Sie lächelte. „Und die Einrichtung? Ich meine, wir werden sicherlich eine Zeitlang hier bleiben. Gefällt es dir, oder sollten wir es austauschen." „Austauschen? Eine arme Studentin und ein armer Entwicklungshelfer, ich bin ja froh, wenn wir die Miete hier zahlen können." Er blickte sich um. „Ist doch schön", und grinste sie an. „Kuschelig", fügte er grinsend hinzu. Sie lachte. „Ok, wie wäre es mit Kaffee?" „Das wäre ein Traum", zwinkerte er ihr zu. Sie ging um den Tresen herum und machte sich ans Werk.
Timm schlenderte derweil an der Fensterfront entlang. Ein Fenster war im Küchenbereich und zwei weitere im Wohnzimmerbereich. Nicht groß, aber mit urigen Butzenscheiben und nach obenhin abgerundet. Er berührte gedankenverloren die Vorhänge, ließ seinen Blick über den Schreibtisch davor gleiten und drehte sich dann in den Raum um. Sein Blick traf nun auf die gezeichneten Bilder Susannas. „Hast du die alle gemalt?", fragte er ungläubig. „Ja", antwortete sie leise. Er trat näher und schaute sich jedes einzelne Bild an. Zuerst den Häuptling, der geradezu majestätisch auf Timm herab sah. Seine Haare waren lang. Sein Blick hart. Die kräftigen muskulösen Arme hatte er vor seinem Brustkorb verschränkt. Timms Blick wanderte zu dem nächsten Bild. Es war eigentlich nicht ersichtlich

und doch konnte man spüren, dass diese Frau auf dem Bild nur die Frau des Häuptlings sein konnte. Die Bilder waren mit Bleistift gezeichnet. Eine Haarfarbe oder Augenfarbe war nicht zu erkennen. Für Susanna war die Indianerin blond und hatte blaue Augen. Wie sah sie wohl für Timm aus? Susanna heftete ihren Blick ebenfalls auf das Gemälde. Sie versuchte sich die Haare dunkel vorzustellen, die Augen braun und etwas musste sie lächeln, als sie daran dachte, dass Timm wahrscheinlich genau dieses Bild in seinem Inneren sah. Dann ging er weiter. Blieb vor dem nächsten Bild stehen und Susanna spürte bereits wie ihr Atem stockte. Rebecca, in deren Körper sie sich selbst einmal zu Hause gefühlt hatte. Ein Körper den sie geliebt hatte. Mehr als ihren eigenen. Rebeccas Haare waren lang, gelockt, leicht vom Winde verweht. So als würde sie mitten auf der Prärie stehen und ihren Blick verträumt in die Ferne schweifen lassen. Haarfarbe? Augenfarbe? Dies alles war nicht zu erkennen. Lange schaute Timm auf Rebeccas Antlitz und langsam hob er die Hand und streichelte zart drüber. Susanna beobachtet das, während Timm sie plötzlich ansah, einen Schritt zurücktrat und erneut das Bild begutachtete. „Das könntest du sein", bemerkte er nüchtern. „Ich? Wieso denn ich? Ich sehe doch komplett anderes aus", entfuhr es Susanna entsetzt. Er zuckte mit den Schultern. „Das stimmt, dennoch, sie strahlt das Selbe aus wie du." „Aha", auch Susanna schielte nun zu Rebecca rüber. War es so? Warum eigentlich nicht? Sie war es ja gewesen, warum sollte sich also nicht auch etwas von ihrer Ausstrahlung wiederspiegeln? „Respekt", murmelte sie leise, aber nicht leise genug als dass er es nicht gehört hätte. Er blickte zu ihr und grinste sie an. „Also", lachte er auf. „Ich habe recht, richtig? Du hast dir bestimmt vorgestellt du wärest sie, als du sie gezeichnet hast." Mit einem zufriedenen Grinsen ging er wieder näher an die Bilder heran und blieb nun vor Danny stehen. „Sie wirken, als wenn sie gleich aus dem Bild springen", flüsterte er ehrfürchtig und ging dann noch einen Schritt näher an den Mann heran. Es war zu erkennen, dass er kein Indianer war. So gut, wie zu erkennen war, dass Rebecca keine Indianerin war. Susanna spürte die Nervosität in sich aufsteigen. Die Beiden Männer standen sich ja nun quasi direkt gegenüber. Sie ließ ihren Blick zwischen ihnen hin- und her gleiten. War er es? Fragte sie sich. War Timm einmal Danny gewesen? Es beunruhigte sie, dass er die Bilder so intensiv ansah. „Sag mal", begann er endlich zu sprechen, „du hast sie alle datiert." „Ja, ich datiere immer meine Bilder." „Du hast sie alle erst nach deinem Unfall gemalt." „Stimmt." Er sah sie an. „Hast du auch schon vor deinem Unfall gemalt?" „Ja." „Und wo sind die?" „Im Schrank. Willst du sie sehen?" „Wenn ich darf", sprach er, um dann erneut wieder auf die Wand zu schauen. Susanna schüttelte verständnislos den Kopf, ging aber zu ihrem Schrank, um die große Zeichenmappe zu entnehmen. „Hier." Sie hielt ihm die Mappe entgegen und er griff danach, ohne sie anzusehen. „Danke", murmelte er gedankenverloren. „Der Kaffee ist fertig", bemerkte sie. Er antwortete nicht. „Timm?" „Ja?" Abrupt sah er sie wieder an. „Kaffee?" „Ja", nickte er, warf sich in den Sessel, hielt ihre Mappe auf dem Schoß und blätterte darin herum. „Als Kind konnte ich einen Schlumpf zeichnen", bemerkte er stolz. Sie musste lächeln. „Kannst du das heute nicht mehr?" Er antworte nicht auf ihre Frage, sondern blätterte weiter. „Die Bilder nach deinem Unfall sind ganz anders." „Wie anders?", fragte sie unsicher. Er schaute abwechselnd auf die alten und auf die neuen Bilder und kräuselte die Stirn. „Du hast mir gesagt, dass du beim Zeichnen nicht hinschauen musst. Du musst nur fühlen. Man kann sehen, was du gefühlt hast als du uns in Matura gemalt hast". Er drehte sich zu ihr um. „Also es mag ja blöd klingen Susanna, aber bei dem Maturabild kann man im Gegensatz zu deinen früheren Bildern sehen, dass du wirklich weißt, was du gemalt hast. Weil du dabei warst." Er deutete auf die Bilder an der Wand. „Es sieht gerade so aus, als wärest du auch bei diesen Bildern dabei gewesen." Susanna nippte an ihrem Kaffee, wusste aber nicht was und ob sie etwas dazu sagen sollte. Er schien aber auch keine Aussage von ihr zu erwarten. Sein Blick glitt erneut zur Wand und mit seiner Hand rieb er sich über sein Kinn. Es war zu erkennen, wie seine Gedanken sich in seinem Kopf überschlugen. Er atmete schwer durch, nahm seinen Kaffee und bevor er einen Schluck nahm, fragte er: „Hast du nach deinem Koma Erinnerung gehabt, die nicht stimmten? Also dachtest du das …", er deutete auf die Bilder und sah sie wieder an, „… dies dort real ist?"

Sollte sie es ihm sagen? Sollte sie es ihm jetzt sagen? Sie kam nicht zum Antworten. „Du hast dich in dieser Frau gesehen". „Sie hieß Rebecca", ergänzte sie, ohne zu wissen warum sie das nun tat. „Also stimmt es?", fragte er ernst. „Du hast dich in einer anderen Welt zu Hause gefühlt?" „Ja", antworte sie nun wahrheitsgemäß. „Kommt vor", bestätigte er. „Hast du herausgefunden, warum das so war? Hast du historische Bücher gelesen vor deinem Unfall oder gerne alte Filme gesehen?" Sie schüttelte mit dem Kopf. „Das weiß ich nicht." „Aber du hast sicherlich überlegt, warum das so ist?" Sie nickte. Er schien ein bisschen an seiner Unterlippe zu knabbern, obwohl sie diese Angewohnheit eigentlich nur von sich kannte. „Hast du es herausgefunden?", fragte er schließlich. „Ich habe Recherchen angestellt, ob die Leute, wo ich glaubte gelebt zu haben, wirklich existierten." Sein Blick wechselte und nahm etwas Neugieriges an. „Und?" Sie schluckte schwer und ihre Stimme war kaum mehr als ein Hauchen. „Sie haben gelebt." Jetzt konnten sie die Fassungslosigkeit in Timms Gesicht sehen. „Also glaubst du, das war ein früheres Leben? Ähm, du glaubst also generell es gibt mehrere Leben?" Sie nickte. „Ja, glaube ich und ich war bei einer Hypnosesitzung, um zu erfahren, ob ich in das alte Leben zurück kann. Allerdings konnte ich nicht in die Zeit, die ich in Erinnerung hatte und …" Susanna umfasste ihre Kaffeetasse fester. „Die Hypnotiseurin vermutete dann, dass ich selber während meines Komas dort gelebt habe und Rebecca eigentlich schon tot war".

Eine Weile sah er sie schweigend an, dann stand er langsam auf und stellte sich wieder direkt vor das Bild von Danny. Er nickte, als wenn er sich stumm seine eigenen Worte im Kopf bildete. Ohne sich zu ihr umzudrehen räusperte er sich kurz, bevor er die nächste Frage stellte. „Wart ihr ein Paar?" „Ja", antworte sie leise wahrheitsgemäß. „Er wird dir gefehlt haben, in dieser für dich so fremden Welt, nehme ich an?" Erneut antwortete sie mit einem: „Ja.". Er drehte sich zu ihr um und sah sie sehr ernst an. „Ich nehme an, dass es sich zwangsläufig ergibt, wenn man der Meinung ist gelebt zu haben, dass man ebenso glaubt auch der Andere lebt wieder". Nun sagte sie nichts mehr dazu. Sie spürte ihren Herzschlag bis zum Hals. Er lachte kurz auf, ließ seinen Blick durch den Raum gleiten und sah sie dann traurig an. „Und ich habe geglaubt, dass du mich irgendwie während deines Komas gespürt hast". Sie wollte sagen, dass das auch stimmte, aber ihr wurde bewusst, dass sie nichts gespürt hatte von ihm. Das was sie von ihm in ihrem Inneren gehört hatte, kam erst Monate später bei ihrer USA – Reise in ihr Bewusstsein zurück.

„Ich konnte mich später an deine Liebeserklärung erinnern." Sie lachte verlegen, stellte die Kaffeetasse ab und spielte stattdessen nervös mit ihren Fingern. „Ich meine, ich muss ja etwas mitbekommen haben, ansonsten wäre mir das ja nicht in Erinnerung gekommen." „Und das soll ein Anzeichen gewesen sein, dass ich dein ehemaliger Partner bin?", fragte er ironisch. „Er hat es auch zu mir gesagt, als ich krank war. Es hat sich genauso zugetragen." „Aha", sein Blick wechselte ein bisschen ins Arrogante. „Natürlich ist jedes Leben komplett gleich", wechselte er die Tonlage ins Ironische und lachte gespielt auf. „Da man sich in der Regel aber nicht erinnern kann, wie ein altes Leben so von statten ging, wird's Gott sei Dank nie langweilig." „Du glaubst mir nicht, richtig?", fragte Susanna nun direkt. „Doch, ich glaube dir. Ich kann das Leben, das Universum und das was ggf. dahinter ist nicht beurteilen. Wer wäre ich, wenn ich mir das anmaßen würde. Doch", nickte er, „ich glaube dir, aber ich habe gedacht, dass du wegen einer heutigen Erinnerung zu mir gekommen bist und ich habe gedacht, dass du dich um meinetwillen in mich verliebt hast." „Ja, aber …", wollte sie einwenden, aber er hob seine rechte Hand und brachte sie damit zum Schweigen. „Du hast nicht mich gesucht, du hast ihn gesucht", seine Stimme wurde lauter und mit der Hand deutete er auf das Bild von Danny. Dann drehte er sich, sah die Bilder erneut an und deutete auf Rebecca. „Ich hab dich eben erkannt, noch bevor ich wusste, wie eigentlich diese ganze Geschichte gelaufen ist und ich ...", er trat vor und berührte den Rahmen des Bildes von Danny, während er sich zu Susanna umdrehte, „... war nicht dieser Mann!" Geradezu kalt sah er sie an. „Und nun kommst du, Susanna", ergänzte er, während er das Bild losließ, um zum Fenster zu gehen und raus zu gucken, obwohl er wahrscheinlich gar nicht sehen konnte, was draußen zu sehen war. Susanna drehte sich in ihrem Sessel, um ihn im Auge zu behalten. „Zum einem weiß ich nicht, woher du diese Annahme nimmst und zum anderen verstehe ich nicht, dass das nun ein Problem werden könnte. Timm ich liebe dich. Ich habe mich in dich verliebt in Indien. Vielleicht hat er mich zu dir gebracht, aber lieben tue ich dich." Er drehte sich abrupt zu ihr um. „Du musst nicht wissen woher ich das weiß, ich weiß es aber." Erneut deutete er zu dem Bild und seine Stimme wurde erregter und lauter. „Ich war nicht dieser Mann, Susanna." Auch ihre Stimme wurde nun lauter, „Gut", sie stand auf und ging auf ihn zu. „Dann warst du halt nicht dieser Mann. Ich liebe dich trotzdem." „Ach ja?", fragte er ironisch. „Und wie lange liebst du mich? Bis du den wirklichen, wie hieß er überhaupt?" „Danny, also Daniel." Er nickte und kam mit seinem Gesicht ihrem näher. Seinen Blick geradezu kalt auf sie gerichtet. „Bis du dem wirklichen Daniel plötzlich begegnest?", brachte er seine Frage zu Ende. „Ich suche nicht mehr!", fuhr sie ihn an. „Ich habe meinen Platz in dieser Zeit gefunden und zwar mit dir, Timm Mühlbach!" „Das reicht mir aber nicht Susanna Niemann", fuhr er nicht weniger aufgewühlt zurück. „Ich glaube, wenn du sichere Anzeichen erkennst, dass irgendein Mann, dein Danny von damals ist, werden wir eine große Krise haben, wenn nicht sogar die Trennung direkt im Hause stehen sollte." Er begann auf- und ab zu laufen. „Wie soll ich gegen einen Mann anstinken, der dich in einer ganz anderen Zeit, unter ganz anderen Bedingungen geliebt hat? Wenn du dich an so eine Zeit mit ihm erinnerst, dann gäbe es da nicht nur Knutschereien, als wäre er irgendwie dein Exfreund. Nein, in der Zeit gab es Gefahren, Ängste, Männer mussten kämpfen können. Eventuell hat er dich vor dem Tod gerettet, eventuell hast du ihn vor dem Tod gerettet. Susanna, ich bitte dich!" Erneut schaute er kurz zum Fenster und atmete dann tief durch. „Wie soll ich gegen so einen Mann anstinken können? Das ist ja als wenn du dich in die Rolle eines Hollywoodstars verknallt hast und ich glaube, nur weil ich in Indien war und das in dieser Gesellschaft so außergewöhnlich exotisch ist, bist du mir überhaupt gefolgt und hast dich in mich verliebt." Er kam näher. „Aber ich schwöre dir, du hast ihn deswegen nicht vergessen und taucht er auf, dann wirst du gehen."

Mit feuchten Augen sah sie ihn an. „Nein", kam es beinah erstickt von ihr. „Doch, mein Engel", antwortete er nun leise. „Wir sollten die Hochzeit annullieren, bevor wir den größten Fehler unseres Lebens damit machen." Dann ging er an ihr vorbei und nahm seine Jacke. „Wo willst du hin?", fragte nun sie drohend. „Wag es nicht jetzt zu gehen, wag es nicht mich jetzt alleine zu lassen?" Er zog sich die Jacke an. „Was passiert, wenn ich es wage?" „Ich werde dir das nie verzeihen, wenn du jetzt gehst." Ein kurzes Lächeln huschte über sein Gesicht. „Drohst du mir mit einer Trennung, die ich gerade vorgeschlagen habe?" Er machte die Jacke zu und ruckelte den Kragen zurecht. „Ich brauche frische Luft, Susanna, dass kannst du mir nicht verbieten. Ich muss mal für eine Stunde hier raus. Eine Stunde, die du mit Sicherheit auch zum Nachdenken brauchen wirst und wenn ich hier nachher wieder klingeln sollte, weil …", er blickte zu seinem Koffer am Türrahmen, „ich meinen Koffer noch brauche. Dann kannst du dir ja überlegen, ob du aufmachst oder nicht. Wenn nicht stell ihn mir vor die Tür. Es ist nicht gesagt, dass die Klamotten da drin jemals deinem Danny passen werden." Sie ging auf ihn zu und klatschte ihm mit der Hand eine runter. Blitzartig griff er ihre Handgelenke und drückte sie gegen die Wand. „Einmal schlägst du mich noch und ich drehe dir den Hals um." „Du bist widerlich, Timm. Du bist verletzend und widerlich." „Ich bin nicht verletzend, ich bin verletzt. Du hättest mir das alles sagen müssen, Susanna. Du hast mir nichts gesagt und du hast es zugelassen, dass ich mich in dich verliebe. Du hast eine Nähe zwischen uns zugelassen, die ich so noch nie erlebt habe. Wie soll ich damit klar kommen möglicherweise nicht mehr dein Traummann zu sein?" Die Tränen rollten über ihre Wange. „Es tut mir leid." Er ließ sie los und nahm taumelnd Abstand, während er hinter sich zur Klinke der Wohnungstür griff. „Nutz die Stunde", wiederholte er seine Worte. „Ich denke wir brauchen sie beide." Dann drehte er sich und schlug die Tür krachend hinter sich in Schloss.

Die Kerzen standen, festlich geschmückt, auf dem Tisch.
Die Ringe lagen auf dem blauen Samtkissen.
„Möchten sie, Timm Mühlbach, die hier stehende, Susanna
Niemann, heiraten? Dann antworten sie mit ja." „Ja", hörte
Susanna, während sie ununterbrochen in seine grünen
Augen blickte. „Möchten sie, Susanna Niemann, den hier
anwesenden, Timm Mühlbach, heiraten? So antworten sie
bitte mit ja." „Ja", antwortete sie und beide sahen sich
lächelnd an. „Dann tauschen sie nun, als äußerliches
Zeichen ihrer Liebe, die Ringe. Ich erkläre sie damit zu
Mann und Frau. Sie dürfen sich nun küssen." Der Ring glitt
über ihren Finger, nachdem sie ihm seinen Ring angesteckt
hatte. Dann spürte sie seine Hände um ihre Hüfte, wie er sie
an sich zog und sie küsste.
Alle, die eingeladen waren, waren auch gekommen. Ihre
Eltern, Bianca und sogar sein Vater. Die ganze Gesellschaft
war untereinander noch fremd und jeder zog sich in seine
Ecke des Raumes zurück. „Ich liebe Dich", flüsterte Timm
und nahm ihre Hand. „Ich liebe dich auch", antwortete sie
und dann drehten sie sich zu ihren Gästen um. „Ich würde
sagen, wir gehen Essen und dann könnt ihr Euch alle
kennenlernen", strahlte Susanna in die Menge.
Dennoch, es wurde ein schweigsames Essen.
Bianca war die Einzige die immer mal wieder versuchte,
entweder nach rechts mit Susannas Eltern oder nach links,
mit Timms Vater, ein Gespräch zum Laufen zu bekommen.
Leider vergeblich. Letzten Endes schielte sie zu Susanna
rüber und zuckte mit den Schultern. Susanna lächelte ihr zu,
mit einem Blick der sagte, dass es nicht schlimm war. Und
es war auch nicht schlimm für Susanna. Ihre Eltern standen
der Hochzeit nach so kurzer Zeit skeptisch gegenüber. Ihre
Mutter noch mehr als ihr Vater. Ihr Vater hatte sie trotzdem
liebevoll umarmt und auch Timm liebevoll begrüßt,
während ihre Mutter, kalt wie Eis, Susanna seit ihrer
Ankunft das Gefühl vermittelte einen riesen Fehler zu
machen. Einen Fehler, den sie ihrer Tochter niemals
verzeihen würde.
Robert Mühlbach hatte alle, das Brautpaar, sowie auch
Susannas Eltern und Bianca förmlich begrüßt und saß nun

zwar am Esstisch, aber viel zur Unterhaltung hatte er nicht beizutragen. Auch Timm und Susanna selber wussten nicht genau wie sie Herr dieser Lage werden sollten. Sie schielten sich immer wieder an, sahen aber in dem Blick des anderen nur die Ratlosigkeit stehen.

Plötzlich stand Timm auf und klopfte an sein Glas. Irritiert sahen ihn die Anwesenden an. Er lächelte. „Ich habe nicht an das Glas geklopft damit ihr mit Euren Gesprächen innehaltet. Ich habe es gemacht, um euch kurz aus euren eigenen Träumen zu reißen, damit ich ein paar Worte sagen kann." Susanna und Bianca lächelten sich zu, während die ältere Belegschaft ihre Lippen zusammenpresste und die Augenbrauen hob.

„Ich danke Euch", fuhr Timm fort. „Ich danke euch, dass ihr gekommen seid und ich danke euch für eure guten Wünsche. Ich hoffe das Essen hat geschmeckt und ihr seid satt geworden, es gibt auch noch eine Nachspeise und ich denke dann werden wir diese schöne Gemeinschaft leider auflösen müssen. Susanna und ich sind noch immer müde wegen der Zeitumstellung und ich denke auch jeder von Euch wird so mitten in der Woche noch seine Verpflichtungen haben", dabei zwinkerte er seinem Vater zu. „Somit hoffe ich, dass ihr es uns nicht übel nehmt, wenn wir alle gleich gehen." „Hm", zuckte Richard Mühlbach mit den Schultern, „ist zwar eine kurze Hochzeitsfeier gewesen, aber wenn ihr müde seid, dann seid ihr müde." Und die anderen stimmten mit einem Kopfnicken zu. Timm setzte sich und nahm das Schälchen mit dem Pudding in Empfang, welches ihm von der Bedienung gereicht wurde. „Machen sie mir dann bitte gleich die Rechnung fertig?", fragte er leise. „Ja, kommt sofort", antwortete die Bedienung und verteilte weiter die Nachspeise. Susanna griff nach Timms Hand, der sie daraufhin ansah. „Danke", flüsterte sie leise. Er lächelte. „Gerne, ist ja nicht zum Aushalten hier!"

Lächelnd wandte sich Susanna ihrer Nachspeise zu und sie war glücklich. Sicherlich hätte sie sich von der Verwandtschaft mehr erhofft, an so einem Tag, aber wirklich traurig konnte sie deswegen nicht sein.

Sie hatte einen wunderbaren Mann an ihre Seite und während sie in ihrer Schale zu löffeln begann, dachte sie daran zurück, wie schön es gewesen war, als er nach dem Gespräch vor den Bildern zurück gekommen war.

Sie war alleine ins Wohnzimmer zurückgegangen, hatte sich auf das Sofa gesetzt und die Beine angezogen. Sie wusste nicht was sie denken sollte. War es so ein großer Fehler gewesen, ihm nicht sofort zu erzählen, warum sie nach Indien gereist war? Ihre Augen füllte sich mit Tränen und wenn sie ehrlich zu sich war, und das war sie, wäre sie umgekehrt ebenfalls enttäuscht gewesen, wenn ein Mann gekommen wäre, sie dazu gebracht hätte sich in ihn zu verlieben, um ihr am Ende zu gestehen, dass er sie nur ausgewählt hat, weil er vermutete sie wäre seine Liebe aus einem anderen Leben. Nach dieser Ehrlichkeit sich selbst gegenüber, hatte sie eigentlich keine Hoffnung mehr, dass er wirklich zurückkommen würde. Sie blieb über gefühlte Stunden einfach so sitzen, zitternd, dachte sie darüber nach eventuell einfach ins Bett zu gehen. Die Türklingel jedenfalls erwartete sie nicht mehr zu hören, genau in dem Moment wo der Gong laut an ihr Ohr dröhnte. Erschrocken sprang sie auf, rannte zur Wohnungstür und drückte auf dem Summer der Haustür. Sie hörte wie jemand die Stufen emporstieg und als er in ihrem Sichtfeld erschien und die letzte Treppe erreicht hatte, wäre sie ihm am liebsten entgegen gerannt. Aber sie blieb wo sie war und er kam hoch und blieb direkt vor ihr stehen.

„Ich bin dir doch nur im Weg, Engelchen", sprach er leise. Sie sah ihn mit ihren feuchten Augen an. „Das Irrsinnigste ist, dass ich dir alles glaube", fuhr er fort. „Nur ..., dass ich es bin, Susanna, das glaube ich nicht." „Warum nicht?", fragte sie leise. Schweigend sah sie ihn an und er redete müde weiter. „Einen Mann zu finden, der unter völlig anderen Bedingungen damals mit dir gelebt hat. Rau, stark und ... leidenschaftlich. Er hat dich wahrscheinlich beschützt, mehr als einmal, wahrscheinlich dein Leben gerettet", er lachte verzweifelt auf, „er wird stark gewesen sein und trotzdem wird er in deinen Händen wie heißer

Wachs zerlaufen sein! Wie findet man das hier?" Auch
Timms Blick wurde nun feucht, aber trotzdem sprach er
weiter. „Ich habe einfach nur in dein Schema gepasst,
Susanna. Zwischen all den langweiligen Männern hier, bin
ich derjenige, der aus dem Rahmen fällt. Ruhelos, wie er. In
einem Land zu finden, das genauso rau und wild ist wie
damals die USA." Er fuhr sich müde mit der Hand durchs
Haar. „Du hast den Falschen, Susanna und ... ich hindere
dich daran den Richtigen zu finden."
Lange sah sie ihn einfach nur an. Müde, sowie auch er sie
müde ansah. „Das habe ich doch alles schon durch, Timm",
antwortete sie leise. „Natürlich weiß ich, dass du es
eventuell nicht bist. Aber ist es denn wirklich so wichtig?
Wäre ich nicht dort gewesen, wäre ich nie bei Danny
gewesen, dann hätte ich dich niemals gesucht. Kann es
denn nicht sein, dass er mich nur auf die Suche geschickt
hat? Auf die Suche nach einem Mann, der wirklich zu mir
passt. Einen Mann, den ich bedingungslos liebe?" Ihre
Augen füllten sich immer mehr mit Tränen und vereinzelt
rollten sie über ihre Wange hinab. „Und verdammt noch
mal, ich liebe dich, Timm! Ich habe noch nie jemanden so
geliebt wie dich." Sie senkte ihren Blick. „Ich liebe deine
Art. Ich liebe dein Leben, so wie du es führst. Ich liebe, wie
du denkst und wie du redest und ...", ihre Stimme wurde
noch leiser, „ich liebe deinen Körper." Jetzt sah sie ihn
wieder an. „Ich habe das nie zuvor so empfunden. Wenn
ich dich sehe, dann sehne ich mich danach dich zu berühren
und ich sehne mich danach, dass du mich berührst. Und
wenn du es dann tust ..., ich vergesse alles um mich herum.
Es gibt nur noch dich und mich. Das Gefühl ist so stark,
dass ich vor Glück andauernd weinen muss. Ich kann nicht
einmal mit dir schlafen, ohne dabei zu weinen. Wenn nicht
du Timm, wer bitte soll dann der Richtige für mich sein?"
Die Wohnungstür an der Seite wurde geöffnet und der fast
50-ig jährige Nachbar Susannas trat in Jogginghose hervor.
„Nicht das ich ihre Gespräche über Liebe und Leidenschaft
so uninteressant finde, aber wozu gibt es denn Wohnungen?
Können sie das nicht drinnen klären, wer wem folgt und
liebt? Dieses Gemurmel hier im Flur stört mich beim

gucken meiner Sportschau." Dann schlurfte er wieder rein und schloss die Tür. Timm und Susanna sahen ihm hinterher und langsam bewegten sie sich bis in ihren Flur und schlossen die Tür zu. „Noch nie hast du jemanden so geliebt?", fragte er sofort weiter und gab sich die Antwort darauf auch gleich selbst. „Ihn hast du so geliebt. Und das Schlimmste daran ist, dass du ihn nicht als Rebecca geliebt hast. Ich denke, das wäre schon schlimm gewesen, aber damit würde ich zurechtkommen. Nein, du hast ihn geliebt, du Susanna." Er schüttelte den Kopf. „Wie soll ich damit klar kommen?" „So wie ich dich liebe, habe ich ihn nicht geliebt!" Kurz schweigend sah er sie an. „Jetzt", antwortete er, „aber was ist, wenn er plötzlich auftaucht? Wenn du ganz sicher weißt, dass der Mann, der plötzlich auftaucht, Danny war? Was ist dann?" Eine Weile sah sie ihn schweigend an, bevor sie antworte. „Ich bleibe bei dem Mann, den ich liebe. Wenn er es ist, den ich liebe, dann werde ich gehen! Wenn du es bist, den ich liebe, dann ist es mir verdammt egal, ob ich ihn schon irgendwann, in irgendeinem verdammten anderen Jahrhundert geliebt habe! Dann bleibe ich bei dir! Du hast selber gesagt, so eine Liebe kommt nicht oft vor und ich gebe dir recht. Ich kann mir nicht vorstellen, jemanden anderen jemals so zu lieben wie ich dich jetzt und in diesem Moment liebe. Ich bin mir auch nicht sicher, ob die Liebe zu Danny jemals so unendlich tief ging wie zu dir." „Ich wünschte, ich könnte dir glauben", wisperte er. „Ich wünschte, du würdest jetzt einfach bleiben und es mit mir versuchen. Ich wünschte, du würdest aufgrund deiner Liebe zu mir einfach bleiben. Wenn du zweifelst, Timm, zweifelst an deiner und meiner Liebe, wenn du jetzt schon aufgibst, nur weil du glaubst, es könnte noch ein Anderer auftauchen, dann weiß ich auch nicht mehr, ob eine Hochzeit noch sinnvoll ist". Zart berührte er ihre Wange und ein Lächeln huschte über sein Gesicht. „Ich möchte es mit dir probieren, Susanna Niemann. Egal was kommt, egal wer kommt. Ich bin der Mann an deiner Seite." Sie atmete schwer aus. „Gott sei Dank", flüsterte sie dann erleichtert und zog ihn direkt mit sich mit ins Schlafzimmer. „Und hier", sie drehte sich zu ihm um, „sind wir auch schon am Ende meiner Wohnungsführung angekommen. Das Schlafzimmer!" Sein Lächeln wurde zu einem breiteren Grinsen. „Eine ganz zauberhafte Wohnung hast du", dann schob er sie zum Bett und schubste sie regelrecht auf die Liegefläche, während er stöhnend hinterher kam und ihr Shirt hochschob. „Entschuldige, was hattest du gerade über meinen Körper gesagt?", fragte er atemlos. „Hör auf zu reden, zieh dich endlich aus", antwortete sie.

Nachts war sie noch einmal erwacht, während Timm tief und fest neben ihr schlief und plötzlich, obwohl sie dieses Phänomen schon fast wieder vergessen hatte, musste sie feststellen, dass diese sonderbaren Veränderungen, welche Timm anfangs auf die Exotik Indiens geschoben hatte, weder vor dem Stall, noch vor ihrer Wohnung halt machten. Diesmal sah sie allerdings nichts, nur die Luft roch anders. Frischer, als läge sie draußen und sie spürte den Wind in ihrem Gesicht, obwohl sie das Fenster nicht geöffnet hatten. Sie hatte versucht in der Dunkelheit etwas zu erkennen, aber sie sah nichts, dann überlegte sie aufzustehen, vielleicht würde sie dann eine Veränderung wahrnehmen, aber nach den Geschehnissen seit ihrer Ankunft in Deutschland, war sie einfach zu müde dazu und somit schmiegte sie sich an Timm, der seinem Arm im Schlaf fest um sie legte und schnell schlief sie wieder ein.

Die Stühle schrabbten über den Boden und die ersten Hochzeitsgäste erhoben sich und rissen Susanna aus ihren Erinnerungen heraus. Auch Susanna und Timm standen auf, lächelten den Gästen zu und verabschiedeten sie höflich. Als vor dem Restaurant die Autos vom Hof rollten, stand Bianca noch neben den Beiden. „Schwierige Familien habt ihr, oder täuscht das?" „Nein", seufzte Susanna, „so richtig einfach sind sie wohl nicht." „Was ist schon einfach?", bemerkte Timm, der seinen Arm um Susannas Schultern gelegt hatte. „Solange das das einzige Problem in unserer Ehe bleibt, bin ich schon happy!" Susanna blickte fragend zu ihm auf und er zwinkerte ihr schelmisch zu, während sie, beinah enttäuscht, vor sich hinmurmelte. „Und ich hatte gedacht, du hättest den Teil mit dem vergangenen Leben bereits vergessen." „Vergiss du lieber, dass ich das jemals vergessen könnte", antwortete er ihr und zog sie mit sich zu den Taxis rüber. „Komm Bianca, wir setzten dich noch zu Hause ab", rief er über seine Schulter zurück. „Ja, wuff", brummelte Bianca zurück, „ich komme ja schon."

So langsam füllte sich die Bar. Susanna stand mit einem Glas Wein in der Hand an einem der Stehtische. Im Augenwinkel sah sie, wie die Eingangstür sich öffnete. Erwartungsvoll sah sie auf und grinste breit, als sie Bianca kommen sah. „Hi Süße", sprach diese und umarmte Susanna kurz. „Ist ja irre, dass ausgerechnet du mich mal hierher bestellt." Susanna grinste. „Die Zeiten ändern sich nun mal." Sie konnte sich gut an die Zeit erinnern, als Bianca sie damals überredete genau in diese Bar zu gehen. Susanna war von dem Einfall wenig begeistert gewesen, da sie lieber in eine Disco gegangen wäre. Nun war sie freiwillig hier. Freiwillig, weil Timm hier singen wollte. „Wann singt er denn?", fragte Bianca, während sie ihre Jacke auszog und sich umsah, wo genau man die wohl ablegen konnte. Dann griff sie in die Seitentasche, holte ihr Portemonnaie hervor und warf die Jacke einfach auf eine der langen Fensterbänke. Susanna schaute zur Uhr. „Müsste eigentlich gleich losgehen." Bianca nickte. „Schau mich mal an." „Was?", fragend blickte Susanna in ihre Richtung. „Also du siehst super aus. Dein neues Eheleben scheint dir gut zu bekommen." Susanna lachte auf. „Warte ab, bislang haben wir nichts weiter zu tun, als unsere Liebe zu zelebrieren, aber so können wir auf Dauer nicht leben." „Warte du ab", grinste Bianca, „jetzt hat er ja schon einen Großauftritt hier. Ich nehme an seine Gage wird der Hammer sein." „Natürlich", nickte Susanna, während die ersten Musiker der Band die Bühne betraten. Die Erwartung der bereits anwesenden Gäste schien groß zu sein. Sie jubelten bereits als die ersten Klangproben für die Instrumente durchgeführt wurden und tatsächlich stimmten ein paar der Gäste die Lieder von Timm an. Sie kannten ihn also noch. Obwohl er Jahre in Indien gewesen war, hatten seine Fans in dieser Bar ihn nicht vergessen. In dem Moment trat auch Timm auf die Bühne und winkte regelrecht freundschaftlich den Gästen zu. Manchen gab er sogar die Hand, bevor er sich hinter das Mikrofon stellte und von dort Susanna nochmal zublinzelte. Dann drei kurze Schläge mit dem Taktstock, direkt folgend mit dem Einsatz von Schlagzeug, E-Gitarren, Synthesizer und ehe man sich versah hatte der Abend begonnen und nach einem kurzen instrumentalen Teil, stimmte Timm sich mit seiner Stimme in die Musik mit ein. Schnell, laut, schwungvoll. Es hatte nichts mit den Ballarden zu tun, die Susanna so von ihm liebte, aber die waren zum Beginn eines solchen Abends wohl auch noch nicht angebracht. Er war gut. Für Susanna mehr als das. Für Susanna war er grandios und sie spürte ein bisschen Stolz in sich, dass sie einen so talentierten Mann an ihrer Seite hatte. Der Boden in der Bar begann schnell zu beben, Susanna hatte nicht vermutet, dass ihr Mann hier so bekannt war. Sie wippten mit, sie sangen mit und je später der Abend wurde, desto lauter wurde das Gejohle der Gäste.

Susanna und Bianca stimmten sich in das allgemeine Gejohle mit ein, wippten ebenfalls im Takt hin- und her und jubelten Timm euphorisch zu.

„Pass doch auf!", brummelte Bianca, als sie von dem dicken untersetzten Herren, mit der Zigarre in der Hand, angerempelt wurde. Er ging, ohne seinen Blick von der Bühne zu lassen, direkt um Bianca und Susanna herum. „Nils ...", rief er dem Mann hinter dem Tresen zu und deutete dann mit dem Kopf zur Bühne, „ist er das?" Bianca konnte sehen wie Nils nickte und sie sah, wie auch der untersetzte Herr zufrieden nickte, um dann erneut an seiner Zigarre zu ziehen. Sie wollte Susanna darauf ansprechen, aber als sie deren hoffnungslos verschmolzenen Blick zu Timm sah, gab sie es auf mit der Freundin zu reden.

Sie lauschten den ganzen Abend, bis Timm, nach etlichen Zugaben, die Bühne verließ. Es war Bianca, die als erste ihre Stimme wieder fand. „Wow, ich hatte völlig vergessen, was der Mann für eine wahnsinns Stimme hat." Susanna lächelte ihr zu und auf die Bühne traten nun die ersten Männer, um die Technik wieder abzubauen. Susanna wandte sich wieder ihrem Weinglas zu, als sie Bianca hörte. „Susanna, sag mal, weißt du wer das ist?" „Wen meinst du?", fragte sie und folgte mit ihrem Blick Biancas auf die Bühne. „Der Dunkelhaarige." „Timm hat ihn mir vorhin als Riccardo vorgestellt." „Aha", bemerkte Bianca, reckte ihren Hals, um ihn auch sehen zu können, wenn andere zwischen ihr und ihm ins Sichtfeld gerieten. Susanna musste grinsen und schielte ebenfalls zu ihm rüber. Er hatte dunkles, langes, zu einem Zopf gebundenes Haar. Er war ein südländischer Typ und Susanna wusste sehr genau, wie gerne Bianca südländisch wirkenden Männer mochte. „Und Timm ist mit ihm befreundet?", fragte diese auch sofort, mit immer noch reckendem Hals. „Ich denke schon. Jedenfalls kennen sie sich. Wie gut, das weiß ich nicht." Mit leuchtenden Augen sah Bianca ihre Freundin an. „Du musst zu ihm gehen!" „Zu Riccardo?" „Nein!" Entnervt schüttelte Bianca den Kopf. „Zu Timm! Sag ihm, er soll ihn hier zu uns an den Tisch mitbringen. Ganz zwanglos." „Zwanglos? Aha. Meinst du, das kann vielleicht warten bis Timm hier auftaucht?" Bianca kam nicht dazu, zu antworten, als der dicke Mann mit der Zigarre sich bereits zu ihnen gesellt hatte. „Entschuldigung, dass ich euch belauscht habe. Aber ihr kennt ihn?" Susanna drehte sich erstaunt zu ihm um. „Riccardo? Nicht wirklich." „Ach, papperlapapp, Riccardo. Timm, meine ich!" „Natürlich, er ist mein Mann", antwortete Susanna verständnislos. „Er ist verheiratet?" Die Enttäuschung darüber war nicht zu überhören und Susanna schwante Fürchterliches, aber sagen konnte sie dazu nichts. „Nun ja", brummelte der Dicke direkt weiter, „Abstriche muss man ja immer machen." „Bitte?", fragte Susanna nun ungläubig und er grinste sie breit an. „Abstriche, meine ich. Ich denke, ich komme damit klar!" Dann sah er mit verklärtem Gesichtsausdruck auf die Bühne, wo kurz zuvor noch Timm gestanden hatte und beinah verträumt sprach er weiter, „Ein geiler Mann!" Jetzt riss Susanna endgültig der Geduldsfaden. „Sagen sie mal, sind sie noch recht bei Trost?" „Was denn?" Erstaunt sah er sie an. „Sie wagen es, sich an meinen Mann ranzuschmeißen?" „Ranschmeißen?" „Ja, ranschmeißen. Es schreckt sie weder ab, dass er verheiratet ist, noch, dass er erheblich jünger ist als sie, und auch nicht, dass sie ihn hier in einer Bar zum ersten Mal sehen, statt auf dem Bahnhofsstrich, wo sie wohl eher Leute ihrer Gattung antreffen!" „Susanna ...", erschrocken fuhr Bianca der Freundin dazwischen, während um die Mundwinkel des

Mannes die ersten Zuckungen zu sehen waren. Dann prustete er laut los vor Lachen. Er schlug mit den Händen auf den Tisch und lachte, bis ihm Tränen über die Wangen liefen. Seine Stimme war nur noch ein Quieken, als er endlich weitersprach. „Wahnsinn ...", schrie er auf und wischte sich mit dem Finger die Tränen aus den Augen. „Oh Gott, das ist mir wirklich noch nie passiert. Du bist ja genauso genial wie dein Mann." Er lachte weiter und Susanna blickte irritiert zu Bianca, welche aber nur ratlos mit den Schultern zuckte. „Darf ich fragen, was gerade so komisch ist?" Er lachte weiter. „Darf ich fragen, wo du wohnst? Oder genauer gesagt, wie viele Zimmer ihr habt?" Jetzt verstand Susanna überhaupt nichts mehr. Er hatte ja wohl hoffentlich nicht vor ... bei ihr zu Hause ..., mit Timm ..., nicht auszudenken. „Zwei, warum?" Erneut prustete er los. „Zwei Zimmer?" Die Tränen rollten ihm unaufhörlich über die Wangen und er schlug sich mit seinen dicken, wurstigen Händen auf die Oberschenkel. „Mein Gott, der Junge kann mit seiner Stimme Millionen verdienen und du gäbest eine exzellente Komikerin ab. Warum lebt ihr nicht schon in einer Villa?" Susanna wurde rot und unsicher schielte sie zu Bianca hinüber. Aber deren Blick sagte deutlich, dass sie wahrscheinlich meilenweit über ihr Ziel hinausgeschossen war. Glücklicherweise wirkte der Mann alles andere als stark beleidigt. „Was ist denn hier los?", hörten sie Timms Stimme plötzlich hinter sich. „Da ist er ja", prustete der Mann erneut los, fing sich aber auch bald wieder und bemühte sich ernst weiter zu sprechen. „Wenn ich mich vorstellen darf ...", er schielte zu Susanna und gluckste erneut in sich hinein, „ich bin Henry Marten. Musikmanager." Er zog bereits eine kleine Karte aus seiner Jackentasche. „Ich komme von International Music." Susanna wurde blass und musste sich umgehend am Tisch festhalten, während sie zu Timm aufsah. „Bitte verzeih mir", murmelte sie nur noch, während Timm unsicher zwischen ihr und ihm hin und her schaute. „Mühlbach, Timm", nickte er dem Mann förmlich zu. „Ja, ich weiß. Nils hat mich herbestellt. Er war der Meinung, ich sollte dich mal anhören. Nils hat schon immer eine Nase für so etwas gehabt und er hat mich auch diesmal nicht enttäuscht." Timm sagte nichts. „Ich will dir ein Geschäft vorschlagen." „Was für ein Geschäft?", fragte Timm skeptisch. „Ich will, dass du singst." „Ach, tatsächlich?" „Ja, beim Vorentscheid des Grand Prix." „Was?", rief Timm ungläubig, „Im Fernsehen? Vergessen sie´s! Das mag ja viele Sänger reizen, aber nicht mich. Ich mache mich doch nicht vor der ganzen Nation um Deppen und werde am Ende nicht gewählt." „Nein", Marten winkte beruhigt ab, „nicht unter denen, die zum eigentlichen Grand Prix wollen. Als Pausennummer. Dann, wenn die Jury entscheidet." Timm sagte nun nichts mehr und so war es Henry Marten, der weiter sprach. „Mensch Junge, du hast Talent. Du wirst derjenige sein, der das Publikum zum Rasen bringt! Du singst genau die Richtung, die du immer singst. So wie eben! Ich garantiere dir, bei deiner Stimme und bei deinem Aussehen wirst du die Weiber regelrecht von ihren Stühlen reißen!" Sein Blick fiel wieder auf Susanna. „Wenn du willst, kannst du sie mitbringen. Sie bekommt einen Platz in unserer Loge und dann kannst du sie anhimmeln beim Singen. So wie eben, also, ich meine, wenn´s dir hilft!" Er überlegte kurz. „Ach nee, das wird nicht gehen. Also ich meine ...", er stupste Susanna in die Rippen, „natürlich kannst du mit, aber du ..." er wandte sich an Timm, „du wirst sie aufgrund der ganzen Scheinwerfer leider nicht erkennen können. Na was meinst du?" Timm sagte nichts. „Denk doch mal nach. Es sitzen fast 3.000 Menschen im Publikum und du läufst an dem Abend über die Fernsehkanäle von ganz Deutschland." Timm sagte immer noch nichts. „Immer noch zweifelnd?", fragte Henry Marten und beugte sich dann zu Timm vor „OK, ich kann dir das dicke Geld nicht bieten. Eine Einstiegsgage. Sie liegt vielleicht nur bei 1.000 bis 2.000 Mark." Timm griff nach hinten zu der Bedienung, die gerade an ihrem Tisch vorbei eilte. „Karola ..." „Ja?" „Bring mir einen Schnaps!" „OK", fuhr Marten fort und reichte Timm die Visitenkarte. „Ruf mich an! Wenn du innerhalb der nächsten Woche nicht anrufst, dann melde ich dich einfach so an! Klar?" „Klar!", nickte Timm, während er die Karte entgegennahm und den von Karola gebrachten Schnaps hinunterstürzte. Henry beobachtete ihn schmunzelnd und nickte in die Runde. „Also dann …, ich muss weiter." Er zwinkerte Susanna zu. „Es war sehr nett dich kennen zu lernen." Erneut lachte er auf. „Wirklich sehr nett!"

Timm sagte immer noch nichts. Flüchtig blickte er auf die in seiner Hand liegende Karte, dann drehte er sich zum Tresen um. „Nils ...", rief er bereits von weitem und verschwand. „Was war das denn jetzt?", fragte Susanna in genau dem Moment, wo sich Riccardo an ihnen vorbei drängelte. „Hey, Riccardo." Sie hielt ihn am Ärmel fest. „Willst du schon gehen?" „Nein, ich trink noch kurz etwas, und dann will ich gehen." Er blieb stehen und Susanna nutze sofort ihre Chance. „Dann trink bei uns, du hast eben etwas verpasst." „Oh ja", pflichtete Bianca ihr bei, was dazu führte, dass Riccardo sie nun auch wahrnahm. „Oh, hallo, wer bist du denn?" „Bianca", lächelte sie ihn an und fügte ergänzend hinzu, „ich bin Susannas Freundin." Susanna lächelte und drehte derweil ihren Kopf, um zu sehen, ob Timm noch bei Nils am Tresen stand. Dieser kam aber gerade wieder zurück und als er angekommen war, erzählten alle zusammen Riccardo was passiert war. Dieser versuchte alles in sich aufzunehmen und als endlich Ruhe mit den Erklärungen war klopfte er Timm auf die Schulter. „Das ist doch die Gelegenheit für dich, Timm." Verständnislos sah Timm ihn an. „Ja, ich weiß, das wäre die perfekte Gelegenheit, um mich komplett zu blamieren. Dazu hab ich aber keine Lust." „Ach Blödsinn", erwiderte Riccardo. „Du könntest wirklich Erfolg haben, du bist gut und in Anbetracht der Tatsache, dass du in Indien warst, um die Mystik des Lebens zu entschlüsseln, was ja nicht so ganz gelungen ist, wäre das doch mal einen Versuch wert." Riccardo drehte sich mehr in die Runde und sprach nun zur gesamten Tischgruppe. „Ich habe mal gelesen, dass es sehr erregend und bereichernd sein soll von einem Massenpublikum in andere Sphären gehoben zu werden. Man fühlt ganz anders und hat ganz andere Zugänge zu seinem Unterbewusstsein." Timms Blick wurde bei der Bemerkung überlegend und er senkte ihn und sah gedankenverloren in sein Weingleis, während Susanna sich weiterhin auf Riccardo konzentrierte. „Das klingt eher nach Flowerpowerzeit und Drogen, statt nach einer erfolgreichen Gesangskarriere." „Nein, tut es gar nicht", verteidigte sich Riccardo. „Das ist genauso wie bei den Fußballspielen, die nämlich, sind vergleichbar mit den Gladiatorenkämpfen. Alleine eine brodelnde Menge kann regelrecht euphorisierend wirken. Man entwickelt Kräfte und Fähigkeiten, die man selber bei sich nie für möglich gehalten hätte". „Wie oft wurdest du denn schon von so einem euphorisierenden Publikum getragen?", fragte Bianca nun neugierig. „Ich gar nicht, ich kenne es nur aus meiner Vorstellungskraft, ich habe leider für nichts so viel Talent, dass ich je in den wirklichen Genuss dafür kommen würde. Selbst hier bei Timm", er stupste Timm in die Seite und dieser guckte fahrig kurz von seinem Weinglas auf, um ein kurzes Lächeln über sein Gesicht huschen zu lassen, „selbst bei ihm reichte es für mich nur zum Strippenzieher." „Verstehst du denn viel von Elektronik?" Wechselte Bianca das Thema und Riccardo grinste sie an. „Welches Teil in deinem Umfeld soll denn repariert werden?" Bianca lächelte verlegen zurück und Susanna lächelte bei der Bemerkung und den Blicken, die die beiden miteinander austauschten. „Nun ja, ich denke es ist Zeit zum Gehen, was meinst du Timm?" Sie sah zu ihm rüber und bemerkte erst jetzt, dass er immer noch komplett in seine eigenen Gedanken versunken war. Zart berührte sie seine Hand und erschrocken sah er zu ihr rüber. „Ist alles ok?", fragte sie fürsorglich. „Ja, es ist alles ok", antwortete er. „Lass uns gehen."

Er hatte ihn nicht angerufen. Fast hätte er ihn sogar vergessen. Bis er von ihm angerufen wurde. Henry Marten meldete sich bei Timm ca. drei Wochen nach ihrem Treffen in der Bar. Der Termin des Auftrittes stand fest. Henry Marten hatte somit seine Ankündigung wahr gemacht. Er hatte Timm, einen völligen Neuling in der Musikbranche, einfach angemeldet. Und das Irrsinnigste daran war, dass die Veranstalter einverstanden waren, ohne ihn je gehört zu haben. Der Auftritt fand am 3. März in Hamburg statt und auf Timms entgeisterte Frage, wie denn so etwas möglich sei, hatte Marten nur gelacht. Noch nie, so hatte er gesagt, hätte er irgendeinen Murks vermittelt. Die Veranstalter hätten also keinen Grund, ja sogar kein Recht, ihm zu misstrauen. Timm war sich nicht sicher, ob er es überhaupt so wollte, aber Tatsache war, dass er sich nicht an die Vereinbarung gehalten hatte. Wenigstens anrufen hätte er müssen. Anrufen, um abzusagen. Dies hatte er nicht getan und Henry Marten hatte den Auftritt für ihn organisiert und seine Gage ausgehandelt. 2.500 Mark! Was sollte er dazu noch sagen? 2.500 Mark war eine Summe, die er durchaus gebrauchen konnte. Für ein Lied? Lange zögerte er dann nicht mehr. Er würde es überstehen. Würde einmal singen und dann nie wieder. Daran, dass dieser Entschluss sein und Susannas Leben in den nächsten Wochen bis zu dem Auftritt maßgeblich beeinflussen würde, hatte er nicht gedacht. Daran hatte auch Susanna nicht gedacht, als sie ihm jubelnd um den Hals gefallen war. Den Stolz über ihren Mann deutlich in ihren Augen zu erkennen. Sie hatten angestoßen auf den plötzlichen Erfolg und zitternd blickten sie am Anfang dem großen Tag entgegen. Die Aufregung ließ nach, nachdem Susanna und Timm mehr und mehr im Alltagsstrudel versanken. Die Tage flogen nur noch so an ihnen vorbei.

Timm arbeitete nun wieder als Krankenpfleger, während Susanna sich endlich wieder auf ihr Studium konzentrierte. Und hatte Timm am Anfang stets darauf geachtet keine Nachtschichten zu übernehmen, so arbeitete er nun nur noch nachts.

Oft hatte sich Susanna in Indien Gedanken gemacht, wie es

wohl werden würde, wenn sie und Timm erst einmal im Alltagsstress stecken würden. Und nun kam es so unvorbereitet, dass sie anfangs gar nicht bemerkte, dass sie längst mitten drin steckten.

Die Nachtschichten von Timm wurden eingeführt, nachdem Henry Marten sich immer öfter bei ihnen meldete.

Timm brauchte ein Lied. Obwohl, das war das kleinste Problem. Lieder hatte er ja schon etliche. Schnell war eins ausgesucht und Henry war begeistert. Aber trotz der Leichtigkeit benötigte Timm doch wenigstens eine gewisse Zeit dafür. Er musste den Text umkomponieren, weil er den eigentlichen Text für ein Massenpublikum nicht ausreichend fand, und er musste, obwohl er singen konnte, dennoch das Singen üben. Das alles benötigte Zeit. Singen war eine Tätigkeit, die er in der Bar ausführen konnte, aber natürlich nicht während der Öffnungszeiten und allein deswegen musste er das auf die Tage verschieben. Dann musste er sich ständig mit Henry treffen. Sie probten in einem Studio. Die Instrumente mussten auf Timms Stimme abgestimmt werden, was ebenfalls nicht in der Nacht geschah. Somit war Timm auf einmal darauf angewiesen, nachts im Krankenhaus zu arbeiten, damit er die Tage besser nutzen konnte. Die Treffen mit Henry wurden immer zahlreicher, sie fuhren zu der Halle, in welcher der Auftritt stattfinden sollte. Schauten sich die Gegebenheiten dort an und sprachen mit den zuständigen Veranstaltern. Das Licht musste stimmen. Der Sound musste stimmen. Die Kameraeinstellungen mussten geprobt werden und vor allem musste Timm proben. Er konnte seinen Kopf nicht so halten wie es ihm in den Sinn kam. Er musste ihn so drehen, dass er auch wirklich gut rüberkam. Er sollte nicht immer nur ins Publikum schauen, sondern bitteschön doch einmal in die Kamera, damit das Publikum vor den Fernsehapparaten seine Augen besser sehen konnte. Dabei musste er aber auch die richtige Kamera treffen, nämlich die, die gerade filmte. Den Kopf hielt er entweder zu tief oder zu hoch. Je nachdem, wie er ihn hielt, waren entweder Augenringe zu erkennen oder auch nicht. Sein Lied wurde immer und immer wieder geprobt. Ständig musste er in

dem heißen Scheinwerferlicht neu eingepudert werden.
Stunden vergingen. Stunden, die ihm bei seinem normalen
Arbeitstag fehlten. Große Anfahrtszeiten konnte er sich
nicht mehr leisten, also leistete er sich ein altes Auto. Ein
Auto, das einen zusätzlichen Stressfaktor hervorbrachte,
indem es in regelmäßigen Abständen nicht ansprang oder
einfach liegen blieb.
Susanna erging es nicht besser. Sie musste beinah alles
aufarbeiten, was sie bereits einmal gelernt hatte und sie
musste zusätzlich den Stoff schaffen, der neu hinzukam. Sie
traf sich oft mit Julia, einer Kommilitonin, damit sie
zusammen lernen konnten, dann saßen sie im
Wohnzimmer, wenn Timm eigentlich einmal seine Ruhe
haben wollte. Also verschob auch sie ihre Termine und traf
sich mit Julia zu den Stunden, an denen Timm unterwegs
war.
Der gute Wille war durchaus bei beiden vorhanden und
doch eckten sie mehr und mehr aneinander, weil sie beide
zunehmend gereizter wurden.
Timm nervte es, wenn Susanna ihre Haare dann föhnen
musste, wenn er schlafen wollte und Susanna regte es auf,
wenn Timm den Staubsauger anschaltete, wenn sie lernen
wollte. Sie schlief nachts und er schlief morgens. Ihr Schlaf
wurde nicht doll, aber doch ein bisschen gestört, wenn er
von seinem Dienst nach Hause kam und sein Schlaf wurde
gestört, weil sie, seiner Meinung nach zu nachtschlafender
Zeit aufstand.
Am Anfang ertrugen sie es mit Humor.
Dann versuchten sie den aufwallenden Ärger aus Liebe
zum anderen hinunterzuschlucken bis schließlich, mal der
eine oder mal der andere explodierte. Die Folge war
lautstarker Streit und inzwischen hatten es beide
schmerzhaft zur Kenntnis genommen, wie weit sie sich
schon in dem Alltagsschlamassel befanden. Nur die Lösung
da wieder raus zukommen, die beherrschten sie nicht.
Da Susanna der Meinung war, dass Timm erheblich mehr
Druck ausgesetzt war als sie, übernahm sie bald den Part
des Nachgebens und des Schweigens. Und da es eine
Tatsache war, dass Timm tatsächlich mehr Stress hatte,

lebte er diesen ihr gegenüber auch aus.

Seine Nerven waren wie Drahtseile gespannt. Völlig erschöpft kam er von den Nachtschichten im Krankenhaus nach Hause und sein Schlaf am Morgen wurde immer unerholsamer, weil seine Aufregung bezüglich des 3. Märzes stetig anstieg.

Er schaffte es immer nur ein paar Stunden im Bett zu liegen. Stand schließlich entnervt und übermüdet wieder auf, um ziellos in der Wohnung umher zu geistern und Susanna zu nerven. Nachmittags hetzte er wieder los, um sich für seinen großen Auftritt vorzubereiten und abends rauschte er nur wieder herein, um seine Kleider zu wechseln und erneut ins Krankenhaus zu fahren. Susanna regten zwar seine Launen auf, aber auf der anderen Seite wuchs in ihr auch die Sorge um ihn. Ihn zu sehen, wie er nie schlief. Zu sehen, wie er ständig irgendwie in Eile war, machte sie wahnsinnig und immer öfter sprach sie ihn darauf an. Er wusste nicht was er daran ändern konnte und reagierte dem entsprechend gereizt.

„Mein Gott Susanna." Julia schmiss entnervt den Bleistift auf den Tisch. „Ich habe dich jetzt zum vierten Mal das Selbe gefragt. Dreimal habe ich dir auf deine falsche Antwort die Richtige genannt und nun weißt du sie wieder nicht?" Susanna ließ ihren Kopf müde an die Sessellehne fallen. „Du brauchst an der Klausur nicht teilzunehmen, wenn du das hier nicht beherrschst!", fuhr Julia sie weiter an und öffnete gedankenverloren ihre Haarspange, um die blonden, glatten Haare wieder sorgfältig darin einzufädeln. Sie hatte die Spange noch im Mund, während sie weitersprach. „Woran liegt das denn?" Susanna stöhnte auf. „Ich kann mich nicht konzentrieren. Ich lese etwas und ich habe noch nicht zu Ende gelesen, da sind meine Gedanken schon wieder ganz woanders." Die Spange saß wieder an ihrem Platz und Julia rieb sich über ihr von Akne gezeichnetes Gesicht. „Woran denkst du denn?" „Unwichtig." Julia lächelte. „Unwichtig?" Und schielte dann auf Timms Bild an der Wand, welches Susanna von ihm gezeichnet hatte und statt den Indianerbildern dort aufgehängt hatte. „Ich glaube nicht, dass er unwichtig ist. Oder an wen denkst du sonst?" Susanna brauchte ihrem Blick nicht zu folgen, um zu wissen, von wem sie sprach. Sie mochte Julia. Sie war nett und mit unendlich viel Geduld gesegnet. Aber sie war nicht Bianca und Susanna würde ihr nicht erzählen, dass es sich keinesfalls um leidenschaftliche Nächte handelte, die sie so unkonzentriert werden ließen. Sie setzte sich auf. „Lass uns morgen weitermachen. Ich kann heute nicht mehr denken." „Morgen, morgen ... wie oft willst du das noch sagen?" „Nur noch heute. Morgen bin ich ganz eisern dabei." „Glaube ich dir nicht, aber wenn du unbedingt willst, dann brechen wir halt ab. Wie die ganzen letzten Tage auch." Schuldbewusst sah Susanna sie an und sie war regelrecht erleichtert, als es an der Tür klingelte. Bereits an Schritten im Treppenhaus konnte sie erkennen, dass es Bianca war, die nach oben stürmte. Erstaunt ließ Susanna sie ein. „Du?" „Ja ich! Was dagegen? Hallo Julia", winkte sie ins Wohnzimmer hinein. „Müsst ihr noch lernen?" „Ja", brummelte Julia, als sie aus dem Wohnzimmer kam.

„Aber wir machen es nicht. Deine Freundin hier hat ihren Kopf mit anderen Dingen gefüllt." Susanna rieb sich mit schmerzverzerrtem Gesichtsausdruck über den Nacken. „So?", fragte Bianca und blinzelte Susanna an. Diese verdrehte nur abwertend die Augen, wartete geduldig bis Julia ihre Jacke an hatte und sich verabschiedete. Sie begann als die Wohnungstür zu war. „Frag gar nicht erst. Meine Augenringe sind nicht die Folge vom wildem hemmungslosen Sex!" „Dachte ich mir schon, wo ich gerade deinen verdrehten Blick gesehen habe." „Und deine?" „Was meine?" „Deine Augenringe?", fragte Susanna nun etwas deutlicher und Bianca drehte sich mit hochrotem Kopf weg. „Die ... sind allerdings davon." Susanna lächelte und liebevoll schob sie Bianca ins Wohnzimmer. „Immer noch alles schön?", fragte sie aufrichtig erfreut. Bianca strahlte sie an. Mit Augen, die Susanna noch nie so strahlend gesehen hatte. „Susanna, ich komme mir vor, wie in einem kitschigen Film. Er ist traumhaft." „Ich koche uns einen Kaffee, dann kannst du mir von deinem Traummann erzählen", sprach Susanna, während sie um den Tresen herumging. „Riccardo liest mir jeden Wunsch von den Augen ab. Ich werde schon ganz wehmütig." „Warum das denn?" „Na, weil auch ich weiß, dass es nicht so bleibt." „Ach was", winkte Susanna ab, „vielleicht bleibt es ja!" Bianca lachte ironisch auf, in dem Moment, wo sie den Schlüssel im Schloss hörten. Sie hörten wie er seine Jacke einfach auf den Boden schmiss und sich die Schuhe abstreifte.

„Diesmal ist er mir mitten auf der Kreuzung verreckt", fluchte Timm als er ins Wohnzimmer kam. „Bring ihn zurück", bemerkte Susanna. Sein Blick fiel auf Bianca und seine geringe Begeisterung, war deutlich zu sehen. „Hi Bianca, was machst denn du hier?" „Ich dachte, ich schau mal vorbei." Er nickte und ging um den Tresen herum, um Susanna einen flüchtigen Kuss zugeben. „Gekauft wie gesehen. Der Typ nimmt den nicht zurück, Susanna." „Dann verkauf ihn weiter." „Kannst du mir mal verraten, wie ich es schaffen soll, jetzt auch noch ein Auto zu verkaufen?" „Das nimmt doch nicht viel Zeit in Anspruch."

137

„Nein? Dann mach du es doch." „Ich fahre doch gar nicht!" „Du könntest dich ja aus Nettigkeit kümmern." „Ich habe selber keine Zeit, Timm." Timms Blick verweilte auf Bianca und augenblicklich fühlte sich Susanna wieder schuldig. Wenn sie noch Zeit für ihre Freundin hatte, konnte ihre Zeitknappheit ja nicht so schlimm sein. „Ich leg mich hin", murmelte Timm und verschwand ins Schlafzimmer. „Mein Gott, was ist denn mit euch los?", fragte Bianca entgeistert. Susanna schüttelte den Kopf „Ich weiß es nicht. Ich weiß es wirklich nicht. Irgendwie, glaube ich, wächst uns alles über den Kopf." Sie hörten erneut die Schlafzimmertür und kurz darauf die vom Badezimmer. „Jetzt geht das wieder los", murmelte Susanna, senkte die Stimme und beugte sich über den Tresen zu Bianca. „Das macht er laufend so. Er will sich hinlegen und dann rennt er immerzu ins Bad." „Was macht er denn da?", fragte Bianca nicht weniger leise. „Wenn ich das wüsste, manchmal denke ich, er übergibt sich. Doch wenn ich dann lausche, höre ich nichts mehr. Irgendwann die Klospülung. Vielleicht hat er auch Verdauungsprobleme." „Das müsstest du doch riechen." „Nein, riechen tue ich nichts. Außerdem putzt er sich laufend die Zähne. Ich denke doch, er übergibt sich." Sie hörten ihn wieder zurückgehen, nur die Schlafzimmertür schloss er nicht. „Hat er die Tür offen gelassen?", fragte Susanna.

Bianca beugte sich zurück, um durch die Wohnzimmertür zu der des Schlafzimmers sehen zu können. „Ja, einen Spalt." „Neugieriger Mistkerl. Es macht ihn stutzig, wenn wir so leise reden." „Mich würde das auch stutzig machen", sprach Bianca und schubste die Wohnzimmertür ran. „Was habt ihr denn?", fragte sie erneut. „In Indien wart ihr doch auch im Stress." „In Indien hatten wir gemeinschaftlichen Stress. Hier hat jeder seinen eigenen und das harmoniert nicht!" Sie goss den Kaffee ein. Ihre Augen wirkten feucht, als sie sich auf dem Tresen abstützte und ihren Blick in Richtung des Fensters gleiten ließ. „Hey Süße", sprach Bianca fürsorglich, „was ist denn so schlimm?" „Dass ich es nicht greifen kann", antwortete Susanna und sah ihre Freundin wieder an. „Er ... er ist völlig anders im Moment."

„Susanna, er ist nervös. Weißt du, was ihm da bevorsteht? Was ist, wenn seine Musik nicht ankommt? Ich meine, er kann so viel vermasseln. Den Text vergessen. Die Tonlage nicht treffen und in ganz Deutschland ist es zu sehen." Susanna sah sie entgeistert an. „Das passiert nicht. Bianca, er ist gut! Er ist ein Perfektionist! Er hat eine wahnsinns Stimme, ist besser als viele der berühmten Popstars. Er kann das gar nicht vermasseln!" Bianca lächelte sie an. „Ja, er ist ein Perfektionist! Und er ist gut! Du weißt es und ich weiß es, aber er? Susanna, er wird sich da nicht so sicher sein. Er wird sich des Risikos über diesen Auftritt durchaus bewusst sein. Es ist normal, dass man in so einer Situation an sich zweifelt. Es ist durchaus normal, dass er Angst verspürt. Ich hätte auch Angst und du ebenfalls." Susanna senkte ihren Blick. „Ja, wahrscheinlich hast du recht, aber ...", sie hob den Kopf wieder an, „warum lässt er sich denn nicht helfen?" „Wie willst du ihm denn helfen? Willst du ihm sagen, dass seine Bedenken unnötig sind? Ich nehme an, das hast du schon getan. Aber ich nehme auch an, dass das lediglich für einen kurzen Moment hilft. Solange, bis man wieder allein ist und nachdenken kann. Und sei es nur, er ist im Bad. Ein Blick auf sein Spiegelbild reicht eventuell und er wird sich erneut die Frage stellen, ob er es kann." Susanna stöhnte auf. „Ich kann also nichts tun?" „Jedenfalls nicht in diesem Punkt. Du musst ihm anders beistehen." „Wie anders?" Bianca fuhr sich mit ihrer Hand durchs Haar. „Nerv ihn nicht! Reiz ihn nicht. Indem du ihm sagst, dass du auch keine Zeit hast, dich um die Angelegenheiten des Autos zu kümmern, hilfst du ihm nicht. Susanna, er macht viel zu viel. Das Krankenhaus und die Vorbereitungen für diesen Auftritt. Ich meine, nehmen wir an, er würde nicht ewig vom Schlafzimmer zum Bad tigern, sondern es würde ihm gelingen tatsächlich zu schlafen. Hat er dann überhaupt die Zeit lange genug zu schlafen?" „Nein", antwortete Susanna zerknirscht. „Vielleicht vier Stunden am Tag." Bianca schnaubte schwer durch. „Vier Stunden? Und davon schläft er, wenn überhaupt höchstens drei? Susanna, du kennst dich doch auch mit dem menschlichen Körper aus! Du weißt doch wie ein Mensch reagiert, wenn der auf Dauer so einer Belastung ausgesetzt ist." „Ja, ich weiß." Ihre Antwort kam leise. Bianca beugte sich zu ihr vor. „Dann nerv ihn nicht unnötig. Es ist doch eine absehbare Zeit und so wie du lernst, ist es sowieso unmöglich, dass du deine Klausur bestehst. Du kannst den ganzen Kram auch in die Ecke werfen und ihm helfen." Susanna atmete schwer aus und sie klang gereizt, als sie weitersprach. „Was soll ich denn tun, Bianca? Soll ich für ihn ins Krankenhaus gehen? Soll ich für ihn singen?" „Natürlich nicht", auch Biancas Stimmlage erhöhte sich, „sei einfach für ihn da! Nimm ihn in den Arm! Koch ihm irgendetwas, was er mag, so dass er sich darüber freut. Mach es nett hier. Zünde Kerzen an. Mach beruhigende Musik an, irgendetwas, das zur Entspannung beiträgt. Mein Gott Susanna, muss ich dir das erklären?" Susanna schwieg eine ganze Weile, bevor sie das Wort wieder ergriff. „Und was ist danach? Was ist nach dem 3. März? Ich kann ihn gar nicht einschätzen. Wenn ich nicht endlich weiter studiere, dann brauche ich noch Jahre bis ich fertig bin. Jahre, die wir nicht nach Indien zurück können. Glaubst du allen Ernstes, dass ihm das gefällt?" Sie schwieg einen kurzen Augenblick. „Ich glaube einfach, dass es nicht gut für ihn ist. Meinst du, ich sollte ihm anbieten, dass er einfach ohne mich nach Indien geht?" Bianca kam nicht dazu zu antworten, da er plötzlich die Wohnzimmertür wieder aufschubste und im Türrahmen stand.

Lange sah er Susanna schweigend an und richtete sich dann an Bianca. „Würdest du bitte gehen. Ich habe mit Susanna etwas zu besprechen." „Timm!", aufgebracht fuhr Susanna auf, aber Bianca winkte ab. „Es ist schon ok, Susanna, ich bin sowieso noch verabredet." „Nichts da! Timm, was fällt dir ein, meine Freundin hinauszuschmeißen?" Timm schaute auf seine Armbanduhr und dann wieder zu Susanna. „Ich muss in einer Stunde zum Dienst! Und ich habe etwas mit dir zu bereden!" „Jetzt? Warum denn jetzt? Wir können doch morgen reden!" „Ach ja?" Seine Stimme wurde laut. „Und wann? Wenn ich aus dem Krankenhaus komme? Ich meine, bevor ich mich dann mit Henry treffe?"

140

„Also meinetwegen könnt ihr jetzt reden. Ich gehe jetzt",
sprach Bianca nervös dazwischen. „Susanna, es macht mir
wirklich nichts aus. Ich rufe dich morgen an, ok?" Dann
verschwand sie im Flur. Susanna folgte ihr an Timm vorbei
und warf ihm einen giftigen Blick zu.
Als sie ins Wohnzimmer zurückkam saß er im Sessel und
sah sie kalt an. „Tolle Aktion, Timm, wirklich toll. So
etwas kann ich ja überhaupt nicht leiden!" „Ich kann auch
so einiges nicht leiden, Susanna!" „Ach? Das da wäre?" Er
stand auf und kam drohend auf sie zu. „Ich kann es nicht
leiden, wenn du über uns, bzw. über mich redest, bevor du
mit mir geredet hast!" „Hast du gelauscht?" „Nenne es wie
du willst, Susanna. Ich wohne hier! Und wenn ich nicht
mitbekommen soll worüber ihr redet, dann verzieht euch in
irgendein Kaffee oder wartet, bis ich nicht zu Hause bin."
Maulig schob sie die Unterlippe vor. „Und? Jetzt willst du
mit mir reden? Worüber denn?" „Über deine Spekulationen
was mich betrifft!", schnauzte er sie an. „Auf einmal? Du
hast die ganzen letzten Wochen nicht mit mir geredet."
„Weil ich der Meinung war, dass alles in Ordnung ist."
„Alles in Ordnung?", sie lachte ironisch auf. „Jetzt weiß ich
es ja besser", fauchte er zurück. „Also frag mich! Was
willst du wissen? Willst du wissen, wie du deinem eigenen
Mann begegnen sollst? Dafür brauchst du nicht Bianca, ich
kann dir das auch erklären, was gut und was schlecht für
mich ist! Abgesehen davon, dass ich mir bis jetzt eingeredet
hatte, dass du das auch so wüsstest." Sie kniff die Augen
zusammen und er ging wütend im Zimmer auf und ab, bis
er stehenblieb und sie wieder ansah. „Frag mich, Susanna!
Willst du wissen, ob ich nach Indien, ohne dich, zurück
will? Wenn du es wissen willst, also wirklich wissen willst,
dann musst du mich fragen. Deine Spekulationen und auch
deine Freundin Bianca, können dir die Antwort nicht
geben!" „Ja gut", fuhr sie ihn an, „ich will es wissen! Willst
du zurück? Oder willst du mit mir hierbleiben, bis ich
endlich einmal fertig bin?" „Nein!", antwortete er und sie
sah ihn ausdruckslos an. Er lächelte ironisch. „Das ist
schlecht, Susanna, nicht wahr? Erst stellst du gar keine
Fragen und dann zwei auf einmal, so dass du meine

141

Antwort nicht zuordnen kannst." Hasserfüllt sah sie ihn an. „Du bist doch so perfekt! Du wirst natürlich zuerst auf meine erste Frage antworten." Er nickte und drehte sich dann zum Fenster. „Was die zweite Antwort erübrigt. Gibt es noch mehr?" „Ja, es gibt vieles. Ich weiß gar nicht, was ich dich alles fragen soll, damit ich dein verändertes Wesen verstehe." Ihre Stimme wurde nicht ruhiger. Er drehte sich um. „Ich habe mich verändert?" „Oh, du hast auch Fragen?" „Ja, und im Gegensatz zu dir, stelle ich sie direkt an dich." Sie holte schwer Luft und ihre Augen funkelten, allerdings war nicht zu erkennen, ob durch die aufgestaute Wut oder weil ihr einfach alles zu viel wurde und sie kurz vor den Tränen stand. „Ich will wissen, warum du so eklig bist, Timm. Ich will wissen, warum ich nicht mehr spüren kann, ob du mich noch liebst. Ich will wissen, wo all die Zärtlichkeit zwischen uns hin ist." Sie wurde plötzlich ruhiger. „Schon wieder zu viele Fragen auf einmal, nicht wahr?" Jetzt war es deutlich zu erkennen, dass ihr funkelnder Blick nicht die aufgestaute Wut war. Sie senkte den Blick, wandte sich zum Tresen und drehte die darauf stehende Kaffeetasse im Kreis, bevor sie leise weitersprach. „Ich weiß, als deine Frau sollte ich es wissen. Aber ich weiß es nicht. Ich weiß nicht, kann ich dir irgendwie helfen? Kann ich dir irgendetwas abnehmen? Es war vielleicht falsch anzunehmen, es sei das Beste, ich lasse dich einfach in Ruhe und studiere, falsch, anzunehmen, dass es dir besser gefällt, wenn ich schnell fertig werde und wir schnell nach Indien zurück können." Sie wischte sich die Tränen mit ihrem Ärmel fort. Eine Weile sah Timm sie schweigend an und kam dann langsam auf sie zu. Er stellte sich hinter sie und zog sie mit seinen Armen an sich. „Es war falsch von mir anzunehmen, dass du wissen könntest, wie du mit mir in dieser Situation umzugehen hast", sprach er leise. „Ich will nicht, dass du mich einfach in Ruhe lässt. Es ist mir egal, wie lange wir in Deutschland bleiben, egal, wann du mit deinem Studium fertig bist. Mir ist wichtig, dass, wenn wir nach Indien zurückgehen, wir immer noch dieselben sind. Ich gehe lieber später und glücklich mit dir zurück, als früher und völlig zerstritten."

Er vergrub sein Gesicht in ihrem Haar. „Und vor allem gehe ich nicht ohne dich, Susanna, ich will nicht ohne dich in dieses Land zurück. In ein Land, wo mich wirklich alles an dich erinnert." Sie schloss die Augen und lehnte den Kopf an seine Schulter zurück. Die Tränen perlten von ihren Wimpern ab. „Psst", murmelte er an ihr Ohr und drehte sie zu sich um, so dass sie ihn ansehen musste. „Es ist gut. Ich ...", er schluckte schwer, „ich habe nicht bemerkt, wie sehr ich dich verletzt habe und ... Susanna, auch ich habe spekuliert. Ich habe geglaubt, dass du mich nicht mehr brauchst. Habe geglaubt, dass du dich nicht mehr so stark nach mir sehnst." „Timm ...", er hielt ihr den Finger auf den Mund und lange sah er sie schweigend an. Dann beugte er sich vor und küsste sie. Erst zärtlich, dann immer leidenschaftlicher und während ein Stöhnen aus seiner Kehle kam und er sich mit seinem Körper gegen ihren presste, begann er mit seiner Hand unter ihren Pulli zu fahren. „Timm", murmelte sie zwischen den Küssen. „Was ist mit deiner Nachtschicht, du musst gleich los". Er nahm kurz Abstand, atmete einmal schwer durch und ging zum Telefon. „Anja?", sprach er in den Hörer nachdem er eine Nummer gewählt hatte, „ich kann heute nicht kommen. Eine Magenverstimmung oder irgendetwas anderes. Ich fühle mich jedenfalls nicht wohl." Susanna stand am Tresen und beobachtete ihn. „Ich hole die Stunden nach. Ja, danke. Das ist wirklich nett von dir." Dann legte er auf, zog den Kopf in den Nacken und atmete schwer durch, bevor er sich wieder zu Susanna umdrehte, um wieder auf sie zu zugehen. Er griff ihre Hand und zog sie mit sich rüber ins Schlafzimmer, dort küsste er sie erneut und seine Hand wanderte wieder unter ihren Pulli. „Die Nacht gehört uns", flüsterte er, um sie dann aufs Bett zu drücken. Sie rieben sich aneinander. Entkleideten sich Stück für Stück, Susanna stöhnte auf, als sie seine warme Haut auf ihrer spürte und öffnete die Beine damit er schnell in sie eindringen konnte. Was er auch tat, ohne sie aus den Augen zu lassen. Seine Bewegungen wurden schneller und seine Leidenschaft glaubte sie in seinen Augen zusehen. Wie kleine Wellen. Sie stöhnte auf, erinnerte sich kurz daran, dass sie in ihrem vorherigen Leben glaubte, Wellen in den Augen ihrer damaligen Liebe zu sehen. Aber diese Gedanken waren nur ein flüchtiger Hauch. Sie spürte Timms Kraft in sich, spürte seine brennenden Küsse auf ihrer Haut und sie spürte diese unerklärbare Nähe, die sie bereits vor ihrem Alltagstrott mit ihm gespürt hatte. Diese unendliche Verbundenheit, als wären sie eine zerbrochene Einheit in den Weiten des Universums, die nun wieder zusammengeführt wurde. Sie schrie auf, während sie sein Stöhnen hörte und sein sich entladenes Zucken spürte. Ihr Herz raste noch, während der Vulkan in ihrem Unterleib zur Ruhe kam. Das Gefühl der tiefen Verbundenheit aber blieb. Es blieb in einer solchen Intensität, dass es sie regelrecht schmerzte.

Das lockige Haar wurde durch die silberne, mit Perlen verzierte Haarspange am Hinterkopf gehalten, so dass es ihr fast ausschließlich am Rücken hinab fiel. Die Ohrringe, ebenfalls aus Silber, gingen ihr beinah bis zur Schulter. Sie hielt die Halskette an und schüttelte den Kopf. „Das ist eindeutig zu viel", murmelte sie und tat sie in die Schmuckschatulle zurück. Dann drehte sie sich vor dem Spiegel und stellte sich auf die Zehenspitzen, um zu erkennen, wie das Kleid mit den Stöckelschuhen wohl wirken würde. Noch nie, so glaubte sie wenigstens, hatte sie jemals so ein Kleid angehabt. Es passte, nein, es schmiegte sich regelrecht an ihren schlanken Körper. Olivfarben war es. Die Ärmel waren aus Tüll und enganliegend. Fein säuberlich hatte man in den Stoff des Kleides die Fäden eingearbeitet, so dass es je nach Lichteinfall verschieden schimmerte. Susanna stand vor dem Spiegel und war sehr zufrieden mit dem, was sie sah. Sie war nervös, spürte ihren Herzschlag bis zum Hals und doch strahlte sie die vollkommene Ruhe aus. Im Gegensatz zu ihm. Dreimal hatte er sich die Haare gewaschen. Zweimal hatte er sie mit Gel bearbeitet und war dermaßen unzufrieden mit dem Ergebnis gewesen, dass er es immer wieder auswusch. Irgendwann hatte sie ihm gesagt, er solle es lassen. Es war ja auch wirklich überflüssig. Er würde sowieso in die Maske kommen. Dort würden sie ihn schon so herrichten, wie es für die Kamera und das Scheinwerferlicht erforderlich war. Sie persönlich fand es ja so am besten, wie es jetzt gerade aussah. Ein fescher Herrenschnitt. Er trug die Haare ja generell nie wirklich ganz kurz und so fielen sie ihm teilweise locker in die Stirn. Als Susanna sich vor dem Spiegel drehte, kam er wieder ins Schlafzimmer gestürmt. Er hatte seine schwarze Hose und sein weißes Hemd an. Letzteres im oberen Bereich noch weit geöffnet, fummelte er an den Manschetten herum. „Soll ich sie hochkrempeln oder soll ich sie zu machen?" Susanna sah ihn an. „Du trägst doch deine Jacke darüber, mach sie zu." Er nickte. „Im Auto ja nicht, ich lasse sie auf. Soll ich Manschettenknöpfe mitnehmen?" „Pack sie ein. Auch das werden sie dir vor Ort sagen und steck dir eine

Krawatte ein." „Ich trag aber keine!" „Timm, eventuell wirst du das nicht bestimmen können und dann geben sie dir eine, die du schon gar nicht willst. Pack sie ein!" „Na gut", knurrte er und lief dann im Zimmer auf und ab. „Haben wir alles?" „Ich denke schon." „Wo bleiben die denn?" Er sah nervös zur Uhr. „Das frage ich mich allerdings auch", bemerkte Susanna besorgt. Es war schon bald 10.00 Uhr und sie sollten um spätestens 13.00 Uhr in Hamburg sein. Man konnte nie wissen, was auf der Straße alles für Behinderungen auftauchen würden und es machte sie nervös, dass Riccardo und Dennis nicht kamen. Die beiden Freunde hatten sich bereit erklärt, Timm und Susanna nach Hamburg zu fahren, da Kurt, so hatte Susanna ihr Auto inzwischen genannt, noch immer nicht sonderlich verlässlich war. Sie ging ins Wohnzimmer und schaute hinaus. Vielleicht war ja die Klingel kaputt und sie standen bereits winkend vor der Tür. Aber außer dem stetig fließenden Verkehr war da draußen nichts zu erkennen. Sie hörte Timm im Schlafzimmer rumpoltern und fluchen. Oh Gott, war sie froh, wenn dieser Tag erst einmal vorbei war. Sie hatte sich viel Mühe gegeben in den letzten Wochen. Aber es war sehr schwer gewesen. Mit Timms Unausgeschlafenheit und den daraus resultierenden Launen umgehen zu können, war eine echte Herausforderung gewesen. Mehr als einmal hätte sie ihn gerne an die Wand geklatscht, und nur weil auch seine Bemühungen für eine bessere Gemeinschaft zu erkennen waren, hatte sie es nicht getan. Timm schaffte es nicht wirklich, sich zu beherrschen. Ein Wutausbruch brachte den nächsten. Er schimpfte und fluchte über Henry bis hin zu Kurt. Er meckerte im Badezimmer und er hatte mindestens fünf Kaffeetassen in den letzten zwei Wochen zerschlagen. Aus Versehen versteht sich. Nur Susanna gegenüber reagierte er nicht mehr so. Sie hatten keine Zeit füreinander, aber Susanna folgte nun doch Biancas Rat und versuchte ihn, so gut es eben ging, zu betüddeln. Dieser Tatsache hatte sie es letztlich zu verdanken, dass sie aus seiner Schusslinie verschwand und trotz der wenigen Zeit wurde sie, im Gegensatz zu der Zeit vor ihrem Streit, ab und zu von ihm umarmt. Eine flüchtige Umarmung im Flur. Ein leichter Kuss im Vorbeigehen. Mehr war nicht drin. Mehr konnte sie von ihm wohl auch nicht mehr verlangen. Seine Launen waren tatsächlich noch steigerungsfähig. Es wurde schlimmer je näher der 3. März kam und nun war er da. Der 3. März. Nur Riccardo und Dennis fehlten. Susanna zuckte zusammen als das Telefon klingelte. Sie hatte sich noch nicht ganz gedreht, da nahm Timm den Hörer bereits ab. „Mühlbach", schrie er in den Hörer. „Was soll das heißen, der Wagen springt nicht an? Sitzt du in deinem Schlitten oder bist du versehentlich in unseren Kurt gestiegen?" Timm raufte sich durchs Haar und Susanna machte ihm Zeichen, dass er das gefälligst unterlassen sollte. „Leihwagen? Wie lange soll das dauern, wenn du jetzt noch nicht mal bei der Autovermietung bist? Dennis, wir müssen los. Wie sieht denn das aus, wenn ich heute zu spät komme?" Sie hörte die Stimme von Dennis aufgeregt durch den Hörer quäken, konnte aber nicht verstehen, was er sprach. „Vergiss es, Dennis. Wir werden es mal mit Kurt probieren und wenn der nicht beim ersten Mal anspringt, dann nehme ich mir ein Taxi." „Nach Hamburg?", fragte Susanna entgeistert, während Timm den Hörer wieder aufknallte. „Einmal nur ...", brüllte er los. „Einmal möchte ich mich auf irgendjemanden verlassen! Und was ist? Ich bin verlassen." „So ein Blödsinn", fuhr Susanna dazwischen. „Dennis macht das doch nicht absichtlich." „Ja", Timms Stimme klang entnervt, „ich weiß, aber das hilft uns jetzt auch nicht. Komm, wir gehen." Dann zog er sie hinaus. Sie schaffte es gerade noch ihre Schuhe überzustreifen und nach ihrer Tasche zu greifen. „Timm, meine Jacke." „Brauchst du nicht", sprach er und zog sie mit sich die Treppe hinunter. Kurt hatte heute seinen guten Tag. Er sprang anstandslos an und es hatte sogar den Anschein als wenn er etwas schneller fahren konnte als sonst. „Siehst du", bemerkte Susanna zufrieden, während sie über die Autobahn fuhren. „Seitdem wir ihm einen Namen gegeben haben, läuft er wie geschmiert." Timm konzentrierte sich auf die Straße und schielte bei der Bemerkung kurz zu ihr herüber. „Du solltest

Kraftfahrzeugmechanikerin werden. Bei deinem Wissen über Autos. Ist ja kaum auszuhalten." „Lästere du nur."

„Da seid ihr ja!" Henry Marten stand bereits vor der Tür. „Dachte schon, du kneifst in letzter Sekunde." „Kann dir auch noch passieren", brummelte Timm, während sie neben Henry Marten die Halle betraten. Die Hektik, die in diesem Gebäude herrschte, sprang augenblicklich auf Susanna über und je länger sie sich das Treiben der Kameraleute, der Beleuchter und all den anderen Menschen ansah, desto besser konnte sie Timm verstehen.

Die hier herrschende Hektik konnte einen nur nervös machen. Sie spürte den Kloß in ihrem Hals und sie spürte ihre feuchten Hände, als wenn sie es war, die heute Abend auf dieser Bühne da singen sollte. Und was für eine Bühne. Im Fernsehen sahen diese Bühnen nie so riesig aus. Wie klein man sich auf diesen Dingern wohl fühlen musste? Nach und nach nahm sie auch die Berühmtheiten wahr. Es wäre eine wunderbare Gelegenheit auf Autogrammjagd zu gehen, aber daraus hatte sie sich nie etwas gemacht. Sie sah die Moderatoren, die Sänger und Sängerinnen, welche am Grand Prix teilnahmen und andere prominente Gäste. Soweit sie die eben kannte. Das allgemeine Gewusel wurde immer wieder durch die Presse aufgemischt. Timm hatte sie bald verloren. Er zog mit Henry von dannen und ward nicht mehr gesehen. Sie sah sich derweil den Backstage Bereich an. Ein riesiger Raum auf mehreren Ebenen, mit mehreren Bars und mit einer nach oben führenden Treppe, wo ebenfalls ein paar Sitzgruppen standen. Susanna ging nach oben, schaute von dort dem unteren Treiben zu und durchquerte schließlich eine Tür mit dem Hinweisschild >Saal<. Nach etlichen Schritten durch etliche Gänge stand sie plötzlich mitten im Publikumsbereich, nur das Publikum fehlte noch. Sie war höher als die Bühne, aber noch sehr nah dran. Nur ein paar Meter vor ihr hantierten noch die Handwerker. Und nur ein paar Meter vor ihr erblickte sie nun auch wieder Timm, wie er mit Henry über die Bühne ging. Henry wedelte wild mit den Armen und zeigte Timm anscheinend den Weg, den er auf der Bühne beschreiten sollte. Timm hingegen ließ seinen Blick über die vielen Stuhlreihen gleiten. „Na, wenn das man was wird", murmelte Susanna, als sie es sah. Timm machte wirklich nicht den Eindruck, als wenn ihn Henrys Anweisungen in irgendeiner Weise interessierten. Stattdessen sah er nun direkt zu ihr, winkte ihr zu und machte Andeutungen, dass sie zu ihm herunterkommen sollte. So ein Blödsinn, als wenn sie den Weg auf die Bühne je gefunden hätte. Auch Henry folgte mit seinem, Timms Blick. „Hey, Susanna", rief er zu ihr nach oben und quatschte dann mit Timm bevor er wieder zu ihr rief. „Merk dir, wie du dort hingekommen bist! Von da kannst du nachher gucken." Sein inzwischen schon vertrautes Lachen schallte zu ihr nach oben. „Hey, Susanna, bist du noch frei?", hörte sie einen der Handwerker aus dem unteren Bereich. Sie schielte zu Timm und dieser deutete erneut an, dass sie nach unten kommen sollte. Also ging sie. Kämpfte sich erneut durch die Menschenmassen und folgte dem Schild Bühne. „Hier kannst du jetzt nicht mehr hin", sprach der dunkelhaarige Mann, der ihr entgegenkam. „Ich suche Henry Marten." „Dic findest du jetzt alle in den Ankleideräumen", er überlegte, „versuch es in Trakt C." „Na toll", Susanna lächelte ihn kurz an und macht sich dann auf die Suche nach Trakt C.

„Mein Gott, Susanna, was geisterst du hier rum?", fragte Timm aufgebracht, als sie die beiden endlich gefunden hatte. „Ich hab mich umgesehen, ich dachte du brauchst mich jetzt sowieso nicht." „Hör auf so einen Blödsinn zu denken! Komm her!" Er zog sie mit sich in die Ecke des Zimmers und sah sie flehend an. „Denk dir irgendetwas aus, Susanna. Irgendetwas! Mir fällt nichts ein." Verständnislos sah sie ihn an. „Was soll ich mir denn ausdenken?" Er wollte sich mit seiner Hand durchs Haar fahren, aber sie hielt sie rechtzeitig fest. „Denk an deine Frisur." „Ach, lass doch die Frisur. Susanna, ich kann das nicht" „Was?" „Ich kann da nicht rausgehen. Ich werde wahnsinnig. Worauf habe ich mich überhaupt eingelassen? Ich kann da nicht singen. Ich weiß nichts mehr von meinem Text. Ich kenne die Melodie gar nicht mehr. Ich muss hier weg! So schnell es geht, muss ich hier weg." Er redete unablässig weiter, bis Susanna ihn an den Schultern ergriff und schüttelte. „Timm!" Er hörte nicht auf zu reden. „Timm!", schrie sie ihn an, „sieh mich an!" Jetzt war er still. „Ich habe die letzten Wochen mit dir nicht durchgestanden, damit du jetzt kneifst. Timm, du bist gut!" „Bin ich nicht." „Doch", flüsterte sie nun leise und beruhigend „Du bist gut! Denk nicht mehr an deinen Text. Denk nicht an deine Melodie. Du gehst einfach da raus. Stell dir vor, wir wären in unserer Bar. Ich bin im Publikum. Ich werde dich immer ansehen." „Aber ich werde dich nicht sehen können." „Du wirst mich spüren." Er atmete schwer durch, fuhr sich mit seiner Hand gedankenverloren über die Brust, während er verzweifelt seinen Blick in dem großen Raum umhergleiten ließ. Unendlich mitgenommen sah er aus. Jeden Muskel an seinem Arm konnte sie spüren. „Timm, glaub mir, du wirst das schaffen. Ich weiß es. Ich glaube an dich." Er lachte bitter auf. „Du bist eine von vielen, die heute Abend enttäuscht wird." „Nein, werde ich nicht." Jetzt sah er sie an. „Und wenn doch? Schämst du dich dann für mich?" „Ist die Frage ernst gemeint?" Er antwortete nicht. Sie lächelte. „Ich schäme mich nie für dich." „Danke."

Vor der Vorstellung wurden sie noch an einem überdimensionalen Buffet vorbei geführt, aber essen konnten sie beide nichts. Nur Henry langte völlig entspannt zu. Schließlich wurde auch die andere Seite der Halle geöffnet und man konnte das Gemurmel der Menschenmassen, bis in den hinteren Bereich, hören. Susanna ging alleine, nervös auf und ab, während sich Timm in der Maske befand. Die Show hatte schon begonnen als er endlich wieder auftauchte. „Mein Gott", fuhr sie erstaunt auf, „ich erkenne dich kaum noch wieder." „Rede nicht so ein dummes Zeug, ich habe extra darauf geachtete, dass man mich nicht völlig entstellt." „Das meine ich nicht. Was sind das für Produkte, die will ich auch. Du siehst aus, als ob du gerade aus dem Urlaub kommst." „Keine Ahnung. Soll ich zurückgehen und

fragen?" Sie lachte. „Sag mir lieber wie es dir geht."
„Beschissen!" „Hm." Dann begann er zu zählen. All die
Teilnehmer, die vor ihm dran waren. Es waren Zwanzig
und er war der Pausenfüller, die Nummer einundzwanzig.
Je weiter der Abend voranschritt, desto nervöser wurde er,
obwohl Susanna bis dahin geglaubt hatte, dass es nicht
nervöser gehen könnte. „Timm? Bist du soweit? Es geht
los." Versteinert blieb er stehen, als er Henrys Stimme
hörte. „Leb wohl, Susanna", sprach er leise. „Ich gehe da
jetzt raus und werde wahrscheinlich vor Aufregung tot
zusammenbrechen." „Nichts dergleichen wirst du tun. Du
wirst jetzt singen, so wie du immer singst und die Leute
werden dich lieben." Zärtlich küsste sie ihn auf den Mund.
„Ich gehe jetzt hoch", dann ließ sie ihn stehen und Henry
nahm sich seiner an.

Dann stand sie hinter der Brüstung und blickte auf die
Bühne hinab. Sie sah die Teilnehmer auf der Bühne und
zusätzlich noch auf der überdimensionalen Leinwand. Ihr
war diese Leinwand vorher überhaupt nicht aufgefallen. Im
Schnelldurchlauf sah sie die Teilnehmer an sich
vorbeisausen. In rasender Geschwindigkeit nahm sie die
vielen Menschen in diesem Saal wahr und auf einmal
wusste sie, wie er sich fühlte. Sie zitterte am gesamten
Körper. Um nichts in der Welt hätte sie singen können und
er? Oh Gott, ihr armer Mann. Die Kameras wurden hektisch
hin und her geschoben, das Licht erhellte die gesamte
Bühne. Sie hielt die Luft an als er plötzlich angesagt wurde.
Sie nannten ihn Timeo, weil Henry den Namen Timm nicht
für erfolgversprechend hielt. Eine Entdeckung des
berühmten Henry Marten und das Publikum sollte sich von
ihm verzaubern lassen. Es wurde garantiert, dass er
sämtliche Frauenherzen hier im Saal im Null-Komma-
Nichts erobern würde. Und dann ging es auch schon los.
Die Musik begann. Seine Musik. Und er trat auf die Bühne.
Er sah so umwerfend aus, dass es Susanna beinah den Atem
verschlug, dennoch hatte sie Angst, er könnte vor
Aufregung seinen Einsatz verpassen. Doch er verpasste ihn
nicht und erleichtert atmete Susanna aus, als sie seine

Stimme hörte. Traf er den Ton? Sie wurde unsicher, weil sie meinte seine Unsicherheit hören zu können. Angestrengt lauschte sie, doch, er traf den Ton. Oder? Nun überlegte sie, ob er sich vielleicht etwas eierig anhörte.

Seine Stimme kam ihr leicht verändert vor, nicht ganz so fest, nicht ganz so tief und voll wie sonst. Dennoch, alles im allen hörte er sich gut an. Er bemühte sich, in die Kamera zu sehen, er bemühte sich ins Publikum zu sehen und doch irgendwie wirkte er nicht wie sonst.

„Konzentriere dich, Timm", murmelte Susanna wie ein Mantra immer und immer wieder. „Und plötzlich hatte sie den Eindruck, dass er abtauchte. Seine Stimme wurde voller. Er beachtete die Kameras nicht mehr und er überlegte nicht mehr, wann genau er ins Publikum sehen musste. „Ja", murmelte sie, „genauso." Kurz hatte sie den Eindruck, dass er sich seiner Umgebung wieder bewusst wurde, um dann endgültig in sein Lied abzutauchen. Im Refrain. Er sang englisch. Mindestens die Hälfte der Menschen hier würde gar nicht begreifen, wovon er überhaupt sang. Im Grunde genommen sang er über Indien. Der Name Indien wurde zwar nie erwähnt und doch konnte man die Liebe zu einem verzaubernden Land erkennen. Susanna atmete erleichtert auf, als sie spürte, dass er seinen Stil gefunden hatte und langsam ließ sie sich auf den hinter ihr stehenden Stuhl sinken. „Na endlich", hörte sie entnervt von hinten, „ich dachte schon, die bleibt den ganzen Abend stehen!" Susanna räusperte sich dezent ohne sich umzudrehen und konzentrierte sich wieder auf Timm, welcher die Anweisungen Henrys, regelmäßig in die Kameras zu sehen, inzwischen komplett ignorierte. Er ignorierte auch das Publikum. Es gab nur noch ihn. Ihn und sein Lied. Sie wusste, in Gedanken sah er sich längst nicht mehr auf dieser Bühne. In Gedanken sah er sich in der Wüste Rajhastans, sah er sich in der Sonne Indiens, fühlte den Rhythmus dieses Landes. Und er war gut. Er war besser als Susanna ihn je gehört hatte. All seine Leidenschaft war zu sehen und zu hören. Der Moderator sollte Recht behalten. Es würde nicht ein Frauenherz geben, das er nicht jetzt genau eroberte. Als er seine Stimme an dem dramatischsten Teil des Liedes so gekonnt anhob, die Augen geschlossen, hörte Susanna wie sich das Aufjubeln des vorher so ruhigen Publikums in sein Lied mischte, während sie feststellte, dass sie selber die ganze Zeit an ihren Fingernägeln knabberte. Schnell ließ sie die Hand sinken und legte sie anständig in ihren Schoss. Das Publikum klatschte weiter, sie klatschen obwohl er noch nicht fertig war, aber statt sich nun auch endlich zu entspannen, wurde Susanna immer nervöser. Ihre Knie zitterten vor Aufregung. Sie zitterte vor Ehrfurcht, als sie nun ihren Blick über diese Menschenmassen gleiten ließ, die allesamt, mit seiner Stimme mitgerissen wurden. Die mit ihm fühlten und litten, egal ob sie ihn verstanden oder nicht. Der letzte Takt war noch nicht verstummt, als das Publikum einen tosenden Applaus losließ. Sie jubelten ihm zu. Schnell sah sie wieder auf die Bühne und erkannte die Erleichterung in seinem Gesicht. Ein dankbares Lächeln huschte darüber und kurz schien er zu überlegen, ob er noch irgendetwas sagen müsste, aber dann verbeugte er sich, winkte kurz und verschwand von der Bühne. Der Moderator hatte das Wort wieder ergriffen. Susanna hörte noch wie er davon sprach, dass Henry Marten nicht zu viel versprochen hatte. Sie hörte es noch, als sie bereits wieder durch den Gang zu ihm zurücklief.

Nur finden konnte sie ihn nicht. Es war so ein Durcheinander im hinteren Bereich der Bühne, dass sie sich kaum dort hindurch schlängeln konnte. Als sie endlich dort ankam, war die Jury bereits mit ihrer Bewertung fertig und sie befand sich inmitten der Sänger und Sängerinnen. Umringt von irgendwelchen Presseleuten. Nur Henry und Timm, die sah sie nicht mehr dort. Wundern tat sie das nicht wirklich. Sie hatte keine Ahnung, wo Henry sich rumtrieb, aber Timm würde sie durchaus zutrauen, dass er sich gar nicht mehr in diesem Gebäude befand, sondern bereits außerhalb, um sich den kühlen Nachtwind um seinen heißen Kopf wehen zu lassen. Sie schaute sich um und sah die Treppe, die auf die obere Hälfte führte. Von dort oben hätte sie wohl den besten Überblick. Die Show

war vorbei und die Menschenmassen strömten wieder auseinander, als Susanna oben ankam. Sie hatte vorher noch einmal im Trakt C nachgesehen, ihn aber auch dort nicht gefunden. Dann sah sie ihn. Er unterhielt sich im unteren Bereich mit einem ihr fremden Mann. Sah längst nicht mehr ganz so angespannt aus, strahlte aber auch nicht seine sonstige Leichtigkeit aus. Plötzlich sah er sie an. Es war erstaunlich wie plötzlich er sie manchmal ansah. Susanna hatte diese Eigenschaft eigentlich bis jetzt nie so zur Kenntnis genommen, aber Timm schien nie nach ihr suchen zu müssen. Sie sah viele Blicke, die suchend über die Menschenmassen flogen. Nur nie seinen. Er unterhielt sich, wenn sie nicht da war und wenn sie auftauchte, schien er sie zu spüren. Schaute nicht suchend, sondern ganz gezielt zu ihr herüber. Wie jetzt. Er lächelte nicht. Viel eher bekam sie den Eindruck, dass er so schnell wie möglich von hier fort wollte. Susanna nahm von ihrem erhobenen Posten Henry Marten wahr, welcher sich seinen Weg zu Timm bahnte und deutete mit ihrem Kopf in seine Richtung. Timm folgte mit seinem Blick ihrer Andeutung und schaute dann wieder zu ihr hoch. Mit einem Kopfnicken erklärte er ihr, dass sie sich auf der anderen Seite treffen sollten und so machte sie sich auf, um die andere Treppe in Richtung des Ausganges hinabzusteigen. Als sie ihn endlich erreicht hatte, fiel sie ihm um den Hals. „Timm, du warst super." Aber er wirkte genervt. „Susanna, ich möchte sofort hier weg." „Aber ... kannst du das denn?" „Ich weiß nicht, ob ich schon darf, aber können tue ich das bestimmt." „Timm", begann sie mahnend, „du hast 2.500 Mark bekommen, meinst du nicht, dass du für diese Summe noch hierbleiben müsstest?" „Ach Blödsinn, wenn sie unbedingt wollen, gebe ich ihnen 1.000 zurück und nun komm, ich habe keine Lust den Reporten hier etwas über mein Leben und über meine weiteren Pläne zu erzählen!" Er nahm sie an die Hand und zog sie mit sich.
Draußen angekommen bereute Susanna es nun doch, dass sie ihre Jacke nicht mitgenommen hatte. Krampfhaft versuchte sie mit Timms Schritten mitzuhalten. „Timm, warum hast du es eigentlich so eilig?" Er antwortet nicht

und als sie endlich im Wagen saßen, ließ er den Kopf an die Kopfstütze fallen und atmete tief durch. „Bist du denn gar nicht glücklich über deinen Erfolg?" „Doch", antwortete er etwas gereizt. „Ich weiß auch nicht, ich kriege Platzangst da drinnen und ich ... ach ich weiß nicht, ich will nach Hause." „Nach Hause?", fragte sie entgeistert. „Ich dachte wir fahren ins Hotel?" Er beugte sich vor und wollte den Motor starten. „Ich will nach Hause!" Der Wagen orgelte und Timm schlug aufs Lenkrad. „Das kann nicht wahr sein, diese verdammte Mistkarre." Schmerzlich wurde Susanna bewusst, dass er alles andere als gut gelaunt war. „Kann ich mal fragen, was genau mit dir los ist?" „Ich habe dir schon gesagt, dass ich das nicht weiß", fauchte er sie an, während der Motor endlich ansprang. Maulig drehte sie sich weg und schaute aus dem Fenster. Er wollte ausparken und bremste abrupt, als er das Hupen des vorbeifahrenden Fahrzeuges hörte. „Idiot", brummelte er. Susanna verdrehte entnervt die Augen. „Soll ich fahren?" Er sah sie an. „Bist du eigentlich schon mal wieder gefahren seit deinem Unfall?" „In Indien." „Ach, ich vergaß. Und hier?" „Nein." „Na also", rasant fuhr er aus der Parklücke. Sie redeten nun nicht mehr und somit verstand Susanna auch nicht, warum er eigentlich so schlecht gelaunt war. Vorsichtig schielte sie zu ihm hinüber. Die Schminke hatte ihren Dienst bereits erfüllt oder aber, er hatte sie bereits abgewaschen. Jedenfalls sah er schlimmer aus als je zuvor. Seine Haut war extrem blass und im Licht der vorbeihuschenden Laternen konnte sie vereinzelt Schweißperlen auf seiner Stirn erkennen. „Geht es dir gut?", fragte sie besorgt. „Bestens", war die kurze Antwort. „Du machst aber nicht den Eindruck." Er atmete schwer durch. „Ist ja schon gut", fuhr sie auf, „ich sag ja schon nichts mehr." Ohne noch mit ihr darüber zu diskutieren, fuhr er den Wegweisern zur Autobahn hinterher und dann in Richtung Berlin zurück. Irgendwann schaltete er das Radio ein. Ebenfalls ein sicheres Anzeichen, dass er nicht vorhatte sich mit ihr zu unterhalten. Kopfschüttelnd sah Susanna wieder aus ihrem Fenster, und doch, im Augenwinkel beobachtete sie ihn. Er fuhr sich mehr als einmal mit der Hand über die Stirn. Sie machte das nervös und somit sah sie ihn doch wieder an. Er schien es nicht wirklich zu bemerken. Seine Augen hatte er konzentriert auf die Straße gerichtet und ab und zu kniff er sie zusammen. Jeder Muskel an ihm war angespannt, bald noch mehr als vor seinem Auftritt. „Timm, bitte", versuchte sie es erneut. „Was ist los?" Er schüttelte den Kopf. „Ich sehe doch, dass du dich nicht wohlfühlst." „Mir ist schlecht." „Schlecht? Dann lass mich fahren." Er deutete nach vorne. „Willst du ausgerechnet jetzt fahren?" Sie folge mit ihrem Blick seiner Geste. Es war wirklich nicht gerade ihr Wunsch. Es war windig geworden und es goss in Strömen. Die Straße war durch die ständige Gischt der LKW´s kaum auszumachen. Es war genauso ein Wetter wie damals, als sie frontal gegen den Baum gefahren war. Er zog am LKW vorbei auf die rechte Spur. Erneut sah Susanna hinaus. Sie sah die Schilder, die ihnen anzeigten, dass es noch 500 Meter bis zum nächsten Parkplatz waren. Gut, sie waren schon kurz vor Berlin, aber trotzdem hielt sie es für besser. „Fahr da raus, Timm." Er blickte ebenfalls auf die Schilder. „Ja, mach ich." Eine Antwort die Susanna noch mehr beunruhigte. Die Tatsache, dass er bei diesem Wetter tatsächlich wollte, dass sie weiterfuhr, bestätigte ihren Verdacht, dass es ihm wirklich nicht gut ging. Sie hatte ihren Blick wieder aus dem Fenster gerichtet, in dem Moment, wo sie diesen Ruck beim Gas geben spürte und feststellte, dass der Wagen langsam aber sicher nach rechts von der Spur abkam. Als sie sich zu ihm umdrehte sah sie nur noch, wie er kurz die Augen verdrehte und dann bei voller Geschwindigkeit leblos zusammensackte. „Timm?" Sie schrie in Panik auf. Seine Hände glitten vom Lenkrad und instinktiv griff sie danach, während sein Körper in ihre Richtung fiel und nur der Gurt ihn hielt. „Timm, um Himmels Willen, wach auf!" Aber er reagierte nicht. Susanna richtete ihren Blick auf die Straße und sah die Leitplanke auf sich zu kommen. Sie versuchte das Lenkrad zu drehen, aber sie hatte von ihrer Position aus so gut wie kein Gefühl dafür. Ruckartig zog der Wagen in die andere Richtung und begann bei ihren Lenkversuchen verdächtig zu schlingern. „Mein Gott, Susanna", schrie sie sich selber

an, „du darfst nicht so ruckartig lenken!" Sie hörte das
Hupen des überholenden Fahrzeuges, während sie nun nach
links driftete. Erneut korrigierte sie die Spur. Jetzt hatte sie
ihn einigermaßen im Griff, nur langsamer wurde er nicht
und schmerzlich wurde ihr bewusst, dass Timm seinen Fuß
weiterhin auf dem Gaspedal hatte. Sie sah zu ihm rüber.
„Timm! Timm bitte ...!" Es kam keine Reaktion. „Oh
Gott", schrie sie auf, während ihr die Tränen in die Augen
stiegen. Sie musste sein Fuß dort wegbekommen, nur wie?"
Der Wagen schlingerte erneut. Sie hielt mit ihrer Rechten
das Lenkrad, weil sie mit der mehr Kraft hatte. Die Linke
hatte sie unter Timms Bein in seinen Sitz gekrallt, um sich
zu halten. Also versuchte sie nun sich zu konzentrieren.
Zuerst musste sein Bein da weg. Oder sollte sie erst die
Warnblinkanlage anschalten? Mit ihren Augen suchte sie
den entsprechenden Knopf, aber sie fand ihn nicht, während
Timms Fuß leicht verrutschte und der Wagen etwas
langsamer wurde und dennoch gab Timm immer noch Gas.
Sie hörte die tiefe Hupe des LKW`s, welcher nun zum
Überholen ansetzte, während ihr Wagen erneut auf die
mittlere Spur der Autobahn zusteuerte. Direkt vor den
LKW. Er wich aus. Schlingerte ebenfalls weiter nach links.
Seine Hupe verfiel in einen Dauerton und dazu mischte sich
die Hupe des PKW`s, der ganz links überholte. Susanna
bekam erneut ihr Auto unter Kontrolle. Sah aber, wie der
LKW verdächtig schlingernd an ihr vorbei sauste. Sein
Fahrer behielt die Oberhand. Susanna atmete schwer durch,
schielte erneut zu Timm um festzustellen, dass sich an
seinem Zustand nichts geändert hatte. „Timm, bitte", flehte
sie ihn an. Dann konzentrierte sie sich wieder auf den
Knopf der Warnblinkanlage. Endlich fand sie ihn. Mit der
Rechten schlug sie kurz drauf. Das monotone Klacken des
Blinkers beunruhigte sie nur noch mehr. Was jetzt?, fragte
sie sich. Was sollte sie als nächstes tun? Richtig, das Gas.
Sie musste das Gas reduzieren. Krampfhaft das Lenkrad
festhaltend konzentrierte sie sich. Zählte bis drei und krallte
sich in Timms Bein, um es vom Gaspedal wegzuziehen.
Einmal, zweimal, dann war der Fuß daneben und Timm
sackte bei der Bewegung weiter in ihre Richtung.

Sie versuchte seinen schweren Körper zurückzuschieben und nahm dann erschrocken wahr, wie schnell der Wagen an Geschwindigkeit verlor. Sie konnte nicht in den Spiegel sehen, und dennoch registrierte sie die Lichthupe des nächsten LKW´s direkt hinter ihr. „Scheiße", schrie sie auf. Der Wagen fing an zu ruckeln. Der Gang, schoss es Susanna durch den Kopf. Der Gang muss raus. Sie schlug gegen die Schaltung und der Gang flog raus. Warum hatte sie nicht schon eher daran gedacht? Timms Fuß hätte doch dort liegen bleiben können. Sie hätte lediglich den Gang rausschlagen müssen. In Sekundenschnelle schossen ihr all diese Gedanken durch den Kopf. In Sekundenschnelle spürte sie erneut das verdächtige Schlingern, erneut einen LKW, der links und hupend an ihr vorbeirauschte. Sie steuerte leicht nach rechts. Jetzt hatte sie ihn wieder unter Kontrolle und Susanna schaffte es, auf den Standstreifen zu gelangen. Nur wie lange brauchte so ein Auto, bis es endlich ausgerollt war? Sie überlegte kurz, die Handbremse zu ziehen, aber das war zu gefährlich. Sie hatte kaum Gefühl für die Lenkung. Sie würde schon gar keines für die Handbremse haben. Als der Wagen langsamer wurde, sah sie hinaus auf die Pflöcke, welche mit ihren Pfeilen die Richtung zur nächsten Notrufsäule ankündigten. Sie musste zurück, zurück, zurück, ... zurück. Der Wagen wurde immer langsamer. Jetzt musste sie vor. „Auch das noch, genau in der Mitte." Endlich rollte der Wagen nur noch so schnell, dass sie sich traute, die Handbremse zu ziehen. Dann standen sie. Doch bevor sie aus dem Wagen sprang, ergriff sie sein Gesicht und hob es an. Schlaff fiel sein Kopf nach hinten und er war blau. Blau? Schoß es Susanna durch den Kopf. Blau war keinesfalls gut! „Timm ...?" Aufgeregt schüttelte sie seinen Kopf hin und her. „Timm?" Dann kontrollierte sie seine Atmung. Er atmete, wie tief wirklich, konnte sie nicht sagen, aber er atmete. Auch seinen Puls konnte sie spüren. Sein Gesicht war ganz nass. OK, sie wusste, sie musste zur Notrufsäule und sie wusste, sie konnte ihn nicht alleine lassen, weil er, obwohl er atmete, bereits blau anlief. Er war also erst mal wichtiger. Sie schnallte sich ab, kniete sich auf ihren Sitz und nahm sein

Gesicht ihn ihre Hände, gab ihm ihre Luft. Aber der Gedanke blieb. Wie lange? Wie lange sollte sie das tun? Sie musste doch loslaufen. Ihre Tränen fielen auf sein Gesicht und irgendwann nahm sie das blaue, flackernde Licht hinter ihrem Auto wahr. Der Polizist schaute durchs Fenster und öffnete dann die Tür „Oh mein Gott", entfuhr es ihm und er rief zu seinem Kollegen zurück. „Karsten, ruf den Rettungsdienst!"

Den Rest erlebte Susanna gefühlt nur noch in Zeitlupe. Sie beachtete die Polizei nicht, die den Verkehr von der rechten auf die mittlere Spur umleitete. Sie beachtete nicht den Rettungswagen, der langsam mit Blaulicht an ihr vorbeifuhr, um vor ihrem Wagen zu parken. Sie wollte ihn auch nicht loslassen. Erst als einer der Rettungssanitäter sie von ihm wegzog, hörte sie mit der Beatmung auf. Sie wurde hinter die Leitplanke geführt und der Polizist nahm sich ihrer an. Die Kälte hatte sie vergessen, obwohl sie so stark zitterte, dass sie kaum stehen konnte. Etliche Geräte wurden an Timm angeschlossen, nachdem er aus dem Wagen gezogen und auf die Krankenliege gelegt wurde. Er bekam ein Beatmungsgerät und sein Hemd wurde aufgerissen. Deutlich konnte Susanna seine Herztöne hören, als sie das Herzgerät anschlossen. Dann wurde er in den Krankenwagen gehoben. Sie eilte hinterher. „Frau Mühlbach", rief der Polizist ihr nach. Sie hatte keine Ahnung, woher er ihren Namen wusste. Er hielt ihr einen Zettel hin.
„Dort finden sie ihren Wagen." Sie sah drauf. Die Adresse der Autobahnpolizei. „Danke", stammelte sie und stieg dann in den Rettungswagen, bevor die Türen geschlossen wurden.

Der durchsichtige Becher wurde in ihrer Hand so unkontrolliert hin und her geschüttelt, dass die Flüssigkeit drohte, über den Rand hinweg zu schwappen. Schnell nahm ihn Anja ihr wieder ab. „Warte, ich helfe dir", sprach sie und ergriff den Becher mit dem Beruhigungsmittel. Susanna saß vor der verschlossenen Tür der Notaufnahme auf dem langen Gang. Sie saß auf einem der grauen Plastikstühle, welche wie die Orgelpfeifen an den Wänden hingen. Anja kniete vor ihr. Wie ein Lauffeuer hatte es sich in dem Krankenhaus herumgesprochen, dass Timm eingeliefert wurde. Und seine Kollegin, welche damals mit ihm zusammen die Nachtschichten gemacht hatte, somit auch Susanna als Patientin unter sich hatte, war umgehend in die Notaufnahme geeilt. Timm hatte sie nicht mehr gesehen, aber Susanna hatte sie entdeckt. Susanna, wie sie mutterseelenallein, in einem atemberaubend schönen Kleid, in dem tristen Krankenhausgang saß. Es bedurfte nur einen ihrer geschulten Blicke, um zu erkennen, dass Susanna einen Schock hatte. Und es bedurfte nun nicht mal mehr einem geschulten Blick, um zu erkennen, dass sie nicht in der Lage war, das Beruhigungsmittel selber einzunehmen. Anja kniete vor ihr und nahm ihr den Becher wieder ab. Susanna kannte Anja. Sie kannte sie von ihrem eigenen Krankenhausaufenthalt und sie kannte sie aus der Bar. Anja hatte ihr damals von einem Krankenpfleger erzählt, der eventuell mit ihr gesprochen hatte. Susanna hatte die Suche nach einem Mann, der möglicherweise der wiedergeborene Danny war, bereits aufgegeben, bis sie Anja in der Bar traf. Wie in Trance ließ sie sich nun den Becher von ihr abnehmen und sah sie an. Nie war ihr aufgefallen, dass Anjas dunkles Haar von grauen Strähnen durchzogen wurde. Sie hob die Hand und griff danach. „Anja, du wirst ja grau." Unsicher sah Anja sie an und beobachtete kritisch, wie Susanna eine ihrer Haarsträhnen durch ihre Finger gleiten ließ. Den Blick leer und feucht. „Alles ist so vergänglich", flüsterte sie nur noch und kippte nach links weg. „Halt, halt, halt, kipp mir jetzt bloß nicht vom Stuhl!" Schnell hielt sie Susanna fest. Hielt ihren Kopf mit einer Hand und fühlte den Puls mit der anderen. Susanna atmete

schwer und ihre Augen glitten ziellos durch die Luft. „Geht es wieder?" „Ja." „Gut, dann trink das jetzt. Du hilfst ihm nicht, indem du jetzt selber den Klappmann machst."
Susanna schüttelte ihren blassen Kopf. „Ja, ich weiß." Und das Zittern, das kurzzeitig verschwunden war, begann erneut ihren Körper zu quälen. Anja hielt ihr den Becher an die Lippen. „Kannst du sitzen?", fragte sie besorgt. Verständnislos sah Susanna sie an. „Ich sitze doch." „Ich will dir einen Tee holen und will natürlich nicht, dass du mir in der Zwischenzeit vom Stuhl sackst." Susanna lächelte müde. „Nein, wirklich, es geht schon wieder. Aber ... ich hätte lieber einen Kaffee." „Den kriegst du ganz bestimmt nicht von mir", sprach Anja und stand auf. Eine Weile blieb sie stehen und betrachtete Susanna. Aber sie wirkte inzwischen wieder stabil. Dann ging sie.
Susanna richtete ihren Blick auf die verschlossene Tür mit der Milchglasscheibe. Was war dahinter? Was machten sie mit ihm? Ihr Zittern wurde wieder unkontrolliert heftig, als sie darüber nachdachte, dass er eventuell schon tot war. Sie hatte ihre Hände in ihrem Schoß abgelegt, aber sie wippten so wild hin und her als wäre sie urplötzlich an Parkinsonismus erkrankt. So viele Bilder schossen ihr durch den Kopf. Von dem Moment an, wo sie ihm zum ersten Mal gegenübergestanden hatte. Die unterschiedlichsten Szenen sah sie mit ihm an ihrem inneren Auge vorbei ziehen. Sie sah sein Lächeln. Sie sah seinen wütenden Gesichtsausdruck und den Erstaunten. Immer im Vordergrund seine wahnsinnig grünen Augen. Ein tiefes, dunkles Grün. Es glich dem Moos in einem dunklen Wald. Noch nie hatte sie jemals einen Mann vorher gesehen, der so eine wunderschöne Augenfarbe hatte. Noch nie hatte sie vorher einen Mann gesehen, der so leidenschaftlich und so warm gucken konnte.
Noch vor kurzem hatte er auf der Bühne gestanden und sämtliche Frauenherzen zum Rasen gebracht. Sie konnte jetzt noch den Stolz in sich spüren. Den Stolz darüber, dass dieser Mann zu ihr gehörte. Ihre Lippen zitterten, während ihre Augen funkelnd auf der Tür hafteten. Wann würde der Arzt wieder herauskommen? Ein Arzt, dessen

Gesichtsausdruck schon sagte, dass es keine Rettung für ihn gegeben hatte. Kurzzeitig überlegte sie, ob sie einfach wegrennen sollte. Warum sollte sie warten bis sie diese Nachricht bekam? Aber sie blieb. „Susanna?" Erschrocken zuckte sie zusammen, als sie die Männerstimme hinter sich vernahm und drehte sich zu ihm um. Richard Mühlbach stand nur ein paar Meter von ihr entfernt und sah sie mit großen ängstlichen Augen an. „Richard", flüsterte sie nur noch, stand auf und fiel ihm um den Hals. „Oh Gott, Susanna", flüsterte er rau. „Was um Himmelswillen ist denn passiert?", fragte er, während er ihr tröstend mit seiner Hand übers Haar fuhr. Sie antwortete nicht. Sie schüttelte nur leicht den Kopf, den sie an seine Schulter lehnte und weinte. Dann nahm sie Abstand, wischte sich mit dem Handrücken über die Augen und sah ihn an. „Richard, was machst du denn hier?" „Die Polizei hat bei mir angerufen. Ein netter Polizist. Er sagte, dass ihr hier seid und dass sich unbedingt jemand um dich kümmern müsse. Er war sehr nett." Susanna antwortete nicht. Die Haare hingen ihr vereinzelt wirr im Gesicht und er konnte ihr Zittern spüren, während er sie hielt. „Woher wusste er denn, dass du zu ihm gehörst?", frage sie dann endlich. „Er hat eure Papiere durchgesehen. Er hat erzählt, was passiert ist. Ein LKW-Fahrer hat die Polizei verständigt. Er dachte, dass ein Betrunkener auf der Straße fährt." Er schwieg eine Weile. „Susanna, du hast ihm das Leben gerettet." Nun flossen ihre Tränen wie Sturzbäche über ihre Wangen und sie schüttelte wild den Kopf. „Nein", ihre Stimme wurde weinerlich laut, „nein, Richard, ich konnte nichts tun." Erneut nahm er sie ihn dem Arm. „Doch, Susanna, ohne dich wäret ihr Beide verunglückt. Glaub mir, er ist stark." Sie sah ihn erneut an. „Wie kommst du denn darauf? Wir wissen doch gar nicht was mit ihm ist." Besorgt sah er sie an. „Du weißt es nicht?" „Was?", fragte sie atemlos und er fragte erneut, „Timm hat dir nichts erzählt?" „Nein, was denn?", fragte sie nun ungeduldig. „Er ist herzkrank, Susanna." Augenblicklich trat sie einen Schritt zurück. „Er ist ... was?" „Es ist angeboren", erklärte sein Vater weiter. „Es wurde aber erst entdeckt als er mit neunzehn Jahren bereits

162

schon einmal zusammengebrochen ist. Als ich ihn damals aus dem Krankenhaus holte sagte er, dass es nicht schlimm sei. Nicht lebensbedrohlich. Deswegen hielt er es wohl nicht für erforderlich es dir zu erzählen." Ausdruckslos sah sie ihn an. „Was denn für ein Herzfehler?" Er zuckte mit den Schultern. „Das hat er mir nicht gesagt. Ein kleiner Defekt, sagte er. Nichts von Bedeutung. Susanna, du weißt, wie unser Verhältnis zueinander ist. Timm wollte mir nicht mehr sagen." Anja kam zurück und reichte Susanna den Tee. „Wusstest du, dass er herzkrank ist?", fragte Susanna und bereits an Anjas geschockten Gesichtsausdruck sah sie, dass sie es nicht wusste. „Herzkrank?" Ihr Blick fiel auf seinen Vater. „Was denn für eine Herzkrankheit?" Auch nun zuckte er wieder mit den Schultern. „Ich weiß es nicht. Vielleicht hat er es geerbt. Geerbt von seiner Mutter. Sie war immer schwach. Ist oft in Ohnmacht gefallen, aber das ist Jahre her. Sie wurde nie wirklich untersucht, oder aber ...", er schwieg einen Moment, „vielleicht, hat sie es mir auch bloß nicht erzählt." Susannas Gesichtsausdruck bekam etwas ironisch, trauriges. „Nicht lebensbedrohlich?", fragte sie zweifelnd. „Richard, es ist nicht lebensbedrohlich? Das glaubst du, weil er es dir gesagt hat?" Verzweifelt hob sie kurz die Hände an. „Das ist doch lächerlich", sprach sie dann weiter. „Er hat es dir genauso unrealistisch geschildert wie Jahre zuvor seine Mutter." „Susanna, nun warte doch erst einmal ab", versuchte Anja sie zu beruhigen. Doch Susanna schüttelte den Kopf. „Sie ist gestorben, Anja. Sie ist daran gestorben." „Nein, das ist sie nicht", fuhr Richard dazwischen und Susanna blickte ihn abrupt an, ihre Stimme auf einmal energisch und laut, „aber sie wäre es, Richard. Hätte sie nicht vorher nachgeholfen, dann wäre sie daran gestorben. Warum sonst wohl, hat sie es getan? Sie hat es gewusst, Richard. Genauso wie es Timm wusste! Und du ...", sie schniefte mit der Nase, „du weißt es auch!" Richard Mühlbach fiel dazu nichts ein. Schweigend sah er sie an. Sie lachte verbittert auf und ging dann zu dem Bild an der Wand. Irgendein Gemälde. Sie hatte keine Ahnung, was diese bunten Kreise überhaupt bedeuteten. Aber es war zumindest ein Punkt. Ein Punkt, wo sie ihre brennenden

163

Augen drauf richten konnte.

„Frau Mühlbach?" Ruckartig drehte sie sich um, als sie die Stimme des Arztes hörte. Sie erkannte ihn sofort. Seine grauen Haare und seine grauen Augen. Der Chefarzt persönlich. Dr. Wellmann, welcher damals auch an ihrem Bett stand und Schwester Hilde anschnauzte, sie solle gefälligst nicht in seiner Gegenwart von Wundern sprechen, denn ... Wunder gibt es nicht. Nur um die besonderen Fälle kümmerte er sich. Um sie damals und nun um Timm. Aber natürlich kümmerte er sich um Timm. Timm arbeitete hier. Er war beliebt. Oder beliebt gewesen? Sie taumelte, konnte sich aber auf den Beinen halten. Ihre Hände an ihren schmerzenden Bauch gedrückt. Sie würde sich auch weiterhin auf den Beinen halten können. Genau so lange, bis er ihr sagen würde, dass Timm tot war. Sie versuchte in seinen Augen zu lesen, aber er war zu erfahren, als dass ihr das gelingen konnte. „Kommen sie bitte mit in mein Büro." Sie folgte ihm und auch Richard folgte ihm. Susanna blieb stehen und sah ihn an. „Ich möchte alleine gehen", bat sie leise. „Es ist nichts gegen dich. Ich bin froh, dass du da bist. Aber ...", ihre Stimme wurde noch leiser, „ich weiß nicht, ob es ihm recht wäre. Bitte versteh das." Er nickte und blieb stehen, während sie dem Arzt in sein Büro folgte.

„Bitte setzten sie sich." Unsicher setzte sie sich vor den großen Schreibtisch und sah ihn an. Er stand noch während er sie betrachtete. „Kennen wir uns?", fragte er plötzlich. „Niemann", antwortete sie, „Susanna Niemann." Fragend sah er sie an. „Die Schlafmütze", half sie ihm auf die Sprünge, weil sie wusste, dass jeder sie so im Krankenhaus genannt hatte. „Du?", fragte er ungläubig. „Entschuldige bitte, aber .., dass ihr geheiratet habt? Ich darf dich doch duzen? Ich meine, ich bin auch mit Timm auf du." Sein ganzes Gerede nahm sie nicht zur Kenntnis. Nur eines hörte sie ´Ich bin auch mit Timm auf du!´ Also lebte er. Susanna atmete schwer aus. „Du kannst mich Ernst nennen." Er schüttelte gedankenverloren den Kopf. „Der Junge versetzt mich immer wieder in Erstaunen. Erst war ich erstaunt, dass

164

er überhaupt plötzlich verheiratet ist und nun ... nun ja." Er lächelte sie an. „Es geht ihm gut, Susanna." Sie schloss die Augen. „Oh, Gott sei Dank", flüsterte sie nur noch. „Wie viel weißt du?", fragte er ernst. „Nichts", antworte sie und sah ihn müde an. Er nickte. „Dann komm." Er ging zu der Wand, an der ein großes Plakat mit einem Herz heftete und sie folgte ihm. „Es ist ein Geburtsfehler. Eine klitzekleine Fehlentwicklung, mit einem schweren Herzfehler nicht zu vergleichen." Sie folgte seinem Finger mit ihren Augen. „Die Muskulatur der rechten Herzkammer ist verdickt. Die Pulmonalklappe, das ist diese hier, kann sich somit nicht richtig öffnen. Sie ist nicht immer in der Lage, das sauerstoffarme Blut zu der Lunge zu bringen. Das ist eine Missbildung, die wir oft bei der fallotschen Tetralogie beobachten können. Einen wirklich schwerwiegenden Herzfehler. Die Kinder müssen meist umgehend operiert werden, wenn man diesen Fehler entdeckt. Schwierig wird es aber, weil das kleine Herz noch wächst und somit zieht so ein Defekt etliche weitere Operationen nach sich. Die fallotsche Tetralogie weist vier Fehler auf, aber dieses hier ...", er deutete auf die Seitenwand der rechten Herzkammer, „ist nur ein Fehler. Hat in diesem Fall wahrscheinlich nichts mit dem anderen Herzfehler zu tun. Zum Beispiel entspringt bei Timm die Hauptschlagader genau dort, wo sie entspringen muss. Bei dem anderem Herzfehler entspringt sie meist wahllos irgendwo aus der Kammerscheidenwand." Er sah sie kurz an und erklärte dann weiter: „Eigentlich ist das gut, aber da nun auch die Hauptschlagader direkt an der verdickten Muskulatur liegt, kommt es in manchen Situationen dazu, dass das sowieso wenig sauerstoffreiche Blut nicht, oder nur wenig in den Körper geführt wird." Er drehte sich weg, ging zu seinem Schreibtisch und deutete ihr an dasselbe zu tun. „Was dann passiert ist klar. Du hast es selber gerade erlebt." „Ja, das habe ich", bestätigte sie und setzte sich wieder. Auch Dr. Wellmann setzte sich. „Du hast ihn beatmet?" „Ja." Er nickte ihr anerkennend zu. „Das hast du gut gemacht. Ich konnte zumindest keine Schäden aufgrund des Sauerstoffmangels an ihm feststellen. Er reagiert völlig normal." „Er ist wach?" „Jetzt schläft er, aber er war wach." Susanna spürte, wie sich die Erleichterung zusehends auf sie auswirkte. Der Arzt beugte sich vor und stütze seinen Körper mit seinen Armen auf dem Tisch ab. „Susanna, ich will ehrlich zu dir sein." Augenblicklich spannte sie sich wieder an. „Es ist ein kleiner Defekt. Aber, es ist einer. Ich habe ihn gesehen, Susanna." „Wie gesehen? Wen?" „Timm", sein Blick war ernst auf sie gerichtet. „Der Fernsehapparat lief in einem der Schwesternzimmer. Und da habe ich ihn gesehen. Ich sagte bereits, dass er mich immer aufs Neue erstaunt." Er machte eine kurze Pause. „Das geht nicht, Susanna! Entweder er arbeitet bei uns im Krankenhaus, oder aber er bastelt weiter an seiner Karriere. Beides zusammen geht auf gar keinen Fall!" Betroffen sah sie ihn an. „Diese Doppelbelastung ist schon für einen gesunden Menschen eine große Herausforderung. Für ihn kann sie tödlich enden." Susannas Magen krampfte sich augenblicklich wieder zusammen und er sah es. Beruhigend lächelte er sie an. „Aber nicht jetzt. Nicht heute. Und wenn er ein bisschen danach lebt, dann nie. Du kannst ihn schon morgen wieder mit nach Hause nehmen." „Kann ich zu ihm?", fragte sie leise. „Eigentlich nicht", antwortete er. „Ich möchte, dass er jetzt schläft. Aber, weil du es bist. Nur kurz und ich bitte dich ihn nicht zu berühren, damit du ihn nicht aus Versehen weckst." Sie nickte. „Ich bin ganz leise. Ich ziehe sogar meine Schuhe aus." „Dann komm."

Sie folgte ihm, und vor seinem Zimmer zog sie, wie versprochen, ihre klackernden Schuhe aus. Dr. Wellmann wartete draußen, während er die Tür hinter ihr schloss. Nur eine kleine Lampe leuchtete auf seinem Nachtschrank und sie sah seinen Herzschlag auf dem Monitor. Schön und gleichmäßig. Langsam ging sie auf das Bett zu. Er hatte sein Gesicht zur Seite gedreht, so dass sie ihn gut sehen konnte. Er war so weiß wie die Laken, auf denen sein Kopf lag. Die tiefen Augenringe ließen sein Gesicht schmaler erscheinen. Ca. einen Meter blieb sie vor seinem Bett stehen und sah ihn liebevoll an. Dann öffnete er die Augen. Nichts war zu sehen, kein Lächeln und schnell fielen sie ihm wieder zu. Doch sie konnte das Flattern der Augenlieder deutlich erkennen. Nun war es egal. Erneut hatte er sie gespürt, wusste, dass sie da war. Sie ging zu ihm hin und beobachtete seine unruhigen Augen. „Laß sie zu, Timm", forderte sie ihn leise auf und augenblicklich ließ das Flattern nach. Ganz zart berührte sie sein Gesicht. „Schlaf jetzt. Ich hole dich morgen ab." Dann ging sie wieder hinaus. Draußen sah sie in Dr. Wellmanns Gesicht. „Er hat mich doch bemerkt", flüsterte sie leise, aber er lächelte. „Habe ich mir fast gedacht. Aber keine Sorge, auch daran wird er nicht sterben."

Richard kam ihr aufgeregt entgegen. „Was ist?" Sie lächelte ihn an. „Es geht ihm gut." „Oh, Gott sei Dank", entfuhr es ihm, wie kurz zuvor ihr und er schloss, ebenfalls vor Erleichterung, die Augen. „Wir können jetzt nach Hause fahren. Er muss schlafen." Richard lächelte sie an. „Ich bringe dich nach Hause." „Nein, ich nehme mir ein Taxi. Ich möchte den Wagen holen." „Warum denn jetzt noch? Du kannst doch unmöglich fahren." „Ich will ihn morgen abholen und dafür brauche ich das Auto." Richard strahlte sie an. „Morgen schon?" Sie nickte. „Dr. Wellmann hat gesagt, dass es ok ist." „Gut, und ich bringe dich jetzt nach Hause. Ich werde danach Kalle abholen. Wir holen den Wagen und stellen ihn vor eure Tür. Den Schlüssel werfe ich in den Briefkasten. Du brauchst deinen Schlaf!" „Ja aber, warum willst du denn so viel Aufwand betreiben?" Lange sah er sie an, bevor er antwortete. „Bring ihm keine protzigen Geschenke mit, denn die braucht er nicht." Sie erkannte sofort ihre eigenen Worte wieder. „Susanna, ich liebe ihn!", sprach er rau. „Wenn ich das mit protzigen Geschenken nicht zeigen kann, dann vielleicht indem ich dafür sorge, dass seine Frau in gutem Zustand nach Hause kommt. Indem ich dafür sorge, dass seine Frau ihn morgen wieder hier abholen kann, ohne vorher unnötigen Aufwand zu haben." Ein Lächeln breitete sich auf ihrem Gesicht aus. „Ja", bemerkte sie leise, „das sind Dinge, mit denen er etwas anfangen kann."

Am nächsten Tag suchte den diensthabenden Arzt auf, um sich zu vergewissern, dass sie ihn tatsächlich mitnehmen konnte. Sie kannte den Arzt nicht, aber er bestätigte ihr das, was Dr. Wellmann in der Nacht bereits gesagt hatte.

Erst dann ging sie zu ihm. Sie klopfte an die Tür, aber sie hörte nichts, also trat sie einfach ein. Er stand am Fenster und schaute hinaus. Sie konnte sein Spiegelbild im Fenster sehen und er sah sie nicht an. Aber da sie inzwischen schon festgestellt hatte, dass er sie anscheinend immer sofort spüren konnte, egal ob in einer Menschenmenge oder letzte Nacht, als sie versuchte sich ins Krankenzimmer zu schleichen, war also klar, dass er ihre Anwesenheit längst bemerkt hatte. Susanna überlegte an was genau er wohl denken würde, damit sie die richtigen Worte fand, um ihn anzusprechen. Langsam ging sie einen Schritt näher. „Deswegen lohnt es sich nicht, richtig?", fragte sie dann und hatte damit den Nagel auf den Kopf getroffen. Sein Blick traf umgehend ihren, durch die spiegelnde Scheibe. Da er aber immer noch nichts sagte, ging sie noch einen Schritt näher und berührte nun sanft seine Schulter, bevor sie sich leise selber die Antwort gab. „Ja, ich habe recht. Das meintest du damals in Indien mit deinen Worten, dass eine tiefe Beziehung zweier Menschen sich nicht lohnt. Du meintest sie lohnt sich für dich nicht. Weil du glaubst, dass du nicht viel Zeit in diesem Leben hast." Nun drehte er sich zu ihr um, seinen von der letzten Nacht noch müden Blick auf sie gerichtet. „Es tut mir leid, ich hätte es dir sagen sollen, aber ich hatte Angst." „Wovor?", fragte sie. „Davor, dass ich dich nicht heiraten möchte, wenn ich weiß, dass du einen Herzfehler hast?" „Ich weiß nicht wo vor genau", gestand er und senkte seinen Blick. „Es war auf jeden Fall nicht fair, du hattest ein Recht zu wissen auf wen du dich einlässt." „Ich weiß auf wen ich mich eingelassen habe." „Ach ja?", fragte er und sah sie wieder an. Sie nickte. „Auf den wundervollsten Mann den ich kenne! Ach Timm", sie nahm seine Hände in ihre und lächelte ihn an, „mach dich doch deswegen nicht so verrückt, vielleicht werden wir dennoch beide über 100 Jahre alt." „Na ja", zweifelnd sah er sie an. „Nichts naja, so dramatisch klang das gestern alles gar nicht. Wenn du ein bisschen danach lebst und vielleicht, also wenn wir uns mal beraten lassen, dann kann man eventuell auch operativ etwas machen." „Nein, kann man nicht." Verdutzt sah sie ihn an. „Wieso nicht?" „Weil ich nicht narkotisiert werden kann." Susanna sah ihn entgeistert an und er fuhr fort. „Man hat nach meinem ersten Zusammenbruch schon ausreichend Tests dazu gemacht. Ich reagiere nicht gut auf Muskelrelaxanzien, die zwingend erforderlich sind, damit der Beatmungsschlauch eingeführt werden kann. Zusätzlich reagiere ich negativ auf Antibiotika und Latex. Alles Mittel die durchaus auch bei so großen OP von Nöten sind. Also ich mach es kurz. Die Ärzte hier weigern sich mich unter solchen Bedingungen zu operieren. Sie tun es erst, wenn ich keine Aussichten mehr auf ein qualitatives, sich lohnendes Leben habe." Eine Weile schwieg sie, bevor sie ihre Hand hob und zart sein Gesicht berührte. „Ich verstehe", flüsterte sie leise. „Was genau verstehst du jetzt?", fragte er leise. „Ich verstehe deine Ängste." Schweigend sah er sie an und sie erklärte weiter: „Wie kann man Hoffnung entwickeln, wenn man so früh im Leben die Mutter verliert? Wie kann man Hoffnung entwickeln, wenn man so früh im Leben erfährt, dass der eigene Körper nicht ganz gesund ist? Und wie kann man Hoffnung entwickeln, wenn die Ärzte, an welche man sich hoffnungsvoll wendet, einem keine Hoffnung machen? Ich verstehe jetzt deine Ängste, Timm." Er schluckte schwer und Susanna zog ihn liebevoll in ihre Arme. „Aber Timm, ich vertraue auf das Leben", flüsterte sie in sein Ohr, „und ich glaube wir werden noch im hohen Alter Händchen halten." Er nahm Abstand und lächelte sie an. „Ich gebe mir Mühe bald auch einen so optimistischen Glauben zu versprühen", sie lächelte zurück, wohl wissend, dass er in diesem Moment nicht wirklich an so optimistische Gedanken glaubte. „Fahren wir nun nach Hause?" „Ja", nickte er und sie gingen auf die Tür zu, wo er plötzlich nochmal stehen blieb. „Was?", fragend drehte sie sich zu ihm um. „Wenn alle Stricke reißen und du wirst doch früher Witwe als geplant, dann kannst du ja immer noch den Mann suchen, den du eigentlich finden wolltest." „Oh", sie zog die Augenbrauen hoch, „vielleicht hätte ich dich gestern doch lieber nicht retten sollen, dann müsste ich mir heute nicht solche Unverschämtheiten von dir anhören!" „Das war nicht unverschämt, ich wollte dir für den Fall nur ein bisschen Hoffnung geben." „Wie nett", nickte sie, „aber den Teil wie man Menschen Hoffnung gibt, solltest du wirklich noch einmal üben!" Dann drehte sie sich und verließ den Raum. „Ok", brummelt er in sich hinein, „vielleicht sollte ich das wirklich."

Sie fanden einen Parkplatz direkt vor dem Haus. „Der hat mir gerade noch gefehlt", murmelte Susanna, als sie Henry Marten vor der Tür stehen sah. Ohne ein weiteres Wort stieg sie aus. Er kam umgehend auf sie zu. „Da seid ihr ja endlich, ich warte schon seit einer Ewigkeit. Wir müssen unbedingt reden." Susanna antwortete, bevor Timm antworten konnte. „Nein, das müssen wir nicht, Henry. Komm ein anderes Mal wieder, aber ruf vorher an." Kopfschüttelnd stand er vor ihr. „Was hast du denn? Es ist doch super gelaufen gestern. Warum zieht ihr denn solche Gesichter?", wandte er sich nun an Timm, der Susanna langsam folgte, während sie bereits in der geöffneten Haustür stand und auf ihn wartete. „Susanna hat recht, Henry. Es ist wirklich nicht günstig im Moment." Er blieb direkt vor Henry stehen. „Was habt ihr denn gestern gemacht, ihr seht ja beide total fertig aus?", fragte der neugierig. „Es passt einfach gerade nicht", redete Timm leise weiter. „Bitte akzeptiere das. Komm ein anderes Mal wieder." Dann ließ er ihn stehen und folgte Susanna, vorbei an ihr ins Haus, ohne sich noch mal zu Henry umzudrehen. Nur kurz sah Susanna Henry noch an, um dann hinter Timm im Haus zu verschwinden.

Oben angekommen ging Timm sofort ins Schlafzimmer. Auch Susanna fühlte sich unendlich müde. Die letzte Nacht hatte sie nicht richtig geschlafen. All das Erlebte geisterte ihr durch den Kopf und ständig musste sie weinen. Solange, bis sie letztendlich in einen unruhigen und wenig erholsamen Schlaf gefallen war. Auch Timm hatte keinesfalls genug geschlafen und sie hoffte, dass er es wenigstens jetzt tun würde. Sie folgte ihm ins Schlafzimmer. Er lag auf dem Bauch. Sein Gesicht zur Wand gedreht und seine Kleider hatte er achtlos auf dem Boden verstreut. Nur seine Unterhose trug er noch. Langsam ging sie auf ihn zu und beugte sich über ihn. Er schlief bereits und sie zog behutsam die Decke, welche halb unter ihm lag, hervor, und deckte ihn damit zu. Nur ein leises Stöhnen kam von ihm und erneut spürte sie, wie auch sie sich danach sehnte sich einfach nur noch hinzulegen. Kurz überlegte sie, dass es erst früh am

Nachmittag war. Wahrscheinlich würde sie die ganze Nacht nicht schlafen können, wenn sie sich jetzt zu ihm legte. Aber warum sollte sie sich quälen? Sie zog sich ebenfalls aus. Behielt ebenfalls nur ihren Slip an und krabbelte neben ihm ins Bett. Sie schlief, genau wie er kurz zuvor, sofort ein.

Als sie erwachte war die Abenddämmerung bereits angebrochen. Sie überlegte, ob sie aufstehen sollte, um etwas zu essen zu machen, da sie deutlich ihren Magen spürte. So deutlich, wie sie immer noch spürte müde zu sein. Sie drehte sich zu Timm. Er lag noch genauso wie vorhin. Er schlief so fest, dass er bestimmt nichts essen würde, also entschloss sie sich ebenfalls liegen zu bleiben, robbte näher an ihn heran und legte ihren Arm über ihn, bevor sie erneut einschlief.

Endlich ließen sie nach, die Alpträume. Immer und immer wieder hatte sie alles durchlebt. Immer wieder sah sie, wie Timm auf seinem Sitz zusammensackte. Immer wieder spürte sie sein lebloses Gesicht in ihren Händen. Aber jetzt war es vorbei. Sie träumte. Träumte, wie sie auf einer bunten Blumenwiese lag. Sie war völlig nackt und der leichte, warme Wind streichelte ihre Haut. Sie schloss die Augen, spürte, wie der Wind durch ihr Haar fuhr. Spürte, wie er zart ihre Brust streifte und sich ihre Brustwarzen umgehend aufstellten. Wohlig stöhnte sie auf, drehte sich in dem Wind. Mit ihrer Hand strich sie ihr Haar zurück, das bei der Bewegung in ihr Gesicht gefallen war. Der Wind streichelte ihren gesamten Körper, auch ihren intimsten, nackten Bereich. Sie spürte, wie es sie erregte. Er war nicht lautlos, der Wind. Wie ein leises Stöhnen umspielte er ihre heiße Haut. Eigentlich, so dachte sie, fühlte er sich an, wie eine warme, zärtliche Männerhand. Bei dieser Erkenntnis erwachte sie. Sie sah, dass er das kleine Licht auf dem Nachtschrank inzwischen angeschaltet hatte und sie fühlte umgehend seine zarten Berührungen an ihrer Haut. „Oh Gott, Timm", murmelte sie erregt und erschrocken. „Das ist viel zu früh." „Nein, Engelchen", hörte sie seine Stimme. „Es ist zu spät." Seine Küsse waren überall und langsam arbeitete er sich zu ihrem Gesicht empor. Sie stöhnte auf, als er in sie drang, seinen leidenschaftlichen Blick auf sie gerichtet. „Du hättest viel früher aufwachen müssen. Jetzt ist es zu spät", murmelte er nur noch und liebte sie, bis sie jegliches Gefühl in ihrem Körper verlor. Bis auf das Eine. Das eine, ihr so vertraute Gefühl. Es ergriff Besitz von ihrem müden Körper und erweckte ihn zu neuem Leben. Sie sprachen nicht mehr miteinander und es dauerte auch nicht lange bis Timm sich wieder von ihr trennte, sich neben sie gleiten ließ und sie noch näher an sich heran zog. Es war wie ein Rausch. Eine Droge, die sie nur in einem Trancezustand erlebt hatte. Sie wusste, nie war sie wirklich richtig wach geworden und sie wusste, dass auch er nicht wirklich wach gewesen war. Jetzt dämmerten beide wieder dahin. Sie sah bunte Kreise und Ringe, fühlte sich unendlich leicht und ganz sanft roch sie seinen Duft, spürte seine Nähe und schlief in seinen Armen erneut ein.

Erst als sie das nächste Mal erwachte, fühlte sie sich völlig klar und ausgeruht. Es war bereits wieder hell und sie hörte, wie die Straßengeräusche von draußen gedämpft an ihr Ohr drangen. Die nahegelegene Kirchturmuhr, die ihr angab, dass es bereits wieder zwölf Uhr mittags war, gongte gemächlich vor sich hin. Sie lag immer noch dicht an ihn gekuschelt, und er schlief noch immer. So tief, dass er nicht bemerkte wie sie aufstand.

Die Zeit verging weiter. Inzwischen war es nach sechzehn Uhr. Sie hatte Kaffee gekocht, Essen gekocht und leise Musik im Wohnzimmer angeschaltet und mit einer Zeitschrift saß sie auf dem Sofa. Sie hörte ihn gar nicht kommen, nur seine Stimme nahm sie plötzlich wahr. „Wenn ich so weiter mache, dann steht mir der Name ´Schlafmütze´ zu." Sie lächelte ohne aufzusehen und erst als er lachte sah sie ihn an. Seine Haare waren völlig zerzaust. Er trug eine Unterhose und ein T-Shirt und grinste sie breit an. „Gut siehst du aus." „Nicht wirklich, Susanna." „Doch, ich meine nicht deine tolle Frisur oder deine atemberaubende Kleidung. Ich meine dich!" Fragend zog er die Augenbrauen hoch und sie erklärte weiter: „Frisch. Du hast nicht die Spur von Augenringen im Gesicht und du bist alles andere als blass." Langsam steuerte er auf die Couch zu, legte sich so darauf, dass er seinen Oberkörper über ihren Beinen abstützte und sie gut ansehen konnte. „Habe ich dich geliebt letzte Nacht?" Sie lächelte. „Ich glaube schon", mit seiner Hand strich er ihr Haar zurück und sah sie verträumt an, „ich bin ein Schuft." Sie lachte und berührte sein Haar. „Nein, das bist du nicht. Es war sehr schön. Soweit ich es mitbekommen habe." „Du hast es nicht richtig mitbekommen?" „Nur das Nötigste, und du?" „Nur das aller Nötigste." Lange sahen sie sich einfach nur an und dann beugte er sich zu ihr vor und küsste sie. Ganz zart spielte er mit seinen Lippen an ihren und wurde dann immer fordernder. „Timm, wir sollten etwas essen." Er hielt inne und sah sie an. „Ich bin verrückt nach dir, Susanna", sprach er, während sein Magen sich knurrend meldete. „Das alleine reicht nicht, um zu überleben." „Du hast gekocht?" „Ja." „Was denn?" „Riechst du es nicht?" Wie ein kleiner Hund kräuselte er seine Nase. „Kohlsuppe?" Sie nickte und er grinste. „Ich liebe Kohlsuppe." „Ich weiß." Dann sprang er auf, streckte sich wohlig und ging zum Fenster.

Sie sah ihm hinterher. „Geht es dir besser?" „Ja, ich habe mich wieder beruhigt." „Möchtest du über deine Ängste reden?" Er drehte sich und lehnte sich mit dem Hintern an die Fensterbank. „Ich denke nicht, dass es etwas bringt." „Nun ja", begann sie, „gar nicht drüber zu reden ist aber keinesfalls gut. Du warst schon sehr aufgewühlt, als ich dich aus dem Krankenhaus geholt habe." Er nickte. „Du hast mir mal gesagt, dass selbst wenn du tot wärest, dein Leben in dieser Welt durchaus etwas bewirkt hätte. Das du es selber vielleicht aber gar nicht merken würdest. Du hast gesagt, dass du vielleicht mit deiner Anwesenheit nur woanders etwas auslöst und du glaubst, dass das der Sinn des Lebens ist." „Stimmt", erkannte sie ihre eigenen Worte wieder, während er sich von der Fensterbank löste und sich ihr gegenüber in den Sessel setzte. „Wir müssen nicht mehr drüber reden, Susanna. Ich möchte versuchen es so zu sehen, wie du es siehst und irgendwann wird es mir auch gelingen." „Hm", überlegend sah sie ihn an. Wollte er das alleine schaffen? Machte er es sich da nicht zu einfach? Und ..., irgendetwas erschien ihr auch seltsam an seiner Aussage. Meinte er das ernst? Oder sagte er das nur, weil er wollte, dass sie das Thema beendete? Irgendwie kam sie zu dem Entschluss, dass das letztere der Fall war und langsam stand sie auf und steuerte auf den Tresen zu, während ihre Hand zart seine Schulter im Vorbeigehen streifte. „Es reicht, wenn du mir sagst, dass du nicht drüber reden magst, Timm." Sein Blick verweilte auf dem Couchtisch. Sagen tat er nichts dazu.

Den restlichen Abend waren sie einfach faul. Sie aßen die Kohlsuppe, guckten die Aufnahme vom Grandprix, unterhielten sich über den Auftritt, den beide für gelungen hielten und gingen dann wieder ins Bett, um weiterzuschlafen. Und obwohl beide dachten sie könnten wahrscheinlich gar nicht mehr schlafen und müssten schon komplett ausgeschlafen sein, schliefen sie schnell ein. Irgendwann in der Nacht wurde es Susanna fröstelig und irgendein Geräusch schreckte sie endgültig aus dem Schlaf. Sie öffnete die Augen und hörte gedanklich dieses Geräusch, welches an das Schnauben eines Pferdes erinnerte. Langsam setzte sie sich auf und sah sich um. Diesmal war sie nicht mehr so geschockt und verunsichert wie bei den ersten Malen, als sie registrierte, dass sie wiedermal eine Art andere Dimension wahrnahm. Es war vergleichbar mit chronischen Schmerzen, zuerst bekam man Panik, weil einem etwas weh tat, dann war man ggf. auch genervt, weil ständig irgendetwas weh tat und am Ende arrangierte man sich mit der Situation, wurde gleichmütiger und probierte das Beste aus dem Problem zu machen. Susanna wusste ja nun, dass es irgendetwas in dieser Welt gab, dass sie nicht begriff. Alleine schon durch ihre Erfahrungen während- und nach ihrem Koma und jedes Mal, wenn so ein Phänomen auftauchte, war diesem etwas Emotionales voraus gegangen. Der Tanz in Matura, der Streit zwischen Timm und seinem Vater, der Streit zwischen Timm und ihr vor der Hochzeit und nun der

Schwächeanfall von Timm. Susanna zog die Beine an und blickte sich in aller Ruhe um und das was sie sah, war wie meistens in der Dunkelheit, durch welche immer nur ein Teil der sonstigen Umgebung wahrzunehmen war. Erneut hörte sie einen Ton, der dem Schnauben eines Pferdes glich und blickte in genau die Richtung wo sie es vermutete und tatsächlich sah sie die schemenhafte Umrisse eines Pferdes, welches am grasen war. Sie versuche das Pferd zu sehen, als eine Windböe sie erneut zum frösteln brachte und sie plötzlich das Gefühl hatte kleine Schneeflocken zu sehen, die vor ihre Nase tanzen und sich teilweise im unteren Teil ihres Lagers ablegten. Sie blickte nach oben und sah den Felsvorsprung, unter dem sie anscheinend vor dem rauen Wetter geschützt war und sie drehte sich und blickte zu Timm, der neben ihr lag und schlief. Wie immer stellte sie fest, dass sie sein Gesicht nicht sehen konnte. Sie streckte ihre Hand aus und berührte zart seinen Körper. „Timm?", flüsterte sie leise. Er stöhnte und drehte sich etwas. „Timm, bist du wach?", probierte sie es erneut. „Leg dich zu mir und schlaf, Engelchen", murmelte er zurück. Sie wusste nicht ob er wach war oder ob er es halb im Schlaf sagte. Da aber kurz darauf sein gleichmäßiger Atem zu hören war, gab sie es auf und ließ ihn weiterschlafen. „Also gut", murmelte sie und langsam stellte sie ihre Füße vom Bett auf den Boden und im Zeitlupentempo stand sie auf, tauchte durch eine imaginäre Oberfläche und blickte sich in ihrem Schlafzimmer um. Als sie nun zu Timm sah, sah sie sein Gesicht und sie sah, dass er friedlich schlief. Susanna streifte sich ihren Morgenmantel über und ging ins Wohnzimmer, um sich dort auf das Sofa zu setzen.
Das Surren des Kühlschranks drang aus der Küchenecke zu ihr rüber, ansonsten war es ruhig und geradezu friedlich.
„Was um alles in der Welt war das immer?", fragte sie sich. Dieses Phänomen hatte sie doch direkt nach dem Erwachen aus dem Koma auch nicht gehabt. Sie hatte da zwar immer wieder Träume aus dem 17. Jahrhundert, aber sie wusste auch, dass es Träume waren. Bis auf einmal, überlegte sie sich. Die Nacht in der ihr Danny erschienen war. Der Mann den sie glaubte im 17. Jahrhundert geliebt zu haben,

war ihr in einer Nacht erschienen und hatte sie aufgefordert ihn auch in diesem Leben zu suchen. Susanna überlegte weiter und stellte fest, dass sie sich nie Gedanken darüber gemacht hatte, was in jener Nacht damals eigentlich passiert war. Aber es war jemand aus einer anderen Zeit zu ihr gekommen und nun sah und spürte sie eine andere Zeit ohne einen Menschen zu sehen und warum konnte sie nie Timms Gesicht sehen? „Oh Gott", murmelte sie erschrocken. „War er denn noch Timm? Wenn sie sein Gesicht nicht erkennen können, war er dann in dem Moment ein Mensch aus einer anderen Zeit? Eventuell jemand der damals auch lebte? Eventuell sogar Danny? Nur, sie konnte nicht sagen um was für eine Zeit, oder um was für einen Ort es sich handelte und Timm selber hatte ja nun sehr deutlich gesagt, dass er nicht daran glaubte Danny gewesen zu sein. Neben wem wachte sie denn dann nachts auf? Susanna stand auf und ging zurück ins Schlafzimmer. Sie krabbelte auf das Bett und verharrte dort erst einmal auf den Knien, um zu überprüfen was sie sah. Ganz deutlich ihr Schlafzimmer und ganz langsam ließ sie sich nach unten gleiten, in der Hoffnung wieder in diese andere Dimension zu kommen. Sie wollte sich umsehen. Sie wollte unbedingt herausfinden, wo sie war und vor allem mit wem sie dort war. Aber es tat sich nichts mehr. Als sie beinah geduckt auf dem Bett kauerte, sah sie immer noch die Umrisse ihres Schlafzimmers. „Was machst du denn da?", hörte sie Timm und zuckte zusammen. „Oh du bist wach? Das könnte der Grund sein, warum es nicht mehr klappt." „Was?", fragte er verschlafen und blinzelte sie an. „Die andere Zeit zu sehen." Langsam stütze er sich auf und immer noch verschlafen sah er zu ihr rüber. „Ich verstehe kein Wort, Susanna." „Ich habe wieder eine andere Dimension wahrgenommen und weißt du was mir aufgefallen ist?" Nun setzte er sich doch erheblich munterer auf und sah sie erwartungsvoll an. „Was ist dir aufgefallen?" „Ich kann dein Gesicht nie sehen!" „Naja, wenn du eine andere Dimension wahrnimmst, muss ich nicht zwangsläufig mitkommen, warum solltest du dort mein Gesicht sehen, wenn ich hier liege und schlafe?" Enttäuscht sah sie ihn an.

„Ich hatte es mir eigentlich gerade anders vorgestellt", gab sie zu. „Wie anders?" „Ich dachte eigentlich, dass du in eine andere Dimension gehst und mich mitnimmst." „Und was bringt dich dazu es so herum zu sehen?" Sie überlegte. „Das weiß ich eigentlich nicht", gab sie zu. „Ich dachte einfach, weil ich dein Gesicht nicht sehe, dass du eventuell jemand bist den ich aus der anderen Dimension kenne." Sie wurde schon während sie es sagte leiser und langsamer in ihrer Sprache und sah ihn zerknirscht an. „Ok, du meinst Danny", bemerkte er auch sofort. Sie hob die Hände wie zur Abwehr hoch und rief: „Nein, das hab ich so nicht gesagt. Ich …" „Vergiss es", unterbrach er sie. „Vielleicht bin ich ja tatsächlich jemand aus dieser anderen Dimension in dem Moment, aber bestimmt nicht Danny." Sie sah ihn schweigend an. „Ich kann deine Gedanken lesen, Susanna!" „Ach ja? Und was denke ich grad?" „Du überlegst, neben wem du eventuell so nah nachts liegen kannst, wenn nicht neben deinem Danny." Sie wurde blass. Auch wenn sie das nicht wirklich so realisiert hatte, so wusste sie nun, dass er recht hatte. Schuldbewusst knabberte sie an ihrer Unterlippe. „Also", er setzte sich auf, so dass er ihr gut ins Gesicht sehen konnte, „eines kann ich dir garantieren. Auf Gedeih und Verderb, wird man gar nichts erkennen und mit seinen Spekulationen wahrscheinlich komplett falsch liegen. Es muss nicht diese Zeit von Danny und dir sein, die du spüren kannst. Es muss überhaupt keine Zeit aus irgendeinem anderen Leben sein. Wir wissen viel zu wenig von solchen Dingen. Somit, Susanna, hör auf darüber nachzudenken! Nimm es hin, wenn es passiert, beobachte wachsam und vielleicht ergibt sich die Lösung dann irgendwann von ganz alleine." „Du hast recht, das wird das Beste sein", murmelte sie. Er nickte und legte sich wieder hin. „Timm?" „Ja?" „Ich liebe dich.", „ich liebe dich auch, Susanna." „Ich liebe dich wirklich, ich liebe nicht mehr Danny, ich liebe dich!", redete sie weiter. Er streckte seine Hand nach ihr aus und zog sie zu sich runter. „Das ist super. Dann würde ich sagen wir schlafen jetzt einfach weiter." Zart küsste er sie auf ihre Nasenspitze und sie lächelte dankbar zurück. „Eine ganz großartige Idee", bemerkte sie und küsste auf seine Nasenspitze.

Am nächsten Morgen saß Susanna, auf den noch durchlaufenden Kaffee wartend, im Sessel des Wohnzimmers. Sie trug noch ihren Morgenmantel, während sie das laute Endblubbern der Kaffeemaschine vernahm.

Timm kam mit Jeans und noch halb geöffneten Hemd aus dem Bad und genau als er an der Wohnungstür vorbeispazierte, klopfte es an Selbiger. Verdutzt sahen Susanna und er sich an, da es ungewöhnlich war, dass Gäste bereits direkt vor der Wohnungstür standen. Da er aber schon so günstig davor stand, öffnete er die Tür.

„Dich hatte ich komplett vergessen", hörte Susanna Timm im Flur sprechen, während auch sofort Henrys schallendes Gelächter erklang.

„Der hat mir noch gefehlt", murmelte Susanna und verdrehte genervt die Augen. Draußen im Flur schob sich Henry bereits an Timm vorbei durch die Wohnungstür.

„Also bei dir muss man mit Dingen rechnen, die sich andere niemals getraut hätten zu sagen", grinste er Timm breit an. „Was willst du?", fragte dieser. „Was ich will? Timm, soll das ein Scherz sein? Wir müssen reden!"

„Worüber denn?" Leicht beugte Henry seinen Kopf zu ihm vor. „Hat sie dir den Verstand aus deinem Hirn geblasen?" Timm zuckte augenblicklich zurück und lief rot an. Henry lachte erneut lauf auf. „Ich sehe schon. Sie hat!" Dann drehte er sich um und ging ins Wohnzimmer. Er nickte kurz Susanna zu und ließ sie dann aber links liegen, um zum Fenster zu gehen und sich dort an die Fensterbank zu lehnen.

„Die Leute rennen mir deinetwegen die Bude ein." Timm zog die Augenbrauen hoch. „Was für Leute?" „Na, alle halt! Die Radiosender vorneweg. Als erstes müssen wir dein Lied aufnehmen." Er hob zu Bestätigung den Zeigefinger in die Luft, löste sich von der Fensterbank und begann auf- und ab zu gehen. „Damit die erst einmal befriedigt sind." „Hm", nickte Timm. „Das hat höchste Priorität, weil die Sender genauso belästigt werden

179

wie ich. Die Leute lassen die Telefonleitungen heiß laufen, seit sie dich im Fernsehen gesehen haben. Andauernd fragen sie danach, warum du nicht endlich gespielt wirst. Einige Sender wurden schon bedroht. Man unterstellte ihnen, dich bremsen zu wollen, nicht genug zu fördern." „Ach du meine Güte", entfuhr es Timm und langsam ließ er sich auf das Sofa nieder. Henry lief weiter gedankenverloren auf und ab, blieb dann stehen und sprach wild gestikulierend weiter. „Nach den Sendern drängelt die Plattenindustrie. Als erstes nehmen wir eine Single auf, aber dafür brauchen wir noch ein paar Lieder mehr. Drei, besser noch vier. Bei deiner LP brauchen wir achtzehn. OK, für den Anfang reichen sechzehn. Ist besser als nichts. Dann müssen wir noch über deinen nächsten Auftritt sprechen. Ich habe dich bereits gebucht." „Du hast was?", fragte Timm. „Wie kannst du das tun? Du weißt doch gar nicht, ob ich in der Branche bleiben will." „Willst du nicht?", fragte Henry und zog die Augenbrauen arrogant hoch. „Das kann jetzt nicht dein Ernst sein, Timm. Ich glaube dir ja, dass du im medizinischen Bereich gut bist, aber glaub mir, da bist du ersetzbar. In der Musikbranche, da bist du einmalig. Niemand kann dir da das Wasser reichen. Mein Gott, so ein Talent lässt man doch nicht verkümmern." „Lasse ich doch gar nicht. Ich habe immer gesungen", bemerkte Timm. „Glaubst du, ich werde der Einzige bleiben?", fragte Henry umgehend weiter. „Glaubst du das wirklich? Nach dem Auftritt? Die Bude werden sie dir einrennen. Wenn nicht ich, dann irgendein anderes dickes Schwein. Glaub mir, das Singen in irgendwelchen kleinen Bars, das ist für dich vorbei." „Und für was für einem Auftritt hast du mich nun gebucht?" „Der Grand Prix!" „Was? Schon wieder? Und wieder als Pausenclown?" „Ja, du hast ja nicht am Vorentscheid teilgenommen! Aber ich habe Himmel und Hölle für dich in Bewegung gesetzt. Sie wollen dich, Timm. Am 18. Juni in Stockholm." „Tatsächlich?" „Ja, ich habe Sechstausend für dich ausgehandelt." „Sechstausend?" Henry sah ihn ernst an. „Was ist, Timm? Hast du noch Lieder im Petto?" Timm nickte blass. „Wir brauchen drei und für die LP inklusive deinem jetzigen, sechzehn. Kannst du das? Weil das sensationelle an dir sind ja auch deine Kompositionen. Du hast einen wunderbaren und ganz einzigartigen Stil. Deine Lieder haben wiedererkennungswert. Wir dürfen also niemals auf Lieder zurückgreifen, die andere komponiert haben, die könnten deine Art nicht treffen." Begeistert lief er wieder auf und ab und wedelte, um seiner Freude noch mehr Ausdruck zu verleihen, wild mit seinen dicken Händen in Luft herum. „Oh mein Gott das wird ganz großartig. Dein Stil wird etwas völlig Neues werden." Strahlend drehte er sich wieder zu Timm um. „Neun hätte ich, aber … Henry, ich weiß wirklich nicht, ob ich das will." „Neun?", fragte Henry ohne Timms Zweifel weiter zu würdigen. „Es wird immer großartiger", murmelte er mehr zu sich und fuhr dann in seiner lauten, schrillen Art fort. „Ich verhandele neu, Timm. Sie müssen dir Zehntausend geben. Zehntausend, oder du trittst nicht auf." Timm lachte auf. „Vergiss es Henry, sie werden dir keine zehntausend geben. Nicht für einen Neuling, wie ich es bin. Jemand, der erst einmal auf so einer großen Bühne gestanden hat." „Lass das meine Sorge sein. Sie werden es geben!" Dann nickte er Timm kurz zu. „Dienstag habe ich einen Termin für uns im Studio ausgemacht, für die Single. Kann ich auf dich zählen Timm?" „Es ist immer noch möglich, dass die Welt da draußen mich vergisst." „Ja, das ist immer noch möglich. Aber kein Thema für uns. Wir starten ganz groß durch!" Währe Henry nicht so dick und so schwer, wäre er wahrscheinlich noch vor Begeisterung hochgehüpft. Timms Blick glitt zu Susanna, die ihn ausdruckslos erwiderte. „Ok Henry", sprach er dann, „ich werde das mit Susanna besprechen und ich rufe dich Morgen an, was wir machen und ob wir was machen." Henry blieb enttäuscht auf einer Stelle stehen und begann dann zu reden, als wäre Susanna gar nicht im Zimmer. „Du wirst doch nicht auf die Aussage deiner Frau hören? Ich meine, sie wird dir eventuell etwas total Großartiges ausreden wollen." „Ich werde aber die Aussage meiner Frau durchaus anhören und mit ihr entscheiden. Das betrifft schließlich unser beider Leben." Henry verdrehte kurz die

Augen. „Ok, dann redet ihr. Ich habe ja schon gebucht und du kennst das Spiel ja vom letzten Mal. Du musst dich melden, wenn du es nicht willst. Aber diesmal kann eine Stornierung auch durchaus Geld kosten. Das solltest du …", sein Blick fiel auf Susanna und er korrigierte sich, „das solltet ihr berücksichtigen." Dann ging er zur Tür und drehte sich, die Hand bereits an der Türklinke, nochmal um. „Ich wünsche euch noch einen schönen Tag". Dann lachte er wieder in seiner schrillen Art und verließ die Wohnung.

Susanna war unfähig irgendetwas zu sagen und sie betrachte Timm beinah ängstlich. Aber der zuckte nur mit den Schultern, lehnte sich an den Tresen und sah auf den Boden. Solange, bis Susanna dann doch endlich ihre Sprache wiedergefunden hatte. „Das wirst du doch nicht machen, oder?" Irritiert sah er sie an. „Vielleicht doch. Wir wollen doch gerade drüber nachdenken." „Ich bin fertig mit nachdenken. Ich denke nicht das du das machen solltest." „Warum nicht"? „Ha", sie lachte leicht auf. „Timm, ich habe dich gerade aus dem Krankenhaus abgeholt. Du hast einen Herzfehler. Der Arzt sagte, du sollst auf dich achten und nicht zu viel tun." „Nicht zu viel, richtig! Von gar nichts tun war nicht die Rede". „Was ist mit dem Krankenhaus? Was ist mit deinem Job"? „Darüber denke ich grad nach. Weißt du ..., ich fand die Arbeit im Krankhaus gut. Ich helfe gerne Menschen und … ähm", er zögerte kurz, „ich fühle mich aber irgendwie auch zum Singen hingezogen." „Das klingt als hättest du dich schon entschieden", bemerkte Susanna traurig, „von wegen du möchtest das mit deiner Frau durchsprechen. Die Wahrheit ist, du musst nur noch kurz deine Frau überzeugen." „Kannst Du dich an die Worte von Riccardo in der Bar erinnern?", fragte er, als hätte er sie gar nicht gehört. Fragend sah sie ihn an und er erklärte geradezu emsig weiter. „Das es die Gelegenheit für mich wäre! Und das er gelesen hat wie bereichernd es sein kann von einem Massenpublikum in andere Sphären gehoben zu werden. Man fühlt ganz anders und hat ganz andere Zugänge zu seinem Unterbewusstsein." „Du meinst dieses Gerede mit der Flowerpowerzeit?" Timm lachte auf. „Es ging nie um die Flowerpowerzeit." „Das weiß ich, aber es hat mich daran erinnert. Timm wirklich, du glaubst doch nicht ernsthaft, dass du auf der Bühne die Antworten auf deine Lebensfragen bekommst?" „Ich würde es aber auch nicht ausschließen." „Das ist etwas, dass du in deinem Inneren finden musst", fuhr Susanna fort. „Du findest das doch nicht auf der Bühne".

Timm sagte nun nichts mehr und Susanna nahm wahr, dass er sich von ihr zurückzog, also brach sie das Gespräch ab und fuhr in sanfterer Stimme fort. „Ok, wenn du es wirklich so probieren möchtest, dann werde ich dir das nicht ausreden." Er sah sie an und nickte. „Danke für deine Meinung, Susanna. Ich …, ich glaube ich lege mich etwas hin." Sie nickte und er ging aus dem Wohnzimmer raus, während Susanna ihn noch hinterher sah und wusste, dass er jetzt niemals schlafen wollte. Er wollte einfach alleine sein und dieses Wissen sorgte dafür, dass sie ihm am liebsten gefolgt wäre. Sie stand auf und ging im Wohnzimmer auf und ab. Die Tür war ein Spalt offen und manchmal spähte sie hindurch über den schmalen Flur. Die Schlafzimmertür war zu und erneut ging sie ihre Schritte auf und ab, blickte aus dem Fenster, spazierte durch die Küchenecke, schob den Obstkorb zurecht und ging dann wieder ins Wohnzimmer, um schwer zu seufzen und erneut auf die Tür zu blicken. Dann ging sie leise über den Flur und blieb vor der Schlafzimmertür stehen, um zu lauschen. Aber sie hörte nichts. Sie peilte das Schlüsselloch an und schüttelte dann über sich selber den Kopf.

Energisch ging sie ins Wohnzimmer zurück und schaltete den Fernseher ein. Was zum Teufel machte sie überhaupt so unruhig? Er war ein absolutes Genie für die Musikbranche und wenn er seinen Krankendienst aufgab, dann hatte er auch keine Doppelbelastung mehr. Aber wenn sie ehrlich zu sich war, dann wollte sie einfach nicht die Frau eines berühmten Mannes sein. Sie wollte nicht auf gemeinsame Zeit mit ihm verzichten. Sie wollte, dass sie immer so romantisch und verbunden mit ihm bleiben würde, wie in Matura. War das fair? Er selber blieb wegen

ihr in Deutschland, damit sie zu Ende studieren konnte. Er
wäre bestimmt lieber heute als morgen in das nächste Land
gezogen. Nun fand er etwas, dass ihm wirklich Spaß
machte und sie war dagegen. „OK", murmelte sie, „wenn er
das möchte, dann soll er das tun."
Plötzlich wurde die Wohnzimmertür hinter ihr wieder
aufgeschubst und er stand im Türrahmen.
„Ich probiere es mit der Musik!"

Ja, er probierte es mit der Musik und im Nullkommanichts war sein Leben komplett anders. Er versank in einem wahren Terminstrudel. Seit er Henry seinen Entschluss mitgeteilt hatte, hämmerte dieser ihn gnadenlos mit Terminen zu. Timm verbrachte seine Zeit in Hotels, Büros und Konferenzräumen und letztlich im Plattenstudio. Henry hatte aus der Musikbranche gute Jungs für Timms Background aufgetrieben, was Timm etwas irritierte, denn er war es gewöhnt alleine zu singen. Plötzlich stand da ein Steve am Schlagzeug. Ein Roland und ein Patrick an den Gitarren oder dem Bass und ein Michael am Keyboard. Timm hatte seine Lieder im Kopf. Er komponierte und textete alles selber und er empfand es als schwierig seine Emotionen und sein Gedankengut an andere weiter zu geben. Ein ganzes Orchester, wie er es scherzhaft nannte, verzögerte seiner Meinung den ganzen Prozess nur unnötig. Allerdings musste er auch zugeben, dass Musik für die Begleitung, die dann über eine Technik abgespielt werden konnte, ja auch irgendwie erst gespielt werden musste. Davon, dieser Technik seine Emotionen mitzuteilen, mal ganz zu schweigen. War es dann nicht sogar besser, wenn die Musik von seinem `Orchester' kam? Nach diesen Gedanken gab sich Timm geschlagen und es stellte sich auch heraus, dass Henry die Jungs wirklich passend zu ihm ausgewählt hatte. Henry duldete keine Einmischung in Timms Musik, weil er sich selber regelrecht in dessen Style verliebt hatte. Niemand durfte seiner Meinung nach irgendetwas anders spielen oder singen, als Timm das vorgab. Somit waren bescheidene Jungs ausgewählt worden und Henry hatte danach bestimmt länger, als nur ein Tag suchen müssen.

Timm selber lieferte, wie von Henry gewünscht, ab. Er komponierte und textete während jedes einzelnen Atemzuges. Ihn inspirierte alles. Das Klingen des Wassers an die Duschwand, alte Fabrikhallen an denen er mit dem Auto vorbeifuhr und in denen er dann gedanklich den Rhythmus aus taktvollen und kräftigen Maschinen fühlte. Diesen Rhythmus spürte er auch bei Bahnübergängen, auf welchen die Wagons über die Bahnbohlen schepperten.

Egal was ihm in seinem Leben über den Weg purzelte, ob laut, oder ob leise wie ein Sonnenuntergang, alles inspirierte ihn.

Henry freute das, Timm selber aber hatte ganz andere Ziele. Ziele, die er auch Susanna nicht verraten hatte.

Die Worte von Riccardo hatten ihn inspiriert. Die Vorstellung in andere Sphären gehoben zu werden fesselte ihn.

Er wollte die Tiefen seiner eigenen Seele erreichen, um mit dieser mystischen Macht in Verbindung zu treten, die, seit er denken konnte, ständig in sein Ohr hauchte. All seine Bemühungen diese Stimme mit Hilfe von rituellen Tänzen zu entschlüsseln waren missglückt, aber große Auftritte, die einen berauschten, konnten vielleicht mehr bewirken.

Er hatte Susanna noch immer nicht erzählt, dass er so gut wie ständig eine Mischung aus Atmen und leichtem Stöhnen hörte. Susanna wusste lediglich von seiner panischen Angst vor dem Tod.

Wenn es ihm nun durch seine Musik gelang mit dieser Macht in Kontakt zu treten, so dass er deren Worte auch entschlüsseln konnte, dann, so seine Hoffnung, würde genau diese Macht ihm vielleicht sagen, wie er sein Leben verlängern konnte.

Er hielt dieses Stöhnen und Hauchen für eine göttliche Stimme und er war besessen davon sein Leben zu verlängern und er war überzeugt, das ging nur auf diesem Weg!

Die Schritte von Henry, der gerade aus der Halle trat, welche für die Videoaufnahmen genutzt worden war, wurden leiser, nachdem sie von der weiten, mit Gestrüpp überwucherten Umgebung verschluckt wurden.

Die dicke Zigarre hing ihm im Mundwinkel und er fummelte das Feuerzeug aus seiner Jackentasche, um kurz darauf, mit lautem Geschmatze, die ersten Rauschwaden in die Luft zu entlassen. Ein weiterer kräftiger Zug und sein Blick blieb auf Günther hängen, der ebenfalls grad aus der Halle kam und sich neben Henry stellte. Günther war ein Freund von Henry oder besser gesagt, er war sein Buttler. Henry schnippte mit dem Finger und Günther trug ihm alles vor die Füße, sowie er es brauchte. Er war beinah noch dicker als Henry. Er hatte braunes, lichtes Haar, welches sich in seinem Nacken kräuselte und sein Gesicht war durch den dicken Bart kaum richtig zu erkennen. „Es lief ganz gut, oder?", fragte er, während Henry den nächsten Zug nahm. „Günther, der Junge ist genial! Ich garantiere dir, er wird ganz groß rauskommen. Er ist das in der Musikbranche, was man nur alle Jubeljahre einmal findet. Er ist ein Genie und ...", er drehte sich zu seinem Freund um und grinste ihn an, „... ich habe ihn entdeckt." Auch Günther lachte nun. „Na, dann hoffe ich für dich, dass du ihn immer so gut im Griff hast wie jetzt. Er ist ja wirklich folgsam. Aber wir wissen ja wie es läuft. Merken die Menschen erst einmal dass sie Erfolg haben, werden sie schwierig und mischen sich Dinge ein, die sie eigentlich nichts angehen." Henry schüttelte abwertend den Kopf. „Er ist schlau. Er wird wissen, dass er bei mir gut aufgehoben ist. Wenn überhaupt einmal, dann haben wir das Problem vielleicht in fünf Jahren, nach der 4. goldenen Schallplatte. Mir macht etwas ganz anderes Sorgen." Fragend zog Günther die Augenbrauen hoch. „Was macht dir denn Sorgen?" „Sie!" „Wer ist sie?" „Seine Frau." „Die macht dir Sorgen? Die ist doch ganz harmlos." „Jetzt, aber sie wird es nicht bleiben. Sie wird irgendwann feststellen, dass er ihrem Leben entzogen wird und das wird sie nicht einfach so hinnehmen." „Wen stört das denn, lass sie doch heulen." „Timm wird es stören." „Timm? Der hat in ein

187

paar Monaten bereits Möglichkeiten auf dem Frauenmarkt, von denen er bis dahin nur geträumt hat. Er wird sie schneller vergessen als sie gucken kann." Henry schüttelte den Kopf. „Das genau, mein lieber Günther, wird er nicht tun. Er liebt sie. Er liebt sie abgöttisch. Beobachte sie, wenn sie zusammen sind. Beobachte die Blicke zwischen ihnen und du wirst fühlen können, dass das mit normaler Liebe nichts mehr zu tun hat." „Wie meinst du denn das?" „Magie." „Magie? So ein Schwachsinn." „Ich kann es nicht erklären, aber zwischen den Beiden ist eine Menge mehr als einfach nur Liebe und das ist gefährlich." „Was gedenkst du dagegen zu tun?" „Wir müssen sie trennen. Und zwar so, dass Timm es gar nicht merkt. Wir werden ihn ganz langsam aus ihrem Leben rausziehen. Langsamer als wir es bislang bei den anderen gemacht haben. Er bekommt nur Termine reingebrummt, die er als wirklich wichtig erkennt und zwischenzeitlich schicken wir ihn wieder nach Hause. Bis es nicht mehr geht. Aber dann muss er so süchtig nach dieser Branche sein, dass es für ihn unmöglich sein wird, sich dieser Sucht zu entziehen. Er muss die Beziehung beenden. Wenn er das hinter sich hat, steht ihm nichts, und ich meine wirklich nichts, mehr im Weg." Günther grinste ihn an. „Ihm nicht, und vor allem dir nicht. Nicht wahr?" Jetzt war es Henry, der grinste. „Genau. Geh heute Abend zu ihm und sag ihm, dass er Morgen nach Hause fahren darf."

Der Briefkasten war noch voll, als er zu Hause ankam. Er entleerte ihn und blätterte die Post durch, während er die Stufen zur Wohnung hochstieg. In der Wohnung riss er einen Umschlag auf und pfiff leise durch die Zähne. Diese Telefonrechnung hatte sich gewaschen. Er hatte mit viel gerechnet, Susanna und er telefonierten meist mehrmals am Tag. Diese Rechnung übertraf allerdings doch seine Vorstellung. Er warf sie auf die Anrichte und ging ins Wohnzimmer. „Was solls", murmelte er, „möglicher Weise verdiene ich ja auch bald das passende Geld zu den Rechnungen." Er ging zum Fenster und schaute gedankenverloren hinaus. Susanna war noch nicht da und es würde wohl auch noch gut eine Stunde dauern, bis sie eintraf. Timm wusste das, weil er natürlich sofort bei ihr angerufen hatte, um zu berichten, dass er für eine Woche nach Hause kommen würde. Nur war das inzwischen nicht mehr so. Henry hatte sich umentschieden und ihm kurz vor seiner Ankunft über sein Handy angerufen und ihn informiert, dass er nur einen einzigen Termin in angemessener Zukunft für den nächsten Videodreh, zu Timms Lied, bekommen konnte. Dieser Termin war in zwei Tagen und das war eine Tatsache die Susanna noch nicht wusste. Nach Henrys Aussage hätten sie einen weiteren Termin erst nach Monaten bekommen. „Wer's glaubt", brummelte Timm weiter und nicht zum ersten Mal fragte er sich in wie weit er Henry eigentlich vertrauen konnte. Er konnte gar nicht genau sagen warum, aber irgendetwas störte ihn an Henry. Sollte er selber mal bei der Firma anrufen, ob wirklich kein besserer Termin möglich gewesen wäre? Aber war das seine Aufgabe? Wie würde die Arbeit zwischen Henry und ihm laufen, wenn er sich da jetzt schon einmischte? Er schüttelte den Kopf. Ok, Susanna würde enttäuscht sein. Er selber war auch enttäuscht aber möglicherweise könnte er ja nach dem Dreh noch einmal ein paar Tage freischaufeln, so seine Hoffnung. Die Wohnungstür rappelte hinter ihm und knallte dann wieder ins Schloss, schnell drehte er sich um und Susanna stand schon breit grinsend in der Tür. „Was ist mit dir los, Timm?" Verdutzt sah er sie an. „Was soll mit mir los sein?"

Sie lachte. „Ich habe dir von unten gewinkt, du stehst am Fenster und siehst rein gar nichts." „Oh", unsicher blickte er zum Fenster und wieder zu ihr zurück. „Dann war ich wohl in Gedanken. Hast du noch mehr Fragen bevor du mich endlich begrüßt?" Ihr Lächeln wurde wärmer und langsam kam sie auf ihn zu. „Hallo mein Schatz", flüsterte sie leise und langsam beugte er sich zu ihr herunter. „Besser Engelchen. Viel, viel besser."

Die Musik spielte leise im Hintergrund. Sie hatten beide die Augen geschlossen und träumten vor sich hin. Nackt unter der Decke im Wohnzimmer. Irgendwann stütze Susanna sich auf und fuhr ihm mit dem Finger über die Brust. Ein leises Knurren folgte von ihm und er blinzelte durch seine noch halb geschlossenen Augen. „Was machen wir denn die Tage?", fragte Susanna. „Bleiben wir im Bett und stehen nur zum Essen auf? Es wäre prima mit dir eine ganze Woche lang nur im Bett zu bleiben", schwärmte sie weiter.
Sollte er es ihr jetzt sagen? Er überlegte noch, während er seine eigene Stimme schon hörte: „Ja, das stimmt."
Noch Stunden lagen sie einfach nebeneinander. Flüsterten sich zärtliche Worte ins Ohr, berührten sich und lachten ab und zu. Genau bis zu dem Moment, wo Timms Magen unüberhörbar knurrte. „Hast du schon gegessen?" „Nö."
„Warum denn nicht?" „Ich hatte keine Zeit. Das Büfett war noch nicht eröffnet, als ich das Hotel verlassen habe." „Was möchtest du denn?" „Was hast du denn?" „Pizza." „Selbst gemacht oder aus dem Supermarkt?" „Spielt das eine Rolle?" „Nö" Sie grinste ihn an. „Ich habe sie selber gemacht. Konnte heute Nacht vor Aufregung nicht schlafen." Jetzt grinste er. „Ich schalte den Ofen ein." Dann sprang er auf, schaltete den Ofen an und verschwand kurz darauf im Bad. Auch Susanna rappelte sich allmählich wieder hoch und irgendwann schafften sie es tatsächlich am Tresen zu sitzen, um zu Essen. „Sie spielen dein Lied laufend im Radio, hast du es schon gehört?" „Ja, ab und zu." „Und? Freust du dich nicht?" Beinah verlegen sah er sie an. „Ja und Nein. Meine Single befindet sich übrigens

auf Platz einundsiebzig." Fragend sah sie ihn an. „Ist das gut?" „Für einen Neueinstieg soll es wohl gut sein. Natürlich darf sie da laut Henry nicht bleiben, aber die Chancen auf einen weiteren Anstieg sind wohl gut. Susanna, wenn diese Single auf Platz einundsiebzig ist bedeutet das, dass sie bereits in den ersten Tagen nach ihrem Erscheinen über 10.000 Mal verkauft wurde." „Wow", fast sprachlos sah sie ihn an. „Und du weißt, dass es etliche Leute gibt, die nicht sofort losrennen, um etwas zu kaufen", bemerkte er weiter. „Und jetzt?", fragte sie. „Was steht denn als nächstes an?" Er räusperte sich und senkte seinen Blick. „Das Video wird gedreht." „Warum sagst du das denn so zerknirscht?" Jetzt sah er wieder auf, sah ihr aber nicht in die Augen, sondern an ihr vorbei in die Luft. „Timm, was ist los?" „Es wird übermorgen gedreht." Das Scheppern ihres Besteckes war deutlich zu hören, als sie es auf den Teller fallen ließ. „Übermorgen?" „Ich habe es erst heute erfahren." „Oh Timm, das kann jetzt nicht dein Ernst sein." Die Enttäuschung stand ihr deutlich ins Gesicht geschrieben. „Konntest du das nicht verhindern? Hast du denn gar keinen Einfluss auf die Terminplanungen?" „Doch, aber ..." „Wie doch? Davon bemerke ich aber nicht viel." „Susanna bitte", verzweifelt fuhr er sich mit der Hand durchs Haar. „Ich habe Einfluss, aber nicht so viel, wie ich gerne hätte. Hätte ich gar keinen, dann wäre ich jetzt nicht hier." Maulig stütze sie ihr Kinn auf ihrer Hand ab. „Eine Woche ... du hast gesagt, dass du eine Woche bleibst." „Das habe ich auch geglaubt. Bis heute Morgen. Ich konnte da nichts tun. Henry hatte das alles schon organisiert." Aufgebracht hob sie ihren Kopf wieder an. „Henry, Henry, Henry, warum macht er das ohne vorher mit dir darüber zu sprechen? Wieso darf er das?" „Er ist mein Manager, Susanna. Nur er weiß, wie schwer es ist einen Termin zu bekommen und er hatte die einmalige Gelegenheit diesen Termin zu bekommen." „Er hätte ihn auch nächste Woche bekommen können! Ich nehme an, er war sowieso für nächste Woche geplant. Oder?" „Nein der Termin war noch nicht geplant, Susanna." Schwer atmete sie aus, während er weiter erklärte: „Das Video kann bereits Montag zu den

Musiksendern. Er will einfach keine Zeit verlieren, jetzt, wo es gerade so gut läuft." „Ist ja super, dass es so gut läuft." Einen kurzen Augenblick sah Timm sie schweigend an. „Was meinst du damit, Susanna?" „Ich meine damit, dass es bei uns wesentlich besser laufen würde, wenn du morgen nicht schon wieder wegfahren würdest." „Findest du, dass es bei uns schlecht läuft?" „Nein, aber ...", sie drehte ihren Kopf weg und ihre Augen funkelten verdächtig. „Noch nicht", fügte sie leise hinzu. Jetzt war es Timm, der schwer ausatmete. „Das kann jetzt nicht dein Ernst sein, Susanna." Sie antwortete nicht. „Susanna, ich habe noch nicht einmal auf der Bühne gestanden. Ich bin die letzten Wochen von Hotel zu Hotel gezogen, von Büro zu Büro, von Konferenz zu Konferenz und dann ins Plattenstudio. Ich habe lediglich mit den anderen Jungs geübt. Fotoaufnahmen gemacht und wieder geübt. Nicht einmal stand ich vor einem richtigen Publikum. Ich will damit sagen, dass ich erst am Anfang stehe und zwar soweit am Anfang, dass ich das Gefühl habe, es ist noch gar nicht losgegangen, und jetzt sagst du mir schon, dass es ein Problem zwischen uns werden könnte?" Die Tränen in ihren Augen waren bereits gut zu erkennen, als sie ihn ansah. „Es tut mir leid ..." „Aber? Rede weiter, das ist ein typischer Satz, auf den ein ´aber´ folgt." „Du fehlst mir." Jetzt stand er auf und ging zum Fenster. „Es ist doch eine absehbare Zeit", sprach er leise, „es wird doch nicht immer so bleiben. Außerdem, ich habe die ganze nächste Woche frei. Ich kann die ganze nächste Woche bei dir sein." „Nächste Woche bin ich in Hamburg", erstaunt drehte er sich zu ihr um. „Wo bist du?" „Timm, ich habe auch Termine. Ich habe mein Praktikum nächste Woche." „Oh Scheiße, dass hatte ich völlig vergessen." Jetzt stand auch sie auf, räumte wütend das Geschirr zusammen. „Das hast du also vergessen. Ist ja ganz toll, alles was mich betrifft vergisst du bereits." „Das ist doch Blödsinn Susanna, dass weist du genau", sprach er, während er wieder auf den Tresen zuging. Auch sie hielt in ihren Bewegungen inne, den Blick immer noch auf das Geschirr gerichtet. „Ich habe einfach Angst, Timm. Ich meine, eigentlich wollten wir mal nach Indien. Gut, wir machen es vorerst nicht, damit komme ich klar. Aber ich komme nicht damit klar, dass ich dich so selten sehen kann, und schon gar nicht damit, dass du meine Angelegenheiten vergisst." „Die vergesse ich doch gar nicht. Das ist mir doch jetzt das erste Mal passiert." Sie drehte sich zu ihm um. „Es wird öfter passieren. Weil du selber so im Stress bist. Außerdem, selbst wenn du es nicht vergisst, werden deine Termine selten mit meinen übereinstimmen." „Wer sagt dir das denn? Das muss doch gar nicht so sein?" „Timm, du bist meistens mehrere Monate weg, wenn du mal Zeit hast hier vorbei zu kommen, dann bin ich wahrscheinlich weg. Selbst wenn nicht, Ich kann nicht immer meine Uni ausfallen lassen, weil du gerade kommst. Und wenn ich fertig bin, dann, so hoffe ich doch, dass ich einen Job habe. Dann bin ich erst recht nicht immer hier." Verständnislos sah er sie an. „Das sind doch alles irgendwelche Mutmaßungen, das muss doch nicht so sein." „Wie stellst du es dir denn vor?" „Ich werde später nicht nur ein paar Tage hier sein. Ich werde längere Aufenthalte hier haben und dann bin ich da, wenn du von der Uni oder von der Arbeit kommst. Außerdem ...", sprach er weiter, weil sie nichts sagte, „es ist nur eine kleine Phase in meinem Leben. Ich möchte ..., nein ich will diese Phase mitnehmen, Susanna. Eventuell ist es ja schneller vorbei als wir glauben. Dann können wir nach Indien gehen." Sie griff nach seinem, auf dem Tresen liegenden, Terminkalender und blätterte darin herum. „Hier stehen nicht einmal alle Termine drin, z.B. dein Videodreh, der fehlt. Aber deine ganzen Proben, Plattenaufnahmen und Fotoshootings etc. stehen hier drin. Am 18. Juni ist der Grand Prix und bei dem Einstig deiner Platte werden etliche Auftritte folgen. Die Leute wollen deine Musik. Logische Schlussfolgerung, sie wollen auch dich. Es wird nicht bei nur vereinzelten Auftritten bleiben, sondern Henry wird dafür sorgen, dass du laufend auftrittst. Dazu kommen Interviews und ich weiß nicht was noch. Glaubst du wirklich noch daran, dass du danach, wann immer auch danach sein wird, mit zurück nach Indien gehst?" „Ja!", antwortete er, als wenn er gar nicht verstehen konnte, warum sie sich das anders vorstellte. Sie legte den Kalender zur Seite und schüttelte den Kopf. „Ich glaube das nicht. Bis du so weit bist, mit mir nach Indien zu gehen, habe ich hier längst eine Praxis eröffnet und will nicht mehr weg. " „Und wenn nicht?", fragte er. Fragend erwiderte sie seinen Blick. „Was, wenn nicht, Susanna? Wäre es denn so schlimm, wenn man plötzlich ein ganz anderes Leben führt, als ursprünglich geplant? Zumal wir hier von einem Leben sprechen, dass alles andere als schlecht ist. Viele von den Menschen da draußen ...", er deutete mit einem Kopfnicken zum Fenster, „würden alles geben für so ein Leben. Sie beneiden uns regelrecht dafür." „Ja aber, wirklich passen tut es dann doch nicht mehr. Deine Musiklaufbahn und meine Psychologie. Wie soll das denn gehen?", fragte sie, während sie um den Tresen herum ging. „Was hat denn das damit zu tun?" Verständnislos sah er sie an. „Es hat einfach alles so schön gepasst, Timm. Deine Arbeit im Bereich der Medizin und meine. Was bitte passt denn bei uns noch zusammen, wenn du weiter von Bühne zu Bühne ziehst?" Jetzt lachte er kurz auf. „Du tust gerade so, als wenn die berufliche Übereinstimmung Grundlage einer guten Beziehung ist. Weißt du wie viele Paare es gibt, wo keiner auch nur die leiseste Ahnung davon hat, was der andere gerade tut?" „Das finde ich nicht erstrebenswert." Zur besseren Gewichtung ihrer Worte, verschränkte sie die Arme vor der Brust. Langsam kam er auf sie zu. „Ich auch nicht, aber deswegen funktionieren die anderen Beziehungen nicht schlechter. Wir wissen sogar, was der andere tut. Du kennst meine Musik genauso, wie ich deine Psychologie. Wir werden uns deswegen kaum auseinanderleben." „Vielleicht nicht deswegen, aber wahrscheinlich, weil wir uns kaum noch sehen werden." Sie hob ihre Stimme jetzt beinah vorwurfsvoll an. „Ich muss dich nicht ständig sehen, damit ich weiß, was ich für dich empfinde, Susanna", sprach er, inzwischen nicht weniger aufgebracht als sie. „Ach Timm", sie stemmte ihre Hände bei ihren Worten in ihre Hüfte, „ich muss dich auch nicht ständig sehen, um das zu wissen, aber ich möchte dich auch ab und zu mal bei mir haben." „Das hast du doch jetzt!" „Aber morgen fährst du schon wieder weg!" „Das ist doch erst morgen! Jetzt bin ich hier, falls du es nicht bemerkst, ich stehe nicht mal einen halben Meter von dir entfernt und was machst du?" „Wie, was mache ich?" „Du zerstörst die kostbare Zeit, die wir zusammen verbringen können. Zerstörst sie mit Gerede und brichst eine völlig überflüssigen Streit vom Zaun." „Das sehe ich anders! Ich finde schon, dass wir mal in Ruhe darüber reden sollten." „In Ruhe?" Fragend zog er seine Augenbrauen hoch und schüttelte kurz darauf den Kopf. „Nein Susanna, für mich macht dieses Gespräch gerade nicht den Eindruck, als wenn es ruhig verläuft. Und ehrlich gesagt, habe ich keinen Bock darauf mich mit dir jetzt zu streiten." Er ließ sie stehen und ging in den Flur. Als sie hörte wie er sich die Jacke anzog ging sie ihm hinterher. „Wo willst du hin?", fragte sie aufgebracht. „Weg", antwortete er in einer Ruhe, die ihr die Wut in die Augen trieb. „Wieso willst du jetzt gehen?" „Weil ich keine Lust habe mir hier den Abend zu versauen." „Und wann gedenkt der Herr wieder zu kommen? Morgen früh? Nur noch um seinen Koffer zu packen?" „Wenn du so weiter machst, dann ist das durchaus möglich." Er griff nach seinen Schlüsseln und hatte den Griff der Wohnungstür bereits in der Hand. „Timm", rief sie und er hielt in seiner Bewegung inne ohne sie anzusehen.

„Wenn du jetzt gehst, dann haben wir ein ganz ernstes Problem", drohte sie ihm. Er drehte sich um und sah sie an. Sie zitterte vor Wut und vor Angst, dass er tatsächlich gehen würde. Aber ihre Wut war größer. „Wie feige bist du, dass du jetzt gehen willst? Nur weil einmal etwas nicht so läuft wie der Herr sich das wünscht." „Ich habe keine Lust mich zu streiten Susanna." „Wenn du gehst haben wir immer noch Streit Herr Mühlbach!" „Ach ja? Dann muss ich mir aber das Gekeife hier nicht mehr anhören. Streit haben wir eh, Frau Mühlbach! Ich habe nur noch die Wahl zwischen Laut oder Leise. Und ich will ihn leise!" „Aber du willst ihn, nicht wahr? Bloß nicht nachgeben, richtig?" Er stöhnte auf und lehnte sich rücklings an die Tür. Entnervt schmiss er den Schlüssel auf die Anrichte und sah sie an.

„Gut, wir werden uns die ganze Nacht zoffen! Bist du nun zufrieden?" Funkelnd sah sie ihn an. „Was Timm, ist an meinen Worten nicht zu verstehen? Ich mache doch alles mit so wie du es willst, ohne dass du mir jemals erklärt hast welcher Teufel dich genau geritten hat, um in diese Branche zu wechseln. Ich akzeptiere ja alles, ohne Fragen zu stellen. Ich wünsche mir lediglich ein bisschen Zeit für uns. Was ist daran verkehrt, Timm?" „Daran ist gar nichts verkehrt, aber es geht nicht immer nach irgendwelchen Wünschen, Susanna, das Leben ist kein Wunschkonzert! Und außerdem ist es nicht dein Wunsch nach gemeinsamer Zeit, der mich hier hochgehen lässt, sondern deiner Meinung nach passt hier nichts mehr zusammen, meine Musik passt nicht zu deinem Leben, also frage ich noch mal warum ich nicht gehen soll, wenn es so wenig passt."
Sie wurde ruhiger und trauriger. „Wenn du wählen könntest Timm ..." „Oh nein, nicht auch das noch", fuhr er dazwischen. „Doch, weil es hörte sich grad so an bei dir", fuhr Susanna fort. „Du würdest gehen nicht wahr? Du würdest dich für die Musik entscheiden."
Jetzt sah er sie traurig an. „Nur um wiederzukommen."
„Was?", fragte sie. „Ich würde gehen, um wiederzukommen", wiederholte er seine Worte.
„Das versteh ich nicht". Sein Blick glitt ins Leere. „Ich weiß", seine Stimme nur noch ein Flüstern. Anscheinend hatte er nicht vor noch etwas zu sagen und Susanna spürte so allmählich ein Gefühl der Genervtheit in sich aufkommen. Irgendetwas verschwieg er ihr und dieses Etwas hatte mit seiner Musik zu tun.
„Timm, was ist mit dir los?", fragte Susanna leise. „Ich dachte du liebst mich". „Ich liebe dich!" „Warum bist du dann nicht ehrlich zu mir? Warum sagst du mir nicht was genau dich ständig bewegt?" Er antwortete nicht und somit gab Susanna auf. Irgendwann würde sie erfahren was genau mit ihm los war und bis dahin, so nahm sie sich vor, würde sie es einfach aussitzen. „Hast du noch Hunger auf kalte Pizza?", wechselte sie das Thema. „Immer", lächelte er dankbar zurück.

Es waren nur wenige Leute im Publikumsbereich bei der Probe. Timm hatte eine Ballade komponiert, welche er bei einer Musikshow, die im Fernsehen übertragen wurde, singen sollte. Heute war die Generalprobe dafür und bis auf Henry und Günther, sowie ein paar Beleuchter und Tonregler, waren nur noch wenige weitere Personen anwesend, die Timm nicht kannte. Meistens sah er eh nicht hin, er konzentrierte sich auf sein Lied, schloss, um sich auf seine eigene Stimme zu konzentrieren des Öfteren die Augen. Mit der linken Hand hielt er das Mikro fest, welches eigentlich noch auf dem Ständer steckte, mit der rechten gab er unauffällig Anweisungen nach hinten zu seinen Jungs, wenn diese die Musik noch etwas in ihrer Dramaturgie steigern sollten. Generell dachte man, jede Handbewegung eines Künstlers diente der Show oder geschah einfach so, aber viele der Bewegungen waren schlicht und ergreifend auch nur eine Kommunikationsmöglichkeit zwischen den Akteuren. Timm hob seine Stimme an dem dramatischten Teil des Liedes gekonnt an und hörte selber wie sie teilweise brach. Aber das war nicht schlimm. Im Gegenteil. Es gab den ganzen einen erotischen Tatsch, etwas öffnete er die Augen und blickte in sein karges Publikum, wo er diese junge Frau plötzlich kommen sah.

Sie blieb etwas links abseits der anderen stehen, hatte eine enge Hose und ein weites, locker fallendes Oberteil an. Ihre Haare waren ein schulterlanges, seidiges Blond, welches leicht lockig fiel. Sie stellte eines ihrer Beine raus und verschränkte die Arme vor der Brust, während sie ihn anscheinend genau musterte. Er erwiderte den Blick, nicht wissend was genau an ihr so fesselnd war, dass er seinen Blick nicht abwenden konnte. In dem Moment legte sie ihren Kopf etwas seitlich und lächelte ihn so vertrauensvoll an, als wäre sie eine alte Freundin, die sich freut ihn endlich wieder zu sehen. Kannte er sie? Timm begann zu überlegen, ob er sie und wo er sie eventuell schon einmal gesehen hatte, während er den letzten Ton seines Liedes verklingen ließ. Applaus bahnte sich seinen Weg durch die Halle. „Danke", sprach er ins Mikro und drehte sich zu seinen Jungs um. „Das wars, wir können erst einmal Pause machen". Sie rafften ihre Sachen zusammen und Timm verließ ebenfalls die Bühne, während er aber nochmal zu der jungen Frau am Ende des Saales rüber blickte. Lächelnd, die Arme immer noch vor der Brust, drehte sie sich und ging wieder.

Im Backstagebereich angekommen, öffnete Timm die Tür zu einem Gang, den er schon vor seinem Auftritt gefunden hatte. Er war lang und öde, führte angeblich in den Publikumsbereich, aber niemand schien ihn großartig zu nutzen. Diese Ruhe und nur das leise Dröhnen der Leuchtstoffröhren über ihm, beruhigten ihn seltsamer Weise. Eine Stahltreppe an der rechten Seite führte nach oben und auf dessen Stufen setzte er sich und genoss die Einsamkeit, die hier herrschte.
Er starrte auf den Boden und hörte aus weiter Ferne ihre klackernden Absätze und ohne aufzusehen wusste er, warum auch immer, dass es die blonde Frau aus dem Saal war.
„Bist du immer so gut?", fragte sie, während sie ihr schulterlanges, blondes Haar zurückwarf. Timm blickte auf und sah ihre grünen Augen direkt auf sich gerichtet.
„Warum fragst du?" „Du hast mir in der Chartliste den ersten Platz geklaut." Er zog die Augenbrauen hoch und überlegte wer das wohl sein konnte. Sie redete derweil weiter: „Ich gebe dir zwei Wochen, dann löse ich dich dort wieder ab." Er schüttelte den Kopf. „In zwei Wochen habe ich mich gerade erst an den ersten Platz gewöhnt. Wir reden in zehn noch mal drüber." Sie lachte auf und setzte sich dann neben Timm auf die Treppe.
Also war es das wohl gewesen mit seinem ruhigen Plätzchen, dachte er wehmütig. Dabei hatte er sich so nach Ruhe gesehnt, da der ganze Morgen die pure Hektik gewesen war. Henry und er waren mit einer Limousine vorgefahren und vor dem Eingang standen etliche Fans, um ihre Stars zu begrüßen. Es war das erste Mal gewesen, dass er sich durch Menschenmengen quälen musste und diese an ihm herumzerrten bis die Security sich schützend vor ihn

stellte. Sie hielten ihm Zettel und Fotos entgegen, die er unterschreiben sollte. Sie stellten sich unaufgefordert neben ihn, um ein Foto mit ihm drauf zu schießen. Geradezu verwirrt war er hinter der rettenden Tür angekommen. Henry hatte ihn überhaupt nicht auf so was vorbereitet gehabt und er selber war über die plötzliche Bekanntheit seiner Person geradezu geschockt. Sein Album war auf Platz 1. Auf der Straße konnte er nicht mehr ohne Kapuze gehen. Gott sei Dank hatte noch niemand nachgeforscht wo er wohnte. Dennoch, die Streits mit Susanna wegen dieser ganzen neuen Umstände wurden mehr und größer und seine Selbstsicherheit dies alles zu machen wurde nach und nach bröckelig.

Er hatte bereits die Verträge gelesen, von denen Henry ihm einen nach dem anderen vor die Nase gelegt hatte und die er am Anfang noch sehr optimistisch alle unterschrieben hatte. Er las seine Pflichten gegenüber der Plattenfirma, er las seine Pflichten bei Auftritten. Er las eigentlich nur Pflichten und was es kosten würde, wenn er Vertragsbruch beging. Die Strafkosten konnte er sich nicht leisten und die Menschheit würde ihn, selbst wenn er nun einen Rückzieher machen würde, noch recht lange erkennen und belästigen.

Nachdem er es durch den Menschenpulk vor der Tür geschafft hatte und in dem Gebäude angekommen war, blitzen ihm die Blitzlichter der Presse in die Augen. Irritiert blinzelte er und hob zum Schutz die Hand, während Henry ihm am Ärmel zur Seite zog. Seinen Mund direkt an sein Ohr haltend. „Du musst Posen! Möchtest du irgendwelche Bilder von dir in den Zeitungen sehen, wo du dich in Panik vor der Presse versteckst?" Nein, das wollte er nicht, also straffte er die Schultern und lächelte charmant in die Kameras, um am Ende eher zufällig einen Weg aus der Menge zu finden und sich in diesen Seitengang auf die Treppe zu kauern.

Er fühlte sich schlecht. Er fühlte sich total überfordert und er fühlte sich unendlich alleine. Wie ein verängstigtes Tier hatte er sich auf diese Treppe gerettet und nun saß sie neben ihm.

„Ich bin Jenna. Du scheinst mich gar nicht zu kennen, richtig?" Schuldbewusst sah er sie an. Ihr Lächeln war warm auf ihn gerichtet und da er nichts sagte, redete sie direkt weiter: „Du scheinst mir noch sehr überfordert von all den neuen Eindrücken." Auch darauf vermochte er nicht zu antworten. Sie beugte sich zu ihm rüber und gab ihm mit ihrer Schulter einen freundschaftlichen Stups. „Du wirst dich dran gewöhnen, aber ich gebe dir einen Tipp. Fang nicht an dich hier zu verstecken. Das macht es alles nur noch schlimmer. Lächle der Presse und den Menschen ins Gesicht, wenn es dir irgendwie möglich ist und sollte es deine Verfassung mal gar nicht zulassen, dann ignoriere sie und gehe einfach selbstbewusst an ihnen vorbei. Blende deine Umwelt etwas aus. Lass sie nicht zu nah an dich heran. Gelingt dir das, dann ist es wie ein Schutzwall und du gewinnst schnell deine Sicherheit zurück." „Diese Tipps hätte ich mir von meinem Manager gewünscht", gab er zu. „Henry Martin?" Sie lachte auf. „Henry genießt keinen guten Ruf in der Branche. Von ihm wirst du solche fürsorglichen Geesten nicht erwarten können. Er möchte nur, dass du funktionierst." Sie stand zum Gehen auf, drehte sich aber nochmal zu ihm, bevor sie ging. „Ich gebe dir zwei Wochen", lächelte sie charmant. Er lächelte zurück. „Wir reden in zehn nochmal drüber." Kurz zwinkerte sie ihm zu und dann verschwand sie und bevor Timm über das Gespräch nachdenken könnte hörte er die Schritte von Henry auf sich zukommen. Seinen Schritt erkannte er inzwischen nur zu gut. Er sah auf und Henry hielt ihm ein Glas entgegen, an dessen Kante eine Ananas mit Schirmchen steckte. „Was ist das?", fragte Timm. „Ein Fruchtsaft, es macht müde Beine munter und du siehst so aus, als könntest du es brauchen."

So ganz allmählich stellte sich ein gewisser Rhythmus ein. Drei bis vier Wochen war Timm unterwegs und ein bis zwei Wochen zu Hause. Er hatte sich abgewöhnt von Susanna zu erwarten, dass sie ihre Termine an seine anpasste und Susanna hatte sich damit arrangiert, dass sie sich manchmal nicht sahen, selbst wenn er zu Hause war. Doch der erste handfeste Krach mit Henry ließ auch nicht so lange auf sich warten und somit war Timm auf einmal ganze zwei Monate zu Hause.

Es war die letzte Woche von den zwei Monaten, als Timm plötzlich in der Nacht erwachte. Es herrschte eine fürchterliche Kälte im Zimmer. Er stützte sich auf und blinzelte verschlafen ins Zimmer. Sein Blick blieb an der Zimmertür haften. Kurz warf er auch einen Blick auf Susanna, die ruhig neben ihm schlief. Dann stand er auf. Seinen Blick immer noch in Richtung der Zimmertür gerichtet, welche er aber gar nicht wahrnahm, statt der Tür stand dort die Silhouette eines Indianers. Timm ging auf die Gestalt zu, blieb vor ihm stehen und sah dessen blauen Augen auf sich gerichtet. Die Augen lächelten und er hörte die Stimme des Mannes, die beinah ehrfürchtig zu ihm sprach: „Jetzt weiß ich was du meintest, als du sagtest, man kann nicht einfach irgendwen lieben." Irritiert sah Timm die Silhouette an. Wovon redete er? „Dein Schweigen ist mir Bestätigung, dass ich recht habe." Er verbeugte sich vor Timm und drehte sich, um zu gehen, so dass Timm die junge Frau, die hinter dem Indianer gestanden hatte plötzlich sehen konnte. Zwar, wie alles, war auch sie nur andeutungsweise zu sehen, aber er konnte ihr langes, goldbraunes Haar im Wind wehen sehen. Er wusste, alles was er sah war nicht real und deswegen griff er dorthin wo er die Türklinke der Zimmertür vermutete, erfühlte sie und öffnete die Tür. Er ging über den Flur in das Wohnzimmer und sah sich um. Alles war normal und ruhig. Bis auf ein paar vertraute Geräusche aus Richtung der Küchenecke, war nichts zu hören und nichts zu spüren. Er drehte sich im Raum und sah sich um, ob ihm nicht zufällig auch hier irgendwelche Visionen erschienen. Aber er war alleine. Somit ging er zum Fenster und schaute auf die Straßenlaternen hinab. Inzwischen waren seit seinem Debüt beim Grand Prix elf Monate vergangen. Oder sollte er sagen elf Monate waren an ihm vorbeigerauscht? Er hatte eine Platte auf dem Markt gebracht und er war von Show zu Show getingelt. Seine Lieder wurde in den Radios auf und ab gespielt. Bei dem Gedanken ließ er seinen Blick zu dem kleinen Radio in der Küche gleiten. Er verließ seinen Fensterplatz, schubste die Wohnzimmertür ganz ran, um nicht zu stören und dann das Radio anzuschalten. Er drehte es leise und hörte das neuste Lied von Jenna. Inzwischen wusste er sehr gut wer Jenna war. Sie war ähnlich wie er über Nacht in diese bunte Welt eingetaucht. Nur ein paar Monate vor ihm. Angefangen hatte sie als Schauspielerin in einer Soap, welche jeden Abend im Vorabendprogramm abgespielt wurde. In einer der Staffeln musste sie in ihrer Rolle auch singen und so wurde sie entdeckt. Inzwischen sang sie nur noch und das sehr erfolgreich. Timm freundete sich mit ihr an und aus einer Laune heraus nahmen sie auch ein Duett auf, was beiden viel Spaß gemacht hatte und was sich ebenfalls erfolgreich auf dem Markt platzieren konnte. Am meisten aber blieb ihm der Abend nach der Aufnahme im Studio in Erinnerung, den er mit Jenna verbracht hatte und durch den zu ihr eine unbeschreibliche Nähe und Vertrautheit entstanden war.

„OK, es ist drin!" Der junge Mann am Mischpult deutete Timm und Jenna an, dass sie es endlich geschafft hatten. Timm nahm die Kopfhörer ab. „Oh Gott sei Dank", „Das sage ich dir", erwiderte Jenna, während auch sie ihren Kopfhörer an den Haken hängte und langsam auf ihn zukam. „Was machst du heute noch?" „Wie heute?", fragte er, nachdem sie direkt vor ihm stand. „Gehen wir etwas essen?" Er überlegte kurz. „Ja, essen gehen finde ich gut. Aber Henry sollte es nicht mitbekommen, der will hinterher noch mit." Sie lachte auf. „Den lassen wir weg, sonst würde er auch noch meinen Manager mitnehmen wollen." „Wo sind die denn?", fragte Timm und schaute sich um. „Sie sind im Besprechungsraum und streiten sich, wer von Beiden an unserem Werk mehr verdienen soll. Gehen wir durch den Hinterausgang?" Er nahm ihre Hand. „Los komm."

Sie aßen in einem kleinen italienischen Restaurant am äußersten Rand der Stadt, das Personal hatte sie erkannt, was für Timm immer noch schwer zu akzeptieren war. Er konnte sich nicht mehr frei bewegen. Bei jedem seiner Schritte musste er damit rechnen, eventuell fotografiert zu werden und in irgendeiner Zeitung mit einer völlig irrsinnigen Schlagzeile zu landen. Da war es nicht gerade klug mit einer Kollegin essen zu gehen, wenn man selber eine Frau zu Hause hatte. Würden Jenna und er den falschen Leuten begegnen, dann hätte er mit Susanna wahrscheinlich sehr schnell eine Ehekriese und das brauchte er eigentlich nicht. Seine Ehe mit Susanna litt auch schon, ohne das Auftauchen von anderen Frauen, erheblich unter seinem neu gewählten Beruf.
Netterweise hatten sie ihnen einen Tisch in einem separaten Anbau zugewiesen.
„Ist es nicht schön mal so ohne Wachhund unterwegs zu sein?", fragte Jenna verträumt. Timm nickte. „Ich hab schon völlig vergessen, wie das ist", sprach er müde. Sie lächelte ihn an. „Erzähl mal etwas von dir." „Was denn?", fragte er erstaunt. „Wie bist du denn zum Singen gekommen? Wolltest du das schon immer?" „Nö, eigentlich wollte ich es nie." Sie hob die Augenbrauen an. „Du wolltest es nicht? Und jetzt hast du so einen Erfolg?" „Wolltest du es denn?" „Ja, ich wollte es schon seit ich ein kleines Mädchen war." „Wie alt bist du denn jetzt?" „Zweiundzwanzig." Timm nickte anerkennend. „Du bist aber sehr zielstrebig. Erzähl mir, wie du es gemacht hast." Und sie erzählte, sowie auch er wenigstens oberflächlich erzählte, wie er dazu gekommen war. Stunden saßen sie in dem Restaurant und sie hatten bereits die zweite Weinflasche vor sich stehen. „Und privat?", fragte Jenna, „hast du eine Freundin?" Erstaunt sah er sie an. „Ich bin verheiratet", „Du bist was?", fragte sie entgeistert.

„Verheiratet." „So früh?" „Ich bin siebenundzwanzig."
„Davon weiß aber kein Mensch etwas, ich meine, davon
dass du verheiratet bist." „Henry meint, es ist besser so."
„Aha", sprach Jenna, während sie sich zurücklehnte. Sie
betrachtete ihn eine Weile ehe sie weitersprach. „Es wird
ihm nicht passen." Verdutzt sah Timm sie an. „Was? Dass
ich verheiratet bin?" „Ja, dass du verheiratet bist. Das wird
Henry nicht passen." „Davon habe ich bislang aber nichts
gemerkt." „Timm, der Mann ist doch nicht blöd. Natürlich
wirst du der Letzte sein, dem er das auf die Nase bindet.
Aber im Hintergrund wird er dafür sorgen, dass diese Ehe
beendet wird." Timm entglitten bei ihren Worten all seine
Gesichtszüge. „Er wird was?" Sie beugte sich wieder vor.
„Sie kann dich an deiner Kariere hindern und das weiß er.
Lieber würde er es sehen, wenn du entweder nur
Gelegenheitsfreundinnen hast oder aber, wenn es schon
sein muss, eine aus der gleichen Branche. Oder kenne ich
sie?" „Nein, sie ist nicht aus der Branche." Jenna schüttelte
den Kopf. „Dann passt es ihm nicht!" Sie lehnte sich weiter
zu ihm. „Timm", begann sie wieder zaghaft. „Lass dir das
nicht kaputt machen. Vielleicht glaubst du mir nicht, aber
es kann nicht schaden, wenn du ihn beobachtest. Henry ist
nicht dumm. Er wird es so einfädeln, dass du es kaum
merkst. Erst lässt er dir vielleicht immer Mal wieder eine
Woche, um zu ihr zu fahren, dann nur noch ein paar Tage
und schließlich wirst du gar keine Zeit mehr für sie haben."
„Ich habe kaum noch Zeit für sie", bemerkte Timm. Sie
nickte. „Irgendwann wird sie das nicht mehr so wollen,
genau dann, wenn es für dich unmöglich sein wird kürzer
zu treten. Ein Streit wird den nächsten geben. Sie fühlt sich
nicht mehr geliebt und du fühlst dich nicht mehr
verstanden. Es passiert genau das, was vielen prominenten
Paaren passiert. Sie lassen sich scheiden. Es passiert das,
was Henry will!" Ausdruckslos sah er sie an. „Hast du einen
Freund, Jenna?" Sie lächelte. „Nein, die Männer, die ein
ganz gewöhnliches Leben führen, wollen mich entweder
nicht, oder sie meinen es nicht ernst und die Prominenten,
nun ja, die sind halt eine ganz besondere Spezies. Man
muss sie schon mögen." Er lächelte sie an. Und ihre

Stimme wurde erneut leise. „In dich, Timm, in dich hätte ich mich verlieben können." Jetzt wurde sein Blick wieder ernst. „Unter anderen Umständen, Jenna, hätte ich mich auch in dich verlieben können." Seine Stimme war leise und ein zartes Grinsen tauchte in seinem Gesicht auf. „Aber wahrscheinlich hätte ich es dir nie gesagt", bemerkte er mit einem Augenzwinkern weiter. Sie lächelte und schaute dann zur Uhr. „Es ist spät, wir sollten fahren." „Ja", antwortete er, „das sollten wir."

„Halten sie an." Der Taxifahrer hielt den Wagen und blickte erstaunt nach hinten. Timm wandte sich derweil an Jenna. „Fahr alleine weiter, ich habe hier noch etwas zu erledigen." Jenna ließ ihren Blick an ihm vorbei nach draußen schweifen. „Hier?", fragte sie ungläubig, nachdem sie nur schemenhaft den Friedhof im Dunkeln liegen sah. „Hier", bestätigte Timm und griff bereits nach seiner Jacke. Sie hielt ihn fest. „Timm, was um alles in der Welt hast du hier zu erledigen? Hier ist nichts." Nur schwach lächelte er sie an. „Glaub mir, hier ist etwas." Dann stieg er auch schon aus und Jenna blickte ihm hinterher, wie er durch das große schmiedeeiserne Friedhofstor verschwand.

Er rannte zielstrebig den langen Weg auf die Kapelle zu. Zwar kannte er den Friedhof nicht, aber meistens brauchte man vom Haupttor aus, immer nur geradeaus zu gehen, und das Tor, durch welches er eben gegangen war, wirkte in seiner Eleganz nicht wie ein Nebentor. Große Zypressen säumten rechts und links den Weg und schemenhaft sah er einen etwas größeren Platz vor sich liegen, der ebenfalls von Zypressen umzingelt schien. Unsicher, dort noch eine Kapelle zu finden, schritt er nun etwas langsamer voran und als er den Platz erreicht hatte, erblickte er doch die Kapelle, die rechts statt mittig auf der Fläche stand. Langsam ging er darauf zu und probierte, ob sich die Tür öffnen ließ. Sie ließ sich öffnen und nachdem er eingetreten war, lehnte er sich an die Rückseite der Tür an, so dass sie scheppernd ins Schloss fiel.

Zuerst sah er nichts und dann nahm er die Sitzreihen wahr, welche schwach erleuchtet vor ihm lagen. Der Mond bahnte sich seinen Weg durch die Kapellenfenster und gab dem ganzen Ort etwas Mystisches. Nichts war zu hören. Gab es einen einsameren Ort in der Nacht als diesen hier? Er blickte nach vorn. Sah Jesus erhöht am Kreuz und langsam ging er darauf zu und kniete sich vor ihm nieder. Dann setzte er sich auf seine Füße, die Hände offen im Schoß und den Blick gesenkt, um auf die Umgebung zu lauschen. Endlich war es ruhig. Er sehnte sich regelrecht nach Ruhe. Es nervte ihn, dass er ständig funktionieren musste und es nervte ihn die Vermutungen anderer Leute zu hören, die oftmals so negativ in sein Leben drangen.

Jenna hatte ihn mit ihren Vermutungen bezüglich Henry total verunsichert und nun brauchte er Ruhe, um über alles nachzudenken. In den Hotelzimmern fand er nie Ruhe. Entweder surrte die Klimaanlage, oder die Badezimmerlüftung, oder man hörte andere Gäste von den Gängen her. Bei manchen Hotels nicht mal nur von den Gängen her. Bei manchen Hotels hörte man sogar die Bettfedern aus dem Nachbarzimmer oder lag nächtelang wach, weil jemand im Nachbarzimmer so laut schnarchte. Niemand störte hier so mitten in der Nacht.

Er wusste gar nicht genau warum er das Taxi hier hatte halten lassen, aber als er das Tor gesehen hatte war es, als riefe ihm jemand zu, dass dort endlich Ruhe herrscht. Hier hatte er die Ruhe, um seine Gedanken ebenfalls zu beruhigen und langsam senkte er den Blick und starrte einfach vor sich hin.

Es gelang ihm auch seine ratternden Gedanken zu beruhigen, ganz entspannt nahm er seine eigenen Atemzüge wahr, die völlig unbeeindruckt von dem ganzen drum herum einfach stattfanden. Einatmen …, ausatmen …

Plötzlich hörte er die Tür hinter sich und spannte sich erneut an.

Jemand bemühte sich leise zu sein, nur wer kam nun ausgerechnet hier her? Jetzt wo er endlich glaubte einmal einen Ort der Ruhe gefunden zu haben?

Er hörte wie die Person auf einem der Stühle Platz nahm

und dann hörte er nichts mehr, wahrscheinlich weil die Person sich selber nicht mehr traute zu atmen und auf einmal konnte er sie spüren.

Oder war es ihr Duft, welcher sanft durch die Kapelle zu ihm rüber schwebte?

Einmal atmete er schwer durch und stand dann auf. Noch bevor er sich zu ihr umdrehte ergriffe er das Wort. „Solltest du nicht mit dem Taxi weiterfahren?" Dann drehte er sich und blickte Jenna an. „Ich habe es, nachdem ich die Kapelle betreten hatte, auch schon bereut nicht weitergefahren zu sein." „Warum?", fragte er kalt und ging auf sie zu. „Passt es nicht in deine Ansichten, wenn jemand einfach nur Ruhe sucht?" „Doch, ich habe es bereut, weil ich dich in deiner Ruhe gestört habe", sie senkte den Blick. Schweigend blickte er auf sie hinab und langsam schielte sie zaghaft wieder zu ihm nach oben. Nur mit einem Kopfnicken deutete er ihr an, weiter in die Sitzreihe zu rutschen. Sie tat es und er setzte sich direkt neben sie. Seinen Blick nach vorne gewandt. Eine Weile sagte er nichts, doch dann sprach er sie endlich an. „Wenn du irgendwelche Fragen hast, frag einfach", forderte er sie auf. Sie räusperte sich. „Ich habe nicht direkt eine Frage", erklärte sie zaghaft. Ohne sie anzusehen murmelte er: „Dann hast du wahrscheinlich eine Anmerkung, die du mich unbedingt wissen lassen musst." Sie atmete schwer aus und richtete ihren Blick ebenfalls nach vorne. „Ich wollte dich nicht verärgern, ich habe mir Sorgen gemacht, was man mitten in der Nacht auf einem Friedhof will. Ich dachte es geht dir nicht gut und du bräuchtest vielleicht Hilfe."

Er spürte wie die Wut so langsam in ihm aufstieg und wie seine Nerven blank lagen. Nichts funktionierte seiner Meinung nach. Seine plötzliche Bekanntheit und nie mehr alleine sein zu können nervten ihn. Seine Skepsis gegenüber Henry, war seit dem heutigen Abend, bestimmt um das Zehnfache gestiegen. Es regte ihn geradezu auf, dass er diesen Weg gewählt hatte.

Statt irgendetwas zu Gunsten seiner Ehe zu erreichen, würde er sich bald nicht mehr wundern, wenn Susanna ihm die Scheidungspapiere vor die Nase legen würde. Jetzt hatte er dieses Friedhofstor gesehen, jetzt hatte er den geistreichen Einfall gehabt, dass er hier vielleicht endlich mal über den Blödsinn nachdenken konnte, den er gerade verzapfte und nun musste ihm ausgerechnet Jenna folgen. Ja, er war wütend und deswegen sah er sie nun ruckartig an. „Stimmt, es geht mir nicht gut! Aber wenn ich Hilfe gebraucht hätte, dann hätte ich wahrscheinlich darum gebeten." „Ja", nuschelte sie leise und blickte reumütig auf ihre Hände hinab. Timm folgte mit seinem Blick ihrem und plötzlich tat ihm seine Härte leid. Er stand auf und ging in die Sitzreihe vor der, in welcher Jenna noch saß. Vor ihr blieb er stehen und stützte sich auf der Lehne ab. „Ja, du hast recht", platze es, warum auch immer, aus ihm heraus. „Dieser ganze Kack mit der Musik ..., ich meine, eigentlich ist es nicht meine Welt. Aber es ist das Einzige, was mich näher an all meine Fragen bringt. Durch die Musik hab ich das Gefühl andere Welten erreichen zu können. Die Bekanntheit, das Geld, all das interessiert mich nicht und wenn du dich nun fragst, was für andere Welten, will der denn erreichen? Dann sag ich dir das auch noch." So langsam redete er sich in Rage. Wenn sie wissen wollte, dass er verrückt war, dann hatte er jetzt genau gerade Lust dazu ihr das zu bestätigen.

„Ich bin krank, Jenna. Ich habe ein Herz, das keine zwanzig oder vielleicht nicht mal mehr zehn Jahre durchhält, aber das ist nicht die einzige Krankheit die mich quält, noch zusätzlich zu meiner Herzerkrankung bin ich auch verrückt!"

„Aha", murmelte Jenna, während sie ihre Augen weit aufgerissen immer noch auf ihn gerichtet hatte. Er ignoriert das und lächelte sie provozierend an, während er in seinen Erklärungen einfach fortfuhr. „Ich glaube an eine seltsame Macht, die mich, seit ich geboren wurde, verfolgt! Die mir ins Ohr stöhnt, nur um mir ständig zu zeigen, dass sie da ist." Er beugte sich noch weiter über die Lehne zu ihr rüber. „Ich glaube, dass die Macht mit mir eventuell auch einmal genauer spricht, wenn ich da draußen auf der Bühne singe." Dabei deutete er mit seinem ausgestreckten Arm nach

rechts, als wäre genau dort eine dieser Bühnen und auch Jenna schaute zu dieser Stelle rüber, schüttelte dann kurz selber über ihre Aktion den Kopf und richtete ihren Blick in voller Erwartung wieder auf Timm. „Irgendwie hatte ich eine Eingebung, dass so etwas erfolgen wird, wie ein Traum, wo ich mich auf einem Podest stehen sehe und über mir bildet sich ein überdimensionaler Kopf, der mir erklärt, wie ich mein Leben verlängern kann! Ich bin auf diese Bühnen gegangen", sprach Timm erregt weiter, „und nun erwarte ich, dass die Macht mir endlich sagt, wie ich diesen Körper überliste kann!" Seine letzten Worte schrie er fast und richtete sich erregt wieder auf. „Ja, ich wollte meine Ruhe haben, ich habe gehofft, dass ich irgendwelche Antworten hier auf meine Fragen bekomme. Ja, ich wollte alleine sein und ja, es passt mir nicht das du hier bist!"
So, nun war es raus!
„Vielleicht ist sie männlich. Soll ich es mal probieren?"
„Was?", fragte er entsetzt, als sie das fragte. Er hatte erwartet, dass die ihn nun ebenfalls anschreien würde, oder aber dass sie einfach gehen würde, stattdessen hatte sie ihn gerade gefragt, ob sie es mal probieren sollte? Ungläubig sah er sie an und sie schien es tatsächlich ernst zu meinen. Sie stand auf, den Blick fest auf Timm gerichtet und geradezu arrogant ging sie auf einmal an ihm vorbei nach vorne zum Kreuz, um sich davor niederzuknien.
Mit ihrer Hand deutete sie ein Kreuz vor ihrem Gesicht an, dann sprach sie.
Völlig verwundert ließ Timm sich auf die Bank sinken und fassungslos sah er zu ihr rüber. Sie sprach in einer Sprache, die er nur bruchstückchenweise verstand. Sie sprach Latein. Er verstand so wenig, dass es ihm unmöglich war ihren Worten zu folgen. Aber das war auch nicht erforderlich. Er sah sie im fahlen Mondlicht vor dem Kreuz knien und beten, und irgendwie hatte er das Gefühl in einen Spiegel zu sehen? Sie war wie er! Sie war genauso verrückt wie er! Auf einmal hatte er das Gefühl einen Windhauch zu spüren und drehte sich um, ob sich vielleicht die Kapellentür etwas geöffnet hatte, aber die war zu. Er blickte wieder zu Jenna rüber und sah wie sie ihren Körper anspannte, als würde

etwas in sie eindringen. Bislang war er sich sicher gewesen, dass nur er so verrückt war mit anderen Mächten zu kommunizieren. Er hatte es ja auch immer heimlich getan, weil er Angst hatte seine Mitmenschen würden ihn für psychisch krank erklären. Aber er war nicht allein. Zum ersten Mal in seinem Leben sah er eine andere Person, die nicht weniger seltsam war als er. Die eventuell genauso darunter litt wie er. So schnell wie es begonnen hatte, war es auch schon wieder vorbei. Ein kurzer Windhauch und dann roch er nur noch die leicht muffige Luft in der Kapelle.

Jenna stand auf und kam auf ihn zu, ihre grünen Augen ernst auf ihn gerichtet. „Du bist noch nicht soweit, deswegen redet es nicht mit dir!"

Unsicher sah er sie an, aber während er aufstand breitete sich ein Lächeln auf seinem Gesicht aus. „Du machst das wirklich gut, Jenna. Du hast es beinah geschafft mir Hoffnung zu machen." „Timm", fiel sie ihm ins Wort. „Ich möchte dich höflich bitten, dich nicht über mich lustig zu machen. Ich habe das auch nicht getan." „Entschuldige bitte, Jenna, aber ..." „Nichts aber!" fuhr sie ihn barsch an. „Du wirst die Möglichkeit bekommen, dein Leben zu verlängern." Sein Lächeln war längst wieder verschwunden. „Das wurde dir gesagt?", fragte er ungläubig und sie nickte. „Aber", begann sie ihre Erklärung fortzusetzen, „du wirst ihn nie verstehen oder hören können, wenn du nicht wirklich überzeugt bist, dass es ihn gibt! Und das bist du nicht!" „Nicht? Woher weißt du das?" „Das habe ich gehört, als du dich mir eben auf so charmante Weise erklärt hast.

Es ist offensichtlich, dass du seine Existenz anzweifelst und eher daran glaubst, dass du eine psychische Krankheit hast." „Seine? Existenz? Weißt du denn mit wem du gerade gesprochen hast?" Sie zuckte mit den Schultern. „Ich würde ihm irgendeinen Namen geben!", begann sie zu antworten. „Auch du wirst ihm irgendeinen Namen geben! Jeder der ihn spüren kann, wird ihm einen Namen geben und jeder wird einen anderen Namen wählen. Es ist bedeutungslos, du wirst nicht an dein Ziel kommen, wenn du ihn als

Streich deiner Phantasie empfindest." Er sah ihr hinterher, weil sie plötzlich zur Tür ging und kurz davor ihre hohen Schuhe auszog. „Was machst du da?", fragte er und deutete mit seinem Kopf auf ihre Schuhe. „Ich bereite mich auf eine längere Wanderung vor. Ich habe das Taxi nämlich weggeschickt." „Ich könnte dir anbieten, vorweg zu rennen und mit einem Taxi zurückzukommen." „Vergiss es, Timm." Beinah entsetzt sah sie ihn an. Er grinste sie an und kam auf sie zu. „Ich würde dich hier auch nicht alleine lassen, an diesem bezaubernden Ort." „Ja, sehr bezaubernd." Grinsend schüttelte er den Kopf und nahm dann ihre Hand. „Komm", sprach er und zog sie mit sich. „Weißt du, Jenna", begann er, als sie die Kapelle verlassen hatten und sie durch die Grabsteine gingen, „du brauchst einen Freund und ich weiß auch schon einen für dich." „Wow", sie blieb stehen und sah ihn an, „du hast tatsächlich einen Freund für mich?" „Ja, Rajiv." „Raj...wer?" „Rajiv, er lebt in Indien, genauer gesagt in Hajmar." Er drehte sich weg und ging weiter. Sie blieb einen Augenblick stehen und folgte ihm dann, sprach ihn erneut an, nachdem sie den Friedhof verlassen hatten. „Ein super Tipp, Timm, wirklich. Wenn ich das nächste Mal in einem Entwicklungsdorf wie Hajmar auftrete, dann besuche ich ihn einfach." Timm blieb stehen und grinste sie an. „Merk dir einfach den Namen, Jenna. Ich weiß selber, dass Indien nicht um die Ecke liegt." Erstaunt sah sie ihn an. „Du meinst das tatsächlich ernst, stimmt´s?" Er nickte. „Er passt zu dir. Mehr habe ich dazu nicht zu sagen." „Und wie heißt er weiter?", fragte sie, während er schon wieder losging und sie noch stand. „Das ist egal, Jenna. Du wirst ihn erkennen." „Na dann", murmelte sie mehr zu sich selbst, um ihm dann schweigend zu folgen.

Seine Gedanken kamen zurück und vor sich nahm er das Küchenradio war, in welchem inzwischen längst nicht mehr Jennas Lied gespielt wurde. Er hatte sogar noch seine Hand am Laustärkeregler und war anscheinend komplett in seine Erinnerungen versunken. Er ließ das Radio los und ging stattdessen zum Sofa rüber, auf welches er sich warf, um

dann zur Decke zu starren, während ihn der nächste
Gedankenstrudel mitzog.

Er war noch in derselben Nacht nach Haus gefahren, ohne
an all seine Termine zu denken, die Henry für ihn gemacht
hatte. Susanna hatte sich gefreut, dass er plötzlich in der
Tür stand, obwohl sie ihn auch kritisch gemustert hatte. Er
wusste, wirklich vormachen konnte er seiner Frau auch
nichts. Sie hatte noch nie geglaubt, dass er nur wegen der
Musik auf die Bühne gegangen war, aber sie war stille
Beobachterin und nahm ihn einfach nur im heimischen
Hafen auf.
Ihre Ahnung, dass irgendwas den Abend vorgefallen war,
bestätigte sich für sie erst am nächsten Tag.

Es war vielleicht neun Uhr als Timms Handy klingelte. Er
lag auf dem Bauch und völlig verschlafen rieb er sich übers
Gesicht. Susanna lag hinter ihm, ihren Arm um seine Hüfte
gelegt und die Zudecke hatte auch überwiegend nur sie.
Müde stützte er sich auf und griff nach dem Handy, sah
aufs Display und legte es wieder zur Seite, um seinen Kopf
kurz darauf wieder schwer in die Kissen fallen zu lassen.
„Wer ist es denn?", fragte Susanna verschlafen. „Der
Wadenbeißer", murmelte Timm, nicht weniger verschlafen.
Sie hob ihren Kopf an und blinzelte ihm müde zu. „Wer ist
denn der Wadenbeißer?" „Henry, der Name passt eh besser
zu einem Hund." Sie lächelte, während das Handy endlich
still war „Du magst ihn im Moment wohl nicht sonderlich,
was?" „Ich würde ihn am liebsten umbringen." „Timm",
fast vorwurfsvoll klang ihre Stimme an sein Ohr, während
sein Handy nun piepte. „Hm, ich nehme an, er hat dir eine
Nachricht geschickt." Erneut hob Timm seinen Kopf und
griff nach dem Handy. Die Nummer von Jenna leuchtete
ihm entgegen. Schnell erhob er sich weiter und öffnete die
Nachricht. ´Ich bin in Hamburg. Henry ist außer sich.
Kannst du mir sagen, wo du steckst? Er denkt nämlich, ich
habe dich mit nach Hamburg genommen.´ Timm setzte sich
aufrecht hin und begann sofort zu antworten, was Susanna
einen erstaunten Gesichtsausdruck annehmen ließ. ´Bin in

Berlin. Gruß Timm´ Dann legte er es wieder zur Seite. „Du antwortest ihm?", fragte Susanna. „Die Nachricht war nicht von Henry, sondern von Jenna." „Von Jenna? Was will sie denn?" „Wissen wo ich bin. Henry denkt, ich bin mit ihr durchgebrannt."

Abrupt setzte sich nun auch Susanna auf. „Wie kommt er denn auf so etwas?" Erneut piepte das Handy und Timm griff wieder danach, während nun auch Susanna ihren Hals reckte. ´Super, ich habe gehofft, dass du bei ihr bist. Lass dir da von niemand reinreden! Kein Mensch und keine Karriere sind das Wert. Liebe Grüße, Jenna´ „Läuft da was zwischen euch?" Susannas Stimme klang nun doch besorgt und Timm hielt ihr das Handy entgegen, damit sie selber lesen konnte, was sie auch sofort tat. Fassungslos sah sie Timm an. „Brauchtest du sie, damit du erkennst, was Henry vorhat?" Schwach lächelte er zurück. „Leider ja." Susanna ließ sich etwas in die Kissen zurücksinken, das Handy immer noch in der Hand. „Und sonst? Ich meine ... kann sie dir gefährlich werden?" Langsam drehte sich Timm zu ihr um. „Susanna, sie könnte es, wenn es dich nicht geben würde. Aber es gibt dich und solange das so ist, bin ich nicht in der Lage eine andere Frau zu lieben." „Aber wenn es mich nicht geben würde?" „Dann ja", ernst sah er sie an, bevor er weiter sprach, „aber dann Susanna, würde das bedeuten, dass es dich entweder gar nicht gibt, du also gar nicht auf der Welt wärest oder aber, es würde bedeuten, dass ich dir nie begegnet wäre. Wäre eines der beiden Beispiele der Fall, dann würde es dich auch nicht stören, wenn ich mit Jenna zusammen wäre." Susanna sah ihn mit großen Augen an und Timm konnte sehen, wie sie schwer schluckte. „Timm ..." „Ja?" „Ich meine ... du hast Jenna erst kennengelernt, als du schon mit mir zusammen warst." „Das stimmt." Verständnislos sah er sie an und sie erklärte weiter: „Was, wenn du mit Jenna zusammen gewesen wärest und dann mich kennengelernt hättest?" „Das muss weibliche Logik sein", murmelte er, „habe schon viel davon gehört, hatte aber nie angenommen, dass ausgerechnet du mit so etwas ankommst." „Denk nicht darüber nach, ob es weibliche Logik ist, sondern antworte mir einfach."

Er atmete schwer durch. „Susanna", begann er eindringlich, „wenn es so herum gewesen wäre, dann hätte Jenna jetzt ein ernst zu nehmendes Problem." „Und warum?" „Wie warum?" „Na, ich meine, warum hätte sie ein Problem und ich habe keines?" Jetzt beugte er sich über sie und sah ihr direkt in die Augen. „Weil das mehr ist zwischen uns, Susanna. Ich weiß immer noch nicht warum das so ist, aber ..., ich fühle mich mit dir verbunden. Ich kann fühlen, dass du die einzige Frau bist, die wirklich zu mir gehört. Hätte ich jetzt eine andere an meiner Seite, dann könnte ich das trotzdem fühlen und das alleine ist Grund genug dafür, dass sich besagte Frau an meiner Seite Sorgen machen müsste."

Sie zuckten beide zusammen, als das Telefon klingelte. Susanna hangelte sich zu dem Hörer und nahm ihn ab. „Mühlbach?"

Timm brauchte gar nicht näher ran zu gehen, um Henrys erboste Stimme durch den Hörer zu hören. „Ist er da? Ist Timm bei dir? Ich will ihn sprechen. Gib ihn mir sofort!" Umgehend riss Timm Susanna den Hörer aus der Hand und setzte sich dabei auf die Bettkannte. „Henry, du nervst!" „Ach? Was du nicht sagst. Kannst du mir mal sagen, welcher Teufel in dich gefahren ist?" „Ja, das kann ich dir sagen. Es ist vorbei, Henry! Es ist vorbei, dass ich mich von dir wie eine Marionette behandeln lasse." „Wir haben Verträge, Timm, Verträge, die wir einhalten müssen!" „Keine Sorge, ich halte meine Verträge ein. Aber im Moment habe ich beschlossen, dass ich eine Auszeit brauche. Eine Auszeit von dem Business und vor allem von dir, Henry!" „Du sollst heute Abend in der Late Nigth Show auftreten!" „Sag ab, wozu bist du mein Manager? Nur um Termine zu machen? Du verdienst genug Geld an mir, um auch einmal einen Termin oder mehrere zu canceln!" Einen Augenblick hörte er nur Schweigen und dann erneut Henrys Stimme. „Spürst du sie jetzt?" „Wen oder was?", fragte Timm. „Deine Macht. Hast du sie endlich gespürt, oder was soll das Theater jetzt?" „Ich spüre keine Macht. Aber ich kann dir sagen, was ich spüre oder besser, ich kann dir sagen, was du gefälligst unterlassen sollst." „Was wäre das?" Timms Stimme klang so drohend, dass selbst Susanna ihn so gar nicht kannte. „Wage es nicht, Henry ..., wage es nicht, mich und Susanna auseinander zu bringen. Es wird dir nicht gelingen." „Was für einen Quatsch redest du? Ich will euch doch gar nicht ..." Timm sprang auf und schrie regelrecht in den Hörer. „Verkauf mich nicht für dumm! Ich weiß ganz genau, was du vorhattest. Ich sollte es gar nicht merken. Nicht merken, dass ich überhaupt keine eigene Zeit mehr hatte. Ganz langsam wolltest du uns auseinander bringen, aber bevor das passiert Henry, und das schwöre ich dir, das schwöre ich dir bei meinem Leben, schmeiße ich dir den ganzen Kram vor die Füße! Das bedeutet, ich steige dann entweder aus, oder aber ich suche mir einen anderen Manager. Du hast selber gesagt, wenn du es nicht bist, dann kommt irgendein anderer daher und wittert die dicke Kohle mit mir." Erneut folgte ein Schweigen. „Was soll ich denen erzählen?", hörte er Henry scharf fragen. „Es ist nicht meine Aufgabe, mir darüber Gedanken zu machen. Aber wenn du unbedingt willst, dann sag, ich bin krank." „Das geht nicht, weil du dich hast sehen lassen. Die Dame am Flugschalter hat dich erkannt, wie du völlig gesund einen Flug nach Berlin gebucht hast." „Dann denk dir verdammt noch mal was anderes aus!" „Du könntest einen Todesfall in der Familie haben", fügte Susanna hinter ihm hilfreich dazu. Timm sah sie erstaunt an. „Hast du sie gehört?" „Ja, also ein Todesfall. Wie lange dauern diese Angelegenheiten?" „Gib mir mal mein Hemd", forderte Timm Susanna auf und diese reichte ihm sein Hemd. Er griff in die Brusttasche nach seinem Terminkalender, setzte sich wieder aufs Bett und blätterte darin herum. „Zwei Monate. Die Erbschaftsangelegenheiten müssen noch geklärt werden. Am 21. November trete ich wie vereinbart in Jennas Show in Nürnberg auf." „Zwei Monate?" „Genau, zwei Monate!" „Ja", hörte er Henry resignierend sprechen. „Ach, und Henry ..." „Ja?" Seine Stimme klang genervt. „Ich werde mein Handy die ganze Zeit aus haben." „Schon klar. Regel deine Angelegenheiten."

Somit hatten sie frei und bis heute hatte er nichts mehr von Henry gehört, aber in einer Woche war der 21. November und ab da ging der Trubel wieder los. Er hatte versucht sich in der Zeit zu entspannen. Er hatte Urlaub mit Susanna gemacht und zum ersten Mal gab er auch etwas von dem Geld aus, welches er in der Zwischenzeit verdiente. Er hatte ein neues Auto gekauft, weil Kurt immer öfter liegen blieb. Susanna ließ das schicke Auto aber links liegen und mühte sich dennoch mit Kurt ab, weil er ihr leid tat. Weiter hatte Timm ein Haus gekauft, wo er sich und Susanna angemeldet hatte, wo die beiden aber nie waren, weil diese kleine Wohnung so gemütlich war. Somit parkte das neue Auto in der Garage des neuen Hauses und sie selber wunderten sich, das die Wohnung immer noch ein geheimer Ort zu sein schien, während das neue Haus von der Toreinfahrt aus fotografiert worden war und in der Presse als neues Domizil von dem großartigen Sänger Timeo erklärt wurde. Viel zu sehen war von dem Haus wegen der vielen Tannen und Sträucher nicht auf dem Bild. Aber ein geheimer Ort war es nun einmal nicht mehr.

Plötzlich sprang der Kühlschrank an und riss Timm aus seinen Gedanken. Ein Lichtkegel, der kurz über die Zimmerdecke glitt, weil bei irgendeinem Fahrzeug draußen die Scheinwerfer nicht richtig eingestellt waren, tat seinen Teil dazu, dass Timms Gedanken plötzlich so still waren, als hätte man einen Ausschalter gedrückt.
In dieser so plötzlich realen Welt, nahm er die Nervosität in sich wahr, die irgendwie trotz Urlaub und Ablenkung sein ständiger Begleiter war.
Ja, es war viel passiert in den letzten Monaten. Von heute auf Morgen war er ein berühmter Mann, hatte ein großes Haus und ein dickes Auto.
Deprimiert stellte er aber auch fest, dass er nichts von dem erreicht hatte, was er eigentlich erreichen wollte. Zweifelte er immer noch an der Macht, so wie Jenna das gesagt hatte? Wie sollte er so sein Leben verlängern und seine Ängste verlieren? Das einzige wo er seine Ängste plötzlich verloren hatte, waren seine Auftritte, was für ihn aber eher

seltsam, als ein Erfolg war. Er fuhr ja immer total nervös zu seinen Auftritten hin und kurz bevor es losging, war er die Ruhe selbst. Manchmal traute er diesen Fruchtsäften von Henry nicht mehr, die er ihm vor jedem Auftritt immer und immer wieder gab. Timm setzte sich auf und stütze sich mit seinen Armen auf seinen Knien ab. Gab Henry ihm etwas? War der Saft der Grund für seine plötzliche Ruhe? Vielleicht sollte er ihn einfach mal weglassen, dachte er misstrauisch weiter. Nervös begann er mit seinen Händen zu spielen, dann stand er auf und ging zum Fernsehschränkchen rüber, um das linke Schubfach zu öffnen, welches mit irgendwelchen Kabeln gefüllt war, von denen niemand mehr wusste wozu sie überhaupt einmal gehört hatten. Er griff zu der kleinen silbernen Dose, die er selber dort unter den Kabeln versteckt hatte, öffnete sie und sah die kleinen Pillen an. Die waren tatsächlich zur Beruhigung. Die hatte er sich selber besorgt, für den Fall, dass seine innere Unruhe schier unerträglich wurde. Frei verkäuflich waren sie nicht und die Quelle wo er sie her hatte, war auch nicht so astrein gewesen, aber sie halfen. Timm schnappte sich eine Tablette, legte die Dose wieder unter die Kabel und eilte zum Tresen, um sie mit einem Schluck aus der dort stehenden Wasserflasche nach unten zu spülen. Schwer atmete er durch. Das Radio dudelte immer noch. Genervt ging er um den Tresen und schaltete es aus, während sein Blick zu der Weinflasche auf der Arbeitsplatte glitt. Er griff sie, holte mit der anderen Hand den Korkenzieher aus dem Besteckfach, öffnete sie und setzte sie einfach an, um mit gierigen Schlucken davon zu trinken, nur ruhiger wurde er nicht. Er drehte sich und ging mit der Flasche zum Sofa zurück, um dort, nachdem er wieder saß, den Tisch anzustarren. „Scheiße", murmelte er, stellte die Flasche hektisch auf den Tisch, griff nach dem Block und den Zetteln, die auf dem Tisch lagen und begann wie wild Noten zu zeichnen. Er brauchte ein Lied, überlegte er sich, er brauchte ein Lied in welchem er Fragen an die Macht stellen konnte. Vielleicht antwortete sie ihm, wenn er das passende Lied sang. Im Sommer hatte er einen Open-Air-Auftritt, da würde er den Himmel sehen können und dort könnte er das Lied ja platzieren. Er drückte stark mit dem Kugelschreiber auf, hörte irgendwelche Töne in seinem Kopf, brachte sie in Notenform aufs Papier, um sie dann hektisch durchzustreichen, den Kopf zu schütteln und leise summend die Tonart zu ändern. Erneute presste er den Kugelschreiber auf den inzwischen völlig chaotisch aussehenden Notenzettel.

Als hätte ein Wahnsinniger versucht ein Lied zu komponieren, aber wenn man die Optik mal ausblendete, dann, so dachte Timm, war das was dort stand absolut genial. Er lehnte sich zurück und starrte die Noten an. Ein Text stand dort nicht, aber den würde er auch nicht brauchen, er würde wenn das Lied begann wissen was er zu singen hatte. Voller Ehrfurcht betrachtet er die Noten und er schrak zusammen, als er Susannas Stimme hörte. „Was machst du denn hier? War vorhin jemand da?" Er richtete seinen Blick zur Tür. „Wer soll da gewesen sein? Wann?" „Bevor du das Schlafzimmer verlassen hast. Ich habe gehört wie er sagte man könne nicht einfach irgendwen lieben." Timms Augen weiteten sich verdächtig. „Du hast es gehört?" „Ja, und nun sag schon, wer war das?" Ungeduldig trat sie vor und setzte sich zu Timm aufs Sofa. Erwartungsvoll und neugierig ihren Blick auf ihn geheftet. „Niemand", antwortete er, „ich glaube ich habe es geträumt und wenn du es wirklich gehört hast, vielleicht habe ich es gesagt." Sie kniff die Augen zusammen. „Bist du schlafgewandelt?" Er zuckte mit den Schultern, während ihr Blick zu seinem Notenblatt wanderte und sie neugierig danach griff, um es zu betrachten. „Aber jetzt bist du wach? Oder wandelst du immer noch Schlaf?" „Natürlich bin ich wach, ich hab komponiert." „Ach das nennst du komponieren? Das sieht aus als hätte ein Wahnsinniger seinen Rausch in einem Haufen von wilden Noten freien Lauf gelassen." „Danke", murmelte er leise und erschrocken sah Susanna ihn an. „Oh Timm, es tut mir leid", sprach sie schnell und strich mit ihrer Hand über sein Haar, während sie ihn fürsorglich betrachtete. „Was ist los? Es geht dir nicht gut, oder?" Er zuckte mit den Schultern und murmelte zeitgleich: „Nein, ich bin nervös und …" Er brach ab. Sie rutsche weiter an ihn heran und legte ihren Kopf an seine Schulter, während sie die Weinflasche auf dem Tisch wahrnahm. „Der da …", deutete sie zu dem Wein, „wird dir nicht helfen, eher das Gegenteil wird passieren." „Ich weiß, ich hab auch nur einen Schluck genommen." „Möchtest du über deine Ängste sprechen?" „Nein." „Vielleicht würde es helfen. Es erleichtert." „Ich hab einfach an die letzten Monate gedacht. An den ganzen Stress. An alles was so passiert ist und …" Erneut stoppte er, zog sie von sich weg, so dass sie ihn ansehen musste.

„Sag mal, dein Danny?" „Er ist nicht mein Danny, Timm! Rede nicht immer so abfällig über ihn." „Ok, also Danny, hatte der jemals Angst?" „Weiß ich nicht, bemerkt habe ich nichts, aber er war auch sehr verschlossen, was das Zeigen seiner Gefühle anging. Du hast jetzt nicht die Nacht über ihn nachgedacht, oder?" „Nein. Es fiel mir grad erst so ein und ich dachte, wenn er nicht so ängstlich war, ist das ein Punkt mehr der beweist, dass ich nicht er bin." „Fein", nickte sie „soweit waren wir schon. Du hast mir schon mehrfach mitgeteilt, dass du glaubst es nicht gewesen zu sein. Aber ich muss dich enttäuschen." „In wie fern?" „Ich sagte er war verschlossen und das mein lieber Ehemann bist du auch. Nur weil ich nichts sage, spüre ich dennoch, dass du mir längst nicht alles aus deinem Leben erzählst."

Er nickte und drehte sich dann weg. „Wir sollten schlafen gehen. „Ja, ich glaube auch", lächelte sie ihn charmant an und ergänzte provozierend, „verschlossener Danny."

Er stand schweigend auf und zog sie mit sich ins Schlafzimmer.

Susanna blieb wach neben ihm und hörte bald seine gleichmäßigen Atemzüge neben sich. Schwer atmete sie aus. Er hatte es nicht vergessen, so wie sie es gehofft hatte. Er glaubte immer noch, dass Danny aus einer anderen Zeit und wie durch ein Wunder, bei ihr auftauchen könnte. Besorgt realisierte sie nun, dass diese Tatsache weiterhin ein Stresspunkt ihn ihrer Beziehung bleiben konnte. Das und noch einiges mehr. Zum Beispiel seine ständigen

Geheimnisse ihr gegenüber wurden so nach und nach zu einen Problem und zum Problem wurde ebenfalls, dass sie selber anfing Ängste zu entwickeln. Sie ging nämlich inzwischen davon aus, dass diese ganze Musikgeschichte viel zu anstrengend für ihn war. Es begann sie auch zu nerven, dass sie seine Gründe zu diesem Schritt nicht verstand und schmerzlich wurde ihr bewusst, dass ihr eigener Mann, der nun friedlich neben ihr schlief, manchmal regelrecht ein Fremder für sie war.

Am nächsten Morgen dachte Susanna über Statistik nach, während sie sich nach der ersten Vorlesung in der Uni, den Kaffee in der Mensa auf ihr Tablett stellte und sich samt diesem und mit ihrem Salat auf den Weg zu den Tischen machte.

Wie stellt man das noch mal an, die Probleme aus der Praxis in methodische Fragestellungen umzuwandeln? Umzuwandeln, damit sie statistisch überprüft werden können? Was für Variable wurden da doch gleich gebildet? Oh Gott, sie ahnte jetzt schon, dass die Evaluation und Forschungsmethodik nicht ihr Lieblingsfach werden würde, während sie ihre Augen über die gut besetzte Mensa gleiten ließ. „Du kannst dich zu mir setzen", hörte sie die Männerstimme von links und sah auf ihn herab. Seine blauen Augen sahen sie direkt an. Wo hatte sie diese Augen schon mal gesehen? Seine Haare waren dunkelblond und zu Rasterzöpfen geflochten. Am Hinterkopf mit einem Band zusammengebunden. Susanna kniff die Augen zusammen und erst dann erkannte sie ihn. „Dirk?" „Richtig", jetzt grinste er sie an. Entgeistert stellte sie ihr Tablett auf den Tisch und setzte sich ihm direkt gegenüber. „Was machst du denn hier?", fragte sie erstaunt. Er zog an seiner Zigarette, um sie kurz darauf im Aschenbecher auszudrücken. „Ich arbeite hier. Die Heizung wird repariert." „Echt? Das ist ja ein Zufall." Umgehend musste sie ihn anstrahlen. Dirk war der Adoptivsohn ihres Onkels und sie hatte ihn erst einmal bewusst gesehen. Sie konnte sich nicht erinnern, ihn jemals vor ihrem Unfall gesehen zu haben und bewusst trat er erst an dem ersten Abend bei ihren Eltern in ihr Leben ein. Es war Weihnachten gewesen und unter all den Gästen, die ihre Mutter damals eingeladen hatte, war er ihr am sympathischsten in Erinnerung geblieben. „Was machst du?", fragte er. „Studierst du hier?" „Ja, ich versuche es zumindest. Aber eben habe ich gerade wieder festgestellt, dass es Fächer gibt, die ich nicht leiden kann." Er lachte. „Das ist normal, Susanna. Es ist ganz egal was du tust, es ist immer etwas dabei, was du nicht leiden kannst." „Du meinst, den Traumberuf gibt es

nicht?" „Genau das meine ich. Also, eigentlich gibt es ihn
schon, aber es ist halt immer was dabei, was man nicht
mag." Einen Augenblick sah er sie einfach nur an. „Wie
geht es dir?", fragte er dann. „Stress, sonst eigentlich ganz
gut, und selbst?" „Ich kann nicht klagen." „Was macht
mein Onkel?" Er lachte. „Keine Ahnung. Ich habe ihn seit
Monaten nicht mehr gesehen." „Euer Verhältnis ist also
nicht besser geworden?" „Nein, aber inzwischen ist es mir
egal." „Wirklich?", fragte sie und sah ihn prüfend an.
„Wirklich", antwortete er mit fester Stimme, „und du? Wie
ich gehört habe hast du geheiratet." „Ja, stimmt", strahlte
Susanna und hielt ihm ihren Ring entgegen. Er betrachtete
ihn und nickte anerkennend mit dem Kopf, bevor er sie
wieder ansah. „Ganz schön berühmt, dein Mann. Hat
sicherlich kaum Zeit für dich, oder?" „Du weißt also mit
wem ich verheiratet bin?" „Natürlich, er war dein
Krankenpfleger und jetzt ist er gerade dabei eine
Traumkarriere hinzulegen." Sie atmete schwer durch. „Ja,
das stimmt wohl." Dann nahm sie einen Schluck Kaffee
und ihr Blick glitt dabei zu dem Nachbartisch. Die Frau, die
dort saß, lächelte Susanna an und Susannas Blick wurde
erstaunt. Was machte diese Frau hier? Sie wirkte unendlich
alt auf sie und saß hier in der Mensa, als wenn es das
normalste von der Welt wäre. Susanna lächelte zaghaft
zurück und blickte dann auf das Buch, welches die Frau in
ihren Händen hielt. ´Die verschlungenen Welten´ las sie in
zierlicher Schrift und zog zur Frage die Augenbrauen hoch.
„Das ist sehr interessant", zischte die Frau ihr zu. „Solltest
du auch mal lesen." „Tatsächlich?", fragte Susanna erstaunt
und die alte Frau lächelte ihr wieder zu. Unsicher wandte
sich Susanna wieder an Dirk. „Also, was man hier alles für
Leute trifft." Sie schob sich über den Tisch in seine
Richtung, damit er sie auch leise verstand. „Ob die hier
wohl studiert?" Er ließ seinen Blick ebenfalls zu dem
anderen Tisch gleiten. „Vielleicht, warum auch nicht?"
„Wozu soll denn das gut sein?" „Beschäftigung." „Pah,
Beschäftigung, die Studienplätze sind schon rar genug. Die
braucht das bestimmt nicht, um später ihren
Lebensunterhalt damit zu verdienen." Dirk grinste sie an.

„Das brauchst du doch auch nicht." „Was? Wieso denn nicht?", fragte sie nun lauter und lehnte sich wieder zurück. „Wie ich schon sagte, du hast einen berühmten Mann. Susanna, warum um alles in der Welt tust du dir das an?" „Was? Das Studium?" „Natürlich das Studium, warum du dir Timm antust, kann ich ja irgendwie verstehen." Sie grinste. „Du bist unmöglich. Ich muss doch auch etwas Eigenes haben. Also ständig von ihm abhängig zu sein, das ist kein Leben für mich." Auch Dirk grinste. „Du könntest Golf spielen, Tennis, dich mit Freundinnen treffen oder zur Kosmetikerin gehen. Obwohl ...", nachdenklich sah er sie an, „letzteres hast du kaum nötig. Du siehst wirklich toll aus, Susanna." „Danke", lächelte sie zurück. Auch schaute sie wieder zum Nachbartisch, aber die Frau war verschwunden. „Wo ist sie denn hin?" Dirk sah sich um. „Keine Ahnung, sie wird nach Hause gegangen sein." „Hm, schon möglich." Susanna sah ihn wieder an. „Heizungen also?" „Heizungen." „Macht es dir Spaß?" „Ich verdiene damit mein Geld. Spaß hab ich dabei weniger." „Und? Was macht dir Spaß?" „Das willst du nicht hören, Susanna. Es wird dich langweilen." „Erzähl einfach und überlass es mir, ob es mich langweilt oder nicht." „Ich lese langweilige Bücher." „Welche Bücher sind denn langweilig?" „Geschichte." „Geschichte? Finde ich nicht langweilig. Worüber liest du denn?" Er zuckte mit den Schultern. „Geschichte halt. Im Moment gerade über die Römer, aber bis vor kurzem habe ich mich mit der Gründung Amerikas befasst." „Wow, das finde ich nicht langweilig." „Sag mal", begann er und beugte sich wieder zu ihr vor. „Warum eigentlich Timm?" „Hä?" „Warum hast du Timm gewählt?" „Wie gewählt? Was soll denn so eine dusselige Frage?" „Ich war bei meinen Eltern als deine Mutter bei uns auftauchte und völlig aufgelöst erzählt hat, dass du einem Krankenpfleger nach Indien gefolgt bist." „Tatsächlich?" „Ja, sie konnte nicht erklären warum du das tust und deswegen frage ich dich jetzt, warum um alles in der Welt tut man so etwas?" „Er ist für mich bestimmt!" „So?", fragte Dirk ungläubig. „Und woher bitte schön weißt du das?" „Intuition, ein Gefühl, das man nicht beschreiben

223

kann. Ich weiß es einfach." „Hm, und er? Ist er der gleichen Meinung?" „Das will ich doch schwer hoffen. Sag mal, wie sieht es eigentlich bei dir aus? Hast du einen Partner?" „Nein", sprach er und lehnte sich wieder zurück. „Ist nicht einfach die Richtige zu finden." Susanna sah ihn erstaunt an. „Die Richtige?" „Ja, wen denn sonst?" „Ich dachte ...", ihr stieg die Röte ins Gesicht, „ich dachte bei dir handelt es sich um den Richtigen." „Bitte?", fragte er und zog die Augenbrauen zur Frage hoch, während er fast zeitgleich los lachte. „Wie kommst du denn auf den Schwachsinn?" Sie wurde noch roter und er sprach weiter: „Lass mich raten. Fred?" „Stimmt, Fred hat es mir erzählt." Jetzt lachte er noch lauter und musste sich mit seiner Hand die Tränen aus den Augen wischen. „Der hat auch nichts unversucht gelassen, aber genützt hat es ihm nichts." „Wie meinst du das?" „Susanna, er war eifersüchtig." „Auf dich?" „Natürlich auf mich. Es war ihm immer ein Dorn im Auge, dass ich dich mag." „Ja aber ..., das verstehe ich nicht. Ich meine, was ist schon dabei wenn jemand mich mag." Dirk schaute zur Uhr. „Ich muss los, meine Pause ist vorbei. Vielleicht sieht man sich ja mal wieder." „Wie lange arbeitest du denn noch hier?" „Heute.", „Na toll, dann sehe ich dich bestimmt nicht wieder." „Schreib mir deine Nummer auf, und ich rufe dich an." „Tust du das?" „Natürlich", zwinkerte er ihr zu. „Also gut." Sie begann in ihrer Tasche zu wühlen. „Hier." Er hielt ihr bereits einen Kugelschreiber entgegen. Erneut sah sie sich suchend um. „Und hier." Nun hielt er ihr seine Hand entgegen. „Da drauf?" „Da drauf." „Wie du meinst." Unsicher lächelnd schrieb sie ihre Telefonnummer auf seine Hand. „Sag mal", begann er wieder, „für eine Studentin bist du echt schlecht ausgerüstet." „Nein, in meiner Tasche herrscht lediglich ein frauliches Chaos." „Ach so." „Ja, genau so." Breit grinste sie ihn an. Er lächelte zurück. „Einen schönen Tag noch, Susanna", sprach er und ging.

Einen Augenblick blieb Susanna einfach sitzen und sah ihm hinterher, dann schaute sie auf die Uhr. Großer Gott, sie hatte viel länger hier gesessen als geplant und ihre nächste

Vorlesung hatte längst begonnen. „Dann kann ich auch nach Hause gehen", murmelte sie und erhob sich. Als sie das Gebäude verließ, musste sie zuerst die Augen zusammenkneifen, weil es draußen so hell war und während sie das tat, sah sie die Männergestalt von hinten, die im dunklen Kapuzenpulli auf der Treppe saß. Ein Kleidungsstück, das sie durchaus kannte. Er hatte ihr den Rücken zugewandt und lächelnd ging sie um ihn herum. „Dein Leben wird nicht einfacher, nicht wahr?" Timm lächelte sie durch die Sonnenbrille an. „Nein, ich könnte mir besseres vorstellen, als in Tarnkleidung hier zu sitzen." „Was machst du denn hier?", fragte sie. „Ich will dich abholen. Ich bin mit meinem Vater in dem Haus verabredet. Mit ihm und der Innenarchitektin, ich dachte mir du könntest auch etwas zur Einrichtung beisteuern." „Dachtest du?" „Ja." Er gab ihr einen kurzen Kuss, nachdem er aufgestanden war und zog sie mit sich zum Wagen. „Warum bist du eigentlich hier? Ich sollte noch in einer Vorlesung sitzen." „Ich weiß, eigentlich wollte ich nur mal gucken, ob irgendwo angeschlagen ist wie lange deine Vorlesung läuft und dann kam mir diese Frau entgegen." „Welche Frau?" „Eine ältere Dame. Sie lächelte mich an und sagte, ich soll ruhig auf dich warten, du würdest deine Vorlesung verpassen." „Was?", fragte Susanna ungläubig. Timm zuckte mit den Schultern. „Fand ich auch ein bisschen seltsam." „Hatte sie ein Buch dabei?" „Sie hatte eine Tasche dabei. So eine Omatasche in grau", er überlegte, „oder beige?" „Ach egal", winkte Susanna ab. „Sie hat in der Mensa gesessen, mich angegrinst und ein Buch mit dem Titel ´Die verschlungenen Welten´ in der Hand. Das klingt für mich nicht gerade wie ein Fachbuch, welches man in der Uni braucht." Timm ging zügig weiter auf seinen Wagen zu. „Ehrlich gesagt finde ich, dass sie allein auf Grund ihres Alters nicht in eine Uni passt." Er blieb so abrupt stehen, dass Susanna ihm fast auflief, während er sich zu ihr umdrehte. „Ist es da nicht egal ob man ein Fachbuch liest oder …", er überlegte und beugte sich zu Susanna vor, um leise weiterzuflüstern, „ein Buch über überirdisches und für den menschlichen Verstand nicht begreifbares?" „Hä? Wie kommst du denn darauf, dass es in dem Buch um so etwas geht?" „Was stellst du dir denn darunter vor?", fragte er direkt im Gegenzug. Sie überlegte. „Hm …, ich dachte es geht vielleicht um Lebenswege von Menschen." Er zog seine Sonnenbrille mit der Hand etwas nach vorne und sah sie über den Rand mit seinen grünen Augen an. „Es geht um Welten, nicht um Wege, Susanna. Welten sind für mich entweder so etwas wie ein ganzes Universum, oder aber man spricht von Welten in Bezug auf die Persönlichkeiten." „Hä?" Er lachte auf und nahm seine Brille zur weiteren Erklärung komplett ab. „Deine Welt, meine Welt, die Welt der alten Frau", half er ihr, „jeder lebt in seiner eigenen Welt, jeder hat seine eigenen Wahrnehmungen." Er ließ seinen Blick über den Uniplatz schweifen und deutete mit einer ausladen Handbewegung auf die Umgebung. „Frag doch den Mann in der grünen Jacke, der an sein Auto gelehnt ist, während er an seinem Handy rumfummelt. Frag die Frau, die dort hinten gerade langjoggt oder frage die, die sich gerade bückt und an ihrem Schuh rumfummelt oder aber …" Timm drehte sich und erblickte den Obdachlosen der unter einem großen Baum, in einem alten Schlafsack, Schutz gesucht hatte und schlief, bevor er Susanna wieder ansah. „Frag ihn. Frag alle wie ihre Welt gerade aussieht und du wirst alles unterschiedliche Antworten und Weltanschauungen hören, dennoch laufen …", er drehte sich nochmal kurz zu dem Obdachlosen hin, „oder liegen sie alle an demselben Platz auf diesem Planeten, mit denselben Bäumen um sich, dem selben Blick, dem selben Himmel, derselben Sonne." Susanna nickte. „Das klingt auf jeden Fall äußerst interessant, aber was hat das mit dem Buch zu tun?" Er grinste und ging dann langsam weiter in Richtung Parkplatz. „Das heißt, dass die unterschiedlichen Welten der einzelnen Menschen miteinander verschlungen sind und da die Spezies Mensch längst nicht alles auf diesen Planeten begriffen hat …", er blieb stehen und schaute verträumt in den Himmel, „heißt es vielleicht auch, dass weit mehr, als man sehen und spüren kann, mit einander verschlungen ist." Susanna sah ihn schweigend an und als Timm es registrierte, sah auch er sie an. „Was?", fragte er, weil sie nichts sagte. „Du hast recht", murmelte sie leise, „komisch, dass du auf der einen Seite an mystische Dinge glaubst und auf der anderen Seite das Mystische an uns abstreitest." Er kam wieder auf sie zu und blieb direkt vor ihr stehen. „Ich streite das Mystische nicht ab, Susanna, ich glaube leider nur nicht, dass ich einmal Danny war. Die Geschichte an sich, die Verschlungenheit zwischen den Zeiten, da hab ich nie gezweifelt." Schwer atmete sie durch, während sie seine Stimme erneut hörte. „Das alles finde ich schon mystisch und ich finde es komisch, dass diese Frau mich überhaupt kennt und angesprochen hat." „Dich kennt doch fast jeder inzwischen." „Mag sein, aber weiß auch jeder, dass ich zu dir gehöre?" Unsicher knabberte Susanna auf ihrer Unterlippe. „Das wissen wahrscheinlich auch mehr als uns lieb ist."

„Egal", winkte Timm ab und zog sie weiter mit sich. „Warum hast du denn deine Vorlesung verpasst?", wechselte er abrupt das Thema. „Ich habe Dirk getroffen, den Adoptivsohn meines Onkels. Wir haben uns verquatscht. Ach, da ist er ja." Sie deutete auf den Heizungswagen, wo Dirk gerade an der Heckklappe wühlte. Als er aufsah, winkte sie ihm zu. Er lächelte zurück und ließ dann seinen Blick auf Timm verweilen. Die beiden Männer sahen sich ausdruckslos an. „Stell dir vor", sprach Susanna, „Fred hat behauptet Dirk sei schwul. Nur weil er wusste, dass Dirk mich mag. Ist das nicht verrückt?" Timm sah sie nur kurz an, um seinen Blick dann wieder auf Dirk zu richten. „Das ist nicht verrückt, Susanna, das war ein kläglicher Versuch dir einen Mann vom Hals zu halten." „Wie?" Erstaunt sah sie ihn an, aber er hatte weiterhin seinen Blick auf Dirk gerichtet und als Susanna dem Blick folgte, sah sie, dass auch Dirk weiterhin auf Timm schaute. „Er mag mich lediglich, was ist daran so schlimm?", fragte sie, während sie die Blicke der Männer kritisch musterte. „Daran ist nichts schlimm, wenn es denn so wäre", antwortet Timm ohne sie anzusehen. „Wie meinst du das?" Nun grinste Timm sie an. „Er mag dich zu viel nach

227

meinem Geschmack. Du kannst es in seinen Augen lesen."
„Er sieht mich doch gar nicht an." „Nein, er sieht mich an.
Auch dann kannst du in seinen Augen lesen. Am liebsten
würde er mich jetzt umbringen." „Was redest du denn da
für ein dummes Zeug?" „Glaub mir, von manchen Dingen
verstehen Frauen nichts, aber wir Männer, wir wissen die
Blicke untereinander sehr gut einzuschätzen." Sie waren
endlich am Auto angekommen und er öffnete ihr die
Autotür und während sie einstieg, ermahnte er sie: „Gib
ihm bloß nicht deine Telefonnummer." Susanna räusperte
sich dezent und Timm verdrehte auch sofort genervt die
Augen. „Auch das noch. Teil mir umgehend mit, wenn er
lästig wird." Dann schlug er die Autotür hinter ihr zu.

„Liebe und Leidenschaft, nun ja, du hast ja gesagt, wenn es nicht anders geht, dann nimmst du sie auch in einem Haus wie diesem hier", sprach Richard Mühlbach, während er durch das große Wohnzimmer spazierte. Susanna folgte ihm langsam. Bislang waren sie und Timm ja noch nicht viel in diesem Haus gewesen und so langsam wollten sie es wenigstens einmal ein bisschen heimeliger gestalten, damit man den einen oder anderen Abend hier genießen konnte. Es war ein Objekt im Landhausstil und trotz seiner Größe wirkte es durch die niedlichen Butzenfenster und das teilweise vorhandene Fachwerk zumindest äußerlich schon sehr gemütlich. Innerlich war es genaugenommen kalt und leer. Weit lag es auf dem Grundstück zurück und von der Straße aus war es nur schemenhaft zu erkennen. Das Tor öffnete sich automatisch. Ein großes schmiedeeisernes Tor, das nach seinem Öffnen, den Weg auf die Einfahrt freigab. Timm war direkt in die Garage gefahren und direkt von der Garage aus betraten sie auch das Haus. Richard und die Innenarchitektin waren ungefähr eine halbe Stunde nach Timm und Susanna eingetroffen.

„Ja", bestätigte Susanna, „aber wie du es richtig wiederholt hast, nur dann, wenn es nicht anders geht. Wir werden die Wohnung behalten." „Tatsächlich?", fragte Richard und drehte sich zu ihr um. „Warum wollt ihr das denn tun?" „Weil wir uns da wohl fühlen, weil es unser Zuhause ist." „Wozu kauft Timm dann so ein Haus?" Susanna zuckte mit den Schultern. „Wertanlage oder so, ich verstehe nichts davon." „Hm", mitfühlend sah Richard sie an. „Du hättest ihn lieber so, wie du ihn kennengelernt hast, stimmt´s?" „Ja, aber ich bin ja froh, dass er sich mir gegenüber wenigstens nicht verändert hat. Er ist immer noch so wie damals." „Was lästert ihr schon wieder?", fragte Timm, während er mit der Architektin im Schlepptau das Wohnzimmer betrat.

Nach seinem Zusammenbruch hatte Timm seine Einstellung zu seinem Vater geändert. Zwar fand er ihn immer noch zu kühl und zu reserviert und immer noch mochte er diesen Geschäftsmann in ihm nicht, aber Susanna hatte seine harte Einstellung, nach dem Zusammenbruch aufgebröckelt. Sie hatte berichtet, wie er sich um Susanna gekümmert hatte, während er selber im Krankenhaus bleiben musste und diese Fürsorge rechnete er seinem Vater hoch an. Susanna schien Richard Mühlbach zu mögen und irgendwann hatte sie Timms Zustimmung bekommen, dass er wenigstens versuchen würde, wieder ein gutes Verhältnis zu seinem Vater aufzubauen.

„Oh, wir lästern nicht", erklärte dieser, „sie spricht außerordentlich positiv von dir." Dann sah er sich wieder um und alle lauschten der Architektin, die ihre Vorstellungen über die Einrichtung zum Besten gab. Susanna kam sie vor, als wenn sie diejenige wäre, die mit Timm hier einziehen wollte. Sie kratzte mit ihren Absätzen über das Parkett und erinnerte teilweise an Eddi, wenn sie mit ihren langen, lackierten Fingernägeln auf die einzelnen Wände deutete, um kurz darauf zu überprüfen, ob ihre Frisur noch saß. Eddi war ein amerikanischer Freund Susannas, bei dem sie eine Weile, während ihrer Suche nach einem Beweis für Dannys Leben gewohnt hatte. Eddi hatte alte Unterlagen gesammelt und sie hatte sich, um diese Sichten zu können, bei Eddi einquartiert. Nachdem sie dort dann auch den Beweis für die Existenz Dannys gefunden hatte, hatte sie sich Eddi anvertraut und Freundschaft mit ihm geschlossen. Eine Freundschaft die auch heute noch durch Briefkontakt aufrecht gehalten wurde. Eddi war ein exotischer Mensch, trug gerne Frauenkleider und hatte stets lange, lackierte Fingernägel. Mit der Angewohnheit bei jeder Deutung mit seinen Fingern ein weibliches ´Huch´ von sich zu geben, hatte er nun die Brücke zu dieser Architektin geschlagen. Das ´Huch´ zwar nicht hörbar, erklang es für Susanna dennoch sehr laut in ihrem Inneren. Die feine blonde Dauerwelle der Architektin, erinnerte derweil an den Schick der fünfziger Jahre. Sie drehte sich galant in dem Zimmer und mit einer ausschweifenden Handbewegung fuhr sie fort. „Bei diesem traumhaft großen Wohnzimmer würde ich die Couch mitten in den Raum stellen." „Was meinst du, Susanna, hier die Couch?", fragte Timm und Susanna überlegte. „Ich weiß nicht, irgendwie ist es mir egal. Wenn ich ehrlich bin, ich

werde nicht allzu oft hier sein." „Aber manchmal schon."
Charmant sah Timm sie an. Sie nickte. „Ich würde sie vors
Fenster stellen." „Aber vor dem Fenster wird sie von der
Sonne ausgeblichen", fügte die Architektin ein. „Sie kommt
vors Fenster", bereitete Timm dem Ganzen ein Ende und
ging dann auf Susanna zu, um sie von hinten zu umarmen.
„Wenn wir mal hier sind, könnten wir zur Entspannung den
Whirlpool oben nutzen, was meinst du?" Susanna lächelte,
während Richard Mühlbach hinter ihnen auftauchte. „Das
ist ja alles ganz gut und ganz schön Timm, aber ich muss
dich warnen." „Wovor?" „Denk an ihre Wünsche!" Timm
grinste und küsste Susanna aufs Ohr. „Ich denke an nichts
anderes." „Das glaube ich dir sogar, zumindest in diesem
Moment. Aber wann geht dein Flug nach München?" Timm
sah seinen Vater betroffen an. „Heute Abend." „Wie lange
bist du weg? Drei Monate oder vier?" „Vier
wahrscheinlich." Richard nickte. „Irgendwann kommst du
nach Hause und sie hat einen anderen." „Richard", fuhr
Susanna aufgebracht dazwischen. Timm lächelte charmant.
„Nun, so abwegig ist das gar nicht. Schließlich steht der
erste Verehrer schon lechzend vor der Uni." „Was?", fragte
Richard sichtlich besorgt. „Leute laufen da rum", fuhr
Timm fort, „das glaubst du nicht. Zuerst dieser
Heizungsmonteur und dann noch diese Frau mit ihrem
Buch, was war das doch gleich?", fragte er Susanna. „Die
verschlungenen Welten." Timm nickte und sah seinen
Vater wieder an. „Die verschlungenen Welten! Hast du das
gehört?", lachte er und winkte dann ab. „Naja, du wirst der
letzte sein, der sich über solche Buchtitel Gedanken
macht!"
Timm grinste kurze die Architektin an und drehte sich dann
wieder zu Susanna und Richard um. „Irgendwie sah sie aus
wie eine alte Schamanin."
Susanna hielt abrupt die Luft an und blieb wie angewurzelt
auf einer Stelle stehen, während die Architektin ihre
Anwesenheit wieder in Erinnerung brachte. „Herr
Mühlbach, was halten sie von gelben Vorhängen?" „Fragen
sie das meine Frau." Erwartungsvoll blickte sie mit ihren
grauen Augen auf Susanna. Beinah irritiert, dass sie etwas

dazu sagen sollte, zuckte sie mit den Schultern. „Gelb? Ich glaube gelb finde ich gut", nickte sie den Vorschlag ab, um sich dann schnell fortzudrehen und ihren eigenen Gedanken nachzuhängen.

Timm hatte recht! Sie sah aus wie eine Schamanin. Genau genommen wirkte sie wie Sinopa, eine alte Indianerin, die ihr im 17. Jahrhundert die Zukunft vorausgesagt hatte. Eine Zukunft, die nicht nur das 17. Jahrhundert betraf, sondern eine Zukunft, die auch die heutige Zeit mit berücksichtigte. „Ist etwas?", fragte Timm, als er ihren besorgten Gesichtsausdruck sah. „Nein", stammelte sie und wandte sich dann zu dem großen Fenster, um in den Garten zu sehen.

Sinopa ..., schoss es ihr durch den Kopf und plötzlich kamen in ihr Fragen auf. Bislang war sie immer überzeugt davon gewesen, dass Timm mit ihr zusammen im 17. Jahrhundert gelebt hatte. Sie war überzeugt, dass sie selber in dem Jahrhundert gelebt hatte. An mehr hatte sie nie gedacht. Aber was war eigentlich mit all den anderen?

Mit Sinopa zum Beispiel?

Lebte sie auch wieder?

Sie ... und eventuell auch Elisabeth?

War Dirk dann auch einer von ihnen?

Bei dem Gedanken spürte sie ihr Herz schneller schlagen und deutlich sah sie in ihrem Inneren seine klaren, blauen Augen auf sich gerichtet.

Susanna saß an ihrem Schreibtisch und las. Timm war inzwischen drei Wochen weg, aber so schwer das auch für Susanna war, sie kam ohne ihn erheblich besser in ihrem Studium voran. Bei dieser Erkenntnis hob sie gedankenverloren den Kopf an und schaute hinaus. Sie wohnte zu hoch, um die bereits fast kahlen Bäume zu sehen, aber sie sah die Wolken über den gegenüberliegenden Dachgiebeln. Die Wolken zogen schnell darüber hinweg. Wenn sie jetzt eifrig weiter studierte, dann wäre sie vielleicht in zwei Jahren fertig, überlegte sie und musste lächeln bei der Vorstellung, danach nach Indien zu gehen. Würde Timm dann schon bereit sein? Würde er überhaupt jemals bereit sein? Im Moment sah es nicht so aus. Er befand sich zurzeit in London und alle Anzeichen deuteten darauf hin, dass er bald auch über den großen Teich fliegen würde. Eigentlich war das schon sehr beachtlich. Wie lange machte er das jetzt? Etwas über ein Jahr? Nach eineinhalb Jahren der erste Auftritt in New York. Wenn Henry gut verhandelte, dann fand genau dieser Auftritt im Januar statt. „Wenn er soweit ist, dann will er bestimmt nicht mehr nach Indien", murmelte sie und blickte geradezu enttäuscht wieder auf ihre Bücher, als sie vom Klingeln des Telefons aufgeschreckt wurde. Sie stand auf und griff nach dem Hörer, der auf dem Couchtisch lag. „Hallo?" „Hi Susanna", hörte sie die Männerstimme. „Wer ist denn da?", fragte sie neugierig. „Ich bin´s, Dirk." ´Gib ihm nie deine Telefonnummer´ schoss es ihr durch den Kopf, doch sie bemühte sich trotzdem zu lächeln. „Hallo Dirk, das ist ja nett, dass du dich mal meldest." „Ja, ich wollte mich eigentlich sofort bei dir melden, aber nach Timms Blick vor der Uni hat mich ehrlich gesagt der Mut verlassen." „Oh, war der denn so schlimm?", fragte Susanna erstaunt. „Vernichtend." Jetzt musste sie lachen. „Und jetzt? Warum traust du dich jetzt?" „Weil ich ihn eben im Fernsehen gesehen habe. Er kann schlecht in London sein und gleichzeitig bei dir." „Er ist im Fernsehen?" „Ja, über Satellit kannst du ihn sehen. Eine englische Show. Live, versteht sich." „Ach, die ist zu sehen?" „Ja, kannst du´s empfangen?" „Ja, wir haben uns extra so eine Schüssel gekauft." „Fein, ansonsten hätte ich dir angeboten zu mir zu kommen." Susanna lachte erneut. „Bis ich bei dir wäre, ist die Sendung längst gelaufen." „Nicht die, bei einer anderen. Er wird ja wohl noch mehr im Ausland machen, nicht wahr?" „Wahrscheinlich.", „Und? Wie geht es dir dabei? Bist du einsam?" Susanna atmete schwer durch. „Das geht dich nichts an, Dirk." Jetzt hörte sie ihn lachen. „Du braucht gar nichts sagen, ich weiß, dass du es bist. Was machst du denn gerade?" „Ich lese psychologische Bücher." „Wie interessant. Sigmund Freud? Carl Gustav Jung? Was liest du denn?" „Dirk, nicht nur psychoanalytisches Gedankengut wird an deutschen Universitäten verbreitet." „Ach so?", hörte sie ihn fragen. „Ja, die Psychoanalyse alleine gilt in einer um ihren Status als Wissenschaft ringenden Psychologie, als unwissenschaftlich und anrüchig." „Tatsächlich?" „Ja, tatsächlich." „Also was liest du genau?" „Ich beschäftige mich gerade mit der klinischen Psychologie." „Was ist darunter zu verstehen?" „Anwendung und Entwicklung von Theorien, Methoden und Techniken der Psychologie bei Individuen, die unter psychischem und körperlichem Stress leiden." „Das klingt aber langweilig." „Es ist langweilig geschrieben, das Thema selbst finde ich interessant. Wir sprechen hier von Depressionen, Schizophrenien, Ängsten und Phobien." „Mein Gott", hörte sie Dirk, „man muss es schon mögen, so ein Studium. Meinst du, du könntest eine Pause einlegen?" „Wofür denn?" „Also wenn du fragst wofür, dann hättest du auf jeden Fall die Zeit dazu. Es geht also nur noch darum, ob es sich lohnt." „Stimmt", antwortete Susanna wahrheitsgemäß. „Also ich weiß nicht, ob es sich lohnt. Ich wollte nur mal auf einen Kaffee vorbeikommen. Bin gerade in der Nähe." „Ja? Wo bist du denn?" Sie hörte bei seinen Worten, dass er grinste. „In der Telefonzelle vor deinem Haus." „Idiot", brummelte sie, „los, komm schon rauf."

Er kam ihr recht groß vor, als er nun direkt vor ihr in der Wohnung stand. Sie musste überlegen, wer von beiden eigentlich größer war. Timm oder Dirk? Sie vermutete bald, dass Dirk ein paar Zentimeter größer war als Timm. „Also, willst du einen Kaffee, oder hast du das nur so gesagt?" „Nein, Kaffee ist gut." Dirk sich sah neugierig im Wohnzimmer um. Sie lief derweil um den Tresen herum. „Wie kannst du Timm im Fernsehen sehen, wenn du draußen vor dem Haus stehst?" „Ich habe eine Heizung repariert, drüben im Kaffee. Dort lief der Fernseher." „Ach so." „Recht klein habt ihr es hier. Ich hatte mir die Wohnung eines Superstars etwas größer vorgestellt." „Das hier ist nicht die Wohnung eines Superstars, das hier ist die Wohnung einer Studentin", erwiderte sie, während sie den Kaffee aufsetzte. Fragend sah er sie an. „Wohnt er etwa nicht hier?" „Doch, aber diese Wohnung hatte ich schon vorher. Ich hänge daran und Timm inzwischen auch." Dirk nickte und schaute sich dann das Bild über dem Sofa an. „Wo ist das?" „In Indien, es ist ein ritueller Tanz." „Habt ihr den getanzt?" „Ja", antwortete Susanna, während sie die Kaffeemaschine anschaltete und die kurze Sprachpause von Dirk schnell für ihre eigenen Zwecke nutzte. „Bist du mit dem Auto da?" „Ja, warum?" „Kannst du mich zu unserem Haus fahren? Ich brauche ein Auto. Kurt springt nicht an." Er drehte sich von dem Bild weg zu ihr hin. „Kurt?" „Ja, unser altes Auto vor dem Haus. Ich mag ihn wirklich gerne, aber im Moment will er überhaupt nichts mit mir zu tun haben." Dirk lachte. „Was unternimmst du denn, damit er dich ein bisschen lieber mag." „Ich rede liebevoll auf ihn ein." „Dachte ich mir, glaube aber nicht, dass das ausreichend ist." „Oh, ich streichle auch über sein Armaturenbrett." „Toll, Susanna, aber hast du es schon mal mit Streicheleinheiten unter der Motorhaube versucht?" „So intim bin ich mit ihm noch nicht geworden." „Ich kann das machen, aber nicht heute. Bei so alten Autos braucht man meistens mehrere Stunden, um sie flott zu kriegen, aber zu deinem anderen, ich nehme an namenlosen Auto, kann ich dich hinfahren." „Es ist nicht namenlos, es heißt Daisy."

„Eine Ente?" „Nein, ein BMW 750i." „Warum denn Daisy?" „Es ist ein Frauenname und es ist nur fair, wenn wir nun auch ein weibliches Auto haben, finde ich." Susanna grinste Dirk über den Tresen hinweg frech an. „Außerdem", erklärte sie stolz weiter, während sie nach den Kaffeetassen und der Milch griff, „sagt man, dass Frauen oftmals besser funktionieren als Männer und ein zuverlässiges Auto sollten wir schon haben!"

„Tun sie das? Das ist mir neu." „Natürlich tun sie das, sieh dir doch nur mal die Frauen an. Ich meine jetzt nicht mich, aber viele andere. Sie haben einen Beruf, haben Kinder und manchmal nicht mal den Mann dazu. Trotzdem funktionieren sie wie ein Uhrwerk!" Sie stützte sich bei ihren Worten mit den Händen auf dem Tresen ab und er tat es ihr direkt gegenüber gleich. „Wir Männer etwa nicht?" „Doch ihr Männer funktioniert auch, aber wenn ich das jetzt zugebe, mache ich das Lob für mein eigenes Geschlecht kaputt", grinste Susanna weiter. Dirk nickte. „Alles andere hätte mich auch gewundert. Dein Mann funktioniert wie eine Funkuhr." „Wer redet denn von Timm? Ich dachte wir reden allgemein über Männer und Frauen."

Susanna fiel auf, dass sich Dirks Blick inzwischen etwas verändert hatte, das neckische war verschwunden, so dass ihr eine Blödelei über das Thema Geschlecht kaum noch sinnvoll erschien und gedankenverloren drehte sie sich weg, während sie den Kaffee eingoss. Warum hatte sie überhaupt angefangen so herumzublödeln? Das machte sie doch eigentlich nur, wenn sie ein Gefühl wie Verlegenheit überspielen wollte. Konnte es sein, dass Dirk sie irgendwie verlegen machte? Sie drehte sich wieder zu ihm hin.

„Dirk, ich habe den Eindruck, dass du jedes Gesprächsthema früher oder später auf Timm lenkst. Täuscht das?" Sie hätte angenommen, dass er jetzt grinsen würde, aber sein Gesicht war ernst. „Ich will wissen, wie er ist." „Warum?" „Weil ich wissen will, warum du ihn liebst." Erneut hallten ihr die Worte von Timm durch den Kopf.

´Gib ihm nie deine Telefonnummer.´

Sie schob ihm den Kaffee entgegen und sprach leise: „Dirk, das geht dich nichts an." Dirk nickte und nahm den Kaffee entgegen. Susanna spürte weiter die Unsicherheit in sich aufsteigen, als er den ersten Schluck nahm und sie dabei mit seinen stahlblauen Augen direkt ansah. Dann drehte er sich weg und ging zu ihrem Schreibtisch. Er sah das Mathebuch dort liegen. „Wozu brauchst du ein Mathebuch?" Susanna schloss dankbar kurz die Augen und atmete erleichtert aus, als er endlich diesen Bann zwischen ihnen brach, den er anscheinend gerade irgendwie aufgebaut hatte und den Susanna als äußerst unangenehm empfand. Sie ging um den Tresen herum und lehnte sich an selbigen an. „Kennst du Gustav Theodor Fechner?" „Nein, baut er Heizungen?" „Nein, er war ein Physiker und Philosoph. Er gilt als Stammvater der Psychophysik. Er war es, dem es gelang, die Stärke einer Empfindung in Abhängigkeit von der Stärke eines Reizes durch eine mathematische Gleichung auszudrücken." Dirk sah sie ausdruckslos an und sie sprach weiter: „Danach ist die Empfindungsstärke eine logarithmische Funktion der Intensität eines Reizes." „So?", fragte er ungläubig. Sie grinste ihn an. „Spätestens jetzt packt jeder angehende Psychologiestudent verzweifelt das tief im Keller liegende Mathebuch wieder aus." Dirk rieb sich das Kinn und schaute wieder auf den Schreibtisch. „Ich verstehe gar nicht, wie man sich das antun kann. Sag mal, sind die alle in Englisch?" Er deutete auf die restlichen Bücher. „Neunzig Prozent. Die Wissenschaftssprache der Psychologie ist Englisch. Weißt du, selbst deutsche Bücher werden in Englisch verfasst." „Du kannst es?", fragte er. „Ja, damit habe ich kein Problem. Sollte man auch nicht. Spätestens im Hauptstudium kommt man ohne Englisch nicht sehr weit. Ich befinde mich im Hauptstudium." Er nickte und steuerte dann wieder auf die Couch zu, setzte sich und sah sie an. „Und sonst? Erzähl mir von dir." Sie folgte ihm und setzte sich in den Sessel. „Was soll ich dir erzählen? Ich lerne, lerne und lerne. Ein ziemlich langweiliges Dasein." „Wofür tust du es dann?" Sie zuckte mit den Schultern. „Irgendwann möchte ich in die

Neuropsychologie." „Du willst Menschen helfen, die deine Erfahrungen durchmachen, stimmt´s?" „Ja, ich glaube es hängt mit meinen Erfahrungen zusammen." „Willst du Menschen helfen, die ihr Gedächtnis verloren haben?" „Auch, aber ich hoffe, dass es so viele davon nicht geben wird." Erneut bekam Dirks Ausdruck etwas Beunruhigendes. „Also, bevor du mich unterbrichst, ich will nicht von ihm reden, aber ..." „Aber was?", fragte Susanna im höchsten Maße alarmiert. „Deine Mutter damals, sie hat gesagt, dass du ihm folgst, weil ..., weil du dich mit ihm verbunden fühlst. Verbunden mit einem Mann, den du nicht kennst." „Ja, das stimmt", antwortete Susanna wahrheitsgemäß und immer noch beunruhigten sie seine stahlblauen Augen. Er stellte seinen Kaffeebecher auf den Tisch und beugte sich vor. Sein Blick schien direkt bis in ihr Inneres zu gehen. „Hat dein Koma damit zu tun?" Sie antwortete nicht. „Also ja", stellte er fest. „Glaubst du an Seelenwanderung?" Diesen Blick auf sich gerichtet und diese Frage dazu, trieben ihr die Schweißperlen auf die Stirn. „Was ist das hier? Ein Ratespiel?" Er lächelte nicht. „Nein", und seine Stimme klang ernst. „Ich möchte wissen, ob du an Seelenwanderung glaubst." Sie kniff die Augen zusammen. „Glaubst du daran?" „Ja", sprach er mit fester Stimme, dann lehnte er sich zurück und abwartend sah er sie an. „Ja, ich glaube daran! Was soll das, Dirk?" Nun beugte er sich wieder vor und seine Stimme klang nur noch leise. „Du glaubst, dass er mit dir seelenverwandt ist?" Sie spürte die Hitze in sich aufsteigen. „Glaubst du an mehrere Leben?" „Hör auf damit", forderte sie ihn beinah wütend auf und er gab sich die Antwort selbst. „Ja, du glaubst daran. Aber Susanna, wenn es das gibt, dann werden nicht nur zwei Menschen wieder geboren, sondern fast alle." Er stand auf und streckte sich, dann sah er sie wieder an. „Ich finde das gut, dass du dir so sicher bist. So sicher, wirklich den Richtigen zu haben." Dann grinste er. „Soll ich dich jetzt zu Daisy fahren?"

Sie sprachen nicht während der Fahrt und Susanna überlegte die ganze Strecke, was genau sie eigentlich so verunsicherte. Aber diese Überlegungen waren schwer. Es war ein Gefühl, das sie nicht greifen konnte, das sie nicht einmal einkreisen konnte. Tausend Gedanken flogen ihr wirr durch den Kopf. Darunter auch Erinnerungen, die sie bereits vergessen hatte. Sie sah sich und sie sah Timms angsterfüllte Augen vor sich.

„Was, wenn der Richtige eines Tages vor dir steht?", sprachen diese Augen. Was war es, das Dirk an sich hatte? Was war es, das sie so aus der Fassung brachte? Vorsichtig schielte sie zu ihm rüber und schmerzlich wurde ihr bewusst, dass er erstaunlich viel Ähnlichkeit mit dem damaligen Danny hatte.

Sie holte die Fernbedienung des Tores aus ihrer Tasche und das Tor tat sich vor ihnen auf. Langsam fuhr Dirk die Einfahrt hoch und sein Gesichtsausdruck bekam beinah etwas Ehrfürchtiges, als er das Haus sah. „Ja", murmelte er leise, „das entspricht schon eher dem, was ich mir unter dem Zuhause eines Superstars vorstelle." Susanna ging nicht darauf ein. „Warte hier. Wenn ich den Wagen habe, dann fahr hinter mir her, damit ich das Tor für uns öffnen kann."

Zurück in ihrer Wohnung warf sie die Schlüssel auf die Anrichte im Flur und ging dann ins Wohnzimmer. Sie sah direkt auf Timms Bild. „Ich glaube", sprach sie zu ihm, „manchmal gefällt es mir gar nicht, dass du kaum hier bist." Dann atmete sie schwer durch und griff nach dem Telefonhörer. Sie lief im Zimmer auf und ab, während sie seine Handynummer wählte. „Hallo", hörte sie seine Stimme vom Band. „Leider bin ich nicht zu erreichen, bitte hinterlassen sie eine Nachricht." Sie legte auf und ging zum Tresen, suchte in dem Zettelhaufen nach der Hotelnummer und wählte erneut. Sie hörte das Freizeichen und dann die Damenstimme die den Hotel- und ihren eigenen Namen runterratterte. Susanna kam direkt zum Punkt. „Hallo, ist Timm Mühlbach da? Können sie mich zu ihm durchstellen?", fragte sie und die Dame zögerte.

„Tut mir leid. Der Zimmerschlüssel ist hier. Er wird nicht da sein. Soll ich ihm etwas ausrichten lassen?" „Nein danke, ich melde mich wieder", traurig beendete Susanna das Telefonat.

Ihre Stimmung wurde nicht besser. Es war wirklich schwierig inzwischen ihren eigenen Mann zu erreichen. Sie hörte ihn mehr im Radio oder sah ihn im Fernsehen, als dass sie ihn selber mal hätte sprechen können. Und da diese für sie belastende Situation anscheinend nicht reichte, fielen ihr auch immer mehr Zeitungsartikel über ihn auf, in denen dann wie aus Zauberhand irgendwelche Frauen mit ihm abgelichtet wurden, nur damit man spekulieren konnte mit wem er wohl gerade zusammen war.

Sie saß in der Mensa, hatte die Zeitung, die sie heute Morgen am Kiosk nur seinetwegen gekauft hatte, vor Nase und betrachte sein Bild zusammen mit einer seiner hübschen Backgroundsängerinnen.

„Mensch Mädchen, mach dir nichts draus, das gehört zu seinem Job." Die Stimme riss sie aus ihrer Versunkenheit und erstaunt blickte sie auf. Ihr Blick wurde noch erstaunter als sie die alte Frau, die sie bereits damals in der Mensa gesehen hatte, neben sich stehen sah. Die Frau setzte sich unaufgefordert an ihren Tisch und lächelte sie geradezu schelmisch, mit ihren blaugrauen Augen, an. „Ich bin Miriam, aber du kannst mich Mimi nennen." „So, kann ich das?", fragte Susanna. „Ich studiere hier nicht", fuhr Mimi fort, „ich habe damals deutlich an deinem Blick gesehen, dass du dich dafür interessierst und deswegen dachte ich mir, ich schaue noch mal vorbei, um es dir zu erzählen." „Was machst du dann hier?", fragte Susanna. „Ich beobachte Menschen." Ihr Grinsen wurde immer breiter und Susanna musste sich eingestehen, dass sie sie, obwohl sie sie nicht kannte, sofort mochte. „Warum tust du das?", fragte sie. „Es ist interessant." Sie sah sich in der Mensa um. „Es ist interessant, die jungen Leute hier zu beobachten und ich muss gestehen", sie beugte sich zu Susanna rüber, „ich belausche sie manchmal." Dann lehnte sie sich zurück. „Ich bin allein. Ich kann entweder einsam in meiner Wohnung altern, oder aber ich gehe raus und schaue, was es noch zu sehen gibt. Ich habe mich für Letzteres entschieden." Susanna lächelte. „Das finde ich gut." Mimi deutete wieder auf den Zeitungsausschnitt. „Du wirst mit der Evaluation und Forschungstechnik nicht weiterkommen, wenn du das da liest." Susanna sah ebenfalls auf die Zeitung in ihrer Hand. „Ich weiß", antwortete sie leise. „Wie heißt du denn?" „Susanna." „Und wie nah stehst du ihm?" „Ich bin seine Frau", erklärte sie, obwohl sie sich in ihrem Inneren eigentlich überlegte, ob sie es überhaupt erzählen sollte. Mimi lächelte wissend. „Habe ich mir gedacht. Und jetzt hast du Angst, nicht wahr? Angst, ihn an eine andere zu verlieren?" „Ich weiß nicht wovor ich Angst habe, nur das hier ..." Sie deutete auf das Bild, während Mimi ihren Satz einfach vollendete. „Das ist die Fantasie eines Reporters gewesen. Wahrscheinlich die Fantasie einer Reporterin, die sich selber in ihn verliebt hat." Ihr Blick wurde ernst. „Daran, Susanna, wirst du dich gewöhnen müssen. Nehmen wir mal an, er wäre nicht berühmt geworden, hast du ihn dir schon mal genau angesehen?" „Natürlich", antwortete Susanna verständnislos. „Dann weißt du ja, dass die Probleme auch so aufgetreten wären." „Stimmt, aber nicht in so großer Anzahl und vor allem hätte es nicht in der Zeitung gestanden." „Aber wo ist der Unterschied? Du wärest so oder so eifersüchtig." Jetzt musste Susanna lächeln. „Ja, Mimi, das stimmt." „Na also, und jetzt erzähle mir von dem anderen Mann an deiner Seite." Bestürzt sah Susanna sie an. „Welchen anderen Mann?" „Du weißt schon, den, weswegen du neulich deine Vorlesung verpasst hast." Susanna senkte verlegen ihren Blick und Mimi sprach weiter. „Meinst du, dass deinem Mann das gefallen würde?" „Nein." Mimi nickte. „Warum triffst du dich dann mit ihm?" „Ich habe ihn durch Zufall getroffen." „Beim ersten Mal, aber nicht als er zu dir in die Wohnung kam." „Bitte? Woher weißt du das?", fragte Susanna geschockt und erneut musste sie an Sinopa denken. „Hast du übermenschliche Fähigkeiten?" „Nein, ich habe Lebenserfahrung", kam die schlichte Antwort. „Das reicht, um das zu wissen?", fragte Susanna entgeistert. „Das reicht, um es zu erahnen. Dass es wirklich stimmt, hast du mir jetzt bestätigt." Susanna lehnte sich lächelnd zurück, „Sehr raffiniert", „Ich weiß", bestätigte Mimi, nicht ohne Stolz in ihren Augen, und sie fuhr auch sogleich fort. „Ich kann dich ja verstehen, Kleines. Dein Timm ist nie da und der andere könnte ständig hier sein." „Das ist es nicht", erklärte Susanna. „Ja, ich weiß auch, dass es das nicht alleine sein kann, aber es ist ein Grund mehr, der dich in deine Zweifel stürzt. Der andere, wie heißt er denn nun?" „Dirk." „Gut, Dirk. Er hat ständig Gelegenheit dich zu bearbeiten. Diese Möglichkeit hat dein Mann nicht." „Wir sind nur Freunde", beschwichtigte Susanna. „Das denkst du, aber wenn du in seine Augen siehst, dann wirst du lesen können, dass er das anders sieht." „Das hat Timm auch schon gesagt." „Ja, Männer sind manchmal wirklich begriffsstutzig, aber in dem Punkt verstehen sie sich auf Anhieb." Susanna sagte nun nichts mehr und Mimi wühlte in ihrer Tasche nach einem Zettel und nach einem Stift. Als sie beides hatte, schrieb sie und reichte Susanna den Zettel. „Meine Adresse. Ich bereite einen ausgezeichneten Tee zu." Susanna lächelte. „Du bist sehr sonderbar." „Ich weiß." Susanna sah sie an. „Was war das für ein Buch, das du neulich gelesen hast? Die verschlungenen Welten? Worum geht es da?" Mimi lächelte sie an und griff in ihre Tasche, wo sie das besagte Buch draus hervorzog. Lächelnd legte sie es Susanna vor die Nase, die auch es auch umgehend aufschlug, um festzustellen, dass es sich nur um leere Seiten handelte. „Das ist gar kein Buch?", fragte sie erstaunt. „Doch es ist ein Buch. Aber nicht jeder kann es lesen." Susanna klappte das Buch zu und schob es zu Mimi über den Tisch zurück. „Du bist schon ein bisschen verrückt Mimi, oder?" „Mag sein, ich schreibe es gedanklich selber, aber es geht immer um verschiedene Welten, die eigentlich gar nichts miteinander zu tun haben und wo es dann doch immer wieder auch eine Art von Tor gibt, welches von der einen Welt in die andere führt." „Du schreibst das Buch gedanklich?", fragte Susanna erstaunt und ergänzte dann auch sofort selber weiter, „stehen für dich denn auf den Seiten auch Wörter?" Mimi betrachtete das Buch vor sich. „Natürlich stehen auch für mich nicht wirklich Wörter darin. Aber ich habe das Gefühl, ich könnte meine übersinnlichen Gedanken dorthinein übertragen." Sie blickte auf, in Susannas Augen. „Ich kann es aufschlagen …" Sie nahm das Buch, schlug es auf und hielt es so, dass Susanna lediglich das Cover sehen konnte. „Und ich kann dir vorlesen. Es steht immer etwas drin für mich." „Dann les mal bitte", forderte Susanna auf.

Mimi ließ das Buch sinken, griff erneut in ihre große Handtasche und zog eine zierliche Brille hervor, die sie sich auf ihre Nasenspitze setzte. Kurz lächelte sie Susanna darüber hinweg an, während sie das Buch wieder anhob, so dass die leeren Seiten für Susanna verschwanden. Sie senkte ihren Blick auf das Buch.

Bei den indianischen Völkern ist ein Totem ein Wesen, welches ein Ahne oder ein Verwandter des Menschen ist.
Ein Totem wird deswegen verehrt.
Ein Totem nimmt unterschiedliche Gestalt an.
Es kann eine Pflanze oder Tier sein.
Mit diesem Wissen betrachtet, wirkt die Welt auf einmal ganz anders.
Für manche wirkt sie reicher.
Für manche wirkt sie beängstigender.
Ich finde die Welt dadurch reicher und habe in meiner Wohnung einem Gummibaum stehen, der mein verstorbener Mann ist.
Für meine Freundin wirkt sie beängstigender, weil sie sich zwar auch ein Totem wünscht, aber nicht erfahren genug ist, so daran zu glauben, dass es einem auch gut tut.
Statt die Seele eines lieben Menschen in einer Pflanze zu sehen...
... sieht sie die Seele eines lieben Menschen in einem anderen Menschen.

Susannas Blick wurde unsicher und sie spürte wie ihre Hände schwitzig wurden und langsam legte sie diese auf ihrer Schenkeln ab, um den Schweiß an der Hose abzureiben, während Mimi kurz ihre Fingerkuppe befeuchtete und vorsichtig eine der Seiten umschlug.

Da Menschen aber bekanntlich mit einander kommunizieren, werden immer wieder Momente

auftauchen, die einen an der Existenz der gewünschten
Seele in einem anderen Körper zweifeln lassen.

Diese Sichtweise kann nicht glücklich machen.
Diese Sichtweise kann sogar ins Unglück führen.

Deswegen lade ich meine liebe Freundin auf einen Tee ein.
Ich bereite einen ausgezeichneten Tee vor und freu mich
schon sehr auf ihren Besuch.

Beinah liebevoll schloss sie das Buch und lächelte Susanna
erneut über ihre Brille hinweg an. Das Buch und die Brille
versanken wieder in der Tasche und langsam stand Mimi
auf. „Hast du noch Fragen, mein liebes Kind?"
Susanna schüttelte den Kopf und räusperte sich dann. „Oder
doch, ich habe viele Fragen", begann sie, „aber mir fällt
keine sinnvolle Formulierung zu meinen Fragen ein."
Mimi nickte und wandte sich dann zum Gehen. „Ich freue
mich, falls du mal vorbei kommst." Dann tappelte sie
davon.

Susanna blieb völlig irritiert sitzen und sah auf ihre
mitgebrachte Zeitung hinab, auf dessen Titelseite sie
Timms Gesicht sah. Sie drehte die Zeitung um, um dann
auf die Werbeanzeige einer Eismarke zu starren. Kurz
darauf glitt ihr Blick ins Leere.

„Ich habe ein Totem entwickelt", murmelte sie vor sich hin
und blickte sich in der Mensa um, während sie leise
weitersprach, „ich habe ein Totem in einen bestimmten
Menschen projiziert und wie Mimi es eben vorgelesen hat,
zweifle ich manchmal daran, dass die geliebte Seele
wirklich in diesem Menschen ist."

Sie ließ ihren Blick wieder auf die Eiswerbung sinken und
entdeckte daneben den Zettel mit Mimis Adresse. Langsam
griff sie danach und steckte ihn ein. Vielleicht sollte sie
wirklich das Angebot mit dem Tee annehmen. Mimi schien,
warum auch immer, zu wissen in welch verrückter Welt sie

lebte. Vielleicht war diese Frau ja wirklich Sinopa.
Vielleicht war sie eine weise Frau, die Susanna helfen
konnte den richtigen Weg zu gehen. Denn eines war auch
für Susanna inzwischen eine grausame Tatsache geworden.
Sie begann Timms Zweifel, jemals Danny gewesen zu sein,
zu teilen.
Plötzlich stand sie energisch auf, ließ die Zeitung liegen
und ging zur Essenausgabe. „Eine Frage? Haben sie auch
Eis?"

Susanna stand am Straßenrand und fröstelte, während Dirk seinen Kopf unter die Motorhaube von Kurt steckte. Er sah zu ihr auf, um sich dann zu erheben und seine Jacke auszuziehen. „Hier", hielt er ihr seine Jacke entgegen, „wenn du mich schon nicht mit Kurt alleine lassen magst, dann zieh wenigstens die Jacke an." Sie nahm die Jacke und er beugte sich wieder unter die Motorhaube. Sie blieb unschlüssig mit der Jacke in der Hand stehen. „Zieh sie an", hörte sie unter der Haube seine Stimme und ging dann auf ihn zu. Leicht berührte sie seinen Arm. Die Wärme seiner Haut war deutlich zu spüren und er hielt in seiner Arbeit inne und sah zu ihr auf. „Susanna, ich gebe dir nicht meine Jacke, weil ich hier den Harten spielen will. Dir ist kalt und mir ist warm." „Ist ja schon gut", gab sie nach und zog sich die Jacke über. „Wenn du schon so günstig stehst, kannst du dann bitte mein Hemd höher krempeln? Meine Hände sind voller Öl. Ich glaube, wirklich lange lebt Kurt nicht mehr." „Das wäre aber schade", sprach Susanna aufrichtig betroffen und krempelte dann Dirks Hemdsärmel hoch. Sie hielt inne als die Tätowierung auf seinem linken Unterarm zum Vorschein kam. „Ein Adler?", fragte sie als sie es sah. Er blickte zuerst zu der Tätowierung und dann zu ihr. „Ja, ein Adler", antwortete er nur, um sich dann erneut mit dem Wagen zu beschäftigen. Es dauerte eine ganze Weile ehe er sich wieder aufstellte und die ölverschmierten Hände von sich streckte. „Du kannst jetzt versuchen ihn zu starten." „OK", Susanna rannte um den Wagen herum und setzte sich hinters Steuer. Er sprang umgehend an. „Wahnsinn", rief sie, während sie wieder ausstieg. „Wie hast du das gemacht?" „Er braucht halt ein bisschen mehr als nur Streicheleinheiten am Armaturenbrett. Trotzdem, er läuft wie ein Sack Sülze." Erneut beugte er sich in den Motorraum und fummelte daran herum. „Gib mal Gas, bitte." Susanna stieg wieder ein, gab Gas, wartete und gab nach seiner Aufforderung erneut Gas, dann schlug er die Motorhaube zu und kam zu ihr herum. „Ich glaube, jetzt hört er sich ganz zufrieden an. Du kannst ihn ausmachen." Sie tat es. „Woher weißt du so viel darüber?" „Ich habe mich schon immer dafür interessiert." Sie sprang aus dem

Wagen und wollte ihm vor Begeisterung um den Hals fallen, aber er wich zurück. „Susanna, ich bin total dreckig. Es wäre nett, wenn ich noch kurz mit dir nach oben darf, um meine Hände zu waschen." Sie zog sich zurück. „Natürlich, ich koche dir auch noch einen Kaffee, wenn du willst." Er grinste. „Dem bin ich nicht abgeneigt."

Der Kaffee war schon fertig, als Dirk aus dem Bad kam. „Setz dich", forderte Susanna ihn auf und deutete auf das Sofa. Er tat es und griff auch sofort nach dem Kaffee, der bereits vor seiner Nase dampfte. „Warum ein Adler?", fragte sie ihn und er sah sie erstaunt an. „Warum kein Adler?" „Hast du dir dabei was gedacht, als du ihn gewählt hast?" Er zögerte, bevor er weitersprach. „Ich denke mir immer etwas, bevor ich es tue." „Und warum hast du ihn gewählt?" „Das sage ich dir nicht." Seine Stimme klang auf einmal ein bisschen härter als sonst. Sie wurde rot und griff nach ihrer Kaffeetasse. „Entschuldigung, ich wollte dir nicht zu nahe treten." Zerknirscht senkte sie ihren Blick. Er winkte ab. „Ich wollte nicht so hart antworten. Es tut mir leid. Vielleicht erzähle ich es dir ein anderes Mal, OK?" Jetzt lächelte sie. „Ja, OK." Dirk trank seinen Kaffee aus und stellte den Becher wieder auf den Tisch. „Danke, es tat gut, jetzt etwas Warmes zu trinken." Dann stand er auch schon auf. „Willst du schon gehen?" „Ja, ich habe noch einen Termin." „So, na dann." Sie lächelte, stellte ihre Kaffeetasse ab und brachte ihn zur Tür. Er zwinkerte ihr kurz zu und verschwand. Stirnrunzelnd blieb sie an der Tür zurück. Irgendwie war er seltsam heute gewesen, dachte sie, als sie die Tür wieder schloss und gedankenverloren ins Wohnzimmer zurückging. Sonst war er so redselig, fragte sie nach ihrem Studium und nach Timm. Heute hatte er nichts dergleichen getan. Im Gegenteil, er wirkte beinah abweisend, ganz besonders als sie ihn auf den Adler angesprochen hatte. „Ach, was soll's" brummelte sie und ging zum Fenster, um ihm hinterher zu sehen. Er sah nicht hoch, ging über die Straße, wo sein Wagen parkte und stieg dann ein. Sie konnte sehen, wie er sich eine Zigarette anzündete, bevor er den Wagen aus der Parklücke rangierte

und davonfuhr. „Wahrscheinlich irren sich alle. Timm,
sowie auch Mimi. Sie irren, wenn sie glauben er hätte sich
in mich verliebt", sprach sie weiter mit sich selbst und bei
dem Gedanken sollte nun eigentlich die Erleichterung in ihr
zu spüren sein, aber die blieb aus. Sie überlegte, warum die
Erleichterung ausblieb und dann kam ihr ein
angsteinflößender Gedanke.
War Danny nicht auch so gewesen? Einmal total nett und
aufgeschlossen und ein anderes Mal verschlossen und kalt?
Ja, Danny war so gewesen!
Und Timm?

Timm rieb sich den Nacken, als er hinter der Bühne ankam. Die Leute riefen unablässig seinen Namen. „Mein Gott, Junge." Henry klopfte ihm anerkennend auf die Schulter. „Das war großartig, du hast die New Yorker im Sturm erobert." Timm drehte sich zur Bühne um und sah zurück. „Ja, das fürchte ich auch." „Was heißt hier, fürchte? Mensch, freu dich doch." Erneut klopfte er ihm auf die Schulter. „Hör auf damit Henry, ich bin kein alter Teppich, der ausgeklopft werden muss. Macht man das heute eigentlich noch?" „Was?", fragte Henry verständnislos. „Teppiche ausklopfen?" „Frag das mal einen Staubsaugervertreter, der schlägt die Hände über dem Kopf zusammen." „Also nicht?" „Timm, du nervst. Komm mit an die Bar, wir stoßen an!" „OK" Timm folgte Henry und ihm folgte Julia, die neue Assistentin von Henry. Sie wollte eigentlich etwas zu Timm sagen, aber dieser ignorierte sie weitestgehend. Henry hielt ihm bereits sein Glas entgegen, als er ebenfalls am Tresen ankam. „Prost Timm, auf dich!" „Nun ja, mein Verdienst ist das ja nicht ganz. Dass ich überhaupt hier auftreten konnte, verdanke ich dir. Ich gebe es ja nicht gerne zu, aber das hast du gut hinbekommen." Henry lachte laut und legte einen Arm derweil um Julia. „Warte ab, ein halbes Jahr noch, dann tourst du durch die USA. In spätestens drei Jahren startest du deine erste Welttournee", wandte er sich weiterhin an Timm. Dieser nahm einen Schluck aus seinem Glas und schüttelte den Kopf. „Dein Optimismus in allen Ehren Henry, aber ..." „Nichts aber, bislang habe ich alles durchgesetzt, was ich vorhatte, oder etwa nicht?" „Weiß nicht, du sagst mir ja nie was du so vorhast. Irgendwann ist es dann so weit und ich glotze dich nur noch entgeistert an, wenn du mir sagst wo ich als nächstes singe." Erneut lachte Henry schallend. „Ich schenke dir übrigens Julia. Sie ist jetzt deine Assistentin." Julia lächelte ihn schüchtern an. „Was?", fragte Timm entgeistert, „wozu brauche ich eine Assistentin?" „Ich kann viel für dich erledigen, wenn du willst. Ich sorge dafür, dass deine Kleider regelmäßig gereinigt werden. Ich kümmere mich darum, was du essen willst und ich werde deine

250

Empfangsdame. Wen du nicht wirklich sehen willst, den wirst du nicht sehen." „Na toll." Ausdruckslos schaute er Julia an und wandte sich dann an Henry. „Brauch ich so etwas?" „Timm, ich kann mich nicht um alles kümmern, wenn sie mir diese Tätigkeiten abnimmt, kann ich mich voll und ganz auf die geschäftlichen Dinge konzentrieren." Er festigte seinen Griff um Julia. „Außerdem, sieh sie dir doch mal an. Ist sie nicht hübsch?" Timm sah Julia an. Sie hatte dunkelblondes, hüftlanges Haar. Glatt hing es an ihrem Rücken hinab und ihre Augen waren blaugrau. Um sie wirklich hübsch zu finden, hätte sie für ihn eine andere Haarfarbe haben müssen und ausdruckvollere Augen. Er schwieg dezent. Darauf kam es ja auch nicht an und sein Vater hatte ihm auch schon mal die Vorteile eines Vorzimmerdrachens erklärt. Ein Vorzimmerdrachen wirkte auf viele Menschen so abschreckend, dass viele überhaupt keine Versuche mehr unternahmen, um in das Büro des Vaters zu gelangen. „Meinetwegen", gab er kleinlaut bei und erneut strahlte sie ihn an, während Timm sich muffelig wegdrehte.

Nach ein paar Tagen musste er sich dennoch eingestehen, dass es, obwohl es wie erwartet ungewohnt für ihn war, mit so einer Gouvernante an seiner Seite, auch bequem sein konnte.
Sie erschien, wenn er sie rief und brachte ihm alles was er brauchte. Wollte er ein Buch aus der Bibliothek, ein Essen oder einfach andere Getränke, sie brachte es. Wenn er zu seinen Auftritten dieselbe Hose wie am Vortag anziehen wollte, konnte er davon ausgehen, dass sie ihm die frisch gereinigte Hose spätestens drei Stunden vor dem Auftritt ins Zimmer brachte.
Was ihn allerdings nervte, war ihr ständiges Grinsen und ihre ständige Bewunderung für ihn. Ewig bestätigte sie ihn, wie gut er war und dass sie keinen Besseren als ihn kennen würde. Auch unternahm sie manchmal dezente Versuche ihn auszufragen. Auszufragen über seine Frau und wie er damit klar kam, dass er seine Frau so selten sah. Außerdem wollte sie wissen, wie seine Frau damit klar kam und

erwähnte noch im selben Satz, dass sie selber diese Trennungen kaum ertragen könnte.

Timm ging, wenn überhaupt, nur kurz auf ihre Fragen ein. So kurz, dass sie auch nie lange weiter fragte. Einmal erwischte er sie in seinem Zimmer. Sie hatte ihm seinen Anzug an den Schrank gehängt, um dann vor Susannas Bild zu verweilen, das Timm ständig auf seinen Nachtschränken aufstellte. „Hat dir jemand erlaubt, das Bild anzuschauen?" „Ist es verboten es anzuschauen?" Timm kam langsam auf das Bett zu und warf seine Zimmerkarte und sein Handy darauf, während er weitersprach. „Es steht nicht für dich da, sondern für mich." „Oh, keine Sorge, ich kann es dir nicht wegsehen." „Willst du noch was?" „Nein, ich habe dir nur deinen Anzug gebracht." Kalt sah er sie an und blickte dann zum Schrank. „Danke Julia, dann kannst du ja jetzt gehen." „Willst du noch was?", fragte sie nun. „Wenn ich was wollte, dann hätte ich nicht gesagt, dass du gehen kannst." Sie blieb noch eine Weile vor ihm stehen. „Warum bist du nicht mal ein bisschen netter zu mir, ich mache doch alles für dich." „Dafür wirst du bezahlt, nehme ich an." „Ja, aber ..." „Nichts aber, eine Bezahlung in Nettigkeiten meinerseits ist nicht vorgesehen." Sie ließ sich nicht von ihm reizen. „Du kannst bestimmt viel netter sein." „Ja, das kann ich", „Warum nicht zu mir?" Fragend sah er sie an. „Timm", fuhr sie fort, „ich verlange nicht, dass du mir nette Komplimente machst oder mich zum Essen einlädst. Ich verlange lediglich, dass du nicht ganz so arrogant mir gegenüber bist. Zu niemand sonst bist du so. Ist dir das schon aufgefallen?" „Nein", „Dann denk einfach mal drüber nach. Henry ist auch nicht gerade dein Liebling und selbst zu ihm bist du freundlicher als zu mir." Dann nickte sie ihm kurz zu und verließ den Raum. Timm sah ihr hinterher. Irgendwie hatte sie sogar recht. Er war ihr gegenüber kaltschnäuzig und arrogant und sie hatte recht, wenn sie sagte, dass er zu niemand sonst so war. Nur warum war er eigentlich so zu ihr? Er überlegte. Es war das erste Mal, dass er überhaupt länger über sie nachdachte und irgendwann wusste er, was ihn an ihr störte. Sie sagte es nie, sie zeigte es auch nie und doch war es zu spüren, dass sie sich Hals über Kopf in ihn verliebt hatte.

Susanna saß am Tisch und hatte ihre Teetasse in der Hand. Mimi kam auf den Tisch zu und setzte sich Susanna gegenüber. „Hast du schon probiert?", fragte sie erwartungsvoll und Susanna schüttelte den Kopf und nippte an dem Tee. „Wow …, er ist wirklich gut." „Sag ich doch", sprach Mimi mit einem breiten Grinsen.

Susanna blickte sich in dem Wohnzimmer um. Mimi hatte sie so fasziniert, dass sie tatsächlich irgendwann vor ihrer Tür stand, um den versprochenen Tee zu probieren. Die Freude darüber war deutlich in Mimis Gesicht zu erkennen gewesen und was den Tee betraf, so hatte sie keinesfalls übertrieben. Das Wohnzimmer war liebevoll eingerichtet. Die alten Möbel sorgsam gepflegt und mit kleinen Deckchen verziert. Es war das typische Zimmer aus einer anderen Zeit und es war bei weitem nicht so, wie Susanna sich einrichten würde und doch strahlte es etwas aus. So stark, dass Susanna sich nicht nur sofort hier wohl fühlte, sondern geradezu geborgen. Ihr Blick blieb auf dem Gummibaum haften und lächelnd blickte sie Mimi an. „Stellst Du dir wirklich die Seele deines verstorbenen Mannes in dem Gummibaum vor?" „Ich stelle es mir nicht nur vor, ich weiß, dass seine Seele dort lebt." „Ist er schon lange tot?", fragte Susanna mitfühlend. „Viel zu lange", antwortet Mimi verträumt und blickte dann wieder auf Susanna.

„ Wenn man alte Menschen sieht, dann sieht man lediglich alte Menschen nicht wahr? Nichts kann man sich unter ihnen vorstellen. Nicht, dass sie einmal jung und schön waren, und auch nicht, dass sie nachfühlen können, was ein junger Mensch empfindet." Susanna nahm einen Schluck von ihrem Tee, während sie plötzlich Timms Worte aus Matura in sich hörte:

Leute die anders sind. Leute die nicht mehr mithalten können. Diese Leute werden an den Rand der Gesellschaft gedrückt. Alte zum Beispiel. Sie werden entsorgt, beiseitegeschoben. Ich kann niemanden dafür verurteilen, ich kann es sogar verstehen. Man hat ja gar keine Zeit mehr sich mit älteren und langsameren Menschen

auseinanderzusetzen, geschweige denn, sich die Zeit zu
nehmen, um sich zu fragen, was ein alter Mensch vielleicht
so fühlt. Die Ängste werden nicht ernst genommen. Die
Sorgen oberflächlich schön geredet.

„Fällt es dir schwer schon älter zu sein, Mimi?" „Nein, es
fällt mir nicht schwer. Auch mit meinem alternden Körper
komme ich klar. Es ist ok, wenn es mal hier oder mal dort
zwickt, das steht meinem Körper zu …", sie unternahm
eine kurze Pause, „nein, es fällt mir wirklich nicht schwer,
nur traurig macht es." „In wie fern?" „Es macht einen
traurig, weil man nicht mehr so anerkannt ist in der
Bevölkerung. Man ist einfach nur da, sicherlich gibt es
fürsorgliche Menschen, die im Bus auch mal aufstehen und
einem einen Platz anbieten, aber mir fehlt manchmal das
Interesse an meiner Person. Wirklich interessieren, tut
weder mein gelebtes Leben noch mein Gedankengut. Im
Alter läuft man wie unsichtbar durch ganze Massen von
Menschen."
Susanna sah sie mitfühlend an, das bestätigte tatsächlich
genau das was Timm bereits gesagt hatte. „Ich glaube Mimi
…, mit meinem Mann würdest du dich glänzend verstehen
und ich denke er würde sich gerne aus deinem Leben
berichten lassen." Mimi sah sie ernst an. „Es wird nicht
leichter werden Susanna", bemerkte sie. „Was wird nicht
leichter werden?" „Ach Kindchen, ich verfolge die Karriere
deines Mannes bereits eine ganze Weile. Man kommt ja
nicht um ihn herum, wenn man sich für Prominente
interessiert. Eine der wenigen Abwechslungen, die älteren
Menschen noch bleiben und je länger ich ihn verfolge,
desto mehr erkenne ich, dass er gar nicht in diese
Glämmerwelt passt. Nun habe ich zusätzlich dich
kennengelernt und stelle fest, dass du nicht glücklich bist
und dass du dir eigentlich ein ganz anderes Leben mit ihm
vorgestellt hast. Ich glaube ihr redet zu wenig miteinander.
Das ist nicht gut!" „Unsere Ehe funktioniert wunderbar,
Mimi." „Nein mein Schatz, das tut sie nicht." „Warum denn
nicht?", fragte Susanna entsetzt. Mimi nahm einen Schluck
Tee und beugte sich dann zu Susanna vor.

„Schick ihn fort!"

In Susannas Kopf begann es zu rattern. Wen sollte sie fort schicken? Timm? Oder meinte Mimi tatsächlich zum zweiten Mal Dirk?

„Du meinst Dirk?", fragte sie schließlich.

„Schick ihn fort, Susanna. Ich bin mir nicht sicher, aber eventuell ist er genau wie du und Timm aus eurem alten Leben, aber du hast überhaupt keinen Überblick, wer welcher Mensch in der anderen Welt war!"

Susannas Augen wurden groß, bei der Bemerkung. Wieso sprach sie wie selbstverständlich von einem alten Leben? Mimi ermahnte derweil weiter. „Schick ihn fort."

Susanna lehnte sich zurück und betrachtete Mimi eine Weile skeptisch, bevor sie nun energischer das Wort ergriff.

„Mimi, sag mir sofort wer du bist und wie du auf diese Dinge kommst. Du weißt nichts von mir oder meinem Mann, du kennst nicht die Umstände, unter denen wir zusammengekommen sind! Trotzdem redest du wie eine mystische Kartenlegerin, die mir hier gerade die Zukunft voraussagen will, nachdem die Karten ihr gerade meine Vergangenheit vor Augen geführt haben."

„Glaubst du denn an Kartenlegen?" „Ja, aber ich habe dich nicht darum gebeten!" „Kommt dir mein Gummibaum normal vor?" Irritiert blickte Susanna zu dem Gummibaum rüber und tatsächlich kam er ihr nicht wie ein normaler Gummibaum vor, sondern sie meinte die Seele von Mimis verstorbenem Mann in ihm zu spüren. „Nein, er kommt mir nicht normal vor." „Siehst du, weil du nämlich spüren kannst, dass es noch etwas neben der realen Welt gibt! Ja, vielleicht bin ich eine Kartenlegerin und ja, du hast mich nicht gerufen und du hast mich auch nicht nach meiner Meinung gefragt. Dennoch glaubst du an das Mystische in dieser Welt. Aber bitte nur mit deinen eigenen Gedankengängen. Kommt jemand anderes in deine Welt, willst du Erklärungen haben. Erklärung die du von dir selber nie verlangen würdest."

Susanna stand auf und nahm ihre Tasche. Vielleicht war es doch ein Fehler gewesen zu Mimi zu gehen. Sie fühlte sich komplett überfordert. Sie war auch ohne Mimi mit ihren momentanen Gefühlen total überfordert.

„Es tut mir leid, Mimi, aber ich werde jetzt gehen. Ich verstehe nicht wovon du redest. Ich verstehe nicht, wer du bist und ich glaube auch nicht, dass du mir wirklich gut tust!" Dann ging sie zur Tür. Mimi folgte ihr bis in den Flur und bevor Susanna draußen war, rief sie ihr noch hinterher: „Du riskierst sehr viel, Susanna, wenn du jetzt etwas Falsches tust!"

„Danke für den Hinweis", nickte Susanna ihr zu und rauschte dann hinaus.

„Philosophie?", hörte sie Timms ungläubige Stimme durchs Telefon. „Ja, warum?" „Susanna, das ist ja durchaus ein interessantes Thema, aber glaubst du nicht, dass Bio oder Mathe als Nebenfach besser gewesen wären?" Susanna überlegte, ein Nebenfach musste sie wählen und keines von den angebotenen sagte ihr wirklich zu. „Ich dachte es ist interessant, wegen der Zusammenhänge der Welt." „Wegen was?" „Nun ja", stammelte sie und sie hörte wie Timm scharf die Luft einsog. „Wie oft ist er eigentlich bei dir?" „Ach, gar nicht so oft, einmal die Woche oder so. Timm, wir trinken lediglich Kaffee und erzählen ein bisschen." „Ja", hörte sie seine resignierende Stimme.

Sie hatte Mimis Rat, Dirk wegzuschicken, nicht befolgt. Dirk war ganz natürlich und freundlich zu ihr, daher sah sie keinen wirklichen Grund, ihn aus ihrem Leben zu verbannen. Sie wusste, dass es Timm nicht gefiel, aber sie hielt auch nichts davon, ihm die Treffen mit Dirk zu verheimlichen. Bislang ertrug er es tapfer. Bis jetzt jedenfalls. Bei seinen schweren Atemzügen konnte sie hören, wie sehr es ihn nervte. „Timm ...", begann sie erneut, aber er unterbrach sie. „Dieses ganze Geschwafel von den Zusammenhängen der Welt, das ist doch auf seinem Mist gewachsen." „Ja, ich habe mich mit ihm darüber unterhalten." „Hör zu, ich will einfach nicht, dass du da irgendwie Probleme bekommst." „Ach was, was sollen denn das für Probleme sein?" „Was sollen denn Zusammenhänge der Welt sein? Kannst du mir das erklären?" „Nicht wirklich." „Susanna, der Mann manipuliert dich! Ich weiß nicht, warum er das tut, aber es ist nicht normal, dass er sich so in dein Leben einmischt. Ich meine, er kennt deine Vergangenheit, Susanna! Er weiß von deinen Problemen nach dem Koma und das nutzt er aus!" „So ein Blödsinn Timm, wieso sollte er das ausnutzen?" „Das weiß ich nicht. Noch nicht. Aber ich möchte, dass du dich von ihm fern hältst!" „Bitte?" „Und wo wir schon dabei sind, möchte ich auch, dass du dich von dieser Mimi fernhältst. Die ist genauso durchgeknallt wie Dirk!" Susanna stemmte die Hand in die Hüfte. „Also nun reicht es Timm! Du solltest dich mal lieber darum

kümmern, dass du ab und an mal nach Hause kommst. Du tingelst durch die Welt, lässt mich über Monate allein und beschwerst dich dann, dass ich mir Gesellschaft suche."
„Oh nein, Gesellschaft kannst du haben, aber wie wäre es mit Bianca?" „Ach rede doch kein dummes Zeug. Bianca hast du auch schon einmal hinaus befördert. Ich habe den Eindruck du möchtest mich in irgendeinen Käfig sperren, während du frei durch die Welt flatterst. Du sprichst davon, dass Dirk und Mimi undurchsichtige Menschen sind, hast mir selber aber immer noch nicht verraten, was der Grund für deine dusselige Karriere ist. Ich meine, dass du nie berühmt werden wolltest, wissen wir doch beide. Aber den wahren Grund, warum du das tust, den weißt nur du. Findest du das alles noch fair Timm?"

Sie hörte es in seinem Hintergrund klopfen. „Ja?", rief er laut, und deutlich hörte sie die Stimme einer Frau im Hintergrund murmeln. „Sag mal, Julia, hast du einen Knall? Ich weiß selbst, dass ich in einer Stunde auftreten muss. Was soll das?" Erneut hörte sie die Frauenstimme. „Wenn ich eine Erinnerung brauche, dann stelle ich mir den Wecker und nun sieh zu, dass du Land gewinnst." „Timm!" fuhr Susanna aufgebracht auf. „Sag mal, wie gehst du denn mit ihr um? Sie meint es doch nur gut mit dir." „Sie nervt, Susanna. Ich bin alt genug, selber an meine Termine zu denken." „Bist du das?" „Wie meinst du das denn?" „Na ja, bei deinem Terminplan, da blickt doch kaum noch einer durch. Es ist ja nicht so, dass du dir die Termine nur merken musst, sondern es ist so, dass sich deine Termine in letzter Minute ändern können. Was willst du dann tun? Was willst du tun, wenn ein Veranstalter sagt, ich möchte ein anderes Lied hören? Du brauchst andere Kleider. Lass es doch ruhig sie machen." Einen Augenblick hörte sie nichts und dann erneut seine Stimme. „Sag mal, stört es dich gar nicht, wenn sie die ganze Zeit in meiner Nähe ist?" „Nein, habe ich denn einen Grund dafür?" „Nein." „Na also."
„Aber bei Jenna, da hat es dich gestört, warum hat es dich da gestört?" „Weil du mir gesagt hast, dass du dich unter anderen Umständen in sie hättest verlieben können. Das hast du von Julia noch nicht gesagt." „Hm." Mehr hörte sie

nicht. „Timm", sprach sie nun ruhiger weiter, „du bist gestresst. Ich höre es an deiner Stimme. Weißt du was du jetzt tust?" „Was denn?" „Ruh dich aus. Meditiere ein bisschen oder mach Yoga. Du hast noch eine Stunde, nutz sie, um deine Nerven zu beruhigen." Sie hörte nichts von ihm, meinte aber direkt seine angespannten Gesichtszüge zu sehen. „Timm?", fragte sie, weil ihr die Zeit des Schweigens ewig vorkam. „Ok", hörte sie ihn plötzlich. „Dann gehe ich jetzt meditieren, Yogamachen oder sonst irgendetwas und dir wünsche ich noch einen schönen Abend." Dann legte er auf.

Susanna atmete schwer durch, hielt den Hörer noch eine Weile in der Hand und starrte ihn an. „Ja, danke, ich liebe dich auch Timm", murmelte sie leise und schreckte auf, als es an der Tür klingelte. Sie legte das Telefon auf den Tisch und ging in den Flur.

„Hallo?", fragte sie durch die Gegensprechanlage. „Hallo, Susanna, kann ich rauf kommen?", hörte sie Dirks Stimme und ihre Begeisterung hielt sich, nach dem soeben geführten Gespräch mit Timm, sehr in Grenzen. Dennoch drückte sie auf den Summer und ging wieder ins Wohnzimmer. Sie saß im Sessel, als er eintrat. „Ärger?" „Ich habe mit Timm telefoniert." „Und? Normalerweise bist du dann glücklich." „Irgendwie war es heute anders. Es war schon öfter anders." Er ging aufs Sofa zu und setzte sich. Seine blauen Augen geradezu fürsorglich auf sie gerichtet. „Ihr seid beide im Stress und er ist weit weg. Susanna, es ist normal, dass die Gespräche nicht immer nur aus lieben Worten bestehen können. Alles, was man sich im Alltag immer mal wieder zwischen Flur und Wohnzimmer erzählt, alles was im Normalfall über einen ganzen Tag verteilt ist, versucht ihr in einem halbstündigen Telefonat abzuwickeln. Das geht einfach nicht. Ruf ihn heute Abend noch mal an. Wenn du im Bett liegst, dann ist das Gespräch sicherlich anders." Sie lächelte ihn dankbar an und er lächelte zurück. „Schon besser." „Möchtest du etwas trinken? Kaffee oder so?", fragte sie. „Kaffee", nickte er und stand selber auf, „ich mache ihn, bleib sitzen und erhol dich." Er ging um den Tresen herum, um den Kaffee aufzusetzen. „Worüber habt ihr denn geredet?" „Über alles Mögliche, gereizt hat ihn bereits die Wahl meines Nebenfachs. Er macht sich Sorgen wegen der Philosophie." „So? Was gefällt ihm daran denn nicht?" Sie winkte ab. „Er möchte verhindern, dass ich über bestimmte Dinge zu stark nachdenke. Das ist unwichtig für dich, Dirk." Auf keinen Fall wollte sie Dirk erzählen, dass Timm Angst hatte sie würde auf einmal mit einem Mann fortziehen, weil sie glaubte dieser Mann wäre der Danny aus dem 17. Jahrhundert. „Hm", kam es von Dirk, „ehrlich gesagt, habe mir da gar nichts bei gedacht, als ich es dir empfohlen habe. Ich hatte nur daran gedacht, dass es auch interessant werden könnte, eine Abwechslung zwischen all den trockenen Themen sonst." „Da hast du ja auch recht." Sie stand auf und ging zum Tresen. „Ich werde es auch wählen. Ich denke es ist gut." Dirk lächelte sie an, während er die Kaffeemaschine anschaltete und sich dann auf dem Tresen abstützte.

Ihr Blick fiel auf den Adler an seinem Unterarm und er sah es. „Ich war neulich nicht so nett zu dir, stimmt´s?" „Nun ja, ich bin ja auch nicht immer nett." Dirks Stimme wurde ein bisschen leiser. „Ich rede nicht gern darüber, ich habe ehrlich gesagt Angst, dass die Leute mich belächeln." „Warum?", fragte Susanna erstaunt. „Nun ja", er richtete sich wieder auf und lehnte sich dann an die hinter ihm stehende Küchenzeile an. „Du weißt ja, dass ich viel über Geschichte lese und so habe ich auch über die Tiere nachgelesen und ihre Bedeutung in anderen Kulturkreisen." „So?" Susannas Interesse stieg sichtbar an. „Ja, bei den Indianern zum Beispiel, da bedeutet der Adler sehr viel. Er bedeutet viel, weil er hoch oben am Himmel fliegt und somit einen guten Ausblick hat. Er kann viel von da oben erfassen und begreifen." Beinah beschämt senkte er seinen Blick, als er weitersprach. „Ich denke, es ist ein bisschen anmaßend, dass ich mich für diesen Vogel entschieden habe, aber irgendwie ...", er sah sie wieder an, „ich fühle mich mit diesem Tier verbunden." Schweigend betrachtete sie ihn. „Wenigstens lachst du nicht." „Nein, ich lache grundsätzlich nicht bei solchen Themen." „Aus Rücksicht vor Verletzungen?" „Nein, weil ich daran glaube." Er nickte. „Dachte ich mir schon. Du bist anders, als viele andere die ich kenne. Du glaubst daran, dass nach einem Leben nicht alles vorbei ist, stimmt´s?" Sie atmete schwer durch. Die Kaffeemaschine blubberte im Hintergrund, während Susanna ihn einfach nur ansah.

Ewigkeiten sah auch er sie einfach nur an und in ihrem Inneren verspürte sie ein leicht schlechtes Gewissen.

Sie und Timm hatten vorgehabt es zu vergessen. Zu vergessen, wer eventuell schon einmal im 17. Jahrhundert gelebt hatte. Sie wusste, es war ihnen nicht gelungen. Sie hatten nicht darüber gesprochen und doch getrennt daran gedacht. Aber jetzt?

Jetzt fühlte sie sich wie nach dem Erwachen aus dem Koma. Sie fühlte sich erneut stark zu dieser Zeit hingezogen. Hatte erneut so viele Fragen und die Tatsache, dass ihre Welt sich um sie herum, oder besser gesagt die Menschen so stark veränderten, trieb sie nur weiter in diese Richtung. War das Timm gegenüber fair?

Sie drehte sich und ging zur Couch, während Dirk um den Tresen ging, um sich auf der anderen Seite an ihn zu lehnen.

„Glaubst du an mehrere Leben oder an eine größere Macht?", fragte er, während sie sich gerade setzte. „Ich kann es mir vorstellen." „Nur vorstellen?" „Ok, ich glaube auch daran." Sie sah ihm dabei direkt in die Augen und ohne zu wissen, warum sie das tat, hörte sie sich plötzlich selber sagen: „Ich weiß es, Dirk."

Er sagte nichts, nur seine Augen, die sie anscheinend eben schon irgendwie beeinflusst hatten, sprachen weiter. Es schien ihr zumindest, als wenn sie sprachen. Sie hörte die Worte, als würde er sie aussprechen in ihrem Innern ´Ich weiß es auch´.

„Was meinst du, hast du schon mal gelebt?", fragte sie und er löste sich vom Tresen und rieb sich den Nacken. „Ich denke ja." „Hättest du eine Idee wann und wo?" „Oh, ich tippe auf den Wilden Westen. Die USA." „Wann?" „Woher soll ich das wissen? Vielleicht zu Zeiten Poccahontas, sie kommt mir irgendwie vertraut vor. Kennst du

Poccahontas?" „Ja, aber Poccahontas ist in die Geschichte eingegangen. Sie kann dir auch dadurch vertraut vorkommen." „Stimmt. Susanna, genau kann ich dir das nicht sagen. Ich fühle mich jedenfalls irgendwie mit den USA verbunden. Ich sympathisiere mit den Indianern und obwohl ich nicht glaube, dass ich jemals ein Indianer war, so glaube ich doch, dass ich bestimmt einer von denen war, der mit den Indianern zurechtkam. Hast du darüber schon mal gelesen? Ich meine über die gesamte Besiedelung der USA?" „Ja." „Dann weißt du ja Bescheid, wenn ich über irgendeinen Zeitabschnitt rede." „Über welchen Zeitabschnitt?" Er schien zu überlegen und antwortete dann doch sehr sicher. „Die Aufstände der Algonkins, ich denke, diese Zeit käme hin." Sie hielt die Luft an und er schien sie sehr genau zu beobachten. Dann drehte er sich weg und griff nach dem Kaffee. „Wahrscheinlich denkst du jetzt ich bin verrückt", murmelte er leise. Sie ging zum Schrank und nahm die Kaffeebecher raus, während sie sprach. „Nein, ich denke nicht, dass du verrückt bist." Dann wechselte er abrupt das Thema.

„Sag mal, spielst du eigentlich Squash?" Erstaunt sah sie ihn an. „Squash? Nein." „Schade, man kann sich wunderbar dabei abreagieren. Kennst du vielleicht jemanden, der noch einen Partner sucht? Ich suche nämlich einen." Susanna überlegte. „Ich weiß, dass Riccardo mal gespielt hat, wenn du willst, dann frage ich ihn." „Oh ja, würdest du das tun?" „Mach ich", lächelte sie ihn an.

Man hörte das Quietschen ihrer Turnschuhe auf dem Hallenboden und ab und zu ein leichtes Stöhnen. Dirk rannte und bekam gerade noch den Ball. Mit einem energischen Schlag über seine rechte Schulter hinweg schlug er ihn gezielt an die Wand, so dass es für Riccardo unmöglich war, ihn noch zu bekommen. Er warf sich in die Richtung des Balles und stöhnte auf, als er mit seinem Ellenbogen über den Hallenboden schrabbte. „Alter", sprach er völlig außer Atem, „du bist wirklich gut." Dirk grinste ihn an. „Willst du noch mehr?" „Nein, ich glaube für heute reicht es." „Gut." Dirk ging in die Ecke zu seinem Handtuch und tupfte sich den Schweiß von der Stirn. „Gehen wir was trinken zum Abschluss?" Riccardo lag noch auf dem Hallenboden und atmete schwer. „Jetzt ein kühles Bier. Das wäre genau das Richtige." „Gut, dann treffen wir uns an der Bar. Ich gehe schon mal duschen." „Ja, bis gleich." Riccardo hatte es nicht ganz so eilig. Bislang war er immer der Meinung gewesen, gut in diesem Spiel zu sein, aber heute hatte Dirk ihn energisch in seine Schranken zurückgewiesen. Nur langsam stand er auf und bemühte sich, zu seinen Sportsachen zu gehen. Es war gut einen solchen Gegner zu haben und er freute sich schon auf weitere Spiele. Irgendwann würde er es sein, der Dirk in seine Schranken wies.

„Woher kennst du Susanna?", fragte Dirk, als sie mit ihren kühlen Bieren am Tresen saßen. „Sie ist Biancas Freundin und ich bin Timms Freund. Bianca und ich haben uns durch die Beiden kennengelernt." „Hm", bemerkte Dirk sinnig und nippte dann an seinem Bier. Beinah gedankenverloren sah er über sein Glas hinweg, als er es wieder abstellte. „Ein schönes Paar, nicht wahr?" „Susanna und Timm? Ja, das kann man wohl sagen. Zwischen den Beiden ist etwas ganz Besonderes." „Ja, das habe ich auch schon gemerkt. Ich bin ja öfter mit Susanna zusammen und ich bin jedes Mal erneut begeistert, wenn ich ihre leuchtenden Augen sehe, nur weil sie von ihm spricht." „Nicht wahr?", strahlte Riccardo ihn an, „so etwas habe ich auch noch nicht erlebt. Ich habe einmal Bianca danach gefragt." „Wonach?" „Nun ja, sie ist doch ihre Freundin. Ich wollte wissen, ob sie weiß, warum so ein .., sagen wir ..., magisches Band zwischen ihnen ist." „Und, konnte sie es erklären?" Riccardo lachte. „Nicht wirklich. Sie hat völlig unzusammenhängendes Zeug gefaselt." „Was denn für Zeug?", fragte Dirk erstaunt. „Ach", Riccardo winkte ab. „Sie hat erzählt, dass es etwas zwischen Himmel und Erde gibt, das der normale Mensch nicht begreift. Zum Beispiel ist Susanna angeblich davon überzeugt, dass sie bereits gelebt hat. Ich weiß nicht, wie sie das angestellt hat, aber Bianca scheint ihr tatsächlich zu glauben." „Du glaubst ihr nicht?", fragte Dirk. „Natürlich nicht, würdest du so einen Schwachsinn glauben?" Dirk sah ihn unsicher an. Als Riccardo Dirks Blick sah breitete sich ein Grinsen auf seinem Gesicht aus. „Nein ..., erzähl mir jetzt nicht, dass du auch an so was glaubst." Beinah beschämt senkte Dirk den Blick. „Ich würde es nicht ausschließen, wenn ich ehrlich bin." Riccardo lachte. „Und? Wann bist du der Meinung gelebt zu haben?" Dirk winkte ab. „Woher soll ich das wissen. Kennst du das denn nicht? Dieses vertraute Gefühl, dass einen zu einem völlig fremden Land hinzieht? Ein Land, in dem man noch nie gewesen ist?" „Nein." „Ich kenne das und ich kann dir sagen, es ist ein komisches Gefühl." „Was ist denn daran so komisch?", fragte Riccardo neugierig. „Na, dass es einen überhaupt interessiert, wenn man noch nicht da war und nicht nur wie es heute ist, sondern seine gesamte Geschichte. Der geschichtliche Verlauf dieses Landes interessiert einen mehr als die Geschichte des eigenen Landes." Verständnislos sah Riccardo ihn an. „Ich glaube, ich habe wohl noch nicht gelebt. Mich interessieren andere Länder überhaupt nicht." Dirk griff erneut nach seinem Bier und nahm einen Schluck. Er hatte das Glas noch in der Hand, als er weitersprach. „Hatte Susanna denn irgendwelche Beweise für ihre These?" „Ach was, alles Gefühlsduselei. Bianca hat was von Intuition und so einem Quatsch gefaselt. Das einzig brauchbare war noch die Geschichte mit dem Muttermal." „Was denn für ein Muttermal?", fragte Dirk neugierig und stellte sein Glas wieder ab.

„Timm hat ein Muttermal auf dem Rücken und laut Susanna und Bianca sind Muttermale die Wunden eines früheren Lebens. Susanna war der Meinung, dass ihr Geliebter in einer anderen Zeit von hinten erschossen wurde und deswegen hat Timm heute das Muttermal zwischen seinen Schulterblättern." Dirks Gesicht wirkte sichtlich blass. „Geht es dir nicht gut?", fragte Riccardo als er es sah. „Hast du dich verausgabt beim Squash?" „Nö", antwortete Dirk, während er sich zeitgleich räusperte. „Sag mal Riccardo, glaubt eigentlich Timm daran?" Riccardo lachte. „Mit Timm habe ich darüber nicht gesprochen, ich kann mir aber ehrlich gesagt nicht vorstellen, dass er so einen Mist glaubt. Dirk, das sind Frauenträumereien." Er stupste Dirk in die Seite. „Wir wissen doch wie das weibliche Geschlecht ist. Romantisch, hoffnungslos romantisch."

Timm stand auf der Bühne und sang. Er war genervt. Immer, wenn er mit einem Lied begonnen hatte, wechselte die Musik zu einem anderen hin. Ständig musste er sich konzentrieren, welches Lied sie plötzlich spielten und seinen Gesang darauf einstimmen. Hatte er es getan, spielten sie erneut ein anderes. Wütend funkelte Timm die vier Jungs an, aber die schienen sich recht wenig dafür zu interessieren. Das Publikum schien trotzdem einigermaßen zufrieden, aber was um Himmelswillen war bloß mit den Beleuchtern los? Der Lichtkegel, der eigentlich auf ihn gerichtet sein sollte, befand sich ständig neben ihm und immer musste er hin und her springen, um in dieses Licht zu gelangen. Zu guter Letzt klingelte auch noch das Telefon. Timm schmiss das Mikrofon einfach weg. „Also, so kann ich nicht singen", sprach er noch als er plötzlich wahrnahm, dass er gar nicht auf der Bühne stand, sondern in seinem Bett lag. Das Einzige, was aus seinem Traum blieb, war das Klingeln des Telefons.

Er versuchte seine Augen zu öffnen, aber als er sie auf hatte, stellte er fest, dass er trotzdem nur schemenhaft sehen konnte. Es war beinah stockdunkel in dem Zimmer. Mit seiner Hand tastete er nach dem Hörer, irgendetwas purzelte von seinem Nachtschrank herunter. „So ein Mist", fluchte er und endlich hatte er den Hörer in der Hand. „Hallo?", fragte er hörbar übermüdet.

„Timm, du musst zurück kommen", hörte er die Männerstimme durchs Telefon. Einen Augenblick musste er überlegen, bevor er die Stimme erkannte. „Riccardo? Sag mal, hast du noch alle Tassen im Schrank? Weißt du, wie spät es hier ist?" „Nein, das ist aber auch ziemlich egal", hörte er Riccardos Stimme. „Egal?" Timm versuchte seinen Wecker zu erkennen. „Halb vier! Ich schlafe gerademal vier Stunden, wenn ich dabei gestört werde, dann ist das nicht gut für mein Herz." „Wenn du deinen Arsch nicht sofort nach Deutschland zurück bewegst, dann ist das auch nicht gut für den Herz, Timm! Der Typ hängt andauernd bei ihr rum." „Welcher Typ hängt wo rum?", fragte Timm, doch auf einmal wurde er ziemlich klar. „Dirk? Etwa bei Susanna? Wie oft?", fragte er nur noch und setzte sich abrupt auf die Bettkante. „Wenn ich Bianca glauben kann und ich glaube ihr durchaus, dann bestimmt jeden zweiten Tag, wenn nicht öfter." Timm sagte nun erst mal nichts mehr, also sprach Riccardo weiter. „Hör zu, ich glaube ja nicht an den Schwachsinn den die Weiber erzählen und ich denke du tust es auch nicht, aber Tatsache ist, dass die Frauen daran glauben, und das Timm, das ist gefährlich!" „Was für einen Schwachsinn meinst du denn?", fragte Timm. „Reinkarnation" „Reinkarna ... was?" „Wiedergeburt, du Volltrottel." „Ich weiß, was das ist, du Idiot. Komm endlich zum Punkt!" „Timm, er belämmert sie." „Kannst du dich vielleicht mal ein bisschen detaillierter ausdrücken? Was macht er denn?" „Er unterhält sich mit ihr über die Möglichkeiten weiterer Leben. Bianca hat es mir erzählt und Bianca war besorgt, als sie es mir erzählt hat. Timm, Bianca ist nicht leicht aus der Ruhe zu bringen. Anscheinend ist er der Meinung, bereits im 17. Jahrhundert gelebt zu haben. Als Engländer in der heutigen USA. Laut Bianca glaubt Susanna das von sich ebenfalls."

Timm wurde blass und tastete nervös nach dem Lichtschalter. Als er ihn gefunden hatte, hatte er auch seine vorübergehend verlorengegangene Sprache wiedergefunden.

„Was erzählt der denn? Hat Bianca was gesagt?" „Er faselt etwas über alte Häuptlinge und ihre geführten Kriege. So berichtet er zum Beispiel, dass er gelebt hat als Oberbefehlshaber Josiah Wonslow, den Krieg gegen den Häuptling Powhatan geführt hat." „Warte, warte, warte", unterbrach ihn Timm und hob dabei wie zur Abwehr die Hand. „Wer hat gegen wen gekämpft?" Joshiah Wonslow gegen den Häuptling der Wampanoag." „Hat er das gesagt?", fragte Timm ungläubig und sprach dann aber gleich selbst weiter, „hat er Powhatan gesagt?" „Ja!" „Riccardo, bist du dir sicher?" Timm konnte hören, wie Riccardo schwer einatmete und dann sprach er betont langsam und deutlich „Der Oberbefehlshaber Josiah Wonslow hat gegen den Häuptling der Wampanoag, Häuptling Powhatan gekämpft." Dann sprach er wieder

schneller. „Er erzählt, dass er sich mit der Zeit verbunden fühlt und berichtet, wie die Kriege so von statten gingen. Er glaubt zu wissen, wie es damals war und das Schlimmste ist, Susanna scheint ihm zu glauben, das hat mir Bianca erzählt." „Ach was ..." Seine Stimme wurde noch ein bisschen hektischer. „Das ist ja gar nicht das Schlimmste." Timm rieb sich verzweifelt über seine müden Augen. „Und? Was ist das Schlimmste?" „Ich spiele seit drei Wochen mit ihm Squash." „Das ist schlimm?" „Hör auf mich hier wie ein Volltrottel dastehen zu lassen, das ist natürlich nicht schlimm. Schlimm ist, dass ... ich habe ihn unter Dusche gesehen." „Tatsächlich?", fragte Timm nun schon fast gelangweilt. „Timm ...", „Ja?" „Er hat ein Muttermal zwischen den Schulterblättern." Timms Augen wurden groß, erwidern konnte er allerdings nichts. „Ich finde das ja nicht bedenklich", sprach Riccardo weiter, „aber Bianca, Bianca findet das äußerst bedenklich." Timm schaute zur Uhr. „Riccardo ..." „Ja?"
„Ich bin in spätestens zwölf Stunden da!" Dann legte er auf.

„Ich sollte allmählich gehen, du willst sicherlich noch lernen." Geradezu lustlos blickte Susanna auf ihren Schreibtisch, als Dirk es sagte. Dann ließ sie ihren Blick zum Fenster gleiten, wo der Regen stürmisch gegen peitschte. „Willst du bei dem Wetter raus?" „Was soll ich denn machen? Um nach Hause zu kommen, muss ich da raus, Susanna." Unsicher sah sie ihn an. Seine blauen Augen machten sie fast wahnsinnig. Sie versuchte sich dagegen zu wehren und doch ertappte sie sich immer öfter dabei, dass sie eventuell tatsächlich den Falschen hatte. Dirk weckte ein beängstigendes Vertrauen in ihr.

Er sah Danny so verflucht ähnlich, mit seinen blauen Augen und dem dunkelblonden Haar, sodass Susanna fast ausschließlich nur noch über dieses Thema nachdachte. Sie fühlte sich zerrissen. Im Grunde wusste sie, dass sie Timm liebte. Das war eine Tatsache! Genau wie es eine Tatsache war, dass sie Timm eigentlich kaum noch sah. Anfangs war er noch oft zwischen seinen Auftritten zu ihr gekommen, aber jetzt hatte sie ihn seit Monaten nicht mehr gesehen. Es war halt nicht so einfach von der USA nach Deutschland zu fliegen, wie von München nach Berlin. Auch das war eine Tatsache, die Susanna wusste.

Dieses Wissen allerdings half ihr wenig. Sie geriet ins Grübeln. Sie konnte sich nicht vorstellen, dass Danny sie jemals solange alleine gelassen hätte.

Hatte sie, als sie Timm damals kennengelernt hatte, gedacht, dass er charakterlich Ähnlichkeiten mit Danny hatte, so fand sie inzwischen immer weniger Ähnlichkeiten. Sie sehnte sich nach ihm. Die Leidenschaft und die Verbundenheit, die zwischen ihnen herrschte oder zumindest geherrscht hatte, die vermisste sie auch. Dennoch bekam sie mehr und mehr das Gefühl, dass es so gut wie gar keine Ähnlichkeiten zwischen Timm und Danny gab. Danny war ruhig und verschlossen gewesen. Timm war alles andere als verschlossen. Aber Dirk war es. Dirk war genauso launenhaft, ruhig und besonnen wie Danny. War Timm besonnen? Nein, besonnen war er nicht. Er lebte einfach sein Leben, verpasste dieses ihm einen Denkzettel, so trat er auch durchaus ein bisschen kürzer.

Aber wirklich nur ein bisschen. War das besonnen? Dann verwarf sie ihre Gedanken wieder. Es war doch völlig egal, ob er es war oder nicht. Sie liebte ihn! Aber was war mit dem ´Richtigen´? Wie konnte sie denn jemanden lieben, der nicht der damalige Danny war? Erneut sah sie Dirk an. „Hörst du mir eigentlich noch zu?", fragte er warm. „Hast du etwas gesagt?" „Ich rede die ganze Zeit. Ich habe dir gesagt, was du alles noch lernen musst. Ich will dich nicht stören und deswegen werde ich jetzt gehen." Er hatte seine Jacke schon an. Susanna hatte überhaupt nicht bemerkt, dass er in den Flur gegangen war, um seine Jacke zu holen. „Ich glaube, ich kann heute nicht mehr lernen." „Dann ruh dich einfach aus. Du siehst erschöpft aus", sprach Dirk und kam langsam auf sie zu. Er hob seine Hand und berührte ihr Gesicht. „Ich rufe dich morgen an." Da war es wieder. Dieses seltsame Gefühl. Das Gefühl, dass sie neuerdings immer beschlich, wenn er ihr so nah kam. Seinen Blick so unergründlich auf sie gerichtet.

Das war allerdings etwas, dass sie an Timm auch kannte. Seinen unergründlichen Blick.

„OK" Susanna atmete schwer durch und rieb sich über ihren schmerzenden Nacken. „Vielleicht ist es das Beste, wenn du jetzt gehst. Ich bin ziemlich neben der Spur heute." Besorgt sah Dirk sie an. „Sag mal, kann ich dich überhaupt alleine lassen?" „Ja." Sie nickte ihm beruhigend zu. „Ich lege mich einfach ins Bett. Das hat schon immer geholfen." „Gut, wie du meinst." Dann beugte er sich zu ihr herunter und gab ihr einen freundschaftlichen Kuss auf die Wange. Sofort spürte Susanna einen Schauer über ihren Rücken laufen. Noch so ein Punkt, der sie mehr und mehr verunsicherte. Ihr Körper sendete deutliche Signale, wenn er ihr zu nah kam.

Irgendwie schaffte Dirk es dann doch zu gehen und Susanna warf sich in den Sessel, um über die beiden Männer weiter nachzugrübeln und da fiel ihr ein, dass Timm ihr eine Liebeserklärung gemacht hatte, während sie im Koma lag. Sowie Danny im 17. Jahrhundert Rebecca eine gemacht hatte, als sie krank war und das ... Susanna musste zufrieden grinsen ... hatte Dirk nicht getan!

Nahezu erleichtert nahm sie das zur Kenntnis und sprang auf, um nach dem Telefon zu greifen und Dirks Handynummer zu wählen.

„Habe ich etwas vergessen?", hörte sie ihn fragen, als er den Anruf entgegennahm. „Sag mal, hast du mich eigentlich auch mal im Krankenhaus besucht?" „Ja, warum?" „Du warst da?", fragte Susanna hörbar entsetzt. „Ja, warum? Durfte ich nicht? Bin extra erst gekommen, wenn Fred weg war." „Und dann?" „Was und dann?" „Ich meine, ich habe dich doch gar nicht bemerkt. War es nicht langweilig für dich da?" „Nein, ich habe dir einfach irgendetwas erzählt." „Was denn?" Dirk lachte. „Wie es draußen so aussieht. Was ich so gemacht habe am Tage und ein paar nette Dinge." „Was denn für nette Dinge?" Susanna klang nun beinah panisch, aber erneut hörte sie Dirk lachen. „Susanna, das sage ich dir nicht. Das ist mir peinlich." „Och, das muss dir nicht peinlich sein. Erzähl schon." „Susanna", jetzt klang seine Stimme plötzlich ernst. „Eventuell würde ich es dir erzählen. Ich würde es dir erzählen, wenn du nicht verheiratet wärest. Du bist es aber! Und unter diesen Umständen erzählt man nicht alles." „Nein?" „Nein, und nun bitte ich dich ... leg dich hin. Du bist ja völlig fertig." „Ja gut, mach ich. Dann mach´s gut." „Ja."

Dann legten sie auf und Susanna grübelte weiter.

Er war da gewesen. Hatte ihr nette Dinge gesagt. Oh Gott, ihr wurde schlecht.

Seine Sporttasche wurde gerade von dem Gepäckband davongetragen, während Timm sich das Flugticket in die Brusttasche steckte und zeitgleich sein Handy klingelte. Er holte es aus der Jackentasche und sah Henrys Nummer im Display. Schnell nahm er ab. „Hallo Henry, ich hätte dich auch noch angerufen, aber ich wollte dich nicht so früh wecken." „Da habe ich ja Glück, dass Julia nicht ganz so rücksichtsvoll ist", hörte er Henry antworten. „Tja, auf Julia ist halt Verlass", antwortete Timm mit ironischem Unterton. „Timm", sprach Henry weiter, „kannst du mir sagen, welcher Teufel dich diesmal reitet?" „Es ist ein Notfall, Henry." „Ein Notfall? Ich nehme an, der Notfall heißt Susanna." Timms Antwort kam erstaunlich ruhig. „Es tut mir wirklich leid, Henry, aber ich muss zurück. Es kann sein, dass Susanna sonst bald einen anderen hat." Er hörte wie Henry laut ausatmete. „Timm", auch seine Stimme klang ruhig, beinah sogar fürsorglich, „wenn es wirklich so ist, dann leg ihr keine Steine in den Weg. Glaubst du denn wirklich, dass du noch der richtige Partner für sie bist?" „Henry, davon verstehst du nichts! Sie ist meine Frau. Du hast nie so etwas gehabt, nie etwas Ähnliches empfunden." Timm ging in der Abflughalle auf und ab und sah zeitgleich auf die Tafel, auf welcher sein Flug bereits blinkte. „Das weiß ich doch, Junge, aber deswegen kann ich doch trotzdem erkennen, wenn etwas vorbei ist. Timm, du raubst ihr die Möglichkeit sich von dir zu lösen. Was kannst du ihr denn geben? Kannst du ihr das Leben geben, das sie sich wünscht?" Timm war stehen geblieben. Die Fluggäste seines Fluges wurden nun zum dritten Mal gebeten sich zum Ausgang C zu bewegen. Er fuhr sich mit seiner Hand durchs Haar. Henry hatte recht. Er konnte Susanna nicht das geben, was sie wollte. Nicht solange er ständig so weit von ihr entfernt war.

„Timm?", hörte er Henry durch den Hörer. „Timm, ich höre die Flughafengeräusche, ich weiß, dass du noch dran bist. Bitte sag was." „Henry, ich liebe sie!" „Das weiß ich, aber glaube mir, du wirst dich neu verlieben." Timm schüttelte energisch mit dem Kopf. „Nein Henry, das werde ich nicht! Hör zu, es ist möglich, dass sie mich nicht mehr will, aber …, ich muss das geklärt haben. Sie muss es mir sagen, damit ich es glaube und dabei muss sie mir in die Augen sehen." „Was soll ich denn jetzt mit deinen Terminen machen?" „Das Thema hatten wir doch schon, das ist deine Aufgabe, Henry. Ich muss jetzt los." Dann legte er auf und schaltete sein Handy aus, während er jetzt sogar schon persönlich ausgerufen wurde. „Timm Mühlbach, bitte umgehend zu Flug Nummer 99281 kommen!"

Oh Gott, hatte er sich schon jemals so schlecht gefühlt? Er fühlte sein Herz bis zum Hals schlagen, als er im Flugzeug saß. Er hatte seinen Kopf angelehnt und schaute mit feuchten Augen hinaus. Immer hatte er Angst vor diesem Moment gehabt. Immer Angst, vor dem Moment, wenn der Richtige bei ihr auftauchen würde. Immer hatte er geahnt, dass er es nicht war, aber Dirk? Niemals Dirk! Nur wie sah Susanna das?
„Wenn du dich rasieren würdest, dann würde man dich viel besser erkennen", hörte er plötzlich die Kinderstimme neben sich und zeitgleich die ermahnenden Worte ihrer Mutter. „Emilia, bitte." Erstaunt drehte Timm sich zu den Stimmen um. Das Mädchen, vielleicht acht oder neun Jahre alt, strahlte ihn an. „Bist du Timeo?" „Ja, ich bin Timeo", lächelte Timm die Kleine an. „Ich bin Emilia." „Ja, ich weiß, deine Mutter hat dich gerade so angesprochen." „Dir wächst ein Bart." Timm berührte sein Kinn. Er war froh gewesen wenigstens die nötigsten Dinge heute Morgen einzupacken. Für eine Rasur war da wirklich keine Zeit gewesen. „Sieht wohl ziemlich schlimm aus, was?", fragte er das Mädchen. „Emilia, bitte lass ihn in Ruhe." Das Mädchen drehte sich zu ihrer Mutter um. „Aber Mama, hier ist doch noch ein Platz frei." „Ja Schätzchen, aber das ist nicht dein Platz." Entschuldigend sah sie Timm an und wollte die Kleine mit sich ziehen. „Sie stört mich nicht, wenn sie will, kann sie sich zu mir setzten", sprach Timm. „Ja aber ..." „Es ist OK, wirklich." „Au ja, Mama, neben dir sitze ich sonst doch ständig, aber neben ihm ... bitte, bitte, bitte." Erneut sah sie ihn an und er lächelte ihr aufmunternd zu. „Also gut. Aber kurz vor der Landung kommst du zu

mir, klar?" „Klar", grinste die Kleine und warf sich auch schon neben Timm auf den Sitz. „Schnall dich an", forderte ihre Mutter und ging dann davon. „Ja", murmelte die Kleine und fummelte am Gurt herum. „Soll ich dir helfen?", fragte Timm. „Au ja." Er schnallte sie an und lehnte sich dann wieder in seinen Sitz zurück, während er sie betrachtete. Sie hatte langes dunkelblondes Haar, am Hinterkopf mit einer Diddl-Haarspange zusammengehalten und ihre blaugrauen Augen leuchteten ihn geradezu an. „Und?", fragte Timm. „Was und?" „Nun ja, jetzt wo wir nebeneinander sitzen, müssen wir uns doch auch was erzählen. Wo kommst du denn her?" „Aus Frankfurt. Wir fliegen nach Hause zu Papa. Papa ist Italiener, aber wir wohnen in Frankfurt. Weil Papa Italiener ist, heiße ich Emilia. Emilia ist ein italienischer Name. Hast du das gewusst?" „Ja, ich habe davon gehört", schmunzelte Timm. „Trägst du den Bart, damit man dich nicht erkennt?" Erneut berührte Timm sein Kinn. „So schlimm ist er doch noch gar nicht." „Stimmt. Drei-Tage-Bart sagt Mama zu so einem Bart. Papa trägt ihn auch oft. Deswegen hat es wohl nicht geklappt mit der Tarnung. Ich jedenfalls habe dich schon beim Einsteigen erkannt. Mama war sich ja nicht ganz so sicher, aber die hat halt nicht so gute Augen wie ich." „So So." „Warum trägst du ihn, hast du gesagt?" „Ich habe noch gar nichts gesagt, aber ich hatte heute Morgen keine Zeit um mich zu rasieren." Beinah vorwurfsvoll schüttelte sie den Kopf. „Also hör mal, dann musst du aber früher aufstehen. So eine Schlamperei ist nicht schön." „Ich werde mich bessern", antworte Timm reumütig. „Das will ich doch hoffen. Singst du in Deutschland?" „Nein, ich fliege nach Hause." „Wohnst du auch in Frankfurt? Dann können wir uns ja mal verabreden. Meine Freundinnen werden begeistert sein, wenn sie hören, dass du mein Freund bist." Er schüttelte mit dem Kopf. „Ich fliege weiter nach Berlin." „Das ist ein bisschen weit, um sich zu treffen. Das ist schade." „Ja", sprach Timm leise und sah sie fast gedankenverloren an. Sie lehnte ihren Kopf an und musterte ihn. „Warum bist du denn so traurig?" Auch er lehnte seinen Kopf an, während er ihren Blick erwiderte. „Bin ich

275

traurig?" „Ganz doll, ich kann es in deinen Augen sehen."
Nur schwach lächelte er. „Manchmal ist man halt traurig."
„Aber du hast doch immer so viel Erfolg. Ist das denn nicht
schön?" „Doch, aber immer glücklich ist man deswegen
nicht." „Hm", sie überlegte. „Wer ist denn in Berlin?"
„Wie, wer ist in Berlin?" „Mein Vater erwartet uns in
Frankfurt. Wer erwartet dich in Berlin? Deine Mutter?"
„Nein, eigentlich niemand." „Was?" Ungläubig hob sie den
Kopf an. „Geht das? Ich kann mir gar nicht vorstellen, aus
einem Flugzeug zu steigen und niemand ist da, dem ich um
den Hals fallen kann." „Es ist auch nicht schön", murmelte
Timm und gab sich redlich Mühe, dass es mehr wie die
Stimme eines Teddis klang. Sie grinste ihn an. „Hast du
eine Frau?" Jetzt wurde Timm wieder ernst. „Ich weiß
nicht", antwortete er und seine Stimme klang belegt. „Du
weißt das nicht?", fragte sie ungläubig. Er lächelte müde.
„Ich habe eine, aber ich habe sie lange nicht mehr
gesehen." „Autsch", zischte die Kleine durch die Zähne,
„das mögen die Frauen aber gar nicht, wenn man sie so
lange alleine lässt." „Tja, das stimmt wohl." Sie zappelte
mit ihren Füßen hin und her, ließ ihn aber nicht aus den
Augen. „Jetzt hast du bestimmt Angst, dass sie dich nicht
mehr will." „Ja, aber das habe ich bestimmt verdient."
„Hast du!" Plötzlich streckte sie ihre Hand aus und berührte
sein Gesicht. „Du bist schön, Timeo." „Danke, du aber
auch." „Echt? Gut, das du meine Freundin nicht kennst. Die
ist schön." „Ich finde dich schön." Immer noch hatte sie
ihre Hand an seinem Gesicht und ihr kleines Kindergesicht
wurde plötzlich sehr ernst. Sie flüsterte nur noch, als sie
nun zu ihm sprach. „Sie will dich bestimmt noch. Es geht
gar nicht, dass sie dich plötzlich nicht mehr will. Du
brauchst dir keine Sorgen zu machen." Erstaunt sah er sie
an. „Deine Frau", erklärte sie. „Was macht dich denn da so
sicher?", fragte er. „Weil du so schön bist. Ich habe noch
keinen schöneren Mann gesehen." Sie schaffte es mit ihren
knapp 10 Jahren tatsächlich, dass Timm rot wurde. „Wie alt
bist du eigentlich?" „Bald zehn", antwortete sie, während
sie sich in ihren Sitz zurückgleiten ließ und
gedankenverloren an ihren Augen rieb. „Bist du müde?"

„Ja." „Dann schlaf ein bisschen." Erneut sah sie ihn an.
„Ich kann im Flugzeug nur schlafen wenn Mama mich in
den Arm nimmt." Einladend öffnete er seine Arme. „Du
kannst dich an mich anlehnen, wenn du magst." „Erzählst
du mir dann auch eine Geschichte? Eine die ich noch nicht
kenne?" „Klar." „Welche denn, ich kenne fast alle
Geschichten." „So? Kennst du auch die von dem kleinen
Stachelschwein?" „Nö, wie geht die denn?" Timm grinste.
„Komm her, ich erzähl sie dir." Sie lehnte sich an und
Timm musste sich jetzt konzentrieren, um die Geschichte
mit dem Stachelschwein zu erzählen. Eine Geschichte, die
er selber nicht kannte. Er hatte keine Ahnung, wie er auf ein
Stachelschwein gekommen war, aber irgendetwas musste
dieses Stachelschwein ja erlebt haben. Er hielt Emilia in
seinen Armen und schloss ebenfalls seine Augen. „Also, als
das kleine Stachelschwein, es hieß übrigens Stachellissie,
eines morgens erwachte, waren ihm seine gesamten
Stacheln ausgefallen. Das war vielleicht ein Schreck für das
arme Schwein ..."
Das Schwein hatte viel zu tun. Es musste sich von seinen
Eltern und Geschwistern trennen, um ganz allein seine
Stacheln wieder zu finden und reiste durch die ganze Welt.
Es erlebte die seltsamsten Dinge und lernte die seltsamsten
Tiere kennen. Den kleinen Igel Muck. Die Fliege Stella und
den Laubfrosch Kurt. Obwohl Kurt ja in Wirklichkeit ein
Auto war. Stachellissie reiste durch Mexiko, China und
fand ihre Stachel schließlich, wie sollte es auch anders sein,
in Indien wieder. Timm wunderte sich selbst über die
Phantasie, die er an den Tag legte. Warum reiste er
eigentlich durch die Welt, um zu singen? Er könnte
wahrscheinlich auch Kinderbücher schreiben. An einem
Schreibtisch, der Susannas Schreibtisch direkt
gegenüberstand und während sie sich mit der Psyche des
Menschen auseinandersetze, erzählte er ihr Episoden von
seinem Stachelschwein. Eine ganze Serie könnte man
davon verfassen. Er lächelte, als er darüber nachdachte, wie
schön beschaulich so ein Leben wohl war und während
Stachellissie längst wieder zu Hause war, schlief Emilia
bereits tief und fest in seinem Arm. Trotzdem murmelte er

noch den wichtigen Abschlusssatz. Das ging ja nicht, ein Märchen zu beendenden, in dem das Schlusswort fehlte. „Und wenn sie nicht gestorben sind, dann leben sie noch heute." Dann war er selber eingeschlafen, hatte sich mit seiner eigenen Geschichte in den Schlaf gequatscht.

„Es ist wirklich nett von dir, dass du dich so sorgst." Susanna schob den Kaffee über den Tresen. Nachdenklich sah Dirk sie an. „Also, du warst gestern wirklich etwas seltsam, Susanna. Ich konnte die ganze Nacht nicht schlafen, deinetwegen." „Das tut mir leid." Betroffen sah sie ihn an. Er hatte sich fein zurechtgemacht. Trug eine dunkle Hose und ein helles Hemd unter dem ebenfalls dunklen Jackett. „Gehst du so zur Arbeit?" „Nein, ich will zur Bank. Ich habe in zwei Stunden einen Termin." „Hast du Geldprobleme?" „Nein. Ich will nur meinen Dispokredit erhöhen lassen." „Aber so etwas erhöht man doch nicht, wenn man keine Geldprobleme hat", erwiderte sie, während sie mit ihrer Tasse um den Tresen bereits herum war und auf das Sofa zusteuerte. „Ich muss mein Auto reparieren lassen. Ich komme um eine neue Lichtmaschine nicht herum, dafür brauche ich vorübergehend Geld, aber das habe ich schnell wieder raus." Er griff nach seiner Tasse, um ihr zu folgen. Allerdings verfehlte er den Henkel der Tasse, blieb halb daran hängen und zog sie kippelnd in seine Richtung. Als er es bemerkte, wollte er mit der anderen Hand danach greifen, aber es war zu spät, die Tasse kippte, der Kaffee verteilte sich über dem Tresen und ein paar Tropfen bespritzten sein Hemd. „Oh nein", stöhnte er auf, „so kann ich doch nicht zur Bank fahren. Ich muss unbedingt noch mal nach Hause." Susanna kam zurück und betrachtete sein Werk. „Also, wenn es dir nichts ausmacht. Ich könnte dir ein Hemd von Timm geben." Sie betrachte ihn kritisch. „Ich glaube, ihr habt die gleiche Größe." „Na, ich weiß nicht, ausgerechnet von Timm", brummelte er unzufrieden. „Ich selber habe keine Hemden." Kurz sah er sie an. „Also gut, wenn es dir nichts ausmacht." „Nein, mir macht das nichts aus. Leg dein Hemd schon mal ab, während ich ein frisches hole." Sie eilte ins Schlafzimmer. Er tat was sie gesagt hatte, zog erst sein Jackett und dann das Hemd aus, welches er noch in der Hand hielt um die Flecken zu betrachten, als sie hinter ihm wieder ins Wohnzimmer kam. Wie angenagelt blieb Susanna stehen. „Ich reinige es", sprach sie und bei ihrer seltsamen Stimme drehte er sich augenblicklich zu ihr um. Geradezu fassungslos sah sie ihn an und während sie nun ihren Blick über seine kräftige Brust gleiten ließ, hielt sie ihm wie in Trance das Hemd entgegen. Dirk legte seines über der Sessellehne ab. „Susanna?", fragte er verunsichert bei ihrem Anblick und nur langsam nahm er ihr das Hemd ab. Sie antwortete nicht, sondern löste langsam ihren Blick von ihm und ging auf das Fenster zu. Noch vor ihrem Schreibtisch blieb sie stehen. Deutlich hörte sie in ihrem Inneren Timms Stimme.

`Weißt du, wie viele Männer es mit so einem Fleck gibt?´
Sie hatte ihm nicht geglaubt, hatte nicht geglaubt, dass es so viele geben würde. So viele, dass tatsächlich in ihrem Leben ein weiterer Mann mit so einem Muttermal bei ihr auftauchte. Ihr Herz schlug ihr bis zum Hals. Gab es nicht langsam alles einen Sinn? Dirk war ruhig, Dirk sah aus wie Danny, Dirk hatte ihr nette Worte im Krankenhaus gesagt und Dirk ... hatte ein Muttermal. Sie bemerkte gar nicht, dass Dirk Timms Hemd bereits an hatte und nun direkt hinter ihr stand.

Langsam drehte er sie zu sich um. Seine blauen Augen direkt auf ihren haftend. Seine Hände ließ er auf ihren Schultern liegen. Nur ganz langsam hob er eine Hand an und berührte wie ein leichter Windhauch ihr Gesicht. Ganz sanft streifte er mit seinem Daumen ihre Lippen. Kurz schloss sie bei der Berührung die Augen und öffnete den Mund. Schwer atmete sie aus, als sie die Augen wieder öffnete.

Seine Augen waren direkt vor ihren und erneut kamen die Zweifel in ihr auf. Hatte sie sich geirrt? Wenn sie sich tatsächlich geirrt hatte, war es dann von so großer Bedeutung, dass es Grund genug war, sich von Timm zu trennen? Zärtlich berührte Dirk ihr Haar. „Du spürst es, Susanna, stimmt´s?", hörte sie plötzlich Dirks tiefe Stimme an ihrem Ohr und dann sah er sie wieder an. „Wir spüren es beide. Wir wissen beide, dass es falsch ist und doch spüren wir es." Sie musste schwer schlucken. „Ja", antwortete sie mit belegter Stimme. „Ja, ich spüre es." Sie wusste, sie war in der Lage etwas für ihn zu empfinden, aber ihr inneres Chaos war so groß, dass sie sich außerstande fühlte, hier und jetzt ein Urteil zu treffen. Sie verfluchte Timm dafür, weil er nie da war. „Susanna", flüsterte Dirk zärtlich und fuhr mit seiner Hand ihren Hals entlang. „Ich ... ich ... ich sehne mich nach dir." Er hörte nicht auf sie zu berühren und erst jetzt erkannte sie, dass auch sie sein Gesicht bereits berührte. Sie schloss erneut die Augen. So sehr fehlten ihr die zärtlichen Berührungen. Was, wenn sie es einfach einmal probierte? Einmal nur seine Nähe spüren. Es nur einmal zulassen, damit sie sich ein Urteil bilden konnte. Als sie ihre Augen wieder etwas öffnete, war er ihrem Gesicht schon verdächtig nah. Seine Lippen kamen langsam, aber unaufhörlich den ihren näher. Sie streifte seine Lippen nur und ihr Herzschlag dröhnte ihr bis in ihre Ohren, so laut, dass sie den Schlüssel im Schloss nicht hörte.

Aber sie hörte die Wohnungstür ins Schloss fallen und fuhr erschrocken von Dirk zurück.

Er stand im Türrahmen und sah sie schweigend an. Schuldbewusst trat Susanna zur Seite und erwiderte seinen Blick. Nichts war in seinem Gesicht zu erkennen. Überhaupt nichts. Weder die Enttäuschung über das Gesehene, noch die Wut. Susanna musste so schwer schlucken, dass es deutlich zu hören war und immer noch lehnte er im Türrahmen und sah sie einfach nur an. Dieser Blick in seine grünen Augen reichte aus, um sie abrupt völlig klar werden zu lassen.

Was um alles in der Welt hatte sie jetzt getan?

Sie wollte seinen Namen sagen, aber sie öffnete lediglich leicht den Mund. Sie erkannte diesen Blick sofort wieder. Es war genau der Blick, den er ihr und Bianca damals zugeworfen hatte, als die beiden auf den Milchwagen in Hajmar stiegen. Sie wollten wieder nach Deutschland zurück und Timm hatte sie ohne jede Gefühlsregung angesehen und fahren lassen. Es war ein Blick gewesen, dem sie nicht standhalten konnte. Auch diesmal konnte sie es nicht. Er bestimmte, wer hier im Zimmer, wo seinen Blick hinrichtete. Sie senkte ihren und als sie spüren konnte, dass Timm seinen Blick von ihr abgewandt hatte, sah sie wieder auf.

Dirk hatte kaum zu ihm rüber geschaut und seinen Blick lieber in Richtung Susanna auf den Boden geneigt. Es erschien Susanna wie eine Ewigkeit, in der Timm weiterhin einfach nur im Türrahmen stand, doch nun löste er sich langsam von ihm. Seinen Blick nun ausschließlich auf Dirk gerichtet. Raubkatzenähnlich ging er auf ihn zu und erst als er direkt vor ihm stand, schaffte es Dirk, ihn anzusehen. Susanna stiegen die Tränen in die Augen, während sie ihn beobachtete und jetzt wusste sie, dass sie ihn immer noch liebte. So klar, dass sie selber ihre gesamten Zweifel nicht mehr verstehen konnte. Sie formte die Worte nur mit den Lippen, unmöglich, dass einer der Männer sie hätte verstehen können.

„Warum? Warum bist du nicht früher gekommen?"

Dirk und Timm waren beinah gleich groß, gleich kräftig gebaut. Lediglich ein paar Millimeter mochte Timm vielleicht kleiner sein.

Susanna spürte wie ihr der Schweiß auf die Stirn trat, als sie Timms Augen so knallhart auf Dirk gerichtet sah. Es war nicht mehr der Blick, den er auf sie gerichtet hatte. Es war die blanke Wut in ihm zu erkennen. Es war ein Funkeln in seinen Augen, das Susanna nie zuvor an ihm gesehen hatte. Auch in Dirks Körperhaltung spiegelte sich die Anspannung wieder. Willkürlich ballte er seine Hand zur Faust, aber Timms Bewegung war zu langsam für einen Schlag. Langsam hob er seine rechte Hand an, die Hand, an der sein Ehering funkelte und er hielt ihn Dirk direkt vors Gesicht.

„Kennst du so etwas?", fragte er beängstigend ruhig. Dirk antwortete nicht.

„Ich denke", fuhr Timm fort, „ich erkläre es dir noch mal. Es ist ein Ehering! Und falls es dir entgangen sein sollte, Susanna trägt genau den gleichen an ihrer Hand." Dirk schloss beim Schlucken kurz die Augen und blickte Timm dann erneut an. Dieser ließ die Hand wieder sinken und wandte sich nun zu Susanna. Als er einen Schritt auf sie zutrat, wich sie zurück.

„Du willst mich wegstoßen?", fragte er. „Timm bitte, lass sie in Ruhe", rief Dirk energisch dazwischen. „Sei ruhig", fuhr Timm ihn barsch an, ohne seinen Blick von Susanna zu lösen. Er ging noch einen Schritt auf sie zu, während er weitersprach und sie einen weiteren Schritt zurück tat.

„Keine Sorge. Wenn du mich nicht mehr willst, Susanna, ... ich werde gehen." „Timm ich ...", Susanna versagte die Sprache. Sie sah seinen Blick auf sich und sie wurde sich erneut schmerzlich der Tatsache bewusst, wie sehr sie diesen Mann liebte. Und nun das hier. Ihre Augen wurden noch feuchter. Sie wollte ihm sagen, dass es ihr Leid tat. Aber nichts kam mehr über ihre Lippen. „Bleib stehen!" Fast drohend klang die Stimme von Timm in ihrem Ohr, als sie erneut einen Schritt zurückwich. „Timm, ich warne dich ...", fuhr Dirk dazwischen, „wenn du ihr auch nur ein Haar krümmst." Timm reagierte nicht auf ihn. Er sprach weiter zu Susanna, als wenn Dirk gar nicht vorhanden war. „Wenn du mich wegstoßen willst, musst du mich so nah an dich heranlassen, dass du es auch kannst." Nur einen kurzen

Augenblick schwieg er. Seine Stimme klang plötzlich eine Nuance weicher. „Ich schwöre dir, Susanna, wenn du es tust, werde ich gehen. Ich werde dir nichts tun, aber ich will, dass du mich berührst." Sie blieb stehen und er stand nun so nah vor ihr, dass sie nicht einmal den Arm austrecken musste, um ihn wegzustoßen. Aber statt es zu tun, fühlte sie nur die Tränen über ihre Wange kullern. Wie in Zeitlupe hob Timm seine Hand und fuhr damit über ihr Gesicht. So zart, so behutsam, dass zusätzlich zu Susannas Tränen ihre Lippen zu zittern begannen. Bei der Berührung konnte sie sehen, wie auch Timms Gesichtsausdruck sich veränderte. Seine Augen wurden feucht und er schluckte so schwer, dass es nicht zu übersehen war. Ganz langsam hob er auch seine andere Hand und führte sie an ihr Gesicht. „Stoß mich weg", flüsterte er, aber sein Blick war so sehnsüchtig auf sie gerichtet, dass er etwas völlig anderes aussagte und plötzlich fühlte sie es wieder. Diese tiefe Verbundenheit zwischen ihm und ihr. Sicher, es war immer leidenschaftlich zwischen ihnen gewesen, aber zusätzlich zu dieser Leidenschaft, spürte sie bei Timm immer eine unerklärbare Verbundenheit. Seit dem Tanz in Matura, seit ihren Visionen, die immer wieder und nur in seiner Nähe auftauchen, seit alledem war die Nähe zwischen ihnen anders geworden. Sie konnte es in ihrem Herzen spüren, sie konnte es in ihrem Magen spüren. Timm war für sie wie ein Teil ihres eigenen Körpers. Nie, niemals hatte sie jemals so empfunden und nun erkannte sie das, woran sie nie gedacht hatte, weil es ihr schlicht nie aufgefallen war.
Sie hatte auch bei Danny nie so stark empfunden.
Sie begann zu weinen. „Oh Timm", ihre Stimme nur noch ein wispern. Sein Griff wurde fester und ohne den Blick von ihr zu lösen, sprach er wieder.
„Du kannst jetzt gehen, Dirk."
Dirk sog die Luft scharf ein. „Susanna ..." Aber Susanna, den Kopf immer noch in Timms Händen, flüsterte nur noch: „Es tut mir leid, aber Timm hat recht."
Augenblicklich vergaß Timm, dass Dirk noch anwesend war und beugte sich zu ihr herab. Er küsste sie so leidenschaftlich, dass er dabei aufstöhnte. Augenblicklich

umschlang sie ihn mit ihren Armen und erwiderte seinen Kuss so heftig, dass sie ihm dabei in die Lippe biss.

Dirk erstarrte, er wollte noch irgendetwas sagen, aber ihm fehlten die Worte. Stumm griff er nach seiner Jacke, doch dann gewann er seine Fassung zurück. „Lass sie los, du elendiger Mistkerl! Sie ist fertig mit dir! Weiß der Teufel, was du gerade mit ihr machst, aber ich garantiere dir, Timm, du bist nicht derjenige, auf den sie ihr Leben lang gewartet hat." Seine Stimme klang energisch und augenblicklich ließ Timm von Susanna ab und sah über sie hinweg. Sie konnte die Veränderung in seinen Augen sehen, zeitgleich, wie sie die Anspannung in seinen Muskeln spüren konnte. Sie wollte ihn zurückhalten, aber es ging auf einmal so schnell, dass sie keine Möglichkeit hatte zu reagieren. Dirk dachte, er wäre darauf vorbereitet, er hatte die Fäuste bereits geballt. Timm war Rechtshänder und drehte sich über seine rechte Schulter zu ihm um. Doch Dirk rechnete nicht im Geringsten damit, dass Timms linke Faust ihn brutal im Gesicht traf.

Dirk flog augenblicklich zurück und landete auf dem Boden. Das Telefontischchen mit samt Telefon flog um. Bevor er noch irgendwie reagieren konnte war Timm bereits bei ihm, zog ihn am Hemdkragen wieder hoch und schlug erneut zu, direkt auf sein Auge. „Timm!" Susanna schrie auf. Sie wollte sich zwischen die Kampfhähne stellen, aber nun sah sie nur noch die Fäuste durch die Luft wirbeln. Es krachte links von ihr und es krachte rechts von ihr und es war nicht zu übersehen, dass Timm Dirk bei weitem überlegen war. Er kämpfte, als hätte er bislang in seinem Leben nie etwas anderes gemacht. Susanna trat wieder zurück und wie gelähmt lehnte sie an der Wand und sah dem Kampf hilflos zu, dann hörte sie in Gedanken Timms Worte.

`Bevor ich nach Indien gegangen bin, habe ich Kampfsport gemacht.´

Die Worte hallten in ihrem Kopf wieder und erneut schrie sie auf. „Timm, hör auf damit, du bringst ihn ja um. Bitte hör auf. Er hat genug." „Genug?", fragte Timm, während er

Dirk erneut vom Boden hochhob und brutal an die Wand drückte. Jetzt hielt er inne, seinen Blick in rasender Wut auf Dirk gerichtet. „Los, sag es mir ...", sprach er drohend. „Sag mir, wer im 17. Jahrhundert gegen Oberbefehlshaber Josiah Wonslow gekämpft hat! Powhatan? Der Häuptling der Wampanoag?" Erneut schlug er Dirk brutal ins Gesicht. Susanna weitete erschrocken die Augen bei Timms Worten. „Was redest du denn da, Timm?" „Was ich rede? Dein feiner Freund hier hat sich schlau gelesen, allerdings hatte er entweder schlechte Literatur oder er hat sich einfach nicht die Mühe gemacht alles zu lesen. Sonst wüsstest du es doch", wandte er sich nun direkt an Dirk, „dass es Metacomet war. Metacomet war der Häuptling der Wampanoags und er hat gegen Josiah Wonslow gekämpft!" Dirk antwortete nicht und Timm wirbelte ihn herum und stieß ihn bäuchlings auf den Tresen, seinen Fuß direkt zwischen seinen Beinen, drückte er Dirks Gesicht auf den Tresen hinunter, während die Kaffeetassen rechts und links nach unten flogen. „Was noch, du Mistkerl, was hast du dir noch ausgedacht, um sie dahin zu kriegen, wo du sie eben hattest?" „Oh mein Gott", Susanna schlug sich in purer Verzweiflung die Hände vors Gesicht. „Hast du dich mit Kaffee bekleckert?", fragte Timm, während er sein Hemd an Dirks Körper wahrnahm. „Hast du es gemacht, damit sie es sieht? Ich will es auch sehen, ich will sie sehen, die Spur aus deinem vergangen Leben." Er drückte mit seinem Körpergewicht Dirk noch näher an den Tresen und mit seiner linken Hand drückte er sein Gesicht noch weiter nach unten, während er mit der rechten den Hemdkragen ergriff und energisch nach unten zog. Susanna hörte den Stoff reißen und sie hörte die Knöpfe wegspringen. Timm schien eine geradezu unmenschliche Kraft zu entwickeln und dann hielt er inne, seinen Blick auf das Muttermal gerichtet. Langsam beugte er sich vor und betrachtete es. „Timm bitte ...", Susanna flehte ihn an, aber er reagiert nicht auf sie. Er hob seine Hand und fuhr mit seinem Fingernagel direkt unter das Muttermal. „Timm ...", Susanna schrie auf und in ihrem Inneren hörte sie bereits den Schrei von Dirk, aber der blieb aus. Ihre Augen weiteten sich entsetzt, als sie sah,

wie leicht es sich abkratzen ließ. „Gute Arbeit", hörte sie
Timm. „Wo hast du es machen lassen? In einem
Filmstudio?" „Das kann nicht wahr sein." Susannas Gesicht
war inzwischen voll von ihren Tränen und so bemerkte sie
zu spät, dass Timm nun endgültig die Kontrolle über sich
verlor. Seinen Blick kalt und hasserfüllt, hob er Dirks Kopf
an und schlug ihn zurück auf den Tresen. Sie hörte die
Knochen knacken und sah das Blut spritzen, während
Timm sein Knie anhob und ihm von unten, genau in seinen
intimsten Bereich einen Tritt verpasste. Dann flog Dirk
durch die Luft und landete auf dem Couchtisch, der unter
seinem Gewicht zusammenkrachte. Stöhnend lag er am
Boden und Timm bereits wieder über ihm, seine Hand
direkt an seinen Hals. „Du kannst jetzt beten, dass du nicht
in die Hölle kommst. Es wird das letzte sein, was du tust!"
Timm Stimme klang hasserfüllt und sein Blick wirkte
stechend, beinah wahnsinnig. Dirk röchelte unter Timms
Griff. „Lass mich los", die Worte kamen kaum mehr als ein
Krächzen über seine Lippen. „Nichts dergleichen werde ich
tun. Ich werde dich jetzt umbringen, dafür, dass du ihr das
angetan hast." Jetzt warf sich Susanna daneben und zerrte
verzweifelt an Timms Arm. „Lass ihn los! Timm, bitte lass
ihn los! Er ist es nicht wert! Ich flehe dich an, begreifst du
nicht mehr, was du da tust? Er ist es nicht wert, Timm!"
Endlich ließ er ihn los und Dirk drehte sich würgend und
röchelnd auf die Seite. Schwer atmend stand Timm mitten
im Raum, seinen Blick immer noch auf Dirk gerichtet. „Bis
zehn", sprach er atemlos. „Ich zähle genau bist zehn und
wenn du bis dahin deinen Arsch hier nicht rausbewegt hast,
dann wirst du ihn nirgends mehr hinbewegen. Ich schwöre
es dir, Dirk, die Konsequenzen dafür sind mir egal."
Mühevoll rappelte Dirk sich hoch und Susanna half ihm
sogar noch dabei, drückte ihm die Jacke in die Hand und
schob ihn so schnell es ging zur Tür, während Timm bereits
zählte. „Eins, zwei, drei, vier, fünf, sechs ..." Er zählte nicht
gerade langsam und Dirk sah ihn nun direkt an. „Du bist
genauso durchgeknallt wie sie." Timm bewegte sich bereits
wieder auf ihn zu. Susanna stellte sich vor ihn. Leicht hätte
er sie umrennen können, aber er blieb stehen, sah über sie

hinweg, direkt auf Dirk. Auch dieser sah Timm an. „Mir ist es doch scheiß egal, wann wer gegen wen gekämpft hat, aber die Masche zieht, sie hat doch schon bei dir gezogen. Einen Dreck interessiere ich mich für die Algonkins oder ihre verdammten Häuptlinge, aber wenn es seinen Zweck erfüllt. Riccardo war einfach zu redselig, sonst hätte ich das mit dem Muttermal nicht einmal gewusst. Sie ist naiv, Timm, naiv und blöd." „Oh Gott, er muss Fred gewesen sein", murmelte Susanna an Timms Schulter und hörte Dirk im Hintergrund gehässig lachen. „Hörst du sie? Hörst du deine Frau? Sperr sie ein! Sie darf nicht frei herum rennen, mit ihrem Gedankengut." Timm drückte Susannas Kopf näher an sich heran, während Dirk erneut auflachte. „Warum ich mir einen Adler tätowieren lassen habe, wollte sie wissen. Von wegen, er kann so weit sehen. Das Vieh sieht einfach geil aus, mehr nicht." Susanna schluchzte auf in Timms Armen. Dieser drückte sie weiter an sich und nahm derweil sein Zählen wieder auf. „sieben, acht, neun ..." Endlich ging er. Sie hörten das Schloss zufallen. „Oh mein Gott", schrie Susanna auf und drohte zusammenzusacken, aber Timm hielt sie fest an sich gedrückt. Er schloss die Augen und lehnte seinen Kopf nach hinten und allmählich begann sein Körper zu zittern, während die Anspannung nachließ.

Mit dem Nachlassen der Anspannung, ließen auch seine Kräfte nach. Er konnte Susanna nicht mehr halten, er schaffte es gerade noch sie so zu halten, dass sie sich nicht wehtat, während sie auf die Knie sackte. Als sie unten war, ließ er sie los. Umgehend beugte sie ihren Kopf nach vorne, bis er den Teppich berührte, die Hände in ihren Haaren vergraben weinte sie Rotz und Wasser. Sie weinte so herzzerreißend, dass Timm sich überlegte, ob er sie überhaupt jemals so weinen gesehen hatte. Gerne hätte er ihr irgendwelche tröstenden Worte gesagt, aber er fühlte sich mit dem Nachlassen seiner Kraft auf einmal völlig leer. Schweigend sah er auf sie herab und drehte sich dann langsam um. Bei der Drehung wurde ihm schwindelig, er taumelte und musste sich am Sessel festhalten, um nicht den Halt zu verlieren. Tief atmete er durch und sah sich in dem Zimmer um. Die Möbel, oder das was noch von ihnen übrig war, schienen vor seinen Augen zu tanzen, aber je länger er wartete, desto besser wurde sein Zustand wieder. Er rieb sich mit seiner freien Hand übers Gesicht und dann wankte er weiter aufs Fenster zu. Er lehnte sich neben das Fenster und sah erneut zu Susanna rüber. Sie kauerte in unveränderter Position auf dem Fußboden. Ihn wunderte das wenig. Es musste einfach an ihre Grenzen gehen. Wochenlang alleine, wochenlang dieses Gefühlschaos und dann der Knall. Der Knall, der ihr deutlich vor Augen führte, dass sie sich geirrt hatte. Mehr noch, sie wurde betrogen, mit ihren Gefühlen gespielt. Wie fühlte man sich nach so einer Erfahrung? Timm konnte es nur erahnen, soweit ihm das in seiner vorübergehenden Leere überhaupt möglich war. Er drehte seinen Kopf zum Fenster und schob vorsichtig die Gardine zur Seite. Es lag ihm fern, hinunter zu sehen, wie Dirk eventuell über die Straße strauchelte, es war ihm egal, wie er zurechtkam. Was er sehen wollte war, ob sie da waren. Er wusste, er war nicht vorsichtig gewesen. Inzwischen durfte es bekannt sein, dass seine Termine gecancelt worden waren und mehr als nur eine Person hatte ihn gesehen. Sie waren da. Die Reporter bauten alles auf der Straße auf, um, wenn es dann soweit war, gute Bilder zu schießen. Von Dirk, von Susanna und von ihm. Das von Dirk hatten sie wahrscheinlich schon im Kasten. Er ließ den Vorhang wieder los und ging zum Sessel. An der Rücklehne des Sessels ließ er sich heruntergleiten und starrte mit glasigen Augen ins Leere. Ihr Schluchzen immer noch im Hintergrund, nahm er das neben ihm vergessene Hemd wahr. Dirks Hemd. Er zog es zu sich herunter und erkannte die dicken Kaffeeflecke darauf. Ein ironisches Grinsen überzog sein Gesicht, während er es von sich wegwarf und Dirks Zigaretten aus der Brusttasche fielen. Er griff danach und drehte die Schachtel vor seinen Augen hin und her. Als er sie öffnete, sah er auch das Feuerzeug neben den Zigaretten stecken. Wann hatte er eigentlich das letzte Mal geraucht? Irgendwann in Indien. Aus Frust, weil er einen anstrengenden Tag hinter sich hatte. Hatte es ihm geholfen?

Nein, geholfen hatte es ihm nicht und doch verspürte er nun das Bedürfnis es erneut zu tun. Er nahm sich eine Zigarette und zündete sie an. Beinah gelangweilt sah er den blauen Qualm beim Ausatmen hinterher. Es war ein Scheißzeug, stellte er fest, ging ihm zusätzlich auf den Kreislauf und trotzdem rauchte er weiter. Er hörte immer noch Susannas Weinen und irgendwann schaffte er es die Zigarette mit der Glut zuerst, in dem neben ihm stehenden Blumenkübel zu stecken, stand auf und ging zu ihr hinüber.

Er kniete sich vor sie, hob ihren Oberkörper wieder an und hielt ihren Kopf, so dass sie ihm in die Augen sehen musste. „Es ist gut", flüsterte er leise. „Niemand ist mehr hier, der dir etwas tun kann. Hörst du? Es ist gut."

Sie hörte seine warme Stimme und sie sah seine warmen, grünen Augen auf sich gerichtet. Sie war nicht in der Lage mit dem Weinen aufzuhören, nicht in der Lage irgendetwas auf seine Worte zu erwidern. Zärtlich beugte er sich zu ihr vor und küsste die Tränen von ihrem Gesicht. Sie spürte seine Fürsorge. Er erschien ihr wie ein Vater, der sein Kind tröstete. Nichts sonst an ihm geriet außer Kontrolle, weder sein Blick, noch seine Atmung. Keine Leidenschaft war bei der Berührung zu spüren, dann stand er auf und zog sie mit sich hoch. Erneut taumelte sie und er nahm sie auf seinen Arm und trug sie ins Schlafzimmer.

„Ich mache dir einen Tee, der beruhigt", sprach er, während er sie ins Bett gelegt hatte und sie zudeckte. Dann ging er wieder hinaus. Susanna drehte sich auf die Seite und weinte erneut. Nichts gab es, das sie unternehmen konnte, damit es endlich nachließ. Sie weinte solange, bis Timm mit dem Tee in der Hand zurückkam. Er setzte sich neben sie und berührte ihr Haar. „Susanna?" Sie sah ihn an. „Hier, trink das, und dann versuch ein bisschen zu schlafen." Sie versuchte nach dem Becher zu greifen, aber es war wie damals, als Anja ihr das Beruhigungsmittel geben wollte, die Flüssigkeit schwappte beinah über den Rand hinweg. Er nahm ihr den Becher wieder ab. „Komm, ich helfe dir." Unsicher sah sie ihn an. Müde sah er aus, blass und völlig zerzaust, während er ihren Blick erwiderte und den Becher an ihren Mund führte. Alles schoss ihr durcheinander durch den Kopf. Kurzzeitig hatte sie das Gefühl Danny würde ihr etwas zu trinken einflößen und sie sah die von ihm gebaute Schnabeltasse vor ihrem Gesicht. Mit ihrer Hand schob sie die Tasse von sich weg und er stellte sie auf den Nachtschrank. „Ich lasse sie hier stehen, nimm dir, wenn du willst." Dann stand er auf. Sie hielt ihn an der Hand fest. „Wo willst du hin?" „Ich bin nebenan." „Bitte bleib." Sie sah ihn flehend an. Er setzte sich wieder und erwiderte ihren Blick schweigend. „Bitte Timm, bleib." „Ich werde dir nicht helfen können, Susanna." „Bitte", flehte sie erneut. Eine Weile sah er sie schweigend an und dann streifte er seine Schuhe ab und legte sich neben sie. Sie lehnte ihren Kopf an seine Brust und sie konnte spüren, wie er seine Arme um sie legte, konnte seinen langsamen, gleichmäßigen Herzschlag hören. Sie legte ihre Hand auf genau die Stelle, doch er griff danach und zog sie weg. „Schlaf jetzt", sprach er leise und wartete geduldig, bis sie eingeschlafen war.

Es wurde ein kurzer Schlaf und er war wenig erholsam. Als sie erwachte, war er fort. Sie sah zur Uhr, inzwischen war es kurz vor zwei am Mittag. Susanna setzte sich auf und lauschte, aber sie hörte nichts. War er weg? Ganz weg? Sie spürte die Angst davor in sich aufsteigen und langsam stand sie auf, ging zur Schlafzimmertür und schielte vorsichtig in den Flur. Das Tageslicht, welches aus dem Wohnzimmer drang, erhellte ihn wenig. Seine Tasche stand noch im Flur, allerdings anders als er sie abgestellt hatte. Noch immer hörte sie nichts und langsam ging sie weiter. Als sie im Flur stand, hörte sie ihn reden. An der zur Hälfte offenstehenden Wohnzimmertür blieb sie stehen. Er saß auf dem Sofa, den Oberkörper auf seine Knie abgestützt und telefonierte. „Den Schlüssel haben alle Mieter", hörte sie ihn sprechen. „Du könntest Bianca hier absetzten, damit sie den Schlüssel vom Haus und von der Tiefgarage holt." Dann sah er auf seine Armbanduhr und wartete, bevor er weiter sprach, weil wahrscheinlich gerade sein Gesprächsteilnehmer redete. „Ach, was weiß ich wie die Straße heißt", fuhr er fort. „Die Nebenstraße halt. Riccardo, das kann doch nicht so schwer sein." Erneut wartete er. „Wann könnt ihr hier sein?" Susanna trat weiter ins Wohnzimmer, so dass sie in sein Gesichtsfeld kam. Er sah kurz zu ihr auf, lehnte sich dann an und überschlug ein Bein auf das andere. „Ja gut", sprach er, „wir sind dann fertig." Dann legte er auf und sah sie erneut an. „Pack dir ein paar Sachen zusammen. Wir fahren weg." „Wohin denn?", fragte sie unsicher und er stand auf und ging im Zimmer auf und ab, während er sich mit beiden Händen durchs Haar fuhr. „Ich muss hier raus, Susanna. So schnell es geht muss ich hier raus." „Und dafür brauchen wir Riccardo und Bianca?", fragte sie verständnislos. „Ja", antwortete er und sah sie an. „Komm", er ging zum Fenster und deutete Susanna an ihm zu folgen. Vorsichtig schob er die Gardine zur Seite, nur einen kleinen Spalt, so dass es von draußen nicht zu sehen war. Susanna schielte nach unten und sah den Haufen von Reportern vor der Tür stehen. „Mein Gott, was machen die denn da?", fragte sie und blickte zu Timm auf. „Ganz einfach, sie stehen da und warten bis unsere Nachbarin mit ihren

Lockenwicklern aus dem Fenster schaut, damit sie von ihr ein gutes Foto schießen können", erwiderte er, während er wieder in die Zimmermitte zurückging. Auch Susanna trat nun langsam vom Fenster zurück. „Wie kommen wir hier raus?" „Bianca holt die Schlüssel von der Tiefgarage und von unserem Haus. Dann fahren sie und Riccardo zu unserem Haus und holen das Auto. Riccardo kommt alleine zurück, während Bianca den Wagen zu einem vereinbarten Treffpunkt fährt. Er wird in die Tiefgarage des Nachbarhauses fahren, welche ja von beiden Häusern genutzt wird. Da der Zugang im Keller ist, wird man uns nicht sehen. Ich habe schon kontrolliert, ob wir den Schlüssel überhaupt noch haben, aber wir haben ihn." „Der Ausgang der Tiefgarage wird nicht überwacht?" „Woher soll ich das wissen, es wird egal sein." „Warum?" Er sah sie an, während er sich die nächste Zigarette anzündete und sprach, während er das Feuerzeug auf den Tresen warf. „Wir werden in Riccardos Kofferraum liegen. Wozu hat er sonst einen Kombi?" „Stimmt, genau das muss der Grund sein", antworte sie trocken. „Was soll ich denn einpacken?" „Irgendwas Warmes. Es ist kalt, da wo wir hin wollen." Sie nickte und fragte nicht weiter. Sie stand bereits wieder im Türrahmen, als sie sich noch mal zu ihm umdrehte. „Warum musst du hier raus?" Er sah sie ausdruckslos an. „Weil es mir hier zu eng ist. Ich habe das Gefühl, hier nicht genug Luft zu bekommen." Er drückte die Zigarette wieder aus und lief dann erneut wie ein Tiger im Käfig auf und ab. Schmerzlich nahm Susanna zur Kenntnis, dass er völlig aus dem Gleichgewicht geraten war und schmerzlich wurde ihr bewusst, dass es wohl nicht einfach werden würde, ihren Fehler wieder auszubügeln. Wenn es überhaupt möglich war.

Sie musste sich sehr konzentrieren, um ihre Tasche zu packen. Immer wieder ertappte sie sich dabei, wie sie einfach mit dem gegriffenen Kleidungsstück innehielt und gedankenverloren vor sich hin starrte. Sie schreckte auf, als sie die Klingel hörte und die gedämpften Stimmen drangen vom Flur zu ihr rüber, nachdem Timm die Tür geöffnet hatte. „Hier sind die Schlüssel." „Wo ist Susanna?", hörte sie Biancas fragen. „Im Schlafzimmer, du kannst zu ihr, wenn du willst." Kurze Zeit später sah sie Biancas Wuschelkopf in der Tür erscheinen. Timm war anscheinend ins Wohnzimmer zurückgegangen. Erneut schossen Susanna die Tränen in die Augen, als sie Bianca sah. „Ach Süße", mitleidsvoll sah Bianca sie an, während sie auf Susanna zuging, um sie in den Arm zu nehmen. Susanna weinte eine Weile und setzte sich dann aufs Bett. Bianca kniete sich davor. „Weiß du, warum er hier ist?", fragte Susanna, während sie sich ihre Tränen fortwischte. „Riccardo hat ihn angerufen." „Dachte ich mir schon, dass es euer Werk ist", sie senkte den Blick, während sie weitersprach, „danke." „Was ist denn passiert?", fragte Bianca besorgt. „Ich meine ... ist etwas zwischen dir und Dirk passiert?" „Wir wollten uns küssen als Timm kam." „Auweia, hat er es gesehen?" Susanna sah ihre Freundin wieder an. „Bianca, wenn er das nicht gesehen hat, dann muss er dringend zum Augenarzt." „Mist, und dann?" „Er hat ihn verprügelt." „Wer wen?" „Timm Dirk", Susannas Stimme wurde erneut weinerlich, „aber das ist es gar nicht weswegen er ihn verprügelt hat. Dirk hat alles erfunden. Nichts hat er je im Sinn gehabt mit dem 17. Jahrhundert. Er wollte ... wollte mich lediglich ..." Ihr versagte die Stimme und Bianca ergriff fürsorglich ihre Hand. „Er hat alles gewusst, Bianca", tränenerstickt erklang ihre Stimme. „Er hat gewusst, dass Dirk gelogen hat und da hat er ... Oh mein Gott, ich dachte er bringt ihn um. Es hätte nicht viel gefehlt und er hätte es wirklich getan." „Und du?", fragte Bianca, „wie fühlst du dich jetzt?" „Ich habe mich noch nie so beschissen gefühlt." Susannas Stimme war kaum noch zu verstehen. Ihr gesamter Kopf schien mit Flüssigkeit gefüllt zu sein, die sich erbarmungslos ihren Weg durch alle Öffnungen suchte. Die rieb sich verzweifelt über ihre Augen und schniefte unkontrolliert mit ihrer Nase, während zwischen ihren Worten immer wieder ein seltsames Quieken zu hören war. „Wie konnte ich darauf reinfallen? Wie konnte ich ihm jemals glauben?" Ihr Weinen wurde erneut lauter und Bianca hatte Mühe sie ruhig zu halten, da

ihr Oberkörper verdächtig vor und zurück wippte. „Bianca,
ein Blick in Timms Augen hat ausgereicht, um mir das zu
sagen, was ich schon immer wusste, um mir zu sagen, dass
ich nur ihn liebe und nun dieser Mist hier. Ich weiß gar
nicht wie es jetzt weitergehen soll." Nun versagte ihr
gänzlich die Stimme und nur ihr Weinen war zu hören. Ein
langgezogener Ton, der dem entfernten Pfeifen eines
Teekessels glich, kurz bevor die rhythmischen
Weinkrämpfe über Susannas Körper wieder die Oberhand
bekamen. Bianca drückte Susannas Hand fester. „Er ist
doch noch hier", sprach sie flehend und beruhigend auf die
Freundin ein. „Es wird weitergehen, Susanna. Jetzt fahrt ihr
erst einmal weg und dann ... du wirst sehen, es wird alles
gut." Verzweifelt rieb sich Susanna mit ihrer Hand übers
Gesicht, während Bianca weitersprach: „Du musst einfach
vorsichtiger sein. Du kannst nicht durch die Welt rennen
und mit jedem über das 17. Jahrhundert quatschen. So
etwas hast du doch früher auch nicht gemacht." „Ja, ich
weiß." „Warum denn dann jetzt, Susanna? Du hast doch
den Richtigen bereits." „Ach hör doch auf mit dem
´Richtigen´. Allein das Wort, der ´Richtige´ ich kann es
nicht mehr hören. Bianca ich habe gezweifelt. Warum, um
alles in der Welt, habe ich gezweifelt?" „Weil er nie da ist,
verdammt noch mal. Jede andere Frau hätte ihre Beziehung
auch angezweifelt. Der, den man liebt, ist nie da und die
anderen rennen einen derweil die Tür ein. Das machen sie
auch noch äußerst charmant. Man merkt gar nicht, was für
linke Bazillen sich bei einem einnisten. Mach dir da nicht
so viele Vorwürfe. Susanna, wäre Timm nur etwas mehr zu
Hause gewesen, ich schwöre dir, Dirk hätte Null Chance
gehabt." Susanna schüttelte wild ihre zerzausten Locken,
während sie sprach. „Ganz toll. Wie lange war er weg?
Acht Monate? Mein Gott, im Krieg waren die Paare Jahre
getrennt und machten nicht so ein Scheiß, wie ich ihn
gemacht habe." „Mit diesen Vorwürfen kommst du nicht
weiter, und das weißt du auch. Vergibt dir, dann kann auch
Timm dir vergeben. Wie soll er dich lieben, wenn du dich
hasst?" „Was ist denn das für ein Schwachsinn?" „Du, als
angehende Psychologin, solltest doch wissen, dass es kein

Schwachsinn ist. Du hast es getan und du hast deine Quittung dafür bekommen. Rückgängig machen kannst du es nicht, also akzeptiere es, so wie es ist und arbeite für eure Beziehung. Indem du dich mit Selbstvorwürfen quälst, kommst du nicht weiter." Müde nickte Susanna bei Biancas Worten. „OK, ich gehe jetzt wieder", Bianca sah kurz auf ihre Uhr, „ich schätze ein Stunde kann es schon dauern, bis wir zurück sind. Es wäre gut, wenn ihr dann bereits in der Tiefgarage seid." „Ja, ist gut", antwortete Susanna.

Sie machte ihre Tasche zu, nachdem Bianca wieder gegangen war und stellte sie neben Timms in den Flur. Er hatte seine Tasche wahrscheinlich schon umgepackt, während sie schlief. Dann ging sie zu ihm ins Wohnzimmer. Er saß auf der Couch, hatte die Hände locker neben sich liegen und den Kopf angelehnt, während sein Blick einfach leer in den Raum ging. Er reagierte nicht, als sie sich neben ihn setzte und er sagte auch nichts. Sie wartete eine Weile und nahm dann seine Hand. Er zog sie nicht weg, aber großartig etwas erwidern oder seine Haltung ändern tat er auch nicht. Sie blieben so sitzen und warteten einfach, bis knapp eine Stunde vergangen war, dann stand Timm auf. „Wir sollten jetzt runter gehen", sprach er ohne Susanna anzusehen.

Riccardo wartete bereits in der Tiefgarage und öffnete den Kofferraum. Unsicher blieb Susanna stehen. „Was ist?", fragte Riccardo, „wollt ihr heute noch los?" „Steig ein", forderte Timm Susanna auf und wandte sich dann Riccardo zu, „wäre nett, wenn du vorsichtig fährst, sonst wird uns dahinten noch schlecht." „Ihr werdet kaum merken, dass ich fahre", grinste Riccardo ihn breit an, während Susanna bereits durch die Heckklappe stieg. Timm folgte ihr und Riccardo warf ihnen die Decke hinterher, als sie drinnen waren. „Deckt euch damit zu", dann schlug er die Klappe runter. Timm legte die Decke über sich und Susanna. Ganz leicht legte er seinen Arm um sie. „Es tut mir leid, dass ich dir das zumuten muss. Ich hätte vorsichtiger sein müssen, als ich hierher kam." „Hör auf damit Timm, du musst dich für nichts entschuldigen."

Sie sprachen nicht weiter, während Riccardo losfuhr. Es war ein seltsames Gefühl, während der Fahrt im Kofferraum zu liegen. Hatte Susanna erst noch den Eindruck sie könne jede Kurve in Gedanken verfolgen, die der Wagen fuhr, so wusste sie schon nach kurzer Zeit überhaupt nicht mehr wo sie sich wohl befanden. Nur zu gerne hätte sie sich näher an Timm gekuschelt, nur zu gerne hätte sie ihn geküsst. Aber dazu fehlte ihr der Mut.

Sie war glücklich als der Wagen endlich hielt und Riccardo ausstieg. Allmählich wurde ihr schlecht da hinten drin. Sie befanden sich auf einem einsamen Autoparkplatz neben der Autobahn und Bianca stand bereits wartend neben dem BMW und kam dann auf alle zu. „Ich bin sehr viele Umwege gefahren, weil mir am Anfang Reporter gefolgt sind. Gott sei Dank ließen sie irgendwann von mir ab. Du musst vielleicht nochmal tanken, Timm." Er nickte und lud schweigend die Taschen um und ging dann zu Riccardo. „Danke, du hast was gut bei mir." Klopfte er seinem Freund auf die Schulter. Bianca zwinkerte Susanna nur aufmunternd zu, während diese bereits in den Wagen stieg. Sie fuhren in Richtung München und auch nach einer Stunde Fahrtzeit hatte noch keiner von Beiden gesprochen. Auch das Radio hatten sie nicht an. „Timm", brach Susanna schließlich das Schweigen. „Ja?" „Ich danke dir." Er hatte seine Augen weiterhin auf die Straße gerichtet. „Wofür das denn? Ich glaube kaum, dass ich heute etwas geleistet habe, was einen ´Dank´ rechtfertigt." „Ich danke dir dafür, dass du gekommen bist. Ich wünschte ... du wärest früher nach Hause gekommen, aber Tatsache ist, du bist da. Und dafür danke ich dir." „Dafür dankst du mir?", fragte er ungläubig und sah sie nun kurz an. „Ja." Sie konnte ein ganz leichtes Lächeln auf seinem Gesicht sehen und dann griff er zu ihr hinüber und drückte ihre Hand.

„Sie gehört meinem Vater", erklärte Timm, als er die Tür zu der Holzhütte mitten in den Bergen öffnete. Der Schnee lag hier knapp über einen Meter hoch. „Ich kann leider nicht einkaufen gehen, wenn wir wirklich unbemerkt hier bleiben wollen, aber ich denke es wird ausreichend da sein, damit wir nicht verhungern. Erst einmal mache ich Feuer." Susanna folgte ihm in die Hütte. Sie glich einem Jagdhaus. Bestand aus einem großen Wohnraum, mit wuchtigen Sofas und Sesseln, verschnörkelten Tischen und Hirschgeweihen an der Wand. „Jagt dein Vater?" „Manchmal, um sich zu entspannen", antworte Timm, während er die Taschen abstellte und in die kleine Küche ging. Susanna ging auf die andere Seite des Raumes an einer Kleiderpuppe vorbei, die ein Dirndl trug und irgendwie fiel ihr plötzlich wieder Eddi ein. Ihr Freund aus Boston. Eddi war damals enttäuscht gewesen, dass sie als Deutsche kein Dirndl trug.

Susanna atmete schwer durch und blickte dann hinter der Puppe erst in die rechte Tür, wo sie ein kleines Badezimmer vorfand und dann in die linke, hinter der sich ein bescheidenes Schlafzimmer befand. „Soll ich das Bett beziehen?", fragte sie laut. „Wenn du willst, die Wäsche ist im Schrank", Sie tat es und im Nebenraum hörte sie Timm rumpoltern, während er das Holz in dem Kamin aufstapelte und sie hörte es knistern, als er das Feuer im Gang hatte. Als sie fertig war ging sie zurück. Timm sah sie an. „Jede Menge Konserven, Gewürze und Brotbackmischungen habe ich gefunden. Für ein First-Class-Menu wird es nicht reichen", sprach er zu ihr. „Egal, wenn du willst, backe ich das Brot." „Ja, das wäre nett", antwortete er. Dann redeten sie vorerst nicht mehr miteinander. Susanna machte sich in der engen Küche zu schaffen, während Timm Holz von dem draußen stehenden Schuppen holte und irgendwann eine Gitarre aus einer Ecke zauberte. Er stöhnte auf, als er ihren Klang hörte und machte sich auch sogleich daran, die Seiten auszutauschen und das Instrument neu zu stimmen. So wichtige Dinge wie Gitarrenseiten hatte er immer dabei. Susanna sah ihn im Augenwinkel durch die Tür hindurch und sie hörte die Töne, die er anschlug, um den Klang zu überprüfen. Sie lächelte. „Die Gitarre ist bestimmt nicht von deinem Vater." „Natürlich nicht. Es ist meine. Früher war ich einmal im Jahr mit meinem Vater hier." „Oh, ihr habt tatsächlich etwas zusammen unternommen?" „Ja, alles war gar nicht so schlecht", hörte sie ihn leise antworten, während sie das Brot in den Ofen schob und sich dann in seine Richtung gewandt gegen den Türrahmen lehnte. „Und dann?" Er fummelte immer noch an der Gitarre herum, drehte an den Stimmwirbeln, um die Seiten zu straffen. „Dann hatte ich keinen Bock mehr darauf. War mir zu blöd. Heute frage ich mich allerdings, warum es mir zu blöd war." „Du hast wahrscheinlich andere Interessen bekommen. Wie alt warst du denn da?" „Zwölf." „Wahrscheinlich hast du da lieber mit deinen Freunden rumgehangen oder auch schon den ersten Mädchen hinterher geguckt." Kurz grinste er sie an und dann neigte er wieder kopfschüttelnd den Kopf. „Stimmt, aber heute frage ich mich, warum ich nicht wenigstens einmal im Jahr hinbekommen habe, mit ihm hier her zu fahren. Es hätte unser Beziehung weiß Gott nicht geschadet." „Das kannst du ja wieder tun. Schlag es ihm vor." Er sah sie an, als wäre er auf den Einfall selber noch nie gekommen. „Was ist?", fragte sie. „Nichts nur ...", erneut konzentrierte er sich auf die Gitarre, „so schlecht ist die Idee gar nicht." „Wann hattest du denn deine erste Freundin?" „Mit dreizehn, sie hieß Melanie." „Und?", grinste Susanna, „was habt ihr so gemacht?" „Wir haben miteinander geschlafen." „Was?", fragte sie ungläubig. Er sah nicht auf, als er antwortete. „Es war im Landschulheim. Wir haben an einem Feuer Kartoffeln gebrannt und danach bin ich mit ihr in den Wald gegangen, um sie ungestört zu küssen. In der Nacht habe ich mich dann zu ihr ins Zimmer gelegt, nachdem die Lehrer mit ihrer Kontrolle durch waren, versteht sich. Also haben wir miteinander geschlafen. Besonders genaue Menschen würden allerdings sagen, wir haben nebeneinander geschlafen", grinste er sie nun an. Sie lächelte zurück. „Und du?", fragte er. Seufzend schüttelte sie den Kopf. „Das gehört zu den Dingen, die mein Gehirn nicht mehr freigegeben hat." „Das tut mir leid." Sie lachte. „War wahrscheinlich nicht wichtig.

Wie lange wart ihr zusammen?" „Och, lange, die ganze Klassenfahrt über, also fünf Tage." „Wie beachtlich, was war denn danach?" „Es war mir peinlich meinen Freunden gegenüber. Ich hab sie einfach ignoriert." „Hm, das ist aber nicht sehr nett." Timm zwinkerte ihr schelmisch zu. „Hast du schon mal von Jungen oder auch Männern gehört, die in solchen Dingen wirklich nett sind?" Sie überlegte und er antwortete. „Ich glaube, die gibt es nicht." Dann stellte er seine Gitarre weg und stand auf. „Ich decke den Tisch. Ich habe Hunger."

Mehr machten sie nicht. Sie aßen und redeten. Redeten ausschließlich über Dinge, die zwar interessant waren, um gehört zu werden, die aber unmöglich einen Streit oder eine Versöhnung zwischen ihnen hätten auslösen können. Susanna wagte es nicht Timm direkt auf die Geschehnisse anzusprechen. Er war nett und auch fürsorglich ihr gegenüber. Gleichzeitig wies er eine Distanz auf, die ihr regelrecht verbot darüber zu sprechen. Also tat sie es nicht und gemeinsam machten sie nichts anderes, als miteinander zurechtzukommen. Alleine, abgeschieden von der restlichen Welt, erneut zu lernen, wie es ist, mit seinem Partner allein zu sein. Irgendwann ging Susanna ins Bett und Timm griff nach seiner Gitarre. Sie konnte ihn vom Schlafzimmer aus sehen. Seine Stimme klang völlig anders, nur mit der Gitarre untermalt und er schien sie völlig vergessen zu haben. Es war ein Liebeslied, in Englisch. Susanna konnte nicht alles übersetzten, sie hörte lediglich, dass es um einen Sturm von Gefühlen ging. Gefühle, die man nicht ausdrücken kann und die es einem schwer machen zu reden, es einem schwer machen, die Beziehung zu retten. Sie beobachtete ihn. Seine Augen waren meistens geschlossen und wenn er sie öffnete, dann nur, um vor sich auf den Boden zu schauen. Sie sah seine langen, dunklen Wimpern, seine schönen Gesichtszüge und erneut spürte sie, wie sehr sie ihn liebte. Aber was hatte sie ihm jetzt angetan? Sie hatte ihn genau an der Stelle verletzt, wo er am meisten Angst hatte, verletzt zu werden. Von Anfang an hatte er sich Gedanken gemacht, wie sie reagieren würde, wenn der Mann auftauchte, der behauptete Danny gewesen zu sein. Von Anfang an hatte er es abgestritten, es selbst jemals gewesen zu sein.

Sie hatte seine Bedenken klein geredet und ihm Hoffnung gemacht, dass so etwas nie passieren würden. Sie hatte es auch geglaubt und wahrscheinlich hatte ihr auch Timm geglaubt. Genau so lange, bis er sie mit Dirk gesehen hatte. Was musste er jetzt denken? Machte er sich Gedanken ob ein weiterer kommen würde? Einer, der zudem noch ehrlicher und netter war als Dirk? Wahrscheinlich befanden sie sich nun wieder genau am Anfang ihrer Beziehung. Timm war misstrauisch und sie nicht in der Lage ihm sein Misstrauen zu nehmen. Genau wie damals in Berlin. Irgendwann schlief sie ein und als sie erwachte, war es ruhig nebenan. Sie drehte sich um, aber sein Bett war leer und unbenutzt. Langsam stand sie auf und ging in den Wohnbereich. Das Feuer war beinah runter gebrannt und Timm stand mit dem Rücken zu ihr am Fenster und schaute hinaus. Völlig bewegungslos, die Hände in den Hosentaschen versunken. Sie blieb fast eine Stunde an der Schlafzimmertür stehen und in der ganzen Zeit bewegte er sich nicht einmal. Abermals spürte sie das Verlangen einfach zu ihm zu gehen und ihn von hinten zu umarmen, abermals wusste sie, dass sie es nicht durfte. Sie wusste es, ohne dass er etwas sagte. Er wollte keine Zärtlichkeit, auch wollte er nicht mit Zärtlichkeit ihre Probleme lösen. Was er wollte, war wahrscheinlich sich irgendwie selber finden. Sich finden und seinen Standpunkt zu ihr. Er selber würde ihr sagen, oder Zeichen geben, wenn er zu mehr bereit war. Er selber würde ihr auch sagen, wenn er zu dem Entschluss kam, dass mehr für ihn keinen Sinn mehr machte. Susanna spürte, wie ihre Augen feucht wurden und langsam ging sie wieder ins Schlafzimmer zurück.

Die Morgendämmerung war bereits angebrochen, als sie erneut wach wurde und noch immer war sein Bett unangetastet. Sie stand auf und spürte sofort die Kälte in dem Raum. Der Kamin, der auch das Schlafzimmer erwärmt hatte, war erloschen. Also zog sie sich ihren dicken Pulli und ihre Hose über, bevor sie ins Wohnzimmer ging. Sie vermutete, dass er auf der Couch lag, aber er war nicht da. Überhaupt war er nicht da und schnell musste Susanna feststellen, dass auch seine Jacke fehlte. Besorgt eilte sie zum Fenster, aber das Auto stand noch an dem Ort, wo sie ihn abgestellt hatten, ca. 10 Meter vom Haus entfernt. Es hatte begonnen zu schneien und sie nahm an, dass er wahrscheinlich irgendwo da draußen durch den Schnee stapfte. Nun gut, mühevoll machte sie sich daran, das Feuer neu zu entfachen, dann ging sie in die Küche um Kaffee zu kochen. Den könnte er sicherlich gebrauchen, wenn er zurückkam. Sie war noch dabei als sie ihn vor der Tür bereits trampeln hörte und kurz darauf stand er hinter ihr in der Küchentür.

„Magst du eigentlich Schnee? Heute hat es geschneit", hörte sie ihn hinter sich, noch bevor sie sich zu ihm umgedreht hatte und abrupt hielt sie in ihrer Arbeit inne und sah sich in der Rehaklinik am Fenster stehen. Es war Weihnachten und draußen rieselte der Schnee, während sie auf ihren Vater wartete und plötzlich diese sanfte Männerstimme hinter sich vernahm.

„Magst du eigentlich Schnee? Heute hat es geschneit."
Sie hatte sich irritiert umgesehen, um festzustellen, dass niemand im Zimmer war. Nun hörte sie es erneut. Und es war dieselbe Stimme wie damals. Sie drehte sich zu ihm um. „Hast du mich das schon einmal gefragt?" Nur ein winziges Lächeln umspielte sein Gesicht. „Ja, im Krankenhaus." Er lehnte am Türrahmen. „Hast du davon etwas bemerkt?" „Ich muss es zumindest gehört haben." „Woher weißt du das?" Sie überlegte. „Ich stand in der Reha-Klinik am Fenster und schaute hinaus. Es war Weihnachten und mein Vater war bereits zu mir unterwegs, um mich abzuholen. Es hatte geschneit und ich war alleine in dem Zimmer und plötzlich konnte ich es ganz deutlich hören. Die Stimme, die mich fragte: ́Magst du eigentlich Schnee? Heute hat es geschneit." Sie zögerte ehe sie weitersprach. „Ich hatte es fast wieder vergessen, aber es war ... deine Stimme." Langsam ging er auf sie zu und ganz zart berührte er mit seiner Hand ihr Gesicht.

„Er liegt bestimmt 10 cm hoch und ist ganz pulverig, nicht so matschig wie sonst meistens. Etwas schneit es immer noch." „Das alles hast du zu mir gesagt?" „Ja." Er schien es selber beinah vergessen zu haben und doch fiel es ihm nun wieder ein. „Mein Gott, ist das lange her." „Was hast du noch gesagt?" „Ich habe dich gefragt, ob dir schon jemand erzählt hat, dass du eine Laterne vorm Fenster hast. Eine mit gelbem Licht. ´Du weißt bestimmt, wie schön der Schnee aussieht, wenn er an einer gelben Laterne hinabfällt.´ Sie bekam feuchte Augen bei seinen Worten. „Das war aber sehr nett von dir." Zaghaft lächelte er. „Es war so ziemlich das Einzige, was ich für dich tun konnte." Sie senkte ihren Blick, als sie die nächste Frage stellte. „Hast du jemals Dirk bei mir gesehen?" „Nein, das soll natürlich nichts heißen, ich hatte nicht immer Dienst, aber ich glaube kaum, dass er jemals da war." Sie nickte und er hatte seine Hand noch immer an ihrem Gesicht, zog es sanft nach oben, damit sie ihn ansah. „Vergiss ihn, Susanna. Es ist vorbei. Er kann dir jetzt nichts mehr tun." Dann ließ er sie los und ging an ihr vorbei zum Fenster, schaute in den Schnee hinaus, der vor den Scheiben herumwirbelte. „Mein Gott, warum Susanna? Ich habe so viele Gaben mitbekommen und diese eine ist mir verschlossen." Sie antwortete nicht, sondern sah ihn einfach nur an, während er weiter sprach. „Ich kann so vieles spüren, so viele Dinge, die weit vom Menschlichen entfernt sind. Ich kann spüren, dass ich mehrere Leben habe und dass es selbst nach diesem Leben noch nicht vorbei ist. Ich kann spüren, dass meine vergangen Leben irgendwo in deiner Zeit liegen." Er drehte sich zu ihr um und seine Augen waren feucht, als er sie ansah. „Ich kann sogar ihn spüren, aber ..." Er blinzelt über sie hinweg, schwer konzentriert, dass er seine Tränen wieder in den Griff bekam. Doch sein Blick war weiterhin feucht, als er ihn erneut auf sie richtete. „Ich glaube einfach nicht, dass ich es war. Oh Susanna, wir hätten all diese beschissenen Probleme überhaupt nicht, wenn ich nur wüsste, dass ich es war." Er wandte seinen Kopf nach rechts und blickte einfach den Küchenschrank an. Sie ging auf ihn zu und langsam nahm sie seine Hand.

„In guten, wie in schlechten Zeiten, weißt du noch?" „Ja."
„Ich glaube, dieses sind hier gerade die Schlechten." Er
lachte kurz auf. „Nun ja, gefühlsmäßig läuft im Moment
einiges daneben, aber wirklich schlecht, Susanna?" „Kannst
du nicht darüber reden, Timm? Über deine Gefühle, meine
ich." Er zuckte mit den Schultern. „Wie? Wie soll ich
darüber reden, wenn ich gar nicht weiß was ich fühle?"
„Das ist doch schon reden. Wenn du mir sagst, dass du
nicht weißt, was du fühlst, dann weiß ich zumindest schon
mal annähernd, wie es in dir aussieht." Er nickte. „Ja, das
stimmt. Es ist leer in mir Susanna, einfach nur leer. Ich
fühle irgendwie gar nichts mehr. Weder Wut, noch Trauer,
noch sonst irgendetwas. Kennst du das?" Sie überlegte, sie
kannte es, aber sie kannte es nicht aus diesem Leben. Sie
kannte es als Rebecca. Damals, wo sie mit ihrem Treck in
Hartford angekommen waren. Damals, wo sie Menschen,
die sie liebte, um ihr Leben hatte kämpfen gesehen und wo
sie viele Menschen hatte sterben sehen. Da fühlte sie sich
leer. Es war ihr völlig egal gewesen, dass der Treck letzten
Endes sein Ziel erreicht hatte und es war ihr egal gewesen,
ob sie sich von den übrig gebliebenen Menschen
verabschiedete. Selbst Danny war ihr egal gewesen. Danny,
den sie eigentlich liebte. Sie war einfach mit ihren Eltern
weitergefahren, ohne sich von ihm zu verabschieden. Sie
sah Timm an. „Ja", sprach sie leise. Unsicher drehte sie sich
um und sah, dass die Kaffeemaschine fertig war. „Möchtest
du Kaffee?", fragte sie. „Nein, ich werde mich etwas
hinlegen", hörte sie ihn hinter sich sprechen, während er
auch schon den Raum verließ. Sie atmete schwer aus und
griff nach nur einer Tasse aus dem Schrank. Während des
ersten Schlucks stand sie immer noch in der Küche und
blickte aus dem kleinen Fenster in die wirbelnden
Schneeflocken. Dann stellte sie den Becher ab und folgte
ihm. Im Türrahmen des Schlafzimmers blieb sie stehen. Er
lag auf dem Bauch, ein Bein angewinkelt, seine Hände über
dem Kopf, den Mund leicht geöffnet, schlief er tief und
fest. Es war kein Wunder, dachte sich Susanna, sie wusste
nicht wann er das letzte Mal geschlafen hatte, bevor er in
Deutschland ankam. In der Zeit zwischen seiner Ankunft

und jetzt hatte er jedenfalls nicht geschlafen. Es könnte also länger dauern bis er wach werden würde. Sie ging ins Schlafzimmer und griff nach ihrer Zudecke, weil er auf seiner drauf lag. Vorsichtig deckte sie ihn damit zu, bevor sie im Anschluss die Vorhänge des Fensters zuzog. Leise verließ sie den Raum und schloss die Tür, vor der sie dann stehen blieb und ins Wohnzimmer guckte. „So geht es nicht, Susanna", murmelte sie zu sich selber, „du musst definitiv etwas tun." Erneut ging sie in die Küche, griff nach ihrem Becher und schaute dort aus dem Fenster. Sie sah den Dachüberstand über dem Fenster, welcher wohl in Sommertagen zum draußen sitzen einlud und die Gäste vor Regen schützte. Die Fläche war mit Kies aufgefüllt. Und schräg gegenüber erblickte sie den Schuppen. „Hm", überlegte sie sich. Dann drehte sie sich und rannte aus der Küche raus. Sie schnappte sich ihre Jacke, verließ die Hütte und eilte direkt auf den Schuppen zu. Drinnen angekommen betrachte sie alles was dort zu finden war. Schneeschieber, Werkzeuge. Stühle, Sitzbezüge, Gartenbänke und Gartentische und sie knabberte auf ihrer Unterlippe, während sie überlegend die Gartenbänke und Tische betrachte. Ein wuchtiger und verstaubter Schrank stand auch noch da. Sie konnte durch das Vitrinenglas Bierhumpen und kleinere Gläser erkennen und riss dann aber die unteren Holztüren des Schrankes auf. Tischdecken und Lampions. „Ok", murmelte sie weiter vor sich hin, „ich bräuchte nur noch …", sie drehte sich in den Raum und blickte in die andere Ecke, wo die Heizstrahler standen. Ein Lächeln huschte über ihr Gesicht. „Genau das!"
Dann machte sie sich an die Arbeit. Sie schleppte die Gartentische auf die Kiesfläche. Zwei, obwohl einer gereicht hätte, aber zwei sahen einfach für ihren Zweck besser aus. Danach zerrte sie die Bänke hinterher, stellte sie vor die Tische, eilte ins Haus, holte sich heißes Wasser, um alles abzuwischen. Als sie fertig war ging sie wieder ins Haus und nahm sich die Schränke im Wohnzimmer vor, weil diese alten Tischdecken draußen im Schuppen ja wohl kaum alles gewesen sein konnten. Sie sah zwei blauweiß

karierte und schnappte danach. Erneut draußen angekommen, legte sie diese über die Tische. Sie war so in ihre Arbeit versunken, dass sie kaum noch an etwas anderes denken konnte, als an ihren Plan. Sie überlegte und stellte sich alles vor, während sie die Tische mit gefundenen Strohblumen und Windlichtern verzierte. Eine alte Tafel fand sie auch, die sie auf das Außenfensterbrett des Küchenfensters platzierte und mit der Kreide, die Gott sei Dank ebenfalls dabei war, schrieb sie: *'Heute im Angebot Gulaschsuppe!'*

Nachdem das dort stand fiel ihr siedend heiß ein, dass so etwas ja wohl auch vorbereitet sein musste und schnell lief sie in die Küche zurück. Griff nach dem größten Topf und kontrollierte die Konserven. Gulaschsuppen waren ausreichend vorhanden. Gebacken hatte sie am Vortag Graubrot, aber Weißbrot wäre wohl besser, dachte sie sich und holte alle Zutaten dafür raus und ihr Blick blieb auf einem Glas bereits geschälten Kartoffeln hängen. Sie griff danach und betrachtete es. „Was es alles so gibt", murmelte sie und dachte sich dann, warum nicht auch die. Flink bereitete sie alles vor und zwischen den einzelnen Kochschritten eilte sie immer wieder hinaus, um weiter an ihrem Werk zu arbeiten. Sie putzte die Lampions und hängte sie auf, sie schleppte die Heizstrahler an die Küche und sah ihre Idee schon schwinden, weil sie keinen Stecker an den Geräten fand. „Wie funktioniert denn eine Gasflasche?" Sie hatte zwei im Schuppen gesehen und unsicher, beinah zaghaft, ging sie in den Schuppen zurück und betrachtete die Gasflaschen, als wären es zwei hochexplosive Fliegerbomben aus dem zweiten Weltkrieg. „Ok, was solls." Sie griff nach der ersten Flasche und schleppte sie zu den Heizstrahlern, um da zuerst am Heizstrahler selber rumzufummeln, der ja nun irgendwie einen Anschluss haben musste. Sie fand einen im inneren des Gerätes und begann dann die Gasflasche zu inspizieren. Nur fand sie dort keinen Anschluss! „Mist", fluchte sie, „bis ich hier fertig bin, ist die Suppe angebrannt und Timm ist längst wach geworden und fragt sich was für einen Schwachsinn ich hier mache" Sie fand keinen Anschluss und beinah den Tränen nah ließ sie sich auf die Knie sinken und fixierte die Gasflasche, bis ihr auffiel, das am oberen Teil eventuell eine Kappe saß. „Ha", schnell sprang sie wieder auf, löste die Kappe und freute sich wie ein kleines Mädchen den Anschluss gefunden zu haben. Energisch versuchte sie dort die Schutzkappe abzuschrauben. Immer wieder fluchend, um nach gefühlten Stunden festzustellen, dass man rechts- statt linksherum drehen musste. „Wer erfindet so einen Schwachsinn", fluchte sie weiter vor sich hin. Als sie alles angeschraubt hatte war der Heizstrahler an sich noch eine Herausforderung. Trotz Bebilderung an dem Gerät, die aufzeigte was man zu tun hatte, bekam Susanna ihn nicht an und wenn doch, dann war er auch schnell wieder aus, weil sie irgendwo zu früh losgelassen hatte. Dennoch gelang es ihr nach weiteren fünf Minuten, die sich wie dreißig Minuten anfühlten, dass das Gerät auch an blieb. Missmutig stand sie davor und wartete, fixierte mit ihren Augen den Regler und begann dann zaghaft zu drehen, ob man den Heizstrahler eventuell sogar einstellen konnte?

„Oh Gott ich bin ein Genie!" Völlig fassungslos stand sie vor ihrem Werk.

Sie, Susanna Mühlbach, die von Technik absolut keine Ahnung hatte, hatte es geschafft eine Gasflasche an einen Heizstrahler anzuschließen. Vor Freude hüpfte sie vor ihrem Werk herum, drehte sich dann, um in die Küche zu laufen und nahm direkt vor ihrer Nase den zweiten Heizstrahler zur Kenntnis. Ihr Lächeln erstarb. „Ok, ich denke einer reicht aus", beschloss sie laut und zog den zweiten Heizstrahler in den Schuppen zurück.

Ewigkeiten hatte sie für das alles gebraucht und so langsam lief ihr die Zeit davon.

Im inneren der Küche stellte sie Bestecke in Becher, vor das geöffnete Fenster, Teller, Servietten … ´Was brauchte sie noch? `, überlegte sie, während sie das Bett im Schlafzimmer quietschen hörte. Oh Gott, er wurde wach. Schnell rührte sie die Suppe um, das Brot war schon fertig und dann eilte sie in das Bad und blickte in den Spiegel. Sie sah beschissen aus, aber egal. Ihre lockigen Haare flocht sie zu zwei Zöpfen und ließ nur ein paar Strähnen heraushängen. Dann griff sie nach ihrem Schminktäschchen und versuchte in ihrem Gesicht alle Kniffs und Tricks, die sie wusste, um ein besseres Aussehen zu erlangen und dann kam das schwierigste. Gut, nach den Heizstrahlern nur noch das zweitschwierigste.

Sie ging aus dem Bad hinaus und blieb an der Kleiderpuppe mit dem Dirndl stehen. Es war sicherlich zu klein für sie, aber irgendwie musste sie da nun rein. Sie entkleidete die Puppe, eilte mit dem Kleid ins Bad zurück und versuchte ihren großen Körper in das Kleid zu bekommen. Es ging besser als gedacht, aber hinten bekam sie es nicht richtig zu. Dennoch, vorne erreichte das Kleid genau das, was sie vorgehabt hatte, sie hatte noch nie einen so ausdrucksvollen Busen an sich gesehen und nach der Freude mit dem Heizstrahler musste sie nun zum zweiten Mal, nach allem was die letzten Tage so geschehen war, lächeln.

Gut, nun noch die Schürze, das Halsband und dann ...

„Susanna?", hörte sie ihn rufen. „Ach du Schande", flüstere sie und blickte sich irritiert im Bad um, sah den Duschvorhang in der Badewanne hängen, sprang in die Selbige und kauerte sich soweit es ging nach unten, während er die Badtür aufmachte und eintrat.

Sie hörte ihn auf Toilette gehen, kurz danach die Spülung dann wusch er sich die Hände. ´Sehr vorbildlich´, dachte sie sich und Gott sei Dank ging er dann wieder raus.

„Susanna?", hörte sie ihn erneut rufen, krabbelte aus der Badewanne und linste aus dem Türspalt des Badezimmers. Er stand im Wohnzimmer und sein Blick glitt in Richtung Küche, durch dessen Fenster man die Lampions von draußen leuchten sah. „Sie sitzt bei dem Wetter doch nicht draußen", hörte sie ihn murmeln, dann schüttelte er den Kopf, griff nach seiner Jacke und ging in den kleinen Flur, so dass sie ihn nicht mehr sehen konnte. Sie hörte nur noch wie er sich die Schuhe anstreifte und dann verließ er die Hütte und sie endlich das Bad. Sie sprang vorsichtig in die Mitte des Wohnzimmers, um von dort durch die Küche nach draußen zu spähen. Er stand da und blickte sich irritiert um. Ok es wurde Zeit! Sie hüpfte total nervös in den Flur, streifte sich ihre eigenen Schuhe über und verließ ebenfalls die Hütte. Vorsichtig beugte sie sich an der Hausecke vor und sah ihn von hinten, wie er anscheinend alles, was sie aufgebaut hatte, betrachtete. Einmal noch schwer durchatmend, trat sie endlich vor.

„Oh, guten Abend der Herr", sprach sie wirklich überrascht. Nicht weniger überrascht drehte er sich zu ihr um und ihm entglitten fast sämtliche seiner immer so perfekten Gesichtszüge, als er ihre Aufmachung sah. Sein Mund öffnete sich leicht, sein Blick wanderte von ihrem Kopf zu ihren Füssen und wieder zurück. Wohlwollend nahm sie allerdings zur Kenntnis, dass sein Blick eine gefühlte Ewigkeit an ihrem Busen hängen blieb, bis er ihr endlich wieder in die Augen sah. Sagen konnte er nichts, aber das sollte er ja auch nicht. Sie lief auf ihn zu und dann direkt an ihm vorbei auf die Tische zu. „Es ist ja so ein Schneetreiben, ich habe gar nicht damit gerechnet, dass heute noch ein Gast kommt. Haben sie Hunger?" Erwartungsvoll sah sie ihn an und er hatte sich nachdem sie an ihm vorbeigelaufen war zwar mit ihr gedreht, aber sein Gesichtsausdruck wirkte immer noch total perplex. Sie lächelte ihn an, tat einen kleinen Knicks und deutete auf die Bank vor sich. „Wollen sie sich setzen?" Jetzt sah er sich wieder um, bevor er ihr antworte, sein Blick blieb auf der Tafel hängen mit der angebotenen Gulaschsuppe. Dann ging er weiter auf sie zu, während er, bevor er bei ihr ankam, den Heizstrahler betrachtete als wäre er eine kostbare Vase in Museum. Vor ihr angekommen sah er sie an. „Danke", er räusperte sich, „sehr gerne." „Bitte", deutete sie erneut auf den Sitzplatz. Er setzte sich und sie lief wieder um den Tisch herum, so dass sie vor ihm stand. „Was möchten sie trinken? Wir haben Glühwein, Wein, Bier … ähm … allerdings abgelaufen, weil im Winter trinkt das kaum einer, aber es wäre halt da, oder ich bringe ihnen Tee …", sie überlegte und schielte dabei nach oben, bevor sie weitersprach, „sie können auch Fanta oder Wasser …" „Glühwein", hörte sie ihn plötzlich sagen und sah ihn wieder an. Er hatte seine Fassungslosigkeit verloren und seinen Blick in höchstinteressiert gewechselt, was ihr eine gewisse Erleichterung brachte. Sie lächelte ihn an.

„Wie sie schon gesehen haben, haben wir Gulaschsuppe im Angebot. Allerdings ist das mit dem Angebot nicht so ganz richtig, weil ...“ „Weil was?“, fragte er nun lächelnd. „Nun ja, im Prinzip ist es das Einzige was ich ihnen anbieten kann, außer ...“, sie drehte sich zur Küche und dann wieder zu ihm zurück. „Bockwürstchen hätte ich noch, die müsste ich aber erst erwärmen, während die Gulaschsuppe schon fertig wäre.“ Er nickte. „Bitte keine so großen Umstände nur für mich, ich nehme gerne die Gulaschsuppe.“ „Perfekt“, strahlte sie. „Ich habe auch extra Weißbrot dafür gebacken.“ Quirlig tat sie noch einen Knicks und drehte sich, um so schnell wie möglich in die Küche zu eilen, während sie plötzlich sein lautes lachendes Schnaufen hörte. Zögernd blieb sie stehen und sah nochmal zu ihm zurück, um sein schelmisches Grinsen zu sehen.

„Entschuldigung, ich wollte sie nicht aus der Bahn bringen, ich habe nur ihr Kleid von hinten bewundert“, versuchte er zu erklären. „Oh“, entfuhr es ihr, weil ihr nun einfiel, dass es von hinten, so leicht geöffnet, wohl nicht so attraktiv wirkte wie von vorne. „Ich wollte eigentlich rückwärts zurückgehen“, stammelte sie. „Nicht nötig“, lächelte er weiter zu ihr rüber. „Sie haben einen sehr entzückenden Rücken.“ „Ja“, murmelte sie, während sie sich nun doch wieder drehte, um ins Haus zugehen. „Auch ein Rücken kann entzücken, oder wie war das?“, murmele sie vor sich hin.

In der Küche angekommen griff sie nach einem Teller, befüllte ihn, knickte Brot ab, legte es dazu. Hektisch sah sie sich um, ach ja, ein Löffel und ... Richtig eine Serviette, sie schob alles durch das kleine Fenster und klingelte dann mit der kleinen Kuhglocke, die eigentlich zur Deko an der Küchenwand hing. „Die Suppe ist fertig“, rief sie raus. „Ach so“, hörte sie ihn sprechen, während er aufstand und zum Fenster kam. Seine warmen Augen blickten sie an. „Und ich dachte es wird mir alles gebracht.“ „Nein, tut mir leid, hier ist Selbstabholung. Sie können auch einen Augenblick warten, dann ist ihr Glühwein fertig.“

„Ich komme nochmal dafür", sprach er und griff nach der Suppe, um diese schon mal zum Tisch zu tragen. Sie schob derweil den Becher Glühwein hinterher und nahm sich selber einen Teller voll Suppe und einen Glühwein. Sie schob auch das alles durchs Fenstern auf die äußere Fensterbank, nachdem er seinen Glühwein dort abgeholt hatte. Bevor sie selber wieder hinauseilte, legte sie im Wohnzimmer noch eine Schallplatte mit Hüttenmusik auf. Dann eilte sie wieder raus ums Haus herum. Draußen angekommen stellte sie sich vor seinen Tisch. „Darf ich mit ihnen essen? Sie scheinen ja alleine zu sein und ich bin es auch und somit ..., also wenn ich sie nicht störe ..." „Bitte", deutete er auf den Platz bei sich gegenüber. „Danke", lächelte sie, eilte zum Küchenfenster um ihr Essen und Trinken zu schnappen und platzierte sich dann direkt vor ihm.

Sie prostete ihm mit ihrem Glühweinbecher zu. „Erzählen sie mir von sich", forderte sie ihn dann auf. „Wer sind sie? Und ... warum sind sie hier so alleine?" „Warum bist du denn so alleine?", ging er auf das ´Du`, statt ihr zu antworten. „Weil mein Mann nicht mehr sicher ist, ob das mit mir noch Sinn macht", antwortete sie wahrheitsgemäß. Er nickte. „Ich bin aus ähnlichen Gründen hier. Ich bin mir nicht mehr sicher, ob es mit meiner Frau noch Sinn macht." „Ich habe meinen Mann beinah betrogen", sprach sie, während sie ihren Glühwein langsam wieder auf den Tisch stellte. „Nur beinah?" Entsetzt sah sie ihn an. „Natürlich nur beinah, ich weiß auch nicht, ob ich es überhaupt gemacht hätte. Ich war lediglich in Versuchung den Anderen zu küssen und dann ... kam mein Mann." Er stützte sich mit seinen Armen auf dem Tisch ab und betrachtete sie. „Bei mir war es genauso. Ich kam eigentlich vor dem Kuss dazu, nur ...", gedankenverloren schüttelte er mit dem Kopf, „woher soll ich wissen, das vorher noch nie mehr zwischen den Beiden war?"

Susanna schluckte schwer. Sie hatte nicht damit gerechnet, dass er bereits an ihrer Treue vor dem Kuss zweifelte. Aber sie durfte jetzt nicht ihre Fassung verlieren, sie hatte ihm eine Art Spiel angeboten und er war darauf eingegangen, also machte sie weiter und ging wie auch er in eine persönlichere Anrede über. „Wahrscheinlich denkt mein Mann genauso wie du, ich glaube nicht, dass er mir das je verzeihen kann." „Wenn es dir heute so leid tut, warum hast du es denn getan?" „Weil er recht hatte." „Wer?" „Mein Mann", antwortete sie. Er sah sie fragend an und es war deutlich zu sehen, dass er nicht verstand was sie meinte. Sie stützte sich nun ebenfalls auf dem Tisch auf und beugte sich vor. „Ich glaube an mehrere Leben und ich habe diesen Mann gewählt, weil ich glaubte, er wäre der Mann aus meinem früheren Leben." Timm schluckte schwer, aber sie sprach weiter. „Mein Mann sagte mir, dass er nicht dieser Mann ist und er ließ sich auch von nichts anderem überzeugen, im Gegenteil. Er erklärte mir noch vor unserer Hochzeit, dass wir es noch beenden könnten und ich somit frei wäre, um den Richtigen zu suchen. Und er behauptete, dass ich unsicher werden würde, falls mir jemand begegnet, der vielleicht wirklich mein früherer Mann sein könnte." Timm schien sein Essen und seinen Glühwein komplett vergessen zu haben. Er sah sie einfach nur an und somit sprach sie weiter. Endlich, so dachte sie sich, begann er ihr zuzuhören, statt sie immer auf Distanz zu halten. „Ich habe sein Angebot abgelehnt, mit der Begründung, dass es mir egal ist, ob er mein Mann aus dem vorherigen Leben ist oder nicht. Ich würde nur ihn lieben." Kurz sah er nach rechts in das Schneetreiben und sie konnte seine feuchten Augen dabei sehen. Mit diesen feuchten Augen und einer belegten Stimme wandte er sich dann wieder an sie. „Aber dein Mann hatte recht? Du wurdest unsicher?" „Ja", antwortete sie wahrheitsgemäß. Timm tat eine Bewegung nach hinten, die ihr zeigte, dass er wahrscheinlich gleich aufstehen würde, um zu gehen, also sprach sie zügig weiter. „Nur als er mich kurz vor dem Kuss ertappt hat und ich seine Augen gesehen habe, habe ich etwas völlig anderes erkannt." Fast auf dem Sprung blieb er nun doch sitzen. „Was da wäre?", fragte angespannt. „Ich habe meine Gefühle für ihn erkannt." Fragend zog er die Augenbrauen hoch. „Ich habe in dem Moment wo er vor mir stand diese unendlich tiefe Verbundenheit zu ihm gespürt. Eine

Verbundenheit die ich seit wir auf einem indischen Fest tanzten immer in seiner Nähe und vor allem wenn wir intim waren gespürt habe. Und als er nun vor mir stand, war diese Verbundenheit wieder zu spüren und ich hatte eine Erkenntnis, die mir zuvor nie aufgefallen war." Er wirkte auf einmal unendlich müde, zu schwach um aufzustehen und zu schwach, um sie nach ihrer Erkenntnis zu fragen. Zaghaft griff sie über den Tisch nach seiner Hand. „Diese Verbundenheit, die ich bei ihm spüre, hatte ich niemals mit einem anderen Mann. Auch nicht mit dem Mann aus dem anderen Leben. Das mit uns, Timm, geht viel tiefer und meine Liebe gehört nur noch dir. Ich habe länger gebraucht um zu realisieren, dass mein Märchen nicht aufgeht. Aber jetzt weiß ich es." Sie schluckte schwer. „Ich hoffe es ist noch nicht zu spät."

Lange sah er sie einfach nur an. Dann zog er seine Hand fort, stand auf und ging in Richtung Hütteneingang davon. „Scheiße", murmelte Susanna und richtete ihren Blick, während die Augen bereits feucht wurden, zum Schneetreiben hin. Im Hintergrund hörte sie weiter das Geklampfe der Hüttenmusik. Was sollte sie noch tun? Hatte sie ihn verloren? Die Musik aus der Hütte wurde ausgeschaltet und eine erdrückende Stille machte sich breit. Am liebsten wäre sie sofort abgereist, aber sie hatten nur ein Auto hier. Sie kam hier nicht weg. Sie ließ das Schneetreiben links liegen und wandte sich dem Tisch zu. Klirrend räumte sie das Geschirr zusammen, während die erste Träne auf das Tischtuch tropfe und plötzlich hörte sie die ersten Takte von Depeche Mode aus der Hütte. Unsicher hielt sie in ihren Bewegungen inne. Sie kannte das Lied. Sie mochte das Lied und auch wenn der Songtext nicht direkt mit ihrer jetzigen Situation stimmig war, wollte er ihr mit dem Refrain des Liedes vielleicht etwas sagen?

Es ist eine Frage der Lust, es ist eine Frage des Vertrauens. Es geht darum, das, was wir aufgebaut haben, nicht zu Staub zerfallen zu lassen. All das und noch viel mehr halten uns zusammen.

Wie erstarrt schaute sie auf die Karos der Tischdecke, während sie mit ihren Ohren probierte, ob sie noch mehr hörte als nur das Lied. Ob er vielleicht zurückkam. „Darf ich bitten?", hörte sie plötzlich direkt hinter sich und fuhr erschrocken herum. Sie hatte ihn nicht gehört und dennoch stand er direkt hinter ihr und hielt ihr seine Hand entdecken. Ein Lächeln huschte über ihr verweintes Gesicht, als sie nach seiner Hand griff. Er führte sie ein paar Schritte zurück und nahm sie dann in seinen Arm, während er langsam, so langsam wie auch das Lied war, mit ihr zu tanzen begann. Mit seiner Hand zog er ihren Kopf an seine Schulter und sie schmiegte sich nur zu gerne ganz dich an ihn dran, während ihr Blick, immer noch feucht, erneut das Schneetreiben wahrnahm. „Ich liebe dich, Susanna", hörte sie dann ganz zart an ihrem Ohr und dann brachen sämtliche Dämme und sie begann herzzerreißend zu weinen. Nur schwer waren auch ihre Worte auszumachen. „Ich liebe dich auch, oh Gott es tut mir so leid." Sein Griff wurde fester und zart berührte er ihr Kinn, damit sie ihn ansah. „Es ist nicht nur deine Schuld", sprach er zärtlich. Es ist auch meine Schuld, weil ich viel zu selten da bin und es ist auch seine Schuld, weil er so verlogen ist. Er hatte einen festen Plan und den wird er nicht gerade ungeschickt bei dir vorgetragen haben." Sie lächelte ihn an und berührte zart sein Gesicht. Verunsichert hielt sie inne. „Du bist ganz warm, Timm. Geht es dir gut?" „Ja, du hast halt einen wunderbaren Heizstrahler aufgebaut", bevor sie noch etwas sagen konnte, küsste er sie.

Wortlos tanzten sie weiter. Zu dem Lied, zu den anderen Liedern, die noch auf der Platte waren und irgendwann gingen sie rein, entfachten dort den Kamin und machten es sich auf den dicken Lammfellen davor gemütlich. Berauscht von allem was passiert war und berauscht von dem Glühwein liebten sie sich und schliefen vor dem Feuer ein.

In der Nacht erwachte Susanna wieder und immer noch nahm sie die wohlige Wärme des Feuers wahr, nur ...? Hatte das Feuer die Seite gewechselt, oder hatte sie sich gedreht? Abrupt setzte sie sich auf und blickte zum Kamin. Es war nur noch eine ganz schwache Glut in ihm zu erkennen und dann sah sie zu Timm. Er lag neben ihr. Die Schweißperlen auf der Stirn und seine Wärme strahlte bis zu ihr. „Oh Gott", murmelte Susanna und berührte seine Stirn. Sie hatte das Gefühl sich daran zu verbrennen. „Timm", sprach sie ihn laut an und schüttelte ihn. „Timm, bitte wach auf." Nur ein Brummeln und Stöhnen kam von ihm und sie hockte sich neben ihm auf die Knie, um ihn energischer zu schütteln. „Timm, bitte." Nur zögerlich öffnete er die Augen. „Was ist denn? Was willst du von mir?" Ein Husten folgte und erneut ein Stöhnen, während er die Augen wieder schloss. „Auch das noch", murmelte Susanna und blickte sich um. Sie stand auf und holte die Decke vom Sofa, um sie über ihn zu legen, bevor sie weiter ins Bad rannte. Ob die hier wohl ein Fieberthermometer hatten? Hektisch durchwühlte sie die Schränke, beförderte alles Mögliche zu Tage, nur kein Fieberthermometer. „Das kann doch nicht wahr sein. Wie soll ich denn nun wissen, wie hoch er Fieber hat?" Sie wühlte noch hektischer in den Schränken, fand abgelaufene Kopfschmerztabletten und Beruhigungsmittel für den Magen, aber nichts, das sie wirklich verwenden konnte. Sie drehte sich um und betrachtete das kleine Schränkchen vor dem Fenster, riss dessen Schubladen auf. Handtücher, Waschlappen, nichts weiter und doch zerrte sie alles daraus hervor und warf es achtlos auf den Boden und dann fand sie es. Es lag ganz am Rand neben den Handtüchern. „Wer hat das denn hier eingeräumt?" Aber es war egal, sie hatte, was sie wollte und eilte zu Timm zurück.

Dieser war inzwischen dabei am gesamten Körper zu zittern. „Timm", Susanna versuchte ihn erneut zu wecken, aber diesmal war es noch schwieriger als beim ersten Mal. Erst nach mehrmaligen Zurufen und Schütteln stöhnte er wieder auf, blinzelte und begann auch sogleich tief zu husten. Erneut stöhnte er auf und er wirkte sichtlich genervt

durch Susanna. „Kannst du mich vielleicht in Ruhe lassen?"
Dann fasste er sich an den Kopf. „Oh Gott, mein Schädel."
„Timm, wir müssen Fieber messen, du glühst ja förmlich."
„Was tue ich? Susanna, mir ist total kalt." Sie schob ihm
das Thermometer unter die Achsel und hielt seinen Arm
fest. „Lass mich einfach in Ruhe", murmelte er, schloss die
Augen und drehte seinen Kopf zur Seite. „Den Teufel
werde ich tun." Susanna wartete. Zu Hause hatten sie ein
Thermometer das piepte, wenn es fertig mit dem Messen
war, aber dieses hier war noch eins der älteren Generation.
Sie schielte auf die Uhr. Fünf Minuten oder zehn? Ach
egal, sie würde zehn warten, überlegte sie sich und zog es
schließlich vor lauter Ungeduld nach fünf Minuten hervor.
„Ist das Ding kaputt?", fragte sie entsetzt als sie sah, wie
weit sich der Streifen vorgearbeitet hatte, aber ein Blick auf
Timm reichte um ihr zu bestätigen, dass es nicht kaputt
war. Das Ende des Streifens befand sich bei knapp 40,5
Grad. Susanna sprang auf. „Was mach ich denn jetzt? Ich
brauche einen Arzt." Aber wo bekam sie den jetzt her?
Notarzt, wofür gab es Notärzte. Ziellos lief sie im
Wohnzimmer auf und ab, während sie sich fragte, wie sie
hier an einen Notarzt kam. Hier oben, so halb auf dem
verschneiten Berg und außerdem ohne Telefon. Nur Timms
Handy musste irgendwo liegen. Sie suchte in seinen Sachen
nach dem Handy und als sie es endlich gefunden hatte,
musste sie feststellen, dass es aus war und dass sie die PIN
überhaupt nicht wusste. „Was mache ich hier eigentlich?",
fragte sie sich entsetzt, schmiss das Handy wieder zur Seite
und rannte erneut ins Bad. Sie griff nach den Handtüchern
und hielt sie unter das kalte Wasser. Sie tropften noch als
sie bei Timm wieder ankam und als sie ihm die Handtücher
um die Waden wickelte stöhnte er auf und hustete erneut.
Sein gesamter Brustkorb schien zu dröhnen. Trinken, er
musste auch etwas trinken! Sie rannte in die Küche und
begann nun auch diese zu durchwühlen. Kamillentee, gut
zwar auch abgelaufen, aber das konnte ja nicht so viel
ausmachen. Als sie fertig war eilte sie zu ihm zurück und
schüttelte ihn erneut. Irgendwann riss er die Augen weit auf
und starrte sie an. Sie hielt ihm den Becher an den Mund,

aber er trank nicht. Dann neigte sie seinen Kopf nach hinten und tropfte einfach einen dicken Tropfen in seinen Mund. Erneut hustete er und richtete sich auf. Sie konnte nicht sehen, wo der Tee abgeblieben war. Hatte er etwas geschluckt? „Timm", schrie sie ihn wieder an. „Ich brauche deine PIN." Eine Weile sah er sie mit seinen fiebrigen Augen an, bis er endlich wieder sprach. „Du nervst." „Es ist mir egal, ob ich nerve, ich brauche deine PIN." „Was ist das?" „Die von deinem Handy. Du brauchst einen Arzt!" Erneut sackte er in ihren Armen zusammen und erneut schüttelte sie an ihm herum. Irgendwann bekam sie ihn wieder wach. „Susanna, ich weiß sie nicht." „Dann überleg!" „Gib Mühlbach ein." „Oh Mann", fluchte sie und ließ ihn wieder liegen, um zu seiner Tasche zu eilen. Alles durchwühlte sie, seine Klamotten, sein Portemonnaie, alles, um sie vielleicht zu finden. Es war immer noch so, dass sie längst nicht alles von ihm wusste, denn sie wusste gar nicht, ob er zu den Menschen gehörte, die sich eine PIN notierten. Es war nichts in dem Portemonnaie zu finden. Dann griff sie nach seinem Kalender, schaute unter Notizen und fand nichts. Dann schaute sie die Telefonnummern durch, die er notiert hatte. Sie fand ihren eigenen Namen, Susanna 030/74355980. Sie stutzte, 5980? Der Anfang stimmte, aber nicht das Ende, nicht die letzten vier Zahlen. Also gut, einen Versuch war es wert. Sie griff nach dem Handy und schaltete es ein. Als es an war und die PIN forderte, sah sie unten in der Ecke ´SOS` stehen. „Mein Gott Susanna, wie bescheuert bist du eigentlich?", murmelte sie nur noch und wartete bis das Handy Empfang bekam. Nur, dass es hier oben keinen Empfang bekam. Sie sprang wieder auf und blickte sich um. Inzwischen sah es hier aus als hätte eine Bombe eingeschlagen und wirklich erreicht hatte sie nichts. Sie griff nach ihrer Jacke und suchte dann die Autoschlüssel. Dann eilte sie davon. Es schneite immer noch und natürlich war das Auto nur noch unförmig unter den Schneemassen zu sehen. Sie fegte sie mit ihren Händen runter, öffnete den Wagen und startete ihn schon mal. „Wenigstens etwas", murmelte sie, „bei meinem Glück im Moment hatte ich erwartet er springt nicht an."

Sie griff nach dem Kratzer und machte sich weiter an den Scheiben zu schaffen. Dann hielt sie inne und starrte auf die verschneite Straße, die vor ihr lag. Das mit Heckantrieb? „Ok", sprach sie weiter mit sich selbst. „das dürfte spannend werden!" Dann stieg sie ein und fuhr los.

Sie hatte das Handy auf dem Beifahrersitz liegen und beobachtete es ständig, während sie zum nächsten Ort den Berg hinabfuhr. Oder schlitterte. Nur extrem langsam ging es ganz gut. Dennoch, in den Kurven drohte das Fahrzeug ständig wegzurutschen. Irgendwann piepste es neben ihr und ihre Hand zitterte während sie die `SOS-Taste` betätigte und das Telefon wählte. Dann war die Verbindung wieder weg. Susanna drehte das Telefon in ihrer Hand und hielt es in alle Richtungen, aber der Empfang war weg. Also fuhr sie weiter, bis es erneut piepte. Diesmal hatte sie Erfolg. „Notrufzentrale, sie sprechen mit Birgit Fischer, was kann ich für sie tun?" „Ich brauche einen Arzt", schrie Susanna in den Hörer. „Wo sind sie?" „Ich weiß nicht, in der Nähe von Berchtesgaden." „Sind sie im Auto?" „Ja, ich kann aber auch bis Berchtesgaden runterfahren und dort auf den Arzt warten, es geht um meinen Mann, er ist in einer Berghütte, hat 40,5 Grad Fieber und ist nicht mehr ansprechbar." „Gut, ich schicke einen Arzt los, kann ich sie erreichen, damit ich weiß wo genau sie warten?" „Ja, die Handynummer ist ..." Susanna überlegte. „Ich weiß gar nicht, ob ich es einschalten kann, ob ich die richtige PIN habe, kann ich sie erreichen, wenn ich einfach nochmal auf die `SOS-Taste´ drücke?" „Ja, fragen sie nach mir. Birgit Fischer, ich funke den Arzt derweil schon einmal an." „Ja gut, danke", Susanna legte auf und fuhr weiter, bis in den Ort hinein. Am Ortsschild blieb sie stehen. Fast eine Dreiviertelstunde war sie bis hier unterwegs. Erneut drückte sie die Taste und ließ sich mit der entsprechenden Dame verbinden. Sie nannte ihr den Straßennamen und wartete dann. Irgendwann griff sie wieder nach dem Handy und gab die letzten vier Ziffern der Telefonnummer ein. Es loggte sich sofort ins Netz ein. „Na toll", murmelte Susanna und nach kurzer Zeit leuchtete das Display erneut auf. Sie sah nach. ´Sie haben 21 neue Nachrichten´ „Großer Gott, ist das normal?" Schnell loggte sie sich wieder aus, das fehlte ihr gerade noch, dass nun auch noch jemand anrief. Im schlimmsten Fall hätte sie Henry in der Leitung.

Endlich sah sie einen Wagen auf sich zukommen, und glücklicherweise ein Jeep. Sie stieg aus. „Sind sie der Notarzt?" „Ja, wo müssen wir lang?", fragte der Mann, während er ausstieg. Er war groß und kräftig, seine Haare reichten im Nacken bis zur Schulter und waren bereites ergraut. „Den Berg hoch, am besten ich fahre vor." Er blickte auf ihren Wagen. „Ich dachte es müsse schnell gehen? Ich kann sie mitnehmen." „Ja", nickte Susanna, „ich denke das ist besser", und lief um seinen Wagen herum, um an der Beifahrertür einzusteigen.

Das Auto bahnte sich seinen Weg durch das Schneegestöber und endlich waren sie da. Susanna rannte vorweg und der Arzt folgte ihr mit seiner schweren Tasche, so gut es eben ging. „Wo ist er?" „Da, vor dem Kamin." „Hm", er ging auf Timm zu. „Wie heißt er?" „Timm, Timm Mühlbach." Erneut nickte er und rief Timm an. „Herr Mühlbach? Können sie mich hören?" Es folgte ein schwaches Stöhnen und der Arzt fühlte den Puls, während er zeitgleich in seiner Tasche wühlte und alles Mögliche zu Tage beförderte. Als erstes jagte er ihm eine Spritze in den Arm, bei der Timm umgehend seine Augen aufriss und den Arzt groß ansah. „Ganz ruhig", sprach dieser. „Wird ein bisschen kalt jetzt, aber es ist gleich vorbei." Timm begann erneut zu husten und fasste sich mit schmerzverzerrtem Gesichtsausdruck an seine Brust. Während der Arzt ihm seinen Pullover nach oben schob und sorgsam abhörte. Dann hob er ihn an und hörte den Rücken ab. Nachdem er fertig war stand er wieder auf. „Und?", fragte Susanna nervös. „Eine handfeste Grippe, würde ich sagen. Ich gebe ihm jetzt ein fiebersenkendes Mittel und lege ihm einen Tropf an, ich nehme nicht an, dass er freiwillig trinkt, oder?" „Nein. Wie kommt denn das so plötzlich? Er schien gestern Abend noch völlig gesund." „Das zeichnet sie aus, die richtige Grippe. Sie kommt schlagartig. Hohes Fieber und schweres Krankheitsgefühl. Er muss im Bett bleiben."

Der Arzt sah sich um. „Ich werde ihnen wohl helfen müssen, um ihn ins Bett zu bekommen." „Ja, das wäre nett." Dann verfrachteten sie gemeinsam Timm in sein Bett, erneut bekam er eine Spritze, aber diesmal reagiert er nicht darauf und dann legte der Arzt ihm den Tropf an und während er etwas suchte, woran er die Flasche hängen konnte, wandte er sich zu Susanna. „Kurz vor einer Lungenentzündung, aber sein Zustand ist stabil. Ich denke, er kann hier bleiben, aber sie müssen darauf achten, dass er nicht zu früh aufsteht. Eine Woche strenge Bettruhe." „Ich werde darauf achten." „Ich lasse ihnen Tabletten und Hustensaft hier, dann brauchen sie vorerst nicht wieder runter. Jetzt haben die Geschäfte ja zu. Ich nehme an, ich soll sie zu ihrem Wagen mit zurücknehmen?" „Nein Danke, da kümmere ich mich später drum, ich habe Angst, dass ich mit ihm nicht wieder hoch komme." Der Arzt hängte die Flasche schließlich an einem Nagel über dem Bett auf, nachdem er das Bild abgenommen hatte, das eigentlich dort hing und nickte zufrieden. „OK, ich bin fertig. Machen sie sich keine Gedanken." Dann griff er in seine Tasche und holte seine Schreibsachen hervor. „So", brummelte er, während er alles eintrug. „Timm Mühlbach, Geburtstag?" „04. Dezember 71" „04. Dezember 71", brummelte er halblaut nach, während er schrieb und zwischendurch seinen Blick wieder auf Timm gleiten ließ, dann hielt er inne. „Sagen sie, ist das ...?" „Nein", antwortete Susanna schnell. Jetzt sah er Susanna an. „Wollen sie mich veralbern? Natürlich ist er das? Dann muss er sofort ins Krankenhaus." „Warum das denn? Warum muss er ins Krankenhaus, während jeder andere hierbleiben könnte?" „Hören sie, im Grunde interessiert es keinen was ich hier aufschreibe, aber wenn ich aufschreibe, dass ich ihn behandelt habe, dann kriege ich nachher den Ärger, weil ich ihn hier gelassen habe und Ärger kann ich nicht gebrauchen." „Warum soll denn das Ärger geben?" „Warum?", wiederholte er ihre Frage ungläubig. „Nun hören sie endlich auf hier die Unschuldige zu spielen. Es steht doch bereits in jeder Zeitung, dass er gesucht wird." „Gesucht?", fragte sie ungläubig, „von wem denn?" „Er ist angezeigt worden, wegen schwerer Körperverletzung." Susannas Mund öffnete sich vor Entsetzen und umgehend fiel sie selber auf den hinter ihr stehenden Sessel. „Sagen sie mal, sie wussten das gar nicht?", fragte der Arzt und sah sie erstaunt an. „Nein." „Hm." Erneut blickte er zwischen Timm und Susanna hin und her. „Aber sie wissen schon, dass er einen Mann verprügelt hat?" „Ja, ich war dabei." Dann biss sie sich auf die Unterlippe. War es überhaupt gut, wenn sie jetzt noch irgendetwas sagte? Der Arzt hielt seinen Block in der Hand und überlegte. „Wären sie denn so ehrlich und würden sich bei der Polizei melden, wenn er wieder auf dem Damm ist?" „Ja", antwortete sie leise. Er nickte. „Ich glaube ihnen, also er bleibt hier und ich ... ich werde, falls mich mal jemand fragt, sagen, dass ich ihn nicht erkannt habe." „Danke." Susannas Stimme klang hörbar müde. Timm wurde derweil unruhig, hustete, stöhnte und warf seinen Kopf hin und her. Auch murmelte er unverständlich Worte. „Wird eine scheiß Nacht für ihn", bemerkte der Arzt. Besorgt blickte Susanna zu ihm rüber. „Ich kann gar nichts für ihn tun, damit es ihm schneller wieder besser geht, oder?" Timm wurde immer unruhiger. Der Arzt packte seine Sachen derweil wieder ein. „Gehen sie mal zu ihm rüber und nehmen seine Hand." Susanna tat es und augenblicklich wurde Timm ruhiger. Der Arzt hatte seine gepackte Tasche bereits in der Hand und betrachtete sie. „Sehen sie, und sagen sie mir nicht noch einmal, sie könnten nichts für ihn tun."

Susanna begleitete den Arzt hinaus und nahm vor Tür die beginnende Morgendämmerung wahr. „Nun ja", murmelte sie zu sich selbst, „für ihn wird es wohl eher ein scheiß Tag statt einer scheiß Nacht." Unsicher sah sie dem Arzt hinterher. War es wirklich so gut gewesen ihn fortzuschicken und nun hier ohne Auto zu sitzen? Seine Rücklichter verschwanden hinter der ersten Kurve. OK, nun war es egal. Sie schloss die Tür und ging zu Timm zurück. Im Haus selber war es noch stockdunkel, nur das kleine Licht auf dem Nachtschränkchen brannte noch. Skeptisch betrachtete sie ihn. Erneut hatte er Schweißperlen auf der

Stirn und er war so unruhig, wie sie es bislang nie an ihm gesehen hatte. Immer wieder murmelte er irgendwelche Wörter vor sich hin. Sie ließ ihren Blick zu der Tropflasche gleiten und nahm erleichtert zur Kenntnis, wie die Flüssigkeit stetig darin herab tropfte. Dann setzte sie sich zu ihm aufs Bett und nahm seine Hand. Erneut wurde er etwas ruhiger, aber nicht so ruhig, wie beim ersten Mal. Sie griff nach ihrem Taschentuch und tupfte ihm den Schweiß von der Stirn. „Oh Gott, ich liebe dich", murmelte er ganz leise. Sie lächelte und neigte ihr Gesicht zu seinem hinab und schaute ihn warm an. Seine Augenlider zuckten unkontrolliert und noch immer murmelte er. Sie konnte die Worte nicht verstehen und als sie sich gerade wieder erheben wollte, hörte sie ihren alten Namen. „Rebecca", ihre Augen weiteten sich erschrocken und sie beugte sich weiter zu ihm herab, um besser zu hören. Sie fühlte seinen Atem an ihrem Ohr, konnte ihn aber nicht verstehen, während ihr Haar derweil auf seine Brust fiel. Jetzt konnte sie ihn wieder verstehen. „Ich kann dich spüren." Er atmete schwer und sein Atmen wurde durch plötzliches Husten unterbrochen. Er wurde noch unruhiger, warf seinen Kopf hin und her und stöhnte gequält auf. Sorgend blickte Susanna wieder zur Tropfflasche hoch, um erneut zu kontrollieren ob sie funktionierte und entsetzt nahm sie die Kräuter wahr, die daneben hingen. „Oh mein Gott nicht schon wieder." Sie drehte sich ruckartig um und betrachtete den Raum. Es sah aus wie ein Zelt, Kräuter hingen an der Zeltdecke und einige andere Dinge, die sie nicht erkannte. Er hatte ihren Namen gesagt, überlegte sie sich. Wer er auch gewesen war, er musste sie gekannt haben. Ihr Blick glitt wieder zu ihm zurück und sie erkannte, dass sie sein Gesicht nicht mehr richtig sehen konnte. So wie immer. Auch wusste sie, dass sie nur aufstehen musste, um aus dieser Vision aufzutauchen. Es war immer so und es war …, plötzlich stockte ihr der Atem.

Er hatte also doch damit zu tun, wie sie es bereits schon einmal vermutet hatte. Sie hatte diese Visionen ohne ihn nie gehabt. Jedes Mal wenn so etwas auftauchte, lag er neben ihr. Jedes Mal konnte sie sein Gesicht nicht sehen und sie hatte recht gehabt, dass die unterschiedlichen Zeiten, die unterschiedlichen Welten, irgendwie mit einander verbunden waren. Aber, konnte man so einfach in eine andere Zeit fallen? Wo war er jetzt? Und wieso nahm er sie mit? Nahm er sie denn mit? Doch sie war nun fest überzeugt dass er sie mitnahm. Sie hatte gedacht durch ihre eigenen Erlebnisse diese Visionen zu haben, aber das stimmte nicht. Es kam alles durch ihn.

Erneut blickte sie sich um und stellte fest, dass sie ansonsten erstaunlich klar sehen konnte. Sie sah die Zeltöffnung, die leicht im Winde hin- und her schlug. Sie sah die Lichter von draußen durch den Stoff leuchten und sie nahm das Geschrei und den Lärm war.

Was war da los?

Dann fiel ein Schuss und es war ihr klar, direkt vor ihrem Zelt fand ein Kampf statt. Mit mehreren Leuten und vorsichtig krabbelte sie auf den Zeltausgang zu. Doch sie kam nicht weit. Eine unerklärliche Übelkeit und Schwäche stieg in ihr auf, so dass sie regelrecht auf dem Weg zur Öffnung zusammensackte, sie verlor fast das Bewusstsein und mit ihrer letzten Kraft drehte sie sich und schaffte es zu ihm zurück. Erschöpft legte sie sich neben ihn und allmählich spürte sie, wie ihre Kräfte zurückkehrten. Ihren Blick starr zur Decke gerichtet, wo immer noch das lederne Zeltdach war. All das, konnte sie nur durch ihn sehen und ..., sie konnte sich nicht mal von ihm entfernen, sie musste bei ihm bleiben und das sehen, wo er sich befand. Langsam drehte sie sich und legte sich ganz dicht an seine Seite, wo immer er auch war, sie beschloss nun bei ihm zu bleiben. Sie legte ihren Kopf auf seine Brust und schaute ausdruckslos gerade aus, wo irgendetwas war, das einem Sitz ähneln konnte.

Sie spürte den Wind, der es immer wieder in das Zelt schaffte und sie spürte die eisige Kälte, die er jedes Mal mitbrachte.

Die Kampfschreie außerhalb des Zeltes wurden nicht leiser und immer wieder fielen Schüsse. Es hörte sich an wie die Kampfschreie von Indianern.

Plötzlich nahm sie im Augenwinkel eine andere Bewegung

wahr, als nur die Zelttür im Wind. Ruckartig setzte sie sich auf und erkannte, dass jemand reinkam.

Eine Frau?

Auch das konnte sie nicht genau erkennen. Schemenhaft sah sie die Bewegungen und schemenhaft den Mann, der neben ihr lag. Die Person kniete sich an seine andere Seite neben ihn, griff nach einem Tuch und tupfte seine Stirn ab. Dann glitten die Hände vorsichtig an ihm herab bis zu seiner Brust, wo Susanna deutlich erkennen konnte, dass es sich wirklich um Frauenhände handelte. Zarte, aber schon in die Jahre gekommene Frauenhände. An den Handgelenken waren mehrere Lederarmbänder und Federn erkennbar. Ihre Kleidung war ebenfalls aus Leder. Jetzt erst nahm Susanna auch den Verband auf seiner Brust zur Kenntnis, eine Tuchabdeckung die nun vorsichtig angehoben wurde, um darunter sehen zu können.

Ihr stockte der Atem.

Sie sah eine gefährliche Wunde in Herzhöhe. Susanna spürte das Entsetzen in sich aufsteigen.

Man sprach von Malen, die Wiedergeborene auf der Haut trugen. Die Narben des Todes aus einem früheren Leben. Aber waren es immer nur Male? Oder tauchten diese Spuren möglicherweise auch an den Organen auf? Dieser Mann dort war schwerst verletzt und zwar am Herzen und Timm war herzkrank! Sie fühlte sich nicht mehr wohl, konnte ihren Blick aber nicht von der Wunde lassen, bis die Hände das Tuch wieder drüber legten und ihr Blick zu seinem nicht erkennbaren Gesicht glitt. Starb er jetzt? War sie als Geist nun genau bei seinem Tod dabei?

Sie konnte nicht weiter drüber nachdenken, als sie die Stimme der Frau neben ihm vernahm. „Halt durch", hörte sie sie sprechen, „ich flehe dich an, halt durch."

„Elisabeth?", entfuhr es Susanna entsetzt.

Die schemenhafte Gestalt reagierte nicht auf sie, sondern sie erhob sich langsam und wollte zum Zeltausgang zurück. Susanna schrie es nun aus Leibeskräften. „Elisabeth, geh nicht! Ich weiß, dass du es bist! Ich habe deine Stimme erkannt. Elisabeth!"

Da blieb sie, anscheinend mit dem Rücken zu ihr gewandt,

stehen und plötzlich sah Susanna eine zweite Frau im Zelt auftauchen, die neben Elisabeth stehen blieb und direkt in Susannas Richtung blickte, oder direkt in ihre Augen? Aber auch diese Frau sagte nichts. Susanna wandte sich wieder an Elisabeth.

„Du bist Heilerin, du musst mich hören können." Und plötzlich drehte sie sich um und sah sie an. Noch immer war ihr Körper nicht zu erkennen, das einzige was Susanna sah, waren ihre Augen. Diese blauen, genau auf sie gerichteten Augen. Wie durch ihren Blick hypnotisiert, konnte Susanna nun nichts mehr sagen. Der Blick Elisabeths hatte sich verändert, ihre Augen wiesen erste Anzeichen von Falten auf, aber es waren ihre Augen, die nun exakt auf Susanna gerichtet waren. Der Wind wurde heftiger, die Zelttür hinter Elisabeth wurde energisch gegriffen und entlud sich in einem lauten Knall. Die blauen Augen glitten langsam von ihr auf den Mann, der neben ihr lag und dann zurück zu ihr. Sie weiteten sich erschrocken, als sie nun wieder auf Susanna gerichtet waren. „Kannst du mich sehen?", fragte Susanna, aber Elisabeth antwortete nicht. Sie drehte sich um und verschwand aus dem Zelt. Die andere Frau stand noch dort und auch deren Augen waren plötzlich zu sehen. Sie waren grau und das, was eigentlich erstaunliche war, war, dass ihr rechtes Auge ein dunkleres Grau aufwies als das linke. Dieser Effekt sorgte dafür, dass ihr Blick dunkel und geheimnisvoll wirkte. Diese Augen wirkten jung, und neugierig betrachteten sie Susanna. Susanna war sich inzwischen sicher, auch diese Frau musste sie sehen. Plötzlich drehte sie sich und ging ebenfalls hinaus. „Warte", schrie Susanna und dann wieder, „Elisabeth … wartet." Sie wollte hinter ihnen her, sprang auf und schaffte es sogar noch die Zelttür zu berühren und hinauszusehen.

Überall sah sie Feuer und sie sah die Silhouetten von Pferden, die Silhouetten von Menschen. Aber ihre Beine knickten ein und sie fiel zu Boden, zu schwach das Bild noch scharf zu sehen, beinah zu schwach zu atmen. Sie würde es nicht zu ihm zurückschaffen, dachte sie sich. Diese Schwäche war unerträglich. „Hilfe", flüsterte sie

leise. „Bitte, ich brauch Hilfe." Plötzlich kam die junge
Frau zurück, kniete sich vor sie und lächelte sie an. Auch
ihre Hand erhob sie und strich Susanna zart über die
Wange, dann stand sie auf, ging um Susanna herum, ergriff
sie unter den Schultern und zog sie zu ihm zurück.
Erschöpft blieb Susanna neben ihm liegen und obwohl sie
erneut spüren konnte, dass ihre Energie zurückkam, war sie
zu schwach der jungen Frau hinterherzusehen. Sie hörte ihn
leise neben sich stöhnen und drehte ihren Kopf, so dass sie
genau auf seinen Brustkorb sah. Sie sah wie dieser sich bei
seinen Atemzügen anhob und wieder senkte und plötzlich
tat er das nicht mehr. Sie fixierte seine Brust regelrecht, sie
hielt sogar ihren eigenen Atem an, weil sie dachte der
würde es verhindern können, dass sie klar sah, aber seine
Brust bewegte sich nicht mehr. War er tot? Entsetzt setzte
sie sich auf und wollte ihn eigentlich seinen Puls fühlen, als
sie die Zudecke aus der Hütte über ihm sah. Sie sprang auf
und taumelte ein paar Schritte rückwärts bis zu Wand.
Hektisch glitt ihr Blick durch den Raum. Sie war zurück.
Sie war in der Berghütte mit Timm. Sie blickte auf seine
Brust und sah seine Atemzüge. „Oh Gott." Sie schluckte
schwer.
Wer immer er auch gewesen sein mag. Eben gerade war er
wahrscheinlich direkt neben ihr gestorben. „Oh mein Gott",
entfuhr es ihr erneut und dann rannte sie hinaus, durchs
Wohnzimmer, direkt nach draußen ins Schneetreiben, um
sich dort auf die Knie fallen zu lassen. Sie sah nach oben.
Inzwischen war es wirklich schon hell und die Flocken
tanzten auf sie zu und legten sich auf ihrem Gesicht ab.
Sie konnte es nicht fassen. Noch vor kurzem war sie in
einer völlig anderen Welt gewesen und er war neben ihr
gestorben. Sie konnte es jetzt nicht mehr ertragen nochmal
in die Hütte zu gehen und so tat sie es nur kurz, bis in den
Flur, griff dort nach ihrer Jacke und dem Autoschlüssel.
Dann schloss sie die Hüttentür und ging wie in Trance los.
Nicht mehr fähig auch nur einen klaren Gedanken zu
denken. Ihre Haare lockten sich teilweise aus der Kapuze
ihrer Jacke raus, ihr Gang glich dem eines Roboters und ihr
Blick war starr auf den Weg vor ihr gerichtet. Aber der

weite Weg bis zum Auto verfehlte seine Wirkung nicht. Unten angekommen schaufelte sie mit ihren Händen erneut das Fahrzeug frei, setzte sich auf den Fahrersitz. Sein Handy lag immer noch auf dem Beifahrersitz. Die ersten Flocken legten sich erneut auf die Windschutzscheibe nieder. Dann startete sie den Motor und so gut es mit so einem Auto halt ging, schaffte sie es nach Stunden endlich oben anzukommen. Noch im Auto sitzend glitt ihr Blick zur Hütte und dann in Richtung Himmel.

Inzwischen hatte sie sich etwas beruhigt und somit stieg sie aus und ging zur Hütte zurück.

Etwas war sie im Sessel eingedöst, als sie ihren Namen hörte. „Susanna?" Sie setzte sich auf und noch verschlafen schaute sie zu ihm rüber. Sein Blick war fragend auf sie gerichtet. „Oh Gott sei Dank du bist wach", entfuhr es ihr, „möchtest du etwas essen?" „Ich möchte erst einmal wissen, was hier passiert ist? Wieso liege ich am Tropf?" „Ich musste den Notarzt holen", antworte sie, während sie aufstand und ihr müdes Gesicht im Spiegel an der Wand betrachtete. Sie wuschelte sich durch ihre Haare und blickte ihn durch den Spiegel an. „Warm durch die Heizstrahler hast du gesagt", sprach sie und drehte sich zu ihm, während sie sich an der Kommode vor dem Spiegel rücklings anlehnte. „Dir muss es doch schon total schlecht gegangen sein. Du hattest fast 41 Grad Fieber und warst überhaupt nicht mehr ansprechbar." Mit dem Kopf nickte sie zur Tropfflasche. „Der Notarzt hat dafür gesorgt, dass du nicht komplett dehydrierst und dir auch ein fiebersenkendes Mittel gespritzt, aber ich denke die Nadel kann nun raus." Sie ging um das Bett herum und machte sich sogleich ans Werk. Betroffen sah er sie an. „Es tut mir leid, dass ich dir so einen Schrecken eingejagt habe." Sie klebte ein Pflaster auf seine Haut, wo kurz zuvor die Nadel saß und sah ihn an. „Das braucht dir nicht leid tun, Timm, aber was dir leid tun sollte, ist, dass du zu wenig mit mir sprichst." Erstaunt sah er sie an. „Was meinst du denn damit?" „Nun ja", begann sie, „diese Visionen die ich hatte. Damals in Matura und dann im Stall auf dem Dachboden, du hast mich beruhigt und gesagt es kämme eventuell noch vom Koma, aber du hast mir nie gesagt, dass du selber andere Dimensionen erleben kannst." Amüsiert lachte er auf. „Susanna, wenn ich so hoch Fieber hatte, dann werde ich fantasiert haben." „Du fängst schon wieder an drum herum zu reden Timm! Du hast meinen Namen gesagt!" „Und das findest du ungewöhnlich? Wieso bist du denn so aggressiv?" „Ja, das finde ich allerdings ungewöhnlich, weil …", sie beugte sich mit ihrem Gesicht zu seinem hin, „weil du nicht meinen heutigen Namen genannt hast. Sondern Rebecca." Jetzt sah er sie groß an und sie nahm es wohlwollend zur Kenntnis.

„Gut, dann habe ich jetzt deine Aufmerksamkeit, nehme ich an?"

Er nickte: „Die hast du" und setzte sich hoch, damit er sich hinten an die Bettwand anlehnen konnte. „Ich nehme an", begann er, „wir sind dann wieder bei unserem Problem angekommen und du glaubst, wenn ich Rebecca zu dir gesagt habe, dass ich doch Danny war?" Sie schüttelte den Kopf. „Definitiv nicht, denn du hast mich mitgenommen, so dass ich sehen konnte was um dich herum war und ich glaube Timm …, es hat überhaupt nichts mit meinem Koma zu tun! Sondern all das was mir passiert ist, passiert eigentlich durch dich. Ich weiß nicht was hier passiert, aber es macht mir Angst." Plötzlich sah er sie fürsorglich an, nahm ihre Hand und während sein Blick auf die ineinander verschlungenen Hände glitt, begann er zu sprechen.

„Ich gebe zu, ich habe diese Visionen und das Gefühl andere Welten sehen zu können. Ich habe sie seit ich auf der Welt bin. Als Kind hatte ich Angst davor und berichtete meinem Vater davon."

Erstaunt sah Susanna ihn an. Sie hatte nicht damit gerechnet, dass er tatsächlich anfing davon zu erzählen und vor allem hatte sie nicht damit gerechnet, dass es wirklich etwas darüber zu erzählen gab. Also war es doch so, wie sie es bereits erahnt hatte? Unterschiedliche Welten und unterschiedliche Zeiten waren mit einander verschlungen. Sie konnte nicht weiter drüber nachdenken, denn endlich sprach er darüber und sie wollte ihm einfach nur zuhören.

„Mein Vater brachte mich zu den unterschiedlichsten Ärzten, die alle auf eine psychische Krankheit tippten. Die einen auf dies, die anderen auf das. Ich bekam immer mal wieder unterschiedliche Medikamente dagegen und Psychotherapien. Nichts half wirklich und manche Medikamente machten mich einfach nur müde und sorgten dafür, dass ich in der Schule nicht folgen konnte. Ich war es leid, dass ich meinem Leben nicht mehr nachgehen konnte, ich wollte besser in der Schule sein und ich wollte mit meinen Freunden spielen und irgendwann dachte ich mir, es tut mir ja nichts, wenn ich ab und an in andere Welten gleite. Außerdem dachte ich mir, dass ich vielleicht einfach

zu viel Fantasie hatte und das wäre ja nun für ein Kind durchaus OK. Also nahm ich keine Tabletten mehr. Meinem Vater gegenüber hab ich das nie zugegeben. Er denkt, dass ich bis heute noch Tabletten nehme."
Er ließ Susannas Hände los, zog ein Bein an und legte dort locker einen Arm drüber, während sein Blick einfach irgendwo im Zimmer verweilte. „Ich hatte immer mal wieder Visionen von Dingen mit denen ich nichts anfangen konnte. Manchmal waren es nur Stimmen, manchmal einfach nur Kälte, manchmal sah ich auch Menschen. Oft allerdings nur ihre Silhouetten. Selten konnte ich auch mal Gesichter sehen. Irgendwann wurde bei mir der Herzfehler diagnostiziert und ich dachte mir, dass ich vielleicht gar nicht so lange leben würde und somit könnte ich es aushalten. Es wäre eine absehbare Zeit." Er schluckte schwer und sah sie dann an. „Und dann kamst du in mein Leben. Ich habe mich von Anfang an auf eine ganz seltsame Weise mit dir verbunden gefühlt. Vom ersten Moment an, als ich dich sah und im ersten Moment hatte ich sogar eine Vision an deinem Krankbett. Ich sah dich auf einem ganz anderen Lager liegen, mit ganz anderen Möbeln drum herum. Ich fühlte mich von Anfang an mit dir verbunden, aber ich hatte nicht gedacht, dass du dieselben Dinge wie ich wahrnehmen könntest." Noch immer sah er sie an. „Als du in Matura die Andeutungen gemacht hast, wurde mir mulmig, weil ich die Nacht ebenfalls wieder Visionen hatte und dann auf dem Dachboden, wo du mir deine Eindrücke eingehender geschildert hast, wusste ich, wir sehen dasselbe."
„Warum hast du nichts gesagt?", fragte sie dazwischen.
„Was sollte ich sagen? Das es von mir kommt? Dass ich das regelmäßig habe und ich für mich persönlich beschlossen hatte, mich nicht weiter drum zu kümmern? Susanna ich war entsetzt als ich realisiert habe, dass du mit mir mitkannst." Mit seiner Hand rieb er sich nun übers Kinn, bevor sein Blick wieder irgendwo verweilte. „Als ich es dann wusste war mir klar, dass es nicht ein Hirngespinst von mir sein kann, sondern es muss eine übergeordnete Macht geben und erst bei dem Gedanken wurde mir

bewusst, dass diese Macht ständig bei mir ist. Ich spüre sie im Rücken. Manchmal nur als Kälte, manchmal als würde sie mich anhauchen und manchmal redet sie auch mit mir."
„Was redet sie?", fragte Susanna nur noch im Flüsterton.
„Sie sagt, dass alles vorbreitet ist." Dann sah er sie wieder an und zuckte mit den Schultern. „Ich kann dir nicht sagen was es ist Susanna. Ich kann dir nicht sagen, ob es außerhalb von mir noch irgendetwas gibt, oder ob ich einfach tatsächlich psychisch krank bin."
„Nun ja, ich finde eine psychische Krankheit etwas seltsam, wenn ich mitreisen kann? Ich meine, sind wir beide gleichermaßen erkrankt?"
Er nickte und nahm wieder ihre Hände in seine. „Den Punkt verstehe ich allerdings auch nicht. Susanna, ich kann mich diesmal an nichts erinnern, was genau hast du denn gesehen?"
„Du bist gestorben und ich war wahrscheinlich als der Geist Rebeccas dabei." Groß sah er sie an. „Hast du mich denn gesehen? Kannst du sagen wer ich war?" „Nein, aber du warst definitiv nicht Danny." „Und woher genau weißt du das?" „Ich konnte andere Menschen sehen und ich habe Elisabeth erkannt, ich hatte dir von Elisabeth erzählt." „Ja, sie war deine Freundin und ist zu den Indianern gegangen."
„Richtig", nickte Susanna, „ich habe sie an ihrer Stimme erkannt als sie zu dir sprach und dann habe ich nach ihr gerufen und sie hat mich tatsächlich angesehen. Dabei konnte ich erkennen, dass ihre Augen um Jahre gealtert waren."
Timm nickte. „Ich verstehe …, und da ich, zumindest zu dem Zeitpunkt noch lebte, kann ich nicht Danny gewesen sein, der Jahre zuvor bereits vor deinen Augen gestorben ist." „Richtig." Timm stöhnte auf und ließ sich weiter in die Kissen zurückfallen. „Ich hatte mir von der Erkenntnis mehr erhofft, muss ich zugeben. Es macht mich nicht glücklicher, nur weil ich nun die Bestätigung habe niemals Danny gewesen zu sein."
Zart berührte sie seinen Arm. „Timm das ist mir mittlerweile egal, dass weißt du. Ich liebe dich. Aber ich mache mir um ganz was anderes große Sorgen."

„Um was denn?" „Um dein Herz. Ich habe die Wunde an
deiner Brust gesehen, du bist schwer in der Nähe des
Herzen verletzt worden und daran gestorben und ich denke
…", sie ließ seinen Hände los und ruderte verzweifelt mit
ihren Händen in der Luft herum, „ich meine … diese
Muttermale von ehemaligen Leben woran ich ja glaube,
also was ist, wenn das nicht nur die Haut betrifft, sondern
auch Organe?" Panisch sah sie ihn an. „Was wenn deine
Herzkrankheit daher kommt? Wir müssen das ändern, wir
müssen das operieren lassen." Ernst sah er sie an. „Das geht
nicht, das habe ich dir bereits erklärt." „Heut zu Tage kann
man fast alles operieren. Es muss doch Mittel geben, die du
verträgst!" „Frag mich nicht nach den medizinischen
Details. Mir wurde von Dr. Wellmann bislang jede
Hoffnung genommen." „Ja und nun?", fragte sie ihn und er
strich mit seiner Hand über ihre Wange. „Jetzt, Susanna …,
genießen wir es solange es geht." Tränen stiegen bei ihr auf
und sie schüttelte den Kopf. „Tatenlos zusehen bis der
nächste Anfall dein letzter ist? Das kann ich nicht, Timm."
Er zog sie an sich und hielt sie ganz fest. „Es entwickelt
sich alles weiter, Susanna und ich hoffe einfach auf die
Medizin. Vielleicht findet sich bald etwas und dann kann
man mich operieren. Wir glauben einfach fest dran, ok?"
Sie nickte mit dem Kopf, schniefte mit der Nase und löste
sich dann von seiner Brust, um ihn wieder anzusehen. „Darf
ich dich noch etwas fragen?" „Natürlich, was gibt es jetzt
noch, was ich dir nicht mehr erzählen könnte." „Bist du
überhaupt mal richtig in dieser Welt oder dümpelst du
ständig hin und her?" „Ich dümpel immer." Ihre Augen
wurden groß. „Aber wie erträgst du das denn?" „Ich bin es
nicht anders gewöhnt und …", er zögerte. „Was und?",
fragte Susanna umgehend. „Ich hoffe, dass ich mich davon
befreien kann. Ich hab dir gesagt, ich spüre manchmal
jemanden hinter mir und ich glaube, dass ich mit ihm reden
kann und zwar durch meine Musik." Entsetzt sah sie an.
„Ach deswegen hast du diesen Weg eingeschlagen? Ein
Weg der eigentlich gar nicht zu dir passt?" Er nickte. „Ich
warte nur noch auf den richtigen Moment. Ich habe schon
ein Stück komponiert womit ich mit dieser Macht in

Kontakt treten kann. Ich weiß, dass es geht, ich kann ihn bei meinen Konzerten spüren. Ich möchte mit ihm reden und ich möchte wissen, wie ich befreit werden kann."

Susanna stand auf und ging im Zimmer auf und ab. „Das ist überhaupt nicht gut, Timm und ich glaube auch nicht daran, dass man mit irgendjemand so etwas klären kann. Weißt du die Menschen glauben an Gott, sie glauben an Nahtoderfahrungen. Ich glaube an mehrere Leben. Wir beide zusammen an mehrere Dimensionen, aber ganz egal was man glaubt und ganz egal, was davon wahr ist oder nicht. Man fängt doch nicht an so etwas beeinflussen zu wollen. Falls es eine große Macht gibt, ist sie doch viel zu groß für uns!"

Ausdruckslos sah er sie an und sie ging wieder auf ihn zu und sprach fast flehend weiter: „Timm, hör auf damit. Dieser ganze Stress ist nicht gut für dich. Er ist nicht gut für dein Herz. Lass uns mit den Visionen leben. Wir beide können uns gegenseitig halten! Wir brauchen keine Macht, die uns von irgendetwas befreit. Ich bitte dich."

Müde fuhr er sich über die Stirn. „Vielleicht hast du recht", gab er leise nach, „mit dir an meiner Seite kann ich es mir vorstellen, allerdings muss ich erst einmal mit Henry reden in wie weit ich einfach aus meinen Verträgen so aussteigen kann."

Susanna atmete schwer aus. „Da ist noch etwas Timm, worüber wir reden müssen", sprach sie zerknirscht. „Was denn noch?", fragte er regelrecht besorgt.

„Also der Notarzt, ähm … er hat dich erkannt und er hat gesagt …" Timm ließ seinen Kopf stöhnend in die Kissen zurückfallen. „Dirk hat mich angezeigt, stimmt's?" Jetzt wurden ihre Augen groß. „Woher weißt du denn das?"

„Was soll es denn sonst gewesen sein, was er dir gesagt hat?", fragte er während er seinen Kopf wieder anhob. „Er hat mich erkannt und ich nehme an, du musstest deinen ganzen Charme einsetzten, damit er mich nicht sofort der Polizei ausliefert." „Also, an meinem Charme hat das sicherlich nicht gelegen, wahrscheinlich habe ich sein Mitleid geweckt. Ich musste ihm versprechen, dass wir uns bei der Polizei melden, wenn du wieder auf dem Damm

bist." Er nickte. „Gut, dann los. Ich bin auf dem Damm."
„Timm, das bist du nicht!" „Glaubst du allen Ernstes, dass
ich hier jetzt noch seelenruhig rumliegen kann?" „Nein,
wahrscheinlich nicht." „Gut, wir räumen hier die Bude auf,
essen eine Kleinigkeit und dann fahren wir los, das heißt,
du fährst, denn ich glaube, das kann ich wirklich noch
nicht." Sie nickte und sah ihn traurig an. „Timm, es tut mir
so leid." „Warum tut es dir denn leid?" „Ich ... ich bin doch
schuld an dem ganzen Mist." „Hast du mir etwa gesagt,
dass ich ihn schlagen soll?" „Nein, aber deswegen bin ich
trotzdem schuld." „So ein Blödsinn. Wenn ich euch nicht
gemeinsam erwischt hätte und er wäre mir einfach so
begegnet, hätte ich, nach allem was Riccardo mir erzählt
hat, ihn auch zusammengeschlagen und wenn ich ihm nicht
begegnet wäre, dann hätte ich ihn gesucht, um es zu tun.
Ich sagte damals schon, dass die Folgen mir egal sind. Ich
habe keine Ahnung was man auf schwere Körperverletzung
bekommt, aber es ist mir egal, Susanna und das hat nichts
mit dir zu tun." Er wirkte jetzt so klar und ernst, dass sie
sich wirklich sorgte. „Timm, so kenne ich dich gar nicht."
„Susanna, er hat seine Grenzen überschritten, er hat sie
bereits überschritten gehabt, als er bei dir in der Uni
auftauchte, da hätte ich ihm bereits seine Zähne
ausschlagen sollen." „Du kannst doch nicht seine Zähne
ausschlagen, nur weil er die Heizung repariert." „Er hat sie
nicht repariert." „Was?" Entsetzt sah sie ihn an. „Ich habe
bei der Uni angerufen. Die Heizung war völlig in
Ordnung." „Mir wird schlecht", flüsterte sie nur noch.
„Susanna, der Typ lügt, sobald er den Mund aufmacht und
deswegen will ich jetzt auch sofort zurück." „Weil er lügt?"
„Ja, wahrscheinlich steht in der Presse, dass er halb blind
ist, sein Kiefer und seine Nase gebrochen sind und dass er
für den Rest seines Lebens impotent ist, weil ich ihm in
seine Eier getreten habe. Tatsache ist aber, dass lediglich
seine Nase zart geknackt hat." „So? Zart geknackt?" „Ja,
oder hast du noch weitere Körperteile knacken hören?"
„Nö." „Na also." Timm schwang inzwischen die Beine aus
dem Bett, stand auf und begann das Zimmer aufzuräumen.
Susanna sah eine Weile zu, stand auf und trat dann hinter

ihn. „Ich räume auf, Timm. Leg ich dich wieder hin und schone dich. Wenn ich fertig bin fahren wir los."

Timm war schnell eingeschlafen auf der Rückfahrt. Erst als Susanna die Avus vor Berlin entlang fuhr, öffnete er wieder die Augen. Er rieb sich die Nase, blickte aus dem Fenster und dann auf die Uhr im Armaturenbrett. „Wow, du hast ja ein ganz schönes Tempo vorgelegt." Sie schielte zu ihm rüber. „Komm mal näher", forderte sie ihn auf und er beugte sich gehorsam zu ihr hinüber. Er musste grinsen, als sie seine Stirn fühlte. „Fühlt sich gut an." Dann griff sie in die Mittelkonsole und holte das Fieberthermometer hervor. Er lachte. „Das kann nicht dein Ernst sein." „Doch, davon hängt es ab, ob wir nach Hause fahren oder zum Arzt." Kopfschüttelnd schob er sich das Thermometer unter die Achsel. „Du fährst falsch." „Wieso fahre ich falsch?" „Weil wir nicht zu unsere Wohnung fahren, sondern zu unserem Haus." „Nein, ich will in die Wohnung." „Bitte", gab er nach, „dann fahr, aber warte bevor du in unsere Straße einbiegst." Er zog das Thermometer wieder hervor und reichte es, ohne es anzusehen, an Susanna weiter. Sie schielte drauf. 36,8°C. „Wunderbar", murmelte sie zufrieden.

Wie er es gesagt hatte bog sie nicht sofort in die Straße, sondern hielt abseits und blickte hinein. Sie sah die Reporter vorm Haus. „Timm, vor unserem Haus werden sie auch stehen." „Ja, aber da öffnen wir das Tor, fahren über unser Grundstück direkt in die Garage und spazieren von da locker ins Haus." „Das ist ein Grund", gab sie ihm Recht und drückte aufs Gas. Timm informierte die Polizei von seiner Rückkehr über Handy, noch bevor sie zu Hause waren und somit stand bereits ein Polizeiwagen vor dem Tor, als sie beim Haus ankamen. Sowie eine große Gruppe von Reportern. Sie sprangen Susanna fast vor das Auto und nur langsam konnte sie durch die Menge bis zum Tor fahren, welches sich, nachdem Timm die Fernbedienung betätigt hatte, langsam vor ihnen auftat. Sie fuhren aufs Grundstück. Der Polizeiwegen direkt hinter ihnen und als die Wagen passiert hatten wurde das große Tor vor der Nase der Reporter wieder geschlossen.

So nach und nach trudelten alle ein. Susanna hatte Kaffee gekocht, aber in Anbetracht der Tatsache, dass sich das Haus zusehends füllte, kam sie mit dem weiteren Kochen kaum hinterher. Zuerst erschien Robert Mühlbach. Besorgt rannte er nun im Wohnzimmer auf und ab, in der Hoffnung, dass die Polizei bald gehen würde, damit er mal ein ernstes Wort mit seinem Sohn sprechen konnte. Dann folgten ihre Eltern. Ihre Mutter begann zu sprechen, noch bevor sie die Haustür durchquert hatte. „Kind, du weißt ja nicht, was wir uns für Sorgen gemacht haben. Du kannst unmöglich bei diesem brutalen Mann bleiben. Hat er dich geschlagen?" Susanna sah sie verständnislos an. „Nein, natürlich nicht. Wie kommst du denn auf so etwas?" Ihre Mutter hielt ihr die Zeitung direkt vor die Nase. ´Junger Mann vom Weltstar brutal zusammen geschlagen. Verliert er jetzt den Verstand?´ „Mama", fuhr Susanna aufgebracht auf, „du glaubst doch nicht etwa den Schwachsinn, den die Zeitungen abdrucken?" „An allem ist ein Körnchen Wahrheit. Wo wart ihr denn? Hat er dich gezwungen mit ihm zu gehen?" „Auf so einen Blödsinn gehe ich doch gar nicht ein." Susanna ließ sie stehen und ging zurück in die Küche, um erneut einen Kaffee aufzusetzen, während ihr Vater seine Frau ins Wohnzimmer schob und selber seiner Tochter folgte.

„Kannst du mir mal erklären, was eigentlich vorgefallen ist?", fragte er ernst, als bei ihr ankam. „Dirk ist ein Arschloch!" „Tatsächlich? Ich wusste gar nicht, dass du zu ihm Kontakt hattest." Susanna drehte sich zu ihrem Vater um. „Er ist in der Uni aufgetaucht und hat den Kontakt so nach und nach zu mir hergestellt. Ich dusselige Kuh habe geglaubt, dass er nett ist." „Weißt du, ich weiß gar nicht so viel von ihm. Lediglich das, was dein Onkel so berichtet hat. Er ist schon immer schwierig gewesen, aber was um alles in der Welt musste er anstellen, damit Timm so ausrastet? Hattest du etwa ...?" „Beinah, aber deswegen ist Timm nicht ausgerastet." „Warum denn dann?", fragte Harald Niemann, während er sich zum Wohnzimmer umdrehte und dann sicherheitshalber die Tür schloss. „Papa, er hat mich belogen. Er hat durchblicken lassen, dass er eventuell Danny ist. Er hat sich die Geschichte Amerikas angelesen, wusste über Kriege Bescheid und über den Glauben der Indianer. Er faselte etwas von einer seltsamen Verbundenheit, die er zu der Zeit spürte und die er auch zu mir spürte." „Großer Gott, Susanna, du hast ihm das geglaubt?" „Ja", Susanna sah ihren Vater trotzig an. „Ja, aber", begann dieser wieder, „du hast doch deinen Mann gefunden. Zweifelst du daran, dass Timm der Richtige ist?" „Ich anfangs nicht, aber Timm hat immer gezweifelt und später bekam ich auch mein Zweifel und ich dachte Dirk ...", sie unternahm eine Pause, „Ich habe einen großen Fehler gemacht, Papa. Ich hab mich zu sehr auf diese vergangene Liebe fokussiert. Ich hab es irgendwann selber gespürt, dass Timm nicht Danny war, aber ich habe das ignoriert, statt wirklich mal auf meine Gefühle zu hören." „Das hast du nun getan?", fragte ihr Vater und sie nickte. „Ja." Ihr Vater lief in der Küche auf und ab, während er weiter fragte: „Und was sagen dir deine Gefühle?" „Das es egal ist, ob er Danny war oder nicht. Ich liebe ihn! Ich bin auf eine ganz besondere Art verbunden mit ihm. Es ist schade, dass ich solange gebraucht habe um das zu verstehen." Ihr Vater nickte sichtlich besorgt. „Jetzt haben wir natürlich ein absolutes Drama hier, Susanna. Das kann nun alles fürchterliche Konsequenzen haben." „Ich weiß", bestätigte Susanna zerknirscht. Ihr Vater setzte sich an den Küchentisch. „Eines ist klar, Susanna, ganz alleine trägst du keine Schuld. Wir brauchen uns gar nichts vorzumachen, Timm ist nicht oft zu Hause. Ein Mann um mit ihm eine Familie zu gründen scheint er nicht zu sein. Es ist für mich verständlich, wenn du ständig alleine bist, dass du dir auch andere Männer mal ansiehst." Susanna schüttelte den Kopf. „Nein, das ist nicht verständlich. Das war absolut dumm von mir." Ihr Vater seufzte schwer. „Warum ist er denn nun so komplett ausgerastet, wenn du ihn noch gar nicht betrogen hast?" „Weil er gewusst hat, dass Dirk lügt, weil er gewusst hat, dass er mit meinen Gefühlen spielt. Das konnte er nicht ertragen. Ich glaube, wenn ich ihm gesagt hätte, dass ich einen anderen liebe und mich scheiden lassen will, das hätte er irgendwie akzeptieren können, aber zu sehen, wie mich jemand verletzt, an der Stelle, wo ich wirklich verletzbar bin, das kann er nicht ertragen." Sie drehte sich zur Kaffeekanne und schraubte den Deckel drauf, während sie kalt weitersprach: „Dirk kann sich freuen, dass er überhaupt noch lebt." „Susanna", fuhr ihr Vater auf. „Sag das um Himmels Willen nicht so laut! Die Polizei sitzt direkt nebenan." Sie lachte auf. „Ja, bei der Größe des Hauses ist direkt neben an aber fünfzig Meter entfernt." „Stimmt auch wieder", nickte ihr Vater. Erneut hörte sie den Gong der Haustür. „Mein Gott, man könnte denken, Berlin ist ein Dorf", mit genervtem Gesichtsausdruck ging sie zurück in die Empfangshalle. Sie blickte durch die große Flügeltür ins Wohnzimmer und sah Timm der Polizei gegenüber im Sessel sitzen, sah, wie er sich geduldig über seine Rechte und Pflichten aufklären ließ. Nun ja, dachte sie sich, wenn man einen so berühmten Mann hat, dann war Berlin wahrscheinlich tatsächlich ein Dorf. Erneut klingelte es und sie blickte auf den Monitor neben der Haustür, durch welchen man sehen konnte, wer sich vor dem schmiedeeisernen Tor befand. Sie sah die Limousine von Henry davor stehen. „Den hatte ich eigentlich als ersten erwartetet", murmelte sie, während sie zeitgleich das Tor öffnen ließ. Wütend stapfte er die Treppe empor und blieb neben Susanna stehen. „Das hast du ja fein hinbekommen, Susanna. Du willst wohl auf Biegen und Brechen seine Karriere ruinieren, stimmt´s?" „Guten Tag Henry, ich freue mich auch dich zu sehen." „Wo ist er?", fragte er, während er bereits zum Wohnzimmer ging. Susanna antwortete nicht mehr. „Timm, sag nichts!", unterbrach Henry einen der Polizisten und Timm sah erstaunt zu ihm auf. „Ach nee, der Wadenbeißer, mach dir keine Gedanken Henry, im Moment reden nur die netten Herren hier. Sie teilen mir gerade mit, dass ich das Land bis zur Gerichtsverhandlung nicht verlassen darf, aber ich darf hier bleiben." Er grinste beinah bei seinen Worten. „Hier", Henry hielt ihm eine Visitenkarte unter die Nase. ´Dr. Werner Albrecht - Rechtsanwalt- ´ las Timm die feine Schrift. „Er ist der Beste. Ich habe mit ihm bereits alles klar gemacht. Er holt dich aus dem Schlamassel wieder raus." „Fein", grinste Timm, während er die Karte auf den Tisch schnipste. „Wir sind dann auch soweit fertig", beendete einer der Polizisten das Gespräch und hielt Timm einen Zettel entgegen. „Wenn sie hier unterschreiben würden." „Du unterschreibst gar nichts!", fauchte Henry und riss ihm das Papier aus der Hand. „Henry, das ist lediglich eine Bestätigung für die Herren, dass sie ihrer Pflicht nachgekommen sind, mich über meine Rechte und Pflichten aufzuklären." Henry schien sich wenig für die Aussage von Timm zu interessieren, sondern las das Schriftstück sorgsam durch. „Gut, das kannst du unterschreiben." Er warf Timm die Unterlagen wieder zu. Timm griff nach dem Kugelschreiber auf dem Tisch und beugte sich vor, während er die Polizei entschuldigend ansah. „Sie müssen ihm verzeihen, er ist manchmal ein bisschen impulsiv." „Das musst du gerade sagen", hörte er seinen Vater im Hintergrund sprechen. „Halt dich da raus", antwortete Timm, während er unterschrieb. „Ich begleite sie noch zur Tür", wandte er sich an die Beamten, während er ihnen die Unterlagen zurückgab und sich bereits erhob. Erneut klingelte es. Timm ließ die Polizei hinaus und Günther, den Freund von Henry, mit samt den Jungs seiner Band hinein. Er begrüßte sie kurz und ging mit allen zusammen ins Wohnzimmer zurück. „Könnt ihr mir mal verraten, was ihr eigentlich alle hier wollt?" „Was ich will, dürfte ja wohl klar sein", bemerkte Henry wütend. „Was ich will, ja wohl auch", fügte sein Vater hinzu, während Susannas Mutter dazwischen keifte. „Ich will wissen, was du Lump mit meiner Tochter angestellt hast." Timm ließ seinen Blick zu jedem gleiten, der gerade sprach und endete schließlich bei Susannas Mutter. „Was?", fragte er und zog die Stirn kraus. „Was hast du brutaler Kerl mit ihr gemacht?", fragte sie erneut. „Was er mit ihrer Tochter gemacht hat, dass ich nicht lache. Die Frage muss doch lauten, was sie mit ihm vorhat", brüllte Henry dazwischen. „Sei ruhig!", schrie nun auch Timm. „OK, jetzt mal schön der Reihe nach und mit dir fange ich an." Er richtete seinen Blick auf Anneliese Niemann. „Wie kommst du darauf, dass ich Susanna auch nur ein Haar krümmen könnte?", fragte er kalt, während Susanna selbst und ihr Vater mit dem frischen Kaffee in das Zimmer kamen. „Ganz einfach", begann Anneliese, „du hast Dirk Richter beinah zu Tode geprügelt und dann bist du mit meiner Tochter verschwunden. Da soll ich mir keine Gedanken machen?" „Deine Tochter ist meine Frau! Ich werde ja wohl noch mit meiner Frau verreisen dürfen." „Unter den Umständen?", fragte Richard. „Sei ruhig, du bist noch nicht dran", fauchte Timm ohne seinen Blick von Anneliese zu lassen. „Er hat aber recht", keifte diese weiter, „wie kann man jemanden krankenhausreif schlagen und dann entspannt verreisen?" „Zugegeben, das war nicht gerade nett von mir, aber Dirk ... Richter heiß er?" Timm winkte ab. „Ist ja auch egal. Der Typ hat es verdient und ich hatte von Anfang an nicht vor ihn zu verarzten." „Sag das später bloß nicht vor Gericht", mischte sich Henry ein und Timm funkelte ihn wütend an. „Du bist auch noch nicht dran!" Dann richtete er seinen Blick erneut auf Anneliese. „Susanna und ich mussten ins Reine kommen, deswegen sind wir verreist. Wir haben es für unsere Ehe gemacht. Ich insbesondere, weil ich liebe. Reicht dir das?" „Susanna", wandte sich Anneliese nun an ihre Tochter, „du hast mir nie gesagt, dass ihr Probleme hattet." „Ach Mama, du begreifst doch sowieso nichts von mir", antwortete diese schnippisch. „Außerdem hatten wir keine wirklichen Probleme. Das, was wir hatten, waren kleine Differenzen und die kamen zustande, weil wir uns kaum sehen können", sprach sie weiter und wandte ihren Blick wütend zu Henry. „Hach, habe ich es nicht gleich gesagt? Du Schlange hast das doch alles inszeniert. Er ist doch dein Cousin. Das war ein abgekartetes Spiel." „Henry, ich warne dich, überleg dir gut was du sagst", brauste Timm auf, während Susanna auf ihn zuging. „Mag sein, dass er mein Cousin ist, aber ein abgekartetes Spiel war das nicht ..." „Susanna, hör auf, das geht ihn nichts an!", unterbrach sie Timm und umgehend war sie ruhig und wandte sich stattdessen an ihren Vater. „Ich glaube, Timm hat Mama alles gesagt was sie wissen wollte. Wir sind, ob es nun angebracht war oder nicht, einfach nur weggefahren. Wir sind verheiratet und es ist erlaubt. Kannst du sie jetzt bitte nach Hause bringen?" „Das ist ja eine Unverschämtheit", hörte sie ihre Mutter, aber Harald Niemann stellte sich bereits auf die Seite seiner Tochter. „Ich denke, Susanna hat recht und ich denke auch, dass sie recht hat, wenn sie sagt, dass Dirk es nicht anders verdient hatte." „Dirk gehört zu unserer Familie", antwortete seine Frau energisch. „Susanna erst recht!", brüllte Harald. „Wenn man mich fragt, dann glaube ich eher meiner Tochter, die ich von klein auf kenne, statt irgendeinem anderen Verwandten, der lediglich mal bei irgendeinem Geburtstag auftauchte." „Gut", fuhr Timm dazwischen, „das klärt ihr dann bitte zu Hause. Du bist dran", wandte er sich weiter an seinen Vater. „Er schmeißt uns raus, Harald!", schrie Anneliese auf, während Richard seinem Sohn bereits antwortete: „Ich möchte mit dir alleine reden." „Gut, dann komm", Timm ging vorweg und Richard folgte ihm, während Susanna sich nun um ihre Eltern kümmerte. „Er schmeißt euch nicht raus, sondern er weiß, dass dieses Gespräch so keinen Sinn mehr macht." „Aber warum denn nicht?", fragte Anneliese. „Weil du ihm deutlich zu verstehen gegeben hast, dass du ihm misstraust. Soll er seine Zeit nun damit verplempern dich vom Gegenteil zu überzeugen? Das würde ihm auf die Schnelle sowieso nicht gelingen. So etwas muss wachsen." „Da hat sie recht", pflichtete ihr Vater bei und mürrisch schob Anneliese Niemann mit ihrem Mann von dannen.

„Warum?", fragte Richard umgehend, als sie oben im Arbeitszimmer angekommen waren. Timm ging um den Schreibtisch herum und setzte sich. Er lehnte seinen Kopf an die Lehne des Schreibtischsessels und blickte ins Leere, während er leise antwortete: „Er hat sie verletzt." Richard setzte sich unaufgefordert gegenüber an den Schreibtisch und betrachtete seinen Sohn aufmerksam, während er das Wort wieder übernahm. „Das glaube ich dir. Sicherlich hat er sie irgendwie verletzt, damit du so ausrastest, aber darauf bezog sich meine Frage nicht." Timm reagierte nicht auf die Bemerkung und Richard holte tief Luft, rieb sich mit seiner Hand das Kinn und nur zögerlich redete er weiter.

„Du hast ihm die Nase gebrochen. Du hast ihm in die Genitalien getreten und zu guter Letzt hast du ihn gewürgt und zwar so, dass du ihn umgebracht hättest, wenn Susanna nicht dazwischen gegangen wäre." Ohne seinen Kopf zu bewegen richtete Timm den Blick auf seinen Vater. „Du redest als wärest du dabei gewesen." „So stand es in der Zeitung. Außerdem habe ich ihn aufgesucht und ihn zur Rede gestellt. Er hat es mir so geschildert und in Anbetracht seiner blauen und verbeulten Visage wird es nicht wirklich anders gewesen sein. Und nun Timm, beantworte mir meine Frage! Warum?" Seinen Blick immer noch auf den seines Vaters haftend schwieg Timm. Richard fuhr verzweifelt fort. „Du ruinierst dir deine Zukunft Junge! Mein Gott, du hast dir fast die Sterne von Himmel geholt mit deiner Musik und nun bist du eventuell bald vorbestraft. Dein Leben ist so gut wie vorbei mit so einem Stempel auf der Stirn." „Ist das deine einzige Sorge?", fragte Timm genervt. „Ich finde diese Sorge berechtigt. Es geht um deine Zukunft." „Geht es um meine Zukunft oder geht es um deinen guten Ruf, der gerade durch meine Karriere so ruiniert wurde? Es ist eine Schande wenn das eigene Kind so in die Schlagzeilen gerät, richtig?" Richard stand auf. „Wenn du das von mir glaubst, Timm, dann hat sich deine Einstellung zu mir nicht geändert. Mir ist es egal was die Leute sagen, ich halte immer zu dir. Aber ich denke es ist auch verständlich, wenn ich nicht gerade glücklich bin, dass du bald vorbestraft bist." „Ja", lenkte Timm ein, „es tut mir auch leid." Er stand auf und ging zum Fenster, um hinauszusehen. „Letztlich glaube ich nicht, dass es mir schaden wird. Ich suche keine Arbeitsstellen, wo der Lebenslauf geprüft wird und man als Vorbestrafter rigoros auf dem Ablagehaufen landet. Ich bin mein eigener Chef." Richard nickte. „Aber du bist darauf angewiesen, dass die Menschen deine Platten kaufen." „Ja", bestätigte Timm und drehte sich zu ihm um, „aber jeder ist auf seine Kunden angewiesen. Ein Restrisiko bleibt natürlich. Ich traue mir aber zu auch neue Wege einzuschlagen, falls das der Fall ist, zumal ich mit der Musik Kopfmäßig eh am Ende bin." „Wieso denn das? Du bist gerade im Moment besonders erfolgreich. Wieso bist du Kopfmäßig am Ende." „Weil es meinem Privatleben schadet, wie man nun deutlich gesehen hat und weil Susanna mich drum gebeten hat, wegen meinem Herzen." Richard nickte. „Prinzipiell finde ich das gut, aber ich denke da hast du … bzw. da habt ihr beide eure Rechnung ohne Henry Marten gemacht. Er ist ein knallharter Geschäftsmann und ich denke mit seinen Verträgen hat er die Schlinge längst um deinen Hals." Schwer atmete Timm aus und blickte wieder aus dem Fenster, während er mehr zu sich selbst murmelte: „Das befürchte ich allerdings aus."

Er begleitete seinen Vater bis in die Empfangshalle, ließ ihn dort stehen und trat ins Wohnzimmer. „Du bist dran!", wandte er sich an Henry. Susanna hatte die alleinige Anwesenheit mit Henry und der restlichen Bande im Wohnzimmer nicht ertragen können und sie trat aus Richtung der Küche auf Richard zu und öffnete ihm unsicher lächelnd die Tür. Richard blickte sich um und griff dann nach ihrer Jacke, die über dem Sessel in der Halle lag. Wortlos reichte er sie ihr und wortlos griff er ihren Ellenbogen und zog sie mit sich hinaus. Die Luft, die Susanna draußen ins Gesicht schlug, war kühl und doch spürte Susanna, dass es nicht die kühle Luft war, die sie erzittern ließ. „Ich möchte dir über Timms Kindheit erzählen", begann Richard, während sie durch den großen Garten spazierten. „Ich möchte über seine Kindheit lieber von ihm selbst hören", antwortete Susanna. Richard blieb stehen und lächelte sie an. „Ich erzähle dir nur eine kleine Geschichte aus seinem Leben, die Geschichte, als ich ihn mit sechs Jahren im Schrank fand." Susanna sah ihn groß an, während er völlig ruhig weitersprach. „Timm saß im Schrank, weil er Angst hatte. Er war nicht fähig mir diese Angst zu beschreiben, aber er war überzeugt, dass er verfolgt wird." Susanna lächelte ihn an. „Alle Kinder werden früher oder später verfolgt, Richard. Sie sehen die bösen Comichelden auf sich zukommen. Die Ungeheuer und die Drachen, die die Spielindustrie für sie gebaut hat. Es ist ihre Phantasie, die diese Ungeheuer größer und vor allem gefährlicher erscheinen lassen." „Timm hatte keine Angst vor Ungeheuern." „Was war es dann bei ihm? Hatte er sich mit einem Schulfreund gestritten?" Richard schüttelte den Kopf. „Er hatte Angst vor Schwingungen." „Vor was?", fragte Susanna entgeistert. Richard nahm beruhigt ihr verändertes Interesse zur Kenntnis. „Er behauptete, sie seien in seinen Körper gefahren und haben ihm etwas erzählt. Er konnte mir aber nicht mehr sagen, was sie ihm erzählt haben. Die Erinnerung daran war völlig ausgelöscht, aber nicht das zurückbleibende Angstgefühl." Eine Weile schwieg Susanna, bis sie ihn wieder ansprach. „War Vollmond?" „Das weiß ich nicht mehr." Susanna drehte sich weg und ging weiter, während Richard ihr folgte. „Ich weiß, worauf du hinauswillst, Susanna, aber glaube mir, so lapidar ist es nicht." „Ach nicht?", fragte sie ohne sich umzudrehen. „Nein, denn es war mit Sicherheit kein Vollmond als er eines Nachts bei mir im Schlafzimmer stand. Einen Blick in seinem Gesicht, der mich regelrecht erschreckte." Erneut blieb Susanna stehen, aber fast teilnahmslos sah sie Richard an. „Hat er geredet?" „Ja." Susanna neigte nur etwas den Kopf, um Richard aufzufordern weiterzureden. „Er hat gesagt, dass sie jetzt da sind, die Schwingungen. Sie reden mit ihm und er hatte Angst." „Wovor? Was haben sie denn gesagt, die Schwingungen?" „Sie sagten ihm, er würde nicht länger als seine Mutter auf dieser Welt bleiben." Susanna wurde blass. „War er wach?" „Er wusste am nächsten Tag nichts mehr davon. Zurück blieb ein verstörtes Kind." „Was hast du dann gemacht?" „Ich habe ihn untersuchen lassen. Von Kinderpsychologen." „Und?", fragte Susanna, „was kam dabei heraus?" „Nichts. Er erschien völlig gesund, aber ich konnte das nicht glauben." „Ich nehme an, du hast weitere Ärzte aufgesucht?" Richard nickte. „So ungefähr. Ich habe eine Psychologin dazu gebracht, dass sie mir jederzeit zur Verfügung stand und als Timm den nächsten Anfall hatte, habe ich sie benachrichtigt. Sie kam gerade noch rechtzeitig, um ihn in diesem Zustand zu sehen." „Und dann?", fragte Susanna nun doch ziemlich neugierig. „Sie hat gesagt, dass er krank ist. Er leidet unter Psychosen, nahe

angrenzend an Schizophrenie." „Das hast du geglaubt?",
fragte Susanna nun sichtlich entsetzt. „Nein, er bekam zwar
Tabletten, aber ich weiß dass die nie gewirkt haben. Er hat
am Ende auch nur noch so getan, als würde er sie nehmen.
Ich hab ihn so akzeptiert wie er ist und hab mich stattdessen
mit dem Zirkus seines Vaters in Verbindung gesetzt. Ich
habe einen Termin mit ihnen vereinbart und ich habe mich
mit ihnen getroffen. Es war höchst interessant, was ich dort
erfahren habe." „Was denn?" „Man behauptete dort, dass
Timms Vater nicht neben die Stange gegriffen hat, sondern,
dass es Suizid war." „Wie kamen sie zu der Annahme?"
Susanna zog fröstelnd den Kragen ihre Jacke nach oben.
„Sie sagten er hätte schon als kleiner Junge Stimmen
gehört, dass er von dieser Welt gehen müsse. Dieses Leben
war für ihn nicht geplant." „Großer Gott", murmelte
Susanna, „du meinst, nicht nur seine Mutter, sondern auch
sein Vater hat sich umgebracht?" Richard nickte langsam.
„Ich habe mich weiter erkundigt, Susanna. Ich habe mich
nach Robert Dansings Vater erkundigt. Er hieß Alfons
Dansing. Er war nie lange an einem Ort zu finden. Sein
Geld verdiente er durch die Verschönerung von bereits
vorhandenen Bauten. Er kreierte die Götter auf den
buddhistischen Tempeln in Tibet neu. Er war ein Genie,
Susanna. Bald in jedem Land waren seine Fähigkeiten
bekannt und gefragt und irgendwann stürzte er ab. Nach
dem letzten Pinselstrich an einem Göttergesicht in 50
Metern Höhe. Sein Tod wurde nie geklärt. Manche
sprechen von einem Kreislaufversagen, andere davon, dass
er sich einfach fallen ließ. Enge Freunde behaupteten, dass
er depressiv war. Gequält von inneren Stimmen und
Schwingungen."
Susanna musste schwer schlucken und ihre Stimme klang
belegt, als sie nun weitersprach: „Was willst du mir damit
sagen, Richard?" „Ich will damit sagen, dass alle Männer in
dieser Familie erfolgreich waren. Alle Männer waren an
Perfektionismus nicht zu übertreffen und alle hatten sie
einen rätselhaften Tod. Du bist angehende Psychologin,
Susanna. Ich muss dir nicht erklären, wie eng Genie und
Wahnsinn zusammen liegen." Susanna antwortete nicht.

Stumm blickte sie Richard an. Er räusperte sich. „Ich habe, nachdem Timm älter wurde, versucht mit ihm über seine Schwingungen zu reden. Ich habe ihm natürlich nichts von seinen Vorfahren erzählt, weil er bis dahin glaubte, ich wäre sein Vater. Ich habe ihn angefleht sich nochmal in Behandlung zu begeben, aber er hat es nicht gewollt. Wir haben uns mehr und mehr gestritten und letzten Endes war ich dagegen, dass er in einem Krankenhaus arbeitet. Nicht nur wegen meiner Weihnachtskugeln, sondern aus Sorge, weil er dort mit etlichen Medikamenten zusammen kam. Ich habe ihn angefleht nicht nach Indien zu gehen, weil dieses Land in seiner Mystik Timm nicht heilen konnte. Vergebens." „Warum erzählst du mir das jetzt alles, Richard?", fragte Susanna und Richard Stimme drang nur noch leise zu ihr rüber. „Weil ich Angst um ihn habe und weil ich finde, du musst das als seine Frau wissen. Nicht mehr und nicht weniger. Ich weiß ihr habt eine enge Verbindung und ich bin mir sicher er wird dir das eine oder das andere erzählt haben. Aber du kennst nur seine Version. Ich möchte, dass du als seine Frau auch meine Version kennst."

Timm hörte Henrys Stimme zuerst gar nicht. Er stand am Fenster und beobachtete wie Susanna mit seinem Vater durch den Garten ging. „Sag mal, hörst du mir eigentlich zu?" Erstaunt drehte Timm sich zu Henry um. „Wir müssen über deine Zukunft reden", fuhr Henry fort. Timm nickte. „Ja, da gebe ich dir recht, ich darf das Land aber nicht verlassen." „Ich weiß, ich habe auch schon alles in den USA gestoppt." Timm nickte müde und setzte sich in den Sessel gegenüber von Henry. Mit seiner Hand rieb er sich übers Gesicht. „Dann ist sie wohl beendet, die Karriere da drüben." „Nein, das ist sie nicht." Henry beugte sich vor. „Ich weiß nicht wie du das immer anstellst, aber deine amerikanischen Fans lieben dich. Sie warten auf dich und deine Tour startet lediglich ein bisschen später." Timm sah ihn an. „Hast du das alles schon geregelt?" „Ja, die Veranstalter sind informiert." „Alle Achtung", nickte Timm anerkennend. Arrogant lehnte sich Henry zurück.

„Ich kümmere mich halt, während du es vorziehst in die zweiten Flitterwochen zu ziehen." „Es ist dein Job dich zu kümmern und mein Privatleben geht dich einen Dreck an. Das habe ich dir schon einmal gesagt und wenn du es wagen solltest noch mal damit anzufangen, werde ich es vertraglich festhalten!" „Ist ja schon gut", winkte Henry ab, „ich habe ein ganz anderes Anliegen." „Das wäre?" „Ich möchte, dass du arbeitest, während du auf den Prozess wartest." „Hast du deswegen die ganze Crew mitgebracht?", fragte Timm. „Ich muss dich enttäuschen, ich kann nicht singen. Ich habe es im Hals." „Habe ich schon gehört, aber du kannst trotzdem etwas tun." „Was denn?" „Komponiere." „Was soll ich denn komponieren, die Tour steht doch schon und für eine weitere LP ist es viel zu früh. Ich kann die Leute doch nicht unendlich mit meiner Musik zu wummern." „Du hast dreizehn Auftritte in den USA und ich möchte, dass du bei jedem dieser Auftritte dein Publikum mit einem neuen Lied überraschst." „Soll das ein Scherz sein? Ich soll dreizehn völlig neue Lieder schreiben?" „Das ist kein Scherz. Du bist deinem so geduldigen Publikum etwas schuldig." „Wo soll ich die denn hernehmen?" „Woher soll ich das wissen, das ist wiederum deine Aufgabe." Timm schob seine Unterlippe hervor und blies die Luft aus, so dass seine Haare vorne nach oben flogen. „Dann kann ich nur hoffen, dass die Justiz sich mit ihrem Prozess Zeit lässt." „Er wird vorgezogen, auch dafür habe ich bereits gesorgt. Spätestens in zwei Monaten geht er los." „Zwei Monate? Henry, du hast doch einen an der Waffel! Wie soll denn das gehen? Ich brauche Musik und ich brauche Texte und außerdem überlege ich …" Er brach ab. Sollte er Henry jetzt schon erzählen, dass er eigentlich aufhören wollte? „Ach nichts", brach er den Satz ab. Lieber wollte er sich erst einmal selber diese ganzen Verträge zwischen ihm und Henry durchlesen. „Gut", übernahm Henry wieder das Wort, „wenn du also weiter nichts zu sagen hast, dann kennst du ja nun deine Aufgaben. Du kannst mich jederzeit kontaktieren, wenn wir ein Studio zum Proben brauchen. Ich kümmere mich sofort!" Grinsend stand er auf und winkte die Jungs, sowie auch Günther, mit sich zum Ausgang. Timm folgte ihm ebenfalls und ließ die gesamte Truppe aus der Tür, während er Susanna einließ.

Schweigend sah er sie an, nachdem er die Haustür geschlossen hatte. Susanna erwiderte seinen Blick, der völlig ausdruckslos auf ihrem haftete. Ewigkeiten sahen sie sich einfach nur an, ohne zu sprechen und Susanna brach es beinah das Herz, als Timm den Blickkontakt zu ihr beendete. Beinah leer ließ er ihn durch die Halle gleiten, während er einen Schritt zurücktat und sich langsam an der Wand neben der Haustür runtergleiten ließ.

Als würden ihm sämtliche Kräfte versagen.

Völlig hilflos sackte er an der Wand hinab. Susanna ließ ihre Jacke über ihre Schultern achtlos auf den Boden gleiten und langsam setzte sie sich direkt neben ihn. Langsam beugte sie sich mit ihrem Oberkörper über ihn und stützte ihr Gewicht mit ihrer Hand auf seiner anderen Seite ab, so dass sie unmittelbar vor ihm saß. Leise begann sie zu sprechen.

„Es gibt in deinem Leben drei verschiedene Sorten von Menschen, Timm."

Er sah sie nicht an, während sie einfach weitersprach.

„Die einen sind soweit von dir entfernt, dass sie niemals in der Lage wären zu sehen, wie du wirklich bist. Die nächsten sind soweit in deiner Nähe, dass ihnen durchaus auffallen kann, wie du wirklich bist und das alles sind Menschen die behaupten, dass du krank bist, Timm."

Er sagte nichts dazu und er sah sie auch nicht an.

„Und dann ist dort die dritte Sorte", sprach Susanna weiter. „Die Sorte, die eigentlich nur noch aus einem einzigen Menschen besteht. Der Mensch, der mit dir sein Leben teilt. Der einzige Mensch, den du wirklich nah an dich heranlässt und ich behaupte, Timm, dass ich dieser Mensch in deinem Leben bin."

Jetzt sah er sie an, keine Regung weiter in seinem Gesicht, nur sein schweres Schlucken nahm sie zur Kenntnis.

Behutsam versuchte Susanna weiterzusprechen.

„Timm, auch ohne deinen Vater weiß ich, dass du Stimmen hören kannst. Auch ohne ihn weiß ich, dass du in andere

Welten gleiten kannst", sprach sie leise weiter. „Du hörst Stimmen, wo keine sind. Du spürst Wind, wo keiner ist. Du spürst Kälte, wo keine ist." Sie hätte vermutet, dass er seinen Blick dem ihren wieder entzog, aber diesmal tat er es nicht. „Timm", sprach sie weiter. „Es gibt Leute, die behaupten, dass du krank bist. Es müsste Leute geben, die das gleiche von mir behaupten. Ich bin dir gefolgt, weil ich glaubte dich aus dem 17. Jahrhundert zu kennen. Alleine das ist doch schon verrückt genug und heute, ich bin nicht wirklich eines Besseren belehrt worden, denn ich glaube bzw. ich weiß, dass ich dich auch im 17. Jahrhundert schon kannte. Ich weiß nicht wer du dort warst, aber Fakt ist, ich kannte dich! Und ich höre Stimmen, wo keine sind. Ich spüre Wind, wo keiner ist. Ich fühle Kälte, wo keine ist und Timm, ich erlebe das alles gleichzeitig mit dir. Ich habe von noch keinem psychisch Kranken gehört, der zusammen mit einem anderen Menschen dieselben Wahnvorstellungen hat. Das ist eine Tatsache die mich glauben lässt, dass du alles andere als krank bist, Timm. Wir beide sitzen im selben Boot. Und wir beide wissen, dass es etwas anderes ist, das zwischen Himmel und Erde existiert." Immer noch sah er sie an. „Timm, hast du jemals daran gedacht deinem Leben ein Ende zu setzen?" Er antwortete nicht, aber langsam schüttelte er den Kopf. Bis sein Kopfschütteln immer energischer wurde und sie sein Gesicht mit ihrer Hand hielt. „Das brauchst du auch nicht", sprach sie weiter. „Denn du bist alles andere als krank, Timm. Du bist nicht anders als ich und ... du bist nicht allein." Eine Weile schwiegen beide und nur langsam erhob er seine Hand und berührte zart ihr Gesicht. Dann riss er sie an sich, drückte sie soweit an sich, dass sie kaum noch Luft bekam und trotzdem steigerte er seinen Griff noch. Umschlang sie weiter, drückte sie fester und schmiegte sein Gesicht in ihr Haar.
„Darf ich dich Durga nennen?", fragte er leise. Sie löste sich von ihm und sah ihn erneut an. „Nenne mich Durga, Timm und ich werde dich vor der Bedrohung durch das Böse schützen. Ich werde dir helfen die Stimmen zu ertragen. Nenne mich Shiva und ich werde mit meinem Tanz dem Dämon der Unwissenheit Apasmâra das

Rückgrat brechen. Ich werde alle Unwissenden aus deinem Leben verbannen. Und nenne mich Savritîs und ich werde dich vom Todesgott zurückholen, falls du vor mir stirbst."
Erneut riss er sie an sich und erneut hörte sie seine Stimme nur durch ihr Haar.
„Ich nenne dich Durshisavrî und du bist meine Göttin."
Sein Griff wurde erneut fester. Seine Stimme noch leiser.
„Ich kann dir nicht einmal sagen, wie sehr ich dich liebe, denn Worte reichen dafür nicht aus"
„Dann schweig einfach, Timm. Dein Schweigen reicht aus."

„Ihr Name ist Timm Mühlbach, sie sind am 04.Dezember 1971 in Berlin geboren, wohnhaft zurzeit ebenfalls Berlin und ihr Beruf, nun ja, dürfte hier ja allgemein bekannt sein, Sänger. Stimmen sie den Angaben so zu?", fragte der dunkelhaarige Richter und sah Timm erwartungsvoll an. „Ja, dem stimme ich zu", antworte Timm schlicht. Der Richter nickte. „Sie sind angeklagt wegen schwerer Körperverletzung an Dirk Richter. Sie haben ihn am 29. November 1999 in ihrer Berliner Wohnung brutal zusammengeschlagen. Den Arztbericht habe ich hier vorliegen. Nasenbeinbruch, schweres Hämatom am rechten Auge, sowie etwas leichtere am gesamten Körper des Klägers. Des Weiteren schwere Hämatome ...", der Richter sah von dem Bericht auf, direkt in Timms Augen, „im Bereich der Geschlechtsorgane und Würgemale am Hals." Einen Augenblick schwieg er. „Haben sie dazu etwas zu sagen, Herr Mühlbach?" Susanna spürte die Übelkeit in sich aufsteigen. Ihre kalten Hände zitterten unkontrolliert und somit setzte sie sich auf die selbigen, um sie zu wärmen und das Zittern zu unterdrücken. Ihren Blick ließ sie von dem Richter zu Dirk schweifen und am liebsten wäre sie aufgesprungen und hätte ihm die Augen ausgekratzt. Er saß neben dem Strafverteidiger und lümmelte sich in seinem dunklen Anzug locker und lässig auf seinem Stuhl, das hämische Grinsen stets im Gesicht. Nichts konnte Susanna mehr von dem nachempfinden, was sie damals für ihn empfunden hatte. Jetzt, wo sie ihn sah, spürte sie mehr denn je Hass für ihn. Abgrundtiefen Hass. Sie saßen im Berliner Schwurgericht und der Rest der Öffentlichkeit, der keinen Platz mehr in diesem beengten Saal gefunden hatte, stand draußen vor der Tür. Heute war es Susanna zum ersten Mal bewusst geworden, wie gut Timm inzwischen mit den Reportern und mit seinen Fans umgehen konnte. Sie waren in einer Limousine zum Gericht gebracht worden und durch die abgedunkelten Scheiben konnte sie die Menschenmassen vor dem Gerichtsgebäude sehen. „Muss ich da durch?", hatte sie entsetzt gefragt und Timm hatte nur ihre Hand genommen. „Ja, da musst du durch. Aber keine Sorge, ich bin bei dir,

Susanna. Sag einfach nichts und bleibe ganz dicht an meiner Seite. OK?" Fürsorglich hatte er sie angesehen und sie hatte nur noch schwach genickt, ihre Hände bereits im Auto schwer zitternd. Dann hatte der Wagen gehalten und Timm war auch umgehend ausgestiegen. Er stand zwischen den Bodyguards an der Autotür und wartete bis sie ihm gefolgt war. Die Jubelschreie der Menschen waren für Susanna schier unerträglich. Die Polizei hatte alle Hände voll zu tun, dass sie die Absperrungen nicht einrissen, nur um zu Timm zu gelangen. Überall sah Susanna wie Schilder hochgehalten wurden. ´Timeo, wir lieben dich und halten immer zu dir´, ´Timeo, halt die Ohren steif´, ´Timeo, wir sehen uns bei deinem nächsten Konzert´, ´Sag nichts ohne deinen Anwalt´ usw. usw.

Die Reporter befanden sich auf dieser Seite der Absperrung und Susanna hatte ihren zweiten Fuß noch im Wagen, als sie das erste dicke Mikrofon bereits vor ihrem Gesicht hatte. „Sie sind der Grund für seinen Ausraster, was haben sie dazu zu sagen?" Umgehend hatte Timm sie fortgezogen. Sie ging nun direkt vor ihm und sah die Mikrofone von allen Seiten auf sich zu kommen. Die Bodyguards taten ihr Bestes und doch fand vereinzelte immer wieder ein Mikro den Weg zu ihrem Gesicht. Timm schien die Mikrofone zu sehen, noch bevor sie in Susannas Gesichtsfeld reichten und sanft schob er sie dann auf seine andere Seite. Auch er selber sagte nichts. Er lächelte über die Reporter hinweg zu seinen Fans und fing auch schon mal ein Plüschtier auf, welches sie ihm zuwarfen. Er schien völlig ruhig zu sein und Susanna fragte sich, wie er das machte. Geschenke von den Fans fangen und gleichzeitig den angriffslustigen Mikrofonen auszuweichen. Dann waren sie drin. Die Reporter allerdings auch und auch vereinzelte Fans hatten ihren Weg ins Gerichtsgebäude gefunden. Sie war an Timms Seite geblieben bis sie den Gerichtssaal betraten und sein Anwalt Dr. Werner Albrecht ihn in Empfang nahm und einer der Bodyguards nun Susanna zu ihrem Platz führte. Nun saß sie hier. Sah wie Timm in der Mitte des Raumes Platz nahm, um seine Anklage zu hören, sah die drei Berufsrichter und die zwei Schöffen. Inzwischen wusste sie, dass alle fünf Fragen stellen durften. Das auch alle Zeugen von den Richtern befragt werden würden. Eigentlich hatte sie angenommen, dass dies die Staatsanwaltschaft, sowie der Verteidiger vornehmen würde, aber wahrscheinlich hatte sie schlicht und ergreifend zu viel amerikanisches Fernsehen gesehen, so etwas kam in Deutschland nur geringfügig vor. Jetzt hatten sie begonnen. Sie hatten seine Personalien überprüft und ihm berichtet, was er Schlimmes getan hatte und jetzt wollten sie von ihm wissen, ob er etwas dazu zu sagen hatte und Susanna konnte nur hoffen, dass er auch das Richtige dazu zu sagen hatte, denn noch gut erinnerte sie sich an den Moment als Werner Albrecht ihnen berichtet hatte, dass auf Körperverletzung in manchen Fällen bis zu fünf Jahren Gefängnis gegeben wurden und bei schwerer Körperverletzung sogar bis zu zehn Jahren. Bislang war Susanna immer der Meinung gewesen, dass die Strafen in Deutschland für Schwerverbrecher viel zu glimpflich waren und dann hörte sie diese Gefängnisstrafen. Was, wenn sie Timm tatsächlich neun oder zehn Jahre einsperren würden? Was war dann mit seiner Karriere? Was mit ihrer Beziehung? Was überhaupt? Und das alles wegen Dirk, oder besser gesagt alles wegen ihr?

Verdammter Mist, ihre Hände hörten nicht auf zu zittern, warum hatte sie nicht einfach zehn Kilo mehr Lebendgewicht, dann würde sie wahrscheinlich nicht ständig das Gefühl haben auf und ab zu wippen. Sie holte ihre Hände wieder hervor, während sie ihre Augen von Dirk zu den wohl zufällig beide kahlköpfigen Schöffen und den dazwischen sitzenden Richtern, einem jungen dunkelhaarigen, der Timm nun gerade befragte, und zwei bereits ergrauten, hinüber zu Timm gleiten ließ und wieder zurück zu den Richtern. Die Schöffen saßen außen und mit dem Dunkelhaarigen in der Mitte und den grauhaarigen Richtern rechts und links neben ihm, sah das Ganze aus wie eine Formation.

Ihr feuchter Blick glitt zu Timm zurück, als sie seine Stimme hörte.

„Ich habe nichts dazu zu sagen, die Angaben des

354

Arztberichtes müssen meiner Meinung nach stimmen."
„Können sie uns kurz schildern, was an dem Tag in ihrer
Wohnung passiert ist?", fragte einer der grauhaarigen
Richter. „Ich bin nach Hause gekommen und habe Dirk
Richter bei meiner Frau angetroffen. Ich habe gesehen wie
sie sich küssen wollten und das aber abbrachen, nachdem
sie mich bemerkt haben." Timm ließ seinen Blick zu Dirk
schweifen, während er weitersprach. „Ich habe Herrn
Richter dann etwas über die Ehe und Eheringe erzählt,
meine Frau daraufhin selber geküsst und ihm gesagt, dass
er gehen kann." Susanna konnte sehen wie der
Dunkelhaarige die Augenbrauen hochzog, während hinter
ihr im Publikum leichtes Gelächter zu hören war. „Das
klingt ja eigentlich gar nicht so schlecht, können sie nun
vielleicht erzählen, warum das Ganze dann so ausgeartet
ist?" Timm sah den fragenden Schöffen an. „Er ist nicht
gegangen, stattdessen hat er gesagt, ich solle die Finger von
ihr lassen. Die Finger von meiner Frau." „Daraufhin haben
sie ihn geschlagen?" „Ja, ich habe ihn daraufhin
geschlagen, aber ich habe ihn nicht deswegen geschlagen."
„Weswegen denn dann?", fragte der andere Schöffe. Timm
richtete seinen Blick von rechts nach links, um den anderen
Schöffen anzusehen. „Ich habe ihn geschlagen, weil er
meine Frau belogen hat. Er hat ihr einen falschen Charakter
vorgegaukelt, damit er ihr überhaupt so nahe kommen
konnte, wie er es schließlich tat. Ich habe das gewusst, weil
ich mich über ihn erkundigt hatte und weil mir ein Freund
davon berichtet hat. Ich hatte gehofft, wenn er gehen
würde, dann ...", Timm schwieg und senkte seinen Blick,
nur leise sprach er weiter, „dann hätte ich mich unter
Kontrolle gehabt, aber er ist nicht gegangen." „Also haben
sie ihn geschlagen." Timm sah dem Dunkelhaarigen direkt
in die Augen. „Ja." Der Richter lehnte sich zurück. „Herr
Mühlbach, warum denn so heftig? Also nach diesem
Bericht hier ...", er wedelte mit dem Arztbericht, „waren sie
Herrn Richter weitaus überlegen. Warum haben sie ihn
nicht am Kragen gezogen und einfach vor die Tür gesetzt?"
„Ich weiß es nicht", antwortete Timm leise und Susanna
richtete ihren Blick abrupt zu dem Staatsanwalt, der

plötzlich laut das Wort ergriff.

„Das ist doch lächerlich Herr Mühlbach, tun sie doch nicht so, als wenn sie jetzt ihr Gedächtnis verloren hätten. Sie haben ihn brutal zusammengeschlagen, mehr noch, sie wollten ihn umbringen. Ich darf ihre Worte wiederholen, Herr Mühlbach, ´Du kannst jetzt beten, dass du noch in den Himmel kommst, es wird das Letzte sein, was du jetzt tust.` und ´Ich werde dich umbringen, für das, was du ihr angetan hast.´ Können sie uns das vielleicht mal erklären? Mein Mandant behauptet nämlich, wenn ihre Frau nicht dazwischen gegangen wäre, dann hätten sie ihn umgebracht. Sie haben sogar gesagt, dass ihnen die Folgen, die daraus entstehen, egal sind." „Danke Herr Staatsanwalt, dass sie gerade in so reizender Art meine Befragung fortführen", sprach der dunkle Richter in ruhiger Tonart und wandte sich dann an Timm. „Herr Mühlbach, sie haben das Wort. Was haben sie zu den Anschuldigungen des Herrn Staatsanwalt zu sagen?" „Ich denke", begann Timm, „der Wortlaut könnte stimmen, aber wirklich viel kann ich ihnen dazu nicht mehr sagen. Ich war wütend, ich kann mich nicht erinnern, jemals in meinem Leben so eine Wut auf einen Menschen verspürt zu haben. Irgendwie sind mir sämtliche Sicherungen durchgeknallt, nur bei dem Anblick seiner dusseligen Visage." „Bitte mäßigen sie sich in ihrem Wortlaut." „Wollen sie die Wahrheit hören, oder nicht?", fragte Timm nun schnippisch. Susanna hielt die Luft an. Konnte er sich nicht wenigstens jetzt beherrschen? Der Richter blätterte in seinen Unterlagen und sah dann erneut zu Timm auf. „Wollten sie ihn umbringen? Ist es richtig, dass nur ihre Frau sie davon abgehalten hat?" Susanna konnte Timms Gesicht nicht sehen nur aus seinem Tonfall entnahm sie, dass er den Richter geradezu kalt ansah. „Es ist möglich, dass ich es getan hätte, ja."

Sie schloss die Augen, das aufgeregte Murmeln des Publikums im Hintergrund. „Herr Vorsitzender, wenn ich vielleicht einmal das Wort ergreifen dürfte", schaltete sich nun Werner Albrecht ein. „Bitte." Der Richter lehnte sich mit eine ausladenden Handbewegung zurück. „Herr Mühlbach", begann der Verteidiger, „können sie sich jetzt

vorstellen, jemals einen Menschen umzubringen?" „Nein."
„Sehen sie sich Herrn Richter an, sehen sie ihm genau in
die Augen, können sie sich vorstellen ihn umzubringen?"
Timm wandte seinen Blick zu Dirk und so war es nun auch
Susanna möglich, seinen Blick im Profil zu sehen. Der
Blick war feindselig, aber zu ihrer Erleichterung nicht
hasserfüllt. Timm brauchte lange bis er antwortete. „Im
Moment, würde ich sagen, er ist es nicht wert." „Ach, was
heißt denn im Moment?", fragte der Staatsanwalt. Timm
richtete seinen Blick wieder nach vorne. „Wenn er ihr noch
einmal zu nahe kommt, wenn er sie noch einmal so verletzt,
dann kann ich dafür nicht garantieren."
Großer Gott, Susanna hatte es immer als wichtig angesehen
einen ehrlichen Partner an ihrer Seite zu haben, aber die
Ehrlichkeit, die Timm nun gerade an den Tag legte, raubte
ihr den letzten Nerv.
„Herr Mühlbach", begann nun wieder Werner Albrecht.
„Sie können sich also sonst nicht vorstellen, einen
Menschen zu töten?" „Nein." „Und dieses Gefühl, das sie
am 29. November empfunden haben, war ihnen bis dahin
völlig fremd?" „Ja." „Können sie uns schildern was genau
Dirk Richter mit ihrer Frau gemacht hat, damit sie diese
Wut empfanden?" Timm sah seinen Verteidiger an. „Er hat
ihre Ehre verletzt, nein besser gesagt ihre Seele. Er hat sich
mit scheinheiligen Lügen in ihr Leben geschlichen. Sie hat
ihm geglaubt und so etwas kann ich nicht ertragen. Nicht
nur weil es meine Frau ist, bei der er es getan hat, sondern
generell kann ich es nicht ertragen, wenn jemand gezielt die
Schwächen eines Menschen heraussucht und den Menschen
damit verletzt, nur um an sein Ziel zu kommen." Susanna
konnte sehen, wie Timm schwer schluckte und nun wurde
seine Stimme lauter. „Ich weiß, dass ich selten da bin. Hätte
er es mit seinem Charme geschafft ihr so nahe zu kommen,
hätte er es geschafft, dass sie sich in ihn verliebt, weil er
wirklich so ist, wie er sich gibt, dann hätte ich nie etwas
derartiges gemacht. Ich weiß, dass das Risiko da ist, wenn
man selber immer durch Abwesenheit glänzt. Es wäre
schwer für mich gewesen, aber ich hätte es akzeptiert. Aber
dieser Mann da ...", er deutete mit seinem Finger auf Dirk,

„der hat null Charme, um bei einer Frau wie meiner zu landen. Ich zweifle sogar stark an, dass er überhaupt bei einer Frau landen kann. Er selber weiß das nur zu genau und deswegen hat er sich diese Taktik auch angeeignet. Er ist darauf besessen vertraute Details über seine Opfer zu finden und nur indem er seinen Opfern den Eindruck vermittelt, er wäre wie sie, schafft er es mit wenigstens einem Fuß in die Tür zu kommen."

Die letzten Worte schrie Timm beinah und Susanna verdrehte entnervt die Augen.

„Herr Mühlbach, ich bitte sie jetzt, sich wieder zu beruhigen", forderte der dunkelhaarige Richter ihn auf.

„Herr Verteidiger, haben sie noch Fragen an den Angeklagten?" „Ja. Herr Mühlbach, können sie uns bitte mal genauer beschreiben, mit welchen Scheinheiligkeiten Herr Richter sich ihrer Frau genähert hat. Was genau hat er getan?" „Nein", antworte Timm nun wieder völlig ruhig."

„Wie, nein?", fragte der Verteidiger. „Ich kann ihnen das nicht erzählen. Wenn ich das hier erzähle, dann bin ich nicht anders als er. Ich bin sogar noch schlimmer, weil ich von meiner Frau vertrauliche Dinge erzähle, die in den Augen der Öffentlichkeit möglicherweise als Schwäche ausgelegt werden. Dinge die keine Schwächen sind, aber was bedeutet dass, wenn eine Gesellschaft möglicherweise alles verurteilt, was sie nicht mit dem Verstand erklären kann? Ich werde nichts von ihr hier in der Öffentlichkeit breit treten." Er richtete seinen Blick nach vorn. „Ich habe nichts weiter dazu zu sagen!"

„Weitere Fragen?", fragte der Richter. „Nein danke, Herr Vorsitzender." „Hat sonst noch jemand Fragen an den Angeklagten?" Es folgte allgemeines Kopfschütteln. „Dann nehmen sie bitte neben ihrem Verteidiger Platz und ich bitte Dirk Richter nach vorne zu kommen."

Timm stand auf und ging zu seinem Verteidiger. Susanna konnte ihn nun auch endlich von vorne sehen, aber er sah sie nicht an. Er sah niemanden an. Deutlich waren all die Emotionen in seinem Gesicht zu sehen, die Emotionen, die er gerade mit ihr zusammen in den Bergen vergessen hatte.

Dirk trat nach vorne. Er sah Timm nicht an, aber Susanna. Er lächelte ihr provozierend zu, bevor er sich setzte und nun ebenfalls, wie kurz zuvor Timm, mit dem Rücken zu ihr saß. „Korrigieren sie mich bitte, falls die Angaben falsch sind. Sie heißen Dirk Richter, geboren in Kassel am 29.10.1970, wohnhaft in Berlin. Richtig?" „Ja, richtig", antwortete er laut und deutlich, während er sich siegessicher auf seinem Stuhl zurücklehnte. „Herr Richter", begann der Dunkelhaarige, der auch bereits die Personalien überprüft hatte. „Bitte schildern sie nun mal das Geschehen am besagten 29. November." „Ich war bei Susanna Mühlbach. So, wie ich es oft schon gewesen war. Wir waren befreundet und Susanna war auch immer erfreut mich zu sehen. Sie war oft alleine und meine Gesellschaft tat ihr gut. Irgendwann ist es bei mir dann mehr geworden, als nur Freundschaft und Susanna ließ durchblicken, dass es auch bei ihr so war. Wie Herr Mühlbach schon sagte, ist er nach Hause gekommen, als wir uns küssen wollten." Der Richter nickte. „Fein, und dann? Was ist dann passiert?" Dirk sah kurz zu Timm hinüber und dann wieder zum Richter. „Es war, wie er es gesagt hat. Er hat mir etwas über Ehe und Eheringe vorgefaselt und dann ist er wie eine Raubkatze auf seine Frau zu spaziert." „Was meinen sie denn, mit ´Wie eine Raubkatze`?", fragte einer der grauhaarigen Richter. „Er sah gefährlich aus, beinah drohend und Susanna ist anfangs auch vor ihm zurückgewichen." Die Richter machten sich allesamt Notizen und der Dunkle sah dann wieder auf. „Hatte sie Angst vor ihrem Mann?" „Ja, definitiv ja", antwortete Dirk, während Timm schwer schnaubte. „Und was ist dann passiert? Hat er sie gezwungen, ihn zu küssen?" „Keine Ahnung", fuhr Dirk auf. „Der Kerl ist nicht ganz normal. Ich glaube, er hat sie mit seinem Blick hypnotisiert oder so." Werner Albrecht lachte auf. „Hypnotisiert? Das ist doch lächerlich." „Ja?", fragte Dirk. „Ist es das? Sie haben den Blick ja nicht gesehen." Er drehte sich wieder zu den Richtern. „Als er sie ansah, wurde sie völlig anders. Sie konnte nirgendwo anders hinsehen, als nur in seine Augen und völlig willenlos hat sie ihn schließlich geküsst.

Ich konnte das doch nicht zulassen! Ich konnte doch nicht einfach mit ansehen, wie er sie in eine Art Trancezustand versetzt, damit sie ihm gefügig wird." „Herr Vorsitzender, wenn ich vielleicht mal ein paar Fragen an Herrn Richter stellen dürfte", mischte sich der Staatsanwalt ein. „Bitte, nur zu", genehmigte der Richter. „Herr Richter, was heißt denn, sie konnten nicht einfach nur zusehen. Warum denn nicht? Befand sich Frau Mühlbach in Gefahr?" „Ja, ich finde schon, dass es eine Gefahr ist, wenn sich jemand einfach den Verstand eines Menschen nimmt." „Und sie meinen, Herr Mühlbach hat das mit seinen Augen getan?" „Sicherlich! Sie wollte mich küssen. Es mag Frauen geben, die gerne durch die Gegend huren, aber Susanna Mühlbach gehört nicht zu diesen Frauen, wenn Susanna Mühlbach bereit ist jemanden anderen zu küssen, dann hat sie auch Gefühle für den Mann." „Im Moment höre ich nur die Frustration eines geprellten Lovers, wenn sie mich fragen, Herr Richter", bemerkte Werner Albrecht. „Sie fragt aber keiner", fuhr der Staatsanwalt dazwischen. „Herr Richter, was haben sie dann gemacht?" „Ich habe ihn angeschrien. Ich habe ihm gesagt, dass er seine dreckigen Pfoten von ihr lassen soll und dann ist er auch schon ausgerastet." „Was hat er denn dann gemacht?", fragte nun der Schöffe auf der rechten Seite. „Er hat sich zu mir umgedreht und umgehend zugeschlagen. Er hat mich am Auge getroffen und ich bin gestürzt." „Och Gottchen", murmelte Susanna auf ihrem Sitz.

„Haben sie sich dabei verletzt?", nahm der dunkelhaarige Richter die Befragung wieder auf. „Ja, ich bin mit dem Hinterkopf auf ein Telefontischchen gefallen, aber das war ja gar nicht das Schlimmste. Wie ein wildes Tier ist er über mich hergefallen. Er war sofort wieder über mir, zog mich hoch und schlug mich erneut. Immer und immer wieder, bis ich mit dem Rücken zur Wand stand und sein heftiger Atem an meinem Gesicht abprallte." „Hat er dann aufgehört sie zu schlagen?" „Kurzzeitig. In der Zeit hat er mir einen Vortrag über frühere amerikanische Häuptlinge gehalten." „Über was?", fragte der Richter erstaunt. Dirks Stimme wurde nun erneut laut. „Ich sagte doch bereits, dass er verrückt ist. Er hat behauptet, dass ich mich mit der amerikanischen Geschichte vertraut gemacht habe, damit ich seine Frau ins Bett kriege. Dann hat er mir vorgeworfen, dass ich nicht richtig gelesen habe und zwei Häuptlinge verwechselt habe." Der Richter runzelte gut sichtbar die Stirn. „Ist es denn richtig, dass Frau Mühlbach sich für amerikanische Geschichte interessiert?" „Ja, sie interessiert sich dafür, mehr noch sie glaubt ..."

Susanna schloss die Augen. Jetzt ging es los, jetzt würde er erzählen, dass sie so verrückt war zu glauben, bereits in einer anderen Zeit gelebt zu haben. Doch sie hörte nichts mehr. Erstaunt öffnete sie ihre Augen wieder und sah wie Dirk direkt in Timms Augen sah. Sie folgte seinem Blick und hielt augenblicklich die Luft an, als sie Timms Blick wahrnahm. Nie zuvor hatte sie jemals diesen Blick an ihm gesehen, nie zuvor jemals dieses Funkeln. Es war für Außenstehende gar nicht wirklich zu erkennen, die meisten hier im Saal würden glauben, die beiden sahen sich einfach nur an, aber Susanna sah, dass es mehr als das war. Timm sprach mit ihm. Wie auch immer er das machte, er drohte ihm. Nichts von dieser Sprache konnte Susanna verstehen, sie hätte ihm wahrscheinlich selbst in die Augen sehen müssen, um das zu empfinden, was jetzt allem Anschein nach gerade Dirk empfand. Dirk war leichenblass. Nicht fähig, seinen Blick Timms Bann zu entziehen.

„Herr Richter?", fragte der Richter vorsichtig, aber Dirk reagierte nicht. Susanna ließ ihren Blick erneut zu Timm gleiten und sie sah seinen Blick hasserfüllt und drohend weiterhin auf Dirk gerichtet und plötzlich schien es, als gäbe er ihn frei. Er schloss kurz die Augen und als er sie erneut öffnete, blickte er völlig unschuldig zu den Richtern. Dirk sah sich geradezu verlegen im Saal um.

„Herr Richter?", fragte der Richter erneut. „Geht es ihnen gut?" „Ja, Herr Vorsitzender." „Fein, was wollten sie nun gerade über Frau Mühlbach sagen?" „Ich war eigentlich fertig mit meiner Ausführung. Sie ... interessiert sich für amerikanische Geschichte." „Sie sagten doch gerade eben ´Mehr noch ...´ Was denn noch mehr?", fragte Werner Albrecht dazwischen. „Nichts mehr, also ... ich meine ..."

Geradezu zaghaft richtete er seinen Blick erneut auf Timm. Dieser erwiderte ihn in perfekter Ausdruckslosigkeit. „Ich meine, sie interessiert sich nicht nur für die Geschichte, sondern hauptsächlich für die Häuptlinge." „So?", fragte einer der Grauhaarigen und blickte misstrauisch zwischen Dirk und Timm hin und her. Einen Augenblick geriet die ganze Befragung ins Stocken, jeder schien zu überlegen, wie er nun weiter fragen sollte. Es war einer der Schöffen, der sich zuerst wieder gefangen hatte.

„Was hat Herr Mühlbach gemacht nachdem er mit seinen Ausführungen über die Häuptlinge fertig war?" Er hat mich brutal auf den Tresen geschubst. In der Wohnung befindet sich ein Tresen, der die Küche vom Wohnbereich trennt. Er hat meinen Brustkorb auf dessen Kante gedrückt und dann mein Hemd zerrissen." „Dein Hemd?", fragte Timm dazwischen und der Richter blickte augenblicklich zu ihm hinüber. „Herr Mühlbach, sie sind nicht dran." „Es war aber nicht sein Hemd, nur für den Fall, dass er es mir in Rechnung stellen will. Es war mein Hemd, das er trug."
Es folgte leichtes Gelächter aus dem Publikum. „Warum haben sie denn ein Hemd von Timm Mühlbach getragen?" „Ich hatte noch einen Banktermin und habe mein eigenes Hemd dummerweise mit Kaffee übergossen. Susanna war so freundlich mir eines von seinen Hemden zu geben." „Das muss aber erst geprüft werden. Ich glaube nämlich nicht, dass du wirklich einen Banktermin hattest", schrie nun Susanna dazwischen.
„Sind wir hier im Irrenhaus?", brauste der Richter auf. „Frau Mühlbach, sie sind auch nicht dran!" Verschämt senkte Susanna wieder ihren Blick. „Also gut", sprach der Richter entnervt weiter. „Es war also das Hemd von Timm Mühlbach. Hat er es deswegen zerrissen?" Dirk schwieg einen Augenblick. „Nein", sprach er dann. „Er wollte mein Muttermal sehen. Ich hatte mir in den Babelsberger Filmstudios ein Muttermal machen lassen. Sie wissen es vielleicht, die Besucher können sich dort schminken lassen. Narben in Gesichtern usw." Der Richter nickte schwach. „Ja, mein Sohn hat sich auch so etwas machen lassen. Aber ein Muttermal? Am Rücken? Warum das denn?"

„Ich dachte, es wäre mal etwas anderes. Einfach nur so."
„Und warum wusste Herr Mühlbach von diesem
Muttermal?", fragte der linke Schöffe. „Weiß ich nicht."
Dirk hob in verzweifelter Geste seine Hand an, ehe er
weitersprach. „Herr Vorsitzender, das weiß ich wirklich
nicht. Ich sage doch, der Typ ist nicht normal, vielleicht hat
er es geahnt. Vielleicht hat er hellseherische Fähigkeiten."
Jetzt lachte Werner Albrecht auf. „Mein Gott, was für ein
dummes Zeug. Herr Richter, warum sollte sich mein Klient
für ihr präpariertes Muttermal interessieren?" „Keine
Ahnung", stammelte Dirk. „Er hat das Hemd zerrissen und
das Muttermal abgepult." Erneut folgte Gelächter aus dem
Publikum und der dunkelhaarige Richter fuhr sich derweil
kopfschüttelnd mit seiner Hand durchs Haar." „Na fein",
fuhr er dann fort, „das Hemd ist kaputt und das Muttermal
abgepult. Was ist dann passiert?" „Der Mistkerl hat meinen
Kopf brutal auf den Tresen geschlagen, so dass meine Nase
brach, gleichzeitig hat er mir in den Sack getreten." Der
Richter räusperte sich dezent. „Könnten sie sich etwas
gemäßigter ausdrücken, Herr Richter." „Entschuldigung, er
hat mir in meine Genitalien getreten. Mit seinem Knie."
Susanna schielte zu Timm, aber dieser hatte immer noch
seinen geradezu gelangweilten Gesichtsausdruck auf Dirk
gerichtet. „Und dann? War er dann fertig?" „Ach was,
fertig. Ich habe noch die Sterne von seinem Tritt gesehen,
da fand ich mich auch schon auf dem zerbrochenen
Couchtisch wieder. Dieser Wahnsinnige direkt über mir
und seine Hand auf meinen Hals gedrückt. Er hat gesagt,
dass ich beten soll, weil er mich nun umbringen würde. Er
hätte es wohl auch getan, aber Susanna ist dazwischen
gegangen." „Was hat sie denn gemacht?" Sie hat versucht
seine Hand von mir wegzureißen und sie hat wie
wahnsinnig auf ihn eingeredet. Er solle das nicht tun. Diese
blöde Kuh hat sogar gesagt, dass ich einen Mord nicht wert
bin." „Ist schon beeindruckend, was Herr Mühlbach alles
mit seinen Augen bei seiner Frau angestellt hat, damit
dieser Sinneswandel zustande kam", brummelte einer der
grauhaarigen Richter. „Was dann?", fragte der
Dunkelhaarige. „Dann hat er mich losgelassen, hat von eins

bis zehn gezählt. In dieser Zeit sollte ich die Wohnung verlassen und wenn ich es nicht täte, hat er gesagt, dann würde er mich wirklich umbringen. Die Folgen dafür wären ihm egal." „Ja, aber was hat den Angeklagten denn nun eigentlich so wütend gemacht, wenn es nicht der Kuss war, der beinah zwischen ihnen und seiner Frau stattgefunden hätte?", fragte der rechte Schöffe. Dirk schwieg. „Herr Richter, der Herr Mühlbach hat vorhin geäußert, dass sie seine Frau verletzt haben. Wie haben sie sie verletzt?" Erneut hielt Susanna die Luft an und erneut schielte sie zu Timm, aber nach wie vor war nichts Ungewöhnliches mehr in seinem Blick zu erkennen. Er schien sogar ganz leicht zu lächeln.

„Nun ja", stammelte Dirk, „ich habe mich nicht wirklich für die amerikanische Geschichte interessiert. Vielleicht hat sie das gekränkt." „Also haben sie sich mit der amerikanischen Geschichte bei Frau Mühlbach eingeschlichen. Weil sie sich nämlich sonst nicht im Geringsten für sie interessiert hätte. Richtig, Herr Richter?", fragte Werner Albrecht. „Ich gebe zu, ich habe damit versucht Punkte zu sammeln." Der dunkelhaarige Richter sah ihn ausdruckslos an. Susanna musste lächeln bei dem Gesichtsausdruck, der dem von Timm nun so ähnlich war. Dann rieb er sich über die Nase und schien anscheinend innerlich zu beschließen, dass er so nicht weiterkommen würde. „Danke, Herr Richter, sie können sich dann wieder auf ihrem Platz setzen", sprach er und Dirk stand auf und ging zu seinem Platz zurück. Eine Weile beugten sich die Richter über ihre Unterlagen, machten sich Notizen und dann sah der Dunkelhaarige wieder auf. Seine Stimme klang leise, ja beinah müde. „Dann rufe ich jetzt Susanna Mühlbach in den Zeugenstand."

Susanna hatte das Gefühl der Boden würde unter ihren Füßen schwanken, als sie langsam nach vorne ging. Ihr Herz schlug ihr bis zum Hals und in ihren Ohren vernahm sie ein seltsames Rauschen. Sie war glücklich den rettenden Stuhl bald erreicht zu haben. Unsicher setzte sie sich und rieb ihre feuchten Hände an ihrer Hose ab. Sie schielte zu Timm, aber dieser hatte seine Augen auf den Fußboden gerichtet und so sah sie zu dem Richter auf. Dessen warme, braune Augen lächelten sie beruhigend an. Er begann ihre Personalien vorzulesen, aber Susanna hörte gar nicht richtig hin. „Können sie die Angaben so bestätigen, Frau Mühlbach?", hörte sie den Richter fragen. Nun bislang waren seine Daten ja immer richtig gewesen, also antwortete sie zaghaft mit ja und schielte erneut zu Timm hinüber. Dieser nickte ihr kaum merklich zu, anscheinend waren die Angaben des Richters wohl richtig. „Frau Mühlbach, sie sind mit dem Angeklagten verheiratet und können somit auf Ihre Aussage verzichten. Wenn sie allerdings aussagen, dann muss ich sie darauf aufmerksam machen, dass sie vor Gericht die Wahrheit zu sagen haben." „Ja", antwortete sie leise. „Das heißt?", fragte der Richter. „Ich sage aus." Susannas Stimme war nicht zu hören und so räusperte sie sich und sprach es erneut. „Ja, ich will aussagen." „Schön, sie brauchen sich keine Gedanken zu machen, wir fressen niemanden", fügte der Richter hinzu. Sie lächelte ihn zaghaft an. „Den Tathergang haben wir ja nun schon von Herrn Mühlbach, sowie auch von Herrn Richter gehört. Ich denke nicht, dass wir ihn noch mal von ihnen hören müssen, es sei denn, sie haben die Geschehnisse völlig anders in Erinnerung." „Nein, es war so, wie die Beiden es geschildert haben." „Gut", der Richter beugte sich vor. „Ihr Mann hat gesagt, dass Herr Richter sie verletzt hat. Was haben sie dazu zu sagen?" Susanna stieg der Schweiß auf die Stirn. „Geht es ihnen nicht gut, Frau Mühlbach?" „Doch, doch es geht mir gut." „Was hat sie also verletzt?" „Dirk Richter hat mir vorgegaukelt, dass er sich für die amerikanische Geschichte interessiert." „Das hat sie so gekränkt, dass ihr Mann daraufhin so gewaltsam reagiert hat?" Fragend zog der Richter die Augenbrauen hoch. „Ja." Einen Augenblick herrschte betroffenes Schweigen. „Herr Vorsitzender, wenn ich mal das Wort ergreifen dürfte ...", sprach der Staatsanwalt. „Nein, das dürfen sie jetzt gerade nicht", unterbrach ihn der Richter und wandte sich erneut an

Susanna. „Frau Mühlbach", begann er, „wenn sie gerne aussagen wollen, dann müssen sie auch etwas deutlicher werden. Kein Mensch ist so stark verletzt, weil sich ein anderer nicht für amerikanische Geschichte interessiert. Was hat Herr Richter also wirklich gemacht?" „Ich ..., ich fühle mich mit der amerikanischen Geschichte verbunden", antwortete Susanna leise, den Blick nach unten gesenkt. „Was heißt das?" „Sie ist für mich mehr als bloße Geschichte, ich ... ich kann sie fühlen." „Was meinen sie damit, dass sie sie fühlen können?" „Ich fühle mich mit der damaligen Zeit verbunden." Einer der grauhaarigen Richter wollte das Wort erheben, aber der Dunkelhaarige hob seine Hand und brachte ihn damit zum Schweigen. Die Stimme des dunkelhaarigen Richters klang beinah fürsorglich. „Diese Zeit bedeutet ihnen also so viel, dass es anderen Menschen möglich ist, sie damit tief zu verletzen. Richtig?" Susanna nickte. Der Richter überlegte eine Weile und fuhr dann mit seiner Befragung fort. „Können sie uns diese tiefe Verbundenheit vielleicht noch näher beschreiben? Wissen sie, wir sind hier, um zu klären wie hoch die Strafe ihres Mannes ausfallen wird. Wir können das nur schwer klären, wenn wir seine Motive für ein so gewaltsames Vorgehen nicht verstehen."

Susanna sah ihn mit weit aufgerissenen Augen an und dann blickte sie erneut zu Timm. Seine Augen waren direkt auf sie gerichtet. Er sah sie beinah entsetzt an und ganz, ganz leicht schüttelte er den Kopf, deutete ihr an, dass sie nichts mehr sagen sollte. Er konnte es doch, dachte sie sich. Er konnte mit seinen Augen reden. Also musste er doch auch mit ihnen lesen können. Beinah flehend erwiderte sie seinen Blick und fragte stumm ´Wie soll ich dir helfen, wenn ich es nicht sage?´ Es funktionierte tatsächlich, deutlich antworteten seine Augen. ´Dann lass es!´ Erneut schoss ihr die ihm blühende Strafe durch den Kopf. Es hallte regelrecht in ihrem Inneren wieder. Fünf Jahre, vielleicht sogar zehn. ´Es tut mir leid, Timm. Aber ich kann nicht schweigen´, sprach sie nun zu ihm und umgehend schloss er seine Augen, richtete seinen Blick dann nach rechts und sah mit glasigen Augen ins Leere. Sie senkte ihren Blick wieder, direkt vor die Füße des Richters, die sie dort hinter dem hölzernen Tisch vermutete.

„Ich glaube an Reinkarnation", begann sie leise. Der gesamte Saal war ruhig. Dezent räusperte sich der Richter. „Sie glauben daran, dass sie schon einmal gelebt haben?" „Ja", klang nun Susannas Stimme etwas deutlicher. Sie wagte es nun nicht mehr zu Timm zu sehen. Sie hatte keine Ahnung, warum er nicht wollte, dass sie davon sprach. Es könnte aus Rücksicht ihr gegenüber sein. Genauso gut konnte es ihm schlichtweg peinlich sein, wenn sie so redete. So in der Öffentlichkeit. Eine Öffentlichkeit, in dessen Rampenlicht er ständig stand. Aber es war egal. Der Richter wollte seine Motive wissen und sie würde sie ihm nun sagen. Das Ziel vor Augen, Timms Haftstrafe soweit hinunter zu bekommen, dass sie erträglich wurde. Wenn er dann wieder frei war und sich eventuell ihrer schämte, so würde sie damit klar kommen müssen. Hauptsache er kam bald wieder frei!

„Ich glaube daran im 17. Jahrhundert gelebt zu haben und ich glaube daran, dass noch weitere Personen, die heute Leben, mit mir zusammen dort gelebt haben." Es folgte lautes Gemurmel im Saal. „Welche Personen haben denn mit ihnen in dem Jahrhundert gelebt, ihrer Meinung nach?", fragte der Richter. „Mein Mann", erneut folgte lautes Gemurmel. Der Richter zog die Augenbrauen hoch. „Wer war er denn damals?" „Mein Mann", antwortet Susanna erneut. „Und Herr Mühlbach? Glaubt er das auch?" Sie richtete ihren Blick auf den Richter. „Ich denke, er glaubt ebenfalls in der Zeit gelebt zu haben." Das Gemurmel im Saal wurde noch lauter. „Ich möchte sie bitten, etwas leiser zu sein", ermahnte der Richter und wandte sich dann wieder an Susanna. „Glaubt er ebenfalls daran, ihr Mann gewesen zu sein?" Jetzt sah sie doch wieder zu Timm hinüber. Seine Augen waren direkt auf ihre gerichtet, sein Blick mehr als nur feucht. Sie hielt seinem Blick stand, während sie antwortete. „Nein. Er glaubt, in der Zeit gelebt zu haben, aber er sagte immer, er war nicht mein Mann." Jetzt sah sie deutlich die Tränen in seinen Augen schwimmen und sie sah sein schweres Schlucken, seine

Bemühungen, seine Augen wieder in den Griff zu bekommen. Auch ihre Augen waren feucht und mit diesen feuchten Augen sah sie nun erneut den Richter an. „Wir haben schon oft darüber geredet und ich habe ihm gesagt, dass es mir egal ist, ob er es wirklich war oder nicht, aber anscheinend war es mir doch nicht egal." Sie rieb sich flüchtig über ihre Augen und sah dann wieder auf. „Denn Dirk Richter ließ mich glauben, dass er mein damaliger Mann war." Ihre Hand zitterte, als sie erneut über ihre Augen wischte. „Wie hat er sie denn glauben lassen, dass er ihr damaliger Mann war?", fragte der Richter.

„Großer Gott, was soll denn das?", rief nun Timm aus. „Herr Vorsitzender, wozu soll denn das gut sein? Ich habe ihn geschlagen! Ich wollte ihn umbringen! Was soll diese dusselige Fragerei an meine Frau? Geben sie mir die Strafe, die auf schwere Körperverletzung steht und gut!" „Herr Mühlbach, sie sind nicht dran." Timm wollte aufstehen, aber Werner Albrecht hielt ihn zurück. „Ich will das nicht!", rief Timm weiter. „Hören sie, ich will nicht, dass sie das alles erzählen soll! Sehen sie sie sich doch an. Warum wollen sie, dass sie sich so quält?" „Herr Mühlbach", der Richter wurde nun recht energisch, „ich will nicht, dass sie sich quält! Das Gericht hat ihr gesagt, dass sie das Recht hat die Aussage zu verweigern. Sie will aussagen! Wollen sie ihre Frau jetzt entmündigen lassen, oder was soll das werden?" Timm holte schwer Luft. Sein Anwalt beugte sich zu ihm vor und flüsterte ihm etwas ins Ohr. Timm sah deswegen nicht glücklicher aus und doch schwieg er nun, fuhr sich mit verzweifelter Geste durchs Haar. „Frau Mühlbach, wie hat Dirk Richter sie glauben lassen, dass er ihr damaliger Mann war?", setzte der Richter seine Befragung an Susanna fort. „Er hat gesagt, dass er sich, so wie ich, mit der amerikanischen Geschichte verbunden fühlt. Er hat gesagt, dass er glaubt damals gelebt zu haben." „Das reicht, damit sie ihm glauben?", fragte einer der grauhaarigen Richter und der Dunkelhaarige, deutete ihm aber an, dass er selber die Befragung fortführen wollte. „Er hat eine Tätowierung am Arm. Die eines Adlers und er hat mir genau gesagt, was ein Adler damals für die

Indianer bedeutet hat. Dass er weit sehen kann und er hat gesagt, dass auch er glaubt weit sehen zu können. Sehen zu können, bis über die Grenzen dieses Lebens hinaus." „Gut, das alles könnte sie ja glauben lassen, dass er damals gelebt hat. Aber warum als ihr Mann?" Susanna holte schwer Luft und ihre Stimme klang weinerlich laut, als sie weitersprach. „Ich weiß es nicht genau. Er hat irgendwie die nötige Ähnlichkeit zu dem damaligen Mann aufgebracht." Sie deutete in Timms Richtung. „Timm war nie da und er hat immer behauptet, dass er es nicht war. Dirk aber war ständig da und irgendwann habe ich die beiden verglichen. Ich fand die Ähnlichkeiten bei Dirk, aber nicht bei Timm und auf einmal habe ich mir Gedanken gemacht, was ist, wenn ich den falschen Mann an meiner Seite habe." Erneut sah sie zu Timm, aber jetzt sah er sie nicht an. Er hatte sein Gesicht in seine rechte Hand gestützt. Die Augen geschlossen. Der Richter ließ seinen Blick zwischen den Beiden hin und her gleiten. „Frau Mühlbach, wenn Sie lieber abbrechen möchten, dann ist das in Ordnung." „Nein", fuhr Susanna energisch auf. „Ich muss noch etwas sagen!" „Was denn?" „Mein damaliger Mann wurde von hinten erschossen und es wird behauptet, dass Wiedergeborene die Zeichen ihres früheren Todes tragen. Also ein Muttermal. Dirk hat das herausgefunden und nur deswegen hat er sich im Filmstudio das Muttermal machen lassen. Nur deswegen wollte Timm es sehen und hat es vor meinen Augen abgepult, damit ich sehen kann, was für ein Schwein er ist. Ein Schwein, das mit meinen Gefühlen spielt." Ihre Stimme wurde immer lauter. Die Tränen liefen ihr über ihre Wangen. „Es mag ja sein, dass ich verrückt bin, weil ich an so etwas glaube. Aber das gibt ihm noch lange nicht das Recht mit mir zu spielen. Timm glaubt vielleicht auch nicht alles, was ich sage und doch, würde er nie mit meinen Gefühlen spielen. Das Gegenteil ist der Fall. Er hat versucht mich zu schützen. Hat versucht mich zu verteidigen. Wenn hier jemand eingesperrt werden muss, dann Dirk Richter, weil er ein hinterhältiger Gauner ist und falls das nicht reicht, dann sperren sie mich ein, weil ich so verrückt bin und an so einen Kram glaube, und ...", ihre

Stimme wurde nun wieder leise, ihren Blick senkte sie
wieder auf den Boden, „weil ich Timm überhaupt erst
durch mein Misstrauen soweit gebracht habe." Der ganze
Saal war ruhig, selbst der Richter schien endlos lange zu
schweigen. Susanna konnte es nicht ertragen, sie traute sich
nicht wirklich und doch musste sie sehen, ob Timm sie
vielleicht doch wieder ansah. Beinah ruckartig versuchte sie
ihren Blick auf ihn zu lenken und als sie es endlich
geschafft hatte, sah sie direkt in seine grünen Augen.
Flehend sah sie ihn an. ´Bitte rede mit mir.´
Seine Antwort kam prompt. ´Ich liebe dich, Engelchen.´
Nun wusste sie, dass sie es richtig gemacht hatte, dass er sie
nur aus Sorge um sie von der Aussage abhalten wollte. Die
restliche Welt war ihm egal und das war das schönste
Geschenk, das er ihr machen konnte. Erneut wischte sie
sich mit ihrer Hand über die Augen, erneut richtete sie ihren
Blick auf den Richter.
„Mehr habe ich dazu nicht zu sagen." „Ich denke, das ist
auch ausreichend. Sie können wieder zu ihrem Platz
gehen." Sie hatte gar nicht bemerkt, wie sehr sie die
Aussage aufgeregt hatte. Sie hatte schon bemerkt, dass es
sie erregte, aber nicht so. Das Rauschen in ihren Ohren
wurde unerträglich, als sie nun wankend von ihrem Stuhl
aufstand. Sie konnte sehen, wie ihr Blickwinkel immer
kleiner wurde und sich bunte Kreise darin vermischten.
´Fall jetzt bloß nicht um, Susanna´, sprach sie zu sich selbst
und hoffte inständig, dass sie es bis zu ihrem Platz schaffen
würde, aber sie schaffte es nicht. Sie hörte, wie Timms
Stuhl umfiel und dann war er auch schon neben ihr, hielt sie
fest. „Ganz ruhig", flüsterte er in ihr Ohr, „ich halte dich,
dir kann nichts passieren." „Soll ich einen Arzt rufen?",
hörte sie den Richter fragen und dann Timms energische
Stimme. „Sie braucht keinen Arzt." Dann hörte sie seine
Stimme erneut an ihrem Ohr. „Ganz ruhig. Einatmen,
ausatmen, einatmen und ausatmen." Sie passte sich seinem
Rhythmus an und konnte spüren, wie ihre Sinne wieder
zurückkamen. Sie hob ihre Hand und legte sie an seinen
Brustkorb, konnte spüren, dass er genau den gleichen
Rhythmus atmete und konnte seinen Herzschlag energisch

dahinter wahrnehmen. Dann sah sie ihn an. Sein Blick war prüfend und liebevoll zugleich. „Geht's wieder?", fragte er leise. „Ja." „Herr Vorsitzender, darf ich meine Frau zu ihrem Platz bringen?", wandte er sich an den Richter. „Ja, machen sie das." Er führte sie zu ihrem Platz und ganz leise flüsterte er in ihr Ohr, während sie sich setzte. „Ich liebe dich, Engelchen." Dann ging er zu seinem Platz zurück, während nun der Staatsanwalt seine Stimme wiedergefunden hatte.

„Was für ein glänzender Auftritt. Die beiden sind wahrscheinlich extra in die Berge gefahren, um dieses Schauspiel zu trainieren."

Susanna hatte Mühe, den weiteren Zeugenaussagen noch zu folgen, so sehr hatte sie ihre eigene Aussage aufgeregt. Zuerst wurde ihre Tante Thea aufgerufen, die Adoptivmutter von Dirk. Auch sie wurde darauf aufmerksam gemacht, dass sie nicht auszusagen brauchte, auch sie wollte aussagen. „Wie schätzen sie ihren Sohn denn ein Frau Richter, hat er die Geschehnisse am 29. November eventuell mitverschuldet?" „Nun ja, das glaube ich eigentlich kaum. Er ist ein ruhiger, junger Mann. Nie hat er Probleme mit Schlägereien gehabt." Hörte Susanna ihre Tante sprechen und kurz darauf ihren Onkel Paul. „Er wohnt nicht mehr bei uns. Eigentlich habe ich ihn seit Jahren nicht gesehen. Damals war er zwar ruhig, aber Probleme? Nein, Probleme hatten wir nie mit ihm." „Trauen sie es ihm denn zu, dass er andere auf seelischer Ebene quält?", fragte einer der Schöffen. „Nein." Dann kam Richard Mühlbach, der, wie kurz zuvor Thea und Paul Richter, zu Susannas Erleichterung, nur Positives über seinen Sohn zu berichten hatte. Wo sie doch insgeheim schon befürchtete, er würde erwähnen, dass Timm eventuell krank war. Aber nichts dergleichen sagte er. Nie hat er sich bislang in seinem Leben ernsthaft geschlagen. Auf die Frage hin, was denn der Ausdruck ´ernsthaft´ bedeutete, berichtete Richard, dass es eventuell mal Raufereien in seiner Kindheit gegeben hat. Nichts von Bedeutung und für einen heranwachsenden Jüngling durchaus normal. Er betonte in welch guten Verhältnissen Timm bei ihm aufgewachsen ist und auf die bohrenden Fragen, ob er sich ohne eine Mutter im Haus überhaupt vernünftig entwickeln konnte, lachte Richard Mühlbach auf. „Es hat ihm an nichts gefehlt. Ich hatte eine Haushälterin die quasi zur Familie gehörte und die den Part der Mutter, zusammen mit den Großmüttern übernommen hat. Sie hat ihn ins Bett gebracht, ihm Geschichten erzählt und ihn umarmt und geküsst, als wäre es ihr eigener Sohn. Auch später konnte er sich zu jeder Zeit an sie wenden, wenn er Probleme hatte, die er nicht mit einem Mann besprechen wollte." Die Richter nickten ihm zu und entließen ihn wieder. Dann kamen Susannas Eltern an die Reihe. Susanna hatte keine Bedenken, was die Aussage ihres Vaters betraf, allerdings zweifelte sie stark daran, dass die Aussage ihrer Mutter für Timm wirklich hilfreich war. Eine Sorge, die sich dann auch durchaus als gerechtfertigt herausstellte. „Was können sie über Ihren Schwiegersohn denn so berichten, Frau Niemann?" „Nun ja", Anneliese blickte zu Timm hinüber. „Ehrlich gesagt, nicht viel. Ich finde ihn nett und er ist charmant. Aber ob er gewalttätig ist?" Sie zuckte mit den Schultern. „Susanna hat nie etwas dergleichen erzählt, aber er ist halt ein ruheloser Mann." Susanna atmete schwer durch bei dieser Bemerkung, was um Himmels willen hatte das eine mit dem anderen zu tun? „Wie meinen sie das ´ruhelos´?", hakte auch sofort einer der grauhaarigen Richter ein und ihre Mutter zuckte mit den Schultern. „Immer unterwegs. Susanna hat ihn in Indien aufgegabelt. Indien ist ein wildes Land, vielleicht hat er sich auch dort schon geschlagen. Woher soll ich das wissen?" Sie blickte zu Timm hinüber, bevor sie weitersprach. „Den Rest kennen sie ja. Er ist nach Deutschland zurückgekehrt, hat meine Tochter geheiratet und dann diese Karriere gestartet." Erneut sah sie den Richter an. „Keine Ahnung, ob man sich in der Branche auch ab und zu schlägt." Sie beugte sich zu dem Richter vor. „Aber Drogen ..., Drogen nehmen doch viele dieser Leute, eventuell hat er ja auch mal welche genommen. Das soll doch den Charakter so verändern."

Susanna verdrehte die Augen. Wer um alles in der Welt hatte diese dusselige Kuh in den Zeugenstand gelassen? Dann war sie auch endlich wieder draußen und der Stuhl in der Mitte wurde durch ihren Vater besetzt. Er berichtete nur positiv von Timm, so wie Susanna es auch erwartet hatte. Er wäre zwar selten zu Hause, aber dennoch könnte er sich keinen besseren Ehemann für seine Tochter vorstellen. Es wäre eine Liebe, um die sie von so manch einem beneidet würden und das wahrscheinlich auch von Dirk. Dirk, der nach Harald Niemanns Aussage sein eigenes Leben nicht auf die Reihe bekam. Nicht mit und nicht ohne Frau an seiner Seite. Zuletzt stand Henry Marten auf der Matte. Er war eigentlich mehr darüber erzürnt, dass Timms Karriere ins Stocken geriet, als darüber, dass er einen Menschen brutal zusammengeschlagen hatte. Auf die Frage, ob er Timm Mühlbach als gewalttätig einstufte, schüttelte er energisch den Kopf. „Gewalttätig? Timm? Niemals! Und ich muss es schließlich wissen, ich bin bald mehr mit ihm zusammen als seine Frau."

Dann war es vorbei. Es war viel zu spät geworden, als dass die Zeugenaussagen bereits heute hätten beendet werden können und so wurde alles weitere auf den morgigen Tag vertagt. Timm durfte nach Hause und erneut zwangen sie sich durch die Menschenmengen vor dem Gerichtsgebäude und müde und kaputt waren sie etwas später wieder in ihrem Haus. Es war bereits halb zwölf in der Nacht, als Susanna aus dem Bad kam und auf das Bett zusteuerte, aber Timm war noch nicht im Schlafzimmer angekommen. Sie legte sich hin und wartete. Die Augen auf die Zimmerdecke gerichtet, versank sie in ihren Gedanken. Hörte, in ihrem inneren Ohr, alle Zeugenaussagen erneut und sah die Bilder vor ihrem inneren Auge vorbeiziehen. Dann setzte sie sich auf. Die Uhr zeigte ihr, dass es nun bereits halb zwei war und unruhig stand sie auf und suchte nach ihm. Er saß im Wohnzimmer auf der Couch. Im Dunkeln. Seinen Blick hatte er durch die großen Fensterscheiben in den ebenfalls dunklen Garten gerichtet. Langsam ging Susanna auf ihn zu und blieb direkt hinter ihm stehen. Sie hatte keine Ahnung, ob er sie bemerkt hatte und deswegen berührte sie nur ganz zaghaft mit ihren Händen seine Schultern, massierte ihn leicht. Er erschreckte sich nicht, also hatte er sie bemerkt und langsam hob er seine Hand, um nach ihrer zu greifen, lehnte seinen Kopf ebenfalls in die Richtung. Sie beugte sich zu ihm hinunter und küsste ihn zart auf seinen Hals. Ein schwaches Lächeln umspielte sein Gesicht.

„Es ist schon seltsam, Engelchen", begann er zu sprechen. „Ich habe immer gesagt, dass mir die Folgen für mein Verhalten egal sind. Sie sind es auch und ... ich würde es immer wieder tun, wenn dich jemand noch einmal so verletzt." Er zog ihre Hand zu seinem Mund und küsste sie kurz, ohne seinen Blick nach draußen abzuwenden.

„Trotzdem, Susanna, jetzt habe ich Angst", flüsterte er weiter, „ich habe Werner Albrecht gesagt, dass ich meine Strafe sofort nach der Bekanntgabe antreten werde. Das heißt, ich werde morgen Abend nicht mehr hier sein. Das heißt, ich werde eventuell sehr, sehr lange nicht mehr hier sein." Er lachte ironisch auf. „Und nun sitze ich hier wie ein kleiner Junge und habe eine Scheißangst vor dem was mir bevorsteht." Susanna umarmte ihn von hinten und drückte ihren Mund an sein Ohr. „Es tut mir so leid, Timm."

„Braucht es nicht. Du hast dein bestmögliches getan, um meine Haftstrafe zu verringern. Du hast mich davon abgehalten ihn umzubringen. Wärest du nicht dazwischen gegangen und hättest an meinem Arm gezogen und auf mich eingeschrien. Ich hätte es getan. Ich hatte mich nicht mehr unter Kontrolle, Susanna. Ich war wie im Wahn und ich weiß, dass dieser Wahnsinn nicht eher aufgehört hätte, bis er sich nicht mehr unter mir bewegt hätte. Bis er nicht mehr geatmet hätte. Allein dafür verdiene ich die Strafe. Ich weiß das. Und du hast noch mehr für mich getan. Du hast dein Innerstes für mich der Öffentlichkeit preisgegeben. Nur damit die Menschen verstehen können, was in mir vorging. Nur damit sie es vielleicht verstehen und die Strafe nicht ganz so hoch ausfällt." „Ich hatte Angst, dass du mich dafür hassen wirst, wenn alle Welt weiß, was für eine verrückte Frau du hast." Er schaute immer noch in den Garten. „Nein", antwortete er leise. „Du hättest mir keinen größeren Liebesbeweis erbringen können." Sie stand immer noch hinter ihm, schaute nun selber über ihn hinweg in den Garten hinaus. „Susanna." „Ja?" „Ich werde heute nicht zu dir ins Bett kommen." Sie schluckte schwer. „Dachte ich mir schon." Er schloss die Augen und lehnte seinen Kopf zurück an ihren Bauch. „Ich kann es nicht", flüsterte er rau, „ich kann nicht bei dir liegen, mit dem Wissen, dass es eventuell für Jahre das letzte Mal ist. Ich kann nicht, ich kann einfach nicht." „Es ist gut, Timm", beruhigend verstärkte sie den Druck ihrer Hände an seinen Schultern. „Ich kann dich verstehen." Erneut öffnete er die Augen und sah mit feuchtem Blick hinaus. „Womit habe ich dich verdient, Engelchen? Du scheinst mich immer irgendwie zu verstehen." Sie lachte. „Du mich doch auch. Du wirst jetzt sicherlich auch verstehen, dass ich nicht ohne dich nach oben gehen werde." „Wirst du nicht?" „Nein." Sie ließ ihn los und ging um das Sofa herum, um sich neben ihn zu setzten. „Ich bleibe hier und sehe mit dir in den Garten." „Die ganze Nacht?" „Die ganze Nacht!" Er ließ seinen Körper weiter nach unten rutschen, so dass er seinen Kopf an die Lehne lehnen konnte und nahm ihre Hand. „Das ist schön", sprach er leise.

„Sie heißen Riccardo-Emil Jeremiz, geboren am 14.09.1967 in Barcelona, wohnhaft zurzeit in Berlin. Können sie das so bestätigen?" „Ja", nickte Riccardo. „Sie sind mit dem Angeklagten befreundet?" „Ja."

Erneut ging die Befragung weiter. Susanna saß wieder auf ihrem Platz und blickte in regelmäßigen Abständen zu Timm hinüber. Er hatte tiefe Augenringe im Gesicht und es war deutlich zu erkennen, dass er die letzte Nacht nicht geschlafen hatte. Dann sah sie wieder nach vorne und lauschte der Befragung. Es war eigentlich immer dasselbe und letztendlich fragte sie sich, was sich das Gericht von der Anhörung der ganzen Menschen überhaupt versprach. Sie waren alle nicht dabei gewesen. Kannten alle entweder nur Timm oder nur Dirk. Nach Riccardo folgte Bianca, nach Bianca ein junger Mann namens Bernd Fartenmeyer, ein Freund von Dirk. Dann wieder Freunde von Timm und erneut Freunde von Dirk. Immer war es das Gleiche. Timms Freunde äußerten sich wohlwollend über Timm und Dirks Freunde wohlwollend über Dirk. Auf die Fragen hin, was sie von dem jeweils anderen wüssten, antworteten alle mit ´Nichts´. Trotzdem wurden sie alle zur Zeugenaussage aufgerufen. Zu den bereits genannten kam auch noch Jennifer Pohlmann. Letztere besser bekannt unter dem Namen Jenna. Und dann war es anscheinend vorbei, so dachte es sich jedenfalls Susanna. Sie dachte es solange bis Werner Albrecht sich von seinem Platz erhob und das Wort ergriff.

„Herr Vorsitzender, ich möchte gerne noch einen weiteren Zeugen vernehmen." „Einen weiteren? Ich habe keinen Weiteren auf meiner Liste." „Ich wusste nicht, ob er wirklich kommen kann, aber ich halte ihn für durchaus wichtig." Der Richter zog die Augenbrauen hoch. „Und warum?" „Nun ja", begann Werner Albrecht mit seinen Ausführungen. „Außer Dirk Richter und Timm und Susanna Mühlbach war niemand von den Befragten bei dem Geschehen am 29. November dabei." „Ihr Zeuge kann auch nicht dabei gewesen sein, Herr Verteidiger. Die drei waren nämlich definitiv alleine", rief der Staatsanwalt dazwischen. „Das ist richtig", bestätigte Werner Albrecht völlig ruhig. „Es ist aber auch so", wandte er sich nun wieder direkt an den Richter, „dass, bis auf die direkte Verwandtschaft, alle Zeugen entweder nur Dirk Richter oder Timm Mühlbach kannten. Nicht einer kannte beide zusammen. Mein Zeuge hingegen kennt sie beide und somit ist er wichtig für diese Verhandlung." Susanna sah fragend nach vorne und Timm sah nun erstaunt zu seinem Verteidiger auf. „Bitte treten sie mit den Unterlagen des Zeugen hervor", forderte der Richter auf und Werner Albrecht trat nach vorne und überreichte die Unterlagen. Der Richter blätterte darin herum. „Danke, sie können sich setzen." Dann reichte er die Unterlagen an die anderen Richter weiter und nach einer kurzen Beratung nahm er sie wieder in Empfang. „Das Gericht erklärt sich für die Aussage eines weiteren Zeugen bereit. Ich nehme an, er wartet bereits draußen?" „Ja, er ist draußen", bestätigte Timms Verteidiger. „Gut, dann rufe ich jetzt Fred Wagener in den Zeugenstand."

Susanna blickte erstaunt zu Timm und auch Timms Gesichtsausdruck war mehr als nur erstaunt.

Ihr Exfreund.

Sie hatte sich nach ihrem Unfall von ihm getrennt. Hatte sich von ihm getrennt, weil sie sich in ihren Komaträumen so stark in einen anderen Mann verliebt hatte, dass sie keine Liebe mehr zu Fred empfinden konnte. Zusätzlich konnte sie sich, obwohl sie sich bis heute immer noch nicht wirklich an ihr Leben vor dem Unfall erinnern konnte, daran erinnern, dass er sie betrogen hatte.

Sie drehte sich um als die Tür hinter ihr geöffnet und Fred erneut aufgerufen wurde. Ihr sowieso schon blasses Gesicht wurde nun noch blasser, als sie ihn sah. Er war wesentlich attraktiver, als sie ihn in Erinnerung hatte. Groß und dunkelhaarig trat er durch die Tür. Seine klaren blauen Augen blickten direkt nach vorne zu dem Richterpult, als er an ihr vorbeiging. Sie konnte sein Aftershave riechen und sie sah seine elegante Kleidung. Ein Geschäftsmann wie er im Buche stand. Die Haare trug er etwas länger als damals. „Bitte setzten sie sich, Herr Wagener", forderte der Richter ihn auf. „Sie sind ...", er blickte auf seine Unterlagen,

„Fred Wagener, geboren am 13. Juni 1968 in Berlin, wohnhaft zurzeit in Frankfurt. Sie sind verheiratet und haben zwei Kinder. Richtig?" „Richtig", antwortete Fred klar und deutlich.

Frankfurt? Verheiratet? Zwei Kinder?

Susanna glaubte ihren Ohren nicht zu trauen.

„Schön, dass sie die Zeit gefunden haben für die Verhandlung nach Berlin zu kommen", bemerkte der Richter. „Sie sind, wenn ich das den Unterlagen hier richtig entnehme, der Exfreund von Frau Mühlbach, richtig?" „Richtig." „Gut. Sie kennen auch den Angeklagten Timm Mühlbach?" „Ja." Fred richtete seinen Blick nun kurz auf Timm und dann wieder zu dem Richter zurück. „Er war damals Krankenpfleger in dem Krankenhaus, in welchem meine damalige Freundin lag." „Wie gut haben sie ihn kennengelernt?" Erneut sah Fred ihn kurz an. „Wir sind nie Freunde geworden, aber das war auch nie eine Frage gewesen. Ich habe ihn ausschließlich als Krankenpfleger kennengelernt und ich war beeindruckt über das, was er für Susanna getan hat." „Was hat er denn für sie getan?", fragte der linke Schöffe. „Er hat sie gepflegt. Meistens hat er die Nachtschichten übernommen. Er war gut. Er hat ihr sogar die Magensonde gelegt." „Die was?", fragte der dunkelhaarige Richter. „Eine Kanüle, durch die Komapatienten ernährt werden können", fügte er hinzu. „Wenn sie das genau wissen wollen, sollten sie den Angeklagten selber fragen, ich kenne mich damit nicht aus." „Ich weiß was eine Magensonde ist. Ich nehme an sie war nicht ansprechbar?" Fred nickte. „Sie lag im Koma. Sie hatte einen Autounfall. Wie schon gesagt, Herr Mühlbach hat ihr diese Sonde gelegt und er hat sie mit den anderen Schwestern gepflegt." „Wie weit sind sie mit Timm Mühlbach in der Zeit in Kontakt getreten?" „Im Grunde nicht allzu viel. Ich bin eher der stille Beobachter. Am Anfang habe ich ihn kaum zur Kenntnis genommen, doch irgendwann sprach er mich an. Er hat mich gebeten Musik für Susanna mitzubringen. Ich wollte von ihm wissen, ob sie die Musik denn hören kann und er antwortete, dass er das nicht weiß, aber vielleicht würde sie alles hören.

Ab da ist er mir aufgefallen." „In wie fern?", fragte der Richter. „Ich habe ihn beobachtet. Habe beobachtet wie er mit Susanna umging und ... ich habe ihn dafür bewundert." Susannas Augen wurden groß. Sie blickte von Fred zu Timm, aber Timm hatte seinen Blick ausschließlich auf Fred gerichtet. Fred sprach derweil weiter. „Er hat mit ihr geredet, als wäre sie wach. Er hat ihr Dinge erzählt, auf die ich nie gekommen wäre. Ich selber hatte wahnsinnige Angst sie überhaupt anzusprechen, hatte Angst sie zu berühren. Er hat sie berührt, hat sie gestreichelt, ihr erzählt, wie das Wetter draußen ist und ihr erzählt, was er den ganzen Tag so gemacht hat. Nie wäre ich darauf gekommen ihr einfach zu erzählen, was ich den ganzen Tag so gemacht habe und vor allem hätte ich es nie so erzählt." „Wie hat er es denn erzählt?" Fred zuckte mit den Schultern. „Er hat ihr jedes Detail erzählt und wenn es nur die Beschreibung einer fremden Frau war, die er kurz zuvor auf der Straße gesehen hatte. Ich habe es einmal gehört. Er hat gelacht und gesagt, dass sie unmöglich angezogen war. Dann hat er Susanna die Kleidung der Frau beschrieben und irgendwann wurde seine Stimme leiser und sanfter. ´Würdest du dich jemals so anziehen?´, hat er sie gefragt. ´Ich hoffe doch wohl nicht.´ Wie schon gesagt, er hat mit ihr so normal geredet ... ich fand das sehr beeindruckend." „War er nur zu ihrer Freundin so? Oder war er generell so?", fragte der rechte Schöffe. „Er war generell so. Wie schon gesagt, ich habe ihn beobachtet. Er hat sich wunderbar um die schwerkranken Menschen dort gekümmert. Mein Eindruck ist, dass man ihn schon sehr reizen muss, damit er das tut, weswegen er jetzt hier vor Gericht steht." „Donnerwetter", murmelte Susanna entgeistert. Fred blickte wieder zu Timm, als er weitersprach. „Ich habe ihn einmal erwischt, wie er vor der Tür des Arztes stand. Er hat gelauscht", erklärte Fred weiter, ohne seinen Blick von Timm zu lassen. Auch Susannas Blick glitt dabei zu Timm rüber und auf einmal sah sie eine Veränderung in seinen Augen, während dieser den Blick Freds erwiderte. Irgendetwas war anders. Timms Blick wirkte wesentlich intensiver und genauer. Als würde er Fred genauestens mustern, um dann plötzlich unruhig über den Tisch vor sich zu sehen, während er sich zeitgleich mit seiner Hand über den Mund strich. Plötzlich sah er sie an und sie zog wie zur Frage die Augenbrauen hoch. Aber er antwortete nicht. Sie konnte seinen Blick überhaupt nicht deuten, während die Stimme des Richters ihre Aufmerksamkeit wieder auf den Prozess lenkte.

„Gelauscht?", fragte er. „Ja", erklärte Fred weiter, „Harald und Anneliese Niemann waren bei dem Arzt und haben über ihren Zustand gesprochen."

Leicht lachte Fred nun auf. „Und Timm stand an der Wand gelehnt, traute sich kaum zu atmen, damit er auch jedes Wort verstand, was sie sagten und blickte geradezu erschrocken auf, als er mich sah. Da wusste ich, dass er sie liebt." „Das fanden sie dann aber sicherlich nicht so gut, oder?", fragte einer der grauhaarigen Richter. Fred sah ihn an. „Das ist Schnee von gestern. Natürlich fand ich es nicht gut, aber heute? Sie wissen, sie sind verheiratet und ich denke, dass es gut ist, so wie es ist. Wenn ich ehrlich bin ...", erneut richtete er seinen Blick auf Timm, „dann wusste ich damals schon, dass auch Susanna sich umgehend in ihn verlieben würde, wenn sie wach werden würde." Susanna musste lächeln bei Freds Worten. „Sie spüren keinen Hass auf Herrn Mühlbach? Obwohl er ihnen Ihre Freundin ausgespannt hat?", fragte der eine Schöffe nun wieder. „Nein, er hat sie mir ja auch gar nicht ausgespannt. Er ist nach Indien gegangen noch bevor sie wach wurde. Sie ist ihm gefolgt. Das zwischen uns war längst vorbei, als sie ihm folgte. Warum sollte ich ihn also hassen? Er hat nichts gemacht, was unsere Beziehung gefährden könnte. Er hat sie heimlich und für sich ganz alleine geliebt." Erneut blickte Susanna zu Timm. Er hatte seinen Arm auf dem vor ihm stehenden Tisch aufgestützt und fuhr sich mit seiner Hand durchs Haar, während er dann kurz ein paar Worte mit seinem Anwalt wechselte. Susanna blickte zurück zum Richterpult. „Gut", sprach dieser weiter, „sie kennen auch Dirk Richter?" „Ja, er ist der Adoptivsohn von Susannas Tante und ihrem Onkel." „Wie gut kennen sie ihn?" Fred blickte nun zu Dirk. „Mir wäre es lieber, ich hätte ihn nie kennengelernt. Das, was ich von ihm weiß, reicht aus, um ihn eigentlich nie wieder sehen zu wollen. Aber wenn es der Sache hilft, dann sehe ich mir seine Visage gerne noch mal an." „Mir scheint", bemerkte der Richter, „sie hassen nicht Timm Mühlbach, obwohl er jetzt mit ihrer Exfreundin verheiratet ist, aber statt dessen hassen sie Dirk Richter. Können sie uns das erklären?" Susanna konnte Freds Augen nur etwas sehen, während er seinen Blick auf Dirk gerichtet hatte, aber es reichte aus, um den Hass zu sehen, der sich in diesem Blick widerspiegelte. „Er war solange ich denken kann scharf auf Susanna", sprach er mit drohender Stimme. „Und im Gegensatz zu Timm Mühlbach hat er nichts unversucht gelassen, um in ihre Nähe zu gelangen." „Was hat er denn gemacht?", fragte der Richter. „Er ist ständig bei ihren Eltern aufgetaucht, hat sie belämmert, dass sie doch mal mit ihm Essen gehen sollte. Er hat mich bei ihr schlecht gemacht und sich als den ganz Tollen dargestellt. Irgendwann hat er ihr Auto manipuliert, so dass der Wagen nicht starten konnte. Ganz zufällig kam er den Tag vorbei und ganz Gentleman brachte er ihr Auto zum Laufen." „Woher wissen sie, dass er den Wagen manipuliert hat?" Fred sah wieder zum Richter. „Ich selber habe ihr den Wagen gebracht, damit sie den nächsten Tag damit zur Uni fahren konnte. Der Wagen lief tadellos und als ich zu Fuß zur Bushaltestelle ging, habe ich ihn in den Büschen gesehen. Ich weiß ja nicht wie es anderen geht, wenn sie Menschen in den Büschen sehen, aber mich macht das misstrauisch. Also habe ich meinen Bus fahren lassen und habe ihn beobachtet. Er hat sich an dem Wagen zu schaffen gemacht und ist dann gegangen. Am Morgen darauf, ich muss das jetzt leider zugeben, war ich derjenige der in den Büschen saß und ich habe gesehen, wie Susanna zu dem Wagen ging und als sie fluchend ausstieg, stand er auch schon, wie von Zauberhand, neben ihr." Fred grinste zu Dirk hinüber. „Ein richtiger Held halt!" Susannas Augen wurden mehr als groß bei Freds Schilderungen. Davon hatte ihr niemand etwas erzählt und daran konnte sie sich auch nicht erinnern. „Und wie ging es dann weiter?", fragte der rechte Richter. „Ich bin aus meinem Versteck gekommen, um ihn zu verprügeln." „Ach, sie wollten ihn auch verprügeln?" „Ja." „Und haben sie ihn verprügelt?" „Nein, dieses Arschloch hielt mir ein Messer an die Kehle. Da zog ich es vor, mit Susanna im Haus zu verschwinden." „Was hat denn Frau Mühlbach dazu gesagt?" „Sie war außer sich. Sie wollte ihn nie mehr sehen." „Ach, tatsächlich?", fragte der Richter ungläubig. „Und jetzt? Hat sie etwa vergessen, was er damals gemacht hat, oder warum hat sie ihn jetzt in ihre Wohnung gelassen?" Eine Weile schwieg Fred und seine Stimme war um einiges leiser, als er weitersprach. „Ja, sie hat es vergessen." „Das glauben sie doch selber nicht", bemerkte nun wieder der grauhaarige Richter. „Vielleicht sollten sie mal den Arztbericht von Susanna Niemann anfordern", antwortete Fred barsch. „Sie hat es vergessen. Sie hat alles vergessen nach ihrem Unfall. Sie wusste weder wer ihre Eltern sind, wer ihre Freunde und wer ich bin. Sie wusste nicht einmal, wer sie selber ist und dann soll sie sich ausgerechnet an ihn erinnern?" Mit seinem Finger deutete er kurz in Dirks Richtung. „Das haben wir nicht gewusst", fuhr nun wieder der dunkelhaarige Richter fort. Fred redete weiter. „Dieser miese Kerl hat sich, wie eine Schmeißfliege, umgehend wieder nach ihrem Unfall bei den Niemanns blicken lassen. Er wollte ihren Gedächtnisverlust für sich ausnutzen." „Herr Wagener", begann nun wieder der Grauhaarige, „können sie mir vielleicht mal erklären, warum sie es Frau Mühlbach nicht erzählt haben? Dann wäre das alles doch gar nicht passiert." „Es gibt Kliniken, Herr Vorsitzender. Kliniken, in die sie gehen können und mal schauen können, wie Patienten ohne Gedächtnis so sind. Es wäre sicherlich eine interessante Erfahrung für sie." Susannas Augen wurden feucht, als sie dem allen zuhörte und sie nahm deutlich die Veränderung in Freds Stimme wahr. „Menschen, die plötzlich wach werden und nichts mehr wissen, die niemanden mehr kennen, die können sie mit einer Schildkröte ohne Panzer vergleichen. Sie sind allem und jedem hilflos ausgeliefert. Können sie sich das vorstellen?", fragte er den Richter, aber der antwortete

nicht. „Nein? Dann erkläre ich es ihnen. Woher wollen sie wissen, wenn sie nichts mehr wissen, welcher Mensch für sie gut ist und welcher schlecht? Niemanden können sie vertrauen und doch müssen sie irgendjemandem vertrauen, damit sie sich nicht umgehend selber umbringen. Also gehen sie nach ihrem Gefühl, versuchen auf ihr Gefühl zu hören, das ihnen sagt, dem Menschen können sie glauben und dem nicht. Sie hören auf ein Gefühl, das genauso verwirrt ist wie der gesamte Mensch. Was bitteschön soll dabei herauskommen?" Fred senkte seinen Blick und fuhr sich mit der Hand durch sein dunkles Haar. Seine Augen waren feucht, als er wieder aufsah und leise weitersprach. „Ich habe sie betrogen, vor ihrem Unfall. Nur deswegen ist dieser Unfall überhaupt passiert. Dieser Unfall war das Erste und soweit ich weiß, das Einzige, an das sich Susanna plötzlich erinnern konnte. Der Unfall und die Geschehnisse kurz davor, als sie mich zusammen mit einer anderen erwischt hat." Er lachte gequält auf. „Somit gehörte ich nicht mehr zu den Personen, denen sie vertrauen konnte. Was hätte ich ihr über Dirk erzählen sollen? Ausgerechnet ich?" Er schüttelte mit dem Kopf. „Ich habe ihr erzählt, dass er schwul ist. Das war das Einzige, was ich ihr gesagt habe. Ich habe es gesagt, in der Hoffnung, dass sie das abschreckt oder zumindest glauben lässt, dass er nie irgendwelche Absichten an ihr hegt. Es war ein billiger und einfacher Versuch sie vor diesem Arschloch zu retten." Der gesamte Saal war ruhig und Susanna wühlte nach ihrem Taschentuch, während ihr die ersten Tränen direkt auf die Hand tropfen, so sehr nahm sie seine Aussage mit. Sie konnte durch Freds Aussagen die damalige Hilflosigkeit in sich spüren und obwohl er sie betrogen hatte, tat er ihr nun auf einmal unwahrscheinlich leid.
„Ich denke wir haben keine weiteren Fragen", wollte der Richter abschließen, aber Fred hob kurz die Hand. „Ich möchte noch etwas sagen, Herr Vorsitzender." „Bitte", nickte der Richter ihm zu. „Würde er das, was er jetzt erneut mit Susanna gemacht hat, mit meiner Frau machen, ich wäre nicht so rücksichtsvoll gewesen wie Timm Mühlbach. Ich schwöre ihnen, Ich hätte ihn umgebracht."

Der Richter räusperte sich dezent. „Danke, Herr Wagener, sie können dann gehen." Fred stand auf, ließ seinen Blick nochmal zu Timm gleiten und verließ dann den Saal. Susannas Blick blieb auf Timms hängen, dessen Augen, ebenfalls feucht, Fred hinterherblickten.

Es folgte eine einstündige Pause. Timm verschwand mit seinem Anwalt und Susanna wartete die Zeit im Gang ab. Sie verzog sich zwischen den Menschenmengen, als sie ihre Mutter auf sich zukommen sah. Sie wollte nicht mit ihr reden. Mit niemandem wollte sie reden. Immer wenn sie bekannte Gesichter sah, verkrümelte sie sich dezent. Selbst bei Bianca. Sie tat es so lange, bis die Gerichtsverhandlung weiterging.

Die Richter blätterten in ihren Unterlagen und dann sah der Dunkelhaarige endlich auf. „Herr Staatsanwalt, ich erteile ihnen das Wort." Der Staatsanwalt erhob sich langsam. „Danke, Herr Vorsitzender." Er war genauso unsympathisch wie Dirk. Seine dunklen Haare waren größtenteils bereits mit grauen Haaren durchzogen und sie wirkten etwas schmierig. Sein Anzug war zerknittert und unter seinem Jackett erhob sich ein kleiner Bierbauch. Auch er blätterte nun in seinen Unterlagen, sah endlich auf und begann zu sprechen.

„Ich bin gerührt von dem, was ich hier alles gehört habe. Gerührt von den emotionalen Auftritten hier im Saal." Seine Ironie war nicht zu überhören. „Aber, hohes Gericht, wir sind uns wahrscheinlich im Klaren darüber, dass das alles hier nicht von großer Bedeutung ist. Ich gehe sogar so weit zu behaupten, dass alles hier ein abgekartetes Spiel war. Ich möchte Frau Mühlbach mein Bedauern darüber aussprechen, was sie durchgemacht hat und dennoch, für diesen Fall ist es bedeutungslos. Natürlich sprechen die Verwandten und Freunde von Timm Mühlbach ausschließlich gut von ihm. Sie sprechen so, weil sie seine dunkle Seite nicht kennengelernt haben. Aber Herr Richter hat sie kennengelernt. Oft habe ich hier gehört, was für ein guter, fürsorglicher Mensch er ist, aber Tatsache ist, dass er wegen Körperverletzung angeklagt ist. Eine Straftat, die er gestanden hat! Die er tatsächlich begangen hat! Ich denke, in Anbetracht des Arztberichtes bezüglich Herrn Dirk Richter können wir von einer Bestrafung wegen gefährlicher Körperverletzung gemäß Strafgesetzbuch §224 absehen, denn der Angeklagte hat keine Hilfsmittel verwendet. Er hat kein Gift benutzt, keine Waffe usw. Wovon wir aber keinesfalls absehen können ist die schlichte Körperverletzung gemäß Strafgesetzbuch §223. Timm Mühlbach hat Dirk Richter körperlich misshandelt und an Gesundheit geschädigt. Der Tatsache, dass er geständig ist, hat er es zu verdanken, dass ich von der Höchststrafe des §223 absehe und eine Freiheitsstrafe von vier Jahren beantrage, sowie ein Jahr auf Bewährung, verbunden mit einer Geldstrafe. Bei der Geldstrafe beantrage ich die volle Anzahl der zulässigen Tagessätze von 360 Tagen und in Anbetracht des Verdienstes von Timm Mühlbach, der die Million im Jahr locker überschreitet, denke ich, dass ein Tagessatz von 3.000 DM angemessen wäre."

Susanna hatte während der gesamten Rede des Staatsanwaltes die Luft angehalten. Gut, er sah von gefährlicher Körperverletzung ab, was die Gefängnisstrafe von zehn auf fünf Jahre reduzierte, aber vier Jahre? Von dem Geld mal abgesehen, denn auch den Betrag hielt sie für zu hoch, machten ihr in erster Linie die vier Jahre zu schaffen. Wie würde Timm sein, wenn er nach vier Jahren aus dem Gefängnis kam? Es war klar, dass ihn so ein Erlebnis verändern würde, aber wie? Und was sollte dann werden? Konnte er seine Karriere nach so einer Zeit wieder aufnehmen? Wohl kaum und konnte bzw. würde er dann überhaupt noch in der Entwicklungshilfe arbeiten wollen? Anderen helfen, wenn er selber den Glauben an die Gerechtigkeit verloren hatte? Sie blickte zu Timm hinüber, aber dieser sah ausdruckslos auf den Boden, hegte wahrscheinlich gerade ähnliche Gedanken wie sie.

„Danke, Herr Staatsanwalt. Herr Verteidiger, sie haben das Wort!", hörte Susanna den Richter sprechen, während Werner Albrecht sich auch schon erhob und sie nervös an ihren Fingernägeln knabberte.

Werner Albrecht ließ seinen Blick einmal zu den Richtern und einmal zu der Anklagebank schweifen bis er endlich das Wort erhob.

„Ich finde es eine Schande, Herr Staatsanwalt, dass sie sich hier als gnädig erweisen wollen, was den §224 des Strafgesetzbuches betrifft. Es ist keine Nettigkeit, dass sie von dieser Bestrafung absehen, sondern es ist eine Tatsache, dass dieser Paragraph auf meinen Klienten nicht zutrifft. Somit steht er auch nicht zur Debatte. Als weiteren Punkt möchte ich bemängeln, dass sie es für völlig bedeutungslos halten, was die Zeugen hier vor dem Gericht erzählt haben. Es ist durch die Befragungen offensichtlich geworden, dass Dirk Richter durchaus nicht das Unschuldslamm ist. Im Gegenteil. Die Aussagen haben deutlich ergeben, dass er auf emotionaler Ebene äußerst kaltblütig versucht an seine Ziele zu gelangen. Die Aussagen haben ergeben, dass Dirk Richter nur durch hinterhältige Machenschaften sich den Zutritt in das Leben von Frau Mühlbach ermöglicht hat. Auch dafür gibt es im Strafgesetzbuch Paragraphen. Wir sprechen hier insbesondere von dem §34 des Strafgesetzbuches, in welchem deutlich über den rechtfertigen Notstand geschrieben steht. Das bedeutet in diesem Fall, dass es sich am 29. November 1999 um eine nicht anders abwendbare Gefahr für Leben, Leib, Freiheit, Ehre, Eigentum oder anderes Rechtsgut handelt. In dem Fall Timm Mühlbach, handelt es sich explizit um die Ehre seine Frau! Genauer gesagt, die Ehre der Ehefrau meines Klienten wurde massiv angegriffen. Timm Mühlbach hat Herrn Richter zudem aufgefordert seine Wohnung zu verlassen. Dieser Aufforderung ist Dirk Richter nicht nachgekommen und somit hat mein Klient das Recht, ihn vor die Tür zu setzten. Notfalls mit Gewalt. Durch das Zutreffen des §34 des Strafgesetzbuches, greift nun der §49 des Strafgesetzbuches, der da besagt, dass, wenn eine Milderung nach dieser Vorschrift vorgeschrieben oder zugelassen ist, für die Milderung folgendes gilt: `Bei einer zeitlichen Freiheitsstrafe darf höchstens auf drei Viertel des angedrohten Höchstmaßes erkannt werden.`

Da ich in diesem Fall von einer Freiheitsstrafe ausgehe, die ein Mindestmaß von einem Jahr nicht überschreitet, beantrage ich eine Haftstrafe von drei Monaten gem. §49 des Strafgesetzbuches. Auch mit der von dem Herrn Staatsanwalt geforderten Geldstrafe stimme ich keinesfalls überein! Die volle Anzahl der Tagessätze ist definitiv zu hoch. Im höchsten Falle belaufen sich die Tagessätze auf 180 Tage, davon drei Viertel machen nach meinen Berechnungen 45 Tagessätze aus. Ebenso halte ich einen Tagessatz von 3.000 DM für blanke Utopie. Wir verhandeln hier über den Sänger Timm Mühlbach, der seine Karriere erst vor kurzem begann und nicht über einen großen Weltstar. In Anbetracht seines Jahresgehaltes, denke ich an einen Tagessatz von 1.000 DM und nicht mehr!"
„Danke Herr Verteidiger", nickte der Richter ihm zu. „Herr Mühlbach, Sie haben das letzte Wort."
Timm hob nur einmal kurz die Hand und schüttelte den Kopf.
„Gut, dann zieht das Gericht sich zur Beratung zurück."

Erneut folgte eine Pause. Erneut verschwand Timm mit seinem Anwalt und erneut schlich Susanna über den Gang, um den Anderen auszuweichen.
Sie blieben im Saal stehen, als das Gericht das Urteil verkündete.
Der Richter legte die Unterlagen vor sich auf den Tisch, während er sprach:
„Das Gericht verurteilt den Angeklagten Timm Mühlbach gem. §223 und §49 des Strafgesetzbuches zu einer Haftstrafe von 6 Monaten, sowie zu einer Geldstrafe von 45 Tagessätzen á 1.500 DM." Der Richter setzte sich und auch alle Anwesenden im Saal setzten sich, während der Richter das Wort wieder erhob.
„Herr Staatsanwalt, das Gericht stimmt ihnen zu, dass hier eine Straftat der Körperverletzung gemäß §223 des Strafgesetzbuchs vorliegt. Das Gericht hat aber auch Nachforschungen betrieben, die mit den Aussagen der Zeugen übereinstimmen. So haben wir auf den Wunsch von Herrn Dr. Albrecht hin überprüft, ob Dirk Richter am

29. November 1999 einen Banktermin vereinbart hat. Er
hatte keinen Banktermin vereinbart. Des Weiteren haben
unsere Überprüfungen ergeben, dass die Heizung in der
Universität, an der Susanna Mühlbach studiert, zumindest
in dem Jahre 1999 nicht defekt war. Es bestand also kein
Grund für Herrn Richter, eine völlig intakte Heizung zu
reparieren. Diese Umstände, sowie die Aussage der
Zeugen, rechtfertigen das Greifen des §34 des
Strafgesetzbuches über rechtfertigen Notstand. Somit
wiederum greift der §49 des Strafgesetzbuches für
besondere, gesetzliche Milderungsgründe." Der Richter
holte einmal tief Luft.
„Nichts desto trotz, sieht das Gericht von der Beantragung
der Verteidigung auf ein Jahr Haftstrafe ab. Es ist eine
Tatsache, dass Timm Mühlbach Körperverletzung
begangen hat und wir leben hier nicht in einem Staat, in
welchem Selbstjustiz geduldet wird. Die Mindeststrafe wird
von dem Gericht somit auf zweieinhalb Jahre festgelegt und
durch §49 des Strafgesetzbuches auf sechs Monate
reduziert. Auch ein Tagessatz von 1.000 DM hält das
Gericht für verfehlt. Es mag ja sein, dass Timm Mühlbach
seine Karriere erst vor kurzem begann. Das ändert aber
nichts an der Tatsache, dass er bereits in Europa, sowie
auch in den USA sehr erfolgreich ist. Sein Jahresgehalt
rechtfertigt somit einen Tagessatz von 1.500 DM.
Die Verhandlung ist hiermit geschlossen!"

Fand er es jetzt gut? Sie sah seine grünen Augen direkt auf
ihren verweilen, während er langsam aufstand. Ein halbes
Jahr? Für sie war es unendlich lange. Und für ihn? Sie
nahm den Uniformierten hinter ihm wahr. Er hatte
Handschellen an der Hose baumeln, aber er machte keinen
Gebrauch davon. Leicht berührte er Timms Schulter und
langsam löste dieser seinen Blick von ihr, drehte sich um,
und verschwand.
Sie blieb sitzen, beobachtete den großen Tumult im
Gerichtssaal, ließ ihren Blick über die Richterbänke
schweifen, wo keine Richter mehr waren, ließ ihren Blick
über die Bank der Kläger schweifen, wo kein Kläger mehr

war und ließ ihren Blick über die Bank des Angeklagten schweifen, wo kein Angeklagter mehr war.

Sie nahm die sich lichtenden Reihen im Publikum wahr, sah ganze Menschentrauben an sich vorüberziehen und doch blieb sie sitzen.

Sie sah die Blicke ihrer Angehörigen und Freunde auf sich gerichtet und doch schüttelte sie nur den Kopf. Gab ihnen damit zu verstehen, dass sie nicht mit ihnen gehen würde. Sie blieb sitzen, bis sie völlig alleine in dem großen Saal saß.

Bruchstückchenweise hallten die gesagten Worte in ihrem Kopf nach.

Sie hörte ihre eigene Stimme ´Er sagte immer, er war nicht mein Mann´.

Sie hörte die Stimme von Fred ´Und Timm stand an die Wand gelehnt, traute sich kaum zu atmen, damit er auch jedes Wort verstand´.

Die Stimme des Richters klang an ihr Ohr ´Ich möchte sie bitten, etwas leiser zu sein´.

Dann die Stimme von Dirk ´Dieser Mistkerl hat meinen Kopf brutal auf den Tresen geschlagen, so dass meine Nase brach, gleichzeitig hat er mir in den Sack getreten´.

Schließlich hörte sie Timms Stimme ´ Ich habe meine Frau daraufhin selber geküsst und ihm gesagt, dass er gehen kann´.

Sie hatte die Zeit völlig vergessen, während dieser Saal einfach nur auf sie wirkte. Sie hatte keine Ahnung wie lange sie hier eigentlich schon saß, als sie die sich von hinten nahenden Schritte hörte. Sie drehte sich nicht um und die Schritte verstummten kurzzeitig. In diesem Moment hatte sie das Gefühl, ihn spüren zu können. Oft hatte sie das empfunden, allerdings war es immer unbewusst gewesen, wie sie jetzt selber feststellte. Sie hatte ihn oft gefühlt, obwohl sie ihn noch nicht gesehen hatte. Auch diesmal glaubte sie ihn zu fühlen, wie er direkt hinter ihr stand, aber als sie sich auf dieses Gefühl konzentrierte, spürte sie, dass er es nicht war. Es musste jemand anderes sein. Jemand mit einer ähnlichen Aura wie Timm. Die Schritte hallten erneut auf und in ihrem Augenwinkel sah sie, wie die Person ihre Stuhlreihe betrat und sich neben sie setzte. Susanna richtete ihren Blick auf die Beine, sah den grauen, schlichten Rock und die mit Perlonstrümpfen bekleideten Beine, auf denen bereits deutlich die Krampfadern zu sehen waren. Eine graue große Tasche wurde neben den Füßen auf dem Boden abgestellt. Sie war geöffnet und man konnte im inneren ein grünes Buch liegen sehen, dessen Titel nur halb zu sehen war.

´Die verschlungenen …´

„Es ist nicht immer leicht alt zu werden und sehen zu müssen, wie man seine Schönheit verliert", hörte Susanna und blickte auf die von Krampfadern geplagten Beine, bevor sie in Mimis Augen aufsah.

„Du hast eine große Aura, weißt du das?", fragte Susanna. Mimi lächelte sie an. „Natürlich weiß ich das. Sie ist ähnlich groß, wie die von deinem Mann. Du hast es bemerkt?" „Ja." „Ein Tier müsste man sein, vielleicht ein Hund", fuhr Mimi fort. „Warum?" „Wegen dem kuscheligen Fell. Hunde bekommen im Alter lediglich eine graue Schnauze, aber Falten und Krampfadern sind ihnen fremd. Wenn sie sie haben, dann sind sie unter ihrem Fell verdeckt. Ist das nicht praktisch?" Mimis klare Augen funkelten sie an, während Susanna lächelnd den Kopf schüttelte. „Du denkst nach?", fragte Mimi. „Ja, ich weiß bloß nicht, worüber." „Wahrscheinlich lässt du den Gerichtssaal auf dich wirken, aber Kindchen, das ist nun wirklich nicht der Ort, der auf dich wirken sollte." „Warum denn nicht?" „Weil er dir nichts zu sagen hat. Er sagt dir lediglich das, was du bereits gehört hast." „Ja", nickte Susanna, „das stimmt. Warst du bei der Verhandlung dabei?" Mimi richtete ihren Blick auf Timms leeren Stuhl. „Selbstverständlich! Ich mag deinen Mann. Ich mag ihn sogar sehr", und ganz leise fügte sie hinzu, „er ist einer von uns." Susanna schluckte bei dieser Bemerkung und doch ging sie nicht darauf ein. „Nun sag es schon, Mimi." „Was denn?", fragend sah Mimi sie an. „Dass du es mir gleich gesagt hast. Du hast gleich gesagt, ich soll meine Finger von Dirk lassen." Mimi schüttelte den Kopf und ließ ihren Blick wieder in den Saal gleiten. „Das war dumm von mir. Im Grunde wissen wir doch beide, dass jeder seine Erfahrungen selber sammeln muss. Du hast deine jetzt gesammelt." „Und Timm leidet nun darunter." „Ja, das stimmt allerdings." Susanna biss sich verlegen auf die Unterlippe. „Mimi?" „Ja?" „Was meinst du wie es für ihn ist? Meinst du, es wird ihn verändern? Sechs Monate Gefängnis?" „Ich weiß nicht, ob du es spüren wirst, aber es wird ihn verändern." Sie richtete ihren Blick wieder auf Susanna. „Er ist sehr sensibel. Wäre er nicht so, dann könnte er dir nie seine Gefühle so zeigen, wie er sie dir wahrscheinlich zeigt. Warm, sensibel und leidenschaftlich. Er gibt dir alles, Susanna. Er gibt es dir, weil er sensibel genug für dich ist, weil er das nötige Feingefühl hat. Das hat er aber nicht nur bei dir, sondern er hat es generell. Auch im Gefängnis. Solche Menschen wie Timm sind leicht zu verletzten." Susanna schnappte nach Luft. „Woher weißt du das alles? Du kennst ihn doch gar nicht." Mimi lächelte wissend. „Er ist wie ich. Du hast selber gesagt, dass ich eine große Aura habe, wahrscheinlich hast du kurz zuvor gedacht, er würde hinter dir stehen." Ratlos sah Susanna sie an.

„Sagst du mir heute wer du eigentlich bist?" „Du weißt wer ich bin, ich habe mich doch vorgestellt. Ich bin Mimi, also genauer gesagt Miriam Schmidt" „Ja, du hast dich als Mimi vorgestellt, dass du Miriam Schmidt heißt, habe ich lediglich von deinem Klingelschild erfahren. Nun mach es mir doch nicht so schwer, Mimi. Wer bist du? Was willst du von mir oder Timm? Wieso bist du aufgetaucht?" Mimi schaute ohne zu Antworten in den Gerichtssaal und traurig senkte Susanna ihren Blick, um erneut auf das Buch in Mimis Tasche zu sehen. Schmunzelnd sah sie Mimi wieder an. „Magst du mir nochmal aus deinem Buch vorlesen?" Mimi lachte. „Wie raffiniert", dann beugte sie sich zur Tasche und zog das Buch und ihre Brille hervor. Sie setzte sich etwas schräg, während sie sich zeitgleich die Brille auf die Nase schob und Susanna konnte durch Mimis veränderte Position nicht sehen, wie leer eigentlich die

Buchseiten waren. Mimi begann zu lesen.

Vieles ist in der modernen Zeit zu erklären. Es gibt die Relativitätstheorie und die Quantenfeldtheorie. Kräfte und Teilchen, Massen und Kopplungskonstanten. Es wird über Kosmologie gesprochen und Vorgänge im frühen- und späten Universum. Es gibt dunkle Materie und es gibt dunkle Energie.

All diese wertvolle Forschungsarbeit bringt uns Antworten auf Millionen unserer Fragen.

Ja, man sagt, alles begann mit dem Urknall und vor dem Urknall war nichts da.

Man sagt das Universum hat kein Rand, es hat kein Ende. Physikalisch gesehen, gibt es außerhalb keinen Raum. Es ist schwer zu verstehen, es ist schwer zu begreifen und somit gibt es auch heute noch Völker, die ausschließlich an ihre Religionen glauben. Denn an Religionen glaubt man, weil man so vieles nicht versteht und trotz der ganzen Erfolge, die die Forschung bereits errungen hat, bleiben endlos viele Fragen unbeantwortet.

Es gibt Menschen, die glauben nicht an Gott und niemals an ein weiteres Leben nach dem Tod.

Es gibt Menschen, die glauben an Gott und möglicherweise auch an ein Leben nach dem Tod.

Es gibt auch Menschen, die glaubten nie, bis eine nicht erklärbare Erfahrung sie gläubig machte.

Und es gibt meine Liebe Freundin, die mich heute erneut fragte wer ich bin.

Sie richtet ihre Frage an mich, obwohl sie ihre Frage an sich hätte richten müssen.

Sie selber ist wenig gläubig, obwohl sie glaubt.

Sie war eine Springerin, lebte kurzzeitig im 17. Jahrhundert und zurück im heute, macht sie sich keinerlei Gedanken, was das wohl für ein Phänomen gewesen war.

Stattdessen fragt sie mich, wer ich bin.

Das finde ich erstaunlich.

Miriam Schmidt wurde geboren
Miriam Schmidt heiratete
Miriam Schmidt bekam nie Kinder
Miriam Schmidt verwitwete
Miriam Schmidt hatte keine Bekannten oder Freunde
Miriam Schmidt starb einsam in ihrer Wohnung

Ich bin eine Springerin
Ich lebe für sie weiter, um eine Aufgabe zu erledigen.
Ich weiß, dass ich eine Springerin bin.

Meine Freundin wusste nicht, dass sie eine Springerin war.
Sie sorgte dafür, dass der Häuptlingssohn an seinen
richtigen Ort kam.
Der Häuptlingssohn wird in ferner Zukunft das Springen
überlisten und wissentlich in eine andere Welt gehen.

Sie schlug das Buch zu und sah Susanna an.
„Du bist tot?", fragte diese entsetzt. „Du bist tot und ich
nehme an, das Buch ist auch zu Ende?" „Richtig", nickte
Mimi, „mehr musst du nicht wissen, außer dich selber zu
fragen, warum du dich nie etwas gefragt hast." „Ich würde
es doch niemals verstehen, was genau soll ich mich denn
fragen? Wer oder was kann mir denn erklären, was
während meines Komas mit mir passiert ist? Also nehme
ich es hin, als eine göttliche Erfahrung." „Soll mir reichen",
erwiderte Mimi, „aber wieso fragst du mich wer ich bin?
Du solltest fragen, was ich in dieser Zeit und an diesem Ort
möchte." „Stimmt", gab Susanna ihr recht, „und was …
möchtest du hier, Mimi?"
„Ich stehe dir bei, wenn du in ferner Zukunft deinen
Glauben verlierst." Susanna lachte auf. „Ich soll meinen
Glauben verlieren? Ich, die selber so etwas
Außergewöhnliches erlebt hat? Das wird niemals passieren,
Mimi!" „Doch es wird passieren und wenn du deinen
Glauben verlierst, gibst du deine Hoffnung auf. Und gibst
du deine Hoffnung auf, wirst du alles was du liebst
verlieren." Susanna sah sie schweigend an, bis sie weiter
fragte: „Wann verliere ich meine Hoffnung?"

„Das dauert noch etwas!" „Was machst du dann heute schon hier?" „Ich erkläre es dir heute, weil du mir, wenn du deinen Glauben verloren hast, nicht mehr zuhörst. Du wirst mich fortschicken. Du wirst mich aus deinem Leben verbannen und ich werde lange warten müssen, bis ich in dein Leben zurück darf, weil du mir wieder zuhörst." Susanna schüttelte langsam den Kopf. „Ich glaube nicht, dass ich meinen Glauben verliere, ich kann mir nur vorstellen, dass ich aus Trotz oder Verbitterung den Glauben ignoriere." Mimi lächelte. „Auch möglich, die Details überlasse ich dir."
Dann stand sie auf, griff nach ihrer Tasche und wollte gehen.
„Mimi", hielt Susanna sie auf. „Ja, Kind?" „Kann ich … bzw. darf ich dich noch besuchen, oder werde ich dich jetzt lange nicht mehr sehen?" „Du kannst. Bis du mich fortschickst, kannst du jederzeit zu Besuch kommen. Du bist meine liebe Freundin." „Danke", murmelte Susanna und dann ging Mimi und Susanna blieb alleine zurück.

Als sie das Gerichtsgebäude verließ war es bereits dunkel und es hatte angefangen zu schneien. Sie hielt ihren heißen Kopf in das Schneetreiben und sprach leise zu sich selbst: „Magst du eigentlich Schnee? Heute hat es geschneit." Dann stapfte sie los. Die Limousine mit der sie gekommen war, war natürlich weg. Die hatte Henry gestellt und natürlich interessierte es Henry wenig, wie Susanna nach Hause kam. Ihr war das egal, sie wollte ein bisschen spazieren gehen.
Es stimmte, was Mimi gesagt hatte, sie hatte nie wirklich über das nachgedacht, was ihr passiert war und es interessierte sie auch immer noch nicht. Für sie war alles irgendwie göttliche Fügung gewesen und sie hatte gar keine Lust darüber nachzudenken. Sie hatte immer nur interessiert, die Liebe ihres Lebens zu finden. Sie sehnte sich nach Indien zurück, dort hatte sie Timm einfach für sich gehabt. Sie hatten bescheiden gelebt, aber sie waren glücklich. Heute musste sie Timm ständig teilen. Mit Henry und mit seinen Fans. Sie vermisste ihn jetzt schon.

Sie vermisste seine Umarmungen und seinen zärtlichen Blick. Sicher war es bislang nicht gerade einfach mit Timm gewesen, aber sie konnte sich trotzdem keinen anderen Mann mehr an ihrer Seite vorstellen. Über Mimi dachte sie kaum nach. Vielleicht stimmte es, was Mimi ihr rätselhaftes erzählte, vielleicht stimmte es auch nicht. Vielleicht war Mimi ein übermenschliches Wesen, vielleicht eine verrückte alte Frau. Für Susanna war es bedeutungslos. Sie mochte Mimi und mehr zählte nicht für sie. Mimi war für sie wie eine Großmutter geworden, die sie gefühlt nie gehabt hatte. Ihre Großeltern waren schon tot und das was früher vielleicht einmal gewesen war, wusste Susanna heute nicht mehr.

Sie ging durch endlos lange Straßen, an etlichen parkenden Autos und meterlangen Mauern vorbei. Wo sie war, wusste sie nicht und irgendwann blieb sie stehen und sah sich um. Vor ihr lag das Gefängnis und sie nahm es erstaunt zur Kenntnis, dass sie anscheinend instinktiv seinen Spuren gefolgt war. Der Haupteingang lag erleuchtet vor ihr, ansonsten lag das Haus dunkel zwischen den dicken mit Stacheldraht besetzten Mauern, die rechts und links von dem Gebäude abgingen. Etwas weiter sah sie die Wachtürme in regelmäßigen Abständen in den Schnee leuchten. Sie blickte seitlich hinter das Hauptgebäude, sah etliche Häuser mit Gittern vor den Fenstern, in denen teilweise noch Lichter brannten. Ihr Herz fühlte sich bei dem Anblick noch schwerer an, als zuvor und somit ging sie weiter, bis zum nächsten Taxistand und nahm sich eines für den Heimweg.

Vor dem Haus stand ein großer Pulk von Reportern. Sie hatten tatsächlich auf sie gewartet. „Wie kommen wir durchs Tor?", hörte sie den Taxifahrer fragen. „Oh, Moment bitte." Sie wühlte in ihrer Handtasche nach der Fernbedienung für das Tor, öffnete es und der Taxifahrer fuhr sie direkt vor die Haustür. „Warten sie einen Augenblick vor dem Tor", sprach Susanna, während sie ihn bezahlte, „ich öffne es von drinnen." „Ist gut." „Der Rest ist für sie." „Danke." Dann stieg sie aus. Vom Haus aus betätigte sie das Tor und blickte dem davonfahrenden Taxi auf dem Monitor hinterher. Als sie sich umdrehte sah sie, dass der Anrufbeantworter blinkte. Schnell schaltete sie den Abruf ein.

„Hi, ich bin´s", hörte sie Timms Stimme. „Mein Gott, Susanna, wo bist du? Na ja, wo ich bin weißt du ja. Hör zu, ich werde dich heute nicht mehr anrufen können, auch du wirst mich nicht anrufen können. Vielleicht rufe ich morgen an und teile dir mit, wann du mich besuchen kannst. Ich muss jetzt zurück in meine Zelle. Dort wartet ein ekelhafter Freddi auf mich, mit schlechten Zähnen und Mundgeruch." Einen Augenblick schwieg er und dann hörte sie ihn nur noch ganz leise. „Es ist alles scheiße hier, Susanna." Dann legte er auf. Eine Weile blieb Susanna wie gelähmt vor dem Anrufbeantworter stehen, dann spulte sie ihn etwas zurück und hörte seine Stimme erneut. „Es ist alles scheiße hier, Susanna." Nahezu verzweifelt fuhr sie sich mit ihrer Hand durchs Haar. Er war allein. Sie wusste, dass er sie jetzt eigentlich brauchte, aber sie konnte ihm jetzt nicht helfen und deswegen wollte sie nach oben gehen, um einfach ihren Gedanken nachzuhängen. Sie hatte die ersten drei Stufen der geschwungen Treppe bereits hinter sich, als der Gong durchs Haus hallte. „Wer ist das denn jetzt?", fragte sie genervt und ging zurück zu dem Monitor neben der Tür. Es war ein dunkler Mercedes, der vor dem Tor stand, mit seiner Fahrertür direkt vor der Sprechanlage. Susanna stellte die Kamera um, um in das Auto zu sehen und sie erkannte Fred, während ihre Hand bereits den Knopf zum Öffnen des Tores betätigte.

Sie öffnete bereits die Haustür, während der Wagen noch nicht stand. Deutlich hörte sie das Knirschen der Reifen über dem Kies. Dann hörte sie den Motor verstummen und kurz darauf das dumpfe Zuschlagen der Autotür. Fred kam langsam die Treppe zu ihr hoch und kurz vor ihr blieb er stehen und sah sie einfach nur an. Susanna war nicht fähig irgendetwas zu sagen, also deutete sie ihm einfach mit einer leichten Geste an, einzutreten. Er ging an ihr vorbei in die Empfangshalle. Erneut konnte sie sein Aftershave riechen. In der Halle blieb er stehen und zog sich den Mantel aus, ließ ihn locker über seinen Arm hängen und drehte sich zu ihr um. Nervös räusperte sie sich. „Möchtest du etwas trinken?", fragte sie leise. „Ein Wasser, wenn du hast", „Ja, natürlich. Bitte geh doch ins Wohnzimmer. Ich hole das Wasser." Sie drehte sich um und mit schnellen Schritten verschwand sie in der Küche. Er folgte ihr und blieb im Rahmen der Küchentür stehen. „Sechs Monate können sehr lang werden. Das tut mir leid." Sie hielt in ihrer Arbeit mit dem Wasser inne und sah ihn an. „Deine Aussage heute, war sehr nett Fred. Sie wird ihm geholfen haben." „Vielleicht empfandst du sie als nett, Susanna, aber sie sollte keine Nettigkeit sein." Langsam löste er sich von dem Türrahmen und steuerte auf den Tisch zu, legte seinen Mantel auf den einen Stuhl und setzte sich selber unaufgefordert auf den anderen, während er die Beine überschlug und weitersprach. „Ich wollte die Wahrheit sagen. Mehr nicht. Das war die Wahrheit." Sie betrachtete ihn schweigend und so sprach er schließlich weiter. „Wäre die Wahrheit eine andere gewesen, hätte ich ganz anders ausgesagt." Susanna hielt die Gläser in der rechten Hand, griff nun zu der hinter ihr stehenden Wasserflasche und setzte sich mit allem zu ihm an den Tisch. Sie goss ein und schob ihm sein Glas zu. „Danke", ergriff er es und nahm einen Schluck. „Warum bist du hier?", fragte sie. „Weil ich dir helfen möchte." Sie zog die Augenbrauchen fragend nach oben. „Wobei?" „Ich möchte mit dir über das Orakel sprechen." Jetzt weiteten sich ihre Augen erschrocken. „Du weißt doch", erklärte er weiter, „das Orakel der alten Schamanin." Deutlich erinnerte sie sich an das Orakel.

Ein Orakel, das ihr eine alte Schamanin im 17. Jahrhundert deutete, ein Orakel, das sie veranlasst hatte im 20. Jahrhundert mit der Suche nach dem Richtigen zu beginnen. Aber sie konnte sich nicht erinnern jemals Fred von diesem Orakel erzählt zu haben. „Woher weißt du davon?", fragte sie. „Ich war mit meiner Frau in Berlin. Wir wohnten schon in Frankfurt, aber ich hatte geschäftlich hier zu tun und sie hat mich begleitet. Wie Frauen nun mal so sind, wollte sie unbedingt hier einkaufen gehen, also habe ich ihr den Gefallen getan und bin mit ihr ins Zentrum gefahren. Dort haben wir deinen Vater getroffen." „Mein Vater hasst Einkäufe in der Stadt." Fred lächelte. „Stimmt, wir fanden ihn fluchend vor einem Regal mit Anrufbeantwortern. Ich habe mich hinter ihn gestellt und einfach auf eines der Geräte gezeigt. ´Nimm das hier, ist einfach zu bedienen´, habe ich ihm gesagt und er drehte sich zu mir um und strahlte mich an." Freds Lächeln wurde noch ein bisschen breiter. „Ich muss zugeben, dass ich mich über seine Reaktion gefreut habe. Er erzählte mir dann, dass deine Mutter unbedingt so einen Anrufbeantworter haben wollte, damit sie mal wieder das Haus verlassen konnte." „Wieso konnte sie denn nicht das Haus verlassen?", fragte Susanna mit gekräuselter Stirn. „Das habe ich auch gefragt und da hat dein Vater berichtet, dass du nach Indien gereist bist. Beide, dein Vater so wie deine Mutter, trauten sich nicht mehr das Haus zu verlassen, weil in den Medien berichtet wurde, wie schwer der Monsunregen in dem Jahr dort war. Sie hatten seit Wochen nichts mehr von dir gehört. Das Letzte, was sie gehört hatten war, dass du nach Jaipur gereist bist. Du wolltest ein dort in der Nähe liegendes Entwicklungsdorf aufsuchen und Jaipur war die Gegend, die am heftigsten von dem Regen betroffen war. Mehrere Orte waren über Wochen von der Außenwelt abgeschlossen und in den Orten wütete die Cholera. Jeden Tag hofften deine Eltern auf ein Lebenszeichen von dir und deswegen sind sie nicht mehr aus dem Haus gegangen." „Das hat er mir gar nicht erzählt", murmelte Susanna betroffen. Fred nahm sich einen weiteren Schluck Wasser und stellte das Glas dann wieder ab.

„Ich selber war in der Zeit bereits so glücklich mit meiner Frau geworden, dass ich gar nicht auf den Gedanken kam deinen Vater zu fragen, was du in einem Entwicklungsdorf machst. Aber meine Frau Natascha ...", er verdrehte lächelnd die Augen und schüttelte den Kopf. Susanna musste unwillkürlich lächeln bei der Geste. „Sie wollte sofort wissen warum du in dem Land bist und dein Vater druckste unbeholfen herum. Er erzählte, dass du durch dein Koma in eine andere Zeit gefallen wärest und dort einen anderen Mann lieben gelernt hast, von dem du nun annahmst, dass er der Mann aus der damaligen Zeit wäre. Natascha fragte nach, ob du den Mann kennst und woher du dir so sicher wärest, dass es der richtige Mann wäre. Da gestand dein Vater, dass es sich um Timm handelt und du hättest ihn an Hand von Worten, die er während deines Komas zu dir sagte, erkannt. Natascha war daraufhin voller Mitgefühl für dich und meinte es wäre ja ein unvorstellbares Leid, immer nur das Gesicht eines Geistes vor sich zu sehen. Da gab ihr dein Vater Recht und meinte aus Verzweiflung darüber hättest du seine Gesichtszüge mindestens hundert Mal gezeichnet. Er hatte leicht aufgelacht und gesagt, sie hat ihn so oft gezeichnet, dass selbst ich ein Portrait von ihm hab, während er seine Brieftasche aus der Tasche holte und uns eines der Bleistiftzeichnungen von ihm zeigte. Natascha fragte ob sie das Bild haben dürfte und dein Vater und ich fragten gleichzeitig, was sie denn damit wollte, aber sie meinte einfach nur, dass es ein wunderschönes Bild wäre. Dein Vater meinte darauf hin, dass er noch mehrere Zeichnungen von ihm hat und wenn es sie erfreuen würde, dürfte sie es haben. Also steckte sie es ein. „Das tut mir leid", bemerkte Susanna, „dass deine Frau nun das Bild von dem Mann hat, der unsere Beziehung zerstörte." Fred lächelte sie an. „Ich war auch nicht begeistert davon, dass kannst du mir glauben, allerdings sehe ich das heute anders." Susanna lächelte. „Natürlich siehst du das anders, weil heute die Trennung von uns beiden nicht mehr schmerzt." Fred lächelte sie weiter an, während er sich zu ihr vorbeugte. „Sicherlich wird das auch ein Grund sein, dennoch findet es kein Partner schmeichelhaft, wenn die Frau das Portrait eines anderen mit sich herumträgt." Er lehnte sich wieder zurück und legte seinen Arm locker auf die Stuhllehne des Stuhles, wo bereits sein Mantel hing. „Ungefähr 3 Monate später machten wir Urlaub in den USA, unteranderem besuchten wir dort ein indianisches Folklorefest. Vor einem der Zelte saß eine Schamanin, die den Gästen anbot ihnen die Zukunft vorauszusagen. Natascha schlug vor, dass wir das machen sollten und bei der Gelegenheit auch gleich fragen könnten, ob auch wir uns schon in einem anderen Leben geliebt haben. Nun ja", seufzte er, „ich war in Urlaubslaune und hatte gegen so einen kleinen Spaß nichts einzuwenden. Letztlich halte ich nicht so viel davon, weil diese Hellseher schlicht eine gute Menschenkenntnis haben. Sie sagen eigentlich das, was man hören möchte und so war's dann auch. Natascha wollte hören, dass wir das Traumpaar sind und die Schamanin bestätigte das auch, wie erwartet. Wir mussten Steine ziehen, die sie zuvor aus einem Beutel auf ein Tierfell geworfen hatte und daraus las sie dann angeblich. Als wir unsere freudige Antwort hatten fragte Natascha, ob sie an den Steinen auch sehen könnte, ob man sich bereits in einem früheren Leben geliebt hat. Die Frau verneinte das, weil man immer nur in die Zukunft und in seltenen Fällen auch in die nächsten Leben schauen könnte, aber niemals zurück. Sie meinte, das wäre auch unbedeutend, denn selten finden zwei Seelen wieder zueinander." „Ach echt?", fragte Susanna erstaunt. Fred nickte. „ Die Seelen entwickeln sich von Leben zu Leben weiter und damit die Entwicklung nicht ins Stocken gerät wählt man in jedem Leben den Partner, der geistig eine ähnliche Reife ausstrahlt, wie man selbst. Nur zwei nahezu vollendete Seelen würden sich immer und immer wieder finden und selbst wenn man diesen Zustand erreicht hätte, würde man diese Tatsache nicht erkennen, da es nur wenige Lebewesen auf Erden gegeben sei, sich an frühere Leben zu erinnern. Das fand Natascha äußerst schade und sagte zu ihr, dass meine Exfreundin diese Gabe geschenkt bekommen hätte. Die Schamanin raffte ihre Steine schon wieder zusammen, während sie sagte, dass dieses Wissen dich in deiner Wahl nicht beeinflussen würde. Die Menschen fühlen sich sicherlich noch zu einem Partner aus der Vergangenheit hingezogen, würden aber dennoch final den Menschen suchen, der geistig zu einem passt."

Susanna nickte, während sie mehr zu sich selber sprach: „ja, das ist möglich", und dann etwas lauter, „habt ihr noch mehr erfahren können?" „Ja, denn Natascha fragte noch, ob es denn möglich sei, wenn man die Gabe einer Erinnerung hat, den alten Partner zu erkennen. Da sagte die Schamanin, jedes Lebewesen erkennt man an dem Ausdruck in den Augen. Farbe und Augenform wäre dabei unbedeutend und man bräuchte schon einen Hauch von Spiritualität in sich, um es überhaupt zu erkennen. Natascha fummelte dann Dannys Skizze aus ihrer Tasche, musterte sie und fragte, ob der Mensch vor einem stehen müsste, oder ob man es auch durch eine Zeichnung erkennen könnte. Die Schamanin ergriff die Skizze, schaute sie sich kurz an, um dann Natascha zuzulächeln, während sie ihr das Bild zurückgab. Und dann sagte sie: ′Die Frau wird diesen Mann nicht mehr für sich gewinnen können, denn er sitzt neben ihnen.′ „Wie bitte?", fragte Susanna völlig entsetzt, während ihr Glas, welches sie in den Händen hielt, plötzlich durch ihre Finger rutschte und unsanft mit dem Boden auf dem Tisch aufschlug, so dass das Wasser ordentlich überschwappte. Sie sprang auf, eilte zur Spüle, um das Handtuch zu ergreifen und während sie anfing den Tisch trockenzuwischen, blickte sie Fred an. „Was willst du, Fred?", fragte sie, während ihr die Tränen in den Augen aufstiegen. „Willst du da weitermachen, wo Dirk aufgehört hat? Ich dachte du wärest nett." Ernst sah er sie an. „Ich möchte dich bitten, mich nie wieder mit diesem Arschloch zu vergleichen und mache dich gerne noch mal darauf aufmerksam, dass nicht ich es war, der eine Schamanin aufsuchen wollte. Hätte ich auch nur ansatzweise geahnt, was diese Frau mir erzählen würde, ich wäre nie dorthin gegangen. Natascha war mindestens genauso entsetzt wie ich und wie du jetzt. Auch sie sagte, dass könne nicht sein. Doch die Schamanin ergriff nochmal das Bild und blickte drauf. Es wären definitiv dieselben Augen. Sie reichte

Natascha das Bild erneut zurück und sagte dann sehr
bestimmt, dass es daran nichts zu rütteln gebe." Er schwieg
einen Augenblick, bevor er leise und fürsorglich
weitersprach: „Wir gehören einfach nicht zusammen,
Susanna, weder in diesem Leben, noch in einem davor oder
danach." „Ja aber ..., was ist denn mit den Gefühlen, die ich
im 17. Jahrhundert empfunden habe?", fragte Susanna.
„Die hast du auch bei mir empfunden, Susanna", erwiderte
Fred ernst. „Ich weiß, dass du es nicht mehr fühlen
konntest, nach deinem Unfall, aber glaube mir, wir beide,
wir waren schwer verliebt ineinander." „Ja?", fragte sie
unsicher. „Ja", bestätigte er schlicht. „Wir waren es diesmal
und wir waren es damals. Susanna, wir sind als Rebecca
und Danny viel zu früh gestorben, um wirklich wissen zu
können, ob wir tatsächlich ein Leben lang
zusammengeblieben wären." Sie schwieg betroffen und
Fred redete weiter. „Auch er hat zu der Zeit gelebt.
Vielleicht bist du ihm nur nicht begegnet. Vielleicht hast du
ihn aber auch einfach durch deine Liebe zu mir übersehen.
Aber er war da und irgendwann hätte das Schicksal seinen
Lauf genommen. Irgendwann wärest du zu ihm gegangen,
so wie du es heute auch getan hast."
Susanna war blind vom Tränenmeer in ihren Augen und die
ersten Tränen tropfen mitten auf den Küchentisch. Sie
schniefte mit der Nase und blickte ihren Tränen hinterher.
„Wir wissen es schon", flüsterte sie leise und schniefte
erneut. „Wir wissen bereits, dass er nicht Danny war, aber
dies hier", erneut sah sie ihn an. „So habe ich mir das nicht
vorgestellt, muss ich gestehen." „Das glaube ich dir",
erwiderte Fred, „aber du solltest dich damit abfinden. Du
hast bereits den Richtigen an deiner Seite. Der Richtige ist
dein Ehemann, wenn du aber weiterhin nach Danny suchst,
dann muss ich dich enttäuschen. Der ist anderweitig
verheiratet und daran gibt es nichts mehr zu rütteln."
Plötzlich kam ihr ein völlig anderer Gedanke. „Was ist
denn mit den Muttermalen? Man sagt doch, dass
Wiedergeborene die Wunden ihres alten Lebens auf der
Haut haben. Stimmt das auch nicht? Wenn du Danny warst,
dann bist du von hinten erschossen worden. Ich habe aber

nie ein Muttermal an dir gesehen." Fred stand auf, zog sein Jackett aus und öffnete sein Hemd. Er zog es nicht ganz aus, sondern ließ es lediglich etwas nach unten rutschen, während er seinen Rücken zu ihr drehte. „Ich sehe nichts." „Du musst dich schon mal erheben und näher herantreten", forderte Fred sie auf. Susanna tat es und als sie direkt hinter ihm stand, sah sie die blasse Stelle an seiner Haut. Er zog das Hemd wieder nach oben und drehte sich zu ihr um. „Ich habe das Muttermal entfernen lassen, als ich sechszehn war. Es ging mir schlicht weg auf den Keks." Susanna sah in kurz schweigend an. „Und warum hat Timm eins?" „Hat er das? Keine Ahnung, vielleicht ist auch er von hinten erschossen worden. In der damaligen Zeit, war das öfter der Fall." Sie schüttelte den Kopf. Es war müßig darüber noch nachzudenken. Sie hatte die tödliche Wunde aus Timms alten Leben gesehen. Seine Wunde war am Herzen. „Möchtest du noch Wasser?", fragte sie leise. „Nein, ich fahre jetzt nach Frankfurt zurück. Ich möchte nach Hause." „Gut", sie begleitete ihn zur Tür und als diese bereits geöffnet war, blickten sie sich lange an. Susanna betrachtete seine Augen. Sie versuchte, die zufällig ebenfalls blaue Augenfarbe auszublenden und dann sah sie es auf einmal, so deutlich, dass ihr regelrecht schlecht wurde. Es waren seine Augen. Der Ausdruck glich Dannys Augen, wie einem Fingerabdruck. Er schien ihre Gedanken zu lesen. „Komm her", sprach er leise und zog sie zu sich heran, nahm sie ganz fest in seinen Arm. „Ich habe dich sehr geliebt", murmelte er in ihr Ohr. „Bitte glaube mir und ich glaube, in ferner, ferner Zukunft, werde ich es erneut tun. So wie auch er es immer und immer wieder tun wird." Dann gab er ihr einen leichten Kuss auf den Mund und drehte sich um.

Sie sah dem dunklen Wagen hinterher und öffnete für ihn das Tor. Dann drehte sie sich um und blickte in die Empfangshalle, völlig blind von ihren Tränen, sie schluchzte auf und ließ sich an der Tür hinabgleiten, um dann ihre Beine wie ein kleines Kind anzuziehen und herzzerreißend zu weinen.

Irgendwann war sie ins Bett gegangen. Sie wusste nicht, was sie geweckt hatte. Eventuell war es die Türklingel gewesen. Leise hörte sie das Putzpersonal, dass Timm eingestellt hatte. Sie schielte zur Uhr. Inzwischen war es bald elf. „Sie schläft", hörte sie Magda, die Putzfrau sprechen und irgendeine andere Stimme, die sie nicht verstand. Dann klopfte es zart an der Tür und noch bevor sie ´Herein´ rief, wurde sie geöffnet. Magda streckte ihren Kopf durch den Türspalt und trat ein als sie sah, dass Susanna wach war. „Es ist alles ein bisschen viel im Moment, nicht wahr? Sie sehen ganz blass aus und nun ist noch dieser unsympathische Kerl da draußen und lässt sich nicht abwimmeln." „Welcher Kerl?", fragte Susanna. „Herr Marten." „Der hat mir gerade noch gefehlt. Hat er gesagt, was er will?" „Nein, er will mit ihnen reden." „Na, ganz toll. Ich komme gleich." Susanna schwang sich aus dem Bett und ging ins Bad. Sie schlug sich das kühle Wasser ins Gesicht und betrachtete missmutig ihr Spiegelbild. Dicke Augenränder waren das Einzige, was ein bisschen Farbe in dem so blassen Gesicht aufwies. „Na ja", murmelte sie, „für Henry Marten wird's reichen." Dann ging sie nach unten. Sie hatte die Treppe noch nicht halb geschafft, da hörte sie ihn auch schon von der Empfangshalle aus sprechen. „Da ist sie ja, die Prinzessin." Susanna verlangsamte ihren Schritt und sah ihn dabei prüfend an. Er wirkte sichtlich gereizt. „Hat Madame gut geschlafen? Ich meine, es ist bereits nach elf Uhr und das erste was ich höre ist, dass du noch schläfst." „Ich habe mich nicht wohl gefühlt", erklärte Susanna. „Oh, dass tut mir natürlich leid." Seine Ironie war nicht zu überhören. „Was willst du, Henry?", fragte Susanna, als sie nun direkt vor ihm stand. „Im Gegensatz zu dir bin ich heute bereits sehr früh aufgestanden. Im Gegensatz zu dir habe ich auch Timm schon besucht." „Du warst bei Timm? Wie geht es ihm? Kann ich auch zu ihm?" Henry grinste sie abwertend an. „Natürlich war ich bei Timm und wie es ihm geht, kannst du dir wahrscheinlich denken. Ruf selber da an und frag nach, wann du ihn besuchen kannst, wenn er das überhaupt will." Fassungslos sah Susanna ihn an. „Warum sollte er das nicht wollen?"

„Hast du schon mal aus dem Fenster gesehen?" „Nein."
„Sie sind wieder da oder besser gesagt, sie waren gar nicht
weg." Er drehte sich um und ging unaufgefordert ins
Wohnzimmer. Susanna folgte ihm, während er auf den
Tisch die Zeitung fallen ließ. Susanna trat näher und blickte
auf die Titelseite.
'Weltstar Timm in Haft. Seine Frau bekommt in der Nacht
Besuch von ihrem Exfreund.' „Na ganz toll, und du bist
wahrscheinlich heute ins Gefängnis gefahren, um Timm das
zu erzählen, stimmt's?" Henry war weiter zum Fenster
gegangen und drehte sich nun zu ihr um. „Nein, ich habe
mit ihm die weiteren Pläne bezüglich seiner Karriere
durchgesprochen. Eine Karriere, die du gestoppt hast."
„Habe ich nicht." „Hast du wohl. Er sollte längst in den
USA auf Tournee sein, stattdessen sitzt er hier in Haft. Wer,
wenn nicht du, ist deiner Meinung daran schuld?" Darauf
wusste Susanna nichts zu erwidern. Es hätte auch nichts
gebracht, denn Henry sprach nahtlos weiter. „Ich habe ihm
die Zeitung gezeigt, aber er hat keinerlei Bedenken, was
deinen Exfreund angeht. Viel mehr macht er sich darüber
Gedanken, dass du künftig auf Schritt und Tritt von den
Reportern verfolgt wirst." „Ich werde ihn anrufen und
sagen, dass er das nicht braucht." „Ach? Und wie willst du
das tun? Die Reporter wirst du nicht los." „Sie machen mir
nichts aus." „Hier drin nicht. Hier in deiner schönen,
abgeschieden Villa natürlich nicht. Aber irgendwann musst
du doch raus. Zur Uni zum Beispiel. Wird bestimmt
amüsant, wenn du dich durch die Reporter drängeln musst."
Susanna rieb sich müde über die Stirn. „Hast du einen
besseren Einfall, Henry?" „Ja, Timm wird nach seiner
Entlassung die Scheidung bekannt geben." „Was?" Mit
großen Augen sah sie ihn an. Er hob wie zur Abwehr beide
Hände kurz nach oben. „Natürlich will der Narr sich nicht
von dir scheiden lassen, obwohl ich mir nichts sehnlicher
wünschen würde, nein, er wird es für die Presse sagen.
Danach werden sie dich noch ein paar Wochen verfolgen
und dann bist du uninteressant für sie." „Vergiss es", fuhr
Susanna barsch auf, „ich werde nie so einem Blödsinn
zustimmen!" „Was willst du denn machen? Was meinst du,

wem sie glauben werden, wenn Timm die Scheidung bekannt gibt? Ihm oder dir?" Er gab sich die Antworte darauf gleich selbst. „Ihm natürlich! Du bist lediglich die durchgeknallte Exfrau, die die Trennung nicht verkraftet." Susanna funkelte ihn böse an. „Wann hast du dir das ausgedacht, Henry?" „Heute Nacht." „Heute Nacht? Und im Morgengrauen hattest du natürlich nichts Wichtigeres vor, als zu Timm zu fahren und ihm diesen Schwachsinn zu unterbreiten?" Er grinste sie an. „Richtig! Und ich bin beeindruckt gewesen, wie einsichtig dieser sture Maulesel war." Susanna straffte die Schultern. „Vergiss es, Henry. Spätestens, wenn ich ihn besucht habe, wird er seine Meinung ändern." Henry lachte laut auf. „Wenn du dich da mal nicht irrst, Engelchen. So nennt er dich doch immer, nicht wahr? Engelchen?" Susanna spürte die Röte an sich aufsteigen, während Henry langsam auf sie zukam. „Ich wünschte, er hätte dich nie getroffen. Ich wünschte, er hätte dich nie geheiratet. Du bist pures Gift für ihn!" „Bist du nur gekommen, um mir das zu sagen?", fragte sie kühl. „Ja, ich musste es einfach mal sagen. Ich kann dich nicht ausstehen, Susanna, und ich war schon viel zu geduldig mit dir." Sein Blick war drohend, als er nun direkt vor ihr stand. „Ich werde dich aus seinem Leben rausbekommen und wenn ich dich aus seinem Schädel prügeln muss, aber ich werde es schaffen." „Überschätz dich nicht, Henry." „Überschätz du dich nicht, Engelchen! Du hast ihm lange genug im Weg gestanden. Ich habe es lange genug geduldet. Wenn er dir etwas bedeutet und wenn auch seine berufliche Karriere dir etwas bedeutet, dann lässt du ihn gehen. Was willst du mit einem Mann, der ständig unterwegs ist?" „Er wird nicht ständig unterwegs sein." „Doch, das wird er. Nach den USA wird er eine neue Platte aufnehmen, neue Fotoshootings haben und ich werde dafür sorgen, dass das alles nicht in Deutschland stattfindet. Danach geht er auf Welttournee, Susanna, und mit China fangen wir an. Ich garantiere dir, du wirst ihn nur noch auf dem Plattencover sehen und ich garantiere dir, du wirst seine Stimme nur noch aus dem Radio hören." „Hör auf, Henry! Es wird dir niemals gelingen, soviel Einfluss auf Timm zu nehmen."

Er lachte. „Doch, es wird mir gelingen. Er hat schon jetzt seine Macht auf den Bühnen gespürt. Er ist bereits jetzt nach dem Applaus süchtig und das ist eine Tatsache, die nicht besser werden wird. Wann hat er dir das letzte Mal gesagt, dass er noch vor hat mit dir nach Indien zu gehen?" Susanna schwieg. „Siehst du, er sagt es nicht mehr, weil er es nicht mehr vorhat." Sein Gesicht kam dem Susannas verdächtig näher und sie konnte den kalten Zigarrenrauch an ihm riechen, während sein Atem an ihrem Gesicht abprallte. „Du bist für ihn nur noch zum Vögeln da. Ich nehme sogar an, dass du wirklich gut bist. Aber jeder ist ersetzbar, Engelchen und wenn ich eine Kopie von dir anfertigen lassen muss, irgendwann wird er dich nicht mal mehr mit seinem Arsch ansehen. Das garantiere ich dir." Sie sah seine vergilbten Zähne, während er beinah fletschend sein Gebiss vor ihr entblößte, dann ging er an ihr vorbei. „Genieß es in diesem Haus. Timm, der Narr, wird die Scheidung erst nach seiner Haft bekannt geben. Als Exfrau kannst du hier schlecht nachts schlafen." Sie hörte ihn aus der Empfangshalle lachen und kurz danach die Haustür ins Schloss fallen.

Einen Augenblick blieb sie wie angewurzelt auf demselben Fleck stehen und eilte dann nach oben ins Büro, um die Nummer von dem Gefängnis zu suchen. Als sie sie hatte, nahm sie umgehend den Hörer ab. „JVA-Berlin." „Hallo, hier ist Susanna Mühlbach, ist es möglich, dass ich meinen Mann sprechen kann?" „Wir sind hier kein Hotel", hörte sie die Frauenstimme barsch durch den Hörer. „Sie können zwischen 8.00 und 10.00 Uhr morgens hier anrufen. Wenn er will, kann er sie zwischen 20.00 und 21.00 Uhr am Abend anrufen, ansonsten können sie Besuchstermine zweimal wöchentlich beantragen." „Öfter nicht?", fragte sie entsetzt. „Nein, öfter nicht. Kann ich sonst noch etwas für sie tun?" „Nein, danke." Traurig legte sie wieder auf. Sie hatte die Anrufszeit glatt verschlafen und wusste nicht, ob er tatsächlich am Abend anrufen würde. Sie konnte sich auch nicht auf ihr Studium konzentrieren. Rastlos lief sie den gesamten Tag im Haus auf und ab.

„Frau Mühlbach, sie müssen etwas essen", ermahnte sie Magda, aber Susanna winkte lediglich ab. „Ich mache mir nachher ein Brot, danke." Magda blieb unsicher im Türrahmen stehen. „Ich bin soweit durch. Brauchen sie noch irgendetwas?" „Nein, sie können gehen", nickte Susanna ihr zu. „Gut, dann bis morgen."

Dann war sie allein. Alles Mögliche schoss ihr durch den Kopf. Wann konnte sie ihn besuchen? Wann würde sie ihn hören? Sie musste unbedingt mit ihm reden. Dann wanderten ihre Gedanken zu Fred. Fred war Danny gewesen. Wer aber war eigentlich Timm? Und war es überhaupt noch wichtig, wer er war? Timm zumindest hatte Recht behalten, als er behauptet hatte, dass er nicht Danny gewesen war und erneut musste sie an Elisabeth denken, die um einige Jahre gealtert war, während Timm damals immer noch lebte. Und dann Henry, dieser schreckliche Wadenbeißer, würde alle Hebel in Bewegung setzten, damit so etwas nicht wieder passierte. Bislang war sie immer der Meinung gewesen, dass ihm das nie gelingen würde, aber nach seinem heutigen Besuch war sie sich da nicht mehr so sicher. Er war hinterhältig und nicht doof. Er würde Wege finden, um einen Keil zwischen sie und Timm zu treiben.

Es war drei Minuten nach 20.00 Uhr als das Telefon klingelte und Susanna riss umgehend den Hörer hoch. „Ja?" „Hallo Engelchen." „Oh Gott sei Dank, Timm, wie geht es dir?" „Frag lieber nicht, unter einem First-class-Hotel verstehe ich etwas anderes und die Mitinsassen sind hier etwas ... gewöhnungsbedürftig." Sie hörte das Geschrei und Gegröle der Männer im Hintergrund und sie hörte es laut scheppern. „Was ist denn bei dir los?", fragte sie nervös. Timm brauchte etwas, ehe er antwortete. „Sie zertrümmern gerade den Billardtisch, aber die Wärter gehen schon dazwischen." „Mein Gott, wo bist du bloß gelandet?" „Das frage ich mich auch", erwiderte er leise und müde. „Wie geht es dir?", fragte er dann. „Was wollte Fred bei dir?" „Nichts Besonderes, wir haben lediglich geredet, bevor er zurück nach Frankfurt ist. Er hat mir erzählt, wie glücklich er inzwischen mit seiner Frau ist, und er hat mich ermahnt, dass ich nicht noch einmal so einen Mist machen soll, und dass ich nie vergessen soll, wie sehr ich dich liebe." „Hm, sonst war nichts?" „Nein, was sollte gewesen sein?", fragte sie unsicher. „Das weiß ich nicht, deswegen frage ich ja. Irgendwelche Vertrautheiten? Erinnerungen an alte Zeiten?" „Was soll der Blödsinn, Timm? Er kam hierher, weil wir uns lange nicht gesehen haben. Wir haben nur über belanglose Dinge geredet und dann ist er noch in der Nacht aufgebrochen, um nach Frankfurt zu fahren." Susanna biss sich verlegen auf die Unterlippe, war das jetzt eine Lüge? Lug sie Timm gerade an, weil sie ihm verschwieg was Fred ihr eigentlich offenbart hatte? Timm schwieg, was sie nun nicht gerade als ein gutes Zeichen auslegte, aber sie beschloss auch gerade, dass es wohl besser wäre den Namen Danny nicht mehr zu erwähnen. „Henry war heute Morgen hier", sprach sie stattdessen. „Timm, er will dass du die Scheidung bekannt gibst." „Ja, ich weiß." „Und du? Du stimmst doch so einem Mist nicht zu, oder?" „Susanna, lass uns darüber reden, wenn ich wieder draußen bin." Susanna holte schwer Luft. „Das war die falsche Antwort, Timm. Ich werde nie so einem Blödsinn zustimmen." „Was weißt du schon über falsche Antworten?", konterte er und Susanna spürte, dass er diesen unverbindlichen Besuch von Fred nicht glaubte und auch mit ihrer Antwort dazu alles andere als zufrieden war. Während sie sich ihren Fehler eingestand, hörte sie ihn wieder: „Ich werde nichts weiter dazu sagen. Wir reden, wenn ich draußen bin. Bis dahin wird das Thema nicht mehr erwähnt. Aber ich möchte, dass du wenigstens darüber nachdenkst." „Timm, das kann nicht dein Ernst sein. Was ist denn mit dir los? Wir haben noch vor kurzem in der Berghütte besprochen, dass du aufhörst mit der Singerei. Das hier hört sich aber ganz und gar nicht nach aufhören an." Sie hörte die Stimme in seinem Hintergrund. „Sieh zu, dass du fertig wirst, andere wollen auch noch telefonieren." „Ich muss Schluss machen, Engelchen. Versuch mich zu besuchen, ja?" Sie antwortete nicht. „Ich liebe Dich", hörte sie ihn warm sprechen, während die Stimme im Hintergrund wieder aufschrie. „Leg auf, du Vollpfosten." „Ich liebe dich auch, Timm", flüsterte sie zärtlich. „Timm?" „Ja?"

„Ich werde mich heute Nacht neben dich legen, wann musst du ins Bett?" „Um zehn." „Vielleicht kannst du mich ja spüren." „Ich kann dich spüren, Engelchen. Ich kann dich immer spüren", dann legte er auf und sie behielt den Telefonhörer noch in der Hand und starrte geradeaus ins Leere.

Dieses Gespräch war eine absolute Katastrophe gewesen. So sehr hatte sie auf den Moment gewartet, wo sie endlich mit reden konnte. Sie wollte mit ihm über Henrys Vorschlag sprechen und in ihrem Inneren hatte sie gehofft, dass er sich sofort von dem Vorhaben abbringen ließ und sie danach einfach nur noch zärtliche Worte miteinander austauschten. Stattdessen war er misstrauisch wegen Fred und hielt den Vorschlag von Henry anscheinend für nicht so übel, als das man nicht drüber nachdenken konnte.

Sie legte den Hörer zur Seite. Um 22.00 Uhr musste er schlafen gehen, aber was machte es schon aus, wenn sie sich schon jetzt hinlegte. Zu nichts anderem hatte sie heute noch die Kraft.

Mimi öffnete die Tür und sah zaghaft durch den Türspalt. Als sie Susanna davor sah, öffnete sie strahlend. Susanna selber war nicht zum Strahlen zumute. Ihre Augen feucht auf Mimi gerichtet, brachte sie nur ein paar Worte hervor. „Darf ich reinkommen?" Mimi hielt die Tür auf. „Natürlich, mein liebes Kind." Sie gingen durch den Flur und Mimi deutete in das Wohnzimmer. „Bitte setz dich. Ich koche uns einen Tee." „Danke", murmelte Susanna und ging in das Wohnzimmer. Sie hatte das Gefühl ihre Kehle wäre zugeschnürt. Sie fühlte sich schlechter, als nach dem Erwachen aus dem Koma. Langsam ließ sie sich in den wuchtigen Ohrensessel sinken und blickte sich das Wohnzimmer mit seinen alten Holzmöbeln, den gehäkelten Deckchen auf den Tischen und den blumigen Ölbildern an den Wänden an. Sie brauchte Trost und sie hatte lange überlegt bei wem sie Trost suchen sollte. Bianca, nun ausgebildete Kinderärztin und glücklich mit Riccardo leiert hatte kaum Zeit. Ihr Vater wusste zu wenig aus ihrer Beziehung zu Timm und Mimi war zwar sonderbar und vielleicht sogar verrückt, aber diese altmodische Ruhe, die in dieser Wohnung herrschte, tat Susanna einfach gut. Wie ein warmer Mantel, der einen wohlig umhüllte. Sie hörte das Ticken der Uhr auf dem Schrank und selbst das hatte eine beruhigende Wirkung auf sie. Die Uhr zeigte ihr an, dass die Zeit weiterging und trotzdem wirkte das Ticken auf sie wie ein Zeitstillstand.

Mimi kam mit dem Tablett herein und stellte die kleinen Teetassen, ähnlich wie die Bilder an den Wänden, mit Blumenmuster verziert, auf den Tisch, während sie das Teelicht im Stövchen entzündete, schielte sie zu Susanna rüber.

„Es ist gerade nicht leicht, richtig?" „Es ist unbeschreiblich schwer, Mimi!" Mimi nickte, als wüsste sie bereits alles und als der Teekessel aus der Küche rüber pfiff, eilte sie in ihren grauen Hausschlappen wieder hinaus. Als sie mit der Teekanne zurückkam, schenkte sie ein, stellte die Kanne auf das Stövchen und setzte sich Susanna gegenüber, während sie zeitgleich zur Zeitschrift griff, die auf dem Sofa lag. Sie behielt sie in der Hand, als sie sich an Susanna

wandte. „Ich nehme an, du hast Ärger mit ihm?" Susanna
nickte. „Henry war da, also bei mir …, also zuerst bei ihm
und dann aber bei mir. Er hat Timm vorgeschlagen, dass er
offiziell die Scheidung bekanntgeben soll und Timm war
einverstanden!" Mimi winkte ab. „Das kannst du aussitzen,
Susanna. Timm hat genug Zeit zum Nachdenken, im
Moment. Im ersten Moment mag der Vorschlag verlockend
klingen, aber wie soll man das denn umsetzen? Ihr müsstet
damit das glaubhaft wirkt, getrennt wohnen. Ihr könntet
euch nicht einmal mehr treffen, weil er ja ständig von den
Reportern verfolgt wird. Er liebt dich viel zu sehr, als so
eine Idee in die Tat umsetzen zu wollen." „Hast du nicht
gehört, Mimi? Timm war einverstanden." „Timm war
bockig und nicht einverstanden!" Susanna blickte sie
erstaunt an. „Wie meinst du denn das?" Nun reichte Mimi
Susanna die Zeitschrift, die sie in den Händen hielt und
Susanna erkannte, dass es die gleiche Zeitung war, die ihr
Henry vor die Nase gehalten hat. Die Information, dass sie
in der Nacht nach seiner Verhaftung ihren Exfreund
empfangen hat. Susanna kam nicht dazu irgendetwas zu
sagen, denn Mimi redete unaufgefordert weiter. „Susanna,
du musst lernen, dass du nicht mehr so agieren kannst wie
vor Timms Karriere. Es war doch klar, was in den
Zeitungen steht, wenn die Reporter bereits vor deinem Haus
rumlungern! Was glaubst du, wie förderlich solche
Schlagzeilen auf eure Beziehung sind?" „Du meinst er war
deswegen bockig und wollte sich rächen an mir?" „Ich
denke ja. Also leg dem ganzen nicht so viel Gewicht bei.
Was war sonst so?", fragte sie weiter. „Timm ist
inzwischen schon vier Monate im Gefängnis und ich habe
bis heute nichts von dir gehört. Ich gehe nicht davon aus,
dass du nur wegen Henrys Scheidungsvorschlag nach vier
Monaten bei mir auftauchst."
Susanna seufzte schwer und nickte.
„Timm verändert sich. Am Anfang war alles nicht schön,
aber noch erträglich. Nach ungefähr zwei Monaten wurde
er bei meinen Besuchen irgendwie so einsilbig. Er ließ
mich erzählen und wenn ich erzählt habe, hatte ich den
Eindruck er hört mir gar nicht zu. Er selber hat nichts zu

berichten, was ich ihm auch glaube. Er hat einen geregelten Tagesablauf, was gibt es da nach zwei Monaten noch zu berichten? Nach drei Monaten hat er mich aufgefordert, nicht mehr zweimal die Woche zu kommen, mit der Begründung, dass es uns Beiden nichts bringen würde, wenn wir uns gegenübersitzen, um uns anzuschweigen, und auch in diesem Punkt hatte er sogar recht. Mein alltägliches Leben ist ja auch nicht so berauschend, als dass es besonders viel zu erzählen gäbe und dass ich mich ständig mit den Reportern herumschlage, hab ich ihm lieber verschwiegen." Susanna griff nach der Tasse und nahm einen Schluck, um dann weiter zu erzählen. „Vor kurzem verbot er mir gänzlich ihn zu besuchen. Ich habe das ignoriert, bin trotzdem zu ihm gefahren und jetzt erscheint er einfach nicht mehr im Besucherraum. Auch seine Anrufe werden seltener." Verzweifelt sah sie Mimi an.

Mimi hatte beim Zuhören ihren Tee, inklusive Untertasse, ebenfalls genommen und regelmäßig daran genippt. Sorgsam stellte sie beides wieder auf den Tisch.

„Mein liebes Kind, ich würde dir sehr gerne etwas Hoffnung geben, aber ich glaube das wäre gelogen."

Der Satz wirkte wie ein Stich in Susannas Herz.

„Meinst du er wird sich von mir trennen?", fragte sie tränenerstickt. „Das weiß ich nicht, aber es sieht so aus, als wenn er sich sehr schwer tut im Gefängnis und es ist möglich, dass er dir daran die Schuld gibt. Es ist möglich, dass er sich auch nach seiner Entlassung von dir zurückzieht." „Was kann ich denn dagegen tun, Mimi?" „Du musst mit ihm reden, wenn er draußen ist und zwar nicht über deine Ängste, sondern über deine Eindrücke." „Welche Eindrücke meinst du?" „Nun ja, ich weiß gar nicht ob es deine Eindrücke sind, oder nur meine, die ich eben geschildert habe. Ich würde ihn an deiner Stelle direkt darauf ansprechen, dass er sich zurückzieht und du vermutest, dass es wegen dir und Dirk ist und allem was danach passiert ist." „Was wenn er das abstreitet?" „Dann ist es vielleicht nicht der Grund, aber dann wird er dir eventuell den wahren Grund nennen. Mangelnde Liebe Susanna, die kann es nicht sein. Er liebt dich! Davon lass ich mich auch nicht abringen." „Gut und wenn er es nicht abstreitet? Ich meine, ich habe sein Vertrauen mit viel Mühe in den Bergen zurückgewonnen, ich wüsste gar nicht wie ich das hier nochmal anstellen soll." „Schreib ihm einen Brief über deine Gefühle. Den kann er in Ruhe lesen und darüber nachdenken und du hast den Vorteil, dass er dich nicht unterbricht, während du dich erklären möchtest. Es gibt nichts Schlimmeres als in einen klärenden Gespräch den Faden zu verlieren, weil der andere irgendwelche Zwischenkommentare abgibt." „Hm", mehr wusste Susanna nicht zu sagen. `Das sollte helfen? Viel war das ja nicht gerade an Tipps.` Mimi schien ihre Gedanken zu lesen.

„Susanna, du kannst von niemand erwarten, dass man für dich die perfekte Lösung hat. Die habe ich nicht. Eine Beziehung ist etwas Lebendiges und keine Matheaufgabe. Es gibt keine präzisen Formeln. Es muss alles stimmen. Der Moment. Das Gefühl. Die Stimmung. Das, was der Eine an Signalen aussendet, muss vom anderen korrekt empfangen werden, was sehr schwer ist und hat man empfangen, muss man intuitiv agieren. Mit Feingefühl. Mehr kann ich dir nicht sagen." „Schade", seufzte Susanna.

Mimi stand auf und setzte sich dann auf das Sofa, so dass sie direkt bei Susanna saß und deren Hand nehmen konnte. „Das Einzige was ich dir sagen kann ist, dass du dich auf keinen Fall, nur auf deine Gefühle konzentrieren darfst. Du musst versuchen an seine Gefühle zu kommen. Damit du verstehst, was in ihm vorgeht. Erst dann kannst du, oder besser könnt ihr, Lösungen finden."

Der letzte Monat zog sich soweit in die Länge, dass Susanna das Gefühl hatte, er wäre genauso lang wie die ersten fünf zusammen. Die letzten Tage schienen alle samt 48 Stunden zu haben. Sie wollte ihn abholen, aber er wollte das nicht und so wartete sie an seinem Entlassungstag zu Hause, ging ständig auf und ab, um dann wieder am Fenster zu verweilen, ob das Taxi nicht endlich auf den Hof fuhr. Dann drehte sie sich wieder um, ging durchs Wohnzimmer zu den Fenstern, welche in den Garten zeigten und schaute dort hinaus. Beobachtete die Vögel, die munter über den Rasen sprangen und sie spürte wie ihr Herzschlag aussetzte, als sie den Schlüssel im Schloss hörte. Einen Moment blieb sie wie gelähmt stehen, hörte wie die Tür wieder ins Schloss fiel und eine Tasche fallengelassen wurde, dann drehte sie sich um und eilte zur Empfangshalle. In der großen Flügeltür blieb sie stehen, sowie er kurz hinter der Haustür stehen geblieben war.

Nichts sagte er. Unendlich müde sah er aus. Seine Haare waren gewachsen und im Gesicht trug er einen Dreitagebart. Er wirkte dünn und ausgemergelt und langsam ging sie nun auf ihn zu, blieb direkt vor ihm stehen. „Hast du dort auch etwas zu essen bekommen?" Er lächelte etwas. „Ja, nicht gerade von überwältigendem Geschmack, aber bekommen habe ich durchaus etwas." Mit seiner Hand berührte er zart ihr Haar und seinen Blick ließ er langsam über ihren gesamten Körper schweifen. Sie trug lediglich ein kurzes, rotes Kleid. An den Schultern durch kleine Bänder gehalten und darunter, warum wusste sie selber nicht, einfach nichts. „Hast du dich extra für mich so schön gemacht?", fragte er leise. „Für wen den sonst?" Erleichtert nahm sie seinen liebevollen Blick wahr. Nach seinem Verhalten in den letzten Monaten während der Haft war sie sich nicht sicher gewesen, ob er sich überhaupt freuen würde, sie zu sehen. Auch seine andere Hand hob er nun an und berührte ihr Gesicht. „Hast du mich in den Nächten gespürt?", fragte er und seine Stimme war nur noch ein Wispern, während sein Gesicht dem ihren verdächtig nah kam. „Jede Nacht, Timm. Jede Nacht." Dann beugte er sich ganz zu ihr und küsste sie.

Sie schmeckte den Zigarettenrauch an ihm. Zweimal hatte sie ihn bislang rauchen gesehen, beide Male kurz nachdem er Dirk verprügelt hatte. Aber jetzt roch er, als wenn er das neuerdings öfter tat. Sie schob ihn, ohne sich von seinen Lippen zu lösen, zurück. Schritt um Schritt und kurz vor der Küchentür blieb sie stehen. „Möchtest du etwas essen?", fragte sie, ohne den Kontakt zu seinen Lippen zu verlieren. „Nein", flüsterte er rau. Also drehte sie ihn, schob ihn Schritt um Schritt zurück, bis sie an der untersten Treppenstufe angekommen waren. Sie drückte ihn nach unten und als er auf der Treppe saß, spreizte sie die Beine und setzte sich über ihn. Ihr Kleid rutschte nach oben und sie konnte seinen sich dabei verändernden Gesichtsausdruck wahrnehmen. „Man könnte glauben, du hast etwas größeres heute mit mir geplant", murmelte er und küsste sie erneut. „Nein nichts größeres, nur etwas, dass viel zulange her ist. Bleiben wir auf der Treppe oder gehen wir nach oben?" „Nun ja", lächelte er, „die Reporter können immer noch nicht bis ans Haus kommen. Also bleiben wir hier."

Sein Atem wurde heftiger und mit einer Hand in ihrem Nacken zog er sie zu sich, um sie leidenschaftlich zu küssen, während er mit der anderen seinen Gürtel öffnete. Kurz erhob sie sich, damit er seine Hose nach unten schieben konnte und schon spürte sie ihn sich. Sie stöhnte auf und warf den Kopf zurück, während er mit seinen Händen beinah ungeduldig ihr Kleid nach oben schob. Seine Bewegungen wurden hektischer, während sie ihr Kleid selber über den Kopf zog und einfach in die Halle warf. Jetzt spürte sie es wieder. Diese Verbundenheit zwischen ihnen. Sie war immer noch da, egal wie sehr er sich eventuell verändert hatte. Das war etwas, was ihr Hoffnung gab die Zukunft mit ihm wieder zu richten und es war etwas, dass sie bis ins Unermessliche erregte. Erneut spürte sie diese Explosion in sich, als sie zum Höhepunkt kam und sie hörte sein lautes Stöhnen dabei. Ihr Blick noch völlige getrübt, sah sie ihn an und zart berührte sie seine Haut, als sie die vielen kleinen und auch größeren Hämatome dort erblickte und ihr Blick wechselte in

Entsetzen, als sie sogar kleine Brandwunden neben seiner linken Brust wahrnahm. Fragend sah sie ihn an, aber sein Blick schien nur den ihren zu mustern. „Du willst nicht drüber reden, richtig?", fragte sie leise. „Es gibt's nichts zu reden, Susanna. Ich war einfach nicht beliebt dort. Ich war für sie der reiche Schnösel, der einmal die Kontrolle über sich verloren hatte. Ich kannte nichts von ihrem Leben, ich wusste nichts über ihre Probleme und ich störte mit meiner Anwesenheit. Mehr gibt es nicht zu sagen", beendete er seine Erklärung und stand auf. „Ich bin müde, kommst du mit ins Bett?" „Ja", nickte sie und er nahm ihre Hand und zog sie mit sich nach oben.

Der Tag neigte sich dem Ende. Susanna hatte ihren Kopf auf seine Schulter gelegt und hörte seinen gleichmäßigen Atem, während ihr Blick nach draußen durch den Schlitz, den der Vorhang noch freigab, ging. Er war schnell eingeschlafen, während sie wach neben ihm lag und durch den Gardinenschlitz erkennen konnte, dass es draußen bereits dunkel wurde.
Beinah die gesamte Nacht fand sie keinen Schlaf und sie spürte, dass sein Schlaf die ganze Nacht nicht gut war. Oft wurde er unruhig, warf sich hin und her, stöhnte auf. Dann hielt sie ihn fester und manchmal flüsterte sie ihm einfach beruhigende Worte ins Ohr. Irgendwann war sie dann doch eingeschlafen und sie erwachte, als sie die hektischen Stimmen aus der Halle nach oben dringen hörte und augenblicklich setzte sie sich auf. Timm drehte sich neben ihr und stöhnte, aber Susannas Alarmsignale waren geweckt. Schnell sprang sie aus dem Bett. Zog sich den Bademantel über und griff kurz in ihren Nachtschrank, bevor sie das Schlafzimmer verließ. Als sie die Treppe erreicht hatte, sah sie gerade noch wie Henry Marten Magda grob zur Seite schubste, um nach oben zu gelangen. Wie angewurzelt blieb er stehen, als er Susanna dort stehen sah. Seine Augenbrauen ironisch hochgezogen. „Na, Prinzessin? Hat er es dir in der ersten Nacht schon gut besorgt?" „Was willst du?", fragte sie kalt. Er kam langsam die Stufen hinauf, während er sprach. „Ich war so gütig,

euch eine ruhige, friedliche Nacht zu gönnen. Aber jetzt, Prinzessin, jetzt bin ich dran. Was ich will?" Er blieb stehen und lachte hämisch. „Ich will ihm sagen, dass er seinen Arsch gefälligst hoch bewegen soll. Ich möchte noch heute mit ihm in die USA fliegen." Dann ging er weiter. „Bleib stehen!" Susannas Stimme klang so drohend, dass er tatsächlich augenblicklich stehen blieb. „Er wird nirgendwo hingehen. Er ist krank!" „Krank?", fragte Henry und lachte auch schon wieder. „Welche Krankheit hat ihn denn so plötzlich befallen?" „Kratzer auf seiner Seele, falls du überhaupt etwas mit dem Begriff Seele anfangen kannst." Henrys Ironie wich allmählich aus seinem Gesicht. „Kratzer auf seiner Seele? Das ist etwas, was ich dir sogar glaube. Er ist viel zu sensibel für diese Welt." „Ich bin erstaunt, dass so ein Dickfell wie du das überhaupt bemerkt hat." „Ich bin nicht blöd, Susanna. Aber das alles nützt ihm gar nichts. Er hat Verpflichtungen und denen muss er nachkommen. Seelenkratzer hin oder her." Wieder ging er weiter und er sah auf, als er erneut Susannas scharfe Stimme hörte. „Ich warne dich, Henry, bevor du zu ihm gelangst, musst du an mir vorbei und das, du kleine miese Ratte, wird dir nicht gelingen." Er wollte gerade wieder lachen, bis er die Waffe sah, die Susanna aus ihrem Bademantel zog und direkt auf ihn richtete. Ihre Augen waren so knallhart auf ihn gerichtet, dass er nicht einen Moment daran zweifelte, dass sie auch abdrücken würde. „Großer Gott, Frau Mühlbach, was machen sie denn da?", hörte sie Magda von unten rufen. „Seien sie ruhig, das geht sie nichts an", fauchte Susanna zurück, ohne ihren Blick von Henry zu lassen. „Du bist verrückt, Susanna. Was hast du vor? Willst du jetzt statt Timm ins Gefängnis gehen?" „Mach dir keine Hoffnung, Henry. Es ist Tränengas, aber ich garantiere dir, dir wird es nicht gut gehen, wenn ich dir davon eine Ladung in deine dreckige Visage ballere." „Das ist Körperverletzung, du solltest doch wissen, dass das nicht ungeahndet bleibt", sprach Henry weiter. „Das ist entschuldigter Notstand! § 35 des Strafgesetzbuches. Das heißt, Henry, wer in einer gegenwärtigen, nicht anders abwendbaren Gefahr für Leben, Leib oder Freiheit eine rechtswidrige Tat begeht, um die Gefahr von sich, einem Angehörigen oder einer anderen ihm nahestehenden Person abzuwenden, handelt ohne Schuld. Dies ist Timms und mein Haus und ich fordere dich hiermit auf zu gehen." Sie deutete mit ihrem Kopf zu Magda. „Unter Zeugen, Henry." Er zögerte, bevor er weitersprach. „Dir ist schon klar, dass ich keine Gefahr für sein Leben darstelle, wenn ich jetzt da hoch gehe?" „Wenn du da hoch gehst, um ihn mit deinem Mist zu belämmern, dann ist das durchaus eine Gefahr für sein Leben. Ich wiederhole es gerne noch mal für dich. Timm braucht Ruhe und jeder Arzt wird dir das bestätigen können." Ihr Blick wurde noch hasserfüllter und langsam, wie eine Raubkatze, bewegte sie sich nun auf ihn zu. „Ich zähle bis zehn, Henry, und falls du dann noch nicht raus bist, rate ich dir die Augen zu schließen, aber ich warne dich. Langsames zählen ist mir fremd. Eins, zwei, drei, vier ..." Henry hob die Hände. „Ist gut! Ich gehe, aber ich verspreche dir, Susanna, das was ich dir damals schon gesagt habe, habe ich nicht vergessen. Ich werde dich eines Tages aus seinem Leben raus bekommen." „Ich weiß", antwortete sie. „Er wird mich nicht einmal mehr mit seinem Arsch anschauen. Aber bis dahin, Henry, wird nach meinen Regeln gespielt und nun verpiss dich!" Sein Gesicht war vor Wut gerötet, aber dennoch drehte er sich um und ging nach unten. In der Halle blieb er noch kurz stehen und sah zu ihr hinauf, als wolle er noch etwas sagen, aber sie fiel ihm ins Wort. „Sechs Wochen! Du kannst nach sechs Wochen hier anrufen und fragen wie es ihm geht. Keinen Tag früher." Sie konnte sehen, wie er schwer durchatmete, dann verließ er endlich das Haus. „Mein Gott", fauchte sie Magda an. „Wozu um alles in der Welt haben wir diese beschissene Videokamera? Wie kann es sein, dass sie diesen Menschen ständig hier hereinlassen?" „Ich dachte ...", stammelte Magda, „er ist doch wichtig für Herrn Mühlbach. Ich meine, er ist doch sein Manager." Susanna ließ die Waffe sinken. „Es tut mir leid, das war unfair von mir. Sie können nun wirklich nichts dafür." Verlegen senkte sie ihren Blick. „Es ist in Ordnung, Frau Mühlbach, ich nehme ihnen das nicht übel. Wenn sie wollen ... ich habe Kaffee gekocht. Sie können ihm welchen nach oben bringen." Susanna wurde rot. „Oh Gott, es tut mir wirklich leid. Sie sind so nett und ich ..." Magda winkte ab. „Vergessen sie es, es ist in Ordnung und ...", sie lächelte schelmisch, „wie sie diesem Kerl eingeheizt haben ... alle Achtung. Ich hätte das nie so schön hinbekommen." Dann eilte sie in die Küche und Susanna folgte ihr langsam. Sie kamen sich in der Küchentür wieder entgegen, Magda das Tablett mit den Tassen und der Kaffeekanne in der Hand. „Dankeschön", Susanna nahm ihr das Tablett ab. „Das ist wirklich sehr, sehr nett von ihnen." Dann ging sie wieder hinauf.

Timm lag noch im Bett und hatte den Rücken zu ihr gedreht. Sie stellte das Tablett auf dem Nachtschrank ab, legte sich neben ihn und beugte sich über seine Schulter. Er war wach, hatte seinen Blick starr zum Fenster gerichtet. „Ist er weg?", fragte er. „Ja, er ist weg und die nächsten sechs Wochen wird er sich auch nicht mehr melden. Dir ist es freigestellt, dich bei ihm zu melden, wenn du es willst." Timm griff hinter sich nach ihrer Hand, ohne seinen Blick vom Fenster zu lassen. „Du bist eine bewundernswerte Frau, Susanna." Sie beugte sich zu seinem Ohr. „Weil ich dich liebe, Timm. Ich liebe dich mehr als alles andere auf dieser Welt." Er schloss die Augen und sie umschlang ihn mit ihrem Arm, während sie sich dicht an ihn schmiegte. „Möchtest du Kaffee?" „Später." Die kleine Lebendigkeit, die sie in seinen Augen gesehen hatte, als er mit ihr redete, schien plötzlich wieder zu erlöschen. Seinen Blick richtete er erneut starr aufs Fenster. Susanna spürte einen Stich in ihrer Brust. Deutlich konnte sie erkennen, dass er mehr nicht sagen würde. Schlimmer noch … er schien sie gar nicht weiter wahrzunehmen.

Sie drehte sich auf den Rücken und blickte die weiße Decke an. Sie spürte die Angst in sich aufsteigen. Egal wie hektisch ihr gemeinsames Leben bislang gewesen war, sie hatten immer zusammengehalten. Klar gab es auch den einen oder anderen Streit, aber man fühlte sich nie von dem anderen ausgeschlossen. Jetzt war es anders. Timm schloss sie aus, zog eine Mauer um sich und sie wusste nicht was sie tun sollte, um ihn zu erreichen. Die Enge in ihrer Brust wurde noch schlimmer, als sie seine gleichmäßigen Atemzüge wahrnahm. Sie setzte sich auf und blickte traurig zu ihm hinüber. Ihr zerbrach beinah das Herz und er schlief einfach ein.

Susanna goss gerade den Tee auf, als Magda ihren Kopf durch die Küchentür streckte. „Frau Mühlbach, ich würde jetzt gehen, wenn sie nichts weiter haben." „Nein, hab ich nicht. Ich wünsche ihnen einen schönen Feierabend." „Danke." Sie hörte sie gehen, während sie selber den Tee ziehen ließ und direkt wieder nach oben ging. Timm war zwar inzwischen aufgestanden, aber bislang noch nicht unten aufgetaucht. Sie schielte ins Schlafzimmer, welches leer war und nahm dann den Zigarettenrauch wahr, der aus dem Büro kam. Nahezu zeitgleich hörte sie das erneute Klacken des Feuerzeuges. Somit ging sie ins Büro, wo er vor mehreren Ordnern am Schreibtisch saß. Eine Zigarette in der Hand und eine qualmte im Aschenbecher. Sie ging darauf zu und drückte die Zigarette, die im Aschenbecher qualmte, aus. Sein Blick glitt flüchtig zu ihrer Bewegung und nur ein kleines „Oh", kam dazu von ihm.
„Seit wann rauchst du?" Er blies den Zigarettenrauch aus und sah sie an. „Ich wäre dir dankbar, wenn du mir jetzt keinen Vortrag über das Rauchen hältst." „Ich habe lediglich gefragt, seit wann du das tust." „Und wenn ich es dir sage, dann fragst du als nächste warum." „Stimmt." „Das ist eine Frage, die ich dir nicht beantworten kann." „Seit wann?", fragte sie erneut. „Seit zwei Monaten." „Wie viel?" „Oh, du fragst ja gar nicht warum." „Das kannst du mir doch nicht beantworten." Er grinste sie an. „Zuviel." „Timm", sprach sie entnervt, „stelle ich meine Fragen so unpräzise?" „Nein. Eine Schachtel pro Tag." „Großer Gott, ich hatte gehofft, du wärest ein Gelegenheitsraucher." Er antwortete nicht, sondern zog lediglich an seiner Zigarette. „Du solltest etwas essen." „Das hat keinen Sinn, ich behalte es nicht bei mir." „Warum nicht?" „Das weiß ich nicht", antwortete er genervt. Sie verdrehte die Augen und wandte sich zur Tür. „Ich hole dir Zwieback." „Susanna …"

Sie blieb stehen und drehte sich zu ihm um. „Ja?"
„…versuch nicht, es mir auszureden. Es hat keinen Sinn",
sprach er, während er die Zigarette hochhielt. Sie nickte
ihm zu. „Du bist ja schon groß, Timm." Dann ging sie nach
unten.

Sie kam mit dem Zwieback und dem Tee zurück und stellte
beides auf den Schreibtisch. Er saß wieder über seine
Ordner gebeugt, richtete sich etwas auf, während er mit der
Hand auf den Ordner deutete ohne sie anzusehen. „Ich
komme aus den Verträgen mit Henry nicht so einfach raus."
Jetzt sah er sie an. „Ich müsste viel zu viel Geld bezahlen.
Soviel Geld habe ich nicht, oder ich muss das Haus hier
verkaufen. Wobei das aber nicht so einfach wird bei einer
Immobilie dieser Art und ob man das bekommt was man
bezahlt hat ist auch fraglich." Seinen Kopf ließ er an die
Stuhllehne fallen, während er beinah nur noch zu sich selbst
sprach. „Ich muss ja auch noch meine Gerichtsstrafe
zahlen." Susanna ging um den Schreibtisch und setzte sich
ihm gegenüber. „Dann lass es laufen, Timm. Wie lange
gehen die Verträge denn, bis du günstiger aussteigen
kannst?" „Zwei Jahre." Sie nickte und stand auf. „Ich gehe
runter ins Wohnzimmer." Vor der Tür zögerte sie noch
kurz. Sollte sie ihn fragen, ob er in den nächsten zwei
Jahren nur singen würde? Oder würde er doch versuchen
mit dieser Macht in Kontakt zu treten? Sie hatten in der
Berghütte gemeinsam beschlossen es nicht zu tun und sich
stattdessen gegenseitig zu halten, falls diese seltsamen
Dimensionen erneut auftauchen. Doch sie spürte nun diese
große Distanz zwischen ihm und ihr und war sich nicht
sicher, ob er sich noch an ihr Abkommen halten würde. Er
wirkte auf sie nicht so, als würde er in dieser Welt gerade
gut zurechtkommen und was tut man als Mensch, der nicht
zurechtkommt und von Ängsten gequält ist?
Man sucht Hilfe in mystischen Dingen.
Wollte sie überhaupt wissen, ob er sein Vorhaben wieder
aufgenommen hatte? Susanna schüttelte den Kopf.
Ja, sie wollte es wissen, aber sie wollte auf ihre Frage nur
eine Antwort hören und zwar, dass er nicht versuchen

würde mit dieser, für sie so beängstigenden Macht in Kontakt zu treten. Ja, sie hatte Angst davor. Sie glaubte an diese große, nicht greifbare Macht und sie stufte sie als gefährlich ein. Somit fragte sie ihn nicht. Nur damit sie nicht hörte, was sie nicht hören wollte.

„Was überlegst du?", riss er sie aus den Gedanken. Sie drehte sich zu ihm hin. „Was genau ist im Gefängnis passiert, Timm?", fragte sie statt ihre ursprünglichen Gedanken zu äußern. „Du bist voller blauer Flecken. Du bist dort geschlagen worden, aber das alleine ist es nicht. Du bist völlig verändert. Du igelst dich ein." „Es ist nicht schlimm, Susanna." Sie zog ironisch die Augenbrauen hoch. „Nicht schlimm?" „Ich möchte das Kapitel Gefängnis ein für alle Mal abschließen. Somit …", er brach den Satz ab und sah sie erwartungsvoll an. Sie nickte. „Somit gehe ich nun in Wohnzimmer."

Auf dem Weg nach unten dachte sie über den Sinn dieses Gefängnisses nach. Timm war nie verkehrt gewesen. Einmal hatte er nun jemanden geschlagen. Er hatte jemanden geschlagen, der es ihrer Meinung nach verdient hatte geschlagen zu werden und dafür wurde er eingesperrt. Eingesperrt, damit er erkannte, dass seine Tat falsch war und damit er in ein ordentliches Leben zurückgeführt werden konnte. War das jetzt der Mann, der sich brav und fügsam in sein Leben wieder integrierte? Von heute auf morgen zum Raucher geworden? Und mit blauen Flecken übersäht, die nicht nur seinen Bauch, sondern auch seine Seele verfärbten. Sie blieb am Fuße der Treppe stehen und sie fühlte sich völlig hilflos. Alles was sie in den Bergen unternommen hatte, um ihn zurückzugewinnen, schien im Gefängnis zerstört worden zu sein. All das was er erlebt hatte, wäre nicht passiert, wenn sie ihm nicht beinah untreu geworden wäre. Und nun hatte sie Angst. Sie hatte einfach nur noch Angst ihn zu verlieren. Was würde aus ihm werden, wenn er sich nun nicht wieder unter Kontrolle bekam? Unsicher blickte sie nach oben und dann ging sie leise wieder hinauf.

Sie blieb an der Bürotür stehen, welche immer noch einen

Spalt offen stand und vorsichtig schielte sie hinein.
Er saß immer noch am Schreibtisch und starrte auf den
Ordner mit den Verträgen. In seiner Hand qualmte die
nächste Zigarette. Plötzlich drückte er die Zigarette aus und
stützte seinen Kopf in die Hände. Seine Finger in seinen
Haaren vergraben. Susanna streckte den Kopf, um besser
sehen zu können, aber leider konnte man Gedanken ja nicht
sehen. Kurzzeitig war sie der Meinung etwas zu hören. Ein
leises Weinen? Oder ein leises verzweifeltest Aufstöhnen.
So oder so, ihm schienen endlos viele Gedanken durch den
Kopf zu sausen. Dachte er noch über die Geschehnisse mit
Dirk nach? Hatte er überhaupt jemals noch über Dirks
hinterhältige Art nachgedacht? Dachte er über sie nach?
Vertraute er ihr noch, dass sie nicht nochmal so eine
Dummheit begehen würde? Oder dachte er über sein
krankes Herz nach, welchem medizinisch gesehen kaum zu
helfen war? Und sie? Was sollte sie nun tun? Sollte sie zu
ihm hingehen und versuchen ihn zum Reden zu bringen?
Sollte sie ihm einfach Zeit geben? Mimi hatte ihr geraten
ihm ihre Eindrücke über ihn zu erzählen und dann seine
Erklärungen abzuwarten. Aber welche Eindrücke hatte sie
eigentlich von ihm?
Sie fühlte die Distanz, diese unsichtbare Mauer zwischen
sich und ihm. Aber das war doch kein Eindruck. Sie
knabberte an ihrer Unterlippe, während sie immer noch
beobachtend vor der Tür stand und plötzlich richtete er sich
auf, stand auf und ging zum Fenster, schaute eine gefühlte
Ewigkeit hinaus und drehte sich dann wieder in den Raum.
Den Hintern an die Fensterbank gelehnt, glitt sein Blick
ziellos im Raum hin- und her, bevor er seine Augen schloss
und anscheinend irgendetwas murmelte.
Susanna spürte plötzlich den Windhauch an ihren Arm und
irritiert blickte sie sich um, wo der wohl herkam. Es war
keine weitere Tür geöffnet. Es war kein Fenster geöffnet
und trotzdem hatte sie das Gefühl einen Windhauch auf
ihrem Arm gespürt zu haben, als flog etwas an ihr vorbei in
den Türspalt zu Timm. Bei dem Gedanken blickte sie
entsetzt selber wieder durch den Spalt. War da etwas
gekommen? War sie jetzt eventuell schon genauso verrückt

wie Mimi? Obwohl …, sie überlegte, natürlich war sie genauso verrückt wie Mimi. Eine Frau, die mit ihrem Mann in völlige andere Welten und in völlige andere Zeiten reisen konnte, konnte ja nur verrückt sein. Dennoch, verrückt hin- oder her. Sie spürte eine eisige Kälte aus dem Büro kommen und diese Kälte war zuvor noch nicht in dem Raum gewesen.

„Kann ich immer noch mit dir verhandeln?", hörte sie ihn plötzlich leise ins Nichts fragen. Susanna spürte den Kloß in ihrem Hals. Wen fragte er das gerade? Fragte er das die Kälte im Raum? Und sie erschrak regelrecht, als sie eine andere Stimme hörte. Sie hallte von links nach rechts und es wirkte, als würde ein Echo diese raue Stimme noch unterstreichen.

„Ja!"

Abrupt öffnete Timm die Augen.

Abrupt riss auch Susanna ihre Augen weiter auf.

Er hatte die Stimme gehört!

Aber nicht nur er. Sie hatte diese Stimme auch gehört.

Am linken Arm nahm sie erneut einen Windhauch war und sie blickte sich um, als würde sie diesem Etwas hinterherschauen können, während um sie herum die eisige Kälte verschwand.

„Henry?", hörte sie nun wieder aus dem Büro und drehte sich ruckartig wieder zu Timm um, der inzwischen den Telefonhörer am Ohr hatte. „ Ja, ich bin es. Ich brauche keine Zeit mehr, wir können uns Morgen für weitere Termine treffen."

Ihre Schnappatmung ignorierend schubste sie die Bürotür auf und sah ihn an. Er erwiderte ihren Blick. „Ich melde mich Morgen gegen Mittag bei dir", sprach er noch in den Hörer und legte auf. Er legte seinen Kopf schief, während er sie betrachtete. „Du siehst aus, als hättest du gerade einen Geist gesehen", sprach er und sie drehte sich zur Tür um und deutete mit ihrem Finger drauf. „Ich …, also … ähm …, nicht gesehen, ich …, vielleicht, ich meine …, ich glaube …", sie blickte ihn wieder an, den Finger immer noch auf die Tür gerichtet, „ihn gespürt und ihn gehört, trifft es wohl eher. Ich habe einen kalten Hauch gespürt und ein ´ja´ gehört", sie ließ ihre Hand sinken und sah ihn unsicher an. Langsam kam er auf sie zu und kurz berührte er zart mit seiner Hand ihr Gesicht.

„Als du damals in Indien mit dem Milchwagen Hajmar verlassen hast, stellte mich Jim zur Rede. Er erklärte mir, dass er mich für arm hielt, dass ich ein Narr wäre der mit Intuitionen nichts anfangen könnte und Fakten bräuchte. Er verstand nicht, warum ich dich habe fahren lassen und er glaubte, dass meine Nüchternheit und das Leugnen vom Übermenschlichen der Grund dafür war." Er unternahm eine kleine Pause. „Jim ist ein schlauer Mann, aber in dem Punkt hat er mich gewaltig unterschätzt. Wenn einer zwischen den Welten irgendetwas erfühlen konnte, dann ich. Ich konnte es schon seit ich ungefähr drei Jahre alt war. Vielleicht auch besser, als er es jemals selber in seinem Leben erfahren wird." Er drehte sich und ging zum Fenster. „Ich habe gespürt, dass bei dir irgendetwas ist, was ich bei anderen nie empfunden habe. Ich konnte es deutlich in den Nächten spüren, die ich bei dir im Krankenhaus verbracht habe, als du im Koma lagst und als du dann in Indien ankamst und ich dich nach den Gründen gefragt habe, sagtest du, dass du meine Liebeserklärung an dich gehört hast."

Er drehte sich zu ihr um.

„Diese Erklärung brachte für mich damals die Ernüchterung. Ich hatte nicht mehr das Gefühl, dass uns irgendetwas Großes verbindet, sondern du wirktest auf mich wie ein kleines romantisches Mädchen, das seinem Traum hinterherläuft. Deswegen war ich so ekelhaft zu dir." „Und warum bist du mir dann gefolgt und hast mich von meiner Abreise abgehalten?" „Weil mir erst nach Jims Ansage klar wurde, wie ekelhaft ich war. Vielleicht, so dachte ich, bist du ein kleines romantisches Mädchen, aber das gibt mir nicht das Recht mich so zu verhalten. Ich habe mich aufgeführt wie ein arrogantes Arschloch und das tat mir auf einmal unendlich leid. Ich hätte das auch anders sagen können, dass wir nicht zusammen passen. Ich hätte es dir behutsam erklären können, so dass du es vielleicht verstehst, oder aber zumindest akzeptieren kannst."

„Aber auch das hast du nicht getan? Wieso hast du dich nicht einfach entschuldigt und es mir dann vor meinem Abflug erklärt?", fragte sie weiter. „Weil ich mich trotz allem unwahrscheinlich zu dir hingezogen gefühlt habe. Als du mir im Hotelzimmer erklärt hast, wie du dich nach deinem Koma gefühlt hast. So unendlich alleine und so tapfer hast du dich in dein Leben zurückgekämpft …, ich konnte dich nicht mehr gehen lassen. Meine Gefühle für dich ließen es nicht mehr zu." Er atmete einmal schwer durch und fuhr dann fort. „In Matura habe ich dann realisiert, dass ich mich nicht geirrt hatte mit den Gefühlen im Krankenhaus. Du hattest meine Visionen gehabt, du konntest mich in einer anderen Welt spüren und seitdem danke ich Gott für eine Frau wie du es bist, an meiner Seite." Er kam wieder näher und stellte sich vor sie. „Ich dachte immer, dass nur ich so etwas spüren kann, aber durch dich weiß ich, dass es real ist was ich spüre. Vielleicht kannst du es spüren, weil du die Empfindsamkeit dafür durch dein Koma erlangt hast, vielleicht spürst du es aber auch, weil du mich liebst. Wie dem auch sei, du hast es eben gespürt. Du hast es eben gehört. Du bist wie ich!" Susann schluckte schwer. „Wirst du den Geist nun auf eine deiner Bühnen rufen, um mit ihm zu verhandeln? Oder warum hast du Henry bereits zugesagt?" Er zuckte mit den Schultern. „Ich weiß es nicht, es ist im Moment auch nicht wichtig. Fakt ist, ich komme aus den Verträgen nicht raus und ich muss auf diese Bühnen. Vielleicht kommt es irgendwann auf mich zu. Vielleicht rufe ich es auch irgendwann. Vielleicht passiert aber auch gar nichts, bis ich aus den Verträgen aussteigen kann. Für heute …" erneut berührt er ihr Gesicht, „ist es bedeutungslos."

„Danke, das war's für heute. Kommen Sie gut nach Hause."
Susanna schreckte auf, als sie die Worte der Professorin
hörte und nun nahm sie das Geraschel und Geschnatter
ihrer Kommilitonen um sich herum erst wieder wahr. Sie
hatte die gesamte Vorlesung so gut wie kaum
mitbekommen. Schwer atmete sie durch und klappte das
Heft mit ihren wenigen Notizen, vor ihrer Nase, zu.
„Susanna, kommst noch mit auf einen Kaffee?", hörte sie es
von hinten rufen. Sie stand auf, während sie rüber zur Tür
blickte und ihrer Studienkollegen Julia und Sebastian dort
stehen sah. „Nein Danke, ich fahre direkt nach Hause", rief
sie rüber. Julia schüttelte verständnislos den Kopf, aber
dann gingen die beiden und nachdem dann auch Susanna
ihre Jacke an hatte, bewegte sie sich, so ziemlich als Letzte,
zum Ausgang. Vor der Glastür der Uni blieb sie stehen und
sah, dass es draußen in Strömen regnete. „Na toll",
murmelte sie muffelig, zog sich die Kapuze über den Kopf,
klemmte ihr Tasche an den Körper und lief los. Sie war fast
komplett nass, als sie bei ihrem alten Auto angekommen
war. Noch immer ignorierte sie das schicke Auto von
Timm. Sie schloss auf und sprang rein. Ihre Tasche auf den
Beifahrersitz geworfen und den Zündschlüssel ins Schloss
gesteckt, wollte sie nur noch nach Hause. Der Wagen
begann ohne Erfolg zu orgeln. „Oh nein, das kann doch nun
nicht wahr sein", fuhr Susanna den Tränen nahe auf. „Was
hab ich dir denn getan?" Die erste Träne rollte ihr bereits
über die Wange und sie ließ ausgelaugt ihren Kopf gegen
die Kopfstütze fallen, während der Regen unablässig aufs
Autodach prasselte.
Fünf Monate war er nun weg!
Sie hatte gehofft, dass er sich wenigstens noch etwas Ruhe
gegönnt hätte, aber er war direkt gestartet. Er war so nervös
und hibbelig, sowie auch schlecht gelaunt, dass es für ihn
wahrscheinlich auch schwer geworden wäre in so einem
Zustand zur Ruhe zu kommen. Aber es gar nicht erst
probieren? Wieder arbeiten und die ganzen Sorgen und
Ängste verdrängen? Susanna wollte es ihm ausreden, aber
das nervte ihn nur noch mehr und deswegen gab sie auf. Sie
wollte nicht zusätzlich eine Belastung für ihn werden,

obwohl sie sich heute fragte, ob sie das nicht eh schon gewesen war.

Zusätzlich zum Starkregen rüttelte nun eine Windböe energisch am Auto. Susanna wischte sich mit den Handrücken ihre Tränen weg, während ihre unablässig kreisenden Gedanken wieder an Fahrt aufnahmen.

Er war jetzt in den USA und eroberte dort den Musikmarkt. Er gab Konzerte und war in etlichen Shows gebucht. Das Pensum von Henry sah keinerlei Ruhetage mehr vor. Dennoch hatte er sich den ersten Monate noch gemeldet, doch plötzlich von heute auf Morgen brach der Kontakt ab! Sie konnte ihn nicht mehr erreichen. Auf seinem Handy lief nur noch die Mailbox und er rief nie zurück. In den Hotels schien er, wenn sie anrief, nie auf seinem Zimmer zu sein. Hätte sie ihn nicht ständig in irgendwelchen Zeitschriften gefunden oder im Fernsehen gesehen, hätte sie geglaubt ihm wäre etwas zugestoßen, aber er wirkte recht lebendig.

Sie hatte sich bei Bianca ausgeweint und sie hatte sich bei Mimi ausgeweint. Bianca riet ihr umgehend in die USA zu fliegen, mit der Begründung, dass es ja unmöglich von ihm wäre ihre Anrufe zu ignorieren. Mimi riet ihr, ihn in Ruhe zulassen und ihm Zeit zugeben, um alles zu verarbeiten.

Erneut wurde das Auto vom Wind gerüttelt und der Regen prasselte nun seitwärts gegen die Scheiben. „Fast wie in Indien beim Monsun", murmelte Susanna und betrachtete die Regentropfen an den Scheiben.

War das hier noch dasselbe Leben?

Ihre Suche nach dem Koma. Die Liebe in Indien zu Timm, das alles schien so endlos weit weg, dass es sich eigentlich kaum noch um dasselbe Leben handeln konnte. Natürlich hatte sie Vorstellungen von ihrem Leben und dessen Zukunft, aber niemals war das Leben an der Seite eines Superstars dabei gewesen. Diese Tatsache wäre niemals in ihren Vorstellungen vorgekommen und nun war genau das eingetroffen. Sie konnte sich nicht an ihr Jugend erinnern, aber sie nahm schon an, dass sie wie alle jungen Mädchen gerne für solche Superstars geschwärmt hatte und in ihren Träumen stellte sich sicher auch ein Leben an der Seite von so einem Mann vor, aber nun hasste sie es. Sie hasste es dermaßen, dass sie es gar nicht in Worte fassen konnte. Diese ständigen Reportagen gingen ihr auf die Nerven. Diese ständigen Fotos, wo immer irgendwelche Frauen neben ihm abgebildet waren und immer wieder wurde spekuliert, welchen Platz die Frau auf dem Bild in seinem Leben wohl hatte. Das machte sie wütend.

So langsam wurde es kühl im Auto und Susanna beugte sich erneut zum Zündschlüssel vor. „Nun komm schon, Kurt. Ich möchte wirklich gerne nach Hause", sprach sie dem Auto gut zu und wie durch Zauberhand sprang er nach einem ganz kurzen Orgeln an. „Oh Gott sei Dank", murmelte sie erleichtert und fuhr dann endlich los.

„Ramtata, ramtata, ram ram ramtata", fröhlich summend ging Henry durch die Hotelhalle und sah an einem der runden Tische Günther mit einem Cognacglas sitzen. Somit rief auch er zur nahegelegen Bar rüber.

„Ein Bier bitte, drüben an den Tisch".

Als Günther ihn sah, setzte er sich auf und fuhr mit seiner Hand in seine innere Jackentasche, aber er hielt inne, als Henry bei ihm ankam und direkt mit dem Reden begann.

„Ist das nicht alles wunderbar Günther?" Freudig ließ er sich neben seinen Partner in den kleinen Armsessel nieder. „Ich bin dermaßen glücklich. Ich kann es kaum in Worte fassen", rief er weiter aus und strahlte zufrieden die Bedienung an, die ihm sein Bier auf den kleinem runden Tisch stellte. „Danke." Umgehend neigte er sich nach vorne, griff danach und prostete Günther lächelnd zu. „Wir sind genial Günther, oder besser gesagt ich bin genial. Als ich eben in seinem Zimmer war, war er wieder dabei darauf zu warten, dass sie den Hörer abnimmt. Oh Gott er hat sich nicht mal mehr die Mühe gemacht aufzulegen, als ich reinkam, nur aus Angst er könnte sie verpassen." Günther grinste ihn an. „Ich dachte ja erst, dass dieser ganze Klungelkram viel zu teuer wird, aber ich sehe allmählich auch ein, dass es wirklich wunderbar funktioniert." „Nicht wahr", grinste Henry. „Ich sagte dir ja, ein bisschen finanzieller Einsatz muss sein, damit das Geschäft gesichert ist! Und es ist wunderbar gesichert! Er hat so schlechte Laune, das fördert sein Bad-Boy Image immer mehr und das, obwohl ich am Anfang dachte wir können einpacken nach dieser ganzen Gerichtsverhandlung und dem Gefängnis. Ich dachte der Ruf des Sonnyboys und Schwiegermutters Liebling kann nie wieder aufgebaut werden. Wer hätte denn gedacht, dass Bad-Boys noch besser vom Publikum ankommen werden, als so smarte Schwiegermuttertypen?" Günther lachte auf. „Ja, also das ist wirklich gut, die Frauen stehen auf Typen die aus Eifersucht beinah morden würden. Für sie ist er ein Held und sein neuer Look mit den etwas längeren Haaren, dazu ist er oft nicht richtig rasiert, scheint ihn für die Damenwelt nur noch interessanter zu machen." „Stimmt", nickte

Henry. „Anfangs dachte ich, das kann alles nur schaden, aber die Kasse brummt und Susanna wird nach und nach in der Versenkung verschwinden. Was haben wir nicht alles Wunderbares in Bewegung gesetzt. Diese ganzen bestechlichen Menschen. Für genug Kohle verkaufen die noch ihre eigene Großmutter! Der von der Telekom in Deutschland war allerdings wirklich teuer, damit er die Leitungen so umleitet, dass die Beiden sich nicht mehr erreichen können und ihre Anrufe ins Nirwana laufen." „Nun ja, der zwielichtige Typ, der Timms Handy manipuliert hat, war auch nicht grad ein Schnäppchen und ständig müssen wir die Hotelrezeptionen bestechen." „Ach die sind doch günstig", brummelt Henry und nahm einen Schluck Bier. „Hast du das Kraut?", fragte er dann und sah Günther erwartungsvoll an. „Ja, aber nicht das was du wolltest, es war nur Shunk zu bekommen und das ist ziemlich stark." „Oh", nickte Henry, „das ist wirklich stark, dann müssen wir ein bisschen darauf achten, dass er nicht so viele von den Beruhigungspillen nimmt, aber ich denke das bekommen wir hin. Geb es her." Er hielt seine Hand auf und Günther fasste erneut in seine Jackeninnentasche und reichte ihm das Päckchen. „Sorge auch gleich für Nachschub! Er muss immer versorgt sein, wenn er erst einmal auf den Geschmack gekommen ist." „Selbstverständlich", grinste Günther, während Julia hinter ihm gerade durch die Hotelhalle schritt. „Julia", rief Henry energisch und winkte sie zu sich rüber und als sie vor dem Tisch stand, schnauzte er sie auch sofort an. „Wenn du weiter so aussiehst, wie du aussiehst, dann wirst du von all meinen Investitionen die einzige Fehlinvestition gewesen sein!" „Was soll ich denn machen?", verteidigte sich Julia, „er ist doch nur auf seine Frau fixiert." „Mein Gott …, ich sorge grad dafür, dass die Beiden sich bald hassen werden, kümmere du dich bitte darum, dass du in sein Beuteschema passt." Julia sah in groß an. „Na", wedelte er mit seiner Hand rum, „mach dir die Haare! Sie müssen lockiger werden und die Farbe muss eher der von Susanna gleichen, außerdem kannst du dir ruhig auch die Nägel lackieren." „Das hat sie aber nicht." „Egal Männer mögen so etwas!"

Er lehnte sich vor und reichte ihr einen großzügigen Geldschein. „Los, ab zum Friseur mit dir und zur Kosmetikerin. Ich sorge derweil dafür, dass er auch die nötige Gelassenheit bekommt, um seinen Engel zu betrügen."

Freudig wedelte er mit dem Shunkpäckchen hin und her. Julia nahm das Geld und rauschte von dannen, während Henry schnell sein Bierglas leerte. „Ich geh zu ihm und biete ihm diesen hervorragenden Tabak an." „Denk dran, dass heute Abend noch das Konzert ist. „Ach, papperlapapp", winkte Henry ab. „Das wird er erst einmal ablehnen und dann, wenn grad keiner guckt und sein Frust über dieses Telefondrama groß genug ist, dann greift er heimlich zu. Hehe", lachte er hämisch bevor er aufstand, um wieder singend davonzurauschen.

„Ramtata, ramtata, ram ram ramtata."

Als er nach kurzem Anklopfen Timms Zimmer betrat, hatte dieser erneut den Telefonhörer in der Hand. Henry blieb gönnerhaft stehen und wartete, bis Timm das Gespräch schwer ausatmend beendete und Henry müde ansah. „Was willst du?" Henry griff in seine Brusttasche und warf das Päckchen auf den Tisch. „Was ist das?", fragte Timm. „Mein Anteil." „Was für ein Anteil?" „Mein Anteil für ein schöneres und reicheres Leben." „So?" Timm beugte sich vor und nahm das Päckchen in seine Hand, öffnete es und hielt die Nase darüber. Ein ironisches Lächeln überzog sein Gesicht. „Cannabis? Du meinst ich sollte das rauchen?" „Du rauchst sowieso ständig, dann kannst du auch etwas rauchen, das dir nützt." Timm warf das Päckchen zurück auf den Tisch. „Ich glaube kaum, dass es mir nützt." Henry zuckte mit den Schultern. „Probiere es, du läufst jetzt völlig neben der Spur und vielleicht auch mit dem Zeug. Aber woher willst du wissen, ob es nichts nützt, wenn du es nicht wenigstens versuchst." Er grinste Timm an und drehte sich bereits wieder zur Tür. „Wir sehen uns gleich beim Konzert", rief er noch bevor er das Zimmer wieder verließ.

„Timeo, Timeo, Timeo, Timeo …", in gleichmäßigen, beinah rhythmischen Abständen hörte er das Rufen. Timm lehnte an der Wand von dem der Gang abging, der im Backstagebereich von den Kameras kontrolliert wurde. Sobald er dort durchging konnte ihn sein Publikum schon auf den großen Leinwänden draußen sehen. Ähnlich wie ein Boxer, der in die Kampfarena tänzelte. Es war ein Einfall von Henry und Einfälle von Henry wurden immer durchgesetzt.

Traurig hatte Timm seinen Blick auf eine der Wände gerichtet. Er fühlte sich unendlich müde und er hatte das Gefühl sein Herz würde sich vor Schmerz verdrehen. Er konnte es nicht ertragen nichts mehr von Susanna zu hören. In seiner Verzweiflung hatte er auch bei ihren Eltern angerufen, weil er Angst hatte ihr wäre etwas passiert. Er hätte gerne ihren Vater erreicht, aber er hatte ihre Mutter dran gehabt und es war kein großes Geheimnis, dass diese ihn nicht mochte. Dementsprechend fiel auch die Antwort aus.

„Was soll ihr denn passiert sein? Wenn sie schlau ist, öffnet sie endlich ihre Augen und geht einfach nicht mehr dran."

Einen Moment hatte er Erleichterung empfunden.

Wenigstens passiert war ihr nichts. Dann kam die Wut, dass sie ihm nicht wenigstens sagte, dass sie nichts mehr mit ihm zu tun haben wollte und nun die Traurigkeit. Die Verzweiflung. Die Kraftlosigkeit.

Er hörte das Schlagzeug in regelmäßigen Abständen. Das Gejohle des Publikums, welches kaum erwarten konnte, dass das Konzert endlich begann.

Dann stimmten sich die anderen Instrumente in den Takt mit ein. Das war sein Zeichen loszugehen, also ging er los. In den Gang mit den Kameras und er konnte das schreien und jubeln hören, wie es lauter wurde. Wie ein Roboter kam er sich vor und als er durch den Gang durch war ging er auf die Stufen zu, die zur Bühne hochführten. Stufe um Stufe konnte er etwas mehr von der Arena sehen. Er sah die Menschenmassen. Ihre wippenden Hände in der Luft und sobald neben dem Eingang zur rechten und zur linken Seite eine Feuersäule erscheinen würde, sollte er sein Lied beginnen und auf die Bühne gehen. Die Feuersäulen erhellten seinen Blick und als er das Mikrofon ansetzte, sah er plötzlich etwas über der Arena schweben. Vielleicht eine Spielerei seiner Augen, weil er versehentlich genau in die Feuersäulen geblickt hatte, aber so genau wusste er nicht was es war und blieb einfach stehen, um das seltsame Licht, welches über der Arena schwebte zu betrachten. Das energische Fordern des Publikums nahm er nicht mehr wahr, während sich der luftige Feuerball allmählich in ein brennendes Gesicht verwandelte. Ein überdimensionaler Kopf mit Hörnern und wuchtigen Zähnen blickte ihn an. Wie gelähmt stand Timm da, nicht wissend und nicht einordnen könnend, was er dort sah.

Hatte er Halluzinationen?

Von dem Zeug was Henry ihm gegeben hatte konnte es nicht sein, denn davon hatte er noch nichts geraucht.

Plötzlich hörte er die raue Stimme hinter sich.

„Wir können verhandeln."

Timm stockte der Atem. Entweder verlor er gerade seinen Verstand, oder aber die übergeordnete Macht sprach mit ihm. Nicht nur das, sie zeigte auch ihr Gesicht!

Henry kam auf ihn zugelaufen.

„Was ist los mit dir? Geh sofort da raus!"

„Wir können verhandeln", klang es in seinem inneren Ohr nach.

„Jetzt?", fragt er völlig entgeistert. „Natürlich jetzt", fuhr Henry ihn an und kurz nach Henrys Stimme folgte die raue.

„Nicht jetzt! Bei Jenna!"

Plötzlich war es, als verpuffte der Feuerball über der Arena. Timm hatte einen Auftritt bei eines von Jennas Konzerten geplant und dort sollte er mit dieser Macht verhandeln?

Hatte sie ihm das gerade gesagt?

Er spürte das Rütteln an seiner Schulter und sah in Henrys Gesicht. „Wenn du nicht sofort da rausgehst, Timm, dann trete ich dich da raus. Nun nahm er die Musik wieder wahr. Seine Band hatte tapfer weitergespielt und nahezu ein Instrumentalstück aus seinem Lied gemacht. Somit ging Timm nun die restlichen Stufen nach oben und begann endlich sein Konzert.

Henry drehte sich genervt um und rannte fast Günther um, der sich hinter ihm positioniert hatte. „Ist es vielleicht doch zu stark?", fragte Henry besorgt. „Du hast ja gesagt, dass es so stark ist." Günther schüttelte den Kopf. „Nein, dann hätte er irgendwelche verrückten Sachen gemacht oder Panikattacken bekommen, aber er stand ja nur da, wie zur Salzsäule erstarrt." „Du meinst es war irgendetwas anderes? Aber was denn?" Besorgt blickte Henry auf die Bühne raus. „Hallo Henry, hier bin ich", hörte er dann Julias Stimme hinter sich und drehte sich zu ihr um. „Donnerwetter, das hat sich aber gelohnt." Julia blickte ihn mit ihren ausdruckvoll geschminkten Augen an. Die Haare hatte sie mit blonden Strähnen erheblich aufhellen lassen und lockig hingen sie ihr fast bis zur Hüfte hinab. Ihre gesamte Erscheinung wurde zusätzlich durch das enganliegend, dunkle Kleid in Scene gesetzt. Sie wirkte erheblich größer und schlanker und zufrieden blickte Henry an ihr herab, bis zu den hochhackigen Schuhen bevor er dann ihre Hand ergriff, um ihre top gestylten Fingernägeln zu betrachten. „Du siehst großartig aus!" Mit leuchtenden Augen betrachtete er sie. „Ihm werden die Augen aus dem Kopf fallen. Geh jetzt ins Hotel und warte auf ihn." „Ich soll ins Hotel? Meinst du, dass so eine direkt Anmache nicht etwas forsch wäre? Ich dachte ich besorge uns erst einmal nach dem Konzert einen hübschen Drink." „Du sollst nicht in seinem Zimmer auf ihn warten, sondern du gehst in sein Zimmer, wenn er wieder vergeblich versucht hat seinen Engel zu erreichen." Henry grinste breit, schlug dann dem Günther auf die Schulter und sagte: „Komm lass uns etwas zu trinken holen und das Konzert genießen."

Seine Anrufe gingen weiter ins Leere. Keine Mailbox, wo man draufsprechen konnte und kein Anrufbeantworter mehr. Er legte das Telefon vor sich auf den Tisch und starrte ins Leere. „Oh Gott, ich wünschte du würdest mit mir reden", flüsterte er leise, „und wenn es nur die Information wäre, dass es aus ist".

Es war unerträglich. Seine Gedanken kreisten um nichts anderes mehr, als um Susanna. Selbst die Vision vor seinem Auftritt hatte er schon wieder vergessen.

Das gesamte Konzert schien, obwohl es grad einmal zwei Stunden her war, in weite Ferne gerückt. Die innerliche Angst erdrückte ihn immer mehr. Die Angst vor dem Tod durch sein krankes Herz. Die Angst seine Frau zu verlieren und mit den Gefühlen der Angst vermischte sich immer mehr das Gefühl der Hoffnungslosigkeit. Traurigkeit füllte sein gesamtes Herz aus und obwohl er wusste, dass das alles seinem kranken Herzen mit Sicherheit nicht gut tat, konnte er nichts dagegen machen. Seine Tage in dieser kreisenden Gefühlsspirale wurden immer monotoner. Er hatte keine Lust mehr morgens aufzustehen und er hatte keine Lust abends ins Bett zu gehen. Wie im Trance verlebte er seine Tage. Menschen, die um ihn herum lachten, nervten ihn. Menschen, die einfach mit ihm reden wollten, sowieso. Er hatte kaum noch die Kraft jeden Abend auf die Bühne zu gehen und doch tat er es Abend um Abend, wie von ihm gefordert. Er konnte die Sonne und ihr Tageslicht nicht ertragen. Er verhängte die Fenster, wenn es draußen zu hell war und schaute nur hinaus, wenn es in Strömen regnete. Erneut atmete er schwer aus, schloss die Augen und fuhr sich mit seiner Hand durchs Haar, als es zaghaft klopfte.

„Es ist offen", rief er während er sich auf der Couch zurücklehnte und hörte wie die Tür hinter ihm kurz geöffnet und wieder geschlossen wurde. Dann ging sie direkt an ihm vorbei und augenblicklich zog er scharf die Luft ein, als er ihr langes, goldlockiges Haar von hinten sah. Solange, bis sie sich zu ihm umdrehte und er direkt in Julias Augen sah. Fragend sah er sie an.

„Hast du ihr Bild zu lange angesehen?" „Ich dachte",

begann sie zaghaft, „wenn sie sich schon nicht meldet, dann könntest du sie dir in deiner Phantasie so besser vorstellen." Timm grinste sie an. „Das war doch nicht dein Einfall, nicht wahr?" „Nein, wir wissen doch beide wessen Einfall das war." Jetzt lachte Timm auf. „Der Wadenbeißer gibt nicht auf. Und du? Fühlst du dich wohl in deiner Rolle?" Sie zuckte mit den Schultern. „Ich bin doch nichts anderes als Du für ihn. Du bist der Magnet, der die dicken Geldklumpen anzieht und ich bin seine Puppe, die er nach Belieben für sich einsetzt." „Wieso lässt du das mit dir machen? Ich meine, ich war so blöd und habe Knebelverträge mit ihm abgeschlossen, aber du?" „Er hat mich vom Straßenstrich geholt". „Er hat ... was?", fragte Timm und lehnte sich mit offenem Mund und fassungslosem Gesichtsausdruck nach vorne. „Du tischt mir hier grad ein Märchen auf, oder? Ich glaube dir kein Wort." Sie setzte sich unaufgefordert auf die noch freie Couch und blickte Timm, beinah müde und traurig an. „Ich denke nicht, dass ich dir das jetzt erzählen sollte, aber es ist wahr. Er fand, aus mir könnte man etwas machen", traurig senkte sie ihren Blick. „Was er ja nun auch geschafft hat." Timm lehnte sich langsam wieder an, während sie fortfuhr: „Bevor ich dir vorgestellt wurde, war ich in einer Entziehungskur, weil mein Zuhälter mich abhängig gemacht hatte". Sie zeigt ihm ihre Armbeugen, wo die Narben der Einstiche noch gut sichtbar waren. „Er hat mir ein gutes Leben versprochen, wenn ich das hier fertig habe." „Ach so nennt man das", warf Timm schnippisch dazwischen. „So nennt er das", verbesserte sie ihn. „Wenn du am Ende bist und keine Kohle mehr für ihn bringst, dann hab ich meinen Job getan, bekomme eine Wohnung und meine Freiheit." Timm lachte ironisch auf. „Ein super Deal. Was fängst du denn an mit deiner Freiheit?" „Ich möchte einen kleinen Laden eröffnen. Ich möchte einen Teeladen haben, den hatte meine Mutter auch und ich hab als Kind schon viel darüber lernen können." „Unfassbar", brummelte Timm und verdrehte die Augen genervt. „Du hast doch selber schon gemerkt, dass ich dich liebe oder nicht?" „Das ist schwer zu ignorieren", gab er zu.

„Nachdem ich jedem Idioten auf dem Straßenstrich gefällig sein musste, kann ich mir weitaus schlimmere Dinge vorstellen, als dass, was Henry nun von mir erwartet."
Timm blickte sie herablassend an. „Ich will nicht arrogant klingen …, aber das glaube ich dir sogar."
Ihre Augen weiteten sich verdächtig, während sie in ihre Handtasche griff und ihre Zigaretten hervorholte. Dann stand sie auf und ging auf ihn zu, während sie ihren Rock langsam etwas hochraffte, um sich dann mit gespreizten Beinen auf seinen Schoß zu setzen. „Ist das nicht unter deinem Niveau?", fragte er leise.
„Halt mich meinetwegen für billig und schlecht, aber es ist nicht unter meinem Niveau." Timm bewegte sich nicht unter ihr, sondern sah sie einfach nur an. „Ich werde nicht mit dir schlafen, Julia." Sie zündete sich ihre Zigarette an und lächelte ihm zu. „Das brauchst du auch nicht", mit ihrer Hand zog sie sich ihre Haare halb ins Gesicht. „Wenn du jetzt deinen Blick unscharf machst, dann könntest du glauben, ich wäre sie. Du bräuchtest dich nur zurücklehnen und genießen. Das kommt einer Massage gleich, Timm."
Provozierend sah sie ihn an, beugte sich so weit vor, dass es ihm unmöglich war nicht in ihren Ausschnitt zu sehen, während sie nach dem Telefonhörer griff. „Sag mir ihre Nummer." „Warum?" „Wir rufen sie an und wenn sie abnimmt, dann verschwinde ich. Nimmt sie es nicht, dann brauchst du kein schlechtes Gewissen zu haben, wegen der kleinen Massage." Er sagte ihr die Nummer und beobachte ihre langen, dunkel lackierten Fingernägel, während sie wählte. Dann hielt sie ihm den Hörer ans Ohr. Lange hörte er die einzelnen Töne des Freizeichens, aber niemand nahm ab. „Du kannst jetzt auflegen. Wahrscheinlich liegt sie gerade in den Armen des zweiten Danny." „Wer ist denn Danny?", fragte Julia, während sie erneut betont weiblich an ihrer Zigarette zog. „Der Mann, von dem sie glaubt, dass er für sie bestimmt ist. Ich bin lediglich der Lückenfüller. Gewesen, nehme ich an." Sie lächelte, die Zigarette immer noch in ihrer Hand. „Was rauchst du da eigentlich?", fragte Timm und ihr Lächeln wurde noch breiter. „Henry hat es mir gegeben." „Hat er das?", fragte Timm, während er ihre

Hand ergriff und sich diese mit samt der Zigarette zu seinem Mund zog. Es war ein tiefer Zug, den er inhalierte, ohne seinen Blick von ihren Augen zu lassen. „Wann wirkt es?", fragte er. „Ich denke bald, es ist Shunk. Kennst du Shunk?" „Eine außergewöhnlich starke Sorte, die besonders halluzinogen wirken kann." „Du kennst dich damit aus?" Timm lächelte sie an und griff erneut nach der Zigarette. Er blies ihr den Rauch direkt ins Gesicht. „Im Shaktismus, also hinduistischen Kulten und ihren Ritualen, wird durch Rauschmittel die Überwindung des Geburtenkreislaufes und letztlich die Unsterblichkeit angestrebt. Bei der darauf folgenden Vereinigung mit der Ritualpartnerin, die die Göttin verkörpert, soll man zu einem ewig genussvollen Leben im himmlischen Paradies der Göttin gelangen." „Was immer du meinst", sprach sie und beugte sich zu ihm vor. Ihre Augen waren direkt vor seinen als sie zart seine Brust berührte und ihre Hand weiter zu seiner Hose hinabgleiten ließ. „Ich werde nicht mit dir schlafen", flüsterte Timm. „Was immer du willst", antwortet sie, während sie seine Hose öffnete und mit ihren Küssen erbarmungslos bergab wanderte. Timm zog nur noch einmal die Luft scharf ein, schloss dann die Augen und lehnte seinen Kopf zurück.

Ihr Herz schlug ihr bis zum Hals. Noch nie war sie in Los Angeles gewesen und die Stadt war überhaupt nicht so, wie sie sich vorgestellt hatte. Sie war hektisch und überdimensional groß. Die Häuser reihten sich in endlosen Ketten aneinander und etwas das vielleicht mal einem Baum ähnelte, war hier kaum zu erkennen. So genau wusste Susanna gar nicht, ob sich Timm schon in Los Angeles befand. Wahrscheinlich würde er von Denver hier her fliegen und am Abend fand sein nächstes Konzert hier statt. Was sie aus seinen Aufzeichnungen in Deutschland erkennen konnte war, dass das Hotel in Beverly Hills stand, in welchem er diese Nacht abstieg. Das Taxi sollte sie direkt dorthin fahren und inzwischen waren sie bereits eine Stunde unterwegs. Ihre Gedanken drehten sich unablässig vor Sorge im Kreis und immer wieder sah sie sich in Biancas Wohnzimmer sitzen.
Sie hatte Sturm geklingelt, obwohl sie wusste, dass Bianca wahrscheinlich, übermüdet von ihrer Nachtschicht, schlafen würde. Riccardo war nicht zu Hause und so war es Bianca selber, die schließlich ziemlich genervt die Tür öffnete. „Sag nichts", sagte Susanna und zur Abwehr beide Hände in die Luft gehalten. In der rechten Hand die Videokassette. „Ich nehme an, es handelt sich um einen Notfall?", fragte Bianca, als sie die Freundin fix und fertig vor der Tür stehen sah. Susanna nickte nur noch und eilte an Bianca vorbei ins Wohnzimmer. Dort blieb sie stehen und drehte sich um. „Hast du die Liveübertragung von Timms Konzert gesehen?" Bianca folgte ihr, lediglich bekleidet mit einem Slip und einem weißen T-Shirt, verschlafen ins Wohnzimmer. „Hätte ich ja gerne, Susanna, aber kannst du mir mal verraten wie ich das anstellen soll, bei meinem Schichtplan?" „Dachte ich mir", nickte Susanna und eilte zum Fernseher. „Wo ist denn euer Videorekorder?" „Oben auf den Schrank, wir haben ihn im Zeitalter des DVD-Players aussortiert." Entsetzt sah Susanna Bianca an. „Kannst du ihn anschließen?" Bianca überlegte. „Ich glaube, die entsprechenden Kabel hängen noch dran." Dann zerrte sie sich den Stuhl vom Esstisch herbei und kletterte nach oben, um den Rekorder vom Schrank zu holen.

„Igitt", angewidert pustete sie die dicke Staubwolke herunter. „Ich muss erst einmal einen Lappen holen." „Bitte, Bianca, lass das mit dem Lappen. Komm her und schließ ihn an", fuhr Susanna in beinah verzweifelter Tonlage auf. Erstaunt kletterte Bianca vom Stuhl und sah Susanna an. „Ist etwas passiert bei dem Konzert?" „Ich weiß nicht, nicht direkt, aber ich glaube davor." „Davor?" „Bianca, bitte." „Ist ja schon gut." Schnell kniete Bianca sich neben ihre Freundin und versuchte den Rekorder fachmännisch anzuschließen, während Susanna bereits den Fernseher anschaltete. Zu ihrer Erleichterung, schloss Bianca den Rekorder gleich richtig an und sie schob die Kassette hinein und drückte auf ´Play´. Sie sahen und hörten, wie sollte es auch anders sein, Timm. Bei seinem Konzert in Denver. Bianca beobachtete ihn. „Und? Fällt dir etwas auf?", fragte Susanna. „Nein, was soll mir den auffallen? Er ist wie immer gut." „Das meine ich nicht. Warte einen Augenblick und wenn ich jetzt sage, dann halt das Band an. Jetzt!" Bianca stoppte. „Nein, das war zu weit, einen Tick zurück bitte. Ja ... halt", schrie sie erneut auf. „Schon wieder zu weit, gib mir mal die Fernbedienung", noch während sie es sagte, riss sie Bianca die Fernbedienung aus der Hand und spulte das Band selber an die entsprechende Stelle, ließ das Standbild stehen, während Timms Gesicht unmittelbar vor der Kamera war. „Und? Fällt dir etwas auf?", fragte sie erneut. Bianca sah erst den Fernseher und dann Susanna ziemlich verständnislos an. „Was meinst du denn?" „Sie ihn dir an", schrie Susanna nun bald. „Sie ihn dir genau an, Bianca und dann sag mir bitte, dass ich mich irre." Bianca runzelte die Stirn und betrachtete dann erneut Timms Bild. Sie kniff die Augen zusammen und beugte sich dann mit ihrem Gesicht direkt vor den Fernseher. „Großer Gott", murmelte sie erschrocken und richtete sich wieder auf, um Susanna mit großen Augen anzusehen. „Großer Gott, Susanna, was meinst du hat er genommen?" Susanna schossen umgehend die Tränen in die Augen. „Du meinst es auch, nicht wahr? Er hat irgendwelche Drogen genommen. Das siehst du doch auch, oder?" Bianca ließ ihren Blick wieder zum Fernseher gleiten und beugte sich erneut vor. „Also, seine Pupillen sind deutlich geweitet, das dürften sie bei dem Scheinwerferlicht eigentlich nicht sein." „Oh nein", Susanna fing umgehend an zu weinen und fuhr sich verzweifelt mit ihrer Hand über ihre Augen. „Wie hast du es bemerkt?", fragte Bianca. „Ich meine, dies ist doch nur ein kurzer Augenblick in der Aufnahme." „Ich habe es gehört. Er singt ganz anders." „Er singt anders?" „Ja, irgendwie lässiger, aber deswegen nicht natürlicher. Außerdem trifft er manchmal den Ton nicht richtig. Für einen Außenstehenden fällt es kaum auf, aber mir fällt es auf. Er ist Perfektionist und als Perfektionist trifft er den Ton sonst immer." „Hast du ihn angerufen? Hast du ihn schon darauf angesprochen?" Susanna sprang auf und lief im Zimmer auf und ab. „Soll das ein Witz sein, Bianca? Wie soll ich ihn denn sprechen, wenn er nie ans Telefon geht?" Entsetzt sah Bianca sie an. „Heißt das, dass du ihn immer noch nicht erreicht hast? Mein Gott, wie viele Wochen sind das denn jetzt?" „Fünf." „Fünf Wochen? Das ist doch nicht normal." „Was soll ich denn tun? Er nimmt einfach nicht ab und ich habe keine Möglichkeit eine Nachricht zu hinterlassen. Ich gehe davon aus, dass er gar nicht mit mir reden will und wenn ich jetzt seine Augen sehe, dann weiß ich auch warum er das nicht will." „Was machen wir denn jetzt?", fragte Bianca ratlos. „Ich weiß nicht", antwortete Susanna, „ich habe überlegt, eventuell hinzufliegen. Er muss als nächstes nach Los Angeles und ich könnte doch gleich direkt dorthin fliegen. Ich weiß nur nicht wie er das findet, wenn ich da auftauche." Bianca stemmte ihre Hände in die Hüften. „Also, ich glaube mir wäre das egal an deiner Stelle. Susanna, du bist seine Frau. Du hast ein Recht darauf ihn zu sprechen und wenn er nicht ans Telefon geht, dann braucht er sich nicht wundern, wenn du plötzlich vor ihm stehst." „Meinst du?", fragte Susanna unsicher. „Ja, das meine ich und nun hör auf hier herum zu heulen, sondern pack deinen Koffer."

Das tat sie dann auch und endlich hielt das Taxi vor dem Hotel und Susanna stieg aus. Es herrschte ein reges Treiben in der Hotelhalle und Susanna sah etliche Fernseh- und Pressereporter in der Halle, was sie vermuten ließ, dass er bereits hier war. „Ich möchte zu Timm Mühlbach", sprach sie die Dame hinter dem Tresen an. „Tut mir leid, Herr Mühlbach empfängt jetzt keinen Besuch", kam die prompte Antwort. „Ich bin auch kein Besuch, ich bin seine Frau. Wollen sie meinen Ausweis sehen?" Noch bevor die Dame antwortete, reichte ihr Susanna den Ausweis. „Einen Moment bitte", sie verschwand im Nebenbüro, nachdem sie einen Blick auf den Ausweis geworfen hatte. Susanna trommelte nervös auf dem Rezeptionstresen herum, bis die Dame endlich zurückkam. „Er kommt runter." „Wie runter? Kann ich nicht raufgehen?" Die Frau zuckte mit den Schultern. „Er hat gesagt, dass er runter kommt." „Hm", Susanna drehte sich weg und sah sich suchend in der Halle um, bis sie Henry Marten direkt auf sich zukommen sah. „Dich wollte ich nicht sprechen", begann sie sofort, als er bei ihr ankam. „Ich will zu Timm!" „Tatsächlich? Stell dir vor, er hat mich geschickt. Er will dich nämlich nicht sehen." Susanna drehte genervt ihren Kopf zur Seite, um ihn kurz darauf wieder anzusehen. „Das glaube ich dir nicht, Henry und selbst wenn es so wäre, dann interessiert es mich nicht. Ich will zu Timm!" Henry grinste sie an. „Man sieht sich immer zweimal im Leben, Susanna, nicht wahr? Ich wollte auch schon einmal zu Timm und ich erinnere mich noch gut daran, wie du mir deinen Gasrevolver vors Gesicht gehalten hast." Er griff ihren Arm und zog sie mit sich fort. Er brachte sie in einen Nebenraum der Empfangshalle, lediglich mit großen Scheiben vom Hauptteil abgetrennt. „Was willst du von ihm?", fragte er, als sie alleine waren. „Ich will mit ihm reden, Henry. Ich habe ein Recht darauf mit ihm zu reden und wenn es mir per Telefon nicht gelingt, bleibt mir nichts anderes übrig als hier persönlich aufzutauchen." Henry grinste bereits wieder. „Der Weg war umsonst, Engelchen. Bevor du zu ihm kommst, musst du an mir vorbei!" „Henry, ich glaube nicht, dass er es gut finden wird, was du hier gerade tust." „Du weißt doch, wo du ihn sehen kannst. Er gibt heute Abend ein Konzert. Kauf dir eine Karte." „Soll das ein

Witz sein?" Entgeistert sah Susanna ihn an. Henry lachte laut auf. „Könnte man annehmen, in Anbetracht der Tatsache, dass das Konzert bereits ausverkauft ist. Du wirst kaum eine Karte bekommen können." Susanna schnaubte schwer durch. „Ich brauche doch keine Karte, um mit meinem Mann zu sprechen. Das kann doch nur ein schlechter Scherz sein." Im Augenwinkel nahm sie den plötzlichen Aufruhr in der Hotelhalle wahr und sie hörte das Kreischen der Mädchen, die vor dem Hotel standen. Schnell wollte sie an Henry vorbei, aber dieser sprang ihr mitten in den Weg und hielt sie fest. Sie sah über seine Schulter hinweg in die Halle und sah, wie Timm aus dem Fahrstuhl kam und sich durch die Menschenmenge schob. „Lass mich los!", schrie sie auf, doch Henrys Griff verfestigte sich. „Ich denke nicht daran." Sie versuchte auf ihn einzuschlagen, trat ihn mit ihren Füßen und kratzte ihn mit ihren Fingernägeln, aber sein Griff blieb unerweichlich, solange, bis Timm die Hotelhalle verlassen hatte, sich seinen Weg durch seine Fans gebahnt hatte, um dann mit einer Limousine davon zu fahren. Erst da ließ er sie los. „Es tut mir leid, Susanna, aber ich lasse dich nicht zu ihm. Er ist auf Tournee und ich will nicht, dass du ihn dabei störst. Und du störst nun mal!" Eine Weile sah er sie an. „Er kommt vor dem Konzert nicht zurück ins Hotel. Du kannst also wieder nach Hause fliegen." Dann drehte er sich um und ging. Susanna blieb alleine zurück und überlegte. Warum war Henry statt Timm runter gekommen? Die Dame am Schalter musste Henry angerufen haben und nicht Timm. Wenn die Dame Anweisungen von Henry hatte sich bei ihm zu melden statt bei Timm direkt, war es dann nicht möglich, dass Henry auch dafür gesorgt hatte, dass ihre Anrufe nicht zu ihm durchdrangen? Susanna schüttelte den Kopf. Nein, das war dummes Zeug. Sie hätte ihn über sein Handy erreichen müssen, was ihr ebenfalls nicht gelang und außerdem, er hätte ja jederzeit sie anrufen können. Müde rieb sie sich mit ihrer Hand über die Stirn und überlegte, was sie nun tun könnte, dann eilte sie aus dem Hotel wieder heraus.

Eine Stunde lief sie vor dem Stadion auf und ab und nahm Kontakt zu irgendwelchen illegalen Kartenverkäufern auf. Oft betrachtete sie die Karten und ließ sich erklären in welchen Bereich sie damit durfte, aber kaum eine Karte, die ihr angeboten wurde, war nah genug an der Bühne dran. „Du bist doch Wahnsinnig. Du kannst doch für die Karte nicht 500,00 Dollar verlangen", hörte sie jemanden hinter sich sprechen. „Klar kann ich das. Du kannst damit bis zur Bühne vordringen." Schnell drehte sie sich um und sah die beiden Männer sich nur unweit von ihr streiten. „Ich zahle die 500,00 Dollar", unterbrach sie die Beiden und der, der die Karte eigentlich kaufen wollte, schnaubte schwer durch. „Das ist sie doch nicht wert. Du versaust mir mein Geschäft." „Ich zahle dir 500,00 Dollar", wandte sich Susanna an den blonden Jungen mit der Karte in der Hand. „Gut, her damit und sie gehört dir." „Ich muss noch mal zur Bank", fügte Susanna beinah beschämt hinzu. „Soll das ein Witz sein? Wer stellt sich denn hier hin, um eine Karte zu kaufen und geht dann erst zur Bank." „Bitte, ich komme bestimmt zurück. Warte hier auf mich." „Gut, ich warte hier, aber wenn wer anders kommt, dann verkaufe ich sie." „Nein, dann warte gefälligst, bis ich wieder da bin. Gib mir die Gelegenheit, um die Karte zu handeln." Der Junge grinste sie an und während Susanna zur Bank eilte, hatte sie bereits ein ungutes Gefühl bei der Sache, denn wenn er schlau war, dann besorgte er sich nun einen scheinbaren Interessenten und trieb mit dem den Preis in die Höhe. Aber es war zu spät, sie hatte ihr Interesse bereits rege bekundet und deswegen marschierte sie nun in die Bank und hob weit mehr als nur 500,00 Dollar ab. Natürlich war jemand da und letztendlich ersteigerte Susanna die Karte für 750,00 Dollar. Beinah 1.500,00 DM nur um ihren eigenen Mann aus der Ferne zu sehen.

Es war ziemlich weit vorne, doch Susanna schloss sich dem allgemeinen Trubel nicht an. Sie blieb am Rand stehen und beobachtete die Menschenmengen. Sie blieb auch dort stehen, als die Vorgruppe die Menschenmassen bereits anheizte und beobachtete dann ausschließlich die Sicherheitsleute. Überwiegend starke Männer, teilweise sogar mit Hunden an der Leine, schritten sie auf, vor und neben der Bühne umher. Die Bühne war an den Seiten durch große Absperrungen gesichert und Susannas Augenmerk richtete sich nun auf eine junge Frau vom Sicherheitsdienst. Sie war bestimmt erst Anfang zwanzig, blond und hatte entzündete Pickel im Gesicht. Ihr Haar trug sie zum Zopf und sie trug die Uniform, wie sie alle Sicherheitsleute trugen. An ihrer rechten Hüfte trug sie, wie ebenfalls auch die anderen, eine Waffe, sowie einen Schlagstock. Susanna überlegte, wie gut die Ausbildung solcher Leute wohl war und sie dachte an damals zurück. Damals, wo sie das erste Mal nach ihrem Koma auf Gipsy geritten war. Sie war bereits vor ihrem Unfall eine gute Reiterin gewesen, doch nach ihrem Unfall war sei weitaus besser gewesen. Sie war besser gewesen, weil sie im 17. Jahrhundert ständig geritten war. Nicht aus Hobby, sondern weil es erforderlich war, damit man von einem Ort zum nächsten kam. Damit man auf dem Rücken eines Pferdes auch mal die Flucht ergreifen konnte, wenn das Leben in Gefahr war. Sie hatte dieses Wissen, dieses Können aus der Zeit einfach mitgenommen und konnte es ohne Schwierigkeiten hier anwenden. Aber sie hatte noch mehr gelernt. Sie hatte gelernt zu Kämpfen. Danny hatte es ihr beigebracht. Susanna drehte sich um und verschwand in einem der Toilettenwagen. Wie immer war es hier natürlich überfüllt und sie wartete geduldig bis eine Kabine frei wurde. Als sie drin war, setzte sie sich auf den Toilettendeckel und schloss die Augen. Sie konzentrierte sich auf ihre Atmung, sprach sich in Gedanken beruhigende Worte zu und als sie fühlen konnte wie sich ihr Pulsschlag beruhigte, ließ sie die damalige Zeit erneut in ihren Gedanken aufleben. Sie sah sich als Rebecca, Danny direkt vor sich und ganz genau folgte sie seinen Erklärungen, verfolgte mit ihren Augen seine Bewegungen, speicherte erneut in ihrem Bewusstsein die Bewegungen, die erforderlich waren, um einen Menschen …, einen bewaffneten Menschen, zu überwältigen. Sie hörte nicht mehr das energische Klopfen an der Toilettentür und die wütenden Ausrufe, wie man solange auf dem Klo sitzen könnte. Sie war völlig vertieft in ihre Gedanken und inzwischen waren es nicht mehr Rebecca und Danny, die in ihrem inneren Auge vorbeizogen, sondern sie sah sich selbst, spürte die Anspannung in ihrem Körper und in ihren Muskeln und jede einzelne Bewegung führte sie in ihrem Inneren bis zur Perfektion aus. Dann öffnete sie abrupt die Augen, atmete ruhig und gleichmäßig durch. Sie ignorierte die wütenden Blicke der anderen Frauen, als sie den Wagen wieder verließ und draußen in einen Glasscherbenhaufen trat. Sie blickte hinab. Es war eine Flasche gewesen und etwas musste sie lächeln. Gewissenhaft wurden die Leute an den Eingängen abgetastet. Harte Gegenstände, Waffen oder Glasflaschen durften nicht in das Stadion hinein und wenn man dann drin war, konnte man bequem Glasflaschen kaufen. Sie schüttelte über diese Tatsache den Kopf, beugte sich dann nach unten und wählte eine große, nach vorne spitz zulaufende Glasscherbe aus, die sie möglichst unauffällig in ihre Jackentasche gleiten ließ.

Susanna ließ ihren Blick erneut zur Bühne gleiten, wo sich immer noch die Vorgruppe befand, deren Sänger sich aber bereits verbeugten, um dann, unter allgemeinem Jubel, die Bühne zu verlassen. Susanna wunderte sich darüber, dass trotzdem die Musik weitergespielt wurde und plötzlich spürte sie diese Energie in der Luft, eine Vibration, die von irgendwo herkam und auf all die Menschen hier übersprang. Sie ließ ihren Blick zur Bühne schweifen und stellte fest, dass die Karte wirklich gut gewählt war. Sie war der Bühne so nah, dass er sie hätte hören müssen, wenn es hier leiser gewesen wäre, dass er sie hätte sehen und erkennen müssen, wenn sie alleine hier gestanden hätte. Ihr Blick wanderte zurück zu der Absperrung. Die junge Sicherheitsbeamtin stand immer noch da. Die anderen allerdings dicht bei ihr und abrupt richtete sie ihren Blick wieder zur Bühne, als sie seine Musik und seine Stimme von dort hörte. Sie hatte überhaupt nicht bemerkt, dass die Musiker von Timms Band die Bühne übernommen hatten, sie sah die Feuersäulen rechts und links und dann trat er ins Scheinwerferlicht.

Susanna war kurz davor sich die Ohren zuzuhalten, weil das Gejohle der Menschen immer mehr zunahm. Sie war nie bei seinen Konzerten live dabei gewesen. Sie hatte bislang nicht die leiseste Ahnung gehabt, wie es war, diese Atmosphäre hier zu spüren. Sie hatte immer gehofft, dass das Singen nur eine Episode in seinem Leben sein könnte, aber nun schien es ihr, als wäre er für diese Welt geboren worden. Er verstand es, ganze Menschenmassen in Ektase zu versetzten. Einen Moment sah sie weiterhin gebannt auf ihn. Er trug ein weißes Muskelshirt und eine verwaschene Jeans. Jeder Muskel seines Oberkörpers und seiner Arme waren gut zu erkennen. Sowie sein knackiger Hintern in der engen Hose.

Dann ließ sie ihren Blick über das Publikum schweifen. Sah die schreienden Mädchen vor der Bühne, die Hände nach ihm ausgestreckt mit Tränen der Verzweiflung in ihren Augen. Selbst die Männer konnten sich seinem Bann nicht entziehen. Susanna trat weiter zurück, weiter ins Dunkel, so dass sie nicht von einem der Scheinwerfer getroffen werden konnte, deren Strahl über das Publikum hinweg sauste. Konnte er sie noch spüren? Sie konzentrierte sich auf ihn, sprach es in ihrem Inneren immer wieder wie ein Mantra. „Sieh hier her." Und während des instrumentalen Teiles des Liedes drehte er sich langsam und schaute dabei in ihre Richtung. Dann sang er weiter und sie murmelte ihre Worte erneut. „Sieh hier her, Timm." Er schien mit seinen Augen den Beleuchtern ein Zeichen zu geben und während er seinen Blick erneut in ihre Richtung gleiten ließ, schwenkte auch ein Lichtstrahl auf sie zu. Sie trat weiter zurück, lehnte sich schwer atmend an dem Toilettenhäuschen an, während der Scheinwerfer über sie hinweg glitt und kurz darauf die Absperrungen anstrahlte. Sie ließ ihren Blick nicht von Timm und dieser ließ seinen Blick lange in ihrer Richtung verweilen und obwohl er sie nicht sehen konnte, so schien es, als würde er sie spüren. Susanna atmete wieder tiefer, als das Licht verschwand und Timm sich wieder voll und ganz auf seine Musik konzentrierte. Gut, dachte sie sich, wenn er das noch kann, dann war es für sie noch nicht zu spät und erneut sah sie zu der jungen Sicherheitsbeamtin hinüber, sah, wie sie jetzt ziemlich alleine an der Absperrung stand und langsam ging sie auf sie zu. Sie blieb immer wieder stehen. Wartete geduldig. Irgendwann stand sie fast neben ihr. Die Frau drehte sich zu ihr hin und sah sie an. Susanna sah es im Augenwinkel, blickte aber selber konzentriert zur Bühne. Sie blieb solange dort stehen, bis die Sicherheitsbeamtin sie wieder vergessen hatte, dann näherte sie sich seitwärts. Schritt um Schritt, wartete, näherte sich und wartete. Sie benötigte die halbe Zeit des Konzertes, um sich dieser Frau zu nähern, um ihr das Gefühl zugeben, wie harmlos sie eigentlich war und um sie an sich zu gewöhnen. Einmal lächelte sie ihr sogar zu und für den Bruchteil einer Sekunde tat sie ihr leid, als sie zurück lächelte. Dann stand sie hinter ihr. Sie betrachtete die Kleidung der Sicherheitsbeamtin. Sie trug eine blaue Hose und eine weiße Bluse, darüber eine Jacke, die ihr knapp bis zum Po ging, ohne im unteren Bereich durch Bänder oder Gummis dichter an den Körper anzuliegen. Susanna ertappte sich dabei, wie sie an ihrer Unterlippe knabberte und sie fühlte wie ihre Hände feucht wurden. Dann atmete sie mehrmals tief durch. Sie hatte das Gefühl, eine andere Identität anzunehmen, hatte das Gefühl, neben sich zu stehen und sich selber zu beobachten. Aber sie spürte auch eine eisige Ruhe in sich. Ihre Hand glitt in ihre Jackentasche und fest umklammerte sie die Scherbe. Den Schmerz, der sich in ihrer eigenen Hand ausbreitete, spürte sie nicht. Er war auch lächerlich, denn die gefährliche Spitze der Scherbe war noch frei. Anscheinend wiegte sich die Sicherheitsbeamtin in völliger Sicherheit, denn in ihrer linken Hand hielt sie eine Zigarette, die Rechte hatte sie einfach nach unten hängen, zwar über ihrer Waffe, aber doch nicht so, als dass sie sofort hätte danach greifen können. Genauso wenig, wie nach dem Schlagstock, welcher direkt vor der Waffe baumelte. Sie schien Susanna vergessen zu haben, wippte teilweise sogar mit der Musik mit. Susanna selber nahm ihre schäbigen Gedanken gar nicht mehr zur Kenntnis. Noch so eine Frau, dachte sie sich. Eine von den vielen Frauen hier, die ihren Mann anhimmelten, dann stand sie ganz dicht hinter ihr und mit nur einer Bewegung schnellte ihre rechte Hand mit der Glasscherbe unter die Jacke der Frau, bis zu ihrem Brustbein. Mit ihrer rechten Schulter schob sie die Schulter der Frau nach vorne, so dass Susannas Hüfte über der Waffe lag und die rechte Hand der Frau unmöglich nach dem Schlagstock greifen konnte. Zeitgleich griff sie nach dem linken Arm der Frau und drehte ihn so gekonnt auf den Rücken, als hätte sie in ihrem Leben bislang nie etwas anderes gemacht. Die Frau stöhnte vor Schmerz auf, als ihr Arm so verdreht wurde und als sie vor Schreck tief einatmete, spürte sie die Spitze an ihrem Brustkorb. Susanna beugte ihren Mund direkt an ihr Ohr. „Wage es nicht um Hilfe zu rufen!" „Ich mache nichts. Nur bitte tu mir nichts", flehte sie den Tränen nah. „Komm zurück. Ganz langsam, Schritt um Schritt gehst du jetzt mit mir zurück." Sie führte sie soweit in das Dunkel zurück, dass sie beide nicht mehr zu sehen waren. Blitzschnell ließ Susanna den Arm los und zog stattdessen die Waffe aus dem Schaft. Blitzschnell drehte sich auch die andere um und zog den Schlagstock. Susanna warf die Scherbe weg und hielt ihr den Lauf der Pistole direkt an den Kopf. „Schmeiß ihn weg", befahl sie mit ruhiger Stimme. „Ich habe die bessere Wahl getroffen." „Was willst du?" „Ich will deine Kleider und ich will deine Schlüssel für das Tor da." Sie deutete mit ihrem Kopf auf die Absperrung zum hinteren Bereich der Bühne. „Außerdem will ich genaue Instruktionen, wie ich direkt hinter die Bühne komme." „Du wirst damit nicht durchkommen", redete die andere Frau auf sie ein. „Ich werde als Sicherheitsbeamtin wunderbar dort durchkommen." Jetzt war es die andere, die auf ihrer Unterlippe knabberte, während sich ihre blaugrauen Augen mit Tränen füllten. Susanna blieb davon unbeeindruckt. Sie nahm ihr den Schlagstock und das Funkgerät ab und sah gelassen zu, wie die Frau sich vor ihr auszog. Nur noch in ihrer Unterwäsche stand sie nun vor ihr, zusätzlich bekleidet mit einer Perlonstrumpfhose. „Zieh sie aus", befahl Susanna und sie tat es, während sie weinte. Susanna fesselte sie mit der Strumpfhose an dem Geländer. Sie fesselte sie so geschickt, dass sie weder ihre Hände noch ihre Füße frei bekam und sie knebelte sie mit ihrem eigenen Halstuch. Eine Weile sah sie sich die Frau an. „Es tut mir leid, ich hätte nicht gedacht, dass es klappt. Wärest du nicht so folgsam gewesen, ich hätte dir nie wirklich etwas getan", dann griff sie nach den Kleidern und verschwand wieder in den Toiletten.

Nach ihrem Zeitempfinden musste das Konzert sich allmählich dem Ende zu neigen und nun schloss sie entspannt die Absperrung auf und ging ganz gemütlich zu dem hinteren Bereich der Bühne. Sie war fast dort angekommen, als ihr Blick in dem Menschengewusel plötzlich den Blick von Henry traf und deutlich sah sie, wie sich seine Augen erschrocken weiteten.

Er hatte Shunk geraucht, lange bevor das Konzert begann. Wie genau er diesen Abend hier überhaupt rum brachte, wusste er nicht. Er war müde und trotzdem total aufgedreht. Dieses Konzert und das Jubeln des Publikums schienen seinen Rauschzustand weiter zu stärken. Er fühlte sich depressiv und er hoffte inständig, dass er durch diesen ganzen Trubel und durch diese Zigaretten oder auch Pillen ein bisschen mehr Gleichgewicht in seinen Gemütszustand bekam und das, obwohl er eigentlich vom Verstand her wusste, dass so was gar nicht funktionieren konnte.

Timm glitt immer weiter in seine Ängste und seine Hilflosigkeit hinein. Es kam ihm vor wie eine rasend schnelle Talfahrt und die Angst vor dem Aufschlag war sein ständiger und sehr intensiver Begleiter.

Als er sich zum Ende des Konzerts kurz nach hinten drehte und durch den Spalt in den Bereich hinter der Bühne sah, sah er Männer, wie sie dabei waren eine Sicherheitsbeamtin zu überwältigen. Er drehte sich zurück zum Publikum und war sich nicht mehr sicher, ob er überhaupt noch reale Dinge wahrnahm.

Wieso sollte hinter der Bühne eine Sicherheitsbeamtin überwältigt werden?

Dann war es vorbei. Er taumelte regelrecht von der Bühne runter und hatte das Gefühl komplett neben sich zu stehen. Das einzige was er noch wollte, war auf den direkten Weg ins Hotel und dann ins Bett. Aber Henry sah das anders. Er zog ihn zur Bar und stellte ihm einen Cocktail vor die Nase, damit sie noch eben kurz auf den Erfolg anstoßen konnten. Er wollte nicht, aber Henry hielt ihn fest und meinte, dass er sich nicht so anstellen sollte. Also trank er schnell, damit er wegkam und plötzlich stand Julia neben ihm und hielt ihn am Arm fest. Er sah sie an. „Was machst du da?" „Ich halte dich fest", antwortet sie lächelnd. „Du scheinst ein bisschen berauscht zu sein. Du taumelst." Tat er das? Diese Tatsache war ihm nicht aufgefallen und er dachte auch nicht weiter drüber nach. Stattdessen beobachtete er interessiert ihr plötzlich so funkelndes Haar. Es schien aus purem Feuer zu bestehen und gab ihr einen geradezu mystischen Ausdruck. Sein Blick blieb auf ihren vollen

Lippen hängen und glitt dann in den Ausschnitt ihrer weit geöffneten Bluse. Dann ging er noch näher an sie heran, berührte ihr Haar und drückte ihr Gesicht an seine Schulter, während er seinen Blick in die Ferne schweifen ließ.
„Willst du mit mir schlafen?", fragte er. „Ja", kam die schlichte Antwort ihrerseits. „Dann komm", er griff ihre Hand und zog sie mit sich fort, während Henrys Grinsen breiter wurde und er sich triumphierend und ohne weitere Worte mit Günther abschlug.

Susanna saß derweil schon völlig verzweifelt in dem Polizeiwagen, dessen buntes Licht noch vor dem Stadion flackerte, während die Beamten den Papierkram erledigten.
Was um alles in der Welt hatte sie bloß getan?
Jetzt war sie wieder völlig klar, aber jetzt war es zu spät.
Niemals hätte sie geglaubt, dass sie zu solchen Aktionen fähig sein könnte. Wie versteinert starrte sie auf die Rückenlehne des Vordersitzes, bis sie das hektische Treiben außerhalb des Wagens wahrnahm.
Sie ließ ihren Blick aus dem Fenster gleiten, sah wie das Stadiontor geöffnet wurde und Timms dunkle Limousine direkt an ihr vorbei fuhr.

Seit langem hatte er sich nichts sehnlicher gewünscht als endlich wieder neben ihr aufzuwachen und wohlwollend nahm er zur Kenntnis, dass sie nun tatsächlich da war. Er hatte sein Arm um ihre Hüfte gelegt, seine Augen noch geschlossen und ganz allmählich schien ihm sein Verstand wieder zu folgen. Langsam geruhte dieser von der Bühne zum Hotel zu gelangen, direkt in Timms Kopf.

Abrupt öffnete er die Augen und schmerzhaft nahm er zur Kenntnis, dass genau das stimmte, was er die letzten Sekunden in seinem Leben bereits erahnte. Es war nicht Susanna, die neben ihm lag. Ruckartig setzte er sich auf und starrte mit weit aufgerissen Augen gegen die gegenüberliegende Wand. „Guten Morgen, Timm", hörte er Julia neben sich. „Guten Morgen", murmelte er und schwang seine Füße aus dem Bett, während er an sich hinab sah, um festzustellen, dass er nichts trug. Sowie auch Julia wahrscheinlich gerade nichts unter der Decke trug. ´Ach du Scheiße´, dachte er und war froh, dass diese Worte nicht laut über seine Lippen kamen. Er griff nach seiner Unterhose, die vor dem Bett lag, zog sie sich über und griff dann nach seinem Hemd, während er aufstand. Nur zögerlich blickte er zu Julia hinab, die ihn unsicher ansah, während er sein Hemd überstreifte und die Knöpfe schloss. Er sah sich um, griff nach seinem Morgenmantel, der über dem Sessel lag und warf ihn zu ihr aufs Bett. Er räusperte sich nervös, bevor er sprach. „Sei bitte so lieb und zieh ihn an. Ähm ..., ich ..., ich ... warte im Wohnzimmer auf dich." Dann verließ er, so schnell ihn seine Beine tragen konnten, das Schlafzimmer, um im Nebenraum wie eine Raubkatze auf und ab zu laufen, bis sie endlich kam. Sie war komplett angezogen und befestigte ihr Haar gerade mit einer Haarspange. Zaghaft lächelte sie ihn an. „Es ist wohl besser, wenn ich jetzt gehe." „Julia, also ich ..., ähm ..." Großer Gott, nicht ein vernünftiges Wort brachte er heraus. „Es ist gut, Timm", unterbrach sie ihn. „Nein, das es ist es nicht", unterbrach er sie. „Also, was letzte Nacht passiert ist, das ..., ich meine ... es wäre falsch, wenn ich jetzt sage, dass es mir leid tut, denn damit ..., ich meine, ich will dich nicht verletzen, denn das hast du nicht verdient, nur ...", er zögerte, bevor er weitersprach, „verdammt noch mal, es tut mir aber leid." Ihr Lächeln bekam einen wehmütigen Ausdruck. „Ich weiß, mir tut es auch leid." „Dir?", fragte er ungläubig. „Ja, ich hätte dem Ganzen nicht zustimmen dürfen. Ich wusste, dass du nicht mehr Herr deiner Sinne gewesen bist und ich habe es ausgenutzt, Timm. Ich habe es kaltblütig ausgenutzt, und das ..., tut mir leid." Er konnte nichts erwidern und langsam griff sie nach ihrer Handtasche und wandte sich zur Tür, um zu gehen. „Ich hätte das nicht tun dürfen, Timm, und ...", sie drehte sich noch mal zu ihm um. „Ich weiß, dass es eine einmalige Sache zwischen uns war, aber ich ..., ich bereue es nicht. Einmal dich spüren. Einmal zu erfahren, wie es ist von dir geliebt zu werden ..., das ist mehr, als ich mir jemals erhofft habe." Dann öffnete sie die Tür und verließ seine Hotelsuite. Timm blieb wie angewurzelt stehen und starrte ihr hinterher. Mein Gott, was war bloß mit den Frauen los? Wie konnte eine Frau sich so weit herablassen, nur um mit ihm zu schlafen? Bislang war er immer der Meinung gewesen, dass dieser Part einer Beziehung die Frauen nicht lange begeistern konnte, aber wenn er sich die Frauenwelt nun genau betrachtete, kam er zu dem Entschluss, dass haufenweise Vamps durch die Welt liefen. Alle nur auf das eine aus und bereit dafür so manches Opfer zu bringen. Und sein Opfer? Sein Opfer, das er erbracht hatte, war Susanna. Er spürte den Schmerz darüber in seiner Brust aufflammen und nervös griff er zu seinen Zigaretten, um sich eine zu nehmen. Kurz davor betrachtete er die Schachtel und dann warf er sie gegen die Wand. Eilte zum Couchtisch, griff nach dem Päckchen Shunk, weiter zur Anrichte, kramte er in den Schubladen nach diesen Beruhigungstabletten, die Henry ihm gegeben hatte, damit er nicht so nervös vor den Auftritten war. Alles was er finden konnte, schnappte er sich, rannte zurück zu den Zigaretten. Hob auch diese wieder auf und warf alles in den Mülleimer. Dann eilte er zum Telefon und rief die Rezeption an. „Ich möchte, dass mein Mülleimer geleert wird. Ich weiß, dass die Putzkolonne gleich kommt. Ich möchte, dass er JETZT geleert wird. Danke." Dann legte er auf, streifte sich sein Hemd wieder vom Körper und schlug den Weg in Richtung Badezimmer ein.

Stundenlang stand er unter der Dusche. Seine Haut war schon völlig durchgeweicht als er Henry aus dem Nebenraum rufen hörte. „Timm, ich warte hier schon geschlagene fünfundvierzig Minuten und immer noch höre ich die Dusche. Du wirst völlig kleinschrumpeln, wenn du damit jetzt nicht aufhörst." Timm drehte das Wasser ab, streifte sich den Morgenmantel über und ging in den Wohnbereich. „Was willst du hier?", fragte er kühl. „Dein nächstes Konzert durchsprechen, was denn wohl sonst? Du warst übrigens Klasse gestern", gab er zufrieden von sich, während er sich an der Bar bereits bedient hatte und mit seinem Glas locker im Sessel saß. „So, war ich das?", fragte Timm und rieb sich mit seiner Hand die nassen Haare zurück. „Daran kann ich mich gar nicht erinnern." Henry lachte auf. „War wohl ein bisschen viel von dem Zeug gestern, was? Brauchst du Nachschub?" „Nein." „Es hat niemand von dir verlangt, dass du so viel davon rauchst." Timm ging an ihm vorbei zur Bar und goss sich ein Wasser ein. Henry drehte sich im Sessel zu ihm um. „Wie war sie denn, die letzte Nacht?" „Keine Ahnung. Ich kann mich auch daran nicht mehr erinnern." „Nicht?" Henry zog die Augenbrauen hoch. „Dann war es wirklich zu viel Shunk, was für ein Jammer." „Es war nicht ausreichend, denn mein Verstand kam im Morgengrauen zu mir zurück", antwortete Timm, während er wieder in die Mitte des Raumes ging und es damit erforderlich machte, dass Henry sich erneut im Sessel drehen musste, um ihn zu sehen. Timm erwiderte seinen Blick. „Ich hätte wenigstens so viel rauchen sollen, dass ich für immer und ewig meinen Verstand verloren hätte. Ich glaube, das wäre einfacher für mich gewesen." Henry zuckte mit den Schultern, während es zart an der Tür klopfte.

Stöhnend stellte Timm sein Wasserglas auf die Anrichte. „Ja?", rief er sichtlich genervt und sah dann Julias Gesicht im Türspalt. „Ähm, Timm, die Polizei möchte mit dir reden. Sie warten vor der Tür." „Was?" Entsetzt blickte

Timm zu Henry. „Habe ich noch mehr ...", er zögerte, weil Julia immer noch in der Tür stand. „Schick sie rein", rief er ihr zu, und als sie gegangen war wandte er sich wieder an Henry. „Habe ich noch mehr Scheiße gestern gebaut, außer mit Julia zu schlafen?" Henry zuckte nervös mit den Schultern, während es erneut klopfte und zwei Uniformierte eintraten. Timm ging langsam auf sie zu. „Habe ich etwas ausgefressen?", fragte er. „Sie? Nein." Die Erleichterung darüber war deutlich in Timms Gesicht zu sehen. „Wir haben gestern bei ihrem Konzert eine Frau festgenommen. Sie hat eine der Sicherheitsfrauen überwältigt, um zur Bühne zu gelangen." Dunkel konnte sich Timm an irgendetwas in der Richtung erinnern. „Und?", fragte er, „was habe ich damit zu tun?" Er hörte, wie Henry sich im Hintergrund dezent räusperte. „Nun", sprach einer der Beamten weiter, „die Frau behauptet, sie wäre ihre Frau." „Meine?" Timm entglitten vor Entsetzten sämtliche Gesichtszüge. „Was soll denn das für ein Schwachsinn sein? Meine Frau sitzt völlig harmlos in Berlin." „Wir haben ihr zuerst ja auch nicht geglaubt, aber ihre Papiere hier" der Polizist wedelte mit ihrem Personalausweis in der Luft herum, „bestätigen das, was sie uns gesagt hat." Timm folgte mit seinen Augen den ruckartigen Bewegungen des Personalausweises, während er vortrat und dem Beamten den Ausweis abnahm. Henry war derweil hinter ihm aufgestanden und hatte sich in der Nähe der Gruppe postiert, während Timm ganz deutlich Susannas Ausweis in der Hand hielt. Geradezu bestürzt sah er die Beamten wieder an. „Sie ist meine Frau. Aber ..., gerade weil sie meine Frau ist, warum sollte sie so etwas tun? Als meine Frau kann sie doch ganz entspannt hier ins Hotel kommen oder mich einfach hinter der Bühne aufsuchen", sprach er, doch seine letzten Worte wurden zögerlich und langsam drehte er sich zu Henry um und sah ihn an. „Nicht wahr, Henry?" Erneut räusperte sich Henry. „Ja, das sehe ich ebenfalls so. Warum sollte sie das tun?", fragte er an die Beamten gerichtet, weil er Timms Blick nicht mehr standhalten konnte. Der Beamte zuckte mit den Schultern. „Sie hat jedenfalls den anderen Weg gewählt."

Timm richtete seinen Blick ebenfalls auf den Beamten, während dieser sprach: „Sie hat die Sicherheitsbeamtin von hinten mit einer Glasscherbe angegriffen." Timms Augen wurden groß. „Dann hat sie sie entwaffnet und mit ihrer eigenen Waffe in das Abseits der Arena geführt." Allmählich machte sich blankes Entsetzten in seinem Blick breit. „Sie hat sich ihrer Kleider bevollmächtigt und ist selber als Sicherheitsbeamtin bis kurz hinter die Bühne vorgedrungen. Die Frau hat sie mit ihrer Perlonstrumpfhose, nur mit ihrer Unterwäsche bekleidet, gefesselt zurück gelassen." „Hat sie sie verletzt?", fragte Timm, während sein Gesicht inzwischen leichenblass war. „Nicht körperlich, falls sie das meinen", antwortete der Polizist. Timm hatte genug gehört und langsam ging er zu Henry hinüber, blieb direkt neben ihm stehen. Seinen Blick hatte er über ihn hinweg gerichtet, als er sprach. „Wie verzweifelt muss man sein, um so etwas zu tun, Henry?", fragte er und erst bei der Aussprache seines Namens sah er ihn an. Henry zuckte schweigsam mit den Schultern und doch wurde er unsicher bei Timms nahezu kaltem Blick. „Hol sie da raus!", drohte Timm leise. „Hol sie so schnell wie möglich aus dem Gefängnis und bring sie hier her. Außerdem will ich, dass du Günther beauftragst die Adresse der Sicherheitsfrau heraus zu bekommen. Auch sie soll hierher kommen." Dann ließ er ihn stehen und ging zum Schlafzimmer. „Ich ziehe mich derweil an." Henry blickte zu den Beamten. „Ich bringe sie raus", murmelte er und setzte sich ebenfalls in Bewegung.

Nichts hatte sie mit Henry gesprochen, als er sie aus dem Gefängnis, wie auch immer er das angestellt hatte, abholte und mit ihr direkt zum Hotel fuhr. Sie konnte sich denken, dass Timm nun endlich von ihrer Anwesenheit hier in Los Angeles wusste. Sie sagte auch nichts, als sie ihm durch die Hotelgänge folgte und er ihr die Tür zu Timms Suite aufhielt. Langsam trat sie ein und sie blieb bereits an der Tür stehen, als sie ihn sah. Direkt vor ihm die Sicherheitsbeamtin. Deren Augen weiteten sich erschrocken, als sie Susanna sah. Susanna ließ ihren Blick zwischen Timm und der Frau hin- und hergleiten und schließlich schob er die Sicherheitsbeamtin genau in ihre Richtung, bis sie direkt vor ihr stand, ihre Augen immer noch ängstlich auf Susanna gerichtet.

„Entschuldige dich bei ihr", Timm hatte seinen Blick undurchdringlich auf Susanna gerichtet. „Es tut mir leid", murmelte sie und sah der Frau direkt in die Augen. „Es tut mir unsagbar leid." Nichts erwiderte die Frau bei ihren Worten, nur ihr feuchter Blick verriet, dass sie diese Entschuldigung nicht annehmen konnte. „Ich würde sie auch nicht annehmen an deiner Stelle", sprach Susanna leise weiter. Die Frau drehte sich und sah Timm an. „Kann ich jetzt gehen?" „Ja", erwiderte er leise. „Lass dich von Günther nach Hause fahren." „Danke", dann richtete sie ihren Blick noch einmal kurz auf Susanna und verließ das Zimmer.

Jetzt waren sie allein. Henry hatte das Zimmer gar nicht erst betreten und Timm und Susanna standen sich wie zwei Fremde gegenüber. „Wer?", fragte Timm kalt. „Was meinst du mit, wer?", fragte Susanna. „Wer hat verhindert, dass du auf normalen Weg zu mir kommst?" Susanna sah ihn ausdruckslos an, sie war zu müde, um darauf zu antworten. „Dachte ich mir", sprach Timm weiter. „Ich habe ihn gewaltig unterschätzt." Dann drehte er sich weg, ging zum Fenster und schaute hinaus. „Was machst du hier?", fragte er ohne sich zu ihr umzudrehen. „Soll das ein Witz sein?", fragte Susanna scharf. „Was mache ich wohl hier? Ich wollte dich sehen, mit dir sprechen, wenn du es schon nicht mehr nötig hast, meine Anrufe entgegen zu nehmen."

Er lachte kurz auf und drehte sich zu ihr um. „Ich nehme deine Anrufe nicht entgegen?" Arrogant zog er seine Augenbrauen hoch. „Von welchen Anrufen sprichst du denn, meine Liebe?" „Von welchen Anrufen? Von allen. Seit ungefähr fünf Wochen versuche ich dich zu erreichen, aber der Herr hat es ja nicht mehr nötig, mit mir zu sprechen. Der Herr stellt sogar seine Mailbox um, so dass ich nicht drauf sprechen kann und das erste was er macht, wenn er ein Hotel betritt, ist die Anweisung zu geben, dass ich keinesfalls zu ihm durchgestellt werden darf."
„Tatsächlich?", fragte Timm kalt. „Ich dachte eigentlich immer, du wärest des Wählens mächtig. Tatsache ist nämlich, dass mir ständig irgendwelche Anrufe durchgestellt werden und Tatsache ist es, dass meine Mailbox grundsätzlich bis zum Anschlag vollgequatscht ist. Nur dein zartes Stimmchen war nie darunter. Welche Nummer hast du denn gewählt?" „Irgendwie verspüre ich jetzt die Lust dazu, dir direkt ins Gesicht zu schlagen, Timm." „Nur zu, du hast ja wunderbar trainiert gestern Abend." „Ich habe keinen anderen Ausweg gesehen, nachdem ich dich nicht erreichen konnte und nachdem mich dein Wadenbeißer direkt in der Hotelhalle abgefangen hat." Timm kam langsam wieder auf sie zu. „Und weil du keinen Ausweg mehr siehst, ruinierst du das Leben einer nichts dafür könnenden Frau?" „Das habe ich nicht gewollt. Ich habe einfach nicht mehr darüber nachgedacht." „Wie armselig." Susanna senkte ihren Blick. „Ich werde meine Strafe dafür bekommen, sie hat mich angezeigt." „Sie hat die Anzeige zurückgezogen." „Sie hat was?", fragte Susanna und sah ihn entgeistert an. „Ich habe mich mit ihr so geeinigt. Außerdem habe ich versucht ihr zu erklären, was du eigentlich für ein Mensch bist und wie verzweifelt du gewesen sein musst, um so etwas Hirnrissiges zu tun."
„Wie hast du dich denn geeinigt?" „Fünfhunderttausend und die Nummer eines guten Therapeuten, sowie auch meine, falls ich ihr noch irgendwann und irgendwie helfen kann." „Fünfhunderttausend ... Mark?", fragte Susanna. „Dollar." „Was?" Sie rief es geradezu entsetzt aus, aber Timms stechender und knallharter Blick war genau auf sie

gerichtet, während er leise und drohend weitersprach. „Was wäre es dir denn Wert, Susanna? Meinst du ein kleinerer Betrag hätte gereicht? Meinst du, dass es überhaupt mit Geld wieder gutzumachen ist?" Susanna sah ihn schweigend an und er sprach weiter. „Du hast ihr Leben ruiniert. Sie wird ihren Beruf nicht mehr ausüben können. Sie wird auf einsamen Straßen und vor allem nachts nicht mehr alleine gehen können. Sie wird wahrscheinlich die nächsten Monate, wenn nicht sogar Jahre von Alpträumen gequält werden. Ein hoher Preis dafür, dass sie nichts Böses gemacht hat. Fünfhunderttausend sind ein Schiss dagegen. Du bist doch die angehende Psychologin von uns beiden. Sag mir, wie man ihr ihre Angst und ihre Träume nehmen kann. Sag es mir und dieser lächerliche Versuch, alles mit dem beschissenen Geld zu regeln, ist hinfällig." Sie schwieg und er schwieg ebenfalls, während er sie betrachtete. So sehr hatte sie sich gewünscht ihn zu sehen und nun stand er vor ihr und sie konnte nichts von dem sagen, was sie eigentlich wollte. Zu groß waren ihre Schuldgefühle dieser Frau gegenüber und sie wusste, er hatte Recht. Sie wusste, dass Geld ihr das Leben eventuell erleichterte, dass es ihr aber keinesfalls half. Ihre Augen füllten sich mit Tränen, während sie Timm immer noch ansah. „Warum, Timm? Warum hast du mich nicht mehr angerufen?" „Ich habe dich ständig angerufen, aber du bist anscheinend nie zu Hause. Auch den Anrufbeantworter scheint es nicht mehr zu geben. Vielleicht ist die gesamte Wohnung schon leer?" „Was soll das?", fragte sie und hob ihre Stimme energisch an. „Timm, was willst du damit erreichen? Es kann gar nicht sein, dass du mich angerufen hast. Genauso wenig kann es sein, dass ich die falsche Nummer gewählt habe! Was willst du?", fragte sie provozierend. „Willst du mir sagen, dass es zwischen uns vorbei ist, ohne es wirklich zu sagen? Gehörst du zu den Männern, die es auf die Spitze treiben bis die Frau schließlich die Trennung will? Willst du das?" Er schüttelte den Kopf. „Ich höre mir diesen Blödsinn nicht weiter an, Susanna. Ich habe selten etwas Dusseligeres gehört, als dass es möglich wäre, dass wir beide unfähig sind uns gegenseitig anzurufen." Er fuhr sich mit seiner Hand durchs Haar, während er weitersprach. „Einer von uns lügt! Und ich bin es nicht!" „Danke, bist du dir da so sicher?" Fragend sah er sie an. „Wie kannst du dir sicher sein bei dem Zeug, das du dir anscheinend ständig einwirfst?" Er zog die Augenbrauen hoch. „Du hast es bemerkt?" „Halt mich nicht für blöd, Timm, natürlich habe ich es bemerkt." „Hm, hätte nicht gedacht, dass es so leicht zu bemerken ist." Er drehte sich weg und ging wieder zum Fenster, um hinaus zu sehen. „Was hast du genommen?", fragte sie scharf. „Cannabis. Ich habe es geraucht." „Wie stark?", fragte sie, während sie ihm langsam folgte und hinter ihm am Fenster stehen blieb. „Shunk, das Stärkste, was man auf dem Markt bekommen kann", antwortete er wahrheitsgemäß und Susanna wunderte sich über seine so kalte Offenheit, wo er doch so beharrlich abstritt, sie nicht angerufen zu haben. Aber auf dieses Thema wollte sie nun nicht mehr hinaus, zu groß war die Aufregung in ihr, dass er anscheinend völlig gleichgültig so ein Zeug in sich aufsog. „Weißt du, was du da tust, Timm?", fragte sie leise. „Ich denke, dass ich das weiß", kam die schlichte Antwort. „Ich denke nicht, dass du es weißt. Cannabis, Timm, ist gefährlich. Man kann sich nach dem Rauchen wieder völlig nüchtern fühlen und doch hat die Wirkung lange noch nicht nachgelassen. Die Wirkung kann vier bis fünf Tage andauern, was du ja auch gerade beweist." Er drehte sein Gesicht zu ihr hin. „Wirke ich irgendwie zugedröhnt auf dich?" „Du wirkst zumindest anders als ich dich in Erinnerung habe." „Das Kompliment kann ich dir zurückgeben, Susanna. Dich habe ich auch völlig anders in Erinnerung", sprach er und drehte sich ganz zu ihr. „Cannabis kann bei Menschen, die dafür anfällig sind, seelische Probleme auslösen. Wusstest du das?", fragte sie weiter. „Habe ich welche?" „Du hast welche seit dem du aus dem Gefängnis raus bist! Timm, ein Blick in deine Augen und auch ohne den Rausch darin erkennt man, wie sehr du dich verändert hast. Dein Blick ist kalt und leer. Anfangs war es nur ab und zu so. Jetzt ist es ständig so. Dein Unglück steht so deutlich darin, dass es

463

mir beinah das Herz zerreißt dich so zu sehen. Es zerreißt mir das Herz, weil du niemanden mehr an dich heran lässt, weil du dir nicht helfen lässt." Statt zu antworten ließ er seinen Blick erneut aus dem Fenster schweifen. Susanna redete weiter. „Cannabis wird dir nicht helfen. Cannabis fördert diesen Zustand, außerdem gefährdet es die Atemwege und fördert Asthma. Die Teermenge eines Joints entspricht ungefähr die von sechs bis zehn Zigaretten." „Du hast dich ja gut informiert, und weiter?" „Es können Panikattacken auftreten, sowie zum Beispiel Verfolgungswahn. Hast du das schon gehabt?" „Nein." „Außerdem kann Cannabis die männlichen Spermien verringern, aber das kann dir ja nur recht sein", fügte sie bissig hinzu. „Wenn du meinst." Weiterhin hatte er seinen Blick gleichgültig aus dem Fenster gerichtet. „Mehr hast du dazu nicht zu sagen?", fragte sie und er drehte sich zu ihr um. „Du lässt mich ja kaum zu Wort kommen." „Du hast das Wort, ich bin fertig." „Es gibt widersprüchliche Aussagen über Cannabis", begann er. „Die einen reden davon wie du, die anderen sagen, dass es bereichernd ist. Cannabis ist ein gutes Mittel gegen Multiple Sklerose. Wusstest du das?" „Ich weiß, dass die Ärzte es manchmal verschreiben. Aber mir ist neu, dass du unter MS leidest." Er kam nicht zum Antworten, weil die Tür geöffnet wurde und Julia ihren Kopf hindurchsteckte. „Timm, ich wollte nur ..., oh, Entschuldigung, ich dachte du wärest allein." Schnell zog sie sich wieder zurück, aber nicht schnell genug, als dass Susanna nicht ihre Haare hätte sehen können, die den ihren auf einmal so ähnlich waren. „Was hat sie denn mit ihren Haaren gemacht?" „Woher soll ich das wissen", antwortete Timm gleichgültig und auf einmal verspürte Susanna die Gewissheit, dass hier etwas nicht stimmt. Fragend blickte sie Timm an, doch dieser hielt ihrem Blick nicht stand und schaute wieder aus dem Fenster.

„Hast du mit ihr geschlafen?", fragte Susanna direkt. „Ja", antwortete er prompt und nicht weniger direkt.

Es fühlte sich so an, als hätte er ihr direkt ins Gesicht geschlagen und augenblicklich wich sie einen Schritt von

ihm zurück. Sie hatte die Bestätigung von ihm in den ersten Sekunden gar nicht richtig begriffen, aber nun stellte sich ihr Körper langsam um. Ihr Herz raste, ihre Hände wurden feucht und ihr Blick wurde durch die auftretenden Tränen unscharf. „Bereichernd also", begann sie langsam, „du findest Cannabis bereichernd?" Sie hob ihre Stimme energisch an. „So bereichernd, dass du mit der erst besten Frau in die Kiste springst, oder hättest du es auch ohne dieses Zeug getan?" Er antwortete nicht, aber seine Anspannung war deutlich in seinem Gesicht zu erkennen, während auch seine Augen feucht wurden. „Liebst du sie?", fragte sie beinah verzweifelt. „Um Himmelswillen, nein", antwortete er, ohne seinen Blick vom Fenster zu lassen. Das war zumindest etwas, das sie erleichtert zur Kenntnis nahm. „Und mich?", fragte sie nun nur noch leise. Jetzt sah er sie an. Er drehte nur seinen Kopf zu ihr, nicht seinen gesamten Körper und leicht berührte er mit seiner Hand ihr Haar. „Ich liebe dich, Susanna", wisperte er. Seine Augen waren inzwischen mehr als feucht auf sie gerichtet. „Und jetzt?", fragte sie tränenerstickt. „Jetzt ist es vorbei", antwortete er. „Wie vorbei?" „Wir sind gescheitert, Susanna."
„Gescheitert?", wiederholte sie verzweifelt. „Wie meinst du das, Timm? Ich meine, wenn du sie nicht liebst, dann ... wir können doch darüber reden." „Nein", kam die schlichte Antwort und er drehte sich nun ganz zu ihr hin, hielt sie an den Schultern fest. „Hättest du damals mit Dirk geschlafen, dann wäre das für mich ein absolutes K.O. – Kriterium gewesen. Es wäre vorbei gewesen, Susanna. Genauso ist es jetzt. Ich habe mit ihr geschlafen und das hätte nie passieren dürfen. Es bedeutet das Aus unserer Ehe." Sie konnte gar nicht begreifen, was er dort eigentlich sagte. „Aber Timm, wie kannst du das sagen? Wie kannst du sagen, dass du sie nicht liebst? Das du mich liebst und trotzdem willst du uns keine weitere Chance geben?" Sein Blick war unendlich traurig und müde auf sie gerichtet. „Susanna, ich werde mir das nie verzeihen können und ich will auch gar nicht erst, dass du es mir verzeihst. Bitte fliege zurück nach Deutschland und reiche die Scheidung ein. Wenn du es nicht willst, dann tue ich es, wenn ich zurück bin."

Sie schüttelte ungläubig ihren Kopf, nicht mehr fähig irgendetwas zu sagen, rollten ihr die Tränen über die Wange. Langsam beugte er sich zu ihr hinab und ganz zart berührte er mit seinen Lippen die ihren. Seine Augen ebenfalls direkt vor ihren. „Es tut mir leid, Susanna", murmelte er und dann ließ er sie los, drehte sich und ging zum Schlafzimmer. Er zögerte bevor er den anderen Raum betrat, doch ohne sich noch mal zu ihr umzudrehen ging er schließlich hinein und schloss die Tür. Drinnen blieb er völlig bewegungslos stehen, solange bis er die Tür der Suite ins Schloss fallen hörte, dann drehte er sich um und fegte mit einem Schlag alle Gegenstände von der Anrichte hinunter.

Susanna blieb im Hotelgang stehen und ließ das Päckchen mit dem Shunk, welches sie beim Gehen noch aus seinem Mülleimer genommen hatte, in ihre Jackentasche gleiten, während sie zeitgleich sah wie Julia sein Apartment betrat, nachdem sie es verlassen hatte. Sie selber blieb wo sie war. Immer noch in der Hoffnung, dass er sich eines Besseren besann und ihr hinterher kam. Dass er sie umarmte und dass er sie küsste, aber nichts geschah, weder er kam, noch kam Julia aus dem Apartment zurück und nach einer halben Stunde des Wartens ging Susanna langsam davon.

In der Hotelhalle sah sie Henry sitzen. Er hatte sein Bein übergeschlagen, die Zigarre im Mundwinkel und die Zeitung auf seinem Schoß. Sie ging auf ihn zu und blieb direkt vor ihm stehen. „Wie hast du es angestellt?", fragte sie ihn leise. „Man braucht gute Kontakte und Geld, Susanna. Hast du das alles, dann ist nichts für dich unmöglich", sprach er, und zog an seiner Zigarre, bevor er sie angrinste. „Allein ein Herz und die sich darin befindende Liebe reichen nicht aus. Herz und Liebe sind viel zu verletzlich, als dass man mit diesen Waffen einen Kampf gewinnen könnte." „Und du glaubst, du hast gewonnen?" Sein Grinsen wurde breiter. „Im Gegensatz zu dir habe ich noch nicht ganz verloren. Du bist raus aus seinem Leben. Ich noch nicht!" Sie lachte bitter auf.

„Wahrscheinlich habe ich dich doch unterschätzt, Henry."
„Du hast es. Aber mach dir nichts draus, du bist noch jung.
Du wirst lernen, es bei deinem nächsten Mann besser zu
machen." Er lachte laut auf. „Ich habe dich allerdings auch
unterschätzt", sprach er belustigt weiter. „Nicht nur das du
mir damals den Gasrevolver vors Gesicht gehalten hast,
nein, dein Auftritt gestern ist die absolute Krönung." Er
lachte weiter während er sprach. „Ich dachte du bist ein
liebes kleines Mädchen, aber du wirkst wie aus einer
vergangenen Zeit entsprungen. Eine Zeit wo Selbstjustiz
noch Gang und Gebe war und man sich zur Not auch
Gewaltsam nahm, was man wollte. Wo man bis ins
unendliche lieben konnte und wo man abgrundtief hassen
konnte. Und war man gekränkt, mussten andere halt
sterben. Na, Susanna …, aus welcher Zeit bist du zu uns
gesprungen?"
Inzwischen leichenblass sah sie ihn an und sein Lächeln
erstarb. „Mein Gott", murmelte er, „nicht nur das ich dich
in deinen Handlungen unterschätzt habe, ich habe dich auch
in deiner Gruseligkeit unterschätz. Du siehst mich an, als
hatte ich mit dem Zeitsprung den Nagel auf den Kopf
getroffen."
Als es unruhig in der Halle wurde drehte sie sich und
blickte zu den Fahrstühlen zurück.
„Gib es auf, Susanna. Er wird dir nicht folgen. Er steht sich
selber viel zu viel im Weg, um den Fehler den er jetzt
gemacht hat zu bemerken." Sie drehte sich erneut zu ihm
hin. „Du weißt also, dass es ein Fehler ist?" „Natürlich",
sein Grinsen wurde nun doch wieder breiter. „Ich bin nicht
blind, Susanna. Ich weiß, wie sehr er dich liebt. Ich weiß,
dass keine Frau der Welt deine Stelle bei ihm ersetzen
kann. Leider war es mir nie vergönnt so etwas je selber zu
erleben. Aber bei euch ..., bei euch habe ich es gesehen.
Auch wenn du nicht immer bei ihm warst, so wusste er
doch, dass er dich hatte. Er braucht dich wie die Luft zum
Atmen und er wird an deinem Verlust ersticken." Susanna
spürte erneut, wie ihre Augen einen feuchten Schleier
annahmen. „Und trotzdem lässt du ihn ins offene Messer
rennen?" „Ja." „Was hast du davon, wenn er daran

zerbricht?" Erneut musste sie sein süffisantes Grinsen ertragen. „Er ist stark, Susanna. Bis er zerbricht, bin ich längst steinreich und habe mir ein neues Opfer gesucht."

„Oh ja", nickte sie, „ich erkenne erst jetzt wirklich, wie sehr ich dich unterschätzt habe." Dann drehte sie sich weg und verließ das Hotel.

„Ich bin soweit zufrieden", bemerkte der Arzt, während er vor der Liege stand, auf welcher Timm lag und in seinen Unterlagen blätterte. „Sie können sich anziehen." Dann zog er sich einen der runden Holzstühle heran und setzte sich vor Timm, während dieser sich aufgesetzt hatte und sein Hemd wieder überzog.

„Marihuana macht nicht abhängig, sie können also ohne weiteres damit aufhören. Also körperlich. Kopfmäßig wird es ihnen wahrscheinlich genauso fehlen, als hörten sie mit den normalen Rauchen auf." Timm sah ihn an, während er aufstand und sich das Hemd zuknöpfte. „Ich möchte mit beidem aufhören." Der Arzt lächelte ihn an. „Ich freu mich bei jedem dem es gelingt." Er blätterte weiter in seinen Unterlagen. „Bei den Pillen, die sie zur Beruhigung immer genommen haben, sieht es schon anders aus. Die machen durchaus auch körperlich abhängig, ich schreibe ihnen ein paar homöopathische Tropfen auf, die sie erst einmal als Ersatz nehmen könnten." Er blickte auf. „Das Herz ist soweit in Ordnung, aber sie sollten es auf kurzfristig oder lang operieren lassen. Mit diesem Herzfehler werden sie sonst eventuell nicht so alt." „Ja ich weiß", antwortete Timm. „Ich habe einen sehr guten Arzt in Deutschland, dem ich da voll und ganz vertraue, er wird mir sicherlich sagen wann es soweit ist." „Hm, nun ja, ich persönlich bin der Meinung es ist schon längst soweit, worauf wollen sie warten? Auf ein Wunder? Das wird nicht passieren. Ich verstehe gar nicht, warum das nicht längst schon gemacht wurde. Das hätte man doch schon in ihrer Kindheit machen können." Timm war fertig mit dem Ankleiden und lehnte sich mit seinem Hintern wieder gegen die Liege. „Wie gesagt, ich vertraue meinem Arzt und wenn das Herz heute ganz ok war, dann reicht mir das erst einmal als Information." Der Arzt nickte. „Sie sollten solange das nicht korrigiert wurde kürzer treten. Also wenn sie nun den Drogen entsagen wollen, dann nehme ich an, dass sie an einem Wendepunkt in ihrem Leben stehen. Vielleicht überdenken sie ja nicht mehr ganz so viele Auftritte zu machen, zumindest bis sie operiert wurden." Timm blickte müde aus dem Fenster. „Ja, ich bin an einem Wendepunkt

und ich werde aufhören mit der Musik. Ich habe noch zwei
Auftritte. Einen hier in New York, wo ich bekannt machen
möchte, dass ich aufhöre und einen Gastauftritt bei der
Sängerin Jenna in Berlin." Der Arzt nickte. „Sie werden der
Musikbranche fehlen, aber ich denke auch es ist sinnvoll.
Zumindest bis sie operiert wurden." Er stand auf und
reichte Timm die Hand. „Ich wünsche ihnen alles Gute
Herr Mühlbach und ich drücke ihnen die Daumen, dass sie
ihren Weg gehen." „Danke", Timm erwiderte den
Händedruck und schaute dem Arzt hinterher, um sich dann
seine Jacke über zu ziehen und ebenfalls den
Behandlungsraum zu verlassen.
Er war noch nicht ganz draußen, als er plötzlich Jenna vor
sich stehen hatte.
„Geht es dir gut?", fragte sie besorgt. Verdutzt sah er sie an.
„Was machst du denn hier? Ja, es geht mir gut, aber was
machst du hier?" „Ich war in der Stadt für einen Auftritt
und wollte dich eben treffen, damit wir mal über deinen
Auftritt bei mir sprechen können. Ich wollte wissen, wie
viele Lieder du singen möchtest und welche und dann sagt
mir Julia du wärest zu einem Check up ins Krankenhaus
gefahren. Ich meine …", sie zögerte, „du hast mir ja das mit
deinem Herzen erzählt. Ich sorgte mich total." Er zog sie an
sich und nahm sie in den Arm. „Es geht mir gut. Ich habe
mich einfach mal untersuchen lassen, damit ich sicher
gehen kann, dass alles soweit in Ordnung ist. Ich ähm …,
ich habe ähm … nicht so schlau gehandelt in letzter Zeit."
Fragend sah sie ihn an. „Was hast du denn gemacht?" Er
sah sich um und zog sie dann mit zurück ins
Behandlungszimmer. Die Tür lehnte er an.
„Ich habe mir so nach und nach von Henry irgendwelche
Dinge aufschwatzen lassen und genommen", sprach er
leise. „Anfangs so Cocktails, wo irgendwelche Tropfen drin
waren, damit ich ruhiger sein konnte auf der Bühne. Später
Tabletten, dann andere Tabletten und nochmal andere
Tabletten und später auch mal Tabletten durcheinander und
am Ende hab ich noch Shunk geraucht." Jennas Augen
wurden immer größer und dann drehte sie sich, ging in den
Raum hinein, um sich erneut zu drehen und ihn wütend

anzusehen. „Du elendiger Mistkerl", fauchte sie ihn plötzlich an und ihre Augen sprühten nur so vor purer Wut, während sie weitersprach, „wie alt bist du? Drei? Wie kann man auch nur ansatzweise irgendetwas in der Art nehmen, wenn das Herz krank ist? Wie kann man es nehmen, wenn man eh schon Angst hat, dass einem jederzeit das Herz den Dienst quittieren könnte?" „Oh, das kann ich dir erklären", er hob die Hand und fuchtelte damit in der Luft. „Wenn man die Tabletten nimmt, hat man nicht mehr so viel Angst und das kann ein sehr angenehmes Gefühl sein." Er dachte nicht, dass es noch gehen würde, aber ihre Augen wurden noch größer und noch runder. „Ich werde dir umgehend meine Freundschaft kündigen, wenn du mir nicht sofort versprichst, dass du nie ... ich wiederhole nie mehr so ein beschissenes Zeug anrührst." Er wollte etwas sagen, aber er kam nicht dazu, weil sie unablässig auf ihn einschrie. „Und wenn du es mir versprichst und es nachher aber nicht hältst, Timm, dann kündige ich dir nicht nur meine Freundschaft, sondern ich drehe dir auch den Hals um!" „Ich habe so viel Mist hinter mir, dass ich dir nur allzu gerne verspreche, es nicht wieder anzurühren." Ihre Augen wurden feucht und nun ging sie auf ihn zu. „Mein Gott, Timm, was machst du nur für einen Blödsinn?" Und dann hing sie auch schon an seinem Hals. Er war so perplex, dass er nichts sagen konnte und legte langsam seine Arme um sie. „Hey Jenna, so schlimm, wie du es gerade schilderst, war es gar nicht." Sie nahm Abstand und sah ihn mit großen Augen an. „Ja, ganz toll, Timm." Er lächelte. „Ich weiß, dass es nicht toll war. Jenna, du brauchst hier jetzt nicht zum Wirbelsturm zu mutieren." Sie senkte ihren Blick und schniefte unbeholfen mit ihrer Nase. „Jenna?" „Ja?" „Wir sollten ins Hotel fahren und dann besprechen wir alles wegen dem Auftritt bei dir, ok?" Sie nickte. „Ja, ok."

Sie bewegten sich über die vollen Flure der Klinik. Timm musste noch seine Unterlagen am Schalter in der Halle abholen und wartete geduldig bis er in dem Tumult endlich dran war. „Vielleicht solltest du das nächste Mal einfach eine Arztpraxis aufsuchen, hier ist ja die Hölle los",

471

bemerkte Jenna hinter ihm, während Timm seine Unterlagen endlich in Empfang nahm. „Ja, wäre eine Überlegung wert", stimmte er zu, während er sich drehte und mit einem Arzt zusammenstieß. „Entschuldigung", brachten beide zeitgleich über die Lippen, bevor sie innehielten und sich verdutzt ansahen. Jenna wiederum lief beinah auf Timm auf, der so plötzlich still stand. Sie blickte die beiden Männer an, die sich einfach nur ansahen. Der dunkelhaarige Arzt war ungefähr genauso groß wie Timm, ähnlich gebaut wie Timm. „Kennt ihr euch?", fragte Jenna die beiden. „Nein", antwortete Timm, ohne den Arzt aus den Augen zu lassen. „Kann ich etwas für sie tun?", fragte dieser mit einer warmen, beinah fürsorglichen Stimme. „Nein danke, ich bin schon im Begriff zu gehen." Jetzt lächelte der Arzt. „Ich wünsche ihnen noch einen schönen Tag." „Danke ebenfalls", Timm sah ihn hinterher als er ging und auch der Arzt drehte sich nochmal um, bevor er in der Menge verschwand. „Was war das denn jetzt?", fragte Jenna irritiert. „Ich weiß nicht, irgendwie …" Timm schüttelte irritiert den Kopf, „ach egal. Lass uns gehen."

Jenna setzte sich auf die Couch und zuckte ihren Block hervor. „Wie viele Lieder möchtest du singen? Und wann möchtest du singen?" Timm setzte sich ihr gegenüber in den Sessel und rieb sich gedankenverloren das Kinn. „Eins." „Wie? Nur ein Lied? Ich dachte du singst mindestens drei und dann noch unser Duett." Er nickte. „Das Duett können wir singen und danach singe ich noch eins." „OK", nickte sie regelrecht enttäuscht. „Und an welches Lied hast du gedacht?" „Ich möchte ein Neues singen, eines was nicht bekannt ist." Ihr Blick wurde muffelig. „Muss das sein, Timm? Du hast so viele Lieder, wo wir auch sicher wissen, dass sie beim Publikum ankommen. Wieso dann ausgerechnet bei mir ein neues Lied?" Er lehnte sich zurück. „Erinnerst du dich an die Kapelle?" Verdutzt sah sie ihn an. „Die wo wir nachts waren? Wie kommst du nun auf diese Kapelle?" „Erinnerst du dich was ich da wollte?" „Ja, du wolltest Kontakt zu …", sie brach ab und sah ihn groß an. „Was hast du vor? Was ist das für ein Lied?" Timm beugte sich vor und sprach leise. „Diese Macht, dieser Gott, oder was auch immer es ist, ist mir erschienen und sagte mir, ich kann bei dir mit ihm verhandeln." „Wo ist er dir denn erschienen?", fragte Jenna misstrauisch. „Kurz vorm Start bei einer meiner Shows. Ich hab ihn über der Arena schweben sehen." Jenna stöhnte auf und warf ihren Notizblock samt Kugelschreiber auf den Tisch. „Wie viel Drogen hast du denn vor dem Auftritt genommen?" Timm blickte sie fassungslos an. „Jenna, du weißt, dass es geht, du hast selber mit ihm gesprochen in der Kapelle." „Ja schon, ich glaube auch an das Übermenschliche, aber doch nicht so. Du rauchst irgendwelche Dinge, nimmst irgendwelche Tabletten und glaubst dann, dass er dich zu Verhandlungen einlädt?" Timm zuckte mit den Schultern. „Ja, ich glaube das. Zu dem Zeitpunkt hatte ich noch nie von dem Zeug geraucht. Vielleicht hab ich eine Beruhigungstablette genommen, aber auf keinen Fall viel. Ich hab ihn gesehen, Jenna und das war kein Drogenrausch." „Und was willst du nun singen? Ich meine wie soll das ganze denn von statten gehen?" „Nun ja", Timm rutschte ein wenig auf der

Sesselkante hin- und her. „Ich habe ein Lied geschrieben, das ist schon länger her und dieses Lied habe ich für den Kontakt zu ihm geschrieben. Moment …“, er sprang auf, ging zum Schreibtisch und wühlte eine Mappe hervor, mit der er dann zu seinem Sessel zurückging. Noch beim Setzen klappte er sie auf und zog ein Notenblatt hervor, das er Jenna reichte. Sie blickte drauf. „Was bitte soll das sein? Du hast die Noten regelgerecht auf das Papier gekritzelt, gestrichen, neu gekritzelt, da blickt ja keiner durch.“ „Ich blicke durch, dass reicht doch, ich werde es mit meinen Jungs üben und dann werde ich das singen und gucken was passiert.“ „Aha“, bemerkte Jenna scharfsinnig. „Entspricht das deinem Stil?“ „Nein, es ist anders.“ „Dann will ich es vorher hören, sonst möchte ich das nicht.“ „Das geht nicht Jenna. Ich werde auch mit meinen Jungs selber nicht singen, sie sollen lernen wann sie was zu spielen haben. Dieses Lied darf nur einmal gesungen werden und das zum richtigen Zeitpunkt!“ „Und woher weißt du das?“ „Intuition.“ Sie lachte auf. „Das ist ja lächerlich. Also so gerne ich dich mag, da stimme ich nicht zu.“ „Jenna, ich habe nur diese einzige Chance. Er hat mir nur dein Konzert genannt. Bitte, dass kannst du mir jetzt nicht verwehren.“ Unsicher sah sie ihn an. „Und warum nur ein Lied? Warum nicht noch etwas bekanntes davor oder danach?“ „Weil ich das nicht kann. Wie denkst du dir das denn? Ich werde emotional genau auf den Moment konzentriert sein. Das Duett mit dir wird mir schon schwer genug fallen. Ich möchte nur für diesen Moment singen.“ Sie nickte. „Das verstehe ich sogar.“ Fürsorglich sah sie ihn an. „Du möchtest immer noch wissen was du gegen deine Ängste tun kannst und ob du eine Chance auf ein längeres Leben hast?“ „Ja“, nickte er. Sie blickte zum Fenster, während sie leise weitersprach: „Mit welchem Recht soll ich dir diese Chance verwehren?“ „Oh Gott ich danke dir“, entfuhr es ihm erleichtert. Sie griff erneut zu ihrem Block und ihrem Stift. „Wie heißt es?“ „Yama.“ „Yama? Ist das nicht ein hinduistischer Todesgott?“ „Ja schon“, stammelte er. „OK, du warst ja in Indien, aber meinst du tatsächlich das es dieser hinduistische Gott ist?" „Nein, natürlich nicht, aber ich musste ihm einen Namen geben und das ist für mich sein Name." „Wird ja immer besser", brummelte sie mürrisch, während sie den Namen notierte und ohne das sie aufsah brummelte sie weiter, „ich weiß nicht, ob ich mich noch auf den Abend mit dir freuen soll." Dann packte sie die Unterlagen wieder zusammen. „Soll ich einen Platz für Susanna reservieren?" Entsetzt sah er sie an. „Nein! Warum willst du das tun?" „Weil sie deinen Frau ist?", antwortete sie verdutzt. „Um Himmelswillen nein, Jenna. Wie sieht denn das aus?" „Wie meinst du denn das?", fragte Jenna und sah ihn irritiert an. „Na, sie wird denken, ich will, dass sie zu mir zurückkommt." Schweigend sah Jenna ihn an und an ihrem Blick konnte er sehen, dass sie überhaupt nicht Bescheid wusste. „Jenna, wir lassen uns scheiden", bemerkte er trocken. „Was?" Sie schrie es regelrecht aus. „Timm, wie konnte das denn passieren?" Er sah sie eine Weile einfach nur an, bis er antwortete. „Ich denke, die wenigsten Scheidungspaare werden dir sagen können, warum es eigentlich passiert ist." „Ach so, und du willst mir damit sagen, dass du zu denen gehörst, die das nicht sagen können. Ausgerechnet du, Timm? Du gehst doch allem und jedem auf den Grund, willst immer alles ganz genau wissen. Aber warum deine Ehe gescheitert ist, das interessiert dich nicht?" Er senkte seinen Blick. „Ich weiß, warum sie gescheitert ist", flüsterte er leise. „Und warum?" Jetzt sah er Jenna wieder an. „Ich habe sie betrogen. Ich habe mit einer anderen geschlafen." „Du?" „Ja, ich!", brauste er auf. Leicht verzweifelt hob er kurz die Hände an, während er weitersprach. „Mein Gott, ich bin doch kein Heiliger, Jenna. Als was siehst du mich eigentlich?" „Bislang habe ich geglaubt, dass du so etwas nicht tun würdest. Warum hast du es denn getan?" „Das weiß ich allerdings nicht. Zwischen Susanna und mir lief einiges schief. Zum Beispiel die Geschichte mit den Anrufen. Sie hat nie mehr angerufen und ich konnte sie nie erreichen." „Hä?", Jenna verstand ihn anscheinend recht wenig und fiel ihm ins Wort, „schon klar, wenn man jemanden nicht erreicht, dann macht man sich keine Sorgen, dass ihm etwas passiert sein könnte, sondern man poppt aus Frust mit jemand anderem. Stimmt´s?" Timms Augen wurden groß. „Natürlich nicht. Ich habe bei ihren Eltern angerufen. Ich wusste, dass es ihr gut geht!" „Hm, aber inzwischen habt ihr euch dann wohl erreicht, bevor ihr euch zur Scheidung entschlossen habt. Oder etwa nicht?" „Haben wir." Jenna schüttelte ungläubig den Kopf. Für sie war es gar nicht zu fassen, was sie gerade hörte. Er ließ sich tatsächlich von dieser Frau scheiden? Ausgerechnet er? Er hatte nie verbergen können wie sehr er diese Frau begehrte und er schlief mit einer anderen und ließ sich nun scheiden? „Mit wem hast du denn geschlafen?", fragte sie leise. „Mit Julia", antwortete er ebenfalls leise. Jennas Augen wurden so feucht, als wäre sie diejenige, die er betrogen hatte. „Ach du grüne Neune", sie drehte sich von ihm fort und fuhr sich in verzweifelter Geste mit beiden Händen durchs Haar, „du kannst alle Frauen der Welt haben und wählst ausgerechnet so ein hinterhältiges Kind wie Julia aus?" „Ich glaube, ich war nicht ganz Herr meiner Sinne", antwortete er wahrheitsgemäß. Wütend funkelte sie ihn an. „Also warst du zugedröhnt." „Ja." Sie stand auf, ging direkt zu ihm rüber und ohne Vorwarnung schlug sie ihm eine Ohrfeige. „Die war von Susanna, ich nehme an, sie hat es nicht getan, als sie es erfahren hat." Er hielt sich die Wange und starrte sie an. „Nein, sie hat es nicht getan." Jenna begann im Zimmer auf und ab zu laufen. „Wenn du nicht Herr deiner Sinne warst, so gehe ich mal davon aus, dass du Julia auch nicht liebst. Stimmt´s?", fragte sie, während sie mitten im Zimmer stehen blieb und sich wieder zu ihm hindrehte. „Ja." „Weiß Susanna, dass du sie nicht liebst? Ich meine, wenn sie es weiß, Timm, dann kann sie dir doch vielleicht verzeihen." „Sie weiß es Jenna, hör auf damit. So etwas tut man nicht und deswegen habe ich sie aufgefordert sich von mir scheiden zu lassen." „Habt ihr schon irgendwas in der Art unterschrieben?" „Nein, aber ich werde es tun." „Und warum?" „Ich kann nicht die Scheidung einfordern und dann sagen, dass ich mich geirrt habe. Sie ist kein Spielball, Jenna." Jenna ging langsam wieder auf ihn zu und blieb direkt vor ihm stehen.

„Nein, sie ist ja nur die Frau, die du liebst und sie ist nur die Frau, die dich liebt. Sie ist dir ja nur nach Indien gefolgt. Sie hat es ja nur geduldig ertragen, dass du die ganze Zeit durch die Welt tourst und sie wäre ja lediglich bereit dazu gewesen dir deinen Seitensprung zu verzeihen, da ist es doch nur gerecht, wenn du sie jetzt um die Scheidung bittest." Timm wurde, soweit es ging, noch ein bisschen blasser als er bereits war, während Jenna noch näher auf ihn zukam. „Es tut mir leid, wenn ich das so sagen muss, Timm, aber du bist ein Schwein!" „Ich weiß", antwortete er. „Aber das ändert nichts, nicht wahr?", fragte sie, die Augen über seine Sturheit bereits wieder feucht. „Nein, das ändert nichts." Sie nickte. „Weil du dir selber nicht verzeihst, deswegen kannst du nicht zulassen, dass dir jemand anderes verzeiht. Es ist für dich keine Strafe für sie, sondern es ist eine Strafe für dich. Du erlegst dir diese Strafe auf." Er antwortete nicht und so sprach Jenna weiter. „Ich kann nur hoffen, dass du wenigstens mehr leidest als sie." Sie ergriff ihre Handtasche. „Ich muss jetzt los." Er nickte und stand auf, ich bringe dich zu Tür. Als er sie öffnete kam Julia um die Ecke. Ein verächtliches Schnauben war von Jenna zu hören. Julia hielt die Bügel mit den Hemden hoch. „Kann ich die kurz in deinen Schrank bringen?" „Ja, kannst du", er ließ sie vorbei und wartete bis sie im Schlafzimmer verschwunden war. „Ich verstehe einfach nicht, warum wir uns nicht anrufen konnten", murmelte er nun mehr zu sich selbst weiter. „Ich meine, sie hat behauptet, sie hätte mich angerufen und ich habe das gleiche behauptet." Er sah Jenna wieder an. „So etwas gibt es doch gar nicht." „Doch, so etwas gibt es", hörten sie plötzlich Julia, die inzwischen wieder mitten im Raum stand. „Ich habe gekündigt, Timm. Ich werde noch heute abreisen." „Wohin denn?" Erstaunt drehte er sich zu ihr um. „Zu meinen Eltern nach Chicago. Ich wollte mich nur verabschieden und ich wollte ..." Sie zögerte. „Was?", fragte Jenna scharf. „Das mit den Anrufen erklären." Jenna schielte zu Timm, aber jetzt musste er den Punkt erreicht haben, an dem es wirklich nicht blasser ging. Er war nicht fähig irgendetwas zu sagen und er blickte Julia an, als wäre sie ein Geist. „Timm …, Henry hat dein Handy manipuliert und er hat die Hotels bestochen. Eure Rufnummer in Berlin, sowie auch ihre Handynummer wurden auf eine dir nicht bekannte Mailbox umgestellt und wenn sie direkt im Hotel angerufen hat, dann wurde sie nicht zu dir durchgestellt." „Was für ein Scheißer", fuhr Jenna auf und wandte ihren Blick von Julia zu Timm. „Habe ich es dir nicht gleich gesagt? Habe ich dir nicht gleich gesagt, dass er Himmel und Hölle in Bewegung setzten wird, um euch zu trennen?" Sie wandte sich an Julia. „Und dann? Was hat er dann gemacht? Hat er dann den Shunk besorgt, damit Timm völlig in eine andere Welt abdriftet?" Wütend ging sie ein paar Schritte auf Julia zu, während sie weitersprach. „Hat er dir gesagt, dass du deine Haare verändern sollst, damit Timm im Vollrausch vielleicht denkt, du wärest sie?" Wutschnaubend blieb sie vor Julia stehen. „Jenna hör auf!", fuhr Timm dazwischen und wandte sich dann selber an Julia. „Und warum konnte ich sie nicht erreichen?" „Er hat 10.000 DM an einen Mann der Telefongesellschaft in Deutschland gezahlt, damit auch deine Anrufe ins Leere gingen." „Sag mir, dass das nicht stimmt, Julia", flüsterte Timm nur noch. Sie senkte ihren Blick. „Es tut mir leid." „Es tut dir leid?", fragte er und sein Blick war mehr als nur feucht. „Es tut dir leid? Mehr hast du dazu nicht zu sagen?" Sie sah ihn an. Ihre Augen ebenfalls feucht, wollte sie auf ihn zugehen. „Timm, bitte ..." Doch Jenna hob nur ihre Hand und gebot ihr damit Einhalt. „Einen Schritt weiter, du elendiges Miststück und ich kratzte dir die Augen aus." Julia blieb stehen. Sie blickte zu Timm, aber der hatte seinen Blick weggewandt. Dann sah sie Jenna wieder an. „Ich zähle bis zehn", sprach diese leise und drohend weiter, „und wenn du dann nicht weg bist, dann Gnade dir Gott." Julia nickte kurz mit dem Kopf und verließ dann den Raum. Jenna atmete schwer durch und drehte sich dann zu Timm um. „Ändert das etwas?", fragte sie und er schüttelte müde mit dem Kopf. „Nein", flüsterte er nur und sah sie dann an. „Jenna, ich kann nicht durch die Welt laufen und sagen alle anderen sind schuld an meinem Elend. Ich habe geglaubt, dass Susanna mich nicht mehr anruft und meine

478

Anrufe meidet. Das heißt, ich habe ihr nicht genug vertraut. Henry hat mir den Stoff besorgt, aber er hat mir die Zigaretten nicht in den Mund geschoben, das war ich selbst. Julia hat mit mir geschlafen, weil Henry es so wollte und weil sie selber es so wollte, aber ich habe sie gefragt. Ich habe gefragt, willst du mit mir schlafen. Ich bin nicht besser als der ganze Rest und nun lass uns das Thema bitte beenden."

Nach dem Gespräch ging er ausgiebig spazieren und als er in sein Hotelzimmer zurückkam fand er Henry an seinem Schreibtisch vor. Er hatte die Füße auf dem Schreibtisch abgelegt. Das Glas mit dem Weinbrand hielt er in der Hand und die dazu passende Flasche stand halb geleert, direkt neben seinen Füßen, auf dem Tisch, als Timm die Tür öffnete und eintrat.

„Gibt es einen Grund zum Feiern?", fragte er Henry, den Blick auf sein Glas gerichtet. „Ich bin dein Manager. Ich bin es noch. Noch so lange bis du deinen Mund erneut öffnest, um mir zu sagen, dass ich gefeuert bin. Aber bevor du das tust, bin ich dein Manager. Wenn das kein Grund zum Feiern ist." Timm sah ihn ausdruckslos an und griff dann nach der Flasche. Er hielt sie schief und betrachtete gedankenverloren den restlichen Inhalt. „Das Zeug hilft nicht, Henry. Du solltest wissen, dass es nicht hilft. Es hilft genauso wenig wie Marihuana oder Shunk." Er stellte die Flasche wieder neben Henrys Füße und ging dann zum Fenster, um hinauszuschauen.

„Julia hat gekündigt", hörte Timm ihn hinter sich sprechen. „Ich weiß." „Ich nehme an, sie wird dir vorher alles erzählt haben." „Ja", antwortete Timm, ohne sich zu ihm umzudrehen." „Es tut mir verdammt leid, Timm. Ich habe das nie so gewollt." Timm drehte sich zu ihm um. „Doch Henry, du hast es genau so gewollt wie es passiert ist. Nur das Ergebnis hast du dir anders vorgestellt." „Wenn ich könnte, dann würde ich es rückgängig machen." Timm lachte ironisch auf. „Du hast dein Ziel erreicht, Henry. Du hast allen Grund zum Feiern. Los, greif nach deiner beschissenen Weinbrandflasche und sauf den Rest."

„Was hab ich denn nun zu erwarten? Gehst du irgendwie gesetzlich gegen mich vor? Möchtest du dich irgendwie rächen?" Timm schaute wieder aus dem Fenster.

„Ich bin zu müde um mich mit dir zu streiten, wegen Dingen wo ich gar nicht wüsste wie ich gesetzlich gegen dich vorgehen soll, aber wenn du schon selber bemerkst, dass unsere Beziehung zerrüttet ist, ähnlich wie die eines alten Ehepaares, dass sich jahrelang betrogen und belogen hat, wirst du mit mir vielleicht übereinstimmen, dass eine weitere Zusammenarbeit keinen Sinn mehr macht."

Henry nickte langsam. „Ok, das heißt?"

„Du lässt mich ohne Verlust aus unseren Verträgen aussteigen und wir sparen uns diesen Boulevardkrieg."

Henry nahm die Füße vom Tisch und stützte sich mit seinen Ellenbogen auf dem Selbigen ab. „Ich bin einverstanden."

Timm antwortete nicht, während er darüber nachdachte, dass er es sich nun nicht so einfach mit Henry vorgestellt hatte, wie es gerade war.

„Was hast du denn jetzt vor, Timm?" Timm drehte sich und ging langsam zur Zimmermitte. „Ich werde die Auftritte abwickeln, die wir zugesagt haben und dann werde ich sehen. Ich habe keine Ahnung." „Wirst du aufhören mit dem Singen?" „Ja! Lass uns vernünftig auseinander gehen, Henry. Du gehst deiner Wege und ich gehe meine. Ich trete überall dort auf, wo du mich gebucht hast. Du bekommst deinen rechtlichen Anteil und danach ist Schluss. Außer eines noch." „Das wäre?", fragte Henry müde. „Lass mich in Ruhe. Dies war das letzte Mal, dass ich mit dir gesprochen habe. Ich kenne die anstehenden Termine und es ist nicht erforderlich sich noch weiter darüber zu unterhalten. Du hast mich nicht anzusprechen, du hast mich nicht anzurufen und dir ist es auch nicht erlaubt irgendjemand anderen statt deiner auf mich zu hetzen."

Eine Weile betrachtete Timm Henrys Gesicht, dann drehte er sich weg und ging zur Tür. Er hielt sie unmissverständlich für Henry auf und dieser stand auf und schlich langsam an Timm vorbei hinaus. Er drehte sich nochmal um, als er Timm erneut hörte: „Besauf dich einfach, Henry. Mir ist das egal." Timm ging zum

Schreibtisch und griff nach der Flasche, die er Henry noch reichte, bevor er die Tür hinter ihm zuschlug.

Danach zog er die Jacke aus und warf sie auf den Sessel, nachdem er sein Handy aus der Innentasche gezogen hatte. Dann ging er damit zu der kleinen Anrichte und schaltete es ein. Seit dem Streit mit Susanna hatte er es nicht mehr eingeschaltet und er atmete schwer durch bei dem Gedanken, eventuell neu eingegangene Nachrichten abzuhören. Er war nicht so naiv zu glauben eine davon könnte von ihr sein. Henry war drauf, mehr als einmal und die besorgte Stimme von Jenna, noch bevor sie zu ihm gekommen war. Riccardo und Bianca waren drauf, baten um Rückruf und nachdem er nicht zurückgerufen hatte, hatte er erneut Bianca drauf. „Timm, was ist denn los mit dir? Willst du nicht wenigstens um sie kämpfen? Es kann doch nicht dein Ernst sein, dass du einfach abtauchst, ohne um sie zu kämpfen." Und dann hörte er erneut Jennas Stimme. Die Nachricht war höchstens eine Stunde alt. „Timm? Ich danke dir, dass du noch bei mir singen wirst, auch wenn ich mir nicht sicher bin, ob es wirklich gut ist mit so einer Macht in Verhandlung zu gehen. Vielleicht überlegst du es dir ja nochmal. Ich mache mir Sorgen." Das war´s und Timm legte das Handy auf die Anrichte, während er plötzlich den Poststapel vor sich liegen sah. Er schob die Briefe auseinander und sein Blick blieb auf der Post von dem Anwalt hängen. Schwer atmete er durch, bevor er den Brief öffnete und den Inhalt hervorholte, um die Überschrift zu lesen:

„Scheidungsantrag in Sache Timm Mühlbach/Susanna Mühlbach geb. Niemann."

Seine Augen wurden feucht. Schwach ließ er die Post auf die Anrichte zurückgleiten. Dann ging er langsam ins Schlafzimmer und ließ sich einfach aufs Bett fallen.

Zu dem energischen Klingeln hörte sie nun zusätzlich das energische Klopfen an der Wohnungstür, sowie die Rufe Biancas, dass sie doch nun endlich mal die Tür öffnen sollte. Die Anrufe der Freundin hatte sie bereits ignoriert. Seit sie in Deutschland zurück war, igelte sie sich mit ihrem Liebeskummer ein. Sie lag auf dem Bett, die vielen benutzten Taschentücher, sowie etliche Ersatzpakete um sich herum verteilt, konnte sie nicht aufhören zu weinen. Sie hatte zwar die Scheidung eingereicht, nachdem er sich nicht mehr bei ihr gemeldet hatte, aber sie konnte trotzdem noch immer nicht fassen, dass es vorbei sein sollte.

Mühselig rappelte sie sich hoch und schlich in geduckter Haltung zur Tür, um diese zu öffnen.

„Bianca ich möchte alleine sein", sprach sie weinerlich, ließ die Tür offen und schlich ins Schlafzimmer zurück. Bianca ignorierte ihre Wünsche, trat ein und folgte Susanna. „Boah was für eine stickige Luft hier ist", sprach sie und ging direkt aufs Fenster zu, um dieses groß aufzureißen.

„Susanna, du kannst doch hier nicht die ganze Zeit rumliegen und weinen." „Lass mich in Ruhe, das verstehst du nicht", heulte diese in die Kissen, während sie zeitgleich mit der Nase schniefte. „Ich verstehe das schon, auch ich kenne Liebeskummer." „Aber nicht so einen." „Ach nein? Gibt es da so große Unterschiede?", fragte sie, während sie sich zu Susanna auf die Bettkante setzte. „Mein Gott du siehst fürchterlich aus. Du hast ganz geschwollene Augen und deine Nase ist schon ganz rot vom vielen Schnupfen." „Das ist mir egal, geh einfach wieder", erneut wurde ihr Körper vom bitterlichen Weinen durchschüttelt. „Hast du mal etwas gegessen?", fragte Bianca besorgt. „Soll ich dir eine Brühe machen?" „Nein, lass mich in Ruhe. Ich will nichts essen. Ich will nie wieder etwas essen." „Das ist doch dumm, Susanna. Wie sieht es mit trinken aus? Soll ich einen Tee machen?" „Nein, ich will auch keinen Tee, ich will alleine sein." Lautes Schluchzten folgte. Bianca stand auf und ging in die Küche, um einfach einen Tee und eine Brühe zu kochen, während sie Susanna nonstop im Schlafzimmer heulen hörte. So extrem hatte sie es nicht erwartet. Susanna hatte sie sofort angerufen, als es mit

Timm vorbei war. Sie hatte von Henrys Intrigen berichtet. Da wirkte sie aufgebracht, aber inzwischen hatte die pure Verzweiflung Oberhand gewonnen. Sie stellte alles auf den Wohnzimmertisch und ging zurück ins Schlafzimmer, ohne Susanna aufzufordern hob sie diese an und zog sie auf die Beine. „Komm mit, du kannst auch im Wohnzimmer weinen." Schluchzend und abermals in geduckter Haltung kam Susanna langsam mit und ließ sich weinend aufs Sofa sinken. „Bianca, er fehlt mir so. Ich kann nicht fassen, dass alles vorbei sein soll." „Ist es ja vielleicht noch nicht", versuchte die Freundin zu trösten, doch Susanna schüttelte den Kopf. „Es ist vorbei. Ich habe die Scheidung eingereicht." Ein Satz der die Tränenflut umgehend erhöhte, während Susanna sich den Bauch hielt und von Krämpfen gequält wurde. „Du hast was? Aber warum denn?" „Weil er es wollte und wenn ich es nicht tue, dann will er es tun und lieber reiche ich die Scheidung ein, als zu lesen, dass er sie eingereicht hat." Ein langer Satz von Susanna , der dann erwartungsgemäß von einem noch viel längeren Heulkrampf abgelöst wurde. „Vielleicht hätte er das ja gar nicht gemacht. Susanna warum machst du das, wenn du das eigentlich nicht willst?" „Ich hab ja gewartet", tränenüberströmt sah Susanna sie an. „ich hab gewartet, ob er sich meldet, aber …" Lautes Schluchzten unterbrach sie, während ihr Kopf wieder in ihre Hände sackte und sie wie ein kleines Kind die Füße aufs Sofa zog und ihre Knie umschlang. „Er hat sich nicht gemeldet", beendete sie den Satz. Bianca setzte sich in den Sessel und goss jeden von dem Tee ein. „Nipp wenigstens etwas, du dehydrierst sonst noch völlig." Zu ihrem Erstaunen griff Susanna tatsächlich nach dem Tee und nippte, bevor sie laut weinend den Becher wieder abstellte. Bianca lehnte sich im Sessel zurück. „Ok, also lass uns das mal durchgehen." „Was?", fragte Susanna tränenerstickt. „Er hat sich überhaupt nicht mehr gemeldet und dir unterstellt, dass du dich nicht mehr gemeldet hast. Und dass, obwohl er eigentlich hätte wissen müssen, dass so etwas nie der Fall sein kann. Macht dich das nicht wütend?" „Nein", schluchzte es. „Und wieso nicht?" „Weil ich nicht besser war, ich hab ihm das ja auch unterstellt. Oh Gott, ich hätte nie gedacht wie fies Henry sein kann, dass er so etwas einfädelt. Ich kann Timm dafür nicht die Schuld geben." „Ok", nickte Bianca. „Dann hat Timm Drogen genommen, obwohl er Herzkrank ist, ich persönlich finde das ziemlich dumm und verantwortungslos, siehst du das nicht auch so?" „Ach Bianca, er war verzweifelt! Er war im Stress und ich denke anfangs wird er es nicht einmal gewusst haben, dass Henry ihm da was unterjubelt. Er ist kein Junkie. Er trink ja selbst auf Feiern kaum Alkohol." „Du bist sehr tolerant." Susanna sah sie empört an. „Jemand der irgendwelche Substanzen nimmt, nimmt sie nie grundlos, Bianca. Es stehen immer Schicksalsschläge oder Probleme dahinter, die nicht aufgearbeitet worden sind und womit man überfordert ist. Ich muss das wissen, ich bin schließlich Psychologin", sie heulte erneut auf, „fast jedenfalls …" „Hm, und ich nehme an, sein Seitensprung ist auch irgendwie entschuldbar?" „Natürlich", fauchte Susanna regelrecht rüber, „Bianca was soll das? Du kennst ihn gar nicht. Timm ist ein hochsensibler Mensch und er ist längst nicht so stabil, wie es auf Außenstehende vielleicht wirkt. Er hat so viele Ängste, die hat er schon in seiner Kindheit gehabt. Er ist Herzkrank und hat ständig Angst vor dem Tod. Er ist verzweifelt, weil ich einen Mann gesucht habe, von dem ich glaubte, dass er es ist und nun hat sich längst herausgestellt, dass er es nicht ist." „Hat es das?", fragte Bianca erstaunt dazwischen. „Ja, aber das ist ja auch egal jetzt. Es geht ja darum, dass er deswegen immer denkt, er wäre nicht der Richtige für mich. Aber dennoch glaubt er an andere Welten wie ich. Nein anders. Wir wissen beide, dass es mehr zwischen Himmel und Erde gibt und wir haben teilweise dieselben Visionen bzw. ich glaube er hat sie und ich kann sie teilweise aber sehen." „Was?" Bianca riss fragend die Augen auf. „Wovon in aller Welt redest du, Susanna?" „Mein Gott", fuhr Susanna auf, „nun tu doch nicht so, als wenn du plötzlich nicht mehr an so etwas glaubst. Du warst doch bei meiner gesamten Suche, ob es das andere Leben gegeben hat, dabei." „Ja schon", murmelte Bianca, „aber ich dachte das wäre geklärt und ihr

lebt heute ein ganz normales Leben im hier und jetzt." Susanna schüttelte müde den Kopf und zum ersten Mal ließen ihre Weinkrämpfe nach, während sie total müde mit beinah hohlem Blick vor sich hinstarrte. „Das ging nicht", flüsterte sie leise. „Wenn er schläft, ich weiß nicht, ob er dann träumt oder was immer dann passiert. Die Welt verändert sich dann auch um mich." „In wie fern?", fragte Bianca entgeistert. „Wenn ich neben ihm liege sehe ich ganz andere Dinge um mich. Manchmal bin ich irgendwo drinnen, wo Kräuter an den Decken hängen oder Tiegel, Pfannen, Töpfe und so weiter. Manchmal bin ich draußen, spüre den Wind, die Kälte, höre vielleicht das Schnauben eines Pferdes." Bianca sagte nun nichts mehr und Susanna wirkte total gedankenverloren und sprach weiter. „Wenn ich aufstehe und mich von ihm entferne, dann ist es, als wenn ich aus einer Nebelwand aufsteige, ich tauche regelrecht auf und sehe dann den Raum wo wir eigentlich sind. Gucke ich von dort auf ihn hinunter, kann ich ihn sehen. Ich sehe ihn liegen und wenn ich dann wieder runtergehe, komme ich wieder in diese mystische Welt und ihn kann ich nicht mehr erkennen."
Sie blickte Bianca an. „Bianca, das mit der Zeit …, ist glaub ich nicht so einfach wie die Menschheit sich das vorstellt. Diese Welten, sie sind irgendwie miteinander verschlungen." „Wieso glaubst du, dass das von ihm ausgeht? Vielleicht träumst du einfach?" Susanna schüttelte den Kopf. „Wir haben darüber gesprochen, als wir in der Berghütte waren. Er war ja krank und hatte Fieber und murmelte immer etwas und plötzlich sagte er den Namen Rebecca." „Ja, aber den Namen kennt er ja nun von dir und deinen Erzählungen", tastete Bianca sich vorsichtig vor. „Meinst du nicht, dass er dies und somit seine Wünsche in seine Träume mit einbezieht?" Susanna zuckte mit den Schultern. „Ich hab mich dicht an ihn gelegt und es war wie ein Sog, als wenn er mich mit sich zog. In die Welt wo er war und ich konnte alles dort sehen. Es war ein Zelt. Er lag neben mir, aber ich konnte sein Gesicht nicht sehen. Ich glaube draußen fand ein Kampf statt, ich habe Schüsse gehört und lautes Rufen und plötzlich ging die Zelttür auf

und eine Frau kam herein, deren Gesicht ich auch nicht erkennen konnte, aber als sie sprach erkannte ich ihre Stimme." „Wessen Stimme war es?", fragte Bianca inzwischen total blass. „Es war die Stimme von Elisabeth und als ich sie erkannt hatte, rief ich sie. Sie sah mich an und da konnte ich sie auch erkennen. Sie war wesentlich älter geworden. Älter als ich es heute bin. Ein junges Mädchen war auch bei ihr, sie sah mich an. Die beiden konnten mich sehen und ich habe das Entsetzen in Elisabeths Augen gesehen. Sie hat mich erkannt, Bianca." Eine Weile sah Bianca Susanna einfach nur an. „Und dann?", fragte sie völlig gebannt. „Elisabeth verließ das Zelt, das junge Mädchen auch und ich sprang auf und wollte ihnen folgen, aber je mehr ich mich von Timm entfernte, desto schwächer wurde ich und da wusste ich, dass ich nur durch seine Träume, durch seine Visionen und durch seine Energien dort bin. Ich bin einfach umgefallen, ich war nicht mehr in der Lage zu atmen, ich dachte ich müsste sterben, da kam das junge Mädchen zurück und zog mich wieder neben Timm. Direkt neben ihm konnte ich spüren wie meine Energie zurückkehrte." Susanna richtete ihren Blick wieder auf Bianca. „Da ist mehr, Bianca. Da ist viel, viel mehr." „Ich glaube dir", sprach Bianca. „Es tut mir leid, dass ich so etwas ausgeschlossen habe. Ich glaube ja an mehrere Leben, aber dass es da irgendwie Verbindungen gibt, dass konnte ich ja nicht annehmen." Die Tränen begannen wieder den hohlen Blick Susannas zu füllen. „Darunter leidet er auch, Bianca", flüsterte sie, während die Tränen wie ein tropfender Wasserhahn an ihrer Wange abperlten. „Ist das nicht verständlich? Jeder hält einen für verrückt. Mit niemand kann er wirklich reden. Als Kind gab man ihm Tabletten, weil man glaubte er sei psychisch krank. Aber wenn er das ist, dann bin ich das auch." Sie schwiegen beide eine Weile, bis Susanna erneut das Wort ergriff. „Und das alles ist noch nicht einmal alles." „Was denn noch?", fragte Bianca besorgt. „Es kommuniziert jemand mit ihm und Timm nimmt diese Kommunikation auf. Ich weiß nicht was das ist. Timm behauptet dass dieses Etwas ihm gesagt hat, dass man mit ihm verhandeln kann, bezüglich eines längeren Lebens. Nur wie das gehen soll, dass weiß ich nicht und ob ich das so glauben kann, dass weiß ich auch nicht. Aber Timm glaubt daran und das macht mir Angst." Ihren inzwischen abgewendeten Blick richtete sie nun geradezu verzweifelt auf Bianca. „Das macht mir Angst, Bianca. Was ist, wenn er sich auf Grund seiner Angst in so etwas reinsteigert. Was ist, wenn er irgendeinen Blödsinn macht? Und ich komme in den Punkt nicht an ihn ran. Ich kam es nie." Bianca verstand nun, aber genauso gut wie sie so langsam alles verstand, wuchs auch die Ratlosigkeit in ihr. „Ok", brach sie schließlich das längere Schweigen, welches nach dem Gespräch gefolgt war. „Wahrscheinlich hast du recht. Jemand der so durcheinander ist, jemand der beruflich dazu so eingespannt ist und jemand der Opfer von fiesen Machenschaften wie denen von Henry wird, dem ist vielleicht selber nicht mehr bewusst, wenn er seine Frau betrügt." Bianca stand auf, ging um den Sessel und sah Susanna dann entschlossen an. „Also kämpfe um ihn!" „Wie jetzt?", fragte Susanna entsetzt.

„Nun ja, du liebst ihn. Du bist die Einzige die ihn versteht, du bist die Einzige die er an sich ranlässt. Die Einzige, die weiß wie er tickt und wie er fühlt und du liebst ihn! Du würdest ihm ALLES verzeihen und ich persönlich werde dir das nicht ausreden, denn ich denke er ist es auch wert! Also kämpfe um ihn. Nimm Kontakt auf und verhindere diese Scheidung!" „Nein, niemals", maulte Susanna zurück. „Ich bin für ihn da! Ich glaube ihm alles! Ich verzeihe ihm alles! Aber Bianca. Ich möchte, dass er zu mir kommt. Ich möchte, dass er um eine Chance bittet, weil egal was ich ihm alles verzeihen würde, den Scheiß hat er jetzt gemacht und es ist nur fair, wenn er zu mir kommt und um eine zweite Chance bittet." Bianca atmete schwer durch. „Ich glaube nicht, dass du gerade richtig handelst, Susanna, aber ich kann dich auch irgendwie verstehen. Nur wenn du nicht um ihn kämpfen möchtest, weil dir dein Stolz im Weg steht, dann bitte höre auch mit dem Weinen auf und versuche wenigstens ein bisschen zu essen." Sie lehnte sich über den Tisch und ergriff den Becher mit der Brühe.

„Vielleicht fangen wir mit kalter Brühe an?", fragte sie hoffnungsvoll, während Susanna nun endlich einmal ein zaghaftes Lächeln über das Gesicht huschte.

Das große schmiedeeiserne Tor quietschte beim Öffnen und in der Dunkelheit der Nacht wirkte dieses Geräusch als wäre es kilometerweit zu hören. Zaghaft trat Timm hindurch und zögerte es wieder zu schließen. Nur ganz langsam, immer wieder in seiner Bewegung stoppend schloss er es wieder, bevor er sich umdrehte und die Allee mit den Zypressen entlang blickte. Es war nicht so eine helle Vollmondnacht wie bei seinem ersten Besuch und somit hatte er Mühe alles in der Dunkelheit genau zu erkennen, obwohl sich seine Augen bereits gut an die Dunkelheit gewöhnt hatten, denn er war nach seinem Auftritt bei Jennas Konzert zu Fuß hierhergekommen.
Er musste nachdenken und nicht nur das …, er musste Ruhe haben, um überhaupt erst einmal erspüren zu können was er fühlte. War es Traurigkeit? War es Angst?
Unbewusst strich er sich über die Brust, während sein Blick weiterhin auf den Weg vor ihm gerichtet war.
Dann ging er los. Langsam durch die Zypressen. Langsam zwischen den Grabsteinen, die etwas weiter hinter den Zypressen standen.
Auf dem runden, hübsch gepflegte Platz bog er sofort rechts, in Richtung der kleinen Kapelle, ab und nachdem er die 3 Sandsteinstufen hinauf war und die Klinke der Kapelle nach unten drückte, musste er feststellen, dass sie diesmal verschlossen war.
Schwer atmete er aus, drehte sich und blickte auf den runden Platz zurück. Schemenhaft konnte er die im Kreis stehenden Steinbänke erkennen, strich sich abermals über die Brust und steuerte dann auf eine der Bänke zu.
Nachdem er saß, stützte er seinen Oberkörper auf die Knie ab und starrte stumpfsinnig auf den Kies.

Es hatte nicht geklappt.
Er hatte sein Lied bei Jennas Konzert gesungen und diese Macht war dennoch nicht erschienen.
Damit hatte er nicht gerechnet und nun holten ihn alle Zweifel, die er immer schon an seinen Visionen gehabt hatte wieder ein.
Er zweifelte an seinem Verstand, obwohl er nun durch

Susanna und durch Jenna wusste, dass auch sie beide diese Macht spüren konnten. Susanna war mit ihm gereist in andere Welten und sie hatte damals auch den kühlen Windhauch gespürt. Sie hatte sogar die Stimme gehört, wo er bis dahin geglaubt hatte, dass das nun wirklich für niemand sonst möglich wäre. Jenna hatte ihm überzeugt vermittelt, dass sie mit dieser Macht reden konnte. Genau hier, in dieser Kapelle, überlegte er während sein Blick kurz zur Kapelle glitt, um dann wieder auf dem Kies zu verharren.

Ja, die Frauen hatten ihm das Gefühl gegeben nicht verrückt zu sein und dennoch fühlte er sich nun verrückter denn je. Das was er sich erhofft hatte, war nicht erfolgt. Niemand war erschienen, um ihm zu sagen wie er länger und ohne Ängste leben konnte.

Einfach alles lag in Scherben.

Seine Kariere war stressig, gesundheitsschädlich und nun auch noch umsonst gewesen.

Seine Beziehung war zerstört.

Seine Hoffnung sich von seinen Ängsten lösen zu können, hatte nicht geklappt. Im Gegenteil …, er hob seinen Oberkörper an und blickte an sich herab, während er erneut gedankenverloren über seine Brust strich.

Er spürte die Veränderung dort. Er spürte immer öfter diesen seltsamen Schmerz in der Brust. Er war immer schneller außer Atem wenn er sich bewegte und ihm wurde immer öfter schwindelig.

Es waren also nicht nur seine Hoffnungen auf Besserung zerplatzt, sondern das Gegenteil war der Fall, seine Ängste wurden ähnlich wie ein Feuer im Wind brutal angefacht.

Und was fühlte er nun?

Er war ja hiergekommen, um zu erkennen was er fühlte und dann beugte er sich wieder vor und fing herzzerreißend an zu weinen.

Nicht aus Trauer, nicht aus Angst, nicht aus Verzweiflung, sondern es war die pure Enttäuschung.

Die Enttäuschung über alles was nicht geklappt hatte.

Er war nicht schuldlos an all den Dingen die nicht geklappt hatten. Er war aber auch nicht schuld an allem. Aber ob nun schuld oder nicht schuld …, er war so oder so enttäuscht und er wusste auch nicht mehr wie er nun weitermachen sollte. Die Kommunikation mit dieser Macht war sein letzter Hoffnungsschimmer gewesen, irgendetwas in seinem Leben verändern zu können.

„Ahhh", stöhnt er kurz auf, als er, diesmal stärker als sonst, diesen Schmerz in der Brust spürte und ihm folgte eine unwahrscheinliche Schwäche, während ihm die Schweißperlen auf die Stirn stiegen. Vorsichtig stütze er sich mit der Hand ab und ließ sich zur Seite gleiten, um sich auf die Bank zu legen. Er hätte sich keinen blöderen Ort für diesen Schwächeanfall aussuchen können, schoss es ihm durch den Kopf. Wenn es komplett dumm lief, starb er hier und lag dann schon direkt vor der Kapelle.
„Unfassbar", murmelte er vor sich hin, „so etwas dämliches könnte auch nur mir passieren." Er zog sich den Kragen seiner Jacke höher, weil ihm inzwischen total kalt war, aber er konnte nicht gehen. Er konnte einfach nur hier liegen bleiben und hoffen, dass bald irgendjemand kam und ihn hier rechtzeitig finden würde.
Die Schwäche seines Körpers wurde zur unerträglichen Müdigkeit. Bruchstückchenweise meinte er noch Ausschnitte aus Jennas Konzert zu hören und dann war es dunkel.
Wirre Träume tauchten auf, nachdem ihn sein Bewusstsein verlassen hatte und kurzzeitig sah er das Aufblitzen zweier überdimensional großer, blauen Augen. Er riss seine Augen wieder auf und sah in der fahlen Dunkelheit Wolken über sich hinwegziehen, während er seinen Kopf zur Seite drehte und die Kiesfläche neben der Bank erblickte.
Vereinzelt sah er ein blaues Funkeln im Kies, welches in seiner Anzahl anstieg, bis die gesamte Fläche nur noch ein einziger funkelnder Kreis war.
Er verlor erneut die Besinnung, kniff die Augen zusammen und sah danach kein Funkeln mehr.
Tatsächlich, seine Sinne verließen ihn schon wieder, kurz musste er husten und dann war es wieder dunkel.

Eine Silhouette mit Hörnern. Ein überdimensional großer Kopf. Ein leicht geöffnetes Maul, wodurch spitze Zähne in die Freiheit guckten und eine Nase deren Optik an Nüstern eines Stieres erinnerten, blitzte vor ihm auf, bevor es wieder dunkel und kalt wurde und er nur noch seinen eigenen Atem wahrnahm, der ruckartig und verkrampft seinen Körper mit Sauerstoff versorgte.

Die Konzentration auf seinen Atem ließ ihn die Kälte um sich herum vergessen und irgendwann döste er erneut einfach nur noch dahin.

Seine wirren Träume hatten somit wieder freie Fahrt.

Er sah eine Öffnung über sich, deren Umrandung aus spitzen Zähnen bestand und für den Bruchteil einer Sekunde blitzte in dessen Mitte das Bild einer Tropfflasche auf.

Er stöhnte und nahm war, dass er seinen Kopf hin- und her warf, während sein Atem anscheinend in weiter Ferne rasselte.

Die Öffnung über ihm wurde erneut sichtbar und nun sah er dort drin einen asiatischen Mönch stehen, der von einem rötlichen Gewand umschmeichelt wurde. Drei Bartzöpfe in Grau hingen an seinem Kinn und lächelnd legte er die Hände zur Begrüßung vor die Brust und führte eine Verbeugung aus. Er schien etwas zu sagen. Vielleicht seinen Namen? Zu hören war nichts, außer diesen Atemgeräuschen, die nun wieder näher wirkten.

„Oh Gott", murmelte Timm, „hoffentlich kommt bald jemand und hilft mir."

Sein Kopf begann zu dröhnen, so stark, dass er den Schmerz in der Brust fast gar nicht mehr wahrnahm und er zitterte am gesamten Körper.

Völlig hilflos registrierte er reale Momente, die sich mit Bildern abwechselten, welche irgendwie an Fieberträume erinnerten. Aber vielleicht hatte er ja auch Fieber, woher sollte er das jetzt wissen?

Die Öffnung tauchte wieder auf und aus ihr blickten ihn nun die dunklen Augen eines jungen Mädchens an. Ihr schwarzes Haar schmiegte sich um ihre zarten Gesichtszüge. Sie lächelte nicht. Ängstlich blickte sie ihn an. Die Augen wirkten irgendwie zu groß für dieses zierliche Gesicht und bewirkten somit, dass ihre Angst noch deutlicher sichtbar wurde. Ihr Antlitz verschwand und plötzlich sah er diesen Arzt. Den Arzt, mit dem er in dem New Yorker Krankenhaus zusammengelaufen war. Der Arzt, der ihn lange angesehen hatte und von dem er lange nicht hatte wegsehen können. Bereits damals kam ihm an diesem Arzt irgendetwas seltsam vor. Dieser Arzt lächelte ihn beinah fürsorglich an. Als wäre er ein guter Freund von ihm.

Das Bild verschwand und wie ein ertrinkender japste Timm plötzlich so sehr nach Luft, dass er sich sogar panikartig wieder aufsetzte und den Friedhof um sich wahrnahm.

Hatte er eben aufgehört zu atmen?

Er fühlte sich wie ein fast ertrunkener, der es nun doch geschafft hatte wieder an die Wasseroberfläche zu gelangen. Sein Herz schlug so kräftig, dass er es in seinen Halsvenen spüren konnte.

Aber es beruhigte sich, sowie auch sein Atem sich wieder beruhigte. Zurück blieb die Müdigkeit, aber ganz so schwach wie vor kurzem fühlte er sich nicht mehr.

Er blickte sich um und bemerkte, dass die Morgendämmerung anbrach, während er langsam seine Füße wieder auf den Boden setzte. Auch war ihm nicht mehr kalt und …, er fuhr sich mit der Hand über die Stirn …, der Schweiß war auch weg.

Ok, in dem Zustand würde er gehen können und vorsichtig stand er auf und taumelte langsam zum Friedhofstor zurück.

Sein Gang hatte sich stabilisiert, als er durch die Hotelhalle auf die Rezeption zuging, um seinen Schlüssel abzuholen. Er hatte unterwegs ein Taxi stoppen können und die Wärme des Fahrgastraumes hatte ihn regelrecht wiederbelebt.

Die Rezeption war leer und er drehte sich, während er auf die kleine Klingel drückte und lehnte sich, den Blick in die Halle gerichtet, am Tresen an. Durch einen Bogen im Mauerwerk konnte er in den Nachbarraum sehen, in welchem die dekadent gedeckten Tische für das Frühstück standen. „Guten Morgen Herr Mühlbach", hörte er hinter sich und drehte sich zu der jungen Dame hinter dem Tresen um, welche ihm bereits lächelnd seinen Schlüssel entgegenstreckte. „Danke", lächelte er zurück und während er seinen Schlüssel in die Jackentasche gleiten ließ, wanderte sein Blick wieder in den Frühstücksraum. Es waren aber nicht die Tische, die ihn so faszinierten, sondern die Bilder die hinter den Tischen an der Wand hingen. Anscheinend handgemalt. Mehr konnte er von hier nicht erkennen, also schritt er langsam drauf zu. Je näher er kam, desto mehr konnte er erkennen. Es waren Bilder mit Indianern und als er den Raum betreten hatte, sah er zu seiner rechten ein einziges großes Bild an der Wand hängen. Langsam ging er darauf zu und blieb stehen, um es zu betrachten.

Das Bild zeigte einen Indianerhäuptling. Er saß auf einem Baumstamm, bekleidet mit einer Lederhose und einem großen Federschmuck auf dem Kopf. Sein Gesicht war mit Kriegsfarbe bemalt. Ihm zur Seite saßen noch zwei Indianer und vor allen zusammen kniete ein Europäer mit langem Haar und Vollbart. Seine Hände waren auf dem Rücken gefesselt. Neben ihm ein weiterer Indianer, welcher seine Axt erhoben hatte, um auf ihn einzuschlagen. Zwischen dem Europäer und dem Indianer mit der Axt hatte sich das Indianermädchen geworfen, um den Europäer zu schützen. Sie trug ein Kleid, ebenfalls aus Leder, die Haare waren schwarz und offen und um den Kopf herum trug sie ein Band mit einer Feder. Flehend blickte sie, anscheinend um Gnade bettelnd, auf den Häuptling.

Timm ließ seinen Blick auf den Untertitel schweifen.

Poccahontas bittet ihren Vater Powhatan (Häuptling des Algonkinstammes), um das Leben von Captain Smith. Gemälde von William R. Leigh

Völlig gebannt betrachtete er das Bild und das Wort ´Algonkinstamm´ erschien ihm auf einmal seltsam vertraut. Er war sogar der Meinung, plötzlich eine Verbundenheit mit dieser Zeit spüren zu können. Konnte das sein? Das war doch zuvor nie der Fall gewesen. Oder hatte sich plötzlich etwas durch das Erlebnis auf dem Friedhof geändert? Während der Rückfahrt im Taxi war sich Timm nicht mehr so sicher gewesen, ob er tatsächlich einen Schwächeanfall auf dem Friedhof gehabt hatte oder ob Yama ihm nach seinem Rufen bei Jenna nun doch aufgesucht hatte. Immer wieder dachte er an die seltsamen Bilder, die ihm erschienen waren und welche sich in sein Hirn regelrecht gebrannt hatten. Er konnte in seiner Erinnerung jedes einzelne Bild, bis ins Detail, sehen. Diese Tropfflasche, den asiatischen Mönch, das Mädchen mit den großen, dunklen Augen und dann dieser Arzt. Bevor er das Erlebnis auf dem Friedhof hatte, war die Erinnerung an die Optik des Arztes schon fast verblasst. Aber jetzt, jetzt wusste er plötzlich sehr genau wie der Arzt aussah und er konnte sich nicht vorstellen, dass jemals wieder zu vergessen.

Gedankenverloren betrachtete er das Bild, während sich hinter ihm eine Seitentür öffnete und man kurz noch das Rauschen einer Klospülung hören konnte, bevor die Tür wieder zuklappte.

„Hübsche Bilder, nicht wahr?" Timm zuckte zusammen und drehte sich zu der Stimme um. Er sah den älteren gepflegten Herren im dunklen Anzug und mit bereits ergrautem Haar. Timm musste zu ihm hinab sehen, weil er um etliches kleiner war als er. „Interessieren sie sich dafür?", fragte der Mann. „Ich weiß nicht", stammelte Timm, „irgendwie wohl schon." Der Mann lächelte ihn an. „Es ist nur ein Druck. Wenn sie das Original sehen wollen, müssen sie nach Oklahoma in den USA fliegen. Es ist dort ausgestellt im Woolaroc Museum in Bartlesville." „Tatsächlich?", fragte Timm. „Ja, tatsächlich und noch viele mehr." „Danke für die nette Information. Ich werde darüber nachdenken, ob ein Original wohl mehr in mir auslösen kann, als ein Druck." Der Mann nickte ihm zu und verschwand wieder. Timm sah ihm eine Weile hinterher und wandte sich dann erneut dem Bild und seinen Gedanken zu. Ein Original war für ihn nicht erforderlich. Er war kein Maler. Er war beeindruckt, wie lebensecht manche Leute zeichnen konnten, aber er war kein Fachmann diesbezüglich.

Sein inneres Gedankenrad begann sich erneut zu drehen. In den Bergen, wo ihm Susanna von den Erlebnissen während seines Fiebers berichtet hatte, da hatten sie ja festgestellt, dass er damals irgendwie Elisabeth gekannt haben musste. Hatte er Elisabeth nach dem Tod Rebeccas kennengelernt oder schon davor? Seine Eifersucht auf Danny hatte er nie verbergen können. Und damals? War er in einem vorherigen Leben eventuell auch Eifersüchtig auf Danny gewesen? Und Susanna? Heute sagte sie, sie würde ihn lieben. Wäre sie damals auch in der Lage gewesen ihn zu lieben? Vielleicht, wenn es mit Danny nicht auf Dauer geklappt hätte? Vielleicht, nachdem er gestorben war? Oder wäre er selber damals sogar in der Lage gewesen sie auseinander zu bringen? Hätte er das überhaupt gewollt? Eine Beziehung auseinander bringen?

Er wandte sich von dem Bild ab und blickte nun umgekehrt vom Speiseraum durch den Bogen auf die Rezeption.

Dann ging er los, warf den Zimmerschlüssel wieder auf den Rezeptionstresen, verließ das Hotel und stieg in eines der Taxis, die vor dem Hotel auf Gäste warteten.

Entgeistert sah Bianca ihn an, nachdem sie durch die Türklingel geweckt worden war und völlig verschlafen die Tür geöffnet hatte. „Habe ich dich geweckt? Das tut mir leid", bemerkte Timm lächelnd. „Wie kommen wir zu der Ehre, dass du ausgerechnet bei uns vor der Tür stehst?", fragte sie völlig überrascht. „Ich meine, falls du zu Riccardo willst, der hat Nachtschicht heute." „Nein, ich will zu dir." „Zu mir?", fragte sie und zog ihre Augenbrauen hoch. „Ja", antwortete er, „ich möchte dich um etwas bitten." Sie ließ die Tür offen, während sie schon einmal Richtung Wohnzimmer ging und sich ihren Morgenmantel dabei zuzog. Er folgte ihr und im Wohnzimmer drehte sie sich wieder zu ihm um. „Möchtest du mich bitten, dass ich bei Susanna ein gutes Wort für dich einlege?" Jetzt zog er die Augenbraun hoch. „Wenn ich das wollte, dann wäre ich zu ihr gefahren, oder meinst du, ich bin nicht in der Lage mit meiner Frau", er räusperte und verbesserte sich, „mit meiner zukünftigen Exfrau zu sprechen?" Bianca sah ihn traurig an. „Hätte ja sein können", murmelte sie leise. „Soll ich einen Kaffee kochen?" „Nein, ich fliege morgen früh schon in die USA zurück. Ich möchte keine Zeit verlieren." „Setz dich doch", forderte sie ihn auf. „Danke", murmelte er und setzte sich. „Warum bist du denn gekommen?", fragte sie neugierig und setzte sich ihm gegenüber. „Ich möchte zu Ramona Schneider." „Du willst zu Ramona Schneider? Die Hypnotiseurin, wo Susanna damals war?", fragte sie ungläubig. „Ja, ich will, dass sie mich hypnotisiert. Ich nehme an, du hast ihre Adresse?" „Ja, ich habe die Adresse, aber ich war damals nicht mit Susanna dort. Susanna ist mit ihrem Vater gegangen." „Wie dem auch sei", erwiderte Timm, „ich würde dich gerne mitnehmen. Ich finde es sympathischer wenn jemand dabei ist, dem man vertraut." „Oh danke", sprach Bianca. „Möchtest du wissen, ob du doch Danny warst? So wie Susanna wissen wollte, ob sie wirklich Rebecca gewesen war?" „Ich möchte wissen wer ich war, und ob ich denn überhaupt irgendjemand zu der Zeit gewesen bin." Eine Weile sah Bianca ihn schweigend an. „Ich hab schon gehört, ihr glaubt beide nicht mehr daran, dass du Danny gewesen bist." „Wir glauben es nur nicht mehr, sondern wir wissen es. Ich weiß, dass ich Danny nicht war. Ich weiß es und Susanna weiß es auch." Bianca musste schwer schlucken bei seinen Worten. „Bedeutet sie dir eigentlich gar nichts mehr?", fragte sie leise. Ausdruckslos sah er sie an, dann räusperte er sich. „Darüber will ich nicht reden. Fährst du mit mir zu Ramona? Ja oder nein?" „Ja, zumindest rufe ich gleich bei ihr an. Ich weiß ja gar nicht, ob sie Zeit hat. Susanna musste auf ihren Termin mehrere Tage warten." „Dann lass deinen Charme mal spielen." „Wenn es dabei um Charme geht, dann solltest du dort anrufen. Sie ist eine Frau." „Ich habe kein gutes Händchen für Frauen." „Also gut, dann reiche mir doch bitte das Telefon und das Buch, das daneben liegt. Darin müsste ihre Nummer noch stehen." Timm grinste sie an und reichte ihr Telefon und Büchlein. „Danke, Bianca."

Sie hatten sie erreicht, aber es war durchaus nicht so, dass sie sehr begeistert war. Es war erst sehr früh am Morgen und nun wollte jemand zu so früher Stunde zu einer Hypnosesitzung kommen? Bianca erklärte ihr wie wichtig es war, jetzt gleich zu kommen. Erklärte ihr, um wen es sich handelte und dass er gleich wieder nach New York zurück musste, um rechtzeitig bei der Preisverleihung zu sein. Schließlich gab sie nach, erklärte ihr am Telefon aber auch die Risiken. Das es durchaus keine Garantie war jemals vorher gelebt zu haben, selbst wenn man sich während der Hypnose in einer anderen Zeit sah. Sie nannte Beispiele von bereits bekannten Fällen und welche sich alle samt in Luft aufgelöst hatten. Erst später wurde bekannt, dass die Erinnerungen, die die Leute während einer Sitzung sahen, keine aus einem alten Leben waren, sondern nur vergessene aus ihrem Jetzigen. Doch Bianca kannte die Risiken, teilte ihr mit, dass sie von dem Fall Susanna Niemann Bescheid wusste. Ein Fall, der durchaus bewies, dass Susanna in einer vergangen Zeit gelebt hatte. Ramona konnte sich daran erinnern, fand den damaligen Fall sogar äußert interessant. Somit sagte sie zu und Timm durfte sofort vorbeikommen.

Bianca hatte Ramona Schneider nie persönlich kennengelernt und doch verkörperte sie auch heute noch genau das, was Susanna ihr damals beschrieben hatte. Eine jung gebliebene Frau. Eventuell Mitte dreißig, wirkte sie wie Mitte zwanzig. Sie hatte blondes, langes Haar, blaue Augen, die wie funkelndes Wasser wirkten und sie roch wie eine frische Blumenwiese. Das Zimmer, welches ihr Susanna damals in orangefarbenen Tönen beschrieben hatte, war heute in einem leichten Rosé umgestrichen. Abstrakte Bilder in der gleichen Farbwahl an den Wänden. Die Fenster mit luftigen Vorhängen verdeckt. Immer noch hatte sie eine Sitzgruppe mitten im Raum, bestehend aus vier Sitzkissen. Und immer noch hatte sie eine Liegefläche, ebenfalls liebevoll mit Kissen drapiert und einer Sitzgelegenheit für sie selbst direkt daneben. Aufgrund des vorangegangen Telefonates war es nicht erforderlich gemeinschaftlich auf den Sitzkissen Platz zu nehmen.

Ramona lächelte Timm freundlich an und bat ihn, es sich gleich auf der Liegefläche bequem zu machen. Er nickte, legte sich dorthin, während sich Ramona neben ihn setzte. „Möchtest du einfach wissen, ob du dich an ein vergangenes Leben erinnern kannst, oder glaubst du an ein bestimmtes vergangenes Leben?", fragte sie ihn lächelnd. „Ich weiß, dass ich gelebt habe, ich möchte nur wissen wer ich war." Verdutzt sah sie ihn an, bevor ihr Lächeln das zwischenzeitlich erstaunte Gesicht wieder ablöste. „Ich denke immer, dass ich inzwischen alle Wünsche meiner Kunden gehört hätte, die es geben könnte, aber immer wieder taucht etwas Neues auf. Wieso glaubst du zu wissen, dass du schon einmal gelebt hast?" „Ich denke nicht, dass sich so etwas erklären lässt. Man hat die Gabe es zu wissen oder man hat sie nicht." „Nun, ich denke generell, dass man sie nicht hat." „Das ist dein gutes Recht. Ich möchte in die Zeit zwischen 1640 und 1700. Ich weiß nicht genau wann mein Leben begann und wann es endete." „Aha." Ramona war es deutlich anzusehen, dass sie nicht wirklich an das glaubte, was Timm zu erwarten schien. Dennoch nickte sie. „Ich werde dich in Hypnose versetzen und wenn ich dich bitte, dann kannst du in der Zeit zurückgehen. Wir werden die ganze Zeit miteinander sprechen, du kannst mir sagen was du siehst und du kannst mir sagen wie du dich fühlst, oder ob du lieber abbrechen möchtest." Timm nickte. Eine Weile betrachtete sie ihn schweigend und dann nahm sie ihre Halskette ab.

Sie begann wie bei Susanna. Er musste ihre Halskette, ohne zu Blinzeln, ansehen, während sie diese sanft vor ihm schwingen ließ. Zwei ineinander verschlungene Notenschlüssel ´f´ und ´c´. Irgendwann gab sie ihm die Erlaubnis seine Augen zu schließen und legte die Kette beiseite. Einen kurzen Moment wartete sie und erzählte ihm dann, wie schwer seine Hand wurde. Ramona beobachtete ihn genau und Bianca wartete mit Spannung auf den Moment wo Timm sich vorstellen musste, dass seine Hand von Luftballons hochgezogen wurde. So etwas in der Art hatte ihr Susanna ja auch erzählt und überrascht zuckte sie zusammen, als Ramona ihn aufforderte die Augen zu öffnen und auf die Leinwand an der Wand zu sehen.

Schnell schaute auch Bianca dorthin und natürlich sah sie nur das Bild, welches dort hing, während sie Ramonas Stimme hörte. „Welches Jahr haben wir?" „2000" „Gut, dann geh jetzt zurück." Timm betrachtete das Bild und begann anscheinend rückwärts zu zählen. Seine Lippen schienen die Zahlen stumm zu murmeln. Seine Pupillen bewegten sich ruckartig, als hätten sie Mühe den an sich vorbeirauschenden Zahlen zu folgen. Er kniff die Augen zusammen und plötzlich schien er angekommen.

„1651", sprach er und schwieg.

Bianca lehnte sich aufgeregt nach vorne. Danny war im Jahre 1645 geboren, das war durchaus seine Zeit und sie wünschte sich immer noch, dass er Danny gewesen war. „Wo bist du", fragte Ramona fürsorglich, „kannst du uns beschreiben was du siehst?"

Der Ausdruck seiner Augen schien sich zu verändern und seine Hände hob er an, als würde er direkt vor sich irgendwelche Stäbe umfassen. Beinah so, als würde er durch Gitterstäbe sehen, während er langsam zu sprechen begann. „Ich sehe die Männer. Sie gehen zur Jagd." „Und wo bist du?", fragte Ramona. „Ich bin in meinem Käfig." „In was für einem Käfig?", fragte sie irritiert. „Mein Käfig, ich lebe hier drin." Verdutzt zog Ramona kurz ihren Kopf zurück „Weißt du wer du bist?" „Ich bin Kai", antwortet er leise, beinah verträumt. „Wie alt bist du Kai?", fragte Ramona weiter. „Ich bin acht."

Dann war er 1643 geboren worden. Eindeutig zwei Jahre vor Danny Baker.

Bianca nahm einen mauligen Gesichtsausdruck an, so sehr hatte sie gehofft, dass Susanna und Timm sich irrten, indem sie annahmen, er wäre niemals Danny gewesen. In ihrer Hoffnung zog sie es sogar in Betracht, dass Danny Baker gar nicht gestorben war, sondern dass es für Susanna damals nur so gewirkt hatte und durch ihre Rückkehr in die heutige Zeit hatte sie das gar nicht bemerkt. Aber nun gab sie auf. Vor ihr war nicht Daniel Baker!

„Warum lebst du in einem Käfig?", hörte sie Ramona weiterfragen. „Weil ich ein Ahne bin." Ramonas Ausdruck wurde nicht schlauer und irritiert blickte sie kurz zu Bianca rüber. „Wieso bist du ein Ahne, du bist gerade erst acht Jahre alt, was bedeutet bei dir ein Ahne zu sein?" Er zuckte mit den Schultern. „Meine Mutter sagt ich bin einer und deswegen lebe ich in einem Käfig. Man müsste mich eigentlich töten, aber ihr Mutterherz liebt mich zu sehr. Sie beschützt mich und versorgt mich und sie hat mir versprochen, dass wenn sie lange genug lebt, sie mich frei lassen wird, wenn ich soweit bin."

Seinen Blick richtete er abrupt auf Ramona, so dass diese erschrocken zusammenfuhr und ihn mit weit aufgerissenen Augen erwiderte. Kalt sah er sie an, völlig fremd sah er sie an. „Sie wird mich freilassen! Denn sie hat gute Augen!"

Bianca konnte sehen wie Ramona schwer schluckte und sie selber hätte nun um nichts in aller Welt mit ihr tauschen mögen. Timm wirkte regelrecht gefährlich auf die beiden Frauen, aber Ramona fing sich wieder. „Möchtest du vielleicht in der Zeit weitergehen, Kai? Dorthin, wo du bereits frei bist?" Er blickte zur Leinwand und begann zu zählen.

„1665"

Zwei Jahre bevor Susanna in der Zeit eingetroffen war, überlegte sich Bianca, während sie sich vor Aufregung eines der Kissen griff, um dran rumzuknautschen.

„Wo bist du?", fragte Ramona. „Ich habe meine Heimat verlassen und lebe bei einem anderen Stamm." „Bist du frei?" „Ja." „Also bist du in ihren Augen kein Ahne?" „Doch, ich bin ein Ahne, aber anders als mein Volk verehren diese Menschen mich." „Also bis du angekommen? Kannst du sagen wo du nun lebst?" „Ich bin nicht angekommen, mein Ziel sind die Bleichgesichter. Bleichgesichter die mehr und mehr in dieser Welt auftauchen. Man beschreibt sie als arm, weil sie nicht sehen können. Sie sollen einen anderen Glauben besitzen. Einen Glauben der für sie alles ist und der verbreitet werden muss. Ein Glaube der aber auch erblinden lässt. Ein Bleichgesicht wird durch seine Blindheit nicht erkennen wer ich bin. Ich möchte schauen, ob ich bei ihnen leben kann." „Gut dann lass uns weitergehen, bis du sie gefunden hast", schlug

Ramona vor und Timm konzentrierte sich erneut auf die Jahreszahlen.

„1671"

Jetzt war er in Susannas Zeit. Bianca legte das Kissen zur Seite und begann stattdessen an ihren Fingernägeln zu knabbern. „Wo bist du nun?", fragte Ramona leise. „Auf dem Weg nach Hartford." Ja! Dachte sich Bianca und begann sich zu freuen. Er war auf dem Weg nach Hartford, wahrscheinlich hörte sie nun auch endlich gleich den Namen Rebecca und hoffentlich hörte sie auch, dass er sie liebte. „Bist du alleine auf diesem Weg?", hörte sie Ramona weiterfragen. „Nein, wir sind eine Truppe aus Männern und Frauen. Sie alle haben als Ziel Hartford."

Bianca sah sich um und erblickte auf einem Schreibtisch einen Block und Stifte. Vorsichtig stand sie auf und holte sich den Block. Ramona schaute sie fragend an, während sie schrieb. *'Frag ihn, ob er Rebecca Jonnsen dabei ist.'* „Ist Rebecca Jonnsen auch dabei?", fragte Ramona, nachdem Bianca ihr den Zettel gereicht hatte. „Nein", kam die schlichte Antwort. Bianca schüttelte fassungslos den Kopf und schrieb sofort erneut auf einen Zettel, den sie Ramona reichte. „Ist Danny Baker dabei?", fragte Ramona weiter. „Ja, er reist mit uns nach Hartford." Bianca schrieb bereits wieder. *'Frag ihn ob er sich sicher ist. Rebecca Jonnsen muss dabei sein.`* Ramona ergriff den Zettel und ihr Blick wirkte beinah etwas genervt, weil Bianca sich ständig einmischte, dennoch sprach sie Timm wieder an. „Bist du sicher, dass Rebecca Jonnsen nicht bei der Gruppe ist?" „Ja." Ramona legte den Zettel zur Seite. „Aber du kennst sie?", fragte sie nun unaufgefordert weiter. „Nein" „Nein?", fragte Bianca nun völlig entsetzt laut, während Timm zusammenzuckte und sich unsicher umsah. Ramona schaute böse zu ihr rüber. Doch Bianca formte mit ihren Lippen deutlich die Frage. „Er muss sie kennen!"

Eine Weile wartete Ramona, bevor sie ihn wieder ansprach. „Hast du denn den Namen Rebecca Jonnsen schon einmal gehört?" „Ja, sie ist tot. Ich habe sie nie kennengelernt. Ramona nickte. Möchtest du weiter gehen?"

„Ja." „Dann schau auf die Leinwand und geh weiter."
Er begann wieder zu zählen. „1689" Sein Atem wurde
schwer und seinen Kopf ließ er in die Kissen fallen. „Wo
bist du jetzt?", fragte Ramona fürsorglich. Er antwortete
nicht, nur sein ruckartiger Atem war zu hören. „Sie ist
weg", murmelte er. „Wer ist weg?", fragte Ramona nach.
„Sie ist weg und da ist jemand. Es ist alles blau und …", er
stöhnte laut auf, „ich möchte zurück."
„Gut", nickte Ramona. „Schließ die Augen und entspann
dich einfach. Ich zähle von 10 auf 0 zurück und bei 0
öffnest du die Augen und bis wieder im hier und im jetzt."

Bianca wartete nachdem sie den Schlüssel ins Zündschloss
gesteckt hatte. Vorsichtig schielte sie zu ihm rüber.
„Du hattest etwas anderes erwartet, richtig?" „Nein, ich
habe nichts erwartet", antwortete er, während er nun ihren
Blick erwiderte. „Ich denke eher, du hast etwas anderes
erwartet, richtig?" Sie zuckte mit den Schultern. „Erwartet?
Nun ja, ich hab etwas anderes gehofft. Ich habe immer noch
gehofft, dass du Danny gewesen bist. Aber …, doch du hast
recht. Ich habe etwas anderes erwartet. Ich habe erwartet,
dass du Rebecca wenigstens gekannt hättest und ich
verstehe nicht, wieso sie tot gewesen sein soll. Susanna war
in der Zeit, das hat ihre Hypnose ergeben!" „Ja, Susanna",
erwiderte er ruhig und Biancas kniff erstaunt ihre Augen
zusammen. "Du meinst …", wollte sie fassungslos
nachfragen, aber er fiel ihr ins Wort. „Ich meine gar
nichts!" „OK", gab sie auf.
„Würdest du mich zum Hotel fahren?", fragte er leise
weiter. „Selbstverständlich", und dann startete sie den
Wagen und fuhr los.

„Du kannst gleich wieder gehen", empfing sie Riccardo an der Wohnungstür, nachdem Bianca Timm am Hotel abgesetzt hatte und wieder zu Hause ankam. „Warum?", fragte sie und blieb irritiert vor ihm stehen. „Frau Kleinschmidt hat angerufen." „Wer um alles in der Welt ist Frau Kleinschmidt?" Der Name kam Bianca zwar vertraut vor, aber ein Gesicht bekam sie dazu nicht. „Frau Kleinschmidt ist die Nachbarin, die unter Susanna wohnt. Sie sagt, dass sie weiß, dass du einen Schlüssel von Susannas Wohnung hast." Biancas Gesichtsausdruck wechselte augenblicklich von neugierig in besorgt. „Was ist passiert?", fragte sie aufgeregt. „Das wusste Frau Kleinschmidt auch nicht. Sie konnte mir lediglich berichten, dass aus Susannas Wohnung seit heute Nacht laute Musik dröhnt und zwar die von Timm. Auf ihr Klingeln und rufen hin, hat sie aber nicht geöffnet." Biancas Augen wurden immer größer. „Und warum wartet sie solange und ruft dann hier an? Warum nicht bei der Polizei?" „Woher soll ich das wissen?", erwiderte Riccardo schulterzuckend. „Ich habe sie nicht danach gefragt und sie hat es mir nicht erklärt." Bianca griff an ihm vorbei in die Wohnung, zu dem an der Wand hängenden Schlüsselbrett, nach Susannas Wohnungsschlüssel. Schnell drehte sie sich um und rannte die Treppe wieder hinunter. Riccardo beugte sich über das Treppengeländer hinter ihr her. „Soll ich mitkommen?" „Nein, ich schaffe das allein", hörte er sie von unten rufen, kurz bevor die Haustür ins Schloss fiel.

Die Musik dröhnte weiterhin durch das Treppenhaus und nicht nur Frau Kleinschmidt stand vor der Tür, sondern die gesamte Nachbarschaft. „Sie hat sich bestimmt umgebracht. Sie verkraftet die Scheidung von ihm nicht", winselte eine der Frauen und Bianca blickte sie hasserfüllt an, während sie an ihr vorbei die Treppe hochstieg. „Und warum rufen sie dann nicht die Polizei? Wenn sie es wirklich getan hat, dann komme ich jetzt auch zu spät." Vor Susannas Tür klingelte sie Sturm und klopfte gleichzeitig dagegen. „Susanna, Susanna, wenn du jetzt nicht sofort die Tür aufmachst, dann komme ich rein!" Es geschah nichts und

Bianca murmelte nur noch, während sie zitternd den Schlüssel ins Schloss steckte. „Hoffentlich hat sie den Schlüssel nicht stecken gelassen." Er steckte nicht und schnell trat Bianca ein. Die gesamte Nachbarschaft im Schlepptau. Sie bog sofort zum Wohnzimmer ab, da die Musik von dort kam und sie zögerte, als sie die Freundin auf dem Fußboden liegen sah. Die Augen starr nach oben gerichtet. „Susanna", schrie sie auf und warf sich neben sie, griff nach ihrem Kopf und sah ihr mit dem fachmännischen Blick einer Ärztin in die Augen. Erleichtert nahm sie zur Kenntnis, dass Susanna ihren Blick erwiderte, nur ihre Pupillen waren verdächtig geweitet. Bianca blickte sich um und sie sah das Päckchen auf dem Tisch liegen, genauso gut konnte sie riechen, dass Susanna davon geraucht hatte. Erneut wandte sie sich ihrer Freundin zu. „Kannst du reden?", fragte sie. „Ich kann mich nicht bewegen, aber ich glaube, so langsam kommt das Gefühl in meinen Körper zurück", murmelte Susanna schwach. „Hast du eine trockene Kehle? Eine trockene Zunge?" „Ja." Bianca sprang auf und rannte zur Küchenecke, um nach der Wasserflasche zu greifen. „Ich sage doch, sie verkraftet die Scheidung nicht", murmelte wieder die Frau aus dem Treppenhaus. „Raus!", schrie Bianca, „sofort raus hier. Ich kann hier niemanden gebrauchen." Resolut schob sie die Frauen zur Wohnungstür zurück, die Wasserflasche immer noch in der Hand. „Machen sie dann auch diese laute Musik aus?", fragte Frau Kleinschmidt. „Wenn sie sonst keine Sorgen haben, ich mache sie aus." Dann schlug sie die Wohnungstür zu und rannte ins Wohnzimmer zu Susanna zurück. Sie flößte ihr das Wasser ein und beruhigte sich etwas, nachdem Susanna mit ihrer Hand danach griff. „Weißt du wie lange du hier gelegen hast?" „Mindestens eine Woche." „So ein Blödsinn, wir haben uns gestern noch gesehen. Du kannst höchstens eine Nacht hier gelegen haben." „Mir kam es vor wie eine Woche." „Das ist normal, wenn man zu viel von dem Zeug geraucht hat." „Es war doch nur ein Joint." „Verdammt noch mal, Susanna", schrie Bianca sie an, „darauf kommt es doch gar nicht an. Wahrscheinlich ist das Zeug fürchterlich stark. Hast du irgendetwas gesehen? Bunte Kreise oder Ringe? Kleine Tiere oder so?" „Nein, ich bin einfach umgefallen." Bianca ließ sie los und kniete sich aufrecht vor ihr hin. „Na, das war ja dann ein voller Erfolg." Die Ironie klang deutlich in ihrer Stimme. „Panikattacken oder Verfolgungswahn?" „Natürlich hatte ich Panik, oder glaubst du, dass es ein schönes Gefühl ist hier völlig bewegungsunfähig zu liegen, während die Nachbarn an der Tür trommeln und diese verdammte Musik nicht aufhört?" „Ach, die Musik", fiel es Bianca wieder ein, sprang auf zur Stereoanlage und schaltete die immer wieder von vorn beginnende CD aus. „Oh Gott sei Dank, ich danke dir", hörte sie Susanna, als es endlich ruhig war. Bianca ging wieder auf Susanna zu. „Los, steh auf", befahl sie der Freundin in einem barschen Tonfall. „Wenn ich könnte, würde ich ja." „Du kannst, ich helfe dir. Das Schlimmste hast du bereits hinter dir." Sie zog Susanna nach oben und stützte sie, bis sie sie auf's Sofa verfrachtet hatte. Elendig sah Susanna aus. Sie war blass und wirkte teilweise etwas grünlich. Unter ihren Augen zeichneten sich dunkle Ringe ab und ihr Haar hing ihr wirr um den Kopf. „Kannst du mir mal sagen, was du dir dabei gedacht hast?", schrie Bianca sie an, während sie ihre Arme in die Hüften stemmte. „Ich wollte doch nur wissen was er fühlt, wenn er so etwas nimmt. Ich wollte einfach nur nachempfinden, warum er es so toll findet." „Aber im Gegensatz zu dir, ist er nicht einfach auf der Bühne umgefallen. Susanna, das war eine absolute Schnapsidee. Timm wird anfangs sicherlich nicht so eine Dröhnung genommen haben, wie du es gerade getan hast und außerdem, du weißt doch wie es wirken kann." Susanna rieb sich müde und verzweifelt über die Augen. „Ja, aber gerade weil ich es weiß, verstehe ich nicht, warum er es raucht." „Ihr macht mich wahnsinnig!", schrie Bianca ihre Freundin an und rannte dann energisch im Wohnzimmer auf und ab. „Kommt ihr eigentlich auch noch alleine klar?" Sie blieb stehen und die pure Wut stand in ihren Augen geschrieben, als sie Susanna wieder anblickte. „Sag es mir Susanna, könnt ihr auch irgendetwas alleine?" „Was soll denn das Bianca? Was meinst du denn damit?", fragte

Susanna nun nicht weniger energisch. „Was ich meine? Ich reise mit dir durch die halbe Weltgeschichte, damit du ihn findest und jetzt, wo du ihn hast, muss ich zusehen wie ihr nicht in der Lage seit eure Beziehung zu kitten. Ich muss zusehen, wie er sich grundlos zukifft und ich muss zusehen, wie du es tust. Als wenn ihr jemals einen Grund dazu gehabt hättet. Es war doch alles OK. Selbst die Sache mit Dirk war schon aus der Welt geschafft, warum macht ihr so einen Scheiß?" „Ich habe damit nicht angefangen", fauchte Susanna zurück. „Oh nein, du hast nicht damit angefangen, aber du hast die Scheidung eingereicht. Die Scheidung von einem Mann, den du liebst." „Ach, wirfst du mir das jetzt vor? Darf ich dich daran erinnern, dass er es so wollte und darf ich dich daran erinnern, dass er eine andere Frau gevögelt hat?" Bianca sah sie immer noch wütend an. „Ja, das hat er getan. Das hat er dir angetan und er hat dir nie geglaubt, dass er einmal Danny war. Und du?" „Wie, und ich?" „Du hast es doch auch nicht geglaubt, dass er es ist. Deswegen hast du dich überhaupt auf Dirk eingelassen. Du Susanna, bist auch nicht besser als er und wenn ich ehrlich bin, dann kotzt es mich an! Es kotzt mich an, dass ihr beide keine anderen Probleme habt, als darüber nachzudenken wer, wer im 17. Jahrhundert war. Ihr habt gar nicht erst versucht einfach in dieser Zeit zu leben. Ihr habt beide immer die andere Zeit im Hinterkopf gehabt und weil ihr sonst keine Probleme hattet, habt ihr dieses Problem immer größer werden lassen. Du genauso wie er!" „Er?", fragte Susanna ironisch. „Er interessiert sich doch einen Dreck dafür, wer er einmal war. Im Grunde genommen war unsere Beziehung doch nur gut im Bett." Sie lachte bitter auf. „Ja, Bianca, im Bett hat es immer geklappt. Da kann er doch ruhig seine bekloppte Frau über vergangene Zeiten nachdenken lassen, wenn sie dafür gut im Bett ist." Bianca blickte Susanna herablassend an. „Du begibst dich gerade weit unter dein Niveau", bemerkte sie nun erheblich ruhiger. Susanna schwieg betroffen. „Zwischen euch war weit mehr, als nur das Bett und wenn ich ehrlich bin, dann interessiert es mich herzlich wenig, wie es bei euch im Bett war. Ich kann dir nur sagen was ich sonst gesehen habe und da war weit mehr, als nur das verflixte Bett." Sie schwieg einen Augenblick, ging dabei ein paar Schritte auf Susanna zu. „Es interessiert ihn nicht? Susanna, er ist nicht anders als du. Es hat ihn beinah aufgefressen, dass er nicht wusste wer er damals war." Susannas Augen wurden groß bei der Bemerkung und Bianca drehte sich verlegen weg. „Was soll das heißen, Bianca? Er wusste nicht, wer er war?" Bianca blickte nicht wieder zu Susanna rüber. Schweigend ging sie zum Fenster und schaute hinaus. „Was weißt du?", fragte Susanna weiter. „Ich weiß nicht, ob ich es dir sagen darf", antwortete Bianca leise. „Was denn?" Bianca schwieg. „Bianca", bohrte Susanna weiter, „sag mir, was du mir gerade verschweigst. Woher willst du wissen, ob Timm jetzt weiß wer er war?" Bianca schwieg weiterhin und Susanna schaffte es derweil sich aufrecht hinzusetzten. „Hast du mit ihm gesprochen?" „Ja." „Wann?" Erneut schwieg Bianca. „Musstest du ihm versprechen, mir nichts davon zu sagen?" „Nein." „Dann spann mich nicht auf die Folter, sondern sag mir, was du weißt!" Jetzt war es Susanna dic dic Worte schrie. „Er war heute hier." „Heute?", wiederholte Susanna entgeistert. „Hier in Deutschland? Und wo ist er jetzt?" „Im Flugzeug nehme ich an, auf den Weg nach New York." „Und er ist zu dir gekommen, nicht zu mir?" Langsam drehte Bianca sich zu ihr um und sah sie beinah müde an. „Darf ich dich daran erinnern, dass ihr euch scheiden lasst? Es ist nicht unbedingt üblich, dass man seinen Expartner aufsucht, weil man hier etwas erledigen will. Soll ich ehrlich sein, Susanna?" „Ja." „Ich hatte nicht den Eindruck, dass er vorhatte um dich zu kämpfen." Für Susanna glich diese Aussage einem Schlag ins Gesicht. „Was wollte er denn erledigen?", fragte sie leise. „Er wollte zu Ramona." Susannas inzwischen feuchte Augen wurden groß. „Hat er ...? Ich meine ..." „Ja", unterbrach sie Bianca. „Er hat." „Und was ist dabei herausgekommen?" „Das weiß ich nicht, er hat es mir nicht gesagt." „Aber du hast ihn zu Ramona begleitet, oder etwa nicht?" „Doch, das habe ich. Trotzdem hat er mir nichts gesagt und während der Sitzung konnten weder Ramona noch ich irgendwelche

Rückschlüsse aus der Hypnose ziehen." „Warum hat er es denn getan, weiß du das wenigstens?" Bianca ging auf Susanna zu und setzte sich zu ihr auf Sofa. „Er hat es nicht deinetwegen getan. Er selber wollte wissen, wer er damals war." „Ja, aber ..." „Nichts aber, Susanna. So hart es sich auch für dich anhören mag. Er wollte es nicht wissen, um eventuell eure Ehe zu retten. Er wollte es wissen, damit er selber das Thema abschließen kann. Damit er sich nicht immer und immer wieder fragen muss, wer er eigentlich war. Du selbst müsstest doch am besten wissen, wie zermürbend so eine Frage sein kann. Wie zermürbend, wenn man weiß, dass man einmal gelebt hat." „Warum soll das zermürbend sein?" „Weil ihr euch nur deswegen kennengelernt habt. Ich meine, so genau weiß ich das nicht, aber er wird sich sicherlich gefragt haben, ob dieses Wissen Schuld an dem Scheitern eurer Beziehung ist. Und jetzt weiß er es vielleicht. Mit diesem Wissen wird er in der Lage sein neu anzufangen." „Ich will das nicht", murmelte Susanna, „ich will nicht, dass er neu anfängt." Bianca griff nach der Hand ihrer Freundin. „Das weiß ich, aber den ersten Schritt dafür hast du doch schon gemacht. Warum hast du das gemacht?" Die ersten Tränen kullerten aus Susannas Augen über ihre Wangen hinab. „Weil er so anders war. So kalt und er wollte es doch so." „Wollte er es so? Oder stand auch er einfach nur neben sich, nach allem was zwischen euch passiert ist? Man sagt viel, Susanna, wenn man den Boden unter den Füßen verliert und vor allem kurz nachdem man seinen Partner betrogen hat. Er konnte vielleicht nichts anderes zu dir sagen, damals im Hotel." „Aber jetzt, wenn er mich liebt, dann kann er doch jetzt etwas anderes zu mir sagen. Ich meine, wir können doch reden, oder etwa nicht?" „Wenn du mit ihm reden willst, dann ruf ihn an." „Warum denn ich?", fragte Susanna gereizt. „Weil du mit ihm reden willst", antwortete Bianca nicht weniger gereizt. „Susanna, du brichst dir keinen Zacken aus der Krone, wenn du es tust." „Ich bin ihm nach Indien gefolgt. Wieso soll ich immer den Anfang machen?" „Weil du es so willst! Ich habe dir bereits gesagt, dass ich von ihm nicht den Eindruck hatte. Im Gegenteil, er hat beschlossen, deine Entscheidung zu akzeptieren. Ob sie ihm schwerfällt oder nicht, das weiß ich auch nicht, aber ich weiß, dass er mit Sicherheit nicht auf dich zukommen wird." „Ich gehe auf ihn auch nicht zu!", antwortete Susanna bockig und verschränkte zur Bestätigung ihrer Aussage die Arme vor der Brust. „Dann ist doch alles klar", bemerkte Bianca kühl. „Du hast beschlossen, nicht auf ihn zuzugehen und er hat beschlossen, nicht auf dich zuzugehen, somit bleibt euch nichts anderes übrig, als nun entschlossen getrennte Wege zu gehen. In diesem Fall möchte ich dich allerdings darum bitten, mir nicht ständig die Ohren voll zu jaulen, weil er dir fehlt." Susanna senkte ihren Blick und knabberte nervös an ihrer Unterlippe, bis sie wieder zu Bianca aufsah. „Du weißt nicht, wer er war?" „Nein." „Und er? Weiß er denn, wer er war?" Bianca sah sie schweigend an. „Hm." Susanna ließ ihren Blick durch den Raum schweifen. „Dann werde ich wohl nie erfahren, wen ich eigentlich geliebt habe." „Wohl kaum", bestätigte Bianca und sprach kurz darauf weiter. „Susanna, dass er nicht Danny war, weißt du doch schon lange." Susanna blickte die Freundin an. „Ja, das weiß ich. Ich nehme auch an, dass es sich bei der Hypnose bestätigt hat." Bianca nickte. „Ja, er ist früher geboren als Danny und er ist erheblich später gestorben. Das ist alles, was ich als Außenstehende mitbekommen konnte." „Sonst konntest du nichts mitbekommen? Ich meine ..., er muss doch irgendetwas gesagt haben." Bianca schüttelte wortlos den Kopf und Susanna sah sie entgeistert an. „Hat er nichts gesagt? Wie soll denn das gehen? Hat Ramona nichts gefragt?" „Doch, natürlich hat sie gefragt. Natürlich hat er etwas gesagt, aber ...", sie zuckte mit den Schultern, „ich habe es nicht verstanden, Susanna. Aber er war nicht Danny. Er hat anscheinend komplett andere Dinge erlebt als Danny und ja, er war auf einer Reise Richtung Hartford, aber er kannte dich nicht." „Er kannte mich nicht?", fragte Susanna entsetzt. Bianca nickte. „Richtig, er kannte deinen Namen, aber für ihn warst du tot." Ich war was?" Erneut zuckte Bianca mit den Schultern. „Ich verstehe es auch nicht. Danny war dabei und du warst angeblich tot."

„Rebecca soll ja auch schon tot gewesen sein, zu der Zeit. Ich habe laut meiner Hypnose für sie weitergelebt. Aber …", unsicher blickte Susanna zur Seite, „das kann er doch nicht wissen."

Bianca sah sie kühl an. „Nie wieder! Nie wieder werde ich bei so einem Mist mitmachen und nie wieder will ich von ihm oder von dir davon hören. Wir leben heute. Alles was davor war, ist vorbei. Ich weiß auch nicht, ob und wann ich schon einmal gelebt habe, Susanna, und ich lebe verdammt gut damit, es nicht zu wissen, denn es bleibt mir viel erspart. Ich mache mir keine Gedanken darüber, ob Riccardo derjenige ist, den ich im 18.- im 14.- oder 13.- Jahrhundert geliebt habe, sondern Tatsache ist, ich liebe ihn heute! Eine Tatsache, die ihr beide völlig aus den Augen verloren habt und deswegen seid ihr jetzt da, wo ihr seid. Am Ende eurer Beziehung."

Nach der Entgegennahme des Preises, für den besten Newcomer, sang er sein Lied und er registrierte wie das Publikum diesmal gemischt reagierte. Manche ließen sich vor Enttäuschung zu Buhrufen hinreißen. Andere wischten sich Tränen aus den Augen und wieder andere wippten einfach nur im Takt mit.

Er hatte sich gut auf seine Rede vorbereitet gehabt. Doch dann hatte er ganz andere Dinge gesagt, als in seinem Manuskript standen. Zwar hatte er erwähnt, dass er seine Karriere beenden würde und im Manuskript stand, dass er es aus rein privaten Gründen täte, aber er hatte vor all diesen Menschen mehr gesagt. Er hatte gesagt, dass sein Preis für diesen Erfolg seine Ehe gewesen war, und dass er nicht mehr bereit wäre, jemals wieder so hohe Preise zu zahlen.

Im Manuskript stand, wem er alles danken wollte. Dem Publikum und seinen Fans, die so treu zu seinen Konzerten gekommen waren und die seine Platten gekauft hatten. Seinen Bandkollegen, die sich wunderbar jeder Sprunghaftigkeit in seinen Liedern angepasst hatten. Der Plattenindustrie …, den Veranstaltern und dann noch Henry Marten und Henrys Name stand definitiv nicht in seinem Manuskript!

Nun stand er im Fahrstuhl und während er grübelte, wieso er Henry nun doch gedankt hatte, stieg ein ganz anderes Gefühl in ihm auf.

Ein schönes Gefühl. Ein Gefühl voller Glück, Befreiung und Erleichterung.

Es war vorbei!

Dieser ganze Ritt von einer Bühne zur anderen war vorbei! Er war plötzlich wieder frei und spielte es da überhaupt noch eine Rolle, wem er gedankt hatte und wem nicht?

Henry war ab jetzt Geschichte. Eine Geschichte, die ihm das ermöglicht hatte, was er selbst in Indien nicht gefunden hatte.

Henry hatte ihn zu dem Ort gebracht, wo es ihm ermöglicht wurde, einmal das Gesicht dieser Macht zu sehen, die sich, seit er denken konnte, erbarmungslos in seinem Kopf aufhielt. Ob ihm das jemals etwas bringen würde, war unklar. Dennoch, dass er dieses Mysterium nun gesehen hatte, brachte ihm eine gewisse innere Ruhe. Sicher, er verstand die Bilder nicht, die im präsentiert wurden, aber das würde ja vielleicht noch kommen.

Der Fahrstuhl fuhr weiter in Richtung Freiheit und Timm konnte diese Freiheit mit jeder Etage, die vorbeizog, besser spüren.

Henry konnte sein Glücksgefühl nicht mehr schmälern. Es dominierte seinen gesamten Körper und als der Fahrstuhl stoppte und die Tür sich mit einem Pling vor ihm auftat, konnte er nichts anderes tun, als zu Lächeln.

Er ging raus auf das Dach des Gebäudes, auf dem der Hubschrauber bereits wartete. Er hatte keine Lust mehr gehabt durch irgendwelche Reporter zu laufen und er gönnte sich jetzt einfach diesen Luxus.

Der Aufstieg des Hubschraubers kam erneut einer Befreiung gleich.

Seinen Blick hatte er anfangs noch auf das Startgebäude gerichtet, um ihn kurz darauf über die beachtlichen Lichter New Yorks schwenken zu lassen, bevor er dann einfach nur noch in den dunklen Nachthimmel starrte. Unmöglich bei der Helligkeit dieser Stadt irgendwelche Sterne zu erkennen, dennoch wusste er, sie waren da und langsam ließen der Stress, die Enttäuschung und die Anspannung von ihm ab.

„Oh Gott sei Dank", murmelte er leise.

Mimi hielt mit ihrer Hand die Sprechmuschel des Hörers zu, während sie sich zu Susanna umdrehte. „Es ist Bianca", flüsterte sie. Susanna machte Anzeichen, dass sie sagen sollte, sie wäre nicht da. „Ach Kindchen", fuhr Mimi etwas lauter auf, „aus dem Alter bin ich schon lange raus. Wenn du nicht mit ihr reden willst, dann sage ich ihr das gerne, aber ich werde nicht für dich lügen." Susanna verdrehte die Augen und schob ihren Stuhl zurück, um aufzustehen. Sie sprach erst, als sie bereits neben Mimi stand und dieser den Hörer aus der Hand nahm. „Es wäre jetzt auch kaum noch möglich zu sagen, dass ich nicht hier bin. Kein Mensch braucht solange, um festzustellen, dass er alleine in der Wohnung ist." Der Schalk stand in Mimis Augen geschrieben, als sie Susanna zulächelte. „Nicht wahr?", sprach sie zufrieden, ging zu dem großen, runden Esstisch zurück und setzte sich, während Susanna sich meldete. „Bianca?", fragte sie in einer Tonlage, die der Freundin signalisierte, dass sie nicht wirklich überrascht über deren Anruf war. „Dachte ich mir doch, dass du bei Mimi bist", hörte sie die Freundin durch den Hörer. „Und? Hast du die Liveübertragung gesehen?" Susanna verdrehte bei der Frage leicht die Augen. „Bianca, ich bin extra zu Mimi gefahren, um der Versuchung zu widerstehen, zu Hause den Fernseher einzuschalten." Sie drehte sich bei ihren Worten zu der immer noch grinsenden Mimi um. „Mimi mag zwar Timm, aber sie kann seine ..." sie streckte den Kopf in Mimis Richtung, „was sagst du immer?" „Hotten-Totten-Musik", antwortete Mimi charmant. Susanna nickte. „Sie kann seine Hotten-Totten-Musik nicht ausstehen", berichtete sie an Bianca weiter. „Hm, wie dem auch sei", kam Biancas Stimme durch den Hörer. „Ich habe die Sendung aufgezeichnet und ich kann dir nur raten, dir die Aufzeichnung anzusehen." Susanna straffte die Schultern. „Kannst du mir auch sagen, warum ich das tun sollte?" „Nein, dann ist ja die Spannung weg." „Die Spannung?", wiederholte Susanna beinah gelangweilt. „Bianca, was soll daran bitte spannend sein? Er hat seinen Preis entgegengenommen und eine Rede gehalten." „Es scheint dich ja wirklich nicht zu interessieren, was er eigentlich gesagt hat", hörte sie Bianca. „Was soll er schon gesagt haben?" „Er hört auf, dass hat er gesagt", antwortete Bianca schlicht. „Er hört auf?", fragte Susanna nun doch ziemlich erstaunt, „... und nun?" „Sieh dir das Band an", antworte Bianca. Susanna wurde blass. „Bianca, ist etwas passiert?", fragte sie unsicher. „Wie meinst du das?" „Ich meine seine Fans, wie ..., wie haben sie denn reagiert? Sind sie auf die Bühne gestürmt? Haben sie ihn verletzt oder ...", Susanna wurde noch blasser, „ist irgendetwas mit seinem Herz passiert?" Eine Weile hörte sie nur Biancas Schweigen. „Das ist auch noch so eine Sache", begann diese wieder. „Die Menschen meiden Situationen, weil sie nicht mit ihnen konfrontiert werden wollen. Somit wissen sie nicht, was eigentlich passiert ist. Ruhe bekommen sie deswegen allerdings auch nicht und dann spielen sie die Situation für sich alleine in ihrer Phantasie durch. Allerdings erheblich schrecklicher, als der Realität." Sie unternahm eine kurze Pause. „Susanna, sieh dir einfach das Band an!" Dann legte sie auf.

Auch Susanna legte langsam auf und während sie nachdenklich den Telefonhörer ansah, knabberte sie gedankenverloren an ihrer Unterlippe. Er hörte also auf. Und was bedeutete diese Tatsache nun für sie? Ganz einfach, überlegte sie sich. Die unterzeichneten Scheidungspapiere würde er ihr wohl bald zusenden und dann würde er aus ihrem Leben verschwinden. Ganz verschwinden, denn auch im Fernsehen konnte sie ihn zukünftig nicht mehr sehen. Er war weg ... beinah so, als hätte es ihn nie gegeben. Nach kürzester Zeit würden die Jahre mit ihm einfach einem schönen Traum gleichen. Sie spürte das Mimi sie beobachtete und langsam drehte sie sich zu ihr um. Mimi hatte diesen Ausdruck in ihrem Gesicht, der dem von Timm so ähnlich war. Jede einzelne Veränderung in Susannas Gesichtszügen, in ihren Augen und in ihrer Haltung nahm sie in sich auf und ähnlich wie sie es bei Timm oft gespürte hatte, fühlte sie sich auf einmal Durchsichtig wie Glas. „Ist etwas?", fragte sie Mimi. Aber Mimi antwortete nicht und da Susanna das Gefühl des durchsichtig seins als unangenehm empfand, drehte sie sich und ging zur Tür. „Ich gehe schlafen. Gute Nacht Mimi."

Über ihr hartes Vorgehen war Harald Niemann regelrecht entsetzt und doch konnte er nichts dagegen tun. Hätte er seiner Tochter die Bitte ausgeschlagen, ihr Türschloss auszuwechseln, dann hätte sie jemand anderen gebeten, ihr zu helfen. Während er die kleinen Schrauben in das Schloss ihrer Wohnungstür drehte, schüttelte er gedankenverloren den Kopf. Was dachte sie sich bloß dabei? Er erkannte sie kaum wieder. Sie war plötzlich ähnlich hart wie damals, nach ihrem Unfall. Sie vollzog die Trennung von Timm genauso energisch, wie damals die Trennung von Fred. Nur, und das wusste Harald Niemann inzwischen, dass sie Fred niemals auch nur ansatzweise so geliebt hatte wie Timm. Selbst ihm, als außenstehender Vater, zog sich bei dieser Erkenntnis das Herz zusammen. Hatte er sich selber doch immer so etwas gewünscht. So eine Liebe. Bei Anneliese hatte er nie gefunden, wonach er suchte und Anneliese konnte auch nicht verstehen, wonach er eigentlich suchte. Aber Susanna hatte diese Romantik von ihm geerbt. Sie wusste, wonach ihr Vater sein Leben lang gesucht hatte und sie wusste, dass sie genau das gleiche benötigte wie er. Auch wusste sie, dass er selbst es nie gefunden hat. Und sie? Sie, die es nun hatte, gab es einfach auf? Wechselte das Türschloss aus, noch bevor die Scheidung vollzogen war? Mit welchem Recht eigentlich? Timm hatte doch das Recht in diese Wohnung zu gehen, solange er noch ihr Mann war.

Harald hatte eigentlich nichts hinter sich gehört und doch spürte er plötzlich, dass er nicht mehr alleine war und langsam ließ er vom Türschloss ab und drehte sich um. Timm stand auf halber Höhe der Treppe. Lässig an die Wand gelehnt und es erschien Harald, als wenn er ihn schon eine ganze Weile beobachtet hatte. „Sie zieht alle Register, nicht wahr?", begann er ruhig. Harald räusperte sich dezent. „Ich konnte sie nicht davon abhalten." „Sie ist halt stur. Von wem hat sie das eigentlich, von dir oder von deiner Frau?" Harald zuckte die Schultern. „Es wäre wohl etwas vermessen, wenn ich sagen würde, dass ich nicht stur bin." Timm lächelte ihn an und langsam kam er die Treppe nach oben und blieb vor ihm stehen. „Los, lass mich rein.

Auch wenn Susanna zuerst darin gewohnt hat, so betrachte ich diese Wohnung inzwischen auch als einen Teil von mir." „Timm, bitte", flehend sah Harald ihn an, doch Timm schob sich an ihm vorbei und lehnte sich vor Harald an die Wohnungstür. „Du weißt wo sie ist?", fragte er. „Ja", antwortete Harald. „Dann weißt du auch, dass sie so schnell nicht nach Hause kommen wird. Es bleibt unser kleines Geheimnis. Schließ die Tür auf und ich koche uns einen Kaffee." Harald sah ihn schweigend an. „Nun mach schon", nur mit einem leichten Kopfnicken deutete Timm auf das Türschloss, „ich habe keine Lust in meiner Heimatstadt in ein öffentliches Kaffee zu gehen, nur weil ich gerade einen Kaffee trinken will und in meinem Haus finde ich nichts, außer einem abgeschalteten Kühlschrank vor." Harald nickte ihm zu und schloss dann die Wohnungstür auf, um Timm reinzulassen. Dieser ging direkt ins Wohnzimmer und Harald folgte ihm, blieb aber unsicher im Türrahmen der Wohnzimmertür stehen. Timm zog die Unterlagen aus der Innentasche seiner Jacke und legte sie auf den Wohnzimmertisch. Dann griff er nach dem auf dem Tisch liegenden Kugelschreiber und unterschrieb die Papiere. Geradezu locker warf er den Stift auf den Tisch zurück und ging dann in die Küche, um den Kaffee aufzusetzen. Harald setzte sich auf das Sofa und betrachtete die nun unterzeichneten Scheidungspapiere auf dem Tisch. Er blickte zu Timm hinüber, der gemächlich die Kaffeemaschine befüllte. „Musste das alles sein, Timm?", fragte er ihn. Timm sah ihn nicht an, während er antwortete. „Ich habe aufgehört, mir darüber Gedanken zu machen. Es ist müßig!" „Ich will es trotzdem hören! Warum lasst ihr euch scheiden?" Jetzt blickte Timm ihn an und ein ironisches Lächeln überzog sein Gesicht. „Ich habe mit einer anderen Frau geschlafen, hat sie dir das erzählt?" „Nein." Timm schaltete die Kaffeemaschine an und drehte sich zu dem hinter ihm stehenden Schrank um, um die Kaffeebecher heraus zu holen. „Hast du Anneliese jemals betrogen?" „Nein." „Guter Mann, du hättest es bestimmt gerne mal getan." Timm drehte sich mit den Tassen in der Hand zu ihm um. „Oder ist es zu anmaßend von mir, dir das zu unterstellen." „Nein." „Kannst du noch etwas anderes sagen, als ´Nein´?" „Nein, mir hat es glatt die Sprache verschlagen." „Oh, das war doch schon eine ganze Menge mehr, als ´Nein´" Harald grinste ihn an. „Mensch Junge, weiß du eigentlich wie gerne ich dich habe?" „Nein." „Ich habe dich verdammt gerne und ich finde es ziemlich grausam mit ansehen zu müssen, wie ihr beide eure Leben ruiniert." Er stand auf und ging auf den Tresen zu, auf dem Timm die Becher inzwischen abgestellt hatte und die Milch, vor dem Kaffee, hineinschüttete. „Ich mag dich auch verdammt gerne, Harald", erwiderte Timm, ohne seine Arbeit zu unterbrechen. „Kannst du nicht noch mal mit ihr reden, wenn sie schon nicht zu dir kommt? Ich habe mich so an dich, als Schwiegersohn gewöhnt." „Nein", kam die schlichte Antwort. Harald hob seine Hände verzweifelt in die Luft. „Warum denn nicht? Was ist denn so schlimm an einem kleinen Seitensprung? Ich meine, ich muss dich nicht einmal danach fragen, um zu wissen, dass du die Andere nie geliebt hast." Timm griff nach der Kaffeekanne. Sein Griff verkrampfte sich um den Henkel. Verdammt noch mal, er konnte es einfach nicht. Nichts würde er lieber tun, als zu ihr zu gehen. Eventuell würde er sie auf Knien anflehen, wieder zu ihm zurück zukommen. Aber es ging nicht. In all den Jahren mit ihr hatte sich nichts geändert. Er war nicht für sie bestimmt. In all den Jahren hatte sich nichts geändert. Er steckte noch immer im selben Körper. Ja, er konnte zu ihr zurückgehen, konnte sie vielleicht zurückgewinnen, aber er würde auf Dauer nicht bleiben können. Was sollte es also bringen? Und dann war da noch etwas. Etwas, das er nicht richtig in seinem Körper orten konnte. Etwas, dass er nicht wirklich greifen konnte und doch wusste er, dass es da war und gerade zu genervt stellte er die Kaffeekanne wieder ab und blickte Harald an. „Weißt du eigentlich, wie sehr mich das nervt?", fragte er gereizt. „Wenn sich ein Paar kennenlernt, dann werden als erstes die Grenzen abgesteckt, indem man sagt, sollte ich einmal betrogen werden, dann bedeutet das für mich das aus! Viele sagen das. Andere lästern eventuell über die Frau von nebenan, die immer noch bei ihrem Mann bleibt, obwohl doch jeder weiß, dass er sie betrogen hat. Und wenn es dann ein Paar gibt das sagt, OK, wir trennen uns deswegen, dann schreit die ganze Welt auf und sagt, tut das nicht. Das ist doch etwas, das man wieder richten kann." Er schob Harald die Kaffeetasse zu. „Für mich ist es das nicht! Und es kotzt mich an, dass sich alle Welt da hineinmischt. Das betrifft Susanna und mich, niemanden sonst und wir haben diesen Weg gewählt! Aus die Maus!" Dem konnte Harald nichts entgegensetzen und somit griff er nach seiner Tasse und ging zur Couchecke zurück. Setzte sich auf den Sessel und starrte missmutig vor sich hin. Timm folgte ihm und neben dem Tisch blieb er stehen und betrachtete die nackte, leere Wand über dem Sofa. Die Wand, an der sein Bild gehangen hatte. „Weißt du, wo sie meine Sachen hingebracht hat?", fragte er, ohne seinen Blick von der Wand zu lassen. „In dein Haus." „Fein", nickte Timm, „ich hoffe, sie hat die Schlüssel gleich danebengelegt." Dann setzte er sich auf das Sofa und blickte Harald an. „Was meinst du, wird sie ihre Bilder aus dem Keller wieder hier hoch holen? Wird sie erneut, nach ihrem geliebten Danny suchen?" „Nein, das denke ich nicht." „Nein? Warum eigentlich nicht?" „Sie wird zu müde dazu sein, Timm." „Zu müde? Das verstehe ich nicht." Harald stellte seine Tasse auf den Tisch und stützte seine Unterarme auf seinen Knien ab, während er Timm ansah. „Ich weiß, sie hat dir wehgetan, Timm. Nur deswegen klingst du jetzt so, wie du klingst. Aber glaub mir, nicht nur sie hat dir wehgetan, du hast ihr auch wehgetan." Timm blickte ihn ausdruckslos an. „Susanna hat ihre Energie bereits verpulvert, als sie dich damals in Indien gesucht hat. Sie hat ihre Energie verpulvert, weil sie dich geliebt hat und das Ergebnis ist, dass sie inzwischen achtundzwanzig Jahre alt ist und immer noch keine Ausbildung abgeschlossen hat. Sie hat keine Ausbildung, Timm, und doch ist sie inzwischen nicht mehr das naive kleine Mädchen, das ihrem Traumprinzen hinterher reist. Sie wird sich umorientieren. Sie wird jetzt das machen, was ihr hilft in dieser Welt alleine zu überleben und das ist nicht die Suche nach Danny, sondern das ist eine vernünftige Existenzgrundlage." Einen

Augenblick schwieg er, bevor er weitersprach. „Verdammt unromantisch, nicht wahr?" „Im Prinzip wollen wir die Frauen ja auch weniger romantisch, nicht wahr?", fragte Timm. Harald grinste ihn wissend an und auch Timm beugte sich nun zu ihm vor. „Und wenn sie dann ganz nüchtern werden und ihre romantischen Züge ablegen ...", fuhr er fort und Harald beendete den Satz, „dann passt uns das auch nicht." „Stimmt."

Dann stand Timm auf. „Danke, dass du mich hier noch mal reingelassen hast", sprach er und blickte sich um, um seinen Blick dann auf dem Ecktisch verweilen zu lassen. Er griff nach dem Päckchen mit dem Shunk, das dort lag, warf es locker in die Luft und ließ es dann in der Versenkung seiner Jackentasche verschwinden. „Was war das?", fragte ihr Vater. „Es ist meins. Sie wird vergessen haben, es zu meinen Sachen zu legen." Dann ging er zur Tür und drehte sich im Rahmen noch mal zu Harald um. „Grüß Anneliese von mir. Sie wird froh sein, wenn sie mich los ist." Dann ging er fort.

„Seht ihr jungen Frauen eigentlich alle so bescheiden aus, wenn ihr frühstückt?", fragte Mimi und sah Susanna vorwurfsvoll an. „Susanna trug lediglich ihren Morgenmantel und ihre langen, lockigen Haare hingen ihr mehr als zerzaust und verknotet um den Kopf herum. Müde stützte sie ihr Gesicht auf ihren Händen ab. „Keine Ahnung", murmelt sie, „so viele andere junge Frauen begegnen mir morgens nicht, um das beurteilen zu können." Mimi goss ihr den Kaffee ein. „Meine Mutter hätte mir etwas erzählt, wenn ich so an der Kaffeetafel erschienen wäre." „Meine Mutter auch, aber die Zeiten sind lange vorbei, in denen sie noch die Gelegenheit dazu hätte." Mimi setzte sich ihr gegenüber. „Aber, jetzt bist du bei mir und wenn du länger bleiben willst, dann erwarte ich, dass du dich ab morgen zum Frühstück entsprechend kleidest." Sie hielt Susanna den Brötchenkorb vor die Nase. „Danke, ich habe keinen Hunger." Mimi zog den Korb zurück und nahm sich selber eines. „Dachte ich mir. Ich hatte damals auch selten Hunger, wenn ich mich über ihn geärgert habe." Dabei ließ sie ihren Blick verächtlich zu dem Gummibaum schweifen. „Aber ihr habt euch nie getrennt", bemerkte Susanna. „Nein, aber glaube mir, darüber nachgedacht habe ich schon." „Echt?" Susanna hob erstaunt ihren Kopf an. „Warum denn?" Mimi schüttelte den Kopf. „Denkst du eigentlich, nur in eurer Ehe ist es schwierig? George konnte ein richtiger Kotzbrocken sein." „Mimi", fuhr Susanna empört auf, „mäßige mal deine Ausdrucksweise." „Warum denn? Ihr jungen Leute redet doch alle so und ich muss zugeben, es trifft die Sache schon sehr genau." „Was war denn so schlimm?", fragte Susanna. „Nachdem seine Karriere als Boxer beendet war und er ein Boxstudio in einem New Yorker Kellergewölbe eröffnete, rückte er immer weiter von mir ab." „Und wie?" „Ich war nicht mehr wichtig. Er war ein gebrochener Mann, ohne Selbstwertgefühl. Er sah nur sein eigenes Elend und reagierte sich im besagten Keller an den Säcken ab. Er schlief kaum noch mit mir, er redete kaum noch mit mir. Ich war zwar da, aber ich denke, ihm ist es gar nicht mehr richtig aufgefallen, dass ich da war." „Das ist aber nicht sehr nett von ihm gewesen." Mimi zuckte mit den Schultern. „Mach was dagegen. Ich habe es ausgesessen. Er ist dann sehr krank geworden. Ein Gehirntumor und erst als ich ihn pflegen musste, nahm er mich wieder zur Kenntnis. Da war er sehr lieb zu mir, bat mich um Verzeihung für das, was er mir angetan hatte. Er war solange lieb zu mir, bis sein Tumor seine Erinnerungen raubte und er nicht mehr wusste, wer ich eigentlich war. Zwei Jahre später ist er gestorben und ich war allein. Aber ...", sie beugte sich vor, „ich habe ihn geliebt und ich hätte ihn niemals verlassen, egal wie oft ich daran gedacht habe, ich hätte es nicht gekonnt." Susanna nickte. „Liegt wahrscheinlich daran, dass er dich nie betrogen hat." „Habe ich das gesagt?" „Nein, aber davon gehe ich einfach mal aus." Mimi schüttelte ungläubig ihr weißes Haupt. „Susanna, er hat mich dreimal betrogen. Dreimal, ohne die andere Frau geliebt zu haben. Dreimal, weil er in seinem eigenen Leben nicht mehr klar gekommen ist." Sie zuckte mit den Schultern. „Ich denke, das wäre ein Grund für die Trennung gewesen, aber ich konnte mich nicht von ihm trennen." „Warum denn nicht?", fragte Susanna entgeistert, „Du hättest allen Grund dafür gehabt." „Zum einen war es die damalige Zeit. Damals trennten sich die Frauen nicht so einfach, denn das glich einem Skandal. Zum anderen ...", sie unternahm eine kleine Pause, bevor sie weitersprach, „wer sollte eigentlich nach ihm folgen?" Erneut unterbrach sie sich, um ihre Worte auf Susanna wirken zu lassen. „Hast du dir diese Frage auch schon gestellt?" „Nein", antwortete Susanna wahrheitsgemäß. „Soll ich dir die Antwort sagen?" „Ja, mach das ruhig. Würde mich schon interessieren, wenn du weißt wer Timm folgt." Mimi grinste sie an und ihre Stimme klang beinah fröhlich, als sie weitersprach. „Niemand", rief sie aus. „Niemand?", fragte Susanna, während sie ihren Kopf ungläubig nach vorne schob. „Niemand!", bestätigte Mimi. „Hältst du mich für so unattraktiv, als dass ich keinen Mann mehr finde?" „Nein, du bist sehr attraktiv. Die Männer werden dir scharenweise die Tür einrennen, aber sei doch mal ehrlich, Susanna, wer von den Männern soll Timm denn das Wasser reichen?"

Susanna lehnte sich zurück. „Also Mimi, wirklich. Er ist doch kein Gott." „Stimmt, das ist er nicht. Ich werde dir erklären, was er ist." Sie beugte sich vor und ihre aufmerksamen Augen beobachteten Susanna genau, während sie sprach. „Es gibt Männer, die sehen verdammt gut aus, allerdings sind sie oft dumm oder aber sie sind untreu, grausam und übernehmen für nichts Verantwortung. Es gibt Männer, die sind an Fürsorglichkeit kaum zu übertreffen, aber wenn sie sich dann ausziehen, dann könnte einem als Frau beinah alles vergehen." Susannas Augen wurden groß bei Mimis Erklärungen. Mimi schwächte ihre Äußerung kurz ab. „Das gibt es natürlich auch umgekehrt, aber das ist ja nicht das Thema. Timm ist das Thema. Timm ist einer der wenigen Männer, die ausgesprochen gut aussehen. Wenn ich nicht so alt wäre, dann würde ich dir extra noch raten dich von ihm zu trennen, damit ich ihn endlich angraben kann."
„Angraben?", fragte Susanna. „Ja, so nennt ihr jungen Leute das doch heute, oder?" „Ja", lächelte Susanna irritiert. „So nennen wir es heute manchmal." „Fein", nickte Mimi fröhlich. „Timm sieht also gut aus und er ist intelligent. Diese Kombination macht ihn beinah unwiderstehlich und die Tatsache, dass er im Bett wahrscheinlich vor Leidenschaft nur so sprüht, die macht ihn unwiderstehlich." „Großer Gott, Mimi, wie redest du bloß?" „Stimmt es denn nicht?" „Doch, es stimmt", gab Susanna leise zu und Mimi lachte auf. „Und wer, denkst du, soll ihm folgen?" Darüber hatte Susanna eigentlich noch nie nachgedacht und so schwieg sie betroffen, was Mimi wohlwollend zur Kenntnis nahm. „Du wirst vielleicht jemanden kennenlernen, den du magst und wahrscheinlich wirst du nicht den gutaussehenden Mann erwählen, sondern den fürsorglichen, aber du wirst schnell spüren, dass es nicht Timm ist, den du vor dir hast und du wirst schnell die Lust daran verlieren, ihn ausgezogen zu sehen. Schnell die Lust daran, sich mit ihm über tiefgründige Themen zu unterhalten. Davon, dass die Leidenschaft euch bei einem dieser tiefgründigen Gespräche überfällt, mal ganz zu schweigen." Mimi winkte ab. „Eigentlich wäre das alles

kein Problem." „Aber?", fragte Susanna sichtlich unsicher. „Es ist ein Problem! Es ist eines, weil du es anders kennengelernt hast. Du wirst dich mit dem Zweitbesten kaum noch zufrieden geben können. Viel eher wirst du es vorziehen, alleine zu bleiben und deinen Erinnerungen nachzuhängen." „Das sind ja tolle Aussichten." „Nicht wahr?", nickte Mimi. „Ihr jungen Leute heute, ihr seid alle so selbständig, dass ihr gar nicht auf eure Partner angewiesen seid. So etwas wie Gemeinschaftsgefühl ist euch fremd. Ihr heiratet und lasst euch scheiden, wie es euch gerade in den Sinn kommt. Alles ist besser, als die alte Beziehung zu retten. Es ist besser und es ist vor allem einfacher. Solange, bis in der neuen Beziehung die gleichen Probleme auftauchen, aber das ist ja kein Problem, denn dann kann man sich ja scheiden lassen. Die Folge daraus sind Dutzende verstörte Kinder, die ein Familiengefühl überhaupt nicht mehr kennen. Und ich bin traurig darüber, dass ich die lustige Zeit, die uns noch bevorsteht, wenn diese Kinder ihre Beziehungen leben, nicht mehr erleben kann." Susanna blickte sie schweigend an. „Ich habe übrigens ein neues Bild", bemerkte Mimi und stand auf. Susanna blickte irritiert, bei dem plötzlichen Themenwechsel. Mimi ging an die Kommode, die hinter Susanna stand und holte einen Bilderrahmen hervor, mit welchen sie um den Esstisch herum ging und ihn dann auf die Anrichte zwischen den Blumen und neben den Fernseher stellte. Entgeistert sah Susanna das Bild an. Es war ihr eigenes gezeichnetes Bild von Timm und ihr, in Matura. „Wie bist du denn daran gekommen?", fragte sie beinah fassungslos. „Ich hab es, als ich dich damals mal besucht habe, abfotografiert und nun drucken lassen. Du warst damals mal eben zur Toilette gegangen, ich hoffe du bist mir nicht böse deswegen. Aber es ist so schön." Susanna lehnte sich genervt zurück. „Was soll das Mimi? Kannst du mal aufhören immer nur zwischen den Zeilen mit mir zu kommunizieren? Kannst Du nicht einmal direkt sagen, was du bezwecken möchtest?" Mimi kam zum Tisch zurück und setzte sich. „Nein, Susanna. So ist mein Stil. Ich kann mich für dich hier nicht verdrehen."

Susanna verdrehte die Augen. „Also was soll das?" „Ich wollte, dass du es siehst. Bei dir zu Hause wird es ja nicht mehr hängen. Ist es nicht hübsch?" „Ja, es ist super", brummelte Susanna. „Nicht wahr? Was siehst du denn da drauf?" Erneut verdrehte Susanna die Augen. „Ich sehe darauf eine vergangene Zeit! Mit einer Tänzerin, die komplett bescheuert und naiv ist und mit einem Mann, der völlig durchgeknallt ist und auf dieser Welt überhaupt nicht zurechtkommt und was siehst du dort?", fragte sie ohne Pause. „Ich sehe zwei Menschen, die weit über dieses Leben hinaus füreinander bestimmt sind." „Ich glaube nicht mehr an Bestimmung." „Das ist mir nicht entgangen, dennoch ist es so." Mimi beugte sich vor und griff Susannas Hand. „Hör mir zu, Susanna." „Ich bin ganz Ohr", erwiderte diese gelangweilt. „Es mag vielleicht stimmen, dass es in diesem Leben nicht klappt, aber deswegen solltet ihr die Zeit nicht aufgeben, die ihr gemeinsam haben könntet." „In diesem Leben?", fragte Susanna entsetzt. Dann lachte sie ironisch auf. „Soll ich es in einem nächsten Leben nochmal mit ihm probieren? Klappt es dann besser? Das motiviert mich natürlich total nun noch Zeit mit ihm zu verbringen." „Es klappt in diesem Leben, aber zuerst werdet ihr euch trennen müssen." Susanna runzelte die Stirn. „Wie kommt es eigentlich, dass du so überzeugend irgendwelche Sätze rausposaunst, als hättest du irgendwie das Wissen über die Grenzen dieser Welt gepachtet?" Mimi ließ Susannas Hand los, lehnte sich zurück und schloss die Augen. Sie taumelte auf ihrem Stuhl hin- und her, während sie leise und beinah wie im leichten Singsang sprach. „Ich kann es sehen, wenn ich mich konzentriere, dann kann ich alles sehen." Sie öffnete ihre Augen und blickte Susanna ernst an. „Den deutschen Geist", flüsterte sie nun nur noch und Susanna war inzwischen regelrecht entsetzt.
Ihre Gedanken überschlugen sich. War Mimi tatsächlich Sinopa gewesen?
Warum eigentlich nicht? Wieso war sie der Meinung selber mehrmals zu leben und gestand das auch Timm zu und bei anderen Menschen zweifelte sie noch heute.

„Ich sehe den Geist", wiederholte Mimi leise. „Ich sehe die Steine vor dir liegen und ich kann sie deuten. Er kann noch nicht in deine Welt und er nutzt die Energie des Schlafes." Schweißperlen machten sich auf der Stirn Susannas breit, während sich Mimis verschleierter Gesichtsausdruck plötzlich wieder festigte und sie Susanna ernst ansah. „Er wird gehen, weil er noch nicht in deine Welt kann." Susanna schnappte nach Luft, stand auf und ging zum Fenster, bevor sie sich wieder zu Mimi umdrehte. „Hör auf!", fuhr sie Mimi hart an. „Nicht er wird gehen, sondern ich werde gehen, wenn du nicht sofort aufhörst hier die Schamanin zu spielen. Ich verstehe nicht, was du mir da sagst, das alles ist schon längst passiert meiner Meinung nach. Das Orakel ist abgeschlossen! Er hat die Energie des Schlafes schon genutzt! Er hat sie in Indien genutzt, um mich in der Gestalt Dannys im Krankenhaus aufzusuchen! Nach meinem Suizidversuch!" Mimi wandte ihren Blick ab und ließ ihn gelangweilt über die Kaffeetafel gleiten. „Wenn du meinst, dass du in der Lage bist so eine Vorhersagung korrekt zu deuten, möchte ich dir nicht widersprechen. Nur solltest du vielleicht, bevor du dich komplett von ihm zurückziehst, noch einmal über meine Version des Orakels nachdenken. Meine Version bedeutet, dass es noch nicht vorbei ist, zwischen euch! Es kann nicht vorbei sein, solange das Orakel sein Ende nicht erreicht hat. Ihr könnt, wenn du es möchtest, natürlich getrennte Wege gehen und doch wird die Zukunft euch wieder zueinander führen und da das so ist, bin ich der Meinung …, dass ihr auch direkt zusammenbleiben könnt. Zusammenbleiben, um alles gemeinsam durchzustehen. So wie sich das für ein gutes Ehepaar gehört!"
Susannas wütender Blick wich der Betroffenheit und langsam setzte sie sich wieder zu Mimi an den Tisch, während Mimi nun aufstand und langsam um Susanna herumging. Sie stellte sich hinter sie und legte ihre Hand auf deren Schulter ab. „Ich habe keine Ahnung, warum er nicht in der Lage ist dich aufzusuchen, Susanna", sprach sie hinter ihr. „Aber es ist eine Tatsache, dass er das nicht tut.

Genauso ist es eine Tatsache, dass er dich immer noch abgöttisch liebt. Spielt es wirklich eine Rolle, Susanna, wer auf wen zugeht? Ist das wirklich wichtig? Geh zu ihm. Meinetwegen streite mit ihm, schrei ihn an und lass dich von ihm anschreien, aber geh zu ihm, Susanna. Sicherlich hast du bis heute gewartet, dass er das tut, was vielleicht auch fairer gewesen wäre, nachdem er dich betrogen hat, aber das ist nun einmal seine Schwäche! Er kann es nicht, Susanna. Er ist nicht in der Lage auf die Frau zuzugehen, die er liebt. Vielleicht lernt er es noch. Vielleicht kommt er das nächste Mal auf dich zu. Aber nicht heute und nun beweg endlich deinen Hintern hier raus!"

Das war deutlich. Mimi hatte es als erste verstanden, Susanna den Weg in eine andere Richtung zu weisen und nun saß sie vor Mimis Haus, in Kurt. Sie wollte ihn zurück. Sie hatte ihn eigentlich nie hergeben wollen und Mimi hatte durchaus recht mit der Annahme, dass Susanna mit ihrem Verhalten lediglich hoffte, dass Timm endlich um sie kämpfte, und schmerzlich wurde ihr nun bewusst, dass Mimi auch in der Annahme recht hatte, dass genau das Timms Schwachpunkt war. Sie hatte keine Ahnung wie er reagieren würde, wenn sie plötzlich vor ihm stand. Sie konnte nur vermuten, dass er sie keinesfalls mit offenen Armen empfangen würde, denn sein Schwachpunkt beinhaltete diese Verhaltensweise. Aber vor allem hatte sie keine Ahnung, wo sie ihn eigentlich suchen sollte. Das letzte, was sie von ihm wusste war, dass er bei der Preisverleihung gewesen war. Aber war er nun schon in Deutschland? Wo sollte sie mit ihrer Suche beginnen, wenn nicht in Deutschland? Früher oder später musste er hier her. Leicht wurde ihr übel bei dem Gedanken, dass er eventuell, wenn er zurückkam, in ihre Wohnung fahren würde. Nun, wo sie das Schloss hatte auswechseln lassen. Sie hoffte inständig, dass er diese Tatsache noch nicht bemerkt hatte. Sie startete den Wagen und er sprang glücklicherweise tadellos an. Sie fuhr zu Timms Haus und die Reporter, die sich davor versammelt hatten, bestätigten ihr, dass er in Deutschland war. Ihr gelangweilter Ausdruck verriet allerdings auch, dass er nicht zu Hause war und die geschlossenen Rolladenkästen, die sie aus der Ferne im oberen Stockwerk erkennen konnte, sprachen dieselbe Sprache. Sie fuhr zögerlich an dem Haus vorbei und bremste eine Straße weiter. Wohin denn nun? Irgendwelche Freunde? Vielleicht Riccardo? Bei Riccardo fiel ihr Bianca ein und ihr fiel die Videoaufnahme ein. Eigentlich war es kein schlechter Plan erst einmal zu sehen, was sich auf der Preisverleihung so abgespielt hatte. Es konnte jedenfalls nicht schaden, wenn sie es wusste, bevor sie ihm gegenüber trat. Also fuhr sie weiter zu Bianca.

„So früh hatte ich dich gar nicht erwartet", empfing sie die Freundin. „Aber du hast mich erwartet." „Natürlich", grinste Bianca und hielt ihr einladend die Tür auf. „Geh ins Wohnzimmer, der Fernseher läuft bereits und das Band ist auch schon exakt auf die richtige Stelle gespult." Susanna ging ins Wohnzimmer und sie sah Riccardo auf dem Sofa sitzen. „Hallo Susanna, setzt dich doch. Möchtest du einen Kaffee." „Ja, gerne", antwortet Susanna, setzte sich neben ihn und starrte umgehend auf den Fernseher. „Ich sehe schon", bemerkte Bianca, „wir können sie nicht länger warten lassen. Riccardo, spiel bitte das Band ab. Ich koche derweil den Kaffee."

Susanna erblasste, als sie ihn sah. Sie beobachtete sein beinah schüchternes Verhalten, als er den Preis entgegennahm und sie sah sein wahnsinns Lächeln, das er dem Publikum schenkte, nachdem der Applaus nicht enden wollte.

Es war unfassbar, wie attraktiv sie diesen Mann fand. Selbst wenn sie ihn nur im Fernsehen sah, wurden ihre Hände feucht, ihr Magen krampfte sich zusammen und sie wurde immer nervös, wie ein kleines Kind. Er hatte eine Ausstrahlung, die Susanna teilweise regelrecht lähmte. „Kaum zu glauben, was für einen Erfolg der Kerl hat", brummelte Riccardo beiläufig, „ich sehe es nun zum fünften Mal und ich bekomme immer wieder eine Gänsehaut dabei." Susanna nickte nur schwach und nahm im Augenwinkel wahr, dass Bianca ihr den Kaffee vor die Nase stellte.

„Wieso bedankt er sich bei diesem Arsch?", entfuhr es ihr, als sie hörte, dass er sich bei Henry bedankte. „Nun ja", begann Bianca, „man kann schlecht mit etwas abschließen, wenn man sich nicht innerlich mit allem aussöhnt." Entsetzt blickte Susanna die Freundin an. „Was meinst du denn damit?" „Er möchte doch aufhören. Wie soll er aufhören und neu anfangen, wenn er noch Wut in sich spürt?" „Pastorin wäre besser gewesen, als Ärztin", murmelte Susanna, während sie wieder zum Fernseher schaute. „Oder Psychologin", stellte Bianca fachmännisch fest. „Danke für das Kompliment." „Gerne."

Im Hintergrund hörten sie wie Timm sagte, dass er mit dem Ende seiner Ehe einen zu hohen Preis gezahlt hatte und ab da brachen alle Dämme bei Susanna und ihre Tränen bahnten sich ihren Weg über ihre Wangen hinab.

Er liebte sie also noch! „Das kann ich nicht aufgeben", sprach sie versehentlich laut. „Sehe ich genauso", hörte sie dazu den Kommentar von Bianca.

Und dann sang er und Susannas Tränen wichen der absoluten Erstauntheit. Sie liebte seine teilweise so melancholische Musik. Diese vielen Balladen in seinem Repertoire. Zwar hatte sie auch beobachten können, wie seine Musik sich im Laufe der Zeit änderte und teilweise immer düsterer wurde. Aber jetzt, zum Abschluss wurde er beiden Stilen untreu.

Das Lied war schnell, das Lied stimmte zum Mitsingen ein. Die Leute klatschen im Takt und er sang extrem locker, extrem entspannt, als würde nun tatsächlich jegliche Last aus dieser Branche von ihm abfallen.

Er sang von vergangenen Zeiten, wobei Susanna annahm, dass er vielleicht die Zeit mit ihr meinte, bis sie bemerkte, dass er die Zeit weit vor ihr meinte und je mehr sie das zwischen den Zeilen erkannte, desto mehr erkannte sie auch, dass er gar nicht so locker und entspannt war, wie dieses Lied oberflächlich den Eindruck machte.

Er brachte diese unbekannte Zeit wie eine lustige Geschichte in dem Lied unter und dennoch, je länger sie zuhörte, desto mehr spürte und hörte sie seinen Sarkasmus über das alles und plötzlich wurde ihr klar, er meinte ihre Zeit mit Danny und seine gesamte Verbitterung, dass sie nie ihn gesucht hatte, sondern eigentlich Danny. All seinen Frust darüber schien er nun mit diesem Lied hinausfließen zu lassen. Als könnte er sich so davon befreien.

Als das Lied beendet war, verabschiedete er sich schnell von seinem Publikum. Keine Zugabe. Nur eine Verbeugung und dann verließ er die Bühne und war weg. Susanna griff nach ihrem Kaffee und nahm einen so einen großen Schluck, dass er über ihr Gesicht direkt auf ihren Pullover tropfte. „Also, so habe ich noch nie jemanden kleckern sehen. Ich wusste gar nicht, dass das geht", bemerkte

Riccardo beeindruckt. „So ein Mist", fluchte Susanna, „ich kann doch unmöglich so zu ihm gehen." „Du willst zu ihm?", fragte Bianca. „Ja, ich will zu ihm!" „Willst du um ihn kämpfen?" Entschlossen blickte Susanna ihre Freundin an. „Ich werde mich nicht von ihm scheiden lassen! Ich werde ihn zurückholen." „Wow, was um alles in der Welt hat Mimi mit dir angestellt?", fragte Bianca ungläubig, während Susanna bereits aufstand. „Sie hat halt Lebenserfahrung", antwortete sie und dann verabschiedete sie sich wieder von ihren Freunden. Auf keinen Fall wollte sie noch mehr Zeit verplempern.

Ihr Ziel war ihre Wohnung, denn obwohl sie es eilig hatte ihm endlich wieder gegenüberzustehen, wollte sie auf keinen Fall mit Kaffeeflecken bei ihm auftauchen. Sie hörte den röhrenden Motor von Kurt und es schien ihr, als wenn sich Timms Lied mit den Motorgeräuschen vermischte. Das Lied sang er für sie, daran bestand kein Zweifel. Aber was wollte er ihr erklären? Wollte er ihr klar machen, wie sehr diese vergangene Zeit ihn wirklich nervte? Wollte er ihr klar machen, dass sie all ihre Probleme nicht gehabt hätten, wenn diese Zeit nicht der Auslöser für ihre Begegnung in Indien gewesen wäre? Ja, nahm sie an. Genau das wollte er ihr klar machen. Ihr zeigen, was sie mit ihrer Illusion über Danny erreicht hatte.

In ihrer Wohnung angekommen, ging sie zuerst ins Schlafzimmer, aber als sie den Pullover, den sie anziehen wollte, dort nicht fand, erinnerte sie sich, dass sie ihn über dem Stuhl am Schreibtisch gelegt hatte. Sie eilte ins Wohnzimmer und verdutzt nahm sie die beiden Kaffeetassen auf dem Tresen war. Hatte ihr Vater hier Kaffee getrunken? Mit wem denn? Sie zuckte mit den Schultern und überlegte sich, dass er wahrscheinlich ihre Mutter mitgebracht hatte. Schnell zog sie sich den Pullover über den Kopf und schnell wollte sie die Wohnung wieder verlassen, als sie im Augenwinkel diese Papiere auf dem Tisch liegen sah. Sie stoppte in ihrer Bewegung und langsam ging sie auf den Tisch zu, während ihr Herz sich zusammenkrampfte, als sie das erkannte, was sie bereits die letzten Sekunden erahnt hatte. Seine Unterschrift auf den Scheidungspapieren. Nichts sonst. Kein Zettel mit einer Nachricht oder irgendetwas sonst und erneut wurde ihr schmerzlich bewusst, dass er nichts, wirklich gar nichts unternehmen würde, um ihre Beziehung zu retten.

Also mit ihm hatte ihr Vater hier Kaffee getrunken, dachte sie, während sie sich zu den Kaffeetassen umdrehte. Umgehend griff sie nach dem Telefonhörer und wählte die Nummer ihrer Eltern.

„Niemann", hörte sie die Stimme ihres Vaters. „Papa? Weißt du, wo er jetzt ist?" Einen Augenblick hörte sie nur das Schweigen und dann: „Warum? Suchst du ihn?" „Ja, ich will mit ihm reden und ich weiß, dass ihr hier Kaffee getrunken habt." „Das tut mir leid, Susanna, aber ich konnte ihm den Zutritt zu der Wohnung nicht verbieten. Er ist immer noch dein Mann und er hat ein Recht dort rein zugehen. Aber was rede ich, du kennst ja meine Meinung." „Ja, ich weiß und im Grunde weiß ich auch, dass du recht hast. Weißt du, wo ich ihn finde?", wiederholte sie ihre Frage. „Nein, ich habe ihn nicht gefragt, wo er hin will." Susanna knabberte eine Weile auf ihrer Unterlippe, bevor sie weitersprach. „Wie ...? Wie hat er denn auf dich gewirkt?" Ihr Vater schien nach dem richtigen Ausdruck dafür zu suchen. „Gefasst." „Gefasst? Wie denn gefasst?" „Ich muss dir doch wohl das Wort ´Gefasst´ nicht erklären. Es geht nicht darum, sondern es geht darum, dass es das Wort ist, das du nicht hören wolltest." Susanna atmete schwer durch. „Papa?" „Ja?" „Meinst du, es macht überhaupt noch Sinn mit ihm zu reden, wenn er doch so gefasst ist?" „Probiere es", kam die nüchterne Antwort. „Aber ich habe Angst." Eine Weile hörte sie nichts und dann die geradezu fürsorgliche Stimme ihres Vaters. „Susanna, im Grunde hat er auch einfach nur Angst. Wenn du ihm gegenüberstehst, dann denk einfach daran, dass, auch wenn er vielleicht kalt wirken sollte, er sich nicht viel besser fühlen wird, als du dich." Sie nickte und obwohl sie wusste, dass ihr Vater es nicht sah, wusste sie auch, dass er ihr Nicken spürte. „Versuch es bei ihm zu Hause. Er ist

nicht in der Stimmung groß unter Menschen zu gehen." „Ist
gut", antwortete sie, „ich versuche es."

Als sie in die Straße zu dem Haus einbog, konnte sie bereits an den Reportern sehen, dass sich etwas verändert hatte. Sie reckten ihre Hälse, um irgendetwas auf dem Grundstück zu erkennen. Susanna hielt den Wagen und sie wühlte im Handschuhfach nach der Fernbedienung des Tores. Ihre Hände zitterten und deutlich spürte sie die Angst in sich, durch die Reporter, auf dieses Grundstück zu fahren. Langsam gab sie wieder Gas und bog in die Einfahrt ab. Die Reporter wichen zur Seite, hoben ihre Fotoapparate hoch und machten ihre Bilder. Mit immer noch zitternder Hand betätigte sie die Fernbedienung und sie trommelte aufs Lenkrad, weil es ihr ewig erschien bis das Tor so weit geöffnet war, dass sie mit Kurt dort hindurch passte. Sie fuhr langsam, hörte den Kies unter den Reifen knirschen und hielt schließlich direkt vorm Haus. Die Rollladen waren nun oben. Ein weiteres Anzeichen dafür, dass er zu Hause war. Schaffte sie es wirklich dort hineinzugehen? Wie lange hatte sie ihn jetzt nicht mehr gesehen? Das letzte Mal in Los Angeles und das war beinah drei Monate her. Sie stieg aus und trotz ihrer Aufregung, dieses Haus zu betreten, spürte sie zusätzlich die Aufregung darüber, dass dieser Kies vor dem Haus ihre Absätze ruinierte. Auf Zehnspitzen ging sie bis zu der großen, breiten Treppe. Ihr Blick glitt auf den großen Rosenbusch neben der Treppe, dessen Buschwerk sich bereits bis zur Haustür vorgearbeitet hatte. Es waren Spätrosen und obwohl sie nicht mehr frisch waren, hangelte sich vereinzelt noch eine Rosenblüte über das Geländer. Vor der Haustür zögerte sie. Hatte er es auch getan? Hatte er wohl auch das Schloss ausgewechselt? Dies könnte möglicherweise eine Erklärung dafür sein, warum er, als sie das erste Mal an dem Haus vorbeigefahren war, noch nicht da war. Er hatte ein Schloss gekauft. „Großer Gott, Susanna, wie kann man nur so viel Müll denken?", brummelte sie vor sich hin und schüttelte aufgrund ihrer Gedanken den Kopf. Zitternd steckte sie den Schlüssel ins Schloss und butterweich ließ es sich öffnen. Sie trat ein. Leise ließ sie die Tür wieder ins Schloss fallen und sah sich um. Zu ihrer linken Seite standen die Kisten, die sie vor wenigen Tagen hier für ihn abgestellt hatte.

All die Sachen, die von ihm noch in ihrer Wohnung gewesen waren. Daneben, in Decken verhüllt, das Bild, welches sie für ihn gemalt hatte. Es schien nicht so als hätte er davon irgendetwas berührt. „Timm?", rief sie recht leise und ihre Stimme hallte in der großen Eingangshalle zu ihr zurück. Sonst war nichts zu hören. Vielleicht war er ja auch gar nicht da. Wahrscheinlich war er mit einem Taxi gekommen und eventuell hatte er nur sein Auto aus der Garage geholt. Sie verließ ihren Platz an der Tür und ging durch die Halle zu dem kleinen Flur, der zur Garage führte. Der Wagen war da.

Sie drehte sich um, während sie die Tür wieder schloss und selbst konnte sie sich gar nicht erklären, warum sie sich eigentlich bemühte so leise zu sein. Sie wollte doch mit ihm reden. Warum rief sie nicht einfach lauter nach ihm? Sie ging zurück, durch die Halle in das Wohnzimmer. Auch dort fand sie ihn nicht. Nicht im Esszimmer und nicht im Wintergarten. Immer noch ging sie auf Zehenspitzen. Gut, dachte sie sich. Einmal noch in die Küche sehen und dann nach oben. Wahrscheinlich war er oben.

Erneut musste sie durch die Halle durch und sie blieb stehen, als sie den Schatten im oberen Bereich der Treppe wahrnahm. Sie registrierte die Bewegung im Augenwinkel und nur langsam schaffte sie es, ihren Blick genau in die Richtung zu lenken.

Er stand noch etwa einen Meter von der oberen Treppenstufe entfernt. Vor der Treppe, die in einem großen, geschwungenen Bogen zu ihr nach unten führte. Ausdruckslos sah er sie an. Susanna kannte diesen Blick, aber Timm hatte ihn perfektioniert. War sie bislang immer der Meinung gewesen, wenigstens etwas in diesem Blick erahnen zu können, so musste sie sich nun eingestehen, dass auch das nicht mehr möglich war.

„Du kannst den Schlüssel da unten auf die Anrichte legen.", hörte sie seine Stimme nach unten hallen. Sie hatte nicht vorgehabt ihre Schlüssel abzugeben und doch legte sie ihren Schlüssel langsam auf der Anrichte ab. „Ist das deine Rache?", fragte sie nach oben. Er antwortete nicht. Sie hatte

erwartet, dass er, wie sie es so oft an ihm gesehen hatte, die Augenbrauen zur stummen Frage hochzog. Aber er tat nichts dergleichen. „Ist das deine Rache, Timm? Weil ich in unserer Wohnung das Schloss ausgetauscht habe?", fragte sie erneut. „Nein." Ein schlichtes 'Nein,' mehr nicht. Immer noch nichts zu sehen in seinem Gesicht. „Warum dann?" „Das Haus wird verkauft." Sie weitete ängstlich ihre Augen. „Warum?" Auch hätte sie erwartet, dass er ironisch lächeln würde, wenn er nun antwortete, aber sein Gesicht blieb unverändert. „Ich brauche das Haus nicht mehr. Und nun komm zum Punkt, Susanna, willst du noch mehr?" Seine kalte, harte Stimme ließ ihr Inneres erzittern. „Mehr als was?", fragte sie unsicher. „Mehr als die Schlüssel abgeben?" Sie antwortete nicht. Stattdessen stieg sie langsam die Stufen zu ihm hinauf. Sein Gesicht, seinen Blick ständig im Auge, bis sie direkt vor ihm stand. Bislang war ihr gar nicht aufgefallen, wie sehr er sich verändert hatte. Er wirkte älter und erwachsener. Das bubenhafte war von ihm abgefallen und um seine Augen zeichneten sich ganz, ganz zart die ersten Fältchen ab. Sein Haar war dunkler als sonst. Immer noch blond, aber nie war ihr aufgefallen, dass es ohne die ständige Sonneneinstrahlung Indiens erheblich dunkler wirkte.
Er sah auf sie herab, seine grünen Augen enthielten nichts Vertrautes. Nichts von dem, was sie sich so gewünscht hatte. Sie hatte gewusst, dass es nicht einfach werden würde. Aber so? So, hatte sie nicht erwartet ihn anzutreffen. „Timm", flüsterte sie leise und die Sehnsucht nach ihm stand überdeutlich in ihren Augen geschrieben. „Sag was du willst, Susanna, mein Flug geht in drei Stunden." Die Sehnsucht in ihrem Blick wich dem Entsetzten. „Du fliegst weg? Wohin denn?" „Vielleicht hast du es noch nicht gesehen, aber ich habe die Scheidungspapiere bereits unterschrieben. Sie liegen in deiner Wohnung. Mein Anwalt weiß, wo er mich finden wird, und ich werde pünktlich zum Scheidungstermin in Berlin sein." Sie schüttelte ungläubig den Kopf. Ihre Augen verdächtig glänzend, konnte sie nichts sagen, blieb aber weiterhin vor ihm stehen. „Wenn du noch irgendetwas willst, Susanna,

dann sag es jetzt." Seine Hände hatte er in den Hosentaschen und seinen ausdruckslosen Blick weiterhin auf sie gerichtet. Sie schwieg. „Dann möchte ich, dass du jetzt gehst." Er klang nicht einmal hart, er klang nicht wütend, er klang nicht traurig. Er sprach mit ihr genauso ausdruckslos wie er sie ansah. Sie ging noch etwas näher auf ihn zu. „Ich liebe dich, Timm." „Geh jetzt!", forderte er erneut, aber sie schüttelte zur Verneinung den Kopf. „Susanna, ich möchte, dass du gehst. Ich kann einfach nicht mehr. Es ist vorbei!" „Ich möchte aber nicht, dass es vorbei ist! Ich möchte, dass wir um unsere Liebe kämpfen! Wir sind verheiratet, Timm. Das zwischen uns war nicht einfach nur eine kurze Liebelei!" „Blick doch mal zurück", erhob er das Wort. „Du bist nach Indien gekommen, um deine große Liebe aus einem alten Leben zu finden, aber du hast sie nicht gefunden! Stattdessen hast du einen völlig verwirrten Mann gefunden, der ständig das Gefühl hat eine sonderbare Macht zu spüren! Ich hielt mich immer für verrückt und ich wollte deswegen nie eine feste Beziehung haben. Von meiner wahnsinns Lebenserwartung auf Grund meines Herzfehlers mal ganz zu schweigen und was machen wir?" „Wie, was machen wir?", fragte sie unsicher nach. „ Wir lassen uns entgegen unserer eigentlichen Wünsche und Ängste miteinander ein und was kam dabei heraus?" Einen Augenblick wartete er und da sie nicht sagte, sprach er weiter. „Wir schaffen es nicht uns auf unsere Beziehung und unsere Liebe zu konzentrieren, Susanna. Du blickst zu einem anderen Mann und ich schlage ihn so krankenhausreif, dass ich dafür in den Knast muss. Später überwältigst du, wie im Wahn, eine Sicherheitsbeamtin, während ich mit einer anderen Frau schlafe. Ganz ehrlich, Susanna? Ich finde nicht, dass wir beide uns in irgendeiner Art auch nur ansatzweise gut tun! Unsere Beziehung ist toxisch!" „Und was ist mit der Verbundenheit? Wir haben eine unerklärliche Verbundenheit miteinander gespürt, hast du das vergessen, Timm?" „Nein, aber hat sie uns vor unseren Fehlern bewahrt? Ich habe dich betrogen, Susanna und du hast mich beinah betrogen! Wir haben uns nichts Gutes im letzten Jahr geben können. Wir haben uns

gegenseitig verletzt und gedemütigt." „Ja, das haben wir",
gab sie ihm leise Recht, „aber es ist nicht vorbei. Diese
Verbundenheit zwischen uns, die kann kein Zufall sein,
Timm. Ich kann dir in andere Welten folgen. Vielleicht
verstehen wir noch nicht alles, aber solange wir uns lieben,
sollten wir gemeinsam versuchen alles zu verstehen! Und
du liebst mich, Timm!" „Hör auf Susanna, es macht keinen
Sinn." „Ich werde mich auf keinen Fall von dem Mann
trennen, den ich liebe und der mich liebt. Ich werde mich
nicht von einem Mann trennen, nur weil er sich komplett
selber im Weg steht!" Er drehte sich von ihr weg. „Oh Gott,
bitte geh. Ich flehe dich an, Susanna, bitte geh! Ich kann
unsere Beziehung nicht weiterleben. Ich halte es nicht mehr
aus. Bitte verschwinde endlich. Such dir deinen
Traummann aus dem 17. Jahrhundert oder lass es bleiben.
Mir ist das egal. Ich bin es nie gewesen. Von Anfang an
habe ich dir gesagt, dass du deine Zeit mit mir
verschwendest." „Hör auf Timm, du machst alles damit
kaputt", schrie sie zurück. Schnell drehte er sich wieder zu
ihr um und in seinem Blick flammte die pure Wut auf. „Ich
mache alles kaputt? Du Susanna, du machst alles kaputt!
Ich habe dich geliebt. Ich hätte alles, wirklich alles für dich
gemacht, aber du bist so vernagelt gewesen den Mann zu
lieben, den du im 17. Jahrhundert geliebt hast, dass du mit
dem erstbesten beinah in die Kiste gestiegen bist."
Entgeistert öffnete sie ihren Mund und sie sah im selben
Augenblick den gleichen entgeisterten Gesichtsausdruck
bei ihm. Das war es also. Wahrscheinlich hatte er ihr in den
Bergen gar nicht verziehen und alles was danach folgte, die
Gerichtsverhandlung und seine Monate im Gefängnis
hatten natürlich nicht dazu beigetragen, dass dieser
Umstand besser wurde und an seinem jetzigen
Gesichtsausdruck sah sie, dass ihm dieser Umstand bis vor
wenigen Sekunden nicht einmal bewusst gewesen war.
Er drehte sich weg.
„Das ist es also, Timm. Du kannst mir das nicht verzeihen."
Er antwortete nicht und sah über das Geländer hinab in die
Empfangshalle.

„Gut", fuhr sie fort, „aber ich habe auch so einiges was mir nicht gefällt, Timm. Vielleicht kannst du mir ja verzeihen, wenn du feststellst, dass du in den letzten Monaten nicht charmanter zu mir warst, als ich damals zu dir. Wie lange willst du dich denn an mir rächen? Es gefällt mir nicht, dass du mich monatelang bestrafst, ohne es überhaupt zu bemerken. Du bestrafst mich mit deiner elendigen Stimmung. Du bestrafst mich indem du glaubst, ich wäre so oberflächlich, dass ich dich nicht mehr anrufen würde. Du glaubst lieber deinem dicken Henry, als mir." Sie trat vor, ergriff seine Schultern und drehte ihn zu sich um. „Du wirfst mir vor, dass ich dich nicht richtig geliebt habe, weil ich mich auf Dirk eingelassen habe, aber du denkst nicht einen Millimeter weiter. Sonst wüsstest du, dass ich spätestens nach einem Kuss mit ihm selber gewusst hätte, dass ich ihn nicht liebe. Ich habe ihn nicht einmal geküsst, Timm, weil du wie ein Racheengel in der Tür gestanden hast. Ich hatte gar keine Gelegenheit dazu, meinen Fehler selber zu bemerken. Ich hatte keine Gelegenheit, ihn selber wieder auszubügeln. Und was tust du? Du schlägst ihn krankenhausreif und gibst mir danach die Schuld daran! Aber das hat dir ja nicht gereicht. Nein, du musstest ja weggehen. Musstest raus aus meiner Reichweite und dich dann mit Drogen vollpumpen und deinen Schwanz in so eine beschissene, andere Frau stecken. Du hast mich betrogen, Timm! Nicht ich dich!", schrie sie, um dann zum Abschluss direkt mit einer Ohrfeige ihre restliche Wut zu entladen.

„Bist du fertig?", fragte er drohend ruhig. Ihre Augen weiteten sich, als sie seinen Blick erwiderte und langsam griff er mit seiner Hand zu ihrem Kinn und zwang sie damit ihm in die Augen zu sehen. „Weißt du inzwischen, dass man die Menschen nur an ihren Augen wiedererkennt?", fragte er leise und drohend.

„Ist es dir inzwischen gelungen, ihn zu sehen?" Sie schluckte schwer, während er weitersprach. „Er hat direkt neben dir gesessen, als du aus dem Koma erwacht bist. Und du hast ihn nicht erkannt?" „Du weißt, wer Danny war?", fragte sie regelrecht geschockt.

„Du zeichnest gut. Du zeichnest vor allem die Augen gut. Du hast Dannys Augen gut gezeichnet. Ein Blick bei der Gerichtsverhandlung hat gereicht und ich habe ihn sofort wiedererkannt."
Sie schwieg und in Gedanken sah sie die Bilder aus der Gerichtsverhandlung wieder vor sich.

Sie hörte die Stimme von Fred.
„Ich habe ihn einmal erwischt, wie er vor der Tür des Arztes stand. Er hat gelauscht." Nach dem Satz hatte Fred Blickkontakt zu Timm aufgenommen und sie hatte daraufhin diese seltsame Veränderung in Timms Blick wahrgenommen, etwas das sie damals nicht deuten konnte. Timms Blick hatte so intensiv gewirkt, als hätte er Fred genauestens gemustert. Danach hatte er sie angesehen, mit einer Fassungslosigkeit, die sie damals ebenfalls nicht verstand. Aber nun verstand sie sie. Er hatte Fred erkannt und geradezu geschockt hatte er danach ihren Blick gesucht. Fassungslos, dass sie nach dem Koma direkt neben ihrem Geliebten aus der anderen Zeit erwachte und ihn nicht erkannt hatte.

„Und dann schickst du ihn fort? Deinen heißgeliebten Danny?", nahm sie die Stimme Timms nun wieder wahr. „Du reist um die halbe Welt und verliebst dich in einen völlig anderen? In einen, den du damals gar nicht wahrgenommen hast? Wie kann denn das sein, Susanna? Wie kann dir das passieren, wo du doch alles so genau spürst? Warum konntest du das denn nicht spüren?"
„Ich habe ihn nicht mehr geliebt, deswegen habe ich es nicht gespürt, du Mistkerl", sprach sie mit zusammengebissenen Zähnen.
„Und jetzt?", fragte er. „Willst du ihn nicht zurück? Jetzt wo du es weißt?"
„Du hast die Scheidungspapiere doch unterschrieben. Wenn ich ihn zurück wollte, dann wäre ich jetzt doch in Frankfurt. Aber ich liebe dich, Timm und nur deswegen bin ich hier. Weil ich dich liebe!"
Flüchtig nickte er und ließ sie los. Langsam lehnte er sich

rücklings wieder an dem Geländer an, ließ sich nach unten rutschen und blieb dort einfach sitzen, als würde er ihre Worte sacken lassen müssen, während sie es weiter probierte. „Ich habe dir schon in den Bergen damals gesagt, dass ich niemals so für Danny empfunden habe, wie ich für dich empfinde." Immer noch sagte er nichts dazu.

„Du glaubst es nicht. richtig?", fragte sie, um erneut keine Antwort zu erhalten. Schwer atmete sie durch und ließ ihren müden Blick durch die Halle wandern. „Ich habe es probiert. Ich habe es wenigstens probiert. Ich wünsche dir alles Gute Timm und … du musst dich beeilen. Dein Flug geht jetzt schon in zwei Stunden." Sie drehte sich und wollte in Richtung Treppe davon gehen.

„Warte", hörte sie kurz vor der ersten Stufe und blickte zu ihm zurück.

„Sag mir wer ich war", forderte er sie auf. Unsicher drehte sie sich zu ihm hin. „Du weißt doch wer du warst. Ich weiß, dass du mit Bianca zu einer Hypnosesitzung gegangen bist. Ich weiß, dass du in genau der Zeit gelebt hast und du wirst dich gesehen haben. Also wirst du auch wissen, wer du warst." „Ja, männlich, spirituell und einsam …, ein Mann dessen Wissen mich erschreckt hat." Eine Weile sah sie ihn an. „Ich weiß es nicht", gab sie zu. „Ich weiß wirklich nicht wer du warst." „Aber man kann es an den Augen sehen. Willst du wirklich gehen ohne es zu sehen?" Langsam ging sie auf ihn zu und setzte sich dann so neben ihn, dass sie sich mit ihrem Oberkörper über ihn aufstützen konnte.

„Bianca hat mir erzählt, dass wir uns nicht gekannt haben. Du hast gesagt, Rebecca wäre tot. Was bitte soll ich nun in deinen Augen erkennen?" Er schüttelte kaum sichtbar den Kopf. „Ich sagte, du bist auf dieser Reise nicht dabei, weil du tot bist. Ich sagte nie, dass ich dich nicht kenne."

Sein Blick veränderte sich bei seinen Worten. Jetzt sah sie das Zärtliche in ihm, dass sie sich so sehr am Anfang dieses Treffens gewünscht hätte. Er blickte direkt in ihre Augen und all seine Liebe war in diesem Blick zu erkennen. „Ok, ich probiere es." Sie versuchte zu vergessen, dass es Timm war, der nun vor ihr saß und sah ihm direkt in die Augen.

Seine Pupillen, seine Iris, das Grüne, alles schien allmählich zu verschwinden. Nur der Ausdruck seiner Augen blieb. Als würde sie in eine andere Welt eintauchen, sah sie plötzlich flackerndes Feuer um sich, während seine inzwischen braunen Augen auf sie blickten. Die Augen waren vertraut, aber dennoch spürte sie eine unangenehme Angst vor diesem Blick.

Dieser Mann machte ihr Angst bzw. dieser Mann hatte ihr Angst gemacht. Plötzlich schienen sich ihre Blicke zu entfernen. Während er an Ort und Stelle blieb, hatte sie das Gefühl von ihm fortgezogen zu werden. Er blickte ihr hinterher und je größer der Abstand zwischen ihnen wurde, desto besser konnte sie erkennen, dass er verletzt war und ein geschwollenes, buntes Auge hatte. Je weiter sie von ihm wegkam, desto mehr wirkte das verletzte Auge wie eine Kriegsbemalung und sie spürte in ihrer Erinnerung das Rumpeln des Planwagens, auf welchem sie hinten saß. Müde blickte sie von dort zu den überlebenden Treckmitgliedern zurück. Er hatte damals mitten in der Menge gestanden und ihren Blick erwidert. Damals wirkte er für sie wie ein Indianer mit Kriegsbemalung, aber sie wusste eigentlich handelte es sich um ein blaues Auge, welches Danny ihm im Streit verpasst hatte. Zu dem Bild der Erinnerung gesellten sich plötzlich rhythmische Trommelschläge, welche sie vor der Ankunft in Hartford im Wald gehört hatte und sie spürte wie damals die Hitze in ihrem Körper, die er mit seinen heißen Händen in ihr entfacht hatte, während sie nahezu zeitgleich seine Worte hörte:

„Ich treibe ihn aus dir heraus. Den deutschen Geist."

Sie nahm Abstand und sah Timm wieder vor sich. „Dean?", fragte sie leise, „du warst Dean?" „Kai Shek Yatsan, nur Bleichgesichter nannten mich Dean, weil sie sich nicht die Mühe machen wollten meinen Namen zu lernen." Susanna sah ihn fassungslos an. Sie hatte sich in ihrem jetzigen Leben in Dean verliebt? „Ich hatte Angst vor ihm", sprach sie immer noch leise. „War bestimmt auch nicht verkehrt", antwortete er ebenfalls leise.

Sie schüttelte den Kopf. „Ich hatte Angst wegen deiner Andersartigkeit, nicht weil du mir wirklich hättest gefährlich werden können. Hast du …, hast du mich geliebt damals?", fragte sie unsicher. „Ja." Beinah betroffen nahm sie noch etwas mehr Abstand von ihm und beinah verspürte sie so etwas wie ein schlechtes Gewissen, dass sie ihn in einem vorherigen Leben so verletzt hatte. Er schien ihre Gedanken zu lesen. „Wir wären nicht glücklich geworden, Susanna. Das war nicht unsere Zeit." „Woher weißt du das? Wann ist denn unsere Zeit? Ist heute unsere Zeit?" Er schüttelt den Kopf. „Nein, heute ist auch nicht unsere Zeit." Ihre Augen wurden groß. „Ok, was genau hast du gesehen, bei dieser Hypnose? Bianca deutete an, dass dir irgendetwas wirklich zugesetzt hat und ich möchte es jetzt wissen und untersteh dich mir dieses Wissen nicht erzählen zu wollen." Er fuhr sich mit seiner Hand durchs Haar. „Ich kam aus Asien. Aus einem kriegerischen, aber auch sehr abergläubischen Stamm und ich hatte eine besondere Fähigkeit. Ich konnte an den Augen der Menschen sehen, wie alt sie werden und das habe ich auch gesagt. Als meine Prognosen zutrafen, sperrte man mich ein und irgendwann konnte ich fliehen und kam in die neue Welt. Ich habe meine Fähigkeiten nicht mehr gesagt, aber ich hatte ein grausames Wissen, welches für mich ein normales Leben schwer machte." „Was hast du bei mir gesehen?", fragte Susanna neugierig. „Du hast ein Ritual mit mir gemacht, was genau hast du in meinen Augen gesehen?" Er hob seine Hand und streichelte zart ihr Gesicht.
„Ich sah, dass du tot bist." „Oh Gott", entfuhr es Susanna, während er weiter sprach. „Und ich sah, dass du eine Frau aus einer andere Zeit bist. Ich sah, dass du eine Springerin bist." „Ein Mensch, der nur kurz in einem Leben verweilt?", fragte sie. „Ja, sie sterben jung, wenn sie erfüllt haben, wozu sie da waren. Sie tauchen auch manchmal in einer andere Gestalt auf, falls jemand zu früh für die Geschichte verstirbt." „Welche Geschichte?" Von ihrem Gesicht glitt seine Hand zu ihrer Hand und zart streichelte er sie, während er gedankenverloren weitersprach.

„Ich weiß es nicht. Ich weiß nicht, wer oder was das hier alles steuert." „Also ist es so wie Bianca das damals in Boston schon vermutet hat? Ich habe nicht gelebt um Danny Baker zu lieben, sondern ich habe wegen der Geschichte gelebt? Vielleicht wegen dem goldenen Häuptling?" „Vielleicht, ich weiß es nicht." Susanna wandte ihren Blick ab und ließ ihn in Leere gleiten, während sie langsam weitersprach. „Also, habe ich ihn wirklich getötet. Ich habe Danny Baker getötet, nur weil ich da war." „Du hast ihm ein gutes Ende geschenkt." Erschrocken sah sie ihn wieder an. „Wieso? Wie meinst du das?"

„Ich konnte auch sein Alter sehen und nicht nur das, ich konnte auch oft die seelischen Zustände der sterbenden Menschen sehen. Er wäre nicht viel älter geworden, als er es nun geworden ist, aber er hätte gelitten und er wäre als gebrochener Mann gestorben. Vielleicht sogar durch Suizid."

„Aber was genau passiert wäre, konntest du nicht sehen?" Er schüttelte den Kopf. „Man kann so etwas nicht genau sehen, aber man kann vieles spüren." Sie schloss die Augen und spürte wie er sie an sich zog und ihren Kopf zärtlich auf seine Brust zog. Seine Arme fürsorglich um sie gelegt. „Was ist mit dieser Zeit?", fragte sie, obwohl sie das eigentlich gar nicht mehr hören wollte. Dennoch, sie musste es hören. Sie musste es hören, um zu verstehen warum er absolut nicht an ihrer Beziehung festhalten wollte. „Als Kai Shek Yatsan bin ich gestorben, als du bei mir warst." Susanna blickte wieder auf. „Da wo ich dir gefolgt bin? Wo ich Elisabeth gesehen habe?" Er nickte ihr zu. „Du konntest mich spüren?", fragte sie aufgeregt. „Ja, ich konnte dich spüren und ab da wusste ich, dass wir zusammenfinden würden. Ich war glücklich und kurzzeitig dachte ich, ich sterbe, obwohl mein Leben wirklich nicht leicht war, als sehr glücklicher Mann." „Du dachtest es kurzzeitig? Bist du doch nicht glücklich gestorben?" „Er kam damals schon zu mir." „Wer?" „Yama."

„Ohhh aaa okayyyy", Susanna richtete sich wieder auf, „den hatte ich nun ganz vergessen, muss ich zugeben und eigentlich hatten wir ja vereinbart, dass du keinen Kontakt zu ihm aufnimmst, oder?" „Und eigentlich wollten wir uns gerade scheiden lassen, oder?" Sie räusperte sich. „Du wolltest dich scheiden lassen …, also …, er tauchte damals schon bei dir auf? Und dann?" „Dann sagte er mir, dass ich in dem Leben, aus dem du gerade kamst, ein Springer sein werde." Sprachlos sah sie ihn an und unsicher senkte sie kurz darauf ihren Blick, schaute geradezu verwirrt durch den Flur. „Gut, nach der Hypnose hätte ich auch bereut mich hypnotisieren zu lassen." Sie sah ihn wieder an. „Deswegen willst du keinen Neuanfang?" „Es macht keinen Sinn, nicht wahr? Oder siehst du da noch einen Sinn drin? Ich meine …", er atmete schwer durch, „ich bringe alles mit, damit ich nicht lange lebe und vielleicht habe ich meine Aufgabe schon erfüllt, wer weiß das schon", er zögerte bevor er weitersprach, „wofür wollen wir uns noch quälen, Susanna?" „Für die Hoffnung? Weil wir uns lieben? Weil wir geschworen haben, bis ans Ende unseres Lebens zusammen zu sein? Such dir etwas aus davon, Timm! Man geht nicht vor dem Tod in einer Ehe, egal wann der Tod kommt. Jetzt gerade wirkst du auf mich noch sehr lebendig!" Er musste lächeln, bei ihrer Bemerkung. „Du bist total süß", brummelte er leise. „Ein Grund mehr diese Scheidungspapiere zu zerreißen." Sie unternahm eine kurze Pause. „Ok eins noch …, Du hast ihn gerufen? Diesen Yama, wie du ihn nennst?" „Ja." „Was kam denn dabei heraus?" Nun lachte Timm auf. „Oh Gott, ich habe es nicht verstanden", gab er zu. „Erzähl es mir trotzdem." „Hm, ich habe ihn gesehen, diesen großen Kopf mit Hörnern und leuchtend blauen Augen und mit spitzen, großen Zähnen im Maul. Ein Maul mit dem er mich irgendwie verschluckte und dann sah ich Bilder. Ich sah eine Tropfflasche, ich sah einen tibetischen Mönch oder so etwas in der Art, ich sah ein junges Mädchen mit großen, dunklen Augen und ich sah einen Arzt. Von all dem hab ich in meiner realen Welt bislang nur den Arzt gesehen." „Du hast den Arzt gesehen? In echt?" „Ja, er praktiziert in einem New Yorker Krankenhaus." Susanna nickte. „Du hast Yama ja nicht grundlos gerufen, du wolltest doch mit ihm über ein

längeres Leben verhandeln. Für ein Leben mit mir, oder etwa nicht? Und hat er dir nicht gesagt, dass er mit dir verhandeln würde?" „Ja, schon, nur das läuft ja irgendwie schlecht, wenn ich ihn nicht verstehe." Susanna stand auf und lief vor Timm auf und ab, bevor sie stehen blieb und sich erneut an Timm wandte. „Du hast einen Geburtsfehler. Eine klitzekleine Fehlentwicklung, mit einem schweren Herzfehler nicht zu vergleichen." Sie stütze die Arme in ihren Hüften ab, während sie auf ihn hinab sah. „Die Muskulatur der rechten Herzkammer ist verdickt. Die Pulmonalklappe kann sich somit nicht richtig öffnen. Sie ist nicht immer in der Lage, das sauerstoffarme Blut zur Lunge zu bringen." „Ok, so ungefähr ist es und nun?" Sie lachte auf. „Es ist nicht so schlimm, es gibt bei weitem schlimmere Herzfehler, eventuell kann *er* das operieren." „Hast du vergessen, dass ich nicht narkotisiert werden kann?" „Nein", antwortete Susanna, „aber vielleicht weiß der Arzt in New York das ja besser? Vielleicht hat Yama ihn dir deswegen in seinen Bildern gezeigt." Timms Augen weiteten sich. „Jenna wollte mich nicht mehr nach New York fliegen lassen, weil sie dachte, er wäre der Arzt unter dessen Fittiche ich das Zeitliche segnen würde", bemerkte er, als er daran zurückdachte, wie er ihr am Telefon die Situation auf dem Friedhof erklärt hatte. „Nun, du bist zurück, richtig?" „Richtig", pflichtete er ihr bei. „Also kann Jennas Variante nicht stimmen. Wir sollten nach New York fliegen und fragen was genau er eigentlich macht und vielleicht gibt es dort neue Erkenntnisse für solche Fälle. Vielleicht gibt es dort eine Chance. Ja, vielleicht ist es genau das, was Yama uns sagen wollte."
„Uns?", fragte er und Susanna blickte irritiert drein. „Ja, ok, Entschuldigung. Dir sagen wollte."

Eine Weile sah er sie einfach nur an und dann stand er langsam auf und kam auf sie zu. Zart berührte er ihr Gesicht. „Kannst du mir verzeihen?", fragte er leise. „Lässt du zu, dass ich dir verzeihe?", fragte sie ebenfalls leise. „Ja", flüsterte er, während sein Blick in ihrem regelrecht versank.

„Ich verzeihe dir Timm", flüsterte sie atemlos und mit einem Stöhnen zog er sie an sich und küsste sie. Er schob sie bis an die Wand, ohne von ihr abzulassen und mit seinen Händen erstastete er sich schnell den Weg unter ihren Pullover, wo sich nichts, als nur der BH befand. Er zog ihr den Pulli über den Kopf, während ihre Hände an seinem Pullover ungeduldig fummelten. „Mein Gott, was hast du alles an", fragte sie genervt und er nahm Abstand und lächelte sie an. „Ich habe nicht mit so einem Besuch gerechnet", gab er zu und zog sich selber schnell den Pulli über den Kopf, unter dem sich nun das weiße Hemd zeigte. Damit konnte Susanna mehr anfangen, ungeduldig zerrte sie an seinen Hemdknöpfen, während er ihren BH längst weggeworfen hatte und kurz darauf dass nun offene Hemd abschüttelte. Dann griff er sie, warf sie über seine Schulter und nahm Kurs aufs Schlafzimmer, während ihr Aufschrei, kurz durch die Halle hallte. Im Schlafzimmer angekommen warf er sie direkt aufs Bett und zog ihr noch im Stehen die Hose samt Slip vom Körper. Stöhnend und ungeduldig zog sie ihn an sich. Sie wollte ihn nur noch in sich spüren, immer noch eine gewisse Restangst im Kopf, dass er plötzlich Abstand nehmen könnte und sich irgendwie alles anders überlegte. Ihm war schließlich auch alles zuzutrauen, doch plötzlich kam ihr ein ganz anderer Gedanke und sie hielt in ihren eigenen Bewegungen inne. „Timm warte." „Was?", fragte er völlig außer Atem und sichtlich entsetzt. „Hast du ein Kondom?" „Wie bitte?", fragte er nicht weniger entsetzt, als kurz zuvor. „Ich habe die Pille abgesetzt, weil ich so sauer auf dich war und ich glaube, also der Zeitpunkt ..." sie brach ab. Schnell atmend blickte er sie eine Weile an. „Ich habe Kaffeefilter, vielleicht bringen die es ja." Energisch robbte sie von ihm weg und zog die Beine an. „Dann können wir es nicht tun." Verzweifelt lachte er auf. „Das kann jetzt nicht dein Ernst sein. Ich meine ..." er zögerte, „Susanna, wir sind verheiratet, wir haben gerade beschlossen unser Leben zu zweit doch weiter zu führen, oder hab ich da draußen im Flur irgendetwas falsch verstanden?" „Nein", antwortete sie kopfschüttelnd und drückte ihre Schenkel weiter zusammen. Irritiert sah er sie an, bevor er das Wort wieder ergriff. „Wenn wir weiter eine Beziehung, gar eine Ehe führen wollen, ich meine …, willst du keine Kinder? Jede Frau will doch Kinder." „Timm, aber doch nicht jetzt", fuhr sie entsetzt auf. „Wann ist es denn günstiger? Muss man so etwas überhaupt planen? Oder nimmt man es einfach als Geschenk an?" Er unternahm eine kleine Pause, während er ebenfalls etwas Abstand nahm. „Von den Leuten, die ich kenne, war bei niemand der Zeitpunkt super. Alle waren, so dachten sie zumindest, noch nicht bereit." Susanna sah ihn unsicher an. „Wir sollten erst einmal ein paar Dinge klären, ich meine, wir wollten doch nun in die USA zu diesem Arzt, oder hab ich da nun etwas falsch verstanden?" „Mein Gott", fuhr er entnervt aus und ließ sich auf den Rücken fallen, um dann einfach die Decke anzustarren. „Also möchtest du erst einmal mein Leben sichern?", fragte er beinah bitter. Susanna schluckte schwer. Daran hatte sie nun gar nicht gedacht, wie ihre Aussage auf ihn wirken musste. „Ach du Schande, so habe ich das nicht gemeint." Er sah sie an. „Vielleicht wäre es aber eine Überlegung wert?" „Nein", sprach sie energisch. „Wenn ich wüsste dein Leben wäre gerade absolut ungesichert, dann würde ich es erst recht wollen. Weil das Kind dann alles wäre, was mir bleiben würde." Er schluckte schwer, während er sie schweigend und mit etwas feuchten Augen ansah. „Wärest du denn bereit für ein Kind?", fragte sie unsicher und er hob seine Hand und streichelte zart ihr Gesicht. „Ich könnte mir nichts Schöneres vorstellen. Ein Kind von uns Beiden, manche Dinge von dir, manche Dinge von mir", antwortete er leise. Sie beugte sich über ihn und begann ihn zu küssen. „Es tut mir leid", sprach sie zwischen ihren Küssen, „meinst du …, es ist möglich …, diese romantische Stimmung zwischen uns wieder aufzubauen?" Er stöhnte leise auf. „Ich würde sagen, du bist auf einem guten Weg."

Völlig berauscht lag Susanna kurz darauf neben ihm und zaghaft ließ sie ihre Hand zu ihrem Bauch gleiten. Seine Hand lag ebenfalls über ihrem Bauch. „Spürst du schon etwas? Hat es geklappt?", fragte er lächelnd. Sie lachte auf. „Du bist doof, Timm. Hör auf mich zu ärgern." „Ich gebe mir Mühe weniger doof zu sein", bemerkte er und zog sie näher zu sich. „Wenn es ein Mädchen wird, wünsche ich mir, dass wir sie Emilia nennen." „Emilia? Wie kommst du denn auf Emilia?" „Emilia ist ein kleines Mädchen, dass ich im Flugzeug kennengelernt habe und das mir erklärt hat, dass Frauen es gar nicht mögen, wenn man sie zulange allein lässt. Als Dankeschön für diesen Hinweis hab ich ihr dann das Märchen vom Stachelschwein erzählt." Susanna nickte. „Ich werde über den Namen Emilia nachdenken. Und was machen wir, wenn es ein Junge wird?" Er überlegte kurz. „Dann nennen wir ihn Danny." „Ja, natürlich nennen wir ihn Danny", bemerkte Susanna ironisch. „Wenn du kleine Jungen nicht magst, kann ich auch ausziehen und ihn alleine großziehen." Er lachte. „Vergiss es. Du wirst gar nichts dergleichen tun und ich mag den Namen." „Du weißt genau was ich meine, dieser Name wird ständig in dir Erinnerungen wecken." „Aber keine schlechten mehr." „Nicht?" „Nein." Zärtlich streichelte er ihr eine Haarsträhne aus dem Gesicht und lächelte sie an. „Ich habe mich mit ihm ausgesöhnt. Er war damals mein Freund und er ist heute ebenfalls ein feiner Mensch. Ich musste die Personen von damals und heute, einschließlich meiner Eigenen, erst einmal zuordnen können und nun ist es gut und ich finde er hätte es verdient." Sie lächelte ihn an. „Ich werde ebenfalls über den Namen Danny nachdenken und nun ...", ihr Lächeln wurde breiter, „möchte ich das Märchen von dem Stachelschwein hören." Er lachte auf und zog sie in seine Arme. „Also, als das kleine Stachelschwein, es hieß übrigens Stachellissie, eines morgens erwachte, waren ihm seine gesamten Stacheln ausgefallen. Das war vielleicht ein Schreck für das arme Schwein ..." Susanna stöhnte zufrieden in seinen Armen auf. „Unsere Ehe wird ganz großartig werden."

Es war noch früh, als Timm nur mit Shirt und Unterhose in die Küche kam, um Kaffee zu kochen und während er die Kaffeemaschine befüllte, sah er durchs Fenster die Bewegung an den Büschen im Garten. „Das ist doch unfassbar", murmelte er, während er die Kaffeemaschine anschaltete und dann in die Halle ging, wo das Telefon auf der Anrichte lag. Er griff es und wählte die kurze Nummer. „Hallo?", sprach er in den Hörer, „Mühlbach hier ... ja genau der. Sie wissen, wo ich wohne? Gut, ich möchte Hausfriedensbruch melden. Paparazzos befinden sich auf meinem Grundstück. Anzeige? Nein, keine Anzeige, nur weg müssen sie. Sie brauchen auch nicht klingeln. Schaffen sie, sie einfach weg, danke." Dann drückte er auf den Hörer und warf das Telefon auf die Anrichte, bevor er wieder in die Küche ging. Das Rollo vorm Küchenfenster hatte er inzwischen nach unten gezogen und er befüllte in dem diffusen Licht die Kaffeebecher, für sich und Susanna. Er stellte alles auf das kleine Tablett und als er sich damit drehte und durch die Küchentür ging, wurde sein Blick vor Entsetzen starr, während das Tablett mit samt dem Kaffee nach unten flog und zerschellte.

Da war er wieder!
Mitten in der Halle schien dieser Kopf zu schweben. Erneut, als würden tausende von Flammen um ihn herum lodern, blickte er ihn mit seinen blauen Augen an. Timm presste sich an dem Pfosten der Küchentür, jederzeit bereit sich da drinnen sofort einzusperren, aber würde das etwas nutzen? Würde eine Küchentür dieses Mysterium aufhalten können? Er meinte die Kälte zu spüren.
Er meinte leichten Wind zu spüren und plötzlich hörte er diese raue tiefe Stimme.
„Wir haben einen Pakt geschlossen. Es ist alles vorbereitet."
„Wir haben keinen Pakt geschlossen. Ich habe dich nicht einmal verstanden", antwortete Timm ihm beinah drohend.
Das Wesen lachte auf.
„Du hast schon in einem vorherigen Leben zugestimmt."
Timm schluckte schwer, während er an die Hypnose zurück

dachte. Er hatte dort sehen können, dass Yama ihn in seiner Todesstunde besucht hatte. Er hatte auch seine Stimme gehört, wie er ihm sagte, dass er in dem heutigen Leben nur ein Springer sein würde. Mehr hatte er nicht ertragen können und dann Ramona gebeten ihn zurückzuholen. War das zu früh gewesen? Was hätte er noch erfahren können aus diesem alten Leben?

Noch bevor er mit seinen Überlegungen fertig war, hörte er das Wesen weitersprechen. „Ich habe dir gesagt, dass du in diesem Leben ein Kind retten musst! Das hast du schon getan." Timm kniff fragend die Augen zusammen und als wenn Yama ihn verstehen konnte, erklärte er weiter: „Du hast es in Indien gerettet! In Hajmar nach dem Monsunregen. Es hatte sich verschluck und wäre ohne dich erstickt."

Schwach nickte Timm. Yama hatte recht. Vor seiner Hütte in Indien war dieses Kind gewesen, welches sich so fürchterlich verschluckt hatte und er wusste, obwohl er nie wirklich drüber nachgedacht hatte, dass er diesem Kind durch die Anwendung des Heimlichgriffs das Leben gerettet hatte. „Für eine Chance mit ihr, habe ich dir gesagt, dass du zwei weitere Kinder retten musst", sprach Yama gnadenlos weiter, „eines wird nicht deines sein und eines wird deines sein."

„Ich habe kein weiteres Kind in diesem Leben gerettet", bemerkte Timm, obwohl er inzwischen den Eindruck hatte komplett neben sich zu stehen und außerdem fiel ihm ein, dass er selber ja auch keine eigenen Kinder hatte. Schwer schluckend, erinnerte er sich an die vergangene Nacht mit Susanna, in welcher sie ohne zu verhüten miteinander geschlafen hatten. Langsam, beinah erleichtert nahm er etwas Abstand von dem Pfosten der Küchentür. Er brauchte sich vorerst keine Gedanken mehr um die Dauer seines Lebens zu machen, wenn er für den Yama-Pakt zuerst ein eigenes Kind bekommen musste. Ganz davon zu Schweigen, dieses Kind, sowie noch ein weiteres Kind retten zu müssen. Ein erleichtertes Lächeln huschte über sein Gesicht. Das konnte ja alles noch eine gefühlte Ewigkeit dauern.

Yama riss ihn erneut aus seinem Gedanken, die sich trotz dieser surrealen Situation immer wieder selbstständig machten.

„Du hast auch zugestimmt die Gabe zu bekommen, mich spüren zu können. Immer und überall!" Ein fast bedrohliches Hauchen entwich ihm. „Obwohl du wusstest, dass es dir so viel Angst machen wird, dass du deswegen in diesem Leben täglich von Ängsten geplagt sein wirst."

Timm presste sich nun doch wieder an den Pfosten, als irgendeine Erinnerung in seinem inneren Ohr hallte.

„Du wirst an der Grenze des Erträglichen leben müssen. Dadurch wirst du anders sein, als alle anderen Menschen um dich herum, und du wirst einsam sein, weil niemand dich versteht.
Das alles erleidest du, nur weil du mich ständig spüren kannst und wirst, und irgendwann, wenn du bereit bist, wirst du mich rufen.
Dann zeige ich mich dir wie heute und ich zeige dir, welchen Weg du gehen musst, um ein Leben mit ihr zu führen."

Timm begann zu taumeln, als er plötzlich seine eigene Stimme aus seinem alten Leben hörte *„Ich nehme es an."*

Das reichte! Er drehte sich um, und taumelte in die Küche zurück, während er den Griff der Tür nahm, um diese hinter sich regelrecht zuknallen zu lassen. Schwer atmend flüchtete er sich in die Ecke der Küche und visierte die Tür an. Aber entgegen seiner Vermutung folgte dieser große Kopf ihm nicht.

Seine Gedanken überschlugen sich.

Yama hatte recht. Er selber hatte in seinem vergangenen Leben diesem Pakt zugestimmt und dieser Pakt bestand nicht nur daraus in diesem Leben einfach ständige Angst zu spüren. Nein, dieser Pakt war noch gar nicht vorbei. Ihm fehlten Kinder, die er retten musste. Schlimmer noch, sein Kind war noch gar nicht auf der Welt! Er hatte diese ganzen Bilder von dem Mönch, von dem Mädchen, von dem Arzt gar nicht verstanden, aber nun war ihm klar, sie gehörten zu diesem Pakt!

Ja, er hatte wie angekündigt nach Yama gerufen, und dieser hatte ihm, wie angekündigt den Weg gezeigt, den er gehen musste, um ein Leben mit ihr zu führen. Der Weg ging also gerade erst los und hatte Yama das nicht eben auch so im Flur gesagt?

„Wir haben einen Pakt geschlossen. Es ist alles vorbereitet.

Völlig entkräftet ließ Timm sich in der Ecke an den Wänden runtergleiten.

Das Ticken der Küchenuhr und das Surren des Kühlschranks waren zu hören.

Plötzlich dieses regelmäßige bläuliche Licht, welches durch den Raum huschte. Sein Blick glitt ruckartig zum Fenster.

Ach ja, das war jetzt wohl die Polizei.

Anscheinend war er nun in der realen Welt zurück.

Nervös schaute er zur Küchentür, stand auf und ging langsam wieder zu ihr hin. Zuerst öffnete er sie nur einen Spalt und spähte hinaus.

Aber er war weg.

Vor ihm lag einfach nur die Empfangshalle, die durch die großen Scheiben über der Haustür, von der aufgehenden Sonne, in ein wohliges Licht getaucht wurde.

Susanna hörte gar nicht, dass er das Schlafzimmer wieder betrat und die Kaffeetassen auf den Nachtschrank abstellte. Nur seine zarte Berührung an ihrer Wange und der darauf folgende Kuss, brachte sie ins hier und jetzt.

„Guten Morgen mein Engel", flüsterte er zärtlich. Sie lächelte ihn an. „Guten Morgen. Wo warst du?" „In der Küche." „Ich glaube ich hab ein Poltern gehört." Er nickte. „Ich war etwas ungeschickt."

Sie hob ihre Hand an sein Gesicht und streichelte es zärtlich.

„Kleiner Tollpatsch", murmelte sie leise und nahm dann seinen Blick wahr, der sie geradezu unergründlich musterte.

„Ist alles in Ordnung, Timm?", fragte sie etwas unsicher.

„Yama war eben wieder da, in der Empfangshalle".

Ruckartig setzte sie sich auf. „Und?" „Er sagte es ist alles vorbereitet und deswegen frage ich dich nun, bist du bereit für eine weitere Ehe mit mir?" „Ja, natürlich." „Das ist gut, wir brauchen nämlich ein Kind", grinste er sie an. „Wir brauchen ein Kind? Hast du ihn nun verstanden?" „Ja, wir brauchen ein Kind und wir werden noch ein weiteres Kind treffen, das ich retten muss und dann bin ich von meinen Ängsten befreit und kann auch körperlich geheilt werden."

„Klingt ja irgendwie total verrückt, oder?", fragte sie mit noch immer weitaufgerissenen Augen. „Ja total", bestätigte er, aber was war die letzten Jahre an uns normal?" „Nicht so viel nehme ich an", antwortete sie leise und er griff nach einer der Kaffeetassen, die er ihr vor die Nase hielt.

„Der Kaffee ist fertig."

Ende

556